Peter Grandl

Turmschatten

PETER GRANDL

TURM SCHATTEN

Thriller

PIPER

Mehr über unsere Autorinnen, Autoren und Bücher:
www.piper.de

Wenn Ihnen dieser Thriller gefallen hat, schreiben Sie uns unter Nennung des Titels »Turmschatten« an *empfehlungen@piper.de*, und wir empfehlen Ihnen gerne vergleichbare Bücher.

Dieser Thriller ist 2020 als Hardcover-Ausgabe bei Das neue Berlin – eine Marke der Eulenspiegel Verlagsgruppe Buchverlage erschienen. Bei der vorliegenden Ausgabe handelt es sich um eine ungekürzte, komplett überarbeitete Neuausgabe.

Überarbeitete Neuausgabe
ISBN 978-3-492-06321-0

Redaktion: Lars Zwickies
Satz: Satz für Satz, Wangen im Allgäu
Gesetzt aus der Swift
Druck und Bindung: CPI Books GmbH, Leck
Printed in the EU

MEIN BLAUES KLAVIER

Ich habe zu Hause ein blaues Klavier
Und kenne doch keine Note.
Es steht im Dunkel der Kellertür,
Seitdem die Welt verrohte.
Es spielten Sternenhände vier
Die Mondfrau sang im Boote –
Nun tanzen die Ratten im Geklirr.
Zerbrochen ist die Klaviatür …
Ich beweine die blaue Tote.
Ach liebe Engel öffnet mir
Ich aß vom bitteren Brote –
Mir lebend schon die Himmelstür –
Auch wider dem Verbote.

Else Lasker-Schüler, 1937

PROLOG – DER TURM I

Montag, 8. Januar 1945

Es war kurz nach Mitternacht. Ein auf- und abschwellender Signalton zerriss die Stille der abgedunkelten deutschen Großstadt im Süden. Nur acht Kilometer östlich vom Stadtzentrum befand sich nahe einem Moosfeld ein kleines Dorf, dessen Kirche jetzt ebenfalls Alarm schlug und den bevorstehenden Bombenangriff einläutete. Diese Angriffe hatten bisher immer nur der Innenstadt gegolten, aber was waren schon acht Kilometer? Erst am Tag zuvor war einer der britischen Bomber im Wald abgestürzt und bei einer riesigen Explosion in Flammen aufgegangen. Bomben hatten die angrenzenden Felder verwüstet, einen großen Bauernhof sowie dessen noch verbliebenen Viehbestand mit einem Schlag vernichtet und das gefrorene Ackerland in eine unwirtliche Kraterlandschaft verwandelt. Am nächsten Tag fand man eine einzelne Kuh, die in der Mitte eines Bombenkraters stand und brüllend versuchte, die steile Anhöhe zu erklimmen. Ihre Artgenossen waren, angekettet im Stall, der Feuersbrunst zum Opfer gefallen.

So fürchterlich diese Bombenangriffe auch waren, so sehr gehörten sie inzwischen zur schaurigen Routine der Stadtbewohner. Die langen Abstände zwischen den Angriffen halfen dabei, das Grauen zu verarbeiten und den Unverbesserlichen wieder Hoffnung auf den Endsieg zu geben. Zwischen Juli und Dezember 1944 hatte man die Stadt gänzlich verschont. Die Strategen des »Moral Bombing« schickten die Luftflotten zur

Unterstützung der Soldaten an der nahenden Front monatelang zu Städten im Norden und Westen. Doch nun waren die Bombergeschwader zurückgekehrt, mit dem Ziel, die Moral der Stadtbevölkerung mit Gewalt zu brechen. Die Abstände zwischen den nächtlichen Angriffen waren mittlerweile kürzer geworden, doch zwei Angriffe hintereinander, in einer Nacht, das hatten selbst die leidgeplagten Bewohner der Siedlung noch nie erlebt.

Als die Sirenen in dieser Nacht zum zweiten Mal heulten, waren die Bewohner gerade wieder erschöpft in ihre Häuser zurückgekehrt. Eine Brandbombe hatte im Dorfzentrum das Haus der Familie Engelhard getroffen. Die Bombe krachte durch die Dachziegel, durchschlug die Böden von zwei Stockwerken und explodierte schließlich im Wohnzimmer. Die fünf Hausbewohner – eine junge Frau, ihre Eltern und ihre zwei Kinder – hatten zu diesem Zeitpunkt im Keller Schutz gesucht und die Explosion überlebt. Doch dann fegte ein Feuersturm über sie hinweg, der ihnen die Luft zum Atmen raubte.

Ein angrenzendes Haus brannte ebenfalls lichterloh und konnte erst nach zwei Stunden in gemeinsamer Anstrengung aller Dorfbewohner gelöscht werden. Es dauerte eine weitere Stunde, bis man die Trümmer weit genug abgetragen hatte, um in den Keller der Familie Engelhard zu gelangen.

Im Licht der Taschenlampen fand man schließlich die zusammengekauerte Familie. Sie alle waren jämmerlich erstickt.

Im Flammenschein der fernen Innenstadt trug man die fünf Leichen in die nahe gelegene Kirche, die beim Angriff unversehrt geblieben war. Dort legte man sie im Kirchenschiff auf dem eiskalten Steinboden ab und hüllte sie in Armeedecken, auf denen höhnisch das Hakenkreuz prangte. Die Beerdigung sollte am nächsten Morgen stattfinden.

Die Tragödie der Familie Engelhard führte dazu, dass nun kaum einer der Dorfbewohner noch glaubte, im eigenen Keller sicher zu sein. Alle Hoffnung auf Überleben richtete sich von da an auf den Turm.

Dieses achteckige Gebäude stand am Rande des Dorfes auf einem Hügel und überragte mit seinem mittelalterlich anmutenden Schindeldach sogar die Spitze der Kirche, was den Dorfpfarrer seit jeher störte. Der mächtige Turm war breit und massiv gebaut und hatte bereits einen Bombentreffer ohne nennenswerten Schaden überstanden. Doch das Privileg, während eines Angriffs dort unterzukommen, war genau reglementiert. Ausgewählte Dorfbewohner, darunter alle Parteimitglieder, hatten einen Sonderausweis für Schutzsuchende erhalten, der ihnen gestattete, im Notfall den Turm aufzusuchen. Der Eingang wurde vom Ortsgruppenleiter der NSDAP streng kontrolliert. Wolfgang Danner besaß zur Wahrung der öffentlichen Ordnung eine Dienstwaffe und drohte jeden zu erschießen, der versuchte, den Turm ohne Sonderausweis zu betreten. Danner neigte trotz der Entbehrungen der Kriegsjahre zu starker Fettleibigkeit. Er war erst Mitte vierzig, doch dank seiner politischen Beziehungen hatte man ihn als »nicht kriegsdienstverwendungsfähig« eingestuft. Stattdessen durfte er an der Heimatfront Wach- und Sicherungsaufgaben übernehmen.

Da mit Erlass des »Volkssturms« im Oktober 1944 der Kreis der wehrfähigen Männer auf die Jahrgänge 1884 bis 1924 erweitert worden war, fand er sich unter Frauen, Kindern und Greisen wieder. Es war niemand mehr da, der ihm seine Macht hätte streitig machen können – und trotz all der Zerstörung und des täglichen Grauens war es für Wolfgang Danner die bis dahin schönste Zeit seines Lebens. Er war jemand! Man respektierte ihn! Oder zumindest tat man so. Wenn er in seiner Uniform mit dem rot-schwarzen Parteiabzeichen durch den Ort flanierte – Benzin gab es auch für seinen Parteiwagen nicht mehr –, dann fühlte er sich allmächtig. Schließlich war er derjenige, der über die Zuteilung von Sonderrationen und die Verteilung von Ausgebombten auf angrenzende Bauernhöfe entschied. Danner hatte außerdem die Macht, Strafen zu erlassen, und rein theoretisch durfte er sogar Todesurteile gegen Volksverräter verhängen.

Als in der Nacht vom 7. auf den 8. Januar 1945 fünfhundertsiebenundneunzig Bomber der Royal Air Force ihre tödlichen Ladungen über der Großstadt abwarfen, war Wolfgang Danner als Erster am Turm, um akribisch zu kontrollieren, wer ihn betreten durfte und wer nicht. Und obwohl er fast jeden im Dorf persönlich kannte und genau wusste, wem der Zugang gestattet war, bestand er darauf, die Sonderausweise zu sehen. Er hatte die Macht, er ganz allein – und er genoss es, diese Macht auszuüben.

Der Horizont war rot erleuchtet von den Feuerstürmen, die acht Kilometer entfernt im Zentrum der Großstadt gerade unzählige Leben auslöschten. Die weißen Strahlen der Flak-Scheinwerfer suchten den schwarzen Himmel ab, doch die Bomber waren längst abgedreht. Das Schauspiel erinnerte an die Ouvertüre einer Oper, bei der die Bühnenscheinwerfer einen roten Vorhang beleuchteten.

Die Gesichter der sinnlos ums Leben gekommenen Familie Engelhard waren den Dorfbewohnern noch frisch in Erinnerung. Auch wenn keiner schlafen konnte, so versuchte man trotz alledem, die Kinder zu beruhigen, ins Bett zu gehen und nicht an die Qualen zu denken, die andere Menschen in unmittelbarer Nähe die ganze Nacht lang erleiden mussten.

Wolfgang Danner ging nach dem ersten Angriff jedes Stockwerk des massiven Turms ab und kontrollierte Raum für Raum. Vor Monaten hatte sich hier mal eine junge Frau erbrochen. Er selbst musste am folgenden Tag die Sauerei aufwischen. Daraufhin hatte er wutentbrannt der Frau und ihrer Familie den Sonderausweis entzogen. In dieser Nacht konnte Danner zum Glück keine unliebsame Hinterlassenschaft entdecken – selbst die Toiletten waren gespült worden, soweit sich das bei der dürftigen Notbeleuchtung erkennen ließ. Danach ging er nach unten ins Erdgeschoss, verließ den Turm und sperrte die schwere Stahltür ab. Auf seinem Weg nach Hause schien das nächtliche Firmament erneut zu erbeben. Wieder heulten die Sirenen los, wieder ertönten Kirchenglocken.

Doch diesmal kam der Alarm zu spät. Schon regnete es Staniolstreifen, mit denen die ersten Bomber den Radar der deutschen Flugabwehr störten. Schaurig schön flatterte das Lametta glitzernd vom Himmel und eröffnete den zweiten Satz einer minutiös geplanten Symphonie des Todes.

Es war das grausame Ziel der Angreifer, nun all jene Einsatzkräfte in den Tod zu reißen, die ausgerückt waren, um den Notleidenden zu helfen. Die brennenden Straßen in der Innenstadt waren voll von Feuerwehrleuten, Sanitätern und zivilen Hilfskräften, die versuchten, Leben zu retten. Genau ihnen galt diese zweite Bombardierung.

Hatte bei der ersten Angriffswelle im Dorf noch eine gewisse Ordnung geherrscht, brach jetzt blanke Panik aus. Zu frisch war der Eindruck der fünf Toten, zu strapaziös waren die vergangenen Stunden gewesen.

»Der Turm ist unsere Rettung«, hieß es plötzlich überall. Sonderausweis hin oder her, der Turm würde Schutz bieten, und Danner würde das sicher einsehen.

Da der Turm auf einer leichten Anhöhe lag, konnte Danner, der keuchend dahin zurückgelaufen war, die Silhouette der Menschenkette ausmachen, die sich schwarz vom rot leuchtenden Hintergrund der brennenden Großstadt abhob.

Viele hatten kaum etwas an, manche waren trotz der Minustemperaturen barfuß. Mütter trugen ihre Kleinsten im Arm und trotzten der Erschöpfung. Schritt für Schritt näherten sie sich dem Turm, der sich vor ihnen aufrichtete wie eine verheißungsvolle Festung aus einer germanischen Sage, während um sie herum die Welt im donnernden Bombenhagel versank.

Danner brach trotz der Kälte der Schweiß aus. Nur etwa die

Hälfte des herannahenden Pöbels hatte eine Zutrittsberechtigung. Er erinnerte sich an seine Aufgabe, für Ordnung zu sorgen. Sein direkter Vorgesetzter in der Parteizentrale hatte ihm immer wieder eingebläut, dass Chaos der Anfang vom Untergang sei. Nur durch Ordnung bis in die letzte Volkszelle könne der Endsieg gewährleistet werden. Es lag an ihm, diesem Chaos ein Ende zu bereiten, aber wie sollte er das anstellen? In seiner Waffe, die er nun entsicherte, befanden sich gerade einmal sechs Kugeln. Sechs Kugeln, um Hunderte von Menschen aufzuhalten. Als die ersten Schutzsuchenden den Hügel langsam erklommen, feuerte Danner einen Schuss in die Luft ab. Der Lärm der Bomber über ihnen und die Explosionen, die die brennende Stadt erneut erschütterten, übertönten jedes andere Geräusch, auch den verzweifelten Schuss aus der Pistole.

Danner ließ die Waffe fallen und wandte sich der Stahltür des Turms zu. Zitternd steckte er den klobigen ersten Schlüssel ins Schloss und entriegelte es klackend. Dann griff er zum zweiten Schlüssel, während er hinter sich den Atem der Meute zu spüren glaubte. Noch hielt sie respektvoll Abstand und wartete darauf, dass er die schwere Stahltür öffnete. Erneut hörte er ein Klacken. Doch Sekunden später fuhr in zweihundert Metern Entfernung eine Bombe in den gefrorenen Boden und explodierte mit ohrenbetäubendem Krach in einem gleißenden Licht. Die Druckwelle warf die Menschen um wie Streichhölzer. Splitter pfiffen durch die Luft, zerfetzten Arme, Beine und Gesichter. Inmitten der Schreie und des Leids war Danner im Schatten des Turms wie durch ein Wunder unversehrt geblieben, doch er war benommen und taumelte. In seinen Ohren schrillte ein hoher Pfeifton, der ihn für jedes andere Geräusch taub machte.

Das Letzte, was er vor der Explosion gehört hatte, war das Klacken des zweiten Schlosses gewesen. Nur langsam drang die Erinnerung an dieses Klacken wieder in sein Bewusstsein. Sie weckte seinen Überlebensinstinkt, und schließlich beherrschte ihn nur noch ein Gedanke: Der Turm würde ihn schützen.

Mit letzter Kraft zog er an der schweren Tür, doch sie öffnete sich nur einen kleinen Spalt weit. Ein lebloser Körper, den er in der Dunkelheit nur schwer ausmachen konnte, erschwerte das Öffnen, aber er hatte weder den Mut noch die Zeit, sich der Person anzunehmen, die offensichtlich gegen den Eingang geschleudert worden war. Danner bot seine letzten Kräfte auf, um den Spalt zumindest so weit zu vergrößern, dass er seinen wulstigen Leib hindurchzwängen konnte. Kaum war er im Inneren des Turms in Sicherheit, zog er das Tor wieder zu und verriegelte es mit zitternden Händen.

Verzweifelte Menschen trommelten gegen den kalten Stahl. Auch wenn Danner sie nicht hören konnte, weil das Pfeifen der Explosion noch in seinem Kopf nachhallte, konnte er sie dennoch spüren, als er langsam mit dem Rücken am Tor zu Boden glitt.

Er schloss die Augen und presste die Hände auf seine Ohren. Was sollte er nur tun? Sollte er wirklich sein eigenes Leben gefährden – oder sollte er das Chaos und das Leid einfach aussperren?

Zwei weitere Bomben der Royal Air Force nahmen ihm die Entscheidung ab. Sie mussten in unmittelbarer Nähe explodiert sein. Der Turm wurde so stark erschüttert, dass der Putz von der Decke bröckelte und auf Danner herabregnete. Nun erlosch selbst die gelbliche Notbeleuchtung im Turm. Für einen kurzen Augenblick war Danner bereit, alles zu bereuen, was er den Menschen im Dorf angetan hatte. Er gelobte, von nun an ein besserer Mensch zu sein, doch sein Stoßgebet kam zu spät. Plötzlich war es still. Sehr still. Und auch die trommelnden Fäuste, die er eben noch durch die Stahltüren gespürt hatte, waren für immer verstummt.

EPHRAIM I

Donnerstag, 14. Oktober 2010

Fünfundsechzig Jahre waren seit der Ermordung seiner Familie vergangen. Fünfundsechzig Jahre, in denen Ephraim Zamir an jedem einzelnen Tag von diesem schmerzlichen Verlust begleitet wurde. Vor allem nachts holten ihn die grauenvollen Erinnerungen ein und zwangen ihn, die schmerzlichsten Momente immer und immer wieder aufs Neue zu durchleben.

Er hatte die Todesmaschinerie Auschwitz überlebt. Aber die Erinnerungen an diese Zeit, an den Tod seiner gesamten Familie und an die grauenvollen Versuche, die man an ihm und seinem Bruder durchgeführt hatte, quälten ihn Tag für Tag. Er fühlte sich schuldig, weil er als Einziger überlebt hatte, und schuldig, weil seine Mutter ihr Leben gelassen hatte, um seines zu schützen.

Zweimal hatte er nach dem Krieg als junger Mann die Rampe in Auschwitz besucht. Zweimal war er darauf zusammengebrochen und hatte mit den Fäusten auf den Beton gehämmert, auf die Stelle, an der er noch immer das Blut seiner Mutter zu sehen glaubte. Fast sein ganzes Leben lang war er nicht mehr nach Deutschland zurückgekehrt. Es gab eine Zeit, in der allein der Klang der deutschen Sprache die schlimmsten Erinnerungen wach werden ließ. Selbst Deutsch zu sprechen wagte er nicht, um sich nicht vor sich selbst ekeln zu müssen. Die Ironie des Schicksals war, dass ausgerechnet sein »arisches Aussehen« und sein akzentfreies Deutsch seinen Lebensweg bestimmt hatten. Mit zweiundsiebzig Jahren begann nun ein neuer Lebensabschnitt für ihn, ohne Beruf, ohne Verpflichtungen und ohne Familie, aber mit einer neuen Verantwortung.

Er war zurückgekehrt in die Geburtsstadt seiner Mutter, um dort seine letzten Jahre in Frieden zu verbringen. Das Haus, das einst der Familie seiner Mutter gehört hatte, stand längst nicht mehr – und doch fühlte er sich wohl bei dem Gedanken, dass seine Mutter hier eine unbeschwerte Kindheit und Jugend verlebt hatte, bevor sie seinen Vater kennenlernte und mit ihm in Falkenau eine eigene Familie gründete.

Nach all der Zeit suchte er nun endlich den Weg der Vergebung, versuchte nicht mehr, das Unrecht zu verstehen, sondern damit zu leben und zu verzeihen.

Gemächlich fuhr Ephraim in seinem schwarzen Jaguar einen Schotterweg entlang. Der Weg führte einen Hügel hinauf zu einem dunklen Turm, der sich in der Dämmerung vom Horizont abhob. Sein neues Zuhause.

Das achteckige Gemäuer wirkte wie das Überbleibsel einer mittelalterlichen Festung, war etwa dreißig Meter hoch und trug ein imposantes, spitz zulaufendes Schindeldach mit sechs integrierten Fenstern.

Der Turm hatte einst zu einem Dorf außerhalb der Stadt gehört. Er stand auf einem Hügel, der sich zwischen einem kleinen Wald und der Siedlung erhob. Inzwischen war dieses Dorf zu einem von vielen Stadtteilen der stetig wachsenden Metropole geworden. Und doch schien hier die Zeit stehen geblieben zu sein; prächtige Villen oder moderne Neubauten gab es kaum. Das mochte auch am neu erbauten Flughafen liegen, der in unmittelbarer Nähe lag und die Grundstückspreise auf niedrigem Niveau hielt. Tag und Nacht donnerten die Verkehrsflugzeuge über die Einwohner hinweg und nahmen dabei fast die gleiche Route wie einst die englischen Bomberflotten aus dem Norden.

Doch die Erinnerungen an jene düstere Zeit verblassten

langsam, genau wie die Bilder auf den Grabsteinen der Gemeindekirche. Nur diese Grabsteine und eine Gedenktafel legten noch Zeugnis ab von der Tragödie, die am 8. Januar 1945 durch einen fehlgeleiteten Bombenabwurf hundertsiebenundsechzig Menschen, fast nur Frauen und Kinder, das Leben gekostet hatte.

Von alledem hatte Ephraim Zamir nichts gewusst, als er das Grundstück mit dem Turm erwarb. Während er das Dachgeschoss des Turms innerhalb eines Jahres aufwendig hatte umbauen lassen, verschwendete er keinen Gedanken an dessen verwilderte Umgebung, wo kniehohes Dornengestrüpp im Kampf mit dem Herbstwind lag. Den Anwohnern aber war dieser Schandfleck unerträglich. Selbst den Turm, dessen monströse Erscheinung schon in den Nachmittagsstunden einen breiten Schatten auf die angrenzenden Reihenhäuser der kleinen Siedlung warf, konnten sie nicht leiden. Seit man dieses hässliche Ding zudem unter Denkmalschutz gestellt hatte, blieb nur noch das verwahrloste Feld, das den Zorn der braven Bürger auf sich zog. Die Gemeinde war froh gewesen, dieses Problem durch den Verkauf an Ephraim Zamir loswerden zu können. Nun aber hagelte es Eingabe um Eingabe, was schließlich zu einem Ultimatum an den neuen Besitzer führte, der das Grundstück innerhalb eines Jahres angemessen begrünen musste. Ephraim hätte eine mannshohe Hecke mit Zaun um das Gelände errichten können, unterließ es aber, denn Mauern, Stacheldraht und Zäune hatten ihn sein ganzes Leben lang verfolgt. Ihr Anblick hatte sich in seine Seele eingebrannt wie die Tätowierung auf seinem linken Unterarm.

Unweigerlich musste er an den sauberen Spielplatz und die kleine Freizeitanlage denken, welche die Lagerkommandantur in Auschwitz für die Angehörigen des Personals hatte bauen lassen. Dort wurde, abgeschirmt durch eine hohe Mauer und einen elektrischen Stacheldraht, mit den Kindern gespielt und an geschmackvoll eingedeckten Kaffeetafeln gefeiert, während draußen der Tod wütete. Ordnung war des Deutschen liebstes Kind. Das hatte sich bis heute nicht geändert.

Trotz allem war Ephraim fest entschlossen, den Menschen wieder Vertrauen zu schenken, sich zu öffnen und andere an seinem Leben teilhaben zu lassen. In die Heimat seiner Eltern zurückzukehren, war ein erster Schritt in diese Richtung, der Beitritt zur jüdischen Gemeinde der Stadt ein nächster. Doch die größte Kraft schöpfte er aus der väterlichen Liebe zu Esther Goldstein, deren zarte Silhouette sich hinter einem beleuchteten Fenster im obersten Stockwerk des Turms abzeichnete. Sie war die Herausforderung, der er sich nun mit ganzer Kraft widmen wollte.

Das Schicksal hatte sie zusammengeführt, hatte beiden die Chance auf ein neues Leben gegeben. Und die Hoffnung darauf, die Vergangenheit vergessen zu können, auszusperren aus diesem Turm, der sie wie ein Bollwerk gegen Tiefschläge des Lebens schützen sollte und von dem aus sie den Blick hinab auf eine scheinbar heile Welt richten konnten.

An diesem Herbstabend zog ein heftiger Sturm auf. Früher als gewöhnlich verdunkelte die schnell dahinziehende Wolkendecke den Himmel. Ephraim Zamir parkte seinen Jaguar direkt vor den zwei geschwungenen Steintreppen, die symmetrisch von zwei Seiten am Fuße des vierstöckigen Turms aus zu den geschmiedeten Flügeltüren im ersten Stockwerk führten. Es gab einen weiteren Eingang auf der linken Seite des Turms, der in einen Garagenanbau mündete.

Ephraim war von kräftiger Statur und wirkte trotz seines hohen Alters durchtrainiert. Er trug einen dunklen Anzug über einem grob gestrickten, grauen Pullover. Dieser unterstrich das raue Äußere seiner Erscheinung ebenso wie der wild wuchernde Bart, der direkt in das volle, silberweiße Haar übergging.

Kaum hatte er das Portal erreicht, schaltete sich vier Meter über ihm ein Scheinwerfer ein und tauchte den Eingang in warmes Licht. Eine automatische Kamera hatte ihn längst erfasst. Sie schickte ihre Bilder in das Dachgeschoss des Turms, wo Esther in der großzügig ausgebauten Wohnküche gerade das Essen zubereitete.

Der weiß getünchte Raum maß annähernd hundert Quadratmeter und besaß schräg sitzende Fenster in alle vier Himmelsrichtungen, die in einen spitz zusammenlaufenden Dachstuhl eingelassen waren. An seinem höchsten Punkt maß er sicher acht Meter. Der frei stehende steinerne Küchenblock, an dem Esther Kreplach zubereitete, erweckte den Eindruck, man stünde in der Kuppel einer Kathedrale vor einem Altar. Vor allem, wenn das Abendlicht schräg durch die Dachfenster auf den Küchenblock fiel, hatte der runde Raum etwas Sakrales, Ehrfürchtiges.

Kreplach richtig zuzubereiten war eine Kunst, die Esther von ihrer verstorbenen Mutter gelernt hatte. Es waren Teigtaschen nach Art der jüdischen Küche, die mit Rinderleber gefüllt wurden und die man traditionell am Vorabend von Jom Kippur aß, dem höchsten aller jüdischen Feiertage. In Augenblicken wie diesen war Esther ihrer Mutter ganz nahe und versank in Erinnerungen an glückliche Tage ihrer Kindheit.

Ein hoher Pfeifton ertönte in der Küche, den Esther aufgrund ihrer starken Hörbehinderung allerdings kaum wahrnahm. Doch das rote Blinken einer LED-Leuchte direkt oberhalb des Ofens kündigte ihr auch visuell unmissverständlich an, dass sich ein Besucher am Portal befand. Ihre konzentrierte Miene verwandelte sich in ein strahlendes Lächeln. Sie lief hinüber zur Wand, wo ein Monitor Ephraim zeigte, der mit stoischem Blick in die Kamera winkte.

Ephraim hätte am Eingang auch einen sechsstelligen Zahlencode eintippen können, um die Pforte zu öffnen, doch Esther hasste es, wenn er plötzlich unerwartet hinter ihr stand und sie dadurch fast zu Tode erschreckte.

Läuten zu müssen war nicht besonders effizient – und

Ephraim war ein Mensch, für den Effizienz über alles ging –, doch für Esther war er bereit, sich von Grund auf zu ändern. Ja, er arbeitete an sich, auch wenn er dabei nur kleine Fortschritte machte. Esther kannte nur einen Teil seiner Lebensgeschichte, doch das war genug, um zu verstehen, dass diese gequälte Seele endlich zur Ruhe kommen musste. Und so war sie stolz auf jede seiner menschlichen Gesten, auf jede seiner positiven Veränderungen, waren sie auch noch so klein und unscheinbar.

Sie betätigte die Sensortaste zum automatischen Öffnen der schmiedeeisernen Tore und entledigte sich ihrer Küchenschürze. Nach allem, was sie in ihrer Heimat Israel erlebt hatte, kam es ihr wie ein Wunder Gottes vor, dass sie dieser gütige Mann wie eine Tochter aufgenommen hatte und die grauenvolle Vergangenheit mit jedem Tag mehr und mehr im Nebel verschwand.

Mit gebührendem Respekt und anerzogener Zurückhaltung wartete sie darauf, dass Ephraim die vier Stockwerke hinaufkam, während unten die Pforte mit einem leisen Klicken wieder automatisch ins Schloss schnappte.

Ephraim nahm immer mehrere Treppenstufen auf einmal, denn er mochte die unteren Stockwerke des Turms nicht besonders, die kalt und grau waren und nur wenig Licht abbekamen. Die steinerne Treppe endete schließlich vor einer schweren Holztür im dritten Stock, den er zum Großteil schon hatte renovieren lassen. Hinter der Holztür verbarg sich ein schmaler Gang, von dem aus mehrere Zimmertüren abzweigten. Nichts erinnerte hier mehr an die steinerne Kälte der unteren Stockwerke. Am Ende des Gangs führte eine steile Wendeltreppe nach oben, die schließlich in dem beeindruckenden ausgebauten Dachstuhl endete.

Kurzatmig begann sich Ephraim zu entschuldigen, sobald er Esthers engelsgleiches Antlitz über sich erblickte. Ihre weichen Gesichtszüge mit den großen, dunklen Augen wurden von tiefschwarzem, langem Haar eingerahmt, das ihr bis über die Schultern reichte und in starkem Kontrast zu ihrer hellen Haut stand. Die junge Frau trug eine hochgeschlossene Bluse mit einer Schleife sowie einen knielangen Rock, aus dem ihre Beine ragten wie zwei zerbrechliche Stelzen.

»Esther ...« Er holte Luft. »Esther, es tut mir leid ... Ich bin zu spät ... Aber mein Gespräch mit dem Rabbi hat länger gedauert, als ich dachte ...«

Esther lächelte milde, legte ihre Hände auf seine Schultern und küsste seine Wangen.

»Chalom, Ephaaim.«

Ihre Kehle brachte Laute hervor, die sie selbst kaum hörte, und so war es umso erstaunlicher, dass es ihr trotz ihrer fast vollständigen Gehörlosigkeit gelang, sich verbal zu artikulieren.

»Schalom, Esther«, erwiderte Ephraim und lächelte gequält, was Esther erahnen ließ, dass sein Gespräch mit Rabbi Shlomo Moshe nicht ganz so verlaufen war, wie er es sich erhofft hatte. Von Neugierde getrieben, stellte sie ihm hastig eine Frage in Gebärdensprache. Konzentriert, aber offensichtlich überfordert, versuchte Ephraim den schnell wechselnden Zeichen zu folgen, schüttelte aber schon bald den Kopf und nahm ihre kleinen Hände in seine.

»Halt, halt ... Langsam, Esther.«

Er blickte ihr in die Augen, und seine Gesichtszüge entspannten sich leicht.

»Ich tue ja mein Bestes, um die Zeichen zu lernen, aber du bist ... Du bist zu schnell.«

Ephraim öffnete seine Hände und gab ihre wieder frei. Langsam formte sie nun Zeichen für Zeichen und versuchte dabei zu sprechen, soweit es ihr möglich war.

»Aat die Gemeinee as Geel fü ie Synagooe anenommen?«

Den »Tanz der Finger«, wie Esther es gerne nannte, lernte Ephraim mit mäßigem Erfolg, aber ungebrochenem Willen seit einigen Monaten. Ein Scheitern kam nicht infrage, denn wie so oft in seinem Leben würde er am Ende triumphieren. Doch im Augenblick fiel es ihm leichter, ihrer Stimme zu lauschen, als ihre Zeichen richtig zu deuten.

»Es ist nicht einfach, Esther, du musst die Gemeinde verstehen. Sie sind nur vorsichtig und vielleicht auch zu stolz, um so viel Geld als Spende anzunehmen.«

Esthers Augen verrieten Unmut. »Sdoolz is die Masge de eigenen Fehlä.«

Ephraim war immer wieder überrascht, wie viel Entschlossenheit das zierliche Mädchen besaß. In dieser Hinsicht war sie ihm sehr ähnlich.

»Esther, es reicht nicht, aus dem Talmud zu zitieren, um die Ältesten von meinen ehrlichen Absichten zu überzeugen. Ich bin mir ganz sicher, früher oder später werden sie meine Spende akzeptieren, und dann wird der Bau der Synagoge fortgesetzt. Rabbi Moshe und die Stadträtin Seligmann sind auf meiner Seite.«

Ephraim legte ihr eine Hand väterlich auf die Schulter und schob die andere vorsichtig unter ihr Kinn, um ihr Gesicht anzuheben, bis er ihr tief in die Augen schauen konnte. Dabei zeigte er zum ersten Mal ein ehrliches Lächeln, eines, aus dem Esther Zuversicht und Hoffnung schöpfte.

»Esther, du wirst sehen. Der Bau der Synagoge wird in wenigen Wochen fortgesetzt. Da bin ich mir sicher.«

Er brachte es nicht übers Herz, Esther die komplizierte Wahrheit zu beichten, die zur Spaltung der jüdischen Gemeinde und am Ende zum Finanzierungsstopp geführt hatte. Geld allein konnte die Streithähne der Gemeinde nicht wieder zusammenbringen, aber Rabbi Moshe und Stadträtin Seligmann traute er durchaus zu, die Probleme gemeinsam zu lösen.

»Ephaaim, du bis ein guder Mensch!«

Der unerwartete Zuspruch sollte Ephraim in seinem Vorhaben bestärken und ihm Zuversicht geben, doch Esther erreichte damit das Gegenteil.

Ephraim zog seine Hände zurück. Sein Blick war nun wieder so kalt wie zuvor. Das Kompliment hatte eine Tür zu seinen dunkelsten Abgründen aufgestoßen. Denn anders als Esther besaß er nicht die Fähigkeit, einen dichten Nebel über seine Vergangenheit zu legen. Seine Geheimnisse verbargen sich hinter Hunderten von Türen, und kaum hatte er eine davon verschlossen, öffnete sich eine andere wie von selbst und peinigte seine Seele aufs Neue.

Ephraims Stimme klang schroff und zurechtweisend.

»Nur weil ich Geld spende, macht mich das noch lange nicht zu einem guten Menschen, Esther.«

Wortlos wandte er sich ab und zog sich ein Stockwerk tiefer in seinen Privatbereich zurück.

Esther sah ihm nach, wie er die Wendeltreppe hinunterging und verschwand. Morgen würden sie zum vierten Mal gemeinsam Jom Kippur feiern, und noch immer war ihr dieser gütige Mensch so fremd wie kaum ein anderer.

KARL I

Sonntag, 23. August 1992

Die Vorhänge im zweiten Stock des Altbaus waren zugezogen, damit die Bewohner am Sonntagmorgen nicht allzu früh durch die Sonne geweckt wurden. Das Mehrfamilienhaus lag in Anklam, östlich vom Zentrum im Stadtteil Schanzenberg, wo es keine Plattenbauten gab. Trotz aller Abwanderungsprobleme hatte sich hier nach dem Fall der Mauer der wohlhabende Mittelstand angesiedelt. Karl Riegers Vater hatte nach der Wende den richtigen Riecher gehabt und einen Telefonladen im Ort eröffnet. Anfangs hielten ihn seine Bekannten und Freunde für verrückt, doch mittlerweile boomte das Geschäft. Anfang des Jahres hatten sie sich endlich eine bessere Wohnung leisten und die verhasste Plattenbausiedlung verlassen können.

Es würde wieder ein heißer Sommertag werden. Da Karls Zimmer nach Osten hin lag, bekam er schon in aller Frühe die Kraft der Sonne zu spüren, die sich auch durch die dünnen Vorhänge an seinen Fenstern kaum abhalten ließ.

Karl wälzte sich unruhig im Bett herum und schlug schließlich die Augen auf. *Verdammte Hitze!*

Es war Sonntag, sein letzter freier Tag. Fast sechs Wochen Ferien lagen hinter ihm. Sechs Wochen Langeweile in diesem grauenvollen Kaff am Arsch der Welt.

Karl setzte sich verschlafen auf die Bettkante und fuhr sich mit beiden Händen über die kurzen Haarstoppel, rieb sich das pickelige Kinn, auf dem ein erster heller Bartflaum wuchs. Die hohen Wangenknochen und dunklen Augen verliehen seinem Äußeren eine bedrohliche Aura. Er trug ein weißes Unterhemd, unter dem sich sein sehniger Körper abzeichnete, der dem regelmäßigen Karatetraining geschuldet war. In ein paar Wochen würde er die Prüfung für den braunen Gürtel ablegen – ungewöhnlich für einen Jungen, der gerade sechzehn geworden war.

Karls Blick streifte seinen Schulranzen mit Camouflage-Muster. Morgen würde die Schule wieder losgehen. Er hatte kein Problem damit, im Gegenteil, er war der Beste seiner Klasse am Lilienthal-Gymnasium und wusste, dass ein guter Abschluss seine Fahrkarte in eine bessere Welt war.

Ach, Scheiße. Eine bessere Welt? Eine Welt voll mit Schwulen, Asylanten und Juden.

Er griff nach der Zigarettenschachtel, die er auf seinem Nachttisch deponiert hatte, dann ging er zum Fenster, zog den Vorhang zur Seite und öffnete es. Die Sonne blendete ihn, doch er genoss die warmen Strahlen und zündete sich eine Zigarette an. Er schloss die Augen. Ein tiefer Zug füllte seine Lunge mit Nikotin, bis schließlich weißer Rauch langsam aus seiner Nase stieg.

Er musste an seinen Opa Alois denken, der immer nach Zigaretten gerochen hatte. Ein tapferer, alter Kriegsveteran, der viel zu früh gestorben war. Seine Soldatengeschichten hatten ihm schon als kleiner Junge mehr Freude bereitet als alles andere auf der Welt.

Er erinnerte sich gut an die Besuche bei Oma und Opa in Stralsund. Es war jedes Mal eine zeitraubende Reise mit dem Zug gewesen. Einen Trabi konnten sich seine Eltern nicht leisten. Belohnt wurde der kleine Karl bei der Ankunft immer mit Erdbeeren aus Omas Garten und mit Opas Kriegsgeschichten.

Eine sehr steile und enge Treppe im Haus seiner Großeltern führte hinauf in Opas kleines Reich. Er konnte sich nicht daran erinnern, jemals wieder solch eine abenteuerliche Treppe gesehen zu haben. Seine Mutter hatte immer furchtbare Angst um den kleinen Karl gehabt, wenn er mit seinen kurzen Beinchen die Treppe hinaufstieg. Versuchte sie zu helfen, kam sofort von oben die mahnende Stimme des Vaters. »Der Bengel wird nie ein Mann, wenn du ihn nicht mal allein die Treppe hochsteigen lässt!«

»Und wenn er stürzt?«, entgegnete sie besorgt.

»Na und? Ein paar Schrammen haben noch niemanden umgebracht!«

Opa war selbst mit siebzig Jahren noch ein rüstiger Mann mit borstigem, silbergrauem Haar gewesen, im Nacken und über den Ohren militärisch korrekt abrasiert. An der linken Schläfe hatte eine breite Narbe die Haare wie ein Seitenscheitel geteilt. Wegen seiner hängenden Wangen und großen Tränensäcke hatte er Karl an die traurig dreinblickende Dogge seines Onkels erinnert. Kaum vorstellbar, dass dieser liebevolle Opa, der mit ihm gespielt und Panzermodelle zusammengebaut hatte, einst der kernige Oberfeldwebel gewesen war, den er aus Omas vergilbten Fotoalben kannte. Das Bild, auf dem er in Ausgehuniform stolz sein Eisernes Kreuz erster Klasse präsentierte, umringt von seiner Frau, seinem erwachsenen Sohn und seinen zwei kleinen Töchtern, gefiel dem kleinen Karl ganz besonders. Auf seinem Schoß sitzend, eng an seinen Brustkorb geschmiegt, folgte er gebannt Opas Geschichten, in denen er Partisanenstellungen in die Luft jagte oder den Angriff russischer Einheiten praktisch im Alleingang abwehrte.

Als Karl zwölf Jahre alt und zu schwer für Opas Schoß geworden war, fuhr dieser eines Tages mit ihm an die polnische Grenze und nahm ihn mit auf einen winterlichen Spaziergang. Opa war nicht der Typ, der gerne spazieren ging. Gewöhnlich saß er in seinem Zimmer und ging nur selten aus dem Haus. Aber an diesem kalten Wintermorgen wurde aus dem liebevollen Opa ein Mann mit einem Namen, ein Mann mit einer

Botschaft, der seinem Enkel die Tragödie erklärte, in der sich Deutschland, ja, sogar die ganze Welt befand. In Karl fand dieser Mann einen willigen Schüler, der alles begierig aufsaugte, was der Mentor von sich gab.

»Die Juden sind an allem schuld!« Das war der Satz, der sich Karl tief ins Bewusstsein brannte, genauso wie die Geräusche des knirschenden Schnees unter ihren Füßen und Alois' verbissene Miene.

Alois erzählte ihm von der Verschwörung des »jüdischen Bolschewismus«, der nicht nur die Weltherrschaft anstrebte, sondern auch für den Ersten und sogar den Zweiten Weltkrieg verantwortlich war. Er klärte ihn darüber auf, dass Hitler gar nicht anders konnte, als Russland anzugreifen, um einem Angriff zuvorzukommen. Alois erzählte ihm vom angeblichen Holocaust. Davon, dass diese Gräueltaten nie geschehen seien, dass der Holocaust eine Erfindung der Siegermächte war, um die Deutschen kleinzuhalten und sie gnadenlos ausbeuten zu können. Und er erzählte ihm vom Schicksal seiner Familie, die ursprünglich aus Ostpreußen stammte, wohlhabend gewesen war und ihres ganzen Besitzes beraubt wurde, als sie vor den russischen Eroberern flüchten musste.

Sie waren eine Stunde durch kniehohen Schnee gestapft, und Alois hatte nicht eine Sekunde lang aufgehört zu reden, während Karl sich anstrengen musste, mit ihm Schritt zu halten. Schließlich waren sie an einem Fluss angekommen, wo Alois den Arm Richtung Osten ausstreckte.

»Das ist die Oder, Karl. Und dahinter liegt heute Polen. Früher einmal gehörte das alles zu Deutschland. Vor dem Krieg, vor dem Zweiten Weltkrieg.«

Dann schwieg er. Sein Blick hing fest am Horizont, fast so, als könnte er die Vergangenheit vor seinem inneren Auge wieder zum Leben erwecken. Ihr Atem bildete in der Kälte neblige Wolken.

Alois holte ein Stofftaschentuch aus seiner Manteltasche,

schnäuzte sich laut und fuhr schließlich mit ruhiger, tiefer Stimme fort: »Unsere Heimat, der Ort, an dem ich und deine Großmutter geboren wurden, liegt heute in Polen, weil die Russen nach dem Krieg den Polen ein riesiges Gebiet abgenommen und ihnen dafür unser Land als Entschädigung gegeben haben.«

Minutiös erklärte er Karl, dass nicht nur die Teilung Deutschlands großes Unrecht war, sondern auch die Abtretung dieser Gebiete, die, völkerrechtlich gesehen, niemals hätte passieren dürfen.

»Krieg hin oder her«, seine Hand erhob sich wieder gen Osten, »hier hat die Welt tatenlos zugesehen, wie der Iwan Tausende von Deutschen ermordet und vertrieben hat, um unser Land zu stehlen.«

Karls Hände begannen zu zittern. Er konnte nicht sagen, ob es an der Kälte oder der Wut über diese Ungerechtigkeit lag.

Der Großvater packte ihn schließlich an den Schultern, dann kniete er sich vor ihm in den eisigen Schnee.

»Wir dürfen dieses Unrecht niemals vergessen, Karl.«

Seine Augen hatten jegliche großväterliche Wärme verloren.

»Du darfst das niemals vergessen! Deine Generation muss zu Ende bringen, was wir nicht geschafft haben. Verstehst du das?«

Karl nickte, auch wenn er nicht wirklich verstand, was Alois damit meinte.

Auf dem Rückweg durch den Schnee sprach Alois kein einziges Wort. Karl hatte so viele Fragen und konnte doch keine einzige aussprechen. Die vielen neuen, schockierenden Erkenntnisse schwirrten in seinem Kopf herum wie ein wild gewordener Bienenschwarm. Nur ein Satz durchdrang diesen Schwarm immer wieder:

»Die Juden sind an allem schuld!«

Es war das letzte Mal, dass Karl seinen Opa gesehen hatte. Er war nur wenige Monate später gestorben, noch bevor die Mauer fiel.

Karl zog ein letztes Mal an der Zigarette, dann schnippte er den Stummel weit von sich. In hohem Bogen flog er auf die Straße. Langsam trottete Karl in Unterhose und Unterhemd in die Küche. Normalerweise war seine Mutter um diese Uhrzeit schon wach und brutzelte für »ihre Jungs« Eier mit Speck, aber der Speck lag unangetastet auf einem Brett neben der kalten Pfanne.

Dann hörte er den Fernseher aus dem Wohnzimmer – ungewöhnlich um diese Uhrzeit, da seine Eltern ihn eigentlich nur am Abend einschalteten. Neugierig betrat Karl das Wohnzimmer. Zu seinem Erstaunen stellte er fest, dass nicht nur seine Mutter, sondern auch sein Vater gebannt auf den Bildschirm starrten.

Dort waren nächtliche Krawalle zu sehen, Demonstranten warfen Steine auf Polizisten, die offensichtlich versuchten, ein Asylantenheim vor der Menge zu schützen. Es war von zweitausend Bürgern die Rede, die am vergangenen Abend gegen das Asylantenheim in Rostock-Lichtenhagen demonstriert hatten.

Karls Augen funkelten vor Erregung.

»Deutschland erwacht!«, rief er aus und erntete dafür Applaus von seinem Vater. »Ich muss Kai anrufen! Es geht los, es geht endlich los ...«

Mit diesen Worten wandte er sich ab und stürzte zurück in sein Zimmer, um sich anzuziehen.

Seit Wochen war klar gewesen, dass es in Rostock irgendwann krachen würde. Das Auffanglager für Asylbewerber in Lichtenhagen war vollkommen überfüllt. Es lag in einem elfgeschossigen Plattenbau und belegte dort einen von zwölf Hauseingängen. Über dreihundert Neuankömmlinge kampierten in Decken und Plastiksäcken gehüllt auf den angrenzenden Grünanlagen und mussten ihre Notdurft an der Mauer des Plattenbaus verrichten. Die Stadt weigerte sich, mobile Toiletten aufzubauen, um die Situation nicht zu »legalisieren«. Der Zorn der Anwohner wurde von Tag zu Tag größer. Es war nur eine Frage der Zeit gewesen, bis dieses Pulverfass explodieren würde. Sogar die Zeitungen hatten über die Drohungen der rechten Szene geschrieben, aber die Behörden hatten weiterhin tatenlos zugesehen.

Karl und sein bester Freund Kai hatten die Entwicklung mit Spannung verfolgt. Ihr Plan war ganz einfach: Sobald die ersten Steine flogen, würden sie sich auf den Weg machen, um endlich den Anschluss zur Szene zu bekommen.

Gerade als Karl seinen Freund anrufen wollte, läutete das Telefon. Kai war am Apparat.

»Hast du es gesehen?« Er atmete schnell, und seine Stimme vibrierte vor Aufregung.

»Und wie ich es gesehen habe. Ist das geil!«

»Wie schnell kannst du fertig sein?«

»Ich bin fertig!« Karl blickte auf seine Unterhose. »Ich bin fertig, wenn du da bist. Hast du das Auto?«

»Alles organisiert. Nach Rostock sind's eineinhalb Stunden. Aber was machen wir, wenn die Sache länger dauert? Morgen ist Schule.«

Karl grinste. »Scheiß auf die Schule!«

ACHTZEHN JAHRE SPÄTER

Donnerstag, 14. Oktober 2010

Die Wohnung in der Großstadt befand sich in einem der schmucklosen Häuser, die man nach dem Krieg im Rahmen des »Großsiedlungsbaus« aus dem Boden gestampft hatte und die in ihrer Uniformität kaum zu überbieten waren. Die Architektur mit kleinen Fenstern in niedrigen Räumen hinter ebenso kleinen Balkonen gab den Bewohnern der Sozialwohnungen, die man in den Sechzigern und Siebzigern in Trabantenstädten am Rande der Ballungszentren zusammengepfercht hatte, deutlich zu verstehen, dass sie Menschen zweiter Klasse waren.

Der Bestand von hunderttausend Wohnungen des staatlichen Konzerns Neue Heimat hatte sich damals in kürzester Zeit verdoppelt. Die Profitgier der Verantwortlichen kannte keine Grenzen, denn dank der staatlichen Subventionierung war mit Immobilien in den sozialen Brennpunkten der Städte mehr Geld zu verdienen als mit Luxusvillen und Golfplätzen. Als der *Spiegel* in den Achtzigerjahren nachweisen konnte, dass sich der Vorstand des Konzerns jahrelang an den Mieteinnahmen bereichert hatte, löste dies zwar einen großen Skandal aus, für die Betroffenen änderte sich aber letztendlich nichts.

Ironischerweise hatten einst die Nationalsozialisten bei ihrer Machtübernahme 1933 den Konzern mit enteignetem Gewerkschaftsbesitz gegründet und ihm 1939 schließlich den Namen »Neue Heimat« gegeben.

All das hatte Karl Rieger jedoch nicht gewusst, als er vor einigen Jahren diese Wohnung bezogen hatte. Hätte er es gewusst, hätte er die Wohnung deutlich mehr geschätzt und sich darin bestätigt gefühlt, dass wieder einmal eine starke nationalsozialistische Idee zur Verbesserung des Volkskörpers vom Geschwür des demokratisch kapitalistischen Staates erdrückt worden war.

So aber war das Gebäude, in dem dieses dunkle Loch lag, nur ein von dreckigen Ausländern verseuchtes, notwendiges Übel, das er zutiefst verabscheute.

Die Sonne war fast untergegangen, und der Computerbildschirm tauchte die Einzimmerwohnung in gespenstisches Licht. Der Computer stand an der Wand direkt unter einer Hakenkreuzfahne. Ansonsten gab es kaum Wandschmuck, bis auf ein großes Banner, auf dem in Frakturschrift ein Zitat des einstigen Propagandaministers Joseph Goebbels prangte:

Auf einem Sideboard standen Bilderrahmen mit Porträts von Hitler, Himmler, Göring und Heß fein säuberlich aufgereiht. Davor lag auf einem weinroten Samtkissen ein Offiziersdolch mit den SS-Runen. Überhaupt hatte Karl jeden Gegenstand und jedes Foto mit Bedacht platziert, und auch die Nazi-Relikte und Spielzeugpanzer der deutschen Wehrmacht in einer Glasvitrine waren exakt symmetrisch ausgerichtet.

Selbst seine Hemden hatte Karl Rieger ganz in soldatischer Tradition exakt im DIN-A4-Format gefaltet und im einzigen Schrank übereinandergeschichtet. Es war ein IKEA-Schrank, ein gutes, nordisches Produkt, auch wenn Karl dem Gründer Ingvar Kamprad übel nahm, dass sich der einst aktive Nationalsozialist 1994 öffentlich von der Bewegung abgewandt hatte, um seinen wirtschaftlichen Erfolg nicht zu gefährden. Außerdem gab es hier nur noch eine Couch, einen Tisch und ein Bücherregal. Der Raum wirkte durch die schlichte Ausstattung größer, als er eigentlich war.

Karl startete an seinem iMac Facetime. Er trug schwarze Jeans und dazu ein Unterhemd, das nicht ausreichte, um das tätowierte Hakenkreuz auf seinem Rücken zu verbergen, da die Ausläufer der Swastika bis zu seinen Schultern reichten.

Seine Glatze war von kurzen, schwarzen Stoppeln besetzt, während sein Mund durch einen fein säuberlich gestutzten Oberlippenbart eingerahmt wurde, der in zwei schmalen Streifen bis hinab zum Kinn führte.

Sein Körper war immer noch durchtrainiert und sehnig. Längst hatte er den schwarzen Gürtel in Karate erreicht, aber bei Straßenkämpfen vertraute er lieber auf eine kurzläufige Schusswaffe, die er immer am Rücken im Hosenbund trug. Die Zeit, in der Karl dumpfe Krawallmache gesucht hatte, war allerdings vorbei. Er hatte längst eingesehen, dass es galt, strategischer und überlegter vorzugehen. In der Szene hörte man auf ihn. Er war ein geborener Anführer. Einer, der andere für eine Sache begeistern konnte. Einer, der durch seine Bildung und rhetorischen Fähigkeiten weit gefährlicher war als der Rest seiner braunen Clique.

Der Computer zeigte an, dass eine Verbindung zu »Leitwolf« aufgebaut wurde. Die Webcam filmte währenddessen Karls Gesicht, der sein Spiegelbild ungewollt in Augenschein nahm.

Hackfresse, was willst du? Du siehst aus wie dreißig und hast immer noch keine Ahnung, wer du bist oder was du eigentlich willst. Der Knast hat dich weich werden lassen!

Ein Piepton signalisierte, dass Leitwolf das Gespräch angenommen hatte. Karls Gesicht schrumpfte und rutschte in die linke untere Ecke des Bildschirms, als sein Gesprächspartner erschien. Ein karger Mann um die fünfzig, dessen wenige Haare nicht der Gesinnung, sondern dem Alter geschuldet waren. Er trug ein blaues Hemd mit offenem Kragen, und man konnte ihm förmlich ansehen, dass er sich soeben seiner Krawatte entledigt hatte. Sein schmales Gesicht wurde von einer schwarzen Hornbrille dominiert, deren starke Gläser die Augen kleiner erscheinen ließen, als sie waren.

Er grinste über das ganze Gesicht, als er Karl sah. Seine Stimme hatte einen stechenden, hohen Klang.

»Karl ... Karl Rieger!«, sagte er, als könnte er es gar nicht fassen, ihn wiederzusehen. »Du siehst gut aus, Kamerad! Scheint, als hättest du im Gefängnis Urlaub gemacht. Du hast dich nicht unterkriegen lassen, stimmt's?«

Karl schwieg. Es waren die üblichen Floskeln, wenn einer der Ihren nach dem Gefängnisaufenthalt begrüßt wurde. Bei diesem Ritual wurde keine Antwort erwartet, denn niemand wollte wissen, wie beschissen der Knast wirklich gewesen war.

»Gerd hat erzählt, du hättest im Knast einem Neger die Nase gebrochen, weil er dir an die Wäsche wollte! So kenne ich dich, Kamerad, immer schön die Arschbacken zusammen und Fünf auf die Zwölf. Karl lässt sich nicht ficken, von niemandem, habe ich recht?«

Nein, er hatte nicht recht. Karl hatte im Knast Prügel kassiert, und zwar heftig. Das Hakenkreuz auf seinem Rücken wirkte auf Kanaken und Neger wie ein rotes Tuch in der Stierkampfarena. Aber davon hatte er nach außen natürlich nichts durchdringen lassen. Im Gegenteil, als ihn Kameraden ein- oder zweimal im Knast besucht hatten, gab er sich als starker Mann mit Führernatur, der dem Untervolk den Willen der arischen Rasse aufzwängte.

»Ich konnte dich leider nicht persönlich abholen. Du weißt schon ...«, fuhr Leitwolf, der eigentlich Wilhelm Thielen hieß, in gesenktem Tonfall fort.

»Du musst dich nicht entschuldigen!«, antwortete Karl, obwohl er ziemlich enttäuscht gewesen war, dass keine Sau aus der Kameradschaft ihn abgeholt hatte.

»Die Zeiten sind hart, Karl, wir müssen die Partei aus den Schlagzeilen halten. Und du weißt, wie schwer das im Augenblick ist.«

Alles für die Partei, dachte Karl.

Seit er denken konnte, war Thielen Bundesvorsitzender der NPD und hatte es in den letzten Jahren geschafft, die Partei aus der politischen Versenkung ins Rampenlicht der Öffentlichkeit zu holen. Doch seit man in jüngster Vergangenheit wiederholt versucht hatte, die NPD verbieten zu lassen, waren die Funktionäre bei öffentlichen Kundgebungen und Neonazi-Aufmärschen auf Tauchstation gegangen. Selbst bei den Kameradschaften ließen sich Parteimitglieder nur noch höchst selten blicken.

»Du verstehst, wenn man mich mit dir sieht, könnte das für neuen Wirbel sorgen und ...«

Karl nickte und fiel ihm ins Wort: »Ist schon in Ordnung.«

Thielen grinste wieder und beugte sich näher zur Kamera.

»Hör zu. Wir haben große Pläne mit dir. Du kennst mich, Karl, ich mach keine Sprüche. Du weißt das, Karl, oder? Alles klar?«

Karl nickte, auch wenn er skeptisch war. Zu oft hatten ihn die Parteigenossen schon enttäuscht, zu oft hatten sie die radikalen Ideen der Kameradschaft boykottiert, und zu oft war Willkür die Triebfeder zahlreicher Aktionen. Aber es war der falsche Zeitpunkt, das zur Sprache zu bringen, also hörte er weiter zu.

»Du bist keiner dieser hirnlosen Schläger. Du hast Köpfchen, Karl. Du, du bist gerissen. Dir kann keiner in die Karten schauen, richtig?«, schmeichelte ihm Thielen. »Das ist gut, Karl, ich mag das. Ich bin selbst so. Keiner kann mich einschätzen, verstehst du? Immer erst denken, dann reden. Da sind wir uns ziemlich ähnlich.«

Karl wurde ungeduldig, wollte, dass Thielen endlich auf den Punkt kam.

»Was ist aus der Synagoge geworden?«

Thielen lehnte sich wieder zurück und zündete sich eine Zigarette an.

»Die Synagoge?«

Thielen zog tief an seiner Zigarette, so als müsse er sich erst stärken, um die Kraft für eine Antwort zu haben. Er inhalierte und blies den kalten Rauch in die Kamera, sodass sein Gesicht für kurze Zeit wie hinter Nebelschwaden verschwand.

»Eine blöde Sache ist das. Ein echt unangenehmes Thema. Willst du das wirklich wissen? Wird dich stinksauer machen!«

Das war keine rhetorische Frage, auch wenn Thielen wusste, dass Karl nicht lockerlassen würde.

»Sehe ich aus, als mache ich Witze?«

Thielen hatte keine Chance, er musste antworten.

»Die Juden haben ... Die haben vielleicht eine neue Geldquelle.«

Thielen senkte etwas den Kopf und zog erneut an seiner Zigarette. Karls Augen weiteten sich leicht, ansonsten ließ er sich seine Wut kaum anmerken.

Eine scheiß Synagoge, mitten in meiner scheiß Stadt.

Doch seine Stimme blieb ruhig.

»Ich dachte, die Stadt hätte den Bau gestoppt?«

Thielen atmete durch. Eigentlich hatte er einen Tobsuchtsanfall von Karl Rieger erwartet, aber der Kamerad überraschte ihn immer wieder. Wer weiß? Eines Tages würde er es in der Partei vielleicht weit bringen.

»Die Stadt ist nicht das Problem. Die halten die Kassen geschlossen, solange sich die Itzigs gegenseitig fertigmachen. Nein, nein. Das Geld kommt offensichtlich von einem Privatmann. Irgendeiner reichen Judensau.«

»Irgendeine Idee, wer dieses Arschloch ist?«

An der Wohnungstür war ein Geräusch zu hören, das Karl für einen kurzen Augenblick ablenkte. Jemand versuchte aufzuschließen, scheiterte aber, da Karl seinen Schlüssel innen hatte stecken lassen. Karl ignorierte es und blickte wieder zum Bildschirm. Seine Augen verrieten nun blanke Wut.

»Noch nicht, aber das ist nicht deine Sache. Du hast Bewährung, Karl. Du musst jetzt sauber bleiben und schön brav zu deinem Bewährungshelfer gehen. Verstehst du? Brav bleiben! Hast du kapiert?«

Thielens Stimme klang nun fast väterlich. Er musste dafür sorgen, dass Rieger keinen Mist baute.

»Ich kümmere mich um die Sache«, sagte er beschwichtigend.

Der Besucher war inzwischen dazu übergegangen, die Türklingel zu malträtieren. Das schrille Geräusch war auch für Thielen nicht zu überhören.

»Ich muss Schluss machen!«, brachte Karl das Gespräch zum Abschluss. Und auch Thielen dankte innerlich dem Besucher für das unerwartet schnelle Ende des Gesprächs. Er zog nochmals an seiner Zigarette und blies den Rauch durch die Nasenlöcher.

»Bleib sauber, Karl, ich verlass mich auf dich! Heil Hitler!«

»Heil Hitler«, entgegnete Karl mechanisch, wobei seine rechte Hand kurz zuckte, dann aber doch nur die Maus betätigte, um die Verbindung zu beenden.

Der ungeduldige Besucher klopfte jetzt gegen die Tür. Karl öffnete mit einem kräftigen Ruck. Vor ihm stand grinsend ein schmächtiger Junge, der wie die Teenagerausgabe eines klassischen Skinheads aussah. Glatze, Bomberjacke, Springerstiefel und die ersten Pickel im Gesicht. Der Kleine hieß Thomas Worch und gehörte seit knapp zwei Jahren zur Kameradschaft. Seine Freude über Karls Rückkehr war unübersehbar. Am liebsten hätte er ihn umarmt und fest an sich gedrückt. Aber so was machten echte Kerle nicht. Also versuchte er, seine Freude mit einem lässigen Spruch zu überspielen: »Na, Schlappschwanz, haben sie's dir im Knast ordentlich besorgt?«

Dabei deutete er einen linken Haken an, aber Karl wehrte die harmlose Faust des Kindes blitzschnell ab und verpasste Thomas einen leichten Schlag in die Magengrube, der ihn ächzend in die Knie gehen ließ.

Thomas biss sich auf die Zähne und rappelte sich wieder auf.

»Scheiße, Mann! Das hat wehgetan.«

Karl verzog keine Miene.

»Sei kein verdammtes Mädchen, Kleiner.«

Er musterte den Jungen, der ihm mittlerweile bis zum Kinn reichte.

»Bist verdammt gewachsen in dem Jahr.«

»Fünfzehn Monate.«

Thomas hatte mitgezählt. Jeden Monat, jede Woche, jeden Tag.

Endlich, Karls eiserner Blick verwandelte sich in ein Lächeln. Auf diesen Moment hatte Thomas all die Monate gewartet. Er hätte heulen können. Karl war nicht nur sein bester Freund, er war wie ein Vater, den er nie hatte.

»Hab deinen dreizehnten Geburtstag verpasst, tut mir echt leid ...«, sagte Karl.

»Schon gut, ich werd doch schon in zwei Wochen vierzehn ... alles cool ...«

»Ehrlich?«

»Ehrlich.«

»Komm her, Großer!«, sagte Karl und drückte den Jungen, der hoffte, dieser Moment der Glückseligkeit würde nie vergehen, mit seinen kräftigen Armen fest an sich.

Nach einem kurzen Augenblick packte Karl den Kleinen an den Schultern und schob ihn wieder von sich. »Alles klar?« Er wandte sich ab und ging zielstrebig auf die Küche zu, während Thomas die Wohnungstür zuzog.

»Hast die Bude sauber gehalten. Hast sogar den alten Hermann abgestaubt. Dafür schulde ich dir was.«

»War keine große Sache, ehrlich«, sagte Thomas mit kleinlauter Stimme und fummelte nervös an einem Zippo-Feuerzeug herum, das er aus seiner Jackentasche geholt hatte.

Karl kehrte mit einer Flasche Wasser und zwei Gläsern aus der Küche zurück.

»Hast du Durst?«

»Hast du nicht was Anständiges? Einen Klaren oder so?«

Thomas ließ das Sturmfeuerzeug rhythmisch auf- und zuschnappen.

»Mach nicht auf harten Mann. Habe ich dir schon tausendmal gesagt. Die richtig harten Jungs brauchen keinen Schnaps.«

»Okay. Nein, lass mal ...«

Karl zuckte mit den Schultern, schenkte nur sich Wasser ein und stellte die Flasche zusammen mit dem leeren Glas auf dem Sideboard neben der Göring-Büste ab.

»Mann, du hast das alte Teil noch!« Er nahm Thomas das

Feuerzeug aus der Hand und betrachtete es aufmerksam. »Hatte Angst, du würdest es verticken!«

»Klar, Alter, seit du es mir geschenkt hast, habe ich es immer bei mir. Ist mein Glücksbringer.«

Nachdenklich fuhr Karl mit den Fingerspitzen über das eingravierte Hakenkreuz auf dem Metallgehäuse. Es war eine Fälschung. Nur die US-Armee hatte diese Feuerzeuge im Krieg benutzt, nicht die Wehrmacht, aber das wusste Thomas nicht. Im Gegenteil, Karl hatte ihm weisgemacht, dass dieses Unikat ein Erbstück seiner Familie sei und dass sein Großvater es bereits bei der Schlacht von Stalingrad dabeigehabt hatte. Er hatte Thomas die Geschichte im Beisein anderer Kameraden aufgetischt, und alle hatten sich fast in die Hosen gemacht, als der Junge das Stück mit leuchtenden Augen entgegennahm. Er war so leichtgläubig, man konnte ihm alles erzählen, er würde alles glauben. Nun hatte Karl fast ein schlechtes Gewissen, aber Thomas jetzt die Wahrheit zu sagen würde ihn sicher tief verletzen. Also ließ er es bleiben, deutete einen kurzen Haken an und öffnete dann seine Faust, aus der Thomas das geliebte Stück wieder entgegennahm.

»Erzähl vom Knast. Wie war das?«, forderte Thomas ihn auf. Karls Miene verzog sich, und er schüttelte kurz den Kopf.

»Das willst du nicht hören. Glaub mir einfach.«

»Die Jungs haben coole Sachen erzählt, wie du einem Neger die Zähne eingeschlagen hast.« Dabei lachte er fies, doch Karl war dabei gar nicht zum Lachen zumute.

»Alles Scheiße, Mann. Noch mal zum Mitschreiben: Der Knast war kein Zuckerschlecken. Verstehst du? Einmal und nie wieder. Hörst du mir zu?«

Thomas versuchte gerade, eine verknitterte Zigarettenpackung aus der Innentasche seiner Bomberjacke zu ziehen.

»Klar hör ich zu!«

»Scheiße, nein. Du hörst zu, aber du verstehst gar nichts.«

Endlich brachte Thomas die Zigarettenschachtel zum Vorschein, bemerkte dabei aber den gefalteten gelben Zettel nicht, der unbeachtet zu Boden fiel.

Karls Tonfall wurde rauer. »Schau mich an, Thomas!«

Thomas fummelte gerade eine der Zigaretten aus der zerknitterten Schachtel, ließ nun aber davon ab und gehorchte.

»Ich werde alles tun, um nie wieder in den Knast zu müssen. Verstanden?«

Sein Zeigefinger richtete sich auf Thomas.

»Und du, Kleiner, wirst da auch nie hinmüssen, verstehst du? Und wenn es das Letzte ist, wofür ich sorgen werde.«

Seine Halsschlagadern traten deutlich hervor. Er atmete schwer, und noch immer schwebte sein Zeigefinger bedrohlich vor Thomas' Gesicht.

»Das Thema ist beendet. Sind wir uns einig?«

Thomas war etwas verstört. Er hatte eigentlich spannende Geschichten erwartet, die vor Blut und Gewalt nur so strotzten und bei denen Karl immer als Sieger hervorging. Aber das hier war nicht mehr der Karl, den er kannte. Karl hatte sich irgendwie verändert.

»Sind wir uns einig?«, hakte er noch einmal nach.

Thomas nickte, zog nun nervös eine Zigarette aus der Schachtel und steckte sie sich in den Mund. Doch offensichtlich hatte der neue Karl Rieger auch etwas gegen das Rauchen.

»Lass die Scheiße, das Zeug macht dich krank. Goethe hat schon gesagt: Rauchen macht dumm.«

Dabei verzog Karl versöhnlich seine Mundwinkel zu einem Grinsen, und Thomas atmete auf.

»Du liest Goethe?«, fragte er erleichtert. Geschickt entzündete er mit nur einer Hand das Zippo und steckte sich die Zigarette an. Karl ging in Richtung Küche, um einen Aschenbecher zu holen.

»War Pflichtlektüre an der Uni, zumindest bei unserem Prof.«

Er kam zurück und drückte Thomas den gläsernen Aschenbecher in die Hand.

»Weißt du, wie Zigaretten entstanden sind?«

Thomas schüttelte den Kopf.

»Ist schon lange her, weißt du? Damals gab's noch keine Zigaretten, nur Pfeifen«, fuhr Karl fort. »In den mexikanischen Tabakfabriken haben die Arbeiterinnen den Tabak gesammelt, der auf den Boden gefallen war, und haben ihn in weißes Papier gerollt und verkauft, um sich was dazuzuverdienen. Verstehst du? Sie nannten die Dinger Papelitos.«

Thomas war immer wieder beeindruckt davon, was Karl alles wusste. In seinen Augen war Karl der klügste Mann, den er kannte. Man konnte ihn einfach alles fragen, und er hatte auf alles eine kluge Antwort.

»Was läuft zu Hause ab, alles okay?«

Das war ein wunder Punkt, aber Karl war der Meinung, ein Recht auf eine Antwort zu haben. Immerhin war er für Thomas so etwas wie ein Ersatzvater gewesen.

»Chris ist ausgezogen.«

»Chris? War das der aalglatte Typ mit der hässlichen Brille?«

»Nee. Das war der vorletzte Macker. Chris war ganz okay, nicht so ein Arschloch wie die anderen.«

Thomas zog an seiner Zigarette und versuchte dabei gelassen zu wirken.

»Und jetzt?«

»Jetzt hat sie 'nen dreckigen Jugo.«

Karl nahm die Hand vor die Augen und fuhr sich dann den Bart entlang, während er den Kopf schüttelte.

»O Mann, ist nicht dein Ernst.«

»Doch, ein scheiß Jugo!«

Thomas schnippte seine Asche ab und sagte ganz ruhig: »Ich sag's nicht gern, aber meine verfickte Mutter ist eine verfickte Hure.«

Karl wusste, dass die coole Fassade nur Show war. Der Kleine hing an seiner Mutter und noch mehr an seinem Vater, aber der war ein richtiger Arsch. Statt bei der Scheidung um das

Sorgerecht für seinen Sohn zu kämpfen, hatte der erfolgreiche Chirurg der Mutter gedroht, jeglichen Kontakt zu ihr und ihrem Sohn abzubrechen, sollte sie die Scheidung durchziehen – und genau das hatte er getan. Du kannst einem Mann per Gericht verbieten, sein Kind sehen zu dürfen – aber es gibt kein Gesetz der Welt, das einen Vater zwingen kann, seinen Sohn zu sehen oder gar zu lieben. Alle Briefe und Mails ließ er unbeantwortet, seine Telefonnummern hatte er ändern lassen. Ein Besuch der Mutter mit ihrem damals elfjährigen Sohn im Krankenhaus, wo der Vater arbeitete, lief völlig aus dem Ruder und endete in Geschrei, Tränen und dem Einsatz einer Polizeistreife, die Mutter und Kind aus dem Gebäude zerren musste. Etwas Vergleichbares hatten die beiden Polizisten zuvor nie erlebt, und zum ersten Mal in ihrer Laufbahn fragten sie sich, ob Recht und Gesetz wirklich dasselbe waren. Noch im Flur des Krankenhauses hatte der Vater seiner Ex-Frau hinterhergerufen: »Du hast es so gewollt, du hast das unserem Sohn angetan. Nicht ich!«

Eine Woche später bekamen Thomas und seine Mutter eine Unterlassungsklage und noch etwas später einen gerichtlichen Bescheid wegen massiven Stalkings, der beiden verbot, sich dem Vater künftig auf eine Entfernung von weniger als fünfzig Meter zu nähern.

»Und dein Alter?« Die Frage war Karl irgendwie herausgerutscht. Schnell ergänzte er deshalb: »Vergiss es.«

»Kein Problem«, gab sich Thomas ganz gelassen.

»Echt, vergiss es ... Ist doch auch scheißegal, oder?«

»Klar, Mann. Hauptsache, die Kohle kommt jeden Monat rüber!« Thomas lachte gekünstelt, ballte die Hand zur Faust und reckte sie Karl entgegen, der sie mit seiner Faust berührte. In diesem Augenblick fiel Karl der zusammengefaltete Zettel am Boden auf, der Thomas aus der Tasche gerutscht sein musste.

»Was ist das?«

Thomas erschrak, als er den Zettel sah, und bückte sich danach. Aber Karl war schneller und stellte seinen Fuß darauf.

»Was soll das? Das ist mein Zettel!« Mit seinen immer noch kindlichen Fingern versuchte der Junge das Stück Papier unter dem Schuh hervorzuziehen, doch Karl gab ihm einen kräftigen Stoß, der ihn nach hinten umwarf. Der Aschenbecher polterte über den Laminatboden.

»Mann, spinnst du?«, schrie Thomas, überrascht von der Heftigkeit der Reaktion.

»Was ist das?«, fragte Karl noch einmal, hob langsam den Zettel auf und entfaltete ihn. Ein schlechtes Foto von Thomas war darauf zu erkennen.

»Das ist mein Zettel, der geht dich einen verdammten Scheiß an.« Thomas rappelte sich wieder auf.

Karls Stimme klang nun laut und wütend: »Wenn es jemanden was angeht, dann mich. Was glaubst du denn? Glaubst du, deine hirnlose Mutter geht das was an oder deinen Arschlochvater? Du gehst denen am Arsch vorbei. Am Arsch! Die interessieren sich einen Dreck für dich. Also geht es mich was an. Verstehst du? Denn ich bin der Einzige, dem du nicht egal bist! Der Einzige! Hast du das kapiert?«

Thomas nickte zögerlich, aber das war Karl offensichtlich nicht genug.

»Hast du das kapiert? Sag es!«

Thomas' Stimme klang fast weinerlich. »Ja, ich hab's kapiert!«

Karl wendete seinen Blick ab und richtete ihn auf den Zettel. Aufmerksam las er den Text, der unter dem Foto stand, mit leiser Stimme vor.

»Verehrte Nachbarn, in unserem Stadtviertel wohnt der bekennende Neonazi Thomas Worch. Der am 28. Oktober 1996 geborene Schüler des Sophie-Scholl-Gymnasiums und Sohn des ärztlichen Direktors der St.-Helena-Klinik Professor Doktor Friedrich Worch wird sowohl in der Schule als auch in sozialen

Netzwerken mit seiner zutiefst menschenverachtenden Gesinnung auffällig. Wir wenden uns an Sie, weil es sich erwiesen hat, dass das nähere soziale Umfeld in solchen Fällen erheblichen Einfluss nehmen kann. Wir fordern Sie auf, Thomas so oft wie möglich mit seiner verkommenen Einstellung zu konfrontieren und ihr gegenüber keinerlei Toleranz zu zeigen!«

Für einen kurzen Moment herrschte eisige Stille im Raum.

Dann brach Karl das Schweigen, und sein ruhiger, aber bedrohlicher Tonfall schnürte Thomas die Luft ab.

»Wer hat das geschrieben, Thomas?«

Ja, das waren Schweine, dachte Thomas. Ja, sie hatten es verdient, dass Karl sie fertigmachte. Aber nein, sie waren es nicht wert, dass Karl wieder einsitzen musste.

»Das sind doch nur Idioten ...«

»Wer?«

»Irgendwer aus der Nachbarschaft. Keine Ahnung!«, log Thomas verzweifelt.

Blitzschnell packte Karl eine der kleinen Kinderhände und umklammerte sie brutal und fest wie ein Schraubstock. Langsam erhöhte er den Druck.

»Du nennst mir jetzt die genauen Namen, oder ich breche dir alle Finger.«

Thomas begann zu weinen. Nicht nur wegen des Schmerzes, sondern weil er wusste, dass er nur verlieren konnte, egal, was er nun sagte.

»Ich kann dir das nicht sagen, ich kann es nicht. Auch wenn du mir wehtust, ich kann es nicht!«

Karl war außer sich vor Wut. Er wollte dem Kleinen nicht wehtun, aber sein Hass war stärker als sein Mitleid. Die hilflose Kinderhand spürte er kaum noch in seiner Faust, die er nun erbarmungslos zusammenpresste. Thomas hatte Rotz und Wasser im Gesicht, während er vergeblich versuchte, mit der zweiten Hand den Griff zu lösen.

Karl verlor endgültig die Selbstbeherrschung und schrie Thomas ins Gesicht: »Warum nicht?!«

Mit letzter Kraft schrie Thomas schluchzend zurück: »Weil du ... weil du sonst Scheiße baust und ... und wieder in den Knast kommst und mich wieder alleine lässt ...«

Das traf Karl wie ein Faustschlag in sein rot angelaufenes Gesicht. Er lockerte augenblicklich den Druck, und tiefe Scham überkam ihn.

Ich bin so ein Scheißkerl.

Dem einzigen Menschen, der ihm wirklich noch etwas bedeutete, hatte er furchtbar wehgetan, während dieser ihn nur beschützen wollte.

Seine Wangen begannen leicht zu zittern. Er nahm den weinenden Jungen vorsichtig in die Arme und drückte ihn an seine Brust.

»Das wird nicht geschehen. Nie wieder, ich verspreche es dir. Ich werde da sein für dich. Immer!«

SELIGMANN I

Donnerstag, 14. Oktober 2010

Stadträtin Dr. Seligmann war einen Kopf größer als der junge Anzugträger, mit dem sie soeben die Tiefgarage des örtlichen Rathauses betrat.

Seligmann war Mitte fünfzig. Die grauen Haare trug sie modisch kurz, eine randlose Brille verlieh ihr eine Ausstrahlung von Intellekt und akademischer Bildung. Sie hatte ihr Leben der Politik gewidmet. Der Fall der Mauer war wie eine Initialzündung dafür gewesen. Die Bürger der ehemaligen DDR hatten damals neue Hoffnung geschöpft, und vor allem in ihrer Gemeinde führte dies in den ersten Jahren zu einem wirtschaftlichen Aufschwung. Gleichzeitig stiegen aber die Arbeitslosenzahlen in den neuen Bundesländern von einer Million im Jahr 1991 bis auf 1,6 Millionen im Jahr 2006. Zusätzlich lockte der Westen mit größerem Luxus, höherem Lebensstandard und besser bezahlten Arbeitsplätzen. Knapp eine Million Menschen waren nun schon seit dem Mauerfall in den Westen gezogen, aber langsam besserte sich die Situation, woran vor allem die Kommunalpolitik der Gemeinden und Städte einen großen Anteil hatte. Trotz der positiven Prognosen konnte jedoch das rechte politische Lager Profit aus der Not vieler Menschen schlagen und mit seinen Hetzparolen Zuspruch in der Bevölkerung finden.

Für Seligmann war die Politik nicht nur ein Beruf, sondern vielmehr eine Lebensaufgabe, der sie sich bis an ihre Leistungsgrenze verschrieben hatte. Es war ihr nie daran gelegen, Karriere in der Politik zu machen; sie wollte Dinge verändern und verbessern. Doch der Kampf gegen Arbeitslosigkeit und die Bemühungen, die Gemeinde als Industriestandort attraktiver zu machen, war nicht leicht. Arbeitsplätze ja, aber Ausbeutung? Nein! Die Not »des Ostens« war für viele Konzerne verlockend, sie erinnerten Seligmann an Aasgeier, die die letzten Fetzen Haut von den Knochen ihres Opfers reißen wollten.

Die letzten fünfzehn Jahre hatten sie zu einer harten, unbarmherzigen Kämpferin werden lassen und ihr in der letzten Legislaturperiode den Posten der Oberbürgermeisterin eingebracht. Ihr Einfluss und ihre Macht waren gestiegen, so wie auch die Furcht vor ihr. Selbst die Vorstände großer Konzerne hofierten die »First Lady«, wie man sie gerne nannte, und buhlten um ihre Gunst.

Für die Ernennung zur Spitzenkandidatin der SPD für die Landtagswahl 2004 hatte sie den Bürgermeisterposten geräumt. Doch trotz guter Prognosen schnitt ihre Partei schlechter ab als in der vorigen Wahl. In Seligmanns Augen war es eine blamable Niederlage, denn zum ersten Mal zog die NPD mit zwölf Sitzen in den Landtag ein – nur ein Sitz weniger als die SPD. Für Seligmann und viele Parteigenossen war dies nichts Geringeres als ein Messerstich in das Herz der Demokratie.

Sie hatte die braune Gefahr unterschätzt, hatte deren Aufmärsche und Versammlungen nur herablassend belächelt und zu keiner Zeit wirklich ernst genommen. Es gab andere Themen, die ihre wertvolle Zeit dringender in Anspruch nahmen als Glatzköpfe in Springerstiefeln und »Ausländer raus«-Schmierereien. Sie hatte sich getäuscht. Der Erfolg der NPD war nicht nur die größte Demütigung ihrer gesamten Karriere, sie empfand ihn auch als persönliche Niederlage, an der sie sich eine Mitschuld gab.

Bei einer Fernsehdebatte gelang es dem NPD-Vorsitzenden Thielen, sie derart zu provozieren, dass sie sich zu einigen lautstarken Beleidigungen hinreißen ließ. Ihre Schimpftirade ging wie ein Lauffeuer durch die sozialen Medien. Im Internet war der Wutausbruch von Rechtsradikalen verbreitet worden, wodurch sich ihr Sympathie-Index bei jungen Wählern erdrutschartig verschlechterte.

»Meinungsbildung im Netz durch Internetforen, was für ein Unsinn«, hatte sie noch während des Wahlkampfs behauptet. Danach musste sie sich eingestehen, dass sie das digitale Zeitalter verschlafen hatte. Die bundesweite Presse hatte den Blick auf das Wahlergebnis ihres Bundeslandes gerichtet und zeigte mit dem Finger auf diesen braunen Schandfleck. Nach fünf Jahren erfolgloser Oppositionsarbeit trat sie 2009 nicht mehr zu den Landtagswahlen an, sondern suchte einen Weg zurück in die Kommunalpolitik. Sehr zum Unmut des neuen Bürgermeisters hatte man ihr zähneknirschend einen ehrenamtlichen Sitz im Stadtrat zugebilligt. Sie war wieder im Rennen.

War sie zu alt geworden für diesen Job? O nein, eine Kämpfernatur wie Seligmann gab sich nicht so leicht geschlagen. Und eines würde sie nie wieder tun: die Macht der digitalen Medien unterschätzen. Sie erreichte, dass man extra einen Referenten einstellte, der sich um die Social-Media-Aktivitäten des Stadtrats kümmern sollte und der, wenn auch nicht offiziell, de facto durch Seligmann gesteuert wurde. Außerdem hatte sie sich bei Amtsantritt vor einem Jahr für das stagnierende Projekt des Synagogen-Neubaus eingesetzt und war damit zum Sprachrohr der jüdischen Gemeinde im Stadtrat geworden. Tatsächlich sah es nun danach aus, als würde der Spatenstich mitten im Zentrum der Stadt in wenigen Monaten stattfinden.

Sie selbst war Jüdin, aber nicht besonders gläubig. Ihr ging es nicht um den Bau eines neuen Gotteshauses, ihr ging es um eine »Antwort«, die weit über die Landesgrenzen hinaus gehört werden sollte, und darum, der rechten Szene einen schweren Schlag zu verpassen.

Mit leicht gesenktem Kopf folgte Sven Götze, Seligmanns neuer Social-Media-Experte, seiner Chefin, vorbei an leeren Parkplätzen quer durch die Tiefgarage des Rathauses. Sein Blick haftete auf ihrem figurbetonten dunklen Rock, zu dem sie einen marineblauen Blazer trug. Mit seinen gerade mal sechsundzwanzig Jahren war der Job als Referent an der Seite dieser berühmten Politikerin für ihn besonders aufregend. An ihren ruppigen Ton hatte er sich sofort gewöhnt, nicht aber an ihre schnellen Schritte, denen er kaum folgen konnte, weshalb er immer hinter ihr herlief wie ein Hotelpage.

»Und wieso dauert die Programmierung so lange?«

Seligmann hatte geplant, ein eigenes Online-Magazin der Stadt zu etablieren, mit dem sie von nun an die sozialen Kanäle wirkungsvoller befeuern konnte und dessen erstes großes Thema der Bau der Synagoge sein würde.

»Nach den internen Richtlinien der Ministerien müssen alle neuen Webseiten staatlicher Einrichtungen barrierefrei sein. Also behindertengerecht«, antwortete Götze.

»Und?«

»Das bedeutet skalierbare Texte, Navigationsmöglichkeit ohne Maus, Sprachsteuerung ...«

»Götze!«, unterbrach ihn Seligmann und bliebt abrupt stehen. »Ich wusste schon, was Barrierefreiheit bedeutet, da haben Sie noch nicht mal Internet buchstabieren können. Also, ich will wissen, wie viel Zeit wir dadurch verlieren.«

»Vier Wochen. Maximal zwei Monate«, antwortete Götze zögerlich.

»Götze! Gerade aufgrund Ihrer hohen Sachkenntnis halte ich Ihre undifferenzierte Angabe für inakzeptabel. Finden Sie einen Weg, um die Seite schneller online zu stellen. Ich habe keine zwei Monate. Von mir aus pfeifen Sie auf die Barrierefreiheit.«

»Das lässt uns die IT-Abteilung niemals durchgehen!«

»Lassen Sie das mal meine Sorge sein.«

Ein gelangweilter Sicherheitsmann beobachtete die beiden gerade auf einem von vier Monitoren, als sich ein Audi A4 den Schranken näherte, die er durch eine große Glasscheibe zu kontrollieren hatte. Um diese späte Uhrzeit war es meist ruhig, denn kaum jemand in der Behörde arbeitete so lange wie Frau Seligmann.

Seine Nachtschicht hatte gerade begonnen. In einer halben Stunde würde er die Tiefgarage für heute dichtmachen und dann in dreistündigen Abständen seinen Rundgang durch das Rathaus antreten. Er war autorisiert worden, eine kleinkalibrige Waffe und einen Schlagstock mitzuführen. Beides hatte er im Leben noch nie einsetzen müssen. Die Gemeinde hatte erst kürzlich beschlossen, einen privaten Sicherheitsservice mit der Bewachung zu beauftragen, nachdem bereits zweimal eingebrochen worden war und sensible Akten verschwunden waren.

Der Audi blieb an der Schranke stehen, doch sie öffnete sich nicht automatisch. Offensichtlich niemand vom Haus, denn die Mitarbeiter hatten alle eine elektronische Plakette, und private Besucher durften nur während des »Parteiverkehrs« einfahren. Um diese Zeit verweigerte der Ticketautomat bereits seinen Dienst, und der Wachmann hatte die unangenehme Pflicht, seinen warmen Glaskasten zu verlassen und den Fahrer zum Umkehren aufzufordern. Schon jetzt hasste er den Fahrer des Audi, der bereits zweimal die Klingel betätigt hatte. Er raffte sich auf, ließ aber aus Bequemlichkeit den Gürtel mit Schlagstock und Pistole an der Stuhllehne hängen.

Griesgrämig blieb der rundliche Sicherheitsmann neben dem Auto stehen, hinter dessen sich automatisch öffnendem Seitenfenster ein junger Mann im Anzug erschien.

»Parteiverkehr ist seit zwei Stunden vorbei, kehren Sie bitte um, und kommen Sie morgen wieder«, spulte der Sicherheitsmann monoton seinen Text ab.

»Ich arbeite hier, ich habe nur meine Chipkarte vergessen!«

Der Sicherheitsmann sah sich den Fahrer nun genauer an. Irgendwie sah er nicht aus wie ein Politiker. Der breite Nasenrücken sprach für eine gebrochene Nase, und das zerknitterte Sakko spannte sich rund um die Schultern und Oberarme. Er kannte solche Typen und bedauerte es jetzt, den Gurt mit Schlagstock und Pistole an der Stuhllehne vergessen zu haben.

»Ihren Ausweis bitte«, forderte er den Fahrer auf.

Der Typ im Sakko grinste nur. »Ich habe meinen Ausweis zusammen mit der Chipkarte zu Hause liegen lassen, müsste aber dringend noch mal ins Büro.«

»In Ordnung, dann geben Sie mir bitte Ihren Namen, und ich werde Ihre Personalien und das Kennzeichen des Wagens überprüfen.«

Er zückte einen Notizblock und entfernte sich ein kleines Stück vom Wagen, um sich das Kennzeichen zu notieren.

Der Fahrer wurde sichtlich nervös.

»Hören Sie, ich bin mit einem Leihwagen unterwegs, mein Dienstwagen ist in der Werkstatt.«

Der Sicherheitsmann steckte misstrauisch den Notizblock wieder in die Jackentasche und schüttelte den Kopf.

»Hören Sie, ich würde Ihnen ja wirklich gerne helfen, aber so kann ich Sie auf keinen Fall passieren lassen. Ich muss Sie also bitten, die Einfahrt wieder frei zu machen. Ich werde noch anderweitig gebraucht.«

Das stimmte, denn während der ganzen Zeit waren die Kontrollmonitore der Tiefgarage unbeobachtet geblieben – und allein das war das Ziel des unbekannten Fahrers gewesen.

Der Überfall geschah schnell und brutal. Zwei bullige Gestalten mit schwarzen Sturmmasken hatten sich Seligmann und Götze lautlos von hinten genähert. Einer der beiden trat Götze in die Kniekehlen, der so überrumpelt war, dass er den Schmerz kaum spürte und machtlos auf die Knie sank, wo ihm sein geübter Angreifer mit voller Wucht von hinten in das Kreuz trat. Götze kippte wie ein Sack nach vorne und knallte mit der Stirn auf den Betonboden.

Seligmann hatte gerade per Funkschlüssel die Türen des schwarzen Mercedes entriegelt und den Überfall zunächst überhaupt nicht mitbekommen.

Aus den Augenwinkeln nahm sie nur einen Schatten wahr, hörte den Aufschrei, bevor Götze mit dem Kopf aufschlug, und drehte sich überrascht um. Der zweite Angreifer schlug ihr mit der breiten Faust mitten ins Gesicht. Die randlose Brille zerschnitt Nasenrücken und ein Augenlid. Ihr wurde schwarz vor Augen, sie verlor das Gleichgewicht, schwankte gegen die Seitentür des Mercedes und rutschte auf den Boden.

Während Götze heulend dalag und sich die blutende Stirn hielt, erlebte sie die nächsten Minuten wie durch einen roten Schleier. Der Schock lähmte jegliches Gefühl.

Die beiden Täter packten den verzweifelt um Hilfe schreienden Götze und warfen ihn in den Kofferraum des Mercedes. Einer der beiden ließ ein Messer aufschnappen und hielt es Götze nur wenige Millimeter vor das rechte Auge.

»Noch einen Ton, und ich schneid dir den Augapfel raus.«

Götzes Wehklagen verwandelte sich in ein leises Wimmern. Es roch nach Urin, als der Kofferraumdeckel einschnappte.

Einer der beiden Angreifer zerrte Seligmann hoch, stieß sie auf den Rücksitz und setzte sich hinter das Steuer, während der zweite Mann neben ihr Platz nahm.

Langsam regte sich in ihr der Wille zum Widerstand. Sie musste sich Dinge einprägen, musste trotz der Schmerzen und des blutverklebten Auges versuchen, sich Merkmale oder sprachliche Besonderheiten der Täter zu merken.

Der Motor sprang an, und der Mann neben ihr packte sie brutal an den Haaren, um sie nach unten zu drücken. Er selbst nahm ebenfalls eine gebückte Haltung ein. Seine schwarze

Sturmmaske mit den funkelnden Augen war nur eine Handbreit von ihrem Gesicht entfernt. Er flüsterte fast, und sein Atem roch nach Rauch und Bier.

»Hör genau zu, Judensau. Wir wollen nur eine klitzekleine Information von dir. Wenn du einen Mucks machst, sobald wir hier rausfahren, werden sie nicht mal eure Leichen finden. Hast du mich verstanden?«

Er zog stärker am Haarbüschel in seiner Hand. Erneut schoss eine Welle von Schmerz durch ihren gepeinigten Körper.

»Hast du mich verstanden?«

Seligmann nickte.

Der Fahrer des Audi war inzwischen lauter geworden und stand neben der Autotür.

»Das ist eine Sauerei! Sie haben keine Ahnung, mit wem Sie sich da anlegen. Sie geben mir auf der Stelle Ihren Namen, damit ich Sie bei Ihrem Vorgesetzten melden kann.«

Der Sicherheitsmann war zutiefst irritiert, aber die Vorschriften waren eindeutig, und der Typ war ihm nicht geheuer. Andererseits wollte er aber nicht seinen Job riskieren. Mitten in diesem Dilemma winkte er die schwarze Limousine von Frau Seligmann durch die automatisch geöffnete Schranke, ohne das Gesicht des Fahrers wahrzunehmen.

Er wollte gerade anfangen, den breitschultrigen Anzugträger zu besänftigen, da stieg dieser plötzlich in seinen Audi, legte den Rückwärtsgang ein und gab so viel Gas, dass die Reifen auf dem glatten Boden durchdrehten. Dann verschwand auch dieses Auto aus dem Zuständigkeitsbereich des Wachmannes.

Es dauerte vierundzwanzig Stunden, bis er schließlich von der Polizei zu den Vorkommnissen verhört wurde. Er war fassungslos, dass er das Opfer einer Ablenkung geworden war. Und er war ebenso fassungslos, als man ihm eine Woche später die Stelle aus betrieblichen Gründen kündigte.

Gottfried Wegener, der in der rechten Szene nur Steiner genannt wurde, hatte die Entführung der Politikerin Seligmann penibel vorbereitet. Er war nicht nur kaltblütig und brutal, sondern ein gerissener Stratege, der Risiko und Kalkül genau abzuschätzen wusste. Er war sozusagen die »Exekutive« der rechten Szene. Jemand, den die Kameradschaften im ganzen Land für die schmutzigen Jobs anheuern konnten. Vorausgesetzt, die Bezahlung stimmte.

Schon als kleines Kind hatte Gottfried Wegener eine nationalsozialistische Erziehung genossen. Sein Vater, ein ehemaliger Luftwaffenpilot, schickte ihn schon als Fünfjährigen zur Wiking-Jugend, die in Nordrhein-Westfalen unter dem Deckmantel einer demokratischen Jugendorganisation die Tradition der Hitlerjugend und des Bundes Deutscher Mädel ungehindert fortführte. In der rechten Szene galt die Wiking-Jugend als die herausragende Kaderschule des europäischen Rechtsextremismus und nahm eine Schlüsselstellung in einschlägigen Organisationen und Netzwerken ein.

Gottfried liebte die paramilitärischen Übungen mit seinen Altersgenossen, das Marschieren, Exerzieren und das Leben auf den Zeltplätzen in den Schulferien. Für ihn brach eine Welt zusammen, als 1994 der Bundesinnenminister die Wiking-Jugend als nationalsozialistische Organisation einstufte und verbot. Zu diesem Zeitpunkt war sie die größte neonazistische Jugendorganisation Europas gewesen.

Aufgrund verschiedener Delikte wurde Gottfried schließlich zu sechs Jahren Haft verurteilt, kam aber schon nach knapp drei Jahren wegen guter Führung und »günstiger Sozialprognose« wieder auf freien Fuß. Dann verschwand er spurlos vom Radar des BND.

Jetzt fuhr Wegener den schwarzen Mercedes zum Stadtrand und lenkte ihn dort in ein stillgelegtes Kieswerk. Für die Fahrt hatte er seine Sturmmaske gegen ein Toupet und eine dicke Hornbrille mit Fensterglas getauscht, um auf keiner Überwachungskamera verwertbare Aufnahmen zu hinterlassen.

Nach seinen Berechnungen hatte er mindestens zwei Stunden Zeit, bis die Fahndung nach Seligmann einsetzen würde.

Sein Kamerad Udo Rennicke presste Seligmanns Kopf immer noch auf die Ledersitze, richtete sich nun aber langsam auf, nachdem Gottfried den Motor abgestellt hatte. Draußen war es finstere Nacht, und der Herbstwind hatte sich zu einem regelrechten Orkan entwickelt. Regen, Blätter und kleinere Äste peitschten gegen den Wagen und zeichneten sich im Lichtkegel der Scheinwerfer ab, die eine unwirtliche Gegend aus Kiesbergen und Gestrüpp beleuchteten. Aber dann erloschen auch sie, und trotz der wild pfeifenden Böen des Sturms war nun deutlich Seligmanns gepresster Atem zu hören. Sie hyperventilierte, ihr Puls raste, und die Schmerzen in ihrem Gesicht hatten kein definierbares Zentrum mehr. Der Schmerz war einfach überall. Aus dem Kofferraum kam ein leises Wimmern. Götze schien am Leben zu sein, aber wie lange noch? Ihre Gedanken kreisten panisch um einen möglichen Rettungseinsatz. Wann würde man sie als vermisst melden? Sie arbeitete oft lange, ihr Mann würde wahrscheinlich ins Bett gehen, ohne auch nur den geringsten Verdacht zu schöpfen. Eine Fahndung würde also nicht vor morgen früh beginnen. Was immer diese brutalen Verbrecher mit ihnen vorhatten, sie konnten sich Zeit damit lassen.

Plötzlich wurde Seligmann an den Haaren hochgerissen. Das verletzte Auge war gänzlich zugeschwollen und mit einer dicken Blutkruste bedeckt. Mit dem anderen Auge konnte sie in der Dunkelheit nur schemenhaft die Köpfe der beiden Entführer erkennen. Gottfried hatte wieder seine Sturmhaube übergestreift, knipste die Innenbeleuchtung an und drehte sich zu seiner Gefangenen um, während Rennicke sie mit dem linken Arm umfasste und seine rechte Hand unter ihrem Rock auf ihren Oberschenkel legte. Die Sturmmasken zeigten zwar nur die Augen ihrer Entführer, aber Seligmann konnte förmlich spüren, wie der Mann neben ihr sadistisch grinste.

Seligmann hatte keine Kraft mehr, hatte jeden Widerstand aufgegeben. Der schwarze Mercedes, gepeitscht von düsteren Naturgewalten, war zur gottverlassenen Folterkammer geworden.

»Was ... Was wollen Sie?«, stammelte sie leise.

Die raue Hand des Mannes wanderte langsam unter dem Rock zwischen ihre Schenkel. Verzweifelt packte sie mit beiden Händen die kräftig behaarte Hand, um ihn aufzuhalten. Da hörte sie deutlich ein Klicken neben ihrem Gesicht, und ein Klappmesser blitzte in der linken Hand des Mannes auf.

»Ganz schön wild, die Kleine. Wenn du nicht artig bist, verpass ich dir ein Gesicht wie Scarface.«

»Mach dir die Finger nicht schmutzig an dieser jüdischen Schlampe«, sagte der Entführer vor ihr.

»Meinst du, diese jüdischen Weiber haben auch eine Muschi?«

Seligmann wimmerte und flehte den Mann verzweifelt an. »Bitte, bitte. Tun Sie das nicht ...«

Der Schmerz schien nicht mehr existent. Es war die Ohnmacht, in der Gewalt dieser Bestien zu sein und so abgrundtief gedemütigt zu werden, die ihr den Verstand raubte. Ohne weiteren Widerstand hatte die Hand des Mannes schließlich ihre Scham erreicht.

»Bitte, hören Sie auf. Bitte ... Was wollen Sie?«

Ein größerer Ast krachte donnernd gegen die Windschutzscheibe, sodass selbst die Entführer erschrocken auffuhren. Dabei verrutschte Gottfrieds Sturmhaube ein wenig und entblößte am Hals den Ansatz eines Tattoos. Seine Stimme war nun ganz ruhig und einfühlsam.

»Was wir wollen? Die Frage ist doch, was ihr wollt! Unsere schöne deutsche Stadt schänden, das wollt ihr doch!«

»Was meinen Sie? Was meinen S...«

Der Rest des Satzes ging in Schluchzen unter. Die Wunde am Auge hatte wieder zu bluten begonnen.

Der Mann neben ihr wurde ungeduldig und schrie sie an: »Die jüdische Synagoge, du Schlampe!«

Mit einer kleinen Handbewegung zeigte Gottfried seinem Kameraden an, sich zurückzuhalten, aber auch seine Stimme nahm nun einen strengeren Tonfall an.

»Ihr wolltet 2,5 Millionen an Steuergeldern lockermachen für diesen Schandfleck. 2,5 Millionen! Von braven deutschen Bürgern! Doch dann habt ihr euch verzettelt, und die Kohle wurde auf Eis gelegt. So ein Jammer, das hätte sicher ein nettes Feuer gegeben.« Gottfrieds Stimme wurde bedrohlich. »Jetzt muss ich hören, dass ein stinkreicher Itzig den Bau der Synagoge mit seiner eigenen Kohle zahlen will!«

Seligmann hatte endlich verstanden. Ihre Peiniger wollten den Namen des privaten Geldgebers haben, den Rabbi Moshe ihr heute Nachmittag vorgestellt hatte. Aber das konnten sie doch unmöglich schon wissen.

»Ich weiß nichts von einem privaten Geldgeber. Sie müssen mir glauben. Ich ...«

Gottfried wandte sich kurz ab und brachte ein Foto zum Vorschein, das er unter das Deckenlicht hielt. Dabei offenbarte seine verrutschte Sturmmaske noch mehr von dem Tattoo am Hals, doch Seligmann hatte keinen Blick mehr dafür.

Auf dem Foto waren zwei kleine Mädchen zu sehen, die eine junge Frau gerade vom Kindergarten abholte. Selbst die Hand zwischen ihren Beinen und der donnernde Orkan waren nun weit fort, denn inmitten dieser grausamen Szenerie erkannte sie das süße, unschuldige Lächeln ihrer beiden Enkelinnen.

Süffisant kommentierte Gottfried das Bild: »Zwei widerliche kleine jüdische Bastarde. Findest du nicht?«

Die Stadträtin schnappte nach Luft, ihr Schluchzen wurde hysterisch und laut.

»Nein, nein! Was sind Sie nur für Menschen?«

Langsam begann er kleine Fetzen von dem Foto abzureißen.

»Genau. Wir sind Menschen, aber Ihre kleinen Bastard-Mädchen sind nur verschmutztes arisches Blut. Weißt du, du zitternde Judenschlampe, ich sehe da keine kleinen, niedlichen Kinder. Sondern nur zwei kleine brennende Leiber.«

Gottfried trennte mit einem Riss die Köpfe von den Körpern der Kinder, hob die Sturmmaske an und stopfte sich die Papierfetzen in den Mund.

»Ja, das würde mich glücklich machen!«

Udo gluckste, als er sah, wie Seligmann endgültig zusammenbrach. Sie begann heftig zu zittern, und für einen kurzen Augenblick hatte er Angst, dass die alte Frau einen Herzinfarkt bekommen könnte. Doch dann würgte sie ein Wort hervor.

»Ephraim ...«

»Ich versteh dich nicht. Sprich lauter, oder deine Judenbrut wird den morgigen Tag nicht erleben. Das schwör ich dir!«

»Ephraim. Ephraim Zamir.«

Die Stadträtin sackte laut weinend zusammen und senkte den Kopf. Sie konnte es nicht ertragen, die letzten Fetzen des Bildes ihrer Enkelinnen zu betrachten.

Rennicke zog seine Hand unter dem Rock hervor und roch angewidert an seinen Fingern.

Gottfried griff der Frau erneut unter das Kinn und hob ihren Kopf an, um ihr tief in die verquollenen und blutverschmierten Augen zu sehen.

»Wenn du gelogen hast, töten wir die Kleinen. Wenn du uns die Bullen auf den Hals hetzt, töten wir die Kleinen. Wenn du weiterhin versuchst, den Bau der Synagoge fortzusetzen, dann töten wir die Kleinen.«

Doch Seligmann hörte kaum noch seine Stimme und starrte unbewusst auf das Tattoo am Hals des Mannes. Es zeigte Schlangenköpfe mit herausgestreckten Zungen, die über dem Rundausschnitt des T-Shirts hervorblickten. Das Tattoo an Gottfrieds Hals prägte sich in ihrem Gedächtnis ein.

Grober Sand spritzte auf, als der schwarze Mercedes mit hoher Beschleunigung die Kiesgrube wieder verließ. Am nächtlichen Tatort blieben zwei am Boden kauernde Gestalten zurück, auf die der tobende Herbststurm keine Rücksicht nahm. Seligmann wollte nur noch sterben. Götze nahm seine gebrochene Chefin fest in den Arm und weinte leise mit ihr.

MARIE I

Juni 1985

Wann es genau passiert war, daran konnte Marie sich nicht mehr erinnern. Auch nicht daran, ob sie allein gewesen war oder ob ihre Eltern oder ihr kleiner Bruder Simon sich in der Nähe befanden. In ihrer Erinnerung und ihren Träumen fokussierte sich alles auf ein paar wenige Momentaufnahmen, die sich für immer unauslöschlich in ihr Gedächtnis eingebrannt hatten.

Da waren diese warmen Sonnenstrahlen, die zwischen den halb zugezogenen Vorhängen in der Küche eine leuchtende Schneise bildeten. Sie begannen bei der Sitzecke unterhalb des Fensters und endeten direkt beim Herd auf der gegenüberliegenden Seite und tauchten ihn in ein goldenes Licht. Der Herd war etwas größer als sie selbst, mit dicken schwarzen Drehknöpfen, die klackend einrasteten, wenn man sie drehte, und einem Ofen, durch dessen verschmutzte Schutzglasscheibe man kaum mehr das Innere sehen konnte. Und auch jetzt schmorte irgendetwas hinter der dunklen, verschmierten Scheibe, und oben auf den Herdplatten blubberte es kräftig. Ein köstlicher Duft erfüllte die Küche. Immer roch es hier gut, es roch nach Zuhause, hier war sie geborgen und in Sicherheit.

Schon unzählige Male hatte sie ihrer Mutter beim Kochen zusehen dürfen, für sie gab es kaum etwas Schöneres. Mama hielt für diesen Zweck immer einen kleinen Schemel bereit, auf den sich Marie stellte, um die brodelnden Töpfe von oben sehen zu können. Und manchmal, ganz selten, durfte sie auch mit einem Kochlöffel in Mamas Töpfen rühren. Stetig und gleichmäßig, »damit ja nichts anbrennt«, wie Mama ihr erklärte und sie dabei liebevoll in den Arm nahm.

Doch diesmal war Marie ganz allein, allein mit diesem Herd, der leuchtend vor ihr stand und die vertrauten Geräusche von sich gab. Mama war nicht da. Alles, was blieb, waren dieses Licht, der Herd und ein Topf, dessen langer, verchromter Stiel weit über den Herdrand hinausreichte. Je näher Marie dem Herd kam, umso lauter wurde das Blubbern des Topfes. Konnte es sein, dass Mama den Topf vergessen hatte? Würde nun alles anbrennen? Würde Mama nicht unendlich stolz sein, wenn Marie mit einem Kochlöffel gleichmäßig den Inhalt verrühren würde? Ihr Blick suchte nach dem Schemel, doch der war nicht zu sehen, und das Brodeln über ihr klang zunehmend bedrohlich.

So klein war sie gar nicht mehr, immerhin war sie vor wenigen Wochen vier Jahre alt geworden. Wenn sie sich auf die Zehenspitzen stellte, reichte ihr ausgestreckter Arm bis zu dem Stiel des Topfes, aus dem nun vereinzelt Tropfen sprangen wie kleine Wasserfeen. Sie musste doch nur den Topf zur Seite schieben, und das Blubbern würde nachlassen, auch das hatte ihr Mama längst beigebracht. Fest entschlossen und in Erwartung des Lobes, reckte Marie sich dem Topf entgegen, bis ihre kleinen Finger endlich den Stiel erreichten und kräftig umfassten.

Der Schmerz schoss wie ein Stromschlag durch ihren Körper. Sie schrie auf und riss dabei den Topf mit seiner siedenden Flüssigkeit in die Tiefe.

Das war meistens die Stelle, an der Marie aus ihrem Traum hochschreckte und schwer atmend ihre linke Schulter und Brust befühlte. Die Haut war längst verheilt, aber knorpelig und faltig. Von der Schulter bis hinab zur Hüfte vernarbtes Gewebe, unansehnlich und abstoßend. Zumindest empfand sie es so, wenn sie sich nackt im Spiegel betrachtete.

Wenn sie versuchte, sich an den tragischen Unfall zu erinnern, endete alles in jenem Augenblick, in dem der Topf mit dem kochenden Wasser kippte. Es war fast so, als würde er in Zeitlupe auf sie zufallen, als wäre es ganz einfach, ihn von seinem Vorhaben abzubringen, sie für ihr ganzes Leben zu entstellen.

Den Schmerz, das kochende Wasser, das ihre feine Kinderhaut in Sekundenschnelle aufquellen und platzen ließ, das Klirren des leeren Topfes auf den Fliesen, an nichts davon konnte sie sich mehr erinnern. Auch nicht an die Schreie ihrer Mutter, den Notarzt oder die Einlieferung ins Krankenhaus. Alles war wie ausgelöscht.

Das Leben »danach« begann mit Mamas weinendem Gesicht, umgeben von Ärzten in weißen Kitteln und gleißendem Licht, das direkt über ihr aus Neonröhren vorbeizog. Sie hatte Angst, dass Mama böse war, weil sie doch alles verschüttet hatte und sicher auch der Topf beim Aufprall kaputtgegangen sein musste. Sie hatte so viele Fragen und wollte so viel erklären, aber sie brachte keinen Laut heraus, da man ihr ein Gerät über Nase und Mund gestülpt hatte. Sie verstand nicht, was vor sich ging, nur die geröteten Augen ihrer Mutter verstand sie sehr wohl: »Ich verzeihe dir, mein kleiner Liebling.«

Der Vorfall, wie Marie es später immer nannte – sie hasste das Wort »Unfall«, es hatte so etwas Unkontrollierbares –, war nur der Auslöser und Anlass für weit mehr Schmerz gewesen als der physische, den sie durchmachen musste.

Die Narben auf ihrem Körper waren lediglich der Ausgangspunkt von Ereignissen, die Marie nach und nach veränderten. Für sich genommen war der Vorfall nach einigen Wochen zunächst fast bedeutungslos geworden. Ihr Leben ging nicht nur weiter wie zuvor, es wurde zunächst sogar noch besser. Kaum ein Wunsch wurde ihr mehr abgeschlagen, und die Welt zu Hause in der kleinen Sozialwohnung drehte sich fast nur noch um sie und ihr Wohlbefinden. Selbst im Kindergarten waren die Narben auf der Haut nur dann zu sehen, wenn sie ihr T-Shirt lüftete, was sie manchmal tat, damit ihre Freundinnen ihr dafür Süßigkeiten schenkten.

Mit der Zeit jedoch wurden die feinen Risse in der heilen Welt größer und größer, vor allem, als Marie in die Schule kam und beim Schwimmunterricht mit angewiderten Blicken begafft wurde. Dann gab es keine Süßigkeiten mehr, sondern nur noch heimliches Getuschel und verstohlenes Gelächter, woraufhin sich Marie angewöhnte, Badeanzüge zu tragen, die ihre Narben bedeckten, und die Umkleidekabine erst dann zu betreten, wenn schon alle anderen Mädchen fort waren. Das schützte sie aber nur unwesentlich vor den Gemeinheiten ihrer Klassenkameradinnen. Schon bald gaben sie ihr hässliche Spitznamen wie »Narben-Barbie« oder »Zombie«, doch Marie war eine Kämpferin. Ihr Vater, der Busfahrer war, hatte ihr immer wieder mit auf den Weg gegeben, sich niemals etwas gefallen zu lassen und notfalls für ihr Recht die Fäuste zu erheben.

Levi war ein gottesfürchtiger Mensch, ein regelmäßiger Besucher der Synagoge, aber er war auch impulsiv und konnte schnell aus der Haut fahren. Er war überzeugt, dass die Geschichte seiner Familie, aber vor allem die Geschichte des jüdischen Volkes, sich nicht wiederholen durfte. Und seiner Meinung nach erreichte man das am besten, wenn man frühzeitig lernte, sich gegen Ungerechtigkeit zu erheben.

Es gab da diesen anderen Vorfall, an den sich Marie gut erinnerte, weil er zu lauten Streitereien ihrer Eltern in der Küche geführt hatte. Es musste spätabends gewesen sein, ein angetrunkener Fahrgast mit kahl geschorenem Schädel provozierte und bespuckte ein älteres Pärchen im Bus, die letzten Fahrgäste des Abends. Als Levi an der nächsten Bushaltestelle anhielt, um den Randalierer aus dem Bus zu werfen, beschimpfte dieser ihn als Drecksjuden und reckte ihm grinsend seinen Mittelfinger entgegen. Levi sah rot, packte den handlichen Feuerlöscher, der neben seinem Sitz angebracht war, und schlug dem Neonazi die Metallflasche brutal ins Gesicht. Zwar sagte das ältere Pärchen später zu seinen Gunsten aus, doch die Verletzung durch den Feuerlöscher beförderte den Skinhead für mehrere Monate auf die Intensivstation und machte aus ihm einen Pflegefall.

Dem Busfahrer Levi brachten seine »Prinzipien« mit neunundfünfzig Jahren den Verlust seines Jobs und eine Haftstrafe auf Bewährung ein. Marie brachten Papa Levis Ratschläge mehrere Verweise und die Versetzung auf eine andere Schule, nachdem auch sie ihre Konflikte lieber mit den Fäusten austrug als mit Worten. Die Wünsche ihrer Mutter Selma, das Mädchen möge mehr nach ihr selbst kommen, gingen nie in Erfüllung.

FÜNFUNDZWANZIG JAHRE SPÄTER

Freitag, 15. Oktober 2010

Die Abteilung für Bewährungshilfe befand sich in einem schlichten, mausgrauen Verwaltungsgebäude mitten in der Stadt, das dem Landgericht angegliedert war. Ein heftiger Wind peitschte um das Gebäude und trieb abgerissene Äste, Plastiktüten und zerschlissene Tageszeitungen durch die Straßenschluchten der Innenstadt.

Die Nachrichten vermeldeten einen Jahrhundertsturm, der vergangene Nacht mit Spitzengeschwindigkeiten von bis zu hundertachtzig Kilometern pro Stunde enorme Schäden angerichtet hatte. Das öffentliche Nahverkehrssystem war gänzlich zusammengebrochen. Schräg stehende Autos und umgekippte Busse waren immer noch stumme Zeugen der Naturgewalten. Mehrere Menschen starben durch umstürzende Bäume und Strommasten, und zahlreiche weitere wurden durch umherfliegende Gegenstände verletzt. Der Sachschaden ging in die Millionen.

Marie Stresemann hatte kaum Notiz von den Nachrichten genommen. Sie hatte sich nur geärgert, dass sie eine kleine Ewigkeit auf die S-Bahn warten musste. Mit anderen Menschen in einer geschlossenen Metallröhre eingesperrt zu sein war ihr ein Gräuel. Sie hatte schon Probleme damit, wenn Gesprächspartner nicht die nötige Distanz einhielten und ihr zu dicht auf die Pelle rückten. Nicht ohne Grund hatte sie während ihres Studiums der Sozialpädagogik das Fachgebiet Proxemik belegt, in dem die körperliche Distanz und der nonverbale Austausch von Signalen zwischen Menschen erforscht wurden. In der Öffentlichkeit bildeten theoretisch dreieinhalb Meter bei den meisten Menschen den optimalen Abstand zu anderen Passanten. In sozialen Kreisen oder am Arbeitsplatz empfanden die meisten Menschen einen Abstand von etwa 1,2 Metern als angenehm. Für Marie Stresemann kosteten jedoch bereits 1,2 Meter enorme Überwindung und Selbstbeherrschung.

Der anschließenden Fahrt in einem zum Bersten gefüllten und überhitzten Bus war sie also kaum gewachsen. Schweißgebadet quetschte sie sich durch die Fahrgäste ins Freie, atmete tief ein und genoss den stürmischen Wind, der ihre schulterlangen dunklen Haare zerzauste. Sie trug einen Trenchcoat und einen schwarzen Rollkragenpullover, dazu enge Jeans und bequeme Turnschuhe. Genau die richtigen Schuhe, um die letzten eineinhalb Kilometer zu Fuß zu laufen.

Und dabei sollte heute ihr großer Tag werden.

Nach dem Studium, einem Anerkennungsjahr und einer erfolgreich abgeschlossenen Probezeit war sie vor zwei Jahren mit der Vergütungsklasse A9 verbeamtet und hierher versetzt worden. Ihr Gehalt war, verglichen mit dem ehemaliger Studienkolleginnen in der freien Industrie, eine, wie sie es gerne ausdrückte, »echte Herausforderung«.

Ihr Chef hatte beschlossen, ihr mit nur neunundzwanzig

Jahren die Position eines Kollegen im Krankenstand zu übertragen, dessen Klienten nicht nur Bagatelldelikte und kleine Verbrechen begangen hatten, sondern zur Klasse der Schwerverbrecher zählten. Sie gehörten zur Betreuungsgruppe III und IV der sogenannten »Dittmannliste«, einer Kriterienliste aus der Forensik. Betreuungsgruppe III und IV bedeutete »hohes Rückfallrisiko, bezogen auf die direkte Gefahr für Leib und Leben Dritter«.

Bezahlt hatte ihr Vorgänger diese anspruchsvolle Aufgabe mit einem Schädelbasisbruch und künstlichem Koma, als er eines seiner besserungsresistenten Schäfchen wieder der Haftvollzugsanstalt überstellen wollte. Die »risikoorientierte Intervention«, so der Fachjargon, war gescheitert.

Die meisten ihrer älteren Kollegen zweifelten diese Personalentscheidung eindeutig an, doch ihr Chef hatte die Entwicklung der jungen Frau aufmerksam verfolgt und war erstaunt gewesen, wie stark und selbstbewusst sie ihre Klienten wieder auf die richtige Bahn brachte. Ihre Erfolgsquote war überdurchschnittlich. Er fand, es war an der Zeit, ihr anspruchsvollere Aufgaben zu übergeben, denn er glaubte an sie und war sich zu hundert Prozent sicher, die richtige Wahl getroffen zu haben. Dabei redete er sich selbst ein, dass seine Entscheidung nicht von der Tatsache beeinflusst worden war, dass er die junge, hochgewachsene Frau besonders anziehend fand.

Einer dieser anspruchsvollen Fälle der Betreuungsgruppe IV war ein bekennender Neonazi. Er sollte am Morgen zum Erstgespräch in der Behörde erscheinen. Es war ungefähr vergleichbar mit der Situation, wenn ein junger Chirurg seine erste eigene OP durchführte oder der Co-Pilot endlich zum Piloten wurde. Je komplizierter die Operation oder je mächtiger der Flieger, umso größer die Aufregung.

Marie Stresemann hatte sich gut vorbereitet, die meisten Fakten kannte sie inzwischen auswendig: Karl Rieger, vierunddreißig Jahre alt, geboren in Anklam, Mecklenburg-Vorpommern, Vater Stasi-Vergangenheit. 1992, im Alter von sechzehn Jahren, wurde er erstmals aktenkundig bei Brandanschlägen auf das Asylbewerberheim in Rostock-Lichtenhagen. Mehrere hundert Randalierer hatten am dritten Tag der Auseinandersetzung zwischen Rechtsextremen und der Polizei mit Molotowcocktails das angrenzende Wohnheim in Brand gesteckt, in dem sich noch hundert Vietnamesen und ein Fernsehteam des ZDF aufhielten. Dreitausend Zivilisten applaudierten dabei und behinderten die Löscharbeiten. Auf dem Höhepunkt der Auseinandersetzungen zog sich die Polizei zeitweise völlig zurück, da die Anzahl der Gewalttäter zwischenzeitlich auf über Tausend angewachsen war. Die Vietnamesen und das ZDF-Team waren von da an in dem brennenden Haus vollkommen schutzlos sich selbst überlassen, konnten sich aber schließlich auf das Dach des Hochhauses retten.

Karl Rieger wurde damals als Mitläufer eingestuft, nach kurzem Aufenthalt in Untersuchungshaft aber wieder auf freien Fuß gesetzt. Der hochbegabte Sohn eines Unternehmerpärchens siedelte mit zweiundzwanzig nach München um und studierte dort an der Ludwig-Maximilians-Universität Geschichte. Eine schwere Körperverletzung an einem dunkelhäutigen Kommilitonen sowie seine nicht autorisierte Diplomarbeit mit dem Titel *Studien und Beweisführung zur Belegung der Holocaust-Lüge* führten zur Exmatrikulation.

Nach seinem Ausschluss übernahm er die Leitung der »Kameradschaft Süd«, der größten Neonazi-Organisation in Bayern, und war laut Staatsanwaltschaft mutmaßlich an einem Bombenattentat zur Grundsteinlegung des geplanten jüdischen Kulturzentrums in München beteiligt. Dies konnte ihm aber nie zweifelsfrei nachgewiesen werden. Er lebte schließlich für einige Jahre in Mecklenburg-Vorpommern im Haus seiner Eltern, bis er erneut nach München zog, wo er wegen Erpressung und schwerer Körperverletzung zu drei Jahren Haft verurteilt wurde, nun aber bereits nach fünfzehn Monaten unter »Führungsaufsicht« – und damit war Marie gemeint – auf Bewährung freikam.

Ja, das war es, wofür sie gebüffelt und studiert hatte, das war genau die Herausforderung, auf die sie seit Jahren wartete. Und nun kam sie eine halbe Stunde zu spät. Die Fußgängerampel schaltete auf Rot. Sie überquerte dennoch mit großen Schritten die Kreuzung. Ein Kleinbus war gezwungen, heftig abzubremsen. Der erschrockene Fahrer schimpfte laut aus dem Fenster und zeigte ihr eine eindeutige Geste, doch Marie Stresemann nahm ihn kaum wahr.

Murat Demirs äußeres Erscheinungsbild entsprach in gewisser Weise einer Uniformität, mit der sich Sozialpädagogen gerne zu erkennen gaben.

Seine langen Haare bedeckten den Kopf nur noch an wenigen Stellen und waren zu einem dünnen Pferdeschwanz zusammengebunden. Eine schmale, abgegriffene Lesebrille baumelte über einem rot-weiß karierten Baumwollhemd, das in einer dunkelbraunen, abgewetzten Cordhose steckte. Seine Laufschuhe hatten auch schon bessere Tage gesehen. Die Nikotinflecken an seinen Fingern und die borstigen Bartstoppeln, all das passte in das Bild eines berufserfahrenen Streetworkers. Nur eines widersprach diesem Klischee: Murat Demir hatte einen äußerst gut trainierten Körper. Es war genau diese Mischung aus sozialpädagogischem Anstrich und körperlicher Präsenz, die ihm auf der Straße Erfolg verschafft hatte. Seine Klienten schätzten ihn nicht nur, sie respektierten ihn auch.

Sicher lag das auch daran, dass Murat nur bis zu einem gewissen Grad mit salbungsvoller Stimmlage auf die Kraft der Rhetorik setzte. Reizte man ihn zu sehr, ging sein Temperament mit ihm durch, was ihm schon zwei disziplinäre Verwarnungen eingebracht hatte. Dennoch schätzten ihn auch seine Vorgesetzten, denn kaum einer hatte bei den »Härtefällen« so viel Erfolg wie Murat. Entsprechend groß war auch sein Ego, das er gerne im Amt zur Schau stellte.

Dass eine Anfängerin einen so brisanten Fall wie einen unverbesserlichen Neonazi zugewiesen bekommen hatte, nagte schwer an diesem Selbstwertgefühl. Noch dazu war sie nun fast eine halbe Stunde zu spät. Der »Fall« war zwar auch noch nicht eingetroffen, aber die erste Regel lautete: Pünktlichkeit. Nur wer ein gutes Vorbild war, hatte die Chance, irgendwann seine Klienten auf den Weg der Besserung zu lotsen.

Wütend stand Murat in Stresemanns leerem Büro. Er war gekommen, um ihr wertvolle Ratschläge im Umgang mit Rechtsradikalen zu geben, aber umsonst. Aus seiner Gesäßtasche holte er ein altes Nokia-Handy und wählte ihre Nummer, doch niemand hob ab, nicht mal ein Anrufbeantworter. Regel Nummer zwei: Sei immer erreichbar oder gib deinen Klienten die Möglichkeit, eine Nachricht zu hinterlassen.

O Gott, was hatte sich der Chef nur dabei gedacht? Ganz offensichtlich hatte er keine Ahnung davon, wie das Leben auf der Straße wirklich war.

Sein Blick fiel auf eine Mappe, die mitten auf Stresemanns Schreibtisch lag. Er biss sich auf die Lippen, zögerte aber nur kurz, dann nahm er die Mappe an sich. Wie vermutet, war es die Akte des Neonazis. In diesem Augenblick läutete Stresemanns Telefon. Murat hob ab.

»Apparat Stresemann!«

»Hier ist der Empfang, der Besuch von Frau Stresemann ist da.«

»Schicken Sie ihn in Besprechungsraum drei, ich gebe Frau Stresemann Bescheid.«

Murat legte den Hörer auf und sah noch mal auf die Uhr.

Wer zu spät kommt, den bestraft das Leben. Lächelnd machte er sich mit Karl Riegers Akte auf den Weg.

Marie Stresemann hetzte den Gang entlang. Fast hätte sie das Gleichgewicht verloren, als sie um eine Ecke bog und frontal mit Murat Demir zusammenstieß – ausgerechnet dem größten Kotzbrocken, den man sich als Kollege nur vorstellen konnte. Blitzschnell reagierte Murat und verhinderte, dass Marie zu Boden stürzte. Er packte sie mit festem Griff am Oberarm, wobei die Akte in seiner Hand zu Boden fiel.

Heilfroh, der Peinlichkeit entgangen zu sein, langgestreckt vor Murat auf dem Boden zu liegen, erkannte sie sofort die Mappe, nach der sich Murat bückte.

»Ist das die Akte Rieger aus meinem Büro?«

Murat fühlte sich ertappt, überspielte es aber.

»Da, wo ich herkomme, begrüßt man sich erst einmal. Guten Morgen, Frau Stresemann!«

Marie war in Fahrt und hatte keinen Nerv, auf Murats Spielchen einzugehen.

»Sie waren einfach in meinem Büro und haben sich die Akte von meinem Schreibtisch genommen?« Dabei schüttelte sie verständnislos den Kopf und streckte den Arm nach der Mappe aus. »Geben Sie sie mir!«

»Liebe Kollegin«, sagte Murat süffisant. »Sie sind nicht nur eine halbe Stunde zu spät, Sie haben auch nicht die geringste Ahnung, worauf Sie sich da einlassen.«

»Geben Sie mir die Akte!«, wiederholte sie laut und versuchte, ihm mit einem schnellen Griff die Mappe zu entreißen. Das überraschte Murat so sehr, dass er nachgab und die Akte mit einem Ruck in Maries Armen landete.

Chapeau, dachte er. Kein anderer Kollege hätte es gewagt, ihn physisch zu bedrängen. Vielleicht hatte er sich in Marie Stresemann geirrt.

»Es tut mir leid, okay?«

Doch Marie reagierte nicht darauf, sondern setzte ihren Weg mit großen Schritten fort, während ihr Murat folgte.

»Hey!«, rief er ihr nach. »Ich mach Ihnen einen Vorschlag:

Ich setze mich dazu. Ich weiß, wie man diese Typen behandeln muss, damit sie einen überhaupt wahrnehmen. Glauben Sie mir! Sie werden noch heilfroh sein, dass ich Ihnen meine Hilfe anbiete.«

Marie erreichte schließlich Besprechungsraum drei. Kurz drehte sie sich noch mal zu Murat um.

»Ich brauche keine Hilfe, also lassen Sie mich meinen Job machen und kümmern Sie sich um Ihre eigenen Fälle!«

Mit diesen Worten wandte sie sich von Murat ab, verschwand in dem Raum und schloss geräuschvoll die Tür hinter sich. Murat Demir war wirklich überrascht, und das kam nicht oft vor. Es dauerte eine Weile, bis er sich wieder fing, tief durchatmete und beschloss, dem Gespräch im Nebenraum über eine Abhörvorrichtung zu folgen. Das war zwar ohne Einverständnis des Gesprächsleiters illegal, aber das juckte Murat Demir nicht.

Marie Stresemann musterte den kahlköpfigen Mann. Lässig nach hinten gelehnt, saß er an einem hellgrauen Tisch, der schon bessere Tage gesehen hatte. Brandflecken und Kratzer markierten vor allem die Besucherseite des Tisches, an der Karl Rieger saß. Er trug eine Kombination aus Lederjacke, Jeans und Springerstiefeln. Eigentlich ein attraktiver Kerl, dachte Marie, wären da nicht die abrasierten Haare und seine menschenverachtende Gesinnung. Sie empfand Abscheu für ihn und seine Geschichte, wollte sich dies aber auf keinen Fall anmerken lassen. Ihr Ziel war es schließlich, ihn zu resozialisieren, ihn wieder zu einem wertvollen Mitglied der Gesellschaft zu machen.

Marie brachte mit drei großen Schritten den grauen Tisch zwischen sich und ihren Besucher, dann setzte sie ein künstliches Lächeln auf und stellte sich vor.

»Hallo, Herr Rieger. Mein Name ist Marie Stresemann. Ich bin Ihre Bewährungshelferin.«

Dabei schob sie ihm ihre Visitenkarte zu und streckte ihm freundschaftlich die Hand entgegen, doch Rieger missachtete die Geste und behielt seine Hände in den Hosentaschen. Er hatte nicht erwartet, dass ihm eine Frau zugeteilt wurde, noch dazu eine junge Frau. Seine Überraschung konnte er nicht verbergen.

»Sie?«

»Wo liegt das Problem?«

»Kein Problem, kein Problem, echt nicht.« Er schüttelte den Kopf und musterte sie.

Schlank, vielleicht ein Meter siebzig, dunkle Haare bis zu den Schultern, kein Make-up, kaum Schmuck, ein schmales hübsches Gesicht. Sie legte soeben ihren Trenchcoat ab, unter dem ein eng anliegender schwarzer Rollkragenpullover zum Vorschein kam.

Hey, Gott liebt mich, dachte er sich und schmunzelte bei ihrem Anblick.

Marie waren die prüfenden Blicke nicht entgangen. Karls freches Grinsen bestätigte ihre Vermutung. Es war wie ein Déjà-vu. Immer wieder hatte sie die Erfahrung gemacht, dass vor allem Männer sie aufgrund ihrer äußeren Erscheinung vollkommen unterschätzten. Um ihren sexuellen Fantasien keinen Vorschub zu leisten, verzichtete sie seit jeher auf Make-up oder gewagte Kleidung, doch als fast ebenso beklemmend empfand sie es, wenn dieser Umstand bei ehemaligen Dozenten oder älteren Kollegen eine Art Beschützerinstinkt auslöste, der sich durch väterliche Ratschläge und unangebrachte Tätscheleien bemerkbar machte. Was auch immer davon auf Karl Rieger zutraf, er nahm sie offensichtlich nicht ernst, und das machte sie furchtbar wütend.

Marie legte die Akte auf den Tisch, zog ihren Trenchcoat aus und nahm gegenüber von Karl Rieger Platz. Während sie in den Unterlagen blätterte, bat sie ihn beiläufig um seinen Ausweis.

Karl atmete tief durch, richtete sich leicht auf und brachte aus der Jackeninnentasche einen schwarzen, abgegriffenen

Geldbeutel hervor, den leicht verbogene, silberne SS-Runen mit einem Totenkopf zierten.

Marie hatte das gesuchte Formular in der Akte gefunden und sah auf. Ihr Blick fiel auf den Geldbeutel. Unweigerlich schoss ihr der Paragraf 86 des Strafgesetzbuches durch den Kopf: »Mit Freiheitsstrafe bis zu drei Jahren oder mit Geldstrafe wird bestraft, wer im Inland Kennzeichen einer verfassungswidrigen Organisation verwendet oder verbreitet.«

Karl schnippte seinen Personalausweis über den Tisch, der auf der Akte landete, sich dort überschlug und beinahe vom Tisch geflogen wäre, hätte ihn Marie nicht mit einer raschen Handbewegung aufgefangen.

Karl grinste sie an, wurde aber etwas verlegen, als ihr Blick streng auf dem SS-Abzeichen ruhte.

»Sorry, hatte ich ganz vergessen.« Er legte die Hand darüber. »Ist ein Geschenk gewesen. Kommt nicht wieder vor.«

»Ja, kommt nicht wieder vor, denn Sie geben mir augenblicklich dieses abscheuliche Ding, oder unser Treffen ist beendet.«

Ihr Blick blieb dabei kalt und hart.

»Ist nicht Ihr Ernst, oder?«

Karl hielt dem Blick stand.

Marie wartete ein paar Sekunden, dann beendete sie den unsichtbaren Kampf, schloss die Akte mit einem lauten Knall und machte Anstalten, zu gehen.

»Hey! Was wird das? Ist doch nur ein Stück Metall.«

Langsam stand sie auf und nahm ihren Mantel von der Lehne.

»Ich pack das Ding weg, kommen Sie ...«

Marie schlüpfte in ihren Trenchcoat, ohne einen Ton zu sagen.

»Okay, okay! Sie wollen das Scheißding, Sie kriegen es. Hier!«

Wütend riss er die Plakette vom Geldbeutel und schleuderte sie über den Tisch. Diesmal hinderte Marie das Teil nicht daran, auf den Boden zu scheppern, wo es unbeachtet liegen blieb.

Langsam zog sie ihren Mantel wieder aus und setzte sich.

»Es gibt ein paar Grundregeln hier, und eine ist: Sie werden keine Straftaten mehr begehen. Die offene Zurschaustellung von Hakenkreuzen und SS-Abzeichen ist aber eine Straftat.«

Karl stand ruckartig auf und zog wütend seine Jacke aus, sodass Marie es kurz mit der Angst zu tun bekam und unweigerlich an ihren im Koma liegenden Vorgänger denken musste.

»Was für ein Scheiß. Und was ist damit?«

Er warf seine Jacke auf den Boden und reckte ihr mit geballten Fäusten seine beiden Unterarme hin, auf denen die SS-Runen und die Zahl 88 tätowiert waren – 88 für die Buchstaben »HH«, unter Neonazis die Kurzform für »Heil Hitler«.

»Soll ich mir die Haut abziehen lassen, bloß weil Sie ein Problem damit haben?«

Maries Puls war deutlich schneller geworden, aber sie versuchte nach außen weiterhin ganz ruhig zu wirken.

»Setzen Sie sich.«

Karl schluckte seine Wut hinunter, biss die Zähne aufeinander und grinste sie wieder an. Dann setzte er sich und verschränkte die Hände, wobei er sich nach vorne beugte und sich auf die Unterarme lehnte. Es hatte fast den Anschein, als würde er beten.

Marie klappte die Akte wieder auf und verglich den Ausweis mit den Daten in der Mappe.

»Stresemann, ist das jiddisch?«, durchbrach Karl die Stille. Irritiert sah sie ihn an.

»Wie bitte?«

»Ist doch eine ganz simple Frage, oder? Ist das jiddisch? Ihr Nachname?«

»Am besten googeln Sie, ich weiß es nicht«, log Marie und versuchte, sich wieder der Akte zuzuwenden, aber Karl ließ nicht locker.

»Sie wissen nicht, ob Sie jüdisch sind?«

Wieder blickte sie nach oben.

»Sie werden es nicht glauben, aber nicht alle Menschen machen um ihre Abstammung so ein Aufhebens wie Sie und Ihre sogenannten Kameraden.«

Sie hatte den letzten Zahlenabgleich endlich beendet, schob ihm den Ausweis wieder zu und machte mit einem Stift noch eine Notiz, dann stellte sie klar: »Herr Rieger, ich bin nicht Ihre Sozialhelferin oder Ihre Kummertante. Mein Job ist es, Sie mit den mir zur Verfügung stehenden Mitteln wieder in die Gesellschaft zu integrieren. Mein Job ist es außerdem, zu beurteilen, ob das möglich ist. Das geht nicht ohne Ihre Hilfe. Wenn wir beide also versagen, weist man mir nur einen neuen Fall zu, Sie aber wandern wieder ins Gefängnis. War das deutlich genug für Sie?«

Karl nickte, nahm seinen Ausweis und die Visitenkarte, die immer noch vor ihm lag, und verstaute beides in seinem lädierten Geldbeutel.

»Sie müssen tun, was Sie tun müssen. Und ich muss tun, was ich tun muss.«

Marie Stresemann klopfte nervös mit ihrem Stift auf die Tischplatte.

»Zunächst *müssen* Sie sich vor allem von Ihren rechten Kameraden fernhalten. Bereits der fernmündliche Kontakt ...«

Karl lachte abfällig. »Der was?«

»Ein Telefonat. Bereits ein Telefonat mit Zugehörigen zur rechtsradikalen Szene wäre ein schwerer Verstoß gegen Ihre Bewährungsauflagen und ...«

»Ich kenne meine Bewährungsauflagen, also können wir das nicht abkürzen?«

Marie Stresemann versuchte weiterhin entspannt zu wirken und lehnte sich langsam zurück.

»Wir brauchen einen Job für Sie. In Ihren Akten steht, Sie haben Abitur und danach sechs Semester Geschichte studiert. Während der Zeit haben Sie Ihr Geld als Taxifahrer verdient. Wäre das nichts für den Anfang?«

»Kein Problem, aber ich fahre keine Türken, Homos und Juden. Den Gestank bekommt man so schwer aus dem Wagen«, provozierte er und grinste ihr ins Gesicht.

Das reichte. Marie war kurz davor, aus der Haut zu fahren. Eine saftige Ohrfeige war das Mindeste, wonach ihr der Sinn stand. Aber sie hatte sich im Griff, wollte nicht schon beim allerersten Gespräch versagen und legte sich eine passende Antwort zurecht, als die Tür zum Besprechungsraum aufgerissen wurde.

Murat Demir stürzte sich wie ein Berserker auf Karl Rieger, riss ihn mit seinen kräftigen Pranken vom Stuhl hoch und presste ihn an die Wand. Das alles ging so schnell, dass Marie nicht die geringste Chance hatte einzugreifen.

»Jetzt hör mir mal ganz genau zu, du braunes Stück Scheiße«, schrie Murat dem Neonazi ins Gesicht, dem der Schreck in die Knochen gefahren war. »Noch eine solche Bemerkung und ...«

Marie sprang auf und eilte um den Tisch herum.

»Hören Sie auf! Hören Sie sofort auf damit!«

Aber Murat ignorierte sie.

»... und ich schwöre dir, du bekommst direkt ein Blaulichttaxi von hier zurück in den Knast.«

»Lassen Sie ihn auf der Stelle los. Auf der Stelle!«, schrie sie Murat an.

Endlich ließ Murat von Karl ab, blieb aber ganz nah vor ihm stehen und starrte ihm in die Augen. Karl hatte sich mittlerweile gefasst.

»Rüzgâr eken fırtına biçer«, sagte Rieger ganz ruhig.

Noch bevor Murat etwas erwidern konnte, schob sich Marie zwischen die beiden Kontrahenten und drückte sie auseinander.

»Schluss jetzt!« Sie wandte sich Murat zu. »Sie verlassen auf der Stelle diesen Raum.«

Doch Murat war noch nicht fertig mit Karl Rieger.

»Du hältst dich wohl für ganz schlau, aber von jetzt an häng ich dir wie eine Klette am Arsch. Hörst du ...«

Für eine so zierliche Frau hatte Marie Stresemann erstaunlich viel Kraft und schob Murat Demir langsam auf die offene Tür zu.

Murat hob dabei beide Hände, als würde er sich ergeben, während er rückwärts auf den Gang hinausgedrängt wurde.

»Ich gehe. Ich gehe ja schon. Ich bin ganz ruhig, alles okay. Alles okay, aber Sie sollten diesem Nazi klarmachen, wer hier die Hosen anhat.«

Die beiden waren inzwischen im Flur angekommen. Maries Ton war ruhiger geworden.

»Sie sind mir ein großes Vorbild. Toll, wie Sie das eben gemacht haben, wirklich. Ich wünschte, ich hätte Ihre Erfahrung. Ganz große Klasse!«, sagte sie sarkastisch, und ihre Augen funkelten wütend.

»Ich warte hier!«, beharrte Murat.

»Nein, tun Sie nicht. Sie gehen jetzt in Ihr Büro, oder ich melde den Vorfall der Dienststelle.«

Murat hatte genug Menschenkenntnis, um festzustellen, dass es sich dabei nicht um eine leere Drohung handelte.

Trotzdem wollte er noch ein letztes Mal an ihre Vernunft appellieren.

»Sie machen das falsch, Sie ...« Doch weiter kam er nicht.

Mit einem lauten Knall schloss sich die Tür vor seiner Nase.

Murat überlegte, ob er erneut in den Nebenraum gehen und das Gespräch verfolgen sollte, aber er entschied sich dagegen. Sollte sie sich doch die Zähne an diesem Kerl ausbeißen. Er würde sie jedenfalls nicht im Krankenhaus besuchen. Fluchend machte er sich auf den Weg in sein Büro.

»Setzen sie sich!«, forderte Marie Rieger auf, der dabei war, sein schwarzes Hemd in die Hose zu stopfen, und Marie ignorierte.

Sie nahm wieder Platz und wartete geduldig, bis Rieger fertig war. Mit freundlicherem Ton bat sie ihn erneut, sich hinzusetzen. Diesmal reagierte er. Sein Blick war jetzt weit weniger arrogant, sein süffisantes Lächeln verschwunden. Vielleicht hatte Murats Aktion ja dazu beigetragen, dass das Gespräch von nun an besser verlief.

»Was haben Sie zu ihm gesagt?«

»Was meinen Sie?«

»Sie haben türkisch mit ihm gesprochen. Sie sprechen Türkisch?«

»Ein paar Brocken. Habe ich im Knast gelernt. Hilft dir, wenn du nicht jeden Tag eins in die Fresse kriegen willst.«

»Also, was haben Sie zu ihm gesagt?«

»Ist ein türkisches Sprichwort.«

»Und weiter?«

»Auf Deutsch heißt es: Wer Wind sät, wird Sturm ernten.«

Marie hatte eher mit einer Beleidigung gerechnet.

»Erklären Sie mir, wie ein so intelligenter junger Mann wie Sie eine so menschenverachtende Ideologie annehmen konnte.«

Gott, was für ein Anfängerfehler.

»Vergessen Sie die Frage!«

Doch zu spät. Eine solche Vorlage ließ sich Rieger nicht entgehen: »Nein, nein. Die Frage ist gut. Sie müssen bloß den Blickwinkel wechseln. Aus meiner Sicht sind nur die arischen Völker Menschen. Wie also kann meine Ideologie menschenverachtend sein?«

Das saß! Für einen Augenblick hatte sie sich falschen Hoffnungen hingegeben. Wie naiv sie doch war. Vielleicht hatte Murat recht, vielleicht war sie noch nicht reif für einen solchen Fall.

Sie schüttelte den Kopf und winkte ab, um deutlich zu machen, dass sie sich auf keine Diskussion einlassen wollte. Hilfe suchend hielt sie sich an der Akte fest und versuchte, von nun an das erlernte Protokoll einzuhalten: Familie. Die Familie war wichtig für eine erfolgreiche Eingliederung. Sie konnte einem nicht nur eine soziale, sondern – laut ihren Akten – in Riegers Fall auch eine finanzielle Stütze sein.

»Lassen Sie uns über Ihre Familie reden. Hier steht, Sie haben keine Geschwister, und Ihre Eltern leben nach wie vor in Anklam, Mecklenburg-Vorpommern. Haben Sie noch Kontakt zu ihnen?«

»Ich habe keine Eltern mehr. Meine Familie ist die Bewegung«, erwiderte Karl sachlich.

»Hier steht außerdem, Sie hätten während Ihres Gefängnisaufenthalts mehrmals Besuch gehabt von dem dreizehnjährigen Gymnasiasten Thomas Worch. In welchem Verhältnis stehen Sie zu diesem Jungen?«

Die Erwähnung von Thomas' Namen machte Karl Rieger unruhig.

»Das geht Sie nicht das Geringste an.«

Marie witterte eine Chance, Karl Rieger aus der Reserve zu locken.

»Doch, tut es sehr wohl. Jeder Ihrer sozialen Kontakte muss von mir überprüft und beurteilt werden. Wie also ist Ihre Beziehung zu diesem ... *Minderjährigen?*«

»Sie bewegen sich auf sehr dünnem Eis, Frau Stresemann.« Nervös begann er mit den Fingernägeln auf der Tischplatte zu trommeln. »Wenn Sie irgendeine Homo-Kiste andeuten wollen ...«

Marie unterbrach ihn schroff.

»Ich tue, was ich tun muss, und Sie tun, was Sie tun müssen.«

Sie hatte das Gefühl, langsam die Oberhand zu gewinnen, und merkte, wie Rieger mit sich rang. Das Trommeln seiner Finger auf dem Tisch wurde schneller und endete plötzlich abrupt.

»Thomas ist für mich wie ein Bruder. Ich bin der Einzige, der ihn versteht, der Einzige, der sich wirklich um ihn kümmert. Wenn's irgendwie geht, ist er bei mir und nicht bei seiner scheiß Mutter.«

»Soweit ich hier sehe, kommt Thomas aus gutem Elternhaus. Wo liegt das Problem?«

Karl lachte bitter auf.

»Seine Eltern? Die sind geschieden, sein scheiß Vater hat ihn seit der Scheidung kein einziges Mal gesehen, hat sogar vor Gericht erreicht, dass er sich ihm nicht nähern darf, und seine Mutter ist eine Hure, die es jede Woche mit einem anderen Kanaken treibt.«

»Warum hat er keine gleichaltrigen Freunde?«, hakte Marie nach und versetzte ihm nun ganz bewusst einen Stich, indem sie die nächste Frage langsam auf der Zunge zergehen ließ: »Warum lässt er sich mit Ihnen ein?«

Augenblicklich fuhr Rieger aus der Haut.

»Sie haben doch keine Ahnung! Sie sitzen hier in Ihrer kleinen, heilen Welt, haben sich die Dinge zurechtgerückt, wie Sie sie brauchen, und denken, Sie haben den Durchblick. Einen Scheiß haben Sie!«

Nun war es an Marie, ein süffisantes Lächeln aufzusetzen.

»Dann erklären Sie es mir.«

Karl zerrte wütend das zusammengefaltete gelbe Flugblatt, das er Thomas abgenommen hatte, aus seiner Tasche und warf es Marie gegen die Brust.

»Das hier ist die Scheißwelt, in der wir leben.«

Neugierig entfaltete Marie den gelben Zettel und überflog den Text, während Karl seinem Zorn weiter freien Lauf ließ.

»Wenn seine Mutter auch nur einen Funken Liebe für ihren Sohn hätte, würde sie diesem Dreck in der Nachbarschaft den Krieg erklären und sich Respekt verschaffen. Aber selbst wenn diese Hure den Mumm hätte, das zu tun, hätte dieser Abschaum die Polizei auf seiner Seite. Die stecken nämlich alle unter einer Decke. Und dann, dann würden sie Thomas in irgendein Heim stecken, wo er hilflos irgendwelchen Arschfickern ausgeliefert wäre. So läuft das. Ein scheiß System ist das, ein scheiß System!« Resigniert wiederholte er sein Fazit fast flüsternd ein weiteres Mal: »Ein scheiß System.«

Nur langsam beruhigte er sich. Sein Atem ging immer noch

schnell, und seine Gesichtsmuskeln zuckten leicht. Marie hatte inzwischen das Flugblatt gelesen.

»Darf ich das behalten?«

»Von mir aus tapezieren Sie sich das Klo damit.«

Marie glaubte, Karl Rieger an einem Punkt zu haben, an dem er zuhören würde. Der Schlüssel zum Erfolg lag ihrer Meinung nach eindeutig bei seinen Gefühlen für diesen Jungen. Also versuchte sie es: »Ich kann Thomas helfen.«

Karl lachte laut auf, und sie wusste sofort, dass sie diesen Trumpf viel zu früh ausgespielt hatte.

»Sie? Na klar, Sie schicken ein paar verständnisvolle Briefe, vielleicht rufen Sie auch mal an. Super. Sie sind so naiv, aber keine Sorge, ich löse das Problem. Verlassen Sie sich drauf!«, blaffte er sie an und schlug mit der Faust auf den Tisch.

Vielleicht war es die Wut auf sich selbst, vielleicht war es aber auch die Wut auf diesen impulsiven, unkontrollierbaren Neonazi, dessen Zukunft sie bereits jetzt in Schutt und Asche liegen sah, die auch sie wieder laut werden ließ.

»Hören Sie sich eigentlich manchmal selbst zu? Wer ist jetzt hier naiv? Sie lösen das?« Dabei zeigte sie wütend mit dem Finger auf ihn. »Was nützen Sie denn diesem Jungen, wenn Sie wieder eingesperrt werden? Darf er Sie dann wieder jahrelang im Gefängnis besuchen? Große Klasse, Ihr Plan, ganz große Klasse!«

Schweigend saßen sie einander gegenüber. Sie hatten sich festgefahren. Marie hatte das Gefühl, das ganze Treffen war ein Fiasko gewesen. Sie hatte es sich vollkommen anders vorgestellt, wollte einfühlsam und verständnisvoll sein, wollte mit geschulter, psychologischer Raffinesse die Kontrolle behalten und schließlich den Klienten für sich gewinnen. Ja, sie wollte mit hoch erhobenem Haupt aus diesem Treffen schreiten. Mit der Gewissheit, die Welt verbessern zu können. Stattdessen hatte sie komplett versagt.

Marie musste erst einmal ihre Kräfte sammeln und eine

neue Strategie entwickeln. Sie brauchte Distanz. Distanz zu diesem – sie traute es sich kaum einzugestehen – widerlichen Kotzbrocken.

»Wir beenden das jetzt, es gibt hier nämlich Menschen, die meine Hilfe annehmen, und offensichtlich gehören Sie nicht dazu.«

»Wow!« Karl Rieger war überrascht. Eigentlich hatte er gerade damit begonnen, diese Stresemann irgendwie zu schätzen. Sie war anders, nicht so wie dieser Türke oder die Sozialarbeiter aus dem Knast. Die hier war irgendwie ehrlich.

Fast enttäuscht sagte er: »Heißt das, ich kann gehen?«

»Das heißt, dass Sie am Montag um zehn Uhr hier wieder auf der Matte stehen. Das heißt, ich besorge Ihnen einen Job. Und das heißt, wenn ich auch nur einen Hauch davon mitbekomme, dass Sie gegen Ihre Auflagen verstoßen, werde ich keine Sekunde zögern, Sie wieder in Verwahrung nehmen zu lassen. Sie finden den Ausgang.«

Marie Stresemann drehte sich nicht mehr um, als sie den Besprechungsraum verließ. Sie wollte nur noch weg.

Karl stand langsam auf und sah ihr nach, wie sie am Ende des langen Korridors um eine Ecke verschwand. Wütend schlug er mit voller Wucht gegen die offene Holztür. Ein lauter Knall hallte durch die Gänge.

»Scheiße«, murmelte Karl und stellte damit sein ganzes Leben infrage.

KARL II

Freitag, 15. Oktober 2010

Es war Mittag, als Karl sich auf den Weg zur Kameradschaft machte. Irgendwo in der Ferne läuteten Kirchenglocken. In dieser gottverdammten Gegend, die von den schwindenden deutschen Anwohnern gehässig Klein-Istanbul genannt wurde, hörte man sonst nie Kirchenglocken.

Wenn wir schon dabei sind, Synagogen in Brand zu stecken, könnten wir mit den Moscheen eigentlich gleich weitermachen, dachte Karl.

Die Zentrale der Kameradschaft genau in diesem Viertel anzusiedeln war Kalkül gewesen. Hundertfünfzig solcher Kameradschaften gab es in Deutschland, allein in Sachsen vierzig mit knapp zweitausend Mitgliedern. Als 1995 die Freiheitlich Deutsche Arbeiterpartei als verfassungswidrig erklärt und aufgelöst worden war, organisierte sich die extreme Rechte in »privaten« Vereinen, den »Kameradschaften«. Es war damit deutlich schwerer geworden, neonazistische Täter zu belangen. In einem Zivilprozess beispielsweise hätten alle Mitglieder einer Kameradschaft genannt und verklagt werden müssen. Dazu kam, dass man nicht alle Kameradschaften auf einmal verbieten lassen konnte wie zuvor die FAP. Ein raffiniert gesponnenes Organisationsnetz ermöglichte den Führern der rechten Szene, die nach außen völlig autonom agierenden Kameradschaften wie eine geschlossene Vereinigung zu steuern. Und dass diese Führungsspitze sich in der NPD organisierte, war offensichtlich, aber schwer nachweisbar. Karl hing seinen Gedanken nach, während er einen kleinen Park durchquerte, der nachts von Strichern und Junkies bevölkert war. Bei schönem Wetter spielten hier kleine Kinder, die hin und wieder benutzte Kondome und versifftes Drogenbesteck fanden.

Eine absolute Sauerei, und keiner schert sich darum, die Bullen schon zweimal nicht.

Auch das verpatzte Treffen mit Stresemann ließ Karl keine Ruhe, und so bemerkte er die jungen Türken nicht, die auf einem verwahrlosten Kinderspielplatz herumlungerten.

»Hey ... Glatze!«, rief einer von ihnen, ein breitschultriger Kerl, der auf einer Schaukel gesessen hatte, nun aber mit Schwung auf den Sand sprang und seine Zigarette wegschnippte.

»Hey, ich rede mit dir ... Hörst du mich, Glatze?«

Sofort war Karl in Alarmbereitschaft. Langsam drehte er sich um und zählte vier junge Männer, alle wahrscheinlich jünger als er selbst. Mit zwei davon hätte er es aufnehmen können, aber vier waren eindeutig zu viel. Da er zum einen keine Lust hatte, mit blutendem Gesicht in der Kameradschaft anzukommen, und zum anderen seiner Meinung nach ein Deutscher in seinem eigenen Land niemals vor Kanaken wegrennen sollte, blieb ihm nur eine Wahl.

Behutsam griff er nach hinten an seinen Hosenbund, wo seine Kleinfeuerwaffe steckte – ohne Seriennummer und geladen.

Die Umgebung war ruhig. Soweit er auf die Schnelle sehen konnte, waren die Balkone leer. Weit und breit sah er keine Fußgänger. Noch immer rauschte der Wind durch die Bäume, und dunkle Regenwolken zogen über den Himmel.

»Hast du was auf den Ohren, du scheiß Nazi?«

Der Breitschultrige kam bedrohlich auf ihn zu, war aber immer noch etwa zwanzig Meter entfernt. Es blieb also noch genug Zeit, sich vorzubereiten. Karl entsicherte die Waffe, ließ sie aber im Bund stecken. Dann kramte er aus seiner Seitentasche eine schwarze Strickmütze und stülpte sie sich über den Kopf. Sollte es später doch Zeugen geben, würde man es mit der Identifikation schwerer haben. Eines war klar, er musste sie alle vier kriegen.

Der Breitschultrige zog ein Klappmesser, ließ es aufspringen und ging weiter auf Karl zu. Irgendetwas stimmte da nicht. Warum lief der bescheuerte Nazi nicht weg? Ganz automatisch verlangsamte er seine Schritte.

Die anderen Türken hatten bisher nur lachend zugesehen und ihm aufmunternd zugerufen. Nun aber stand der Glatzkopf einfach so da und zog sich in aller Ruhe eine Mütze auf. Hatte er sie noch alle?

Der Spaß war offensichtlich zu Ende. Keiner von den Türken riss nun mehr starke Sprüche oder lachte. Aber ihr Stolz war zu groß, um den Typen einfach gehen zu lassen oder klein beizugeben.

»Was guckst du so blöd, Nazifresse?«, schrie ihm der Breitschultrige entgegen, der stehen geblieben war.

Karl verharrte regungslos und wartete den richtigen Augenblick ab. Mit einer kleinkalibrigen Waffe konnte man nur aus nächster Distanz wirklich gut treffen.

Ein langer, hagerer Typ hatte seinen Freund inzwischen eingeholt.

»Mach keinen Quatsch, Cevat! Spinnst du?«, sagte er leise zu ihm und hoffte, dieser Tag würde nicht blutig enden.

»Hey, Mann, weißt du, was die Schweine mit meiner Schwester ...?«

»Ich weiß, ich weiß ... Aber wenn wir den jetzt fertigmachen, haben wir nicht nur die Bullen am Hals.«

Ein halbes Jahr lag es zurück, dass Cevats Schwester Irem mit ihrem deutschen Freund auf dem nächtlichen Heimweg von einer Gruppe Skinheads angepöbelt worden war. Ihren Freund hatten sie als Rassenschänder beschimpft und festgehalten, während zwei von ihnen Irem zwangen, sich hinzuknien, und auf sie urinierten. Allein die Vorstellung machte Cevat noch immer so wütend, dass er sich nicht um die Argumente seines Freundes Namik scherte, sondern wild entschlossen mit gezücktem Messer auf den Neonazi zuging. Er sollte büßen für diese Schandtat.

Karl sah den Breitschultrigen weiter auf sich zukommen. Seine Freunde folgten ihm in leichtem Abstand. Sie redeten laut auf ihn ein. Karl verstand zwar nur ein paar Brocken Türkisch, aber auch so war es offensichtlich, dass sie versuchten, ihn von seinem Vorhaben abzubringen. Es waren vielleicht noch knapp zehn Meter, die die Gruppe von ihm trennte. Wenn er wollte, konnte Karl die Waffe ziehen und einen Warnschuss abfeuern. Mit etwas Glück würden sich die Türken dann verziehen. Was aber, wenn sie ebenfalls eine Waffe hatten? Er spürte, wie seine Handfläche am Griff seiner Pistole feucht wurde. Keine Sekunde dachte er über die Konsequenzen einer Bluttat nach. Seine Angst vor dem Gefängnis oder davor, Thomas erneut im Stich zu lassen – alles lag hinter einem dichten Schleier verborgen. Er war einzig und allein darauf fokussiert, zu überleben und notfalls zu töten.

Der Breitschultrige würde als Erster dran glauben müssen, aber er würde die Nerven behalten und abwarten, bis er unmittelbar vor ihm stand, dann würde er die Waffe ziehen und ihm eiskalt zwischen die Augen schießen. Karl spürte Regentropfen auf seinem Gesicht.

Namik packte den wütenden Cevat von hinten an den Schultern und versuchte ihn aufzuhalten.

»Cevat, lass dieses Arschloch, was hat deine Schwester davon, wenn du im Gefängnis sitzt?«

Cevat sah nur noch die funkelnden, blauen Augen seines Gegners. Er spürte, wie dieser ihn verhöhnte, ganz als würde er ihm entgegenrufen: »Komm doch her, du Kanake – ich werd dich anpissen, so wie ich deine Schwester angepisst habe.«

Reflexartig riss er mit aller Kraft den Ellenbogen nach hinten, um sich aus dem Griff des Freundes zu befreien. Er traf ihn dabei mit enormer Wucht am Hals. Namik spürte einen stechenden Schmerz, als sein Adamsapfel in den Hals gedrückt wurde und ihm die Luft abschnitt. Röchelnd brach er zusammen.

Cevat drehte sich um, streckte dem am Boden liegenden Freund sein Messer entgegen und schrie: »Namik, ich werde dieses Schwein aufschlitzen, und wenn ich dafür in den Knast wandere, ist mir scheißegal!«

Karl wusste, so eine Gelegenheit würde er nicht noch einmal bekommen. Der Breitschultrige hatte sich von ihm abgewandt, der Hagere lag am Boden, und die beiden anderen eilten gerade zu ihm. Sein Herz pochte wild.

Jetzt ganz cool bleiben. Ruhig und zielstrebig auf die Opfer zugehen und die Schussdistanz auf wenige Meter minimieren. Dann Waffe ziehen, Arm durchstrecken und vier gezielte Schüsse abfeuern.

In Gedanken ging er die Reihenfolge durch.

Den Breitschultrigen als Erstes, den am Boden Liegenden als Letztes. Nicht die Nerven verlieren. Nach dem ersten Schuss, spätestens nach dem zweiten, wird Panik ausbrechen. Einen klaren Kopf behalten, ruhig zielen und den Fliehenden in den Rücken schießen.

Die vier Türken bemerkten kaum, dass Karl sich in Bewegung setzte. Ihr Freund lag am Boden und röchelte. Namik lief blau an, er bekam keine Luft mehr. Cevat konnte es nicht fassen. Sein bester Freund lag am Boden und drohte durch seine Schuld zu ersticken. Geifer rann aus seinem Mund, seine Augen verdrehten sich, sein Körper zuckte im Todeskampf.

Cevat ließ das Messer fallen, kniete sich neben Namik in den Schlamm und betete zu Gott, er möge Namik nicht für seine Sünden bestrafen. Auch die Augen seiner beiden Freunde waren nur noch auf Namik gerichtet.

Karl hatte seine Schussposition erreicht. Das war die optimale Gelegenheit, alle vier Kanaken erbarmungslos zu liquidieren ... Aber er zögerte.

Der Breitschultrige beugte sich tief über seinen Freund und weinte. Er schrie irgendetwas auf Türkisch, während Namik langsam das Bewusstsein verlor.

»Ihr müsst ihn beatmen«, rief Karl.

War das seine Stimme, die das eben gesagt hatte?

Die Türken reagierten nicht.

Plötzlich hatte er das Gefühl, wieder Herr seiner selbst zu sein. Was zum Teufel tat er hier? War er gerade dabei, vier Menschen zu ermorden? Er musste an Thomas denken. Was, wenn Thomas hier röchelnd am Boden läge?

Ohne weiter nachzudenken, packte er den Breitschultrigen und zerrte ihn von seinem Freund herunter. Es gab keine Gegenwehr, weder von Cevat noch von dessen Freunden.

Karl hielt Namik mit den Fingern die Nase zu und presste seinen Mund auf den des sterbenden Türken. Er blies, so fest er konnte, Sauerstoff in dessen Mundöffnung, aber der Gegendruck war zu groß. Er ließ ab, holte tief Luft und blickte nach oben in versteinerte Gesichter.

»Scheiße, was glotzt ihr, ruft einen Notarzt, euer Freund krepiert hier!«

Dann setzte er erneut an und presste mit aller Kraft Sauerstoff durch Namiks verengte Kehle. Wenn Namik nicht bald wieder zu sich kommen würde, müssten sie einen Luftröhrenschnitt machen. Erlebt hatte er das auf einer Demo, als Antifas einen Kameraden am Boden in den Hals getreten hatten. Ein Sanitäter hatte ihm durch einen Schnitt in die Kehle das Leben gerettet. Er nahm aus den Augenwinkeln wahr, dass einer der beiden Türken hektisch telefonierte. Und wieder presste er seine Lippen auf den Mund des anderen. Er spürte, dass die Beatmung ihm nun leichter fiel. Und tatsächlich, der Türke öffnete die Augen.

Cevat versuchte Karl zur Seite zu stoßen, aber Karl ließ nicht von Namik ab, seine Hände hatten sich in dessen Jacke verkrallt. Die Blicke der Kontrahenten prallten aufeinander.

Karls Stimme klang gepresst: »Du musst weitermachen. Verstehst du? Weitermachen, bis der Notarzt da ist.«

Cevat zögerte. Karl lockerte seinen Griff und wich zurück. »Los, mach schon!«

Cevat kniete sich über seinen Freund, holte tief Luft und blies Namik Leben spendenden Sauerstoff in die eingequetschte Luftröhre.

Keiner sagte mehr ein Wort. Karl stand auf und betrachtete eine Weile, wie Cevat um das Leben seines Freundes kämpfte. Dann stahl er sich wortlos davon, während er in der Ferne die Sirene eines Krankenwagens hörte.

Er hatte einem Menschen das Leben gerettet. Und er hatte soeben all seine Ideale verraten! Er sollte sich dreckig und leer fühlen, aber er war zum ersten Mal seit langer Zeit wieder zufrieden mit sich selbst.

Klein-Istanbul: Die Ladenzeile, die Karl vollkommen durchnässt im Regen entlangging, war fast ausschließlich von türkischen Geschäften besetzt. Metzger, Gemüsehändler, Import-Export, Friseurläden, sie alle warben in türkischer Sprache. Die Fassaden der Häuser wirkten verwahrlost, Bauzäune waren in Dutzenden Schichten mit türkischer Werbung und Eventplakaten zugepflastert. Der Geruch von gebratenem Fleisch mit Knoblauch kam mit einer dampfenden Rauchwolke aus dem Küchenabzug eines Döner-Imbisses, den gerade eine verschleierte Frau mit drei kleinen Kindern verließ. Sie überquerte die menschenleere Straße und verschwand in einem Hauseingang mit zerbrochener Glastür, die ein schwarzer Graffiti-Penis zierte. Irgendwo aus einem offenen Fenster im dritten Stock drang Oud-Musik, während sich an einem anderen Fenster lauthals ein türkisches Pärchen zoffte. Wind und

Regen hatten das Viertel fast leer gefegt, aber an sonnigen Tagen erwachte das Leben in Klein-Istanbul. Dann verwandelte sich die Straße in einen Basar mit Dutzenden von Händlern, die lauthals ihre Ware anpriesen, spielenden Kindern, die zwischen den Beinen der Käufer umherjagten, und alten Männern, die an Klapptischen an ihrem schwarz gebrühten Mokka nippten und das lebendige Treiben verfolgten.

Mitten in dieser Enklave hatte die Kameradschaft Germania ihren Hauptsitz in einer Kneipe, oder, wie Karl es Neulingen gerne blumig beschrieb: »Hier brechen sich die Integrationsbemühungen der deutschen Regierung wie die Gischt an einer felsigen Küste, hier sticht die Kameradschaft Germania heraus wie ein roter Pickel auf einem Türkenarsch.«

In weißer Frakturschrift auf schwarzem Grund markierte der Schriftzug den Eingang zu einer gänzlich fremdenfeindlichen Welt. Auch das auf Hochglanz polierte, schwarze Mercedes-S-Klasse-Coupé mit kleinem NPD-Logo, das davor parkte, setzte ein eindeutiges Zeichen.

Ein glatzköpfiger Hüne stand mit breiten Beinen an der geöffneten Tür der Kameradschaft und beobachtete die Umgebung, als könnte es jeden Augenblick einen Großangriff der Muslime geben. Trotz der Kälte trug er nur ein schwarzes Muskelshirt, das sich über der Brust spannte und ungeniert auf dem rechten Bizeps ein Hakenkreuz entblößte. Auf dem Shirt stand »Troublemaker Germany« – und das war ganz sicher als Warnung zu verstehen, denn am Türstock neben dem Muskelprotz lehnte ein Baseballschläger, der schon einige Kerben hatte. Türkische Anwohner wechselten in der Regel die Straßenseite vor der Kameradschaft. Wer dennoch der Meinung war, auf sein Recht pochen zu müssen, und die Frechheit besaß, das Revier der Kameradschaft zu missachten, der konnte im wahrsten Sinn des Wortes sein blaues Wunder erleben.

Karl näherte sich mit schnellen Schritten dem Hünen, dessen Furcht einflößender Gesichtsausdruck bei seinem Anblick schlagartig ein breites Grinsen annahm. Kaum standen sich die beiden gegenüber, umarmte der Hüne ihn heftig und küsste ihn auf die Wange. Dann schob er Karl wieder von sich und betrachtete ihn wohlwollend.

»Karl Rieger! Ich glaub's nicht. Alte Hackfresse!«

Karl war erschöpft, aber er bemühte sich, die Begrüßung respektvoll zu erwidern.

»SS-Rudi! Hast dich nicht verändert«, sagte er anerkennend.

»Meinst du? Schau dir das an!« Rudi zog sein Hemd hoch, grinste und zeigte Karl eine frisch verheilte Stichwunde. »Hat mir ein Antifa verpasst, hat mich fast die Leber gekostet.«

»Du meinst, was davon noch übrig war.«

Beide lachten laut und klatschten sich ab.

»Und?«, fragte Karl

»Hab ihm seinen Kiefer gebrochen und die Nase zertrümmert. Wenn der von der Intensiv runter ist, braucht er erst mal ein neues Passfoto.«

»Au Scheiße«, schloss Karl das Ritual vorzeitig ab, denn die ewige Prahlerei dieser hirnlosen Kampfmaschinen langweilte ihn, obwohl er natürlich wusste, dass die Bewegung Typen wie SS-Rudi unbedingt brauchte.

Karl zeigte auf den Mercedes. »Thielen schon lange da?«

Rudi nickte. »Hat schon zweimal nach dir gefragt. Hat sich schon heiß geredet da drin.«

»Na dann ... Halt die Straße sauber!«

Mit diesen Worten ging Karl an Rudi vorbei ins Innere der Kneipe. Die schneidende, laute Stimme von Thielen drang an seine Ohren, und er tauchte ein in einen Dunst aus Schweiß, Rauch und Hass.

Der Versammlungsraum war größer, als man von außen vermuten mochte. Früher war dies eine Wirtschaft gewesen, in der es traditionelle deutsche Küche und Bier vom Fass gab, aber aufgrund der Lage blieb irgendwann die Kundschaft aus, und die Brauerei, der das Anwesen gehörte, versuchte vergeblich einen Pächter zu finden, der in diesem Stadtteil auch weiterhin auf »deutsche Gemütlichkeit« setzen wollte. Bei einer Anfrage durch einen seriösen Mittelsmann verpachtete man schließlich die komplett renovierungsbedürftige Kneipe zu überhöhten Preisen an die Wilhelm-Tietjen-Stiftung, eine Tarnfirma der rechten Szene, und vereinbarte eine Mindestabnahme an Bierlitern pro Monat. Vor der Tatsache, dass ein rechtsradikaler Verein die Räumlichkeiten bezog, verschlossen die konservativen Kräfte der Brauerei die Augen und freuten sich insgeheim sogar, dass es an diesem »Schandfleck« der Stadt bald Ärger geben würde.

Man hatte sich sogar schon eine PR-Strategie zurechtgelegt und wollte sich im Notfall als »vorsätzlich getäuscht« aus der Affäre ziehen.

Aber seit Übergabe der Immobilie vor mehr als zwei Jahren hatte es keine lokale Zeitung gewagt, diesen Tatbestand zu erwähnen. Es war eben die größte Brauerei der ganzen Region und damit ein bedeutender Anzeigenkunde in jedem Tagblatt. Und so störte sich auch niemand daran, dass direkt über dem Eingang neben dem Schriftzug »KAMERADSCHAFT GERMANIA« das leuchtende Logo der Brauerei prangte.

Den typischen Charakter einer traditionellen deutschen Wirtschaft hatten die Kameraden ganz bewusst erhalten. Schließlich hatte auch Hitlers Karriere in den Bierkellern der Hauptstadt der Bewegung begonnen.

Bis zu achtzig Neonazis konnten hier an rustikalen Bierbänken und Tischen, die auch die eine oder andere Keilerei aushielten, bewirtet werden. Kulinarisch beschränkte sich der neue Pächter auf Bockwürste, Leberkäse, Kartoffelsalat und Semmeln, aber das Bier kam noch immer aus dem Fass.

Karl musste sich durch die Leiber der Kameraden quetschen, um Thielen sehen zu können, der mit einem Mikrofon in der Hand auf einem Schemel stand und sich im Applaus seiner Anhänger aalte.

Thielen trug heute über seinem Anzug in Anlehnung an die Mäntel der SS einen langen schwarzen Ledermantel, der ihm eine dominante Aura verlieh. Neben ihm, an einem separaten Tisch, saß Thielens hagerer Parteikollege Helge Eckl, der einen dunkelblauen Anzug trug. Eckl war knapp dreißig und hatte meistens einen stoischen Gesichtsausdruck, der nur selten emotionale Regungen zeigte. Er bediente einen Laptop, der mit einem Beamer verbunden war, und passte so gar nicht in diese martialische Szenerie. Eckl war so etwas wie der IT-Beauftragte der Partei. Er hatte ein Händchen für Computer und besaß ein paar Grundkenntnisse für Webprogrammierung. Ansonsten galt er als schwieriger Typ, mit dem man keinen Spaß haben konnte und der allein schon dadurch verdächtig auffiel, dass er Vegetarier war und Alkohol verabscheute. Eckl war in der Runde der Kameradschaft akzeptiert, aber nicht mehr.

Der Lichtstrahl des Beamers warf im dicken Rauch der Kneipe den Schriftzug »KAMERADSCHAFT GERMANIA« mit dem Logo, das eine Wolfsangel zeigte, auf die Leinwand. Die Wolfsangel war ein beliebtes Ersatzlogo für das Hakenkreuz und erinnerte mit ihrer zackigen Form stark an die SS-Runen. Mittlerweile gehörte es aber laut Strafgesetzbuch ebenfalls zu den in Deutschland verbotenen Zeichen.

Thielen hob selbstgefällig und beschwichtigend die rechte Hand und wartete, bis sich die Menge wieder beruhigt hatte.

Der Schankraum war voll wie noch nie. Diesmal waren es sicher mehr als fünfzig Kameraden – und zu Karls Überraschung war auch sein junger Freund Thomas Worch anwesend und klatschte begeistert Beifall.

Wieder setzte Thielen theatralisch mit einer ausholenden Geste an, um seine Gefolgsleute auf ihre gemeinsame Ideologie einzuschwören.

»Und genau wie in jenen ersten Tagen der Bewegung unseres geliebten Führers müssen wir nun noch wachsamer sein und jeden weiteren Schritt noch sorgfältiger planen. Wir dürfen uns keinen Illusionen hingeben. Der Feind ist stark, und er ist überall. Vielleicht sitzt er sogar hier unter uns? Nein, Kameraden, ich möchte keine Zwietracht säen, denn das Gift des Misstrauens sitzt tief und zerfrisst auch die stärksten Bündnisse. Aber genau das ist das Ziel dieser Regierung, sie verbreiten ihre Lügengeschichten über uns, spucken auf die Ideale unserer Väter und Großväter und unterwandern unsere Reihen. Aber das lassen wir nicht zu. Kameraden! Das lassen wir nicht zu!«

Thielen muss vorsichtiger sein, dachte Karl. Als offizieller Vorsitzender einer demokratischen Partei durfte er sich nichts zuschulden kommen lassen. Schon die Floskel »unser geliebter Führer« konnte ihn politisch den Kopf kosten. Öffentlich würde er es auch niemals wagen, sich als waschechter Neonazi zu outen, aber hier, unter seinen Brüdern im Geiste, ging ihm gerne mal der Gaul durch. Er liebte es dann, ganz in Goebbels-Manier die altbekannten Phrasen zu dreschen und seine wahre Gesinnung zu zeigen. Doch auch hier war das nicht ganz ungefährlich.

Karl blickte in die Reihen seiner Kameraden und fragte sich, ob unter ihnen ein Spitzel war. Seit 2001 der Verfassungsschutz beim ersten Verbotsverfahren hatte zugeben müssen, sogar V-Leute in der Führungsspitze der NPD zu haben, war ein gewisses Misstrauen unter ihnen entstanden. Nur eine falsche Bemerkung, nur eine leichte Kritik an der Bewegung – und schon konnte man in den Verdacht kommen, ein V-Mann zu sein. Der Rauswurf aus der Kameradschaft war dann noch das kleinste Übel. Was dachte sich Thielen also dabei, hier solche Reden zu schwingen? Dafür gab es die Anheizer in der Kameradschaft. Typen wie ihn, die reden konnten – aber eben nicht in der Partei waren. Der Verfassungsschutz wartete doch nur darauf, dass hochrangige NPD-Mitglieder genau solche Dummheiten begingen – und dann? Menschen wie Thielen lernten einfach nicht dazu. Selbst Hitler hatte nach seinem misslungenen

Putschversuch 1923 eingesehen, dass der einzige Weg an die Macht ein legaler sein musste. Und was Thielen hier gerade abzog, war alles andere als legal. Oder gehörte es zu einem Plan, den er bislang noch nicht durchschaut hatte?

»Und ich sage euch, sollten sich hier in unseren ehrenvollen Reihen dreckige Ratten verstecken, die uns ausspionieren, dann werden wir nicht nur dieses Ungeziefer gnadenlos ausmerzen, sondern auch ihre Brut – ohne Rücksicht auf Alter, Geschlecht und Gesinnung!«, schloss Thielen, deutete mit dem Daumen vor seiner Kehle einen Schnitt an und schwieg.

Ekstatisch johlten und applaudierten die Kameraden und trommelten mit den Fäusten auf die Tischplatten. Es entstand ein ohrenbetäubender Lärm, der durch Mark und Bein ging, begleitet von Rufen wie »Bringt die Schweine um!«.

Thielen hob wieder die Hand, aber es dauerte eine Weile, bis sich auch der letzte Hitzkopf beruhigt hatte und Stille einkehrte.

»Meine Kameraden, meine Blutsbrüder! Ich kenne euch alle und liebe euch wie mein eigen Fleisch und Blut.« Er legte eine Hand auf sein Herz. »Ich weiß, dass in euren Reihen kein Einziger ist, der unseren Bund verraten würde. Dafür lege ich meine Hand ins Feuer. Dafür würde ich mein Leben geben!«

Was hat Thielen vor?, überlegte Karl. So theatralisch hatte er ihn selten erlebt. Erst jagte er ihnen eine Höllenangst ein, dann baute er sie wieder auf.

»Angst lähmt, meine Freunde. Aber wir dürfen keine Angst haben, denn vor uns liegen große Aufgaben, für die unser Schulterschluss enger sein muss als jemals zuvor!«

Thielen nickte leicht, und Eckl wechselte zur nächsten Folie in der Präsentation. Die Leinwand zeigte eine 3-D-Animation der geplanten Synagoge. Sofort begann das erregte Publikum zu pfeifen und zu buhen. Eine Bierflasche krachte gegen die Leinwand und brachte sie zum Wanken, während sich das Bier über das Bild der Synagoge ergoss. Das Publikum lachte.

Thielen brachte das Mikrofon näher an seinen Mund und übertönte den Lärm. »Wollt ihr so einen Schandfleck in unserer deutschen Stadt haben? Wollt ihr das?«

Als Antwort erhielt er Pfiffe und Buhrufe. Aber Thielen war das noch nicht genug. Laut schrie er in das Mikrofon: »Ich kann euch nicht hören!«

Die Neonazis standen nun nacheinander auf, stampften mit den Springerstiefeln auf den Boden und schrien sich die Kehle aus dem Hals.

Thielen lächelte zufrieden. Ja, das waren seine Jungs, das war seine Armee! Wie ein Pfarrer bei der Segnung streckte er beide Hände nach ihnen aus, bis sich die Menge beruhigt und wieder hingesetzt hatte.

Nun senkte auch er seine Stimme und vermittelte wieder ganz den Eindruck eines gemäßigten Politikers.

»Bislang konnten wir den Bau dieses zionistischen Tempels erfolgreich vereiteln, aber nun ... Nun haben die Juden einen privaten Finanzier gefunden. Einen Juden, der so viel Geld in der Tasche hat – ich möchte nicht wissen, woher –, dass der Bau in absehbarer Zeit fortgesetzt werden könnte.«

Ein Raunen ging durch die Reihen der Glatzköpfe.

Eckl wischte sich den Schweiß von der Stirn, dann wechselte er erneut die Folie. Thielen fuhr fort.

»Dieser alte Mann ...«, er zeigte auf ein schlechtes Foto von Ephraim Zamir, »... ist der jüdische Geldsack, der unsere deutsche Stadt in einen Schandfleck verwandeln wird, auf die andere Kameradschaften angewidert mit dem Finger zeigen werden!«

Der Zwischenruf einer Kinderstimme erntete laute Zustimmung: »Lyncht die Judensau!«

Es war Thomas gewesen, der nun selbst auf einem Stuhl stand und aus voller Kehle den Satz ständig wiederholte, bis die Kameraden irgendwann zu lachen begannen und Thielen den Jungen anwies, nun leise zu sein.

Kaum hatte Thomas sich wieder gesetzt, zeigte Thielen auf Gottfried Wegener und winkte den bulligen Kerl mit der Schlangentätowierung am Hals zu sich.

»Ich glaube nicht, dass wir den alten Mann gleich umbringen müssen. Wir sind doch keine Unmenschen, oder, Steiner?«

Alle lachten, und Karl wunderte sich darüber, wie wenig die meisten hier verstanden, dass man sie gerade vorgeführt hatte. Es war so leicht, diese zornige Masse zu manipulieren.

Gottfried stand nun mit finsterem Gesicht neben Thielen, der ihm eine Hand vom Schemel herab auf die Schulter legte.

»Es wird völlig ausreichend sein, wenn Steiner und Kamerad Udo dem Itzig einen Besuch abstatten und ihm ganz ... *vernünftig* ... unsere Argumente unterbreiten.«

Dabei zeigte sein Gesicht ein teuflisches Grinsen.

»Und damit sich dieser Jude unsere Argumente auch anhört, wird unser jüngster Kamerad den beiden dabei helfen.«

Alle Blicke richteten sich auf Thomas Worch, und die Kameraden klopften anerkennend mit den Fingerknöcheln auf die Tischplatten.

Thomas platzte fast vor Stolz, doch Karl schnürte es die Kehle zu.

Was sie da vorhatten, war höchst gefährlich. Der Jude war ihm egal, sollten Steiner und Udo mit ihm machen, was sie wollten, aber warum musste Thomas mitkommen?

Karl stand auf. Kaum einer hatte ihn bis jetzt bemerkt, und nun waren die meisten überrascht, ihn wiederzusehen. Karl war so etwas wie ihr heimlicher Anführer, nicht so ein geleckter Parteibonze wie Thielen. Karl war einer von ihnen. Sofort wurde es mucksmäuschenstill im Raum.

»Thielen, das kannst du nicht bringen. Thomas ist noch ein Kind, und ich kann mir nicht vorstellen, wobei er Steiner und Udo helfen könnte«, sagte Karl.

Thomas konnte den Zorn auf seinen Freund nicht verbergen.

»Ich bin kein Kind mehr, du Arschloch! Ich bin fast vierzehn!«

Noch bevor Karl etwas sagen konnte, übertönte Thielen ihn mit dem Mikrofon.

»Mit vierzehn haben unsere Väter bereits mit Panzerfäusten russische Panzer vernichtet. Karl, extreme Zeiten erfordern extreme Maßnahmen.«

Aber so leicht wollte sich Karl nicht geschlagen geben.

»Was zum Henker kann Thomas denn schon machen, was Steiner und Udo nicht können?«

Thielen sah kurz seinen Assistenten an und nickte leicht. Ein Bild von Zamirs Turm erschien auf der Leinwand. Es musste erst vor Kurzem gemacht worden sein. Vor dem Turm lagen überall große Äste herum.

»Hier in diesem alten Turm lebt der Itzig. Der einzige Eingang ist eine erhöht liegende Pforte – und zwar hier.«

Thielens Hand warf einen Schatten auf die Stelle, an der die beiden geschwungenen Treppen vor der Eingangstür endeten.

»Die ersten Fenster liegen in einer Höhe von vier Metern«, fuhr er fort. »Denkst du, der Jude öffnet den beiden so ohne Weiteres die Tür? Ich meine, ich kann Steiner gut leiden, aber er sieht nun mal nicht aus wie einer der Zeugen Jehovas, oder?«

Nun musste auch Steiner lachen.

»Thomas wird unser trojanisches Pferd sein in dieser Festung!« Daraufhin gab es lauten Beifall.

Karl wusste, an dieser Stelle hatte er keine Chance mehr. Man hatte längst einen Plan, und den hatten sie ohne ihn gemacht. Noch vor fünfzehn Monaten wäre das undenkbar gewesen. Es war erstaunlich, wie schnell sein Einfluss geschwunden war. Um Thomas zu beschützen, gab es nur noch eine Möglichkeit.

»Dann komme ich mit!«

Die Menge verstummte.

Thomas' Wut war sofort verflogen. Karl bei einer so spannenden Aktion dabeizuhaben – etwas Schöneres konnte er sich nicht erträumen.

Thielen reagierte zurückhaltend.

»Das ist keine gute Idee. Du bist auf Bewährung draußen. Es reicht, wenn dich irgendwer mit den beiden sieht – und schon locht man dich wieder ein. Und wie ich dir gesagt habe, wir haben andere Pläne mit dir.«

Steiner sprach nicht viel, und Diplomatie war auch nicht seine Stärke, aber jetzt sagte er: »Mensch, Karl, wir sind keine Amateure. Der alte Jude wird hundertpro niemanden erkennen – und wenn doch, wird er eine Scheißangst haben und sein Maul halten.«

Karl blieb standhaft: »Ich komme mit, oder Thomas bleibt hier. Das ist mein letztes Wort.«

Damit setzte er alles auf eine Karte. Kein anderer hätte es gewagt, so mit Thielen zu reden, ihn vor versammelter Mannschaft derart herauszufordern.

Thielen überlegte. Er konnte Karl nicht mehr einschätzen. War er noch der Alte, oder hatte der Knast ihn verändert wie viele andere gute Männer vor ihm?

Er setzte das Mikrofon wieder an den Mund.

»Vielleicht ist es gar nicht so dumm, dich mitzunehmen. Ich meine, reden kannst du immerhin – und wenn wir Glück haben, muss Steiner von seinen Überzeugungskünsten gar keinen Gebrauch machen. Also gut – du bist dabei!«

Karl atmete tief durch. Zumindest war gesichert, dass er bei dieser Aktion in Thomas' Nähe war. Und sobald sie im Turm waren, könnte er den Kleinen nach Hause schicken, bevor es wirklich brenzlig wurde.

Auch die Kameradschaft war offensichtlich erleichtert, dass sich ihre beiden Anführer so schnell geeinigt hatten. Es wurde gelacht und gefeixt, und einer schlug vor Übermut Thomas kräftig auf die Schulter. Thomas steckte den Schmerz weg und lachte gezwungen.

Thielen meldete sich nochmals zu Wort und hob den rechten Arm, gestreckt zum Hitlergruß.

»Kameraden!«

Wie auf ein geheimes Zeichen verebbten die Gespräche, die Glatzköpfe standen auf, stellten sich stramm nebeneinander und erwiderten den Hitlergruß. Dann begannen sie, wie üblich, zum Abschluss der Zeremonie die Parteihymne der NSDAP zu singen. »Die Fahne hoch! Die Reihen fest geschlossen! SA marschiert mit mutig festem Schritt. Kam'raden, die Rotfront und Reaktion erschossen, marschier'n im Geist in unser'n Reihen mit.«

Karl hatte sich unbemerkt in die letzte Reihe verzogen. Heute war ihm nicht danach, das Horst-Wessel-Lied zu singen. In Gedanken war er wieder bei der Bewährungshelferin.

Er wartete das Ende des Liedes nicht ab, sondern machte sich auf den Weg, ohne sich von seinen Kameraden zu verabschieden. Er wusste nun, was zu tun war.

MARIE II

August 1991

Als Marie zehn Jahre alt war, leistete sich ihre Familie im Sommer einen Urlaub in einer All-inclusive-Ferienanlage in Griechenland. Marie verbrachte die meiste Zeit im Zimmer oder streunte durch die Gegend. Sich mit Mama, Papa und ihrem nervenden Bruder an den Strand oder an den Pool zu legen, war eine grauenvolle Vorstellung. Vor allem die endlosen Diskussionen darüber, warum sie denn nicht wie alle anderen Mädchen einen Bikini trug, schließlich würden die Narben doch kaum auffallen, wollte sie sich ersparen. Kaum auffallen? Waren ihre Eltern blind?

Marie empfand sich als das abstoßendste Geschöpf auf Gottes Erden. Manchmal schlich sie sich zu Hause ins elterliche Schlafzimmer, dort hatte Mama einen großen, dreigeteilten Spiegel mit schwenkbaren Flügeln. Sie stellte sich dann nackt so zwischen die Flügel des Spiegels, dass ihr Spiegelbild die Illusion erzeugte, beide Körperhälften wären identisch und unversehrt.

Bei einem ihrer Streifzüge durch das griechische Hinterland entdeckte Marie zwischen ausgedehnten Olivenhainen auf einem Hügel einen einsamen, verlassenen Rohbau, der weiß gekalkt in der Sonne schimmerte. Aus den unverputzten Betonmauern ragten verrostete Stahlstangen, die sich der flimmernden Mittagssonne entgegenreckten wie die verdorrten Zweige eines toten Baumes.

Marie näherte sich vorsichtig und auch ein bisschen ängstlich dem verfallenen Haus. Als sie es betrat, spürte sie durch ihre dünnen Leinenschuhe das Gestrüpp und die vereinzelten Disteln, mit denen der Boden des Hauses bereits bewachsen war. Selbst die Wände waren voller Fugen und Risse, aus denen Gräser wuchsen.

Trotzdem wagte es Marie, die schmale Steintreppe nach oben zu gehen, die in den ersten Stock mündete. Hier gab es einen herrlichen Blick über die Landschaft bis hin zum blau funkelnden Meer am Horizont.

Dort, wo eigentlich Mauern sein sollten, ragten weitere verrostete Stahlstangen aus dem Bauwerk und bildeten eine schmale Abgrenzung zwischen dem Boden und dem Nichts.

Hier, so ganz allein, umspielt von einer leichten Brise, die Sonne auf der Haut und den Blick auf das Meer in der Ferne gerichtet, hier fühlte sie plötzlich so etwas wie Vollkommenheit und Frieden. Sie streckte ihre Arme weit von sich, legte den Kopf in den Nacken und schloss die Augen. Während Marie den Augenblick genoss, vernahm sie ein ganz leises Winseln. Es war kaum lauter als der Wind, der in ihrem Haar spielte. Sie konzentrierte sich mit all ihren Sinnen auf die Umgebung, aber es war nichts mehr zu hören. Sie war sich sicher, dass das Geräusch aus unmittelbarer Nähe gekommen war, und so ging sie ganz langsam, fast lautlos die Stufen wieder hinab. Das Sonnenlicht fiel bereits schräg durch die glaslosen Fenster und bildete einen harten Kontrast zu dem schattigen Teil der Ruine. Da hörte sie das Winseln wieder, ein verzweifelter Wehlaut, der direkt vor ihr aus einer dunklen Nische zu kommen schien. Die Quelle des leidvollen Jammers entpuppte sich als kleiner Hund mit großen braunen Kulleraugen. Vorsichtig beugte sie sich hinab und streckte die Hand langsam nach ihm aus. Kaum berührte sie sein glattes Fell, schon kam ein tiefes Knurren aus seiner Kehle. Marie hatte keine Angst, setzte sich neben den kleinen zitternden Körper und streichelte ihn sanft, so lange, bis das Knurren verstummte. Der zusammengekauerte Hund war noch ein Welpe, hatte struppiges, braunes Fell, große Schlappohren, die ihm über die Wangen hingen, und eine lang zulaufende Schnauze wie die eines Jagdhundes. Jetzt erkannte Marie auch die Ursache für sein Wimmern: Dort, wo eigentlich sein Schwanz sein sollte, war nur noch ein blutiger Stumpf.

In den folgenden Tagen war Marie nur noch zum Frühstück und Abendessen im Hotel. Tag für Tag brachte sie ihrem kleinen Freund heimlich Futter und verband seinen Stummelschwanz mit einer sauberen Stoffserviette, die sie aus dem Hotel gestohlen hatte. Sie taufte ihn Louie, nach dem Affenkönig aus dem *Dschungelbuch*.

Ihre Eltern sahen ihre Tochter nun zwar noch seltener als zuvor, bemerkten aber, dass das Mädchen wie ausgewechselt wirkte. Ihr stets trostloser Gesichtsausdruck war verflogen, ihre Lebensenergie schien auf magische Weise zurückgekehrt, und die harmlosen Bosheiten ihres kleinen Bruders beim Frühstück nahm sie gelassen hin. So ließen sie der Sache ihren Lauf und dem Mädchen ihre Freiheit.

Wenige Tage vor Urlaubsende war der Hund verschwunden. Bisher hatte er sich nur bis zur Tür der Ruine bewegt und dann wieder in die weichen Laken gerollt, die Marie heimlich aus dem Hotel mitgebracht hatte. Irgendwie hatte sie fest daran geglaubt, dass Louie nie fortlaufen würde. Sie hatte sich gar keine Gedanken gemacht, dass diese Zeit der Glückseligkeit irgendwann ein Ende haben könnte. Alles, was zählte, war der Augenblick, die Freude, die dieser kleine, drollige Hund ihr bereitete, wenn sie ihn auf den Arm nahm und er ihr Gesicht abschleckte oder er mit einem Stock im Maul durch die Ruine jagte. Doch an diesem Morgen war er verschwunden. Das Laken war an der Stelle, an der er geschlafen hatte, noch warm und eingedrückt, aber sonst erinnerte nichts mehr daran, dass er überhaupt einmal hier gewesen war.

Marie suchte verzweifelt das ganze Haus ab, rief seinen Namen vom Dach der Ruine, aber von Louie war weit und breit nichts zu sehen. Ihr Blick wanderte von Baum zu Baum, über die trockenen Felder, über denen die Luft flimmerte, bis hin zum tiefblauen Meer, das sich am Horizont mit dem Himmel verband. Sie wartete Stunde um Stunde, sie bemerkte nicht, dass die Sonne unterging. Das Meer, das Hotel, ihre Eltern, alles schien ihr ganz weit weg. Nur der Kummer war ganz nah, ganz tief in ihr drin, mächtiger als alles andere. Er schnürte ihr die Kehle zu, brachte sie zum Weinen, bis keine Kraft mehr in ihr war und die Müdigkeit sie übermannte.

Das Hotel war in Aufruhr. Pulsierendes Blaulicht strich über die Fassade, Menschen riefen Maries Namen. Schließlich zogen Heerscharen von Hotelbewohnern und Polizisten in die Dunkelheit hinaus, und die Lichtkegel von unzähligen Taschenlampen tasteten sich fahrig durch die Nacht.

Ein griechischer Bauernjunge fand Marie bei Tagesanbruch zusammengekauert auf dem weißen Dach der Ruine. In ihren Armen schlief ein kleiner, brauner Hund mit verstümmeltem Schwanz und großen Schlappohren. Der Bauernjunge wagte es nicht, die beiden zu stören, sondern stand einfach nur so da. Nach einiger Zeit setzte er sich dann behutsam auf den Boden, während in der Ferne die Sonne über dem Meer aufging und die drei in ein goldenes Licht tauchte.

Levi hatte geschworen, ein besserer Mensch zu werden, seine Familie nie wieder zu enttäuschen und von nun an regelmäßig in die Synagoge zu gehen, wenn nur sein kleines Mädchen wiederauftauchen würde. Er war so überglücklich, Marie wieder in seinen Armen zu halten, dass er ihr unmöglich den Wunsch abschlagen konnte, den kleinen Hund mit nach Deutschland zu nehmen. Auch wenn seine Frau Selma und sein Sohn Simon ebenso glücklich waren, Marie wieder unversehrt im Kreis der Familie zu wissen, so brachten sie dennoch Dutzende Einwände gegen den verstümmelten Hund vor. Aber wenn Levi sich einmal eine Sache in den Kopf gesetzt hatte, war daran nicht mehr zu rütteln.

Für Marie begann eine unbeschwerte Zeit. Mit Louie hatte sie zum ersten Mal einen richtigen Freund, und schon bald reichte er ihr bis zu den Oberschenkeln, konnte eine Menge Kunststücke, die Marie ihm beigebracht hatte, und folgte ihr auf Schritt und Tritt. Nachts hielt er Wache vor ihrem Bett.

SECHS JAHRE SPÄTER

Im Alter von sechzehn Jahren hatte Marie die Scham über ihre körperlichen Makel fast besiegt und wagte es hin und wieder, in den Abendstunden einen abgelegenen Badesee aufzusuchen. Unter der kurzen Jeans und der weißen Bluse trug sie einen schlichten Bikini. Die Sonne neigte sich bereits dem Horizont entgegen. Die Goldene Stunde war angebrochen. Nur noch vereinzelt waren Familien mit kleinen Kindern zu sehen, in der Ferne spielten ein paar Halbstarke Beachvolleyball und machten dabei mächtig Radau. Während Marie es sich auf einem blauen Badetuch bequem machte, suchte Louie sich einen Platz am Fuße eines Baumes. Entledigt von Jeans und Bluse viertelte sie mit einem Klappmesser einen Apfel und genoss dann, als sie endlich auf dem Rücken lag, die warme Luft.

Sie schloss die Augen und knabberte an einem der Apfelstücke. Zärtlich streichelte der Wind ihre Schenkel, wanderte sanft über ihren Bauch und erreichte behutsam ihre Narben. Sie befand sich in einem Zustand vollkommener Entspannung, fast so wie damals auf der Ruine in der griechischen Sonne.

Der Volleyball kam ohne Vorwarnung und traf Marie hart am Kopf.

Sie fuhr hoch und riss die Augen auf. Sekunden später verdeckte ein großer, sportlicher Junge die Sonne.

»O Scheiße, tut mir leid ... Tut mir echt leid ...«

Doch Marie musste ihrem Ärger Luft machen. Zu tief saß ihr der Schreck in den Knochen.

»Du Vollidiot!«, rief sie vorwurfsvoll.

»Hey, das war doch keine Absicht ...«, verteidigte sich der Junge mit einem frechen Grinsen im Gesicht.

»Für wie blöd hältst du mich! Du meinst, du hast versehentlich diesen Ball von da drüben bis hierher geworfen und mich rein zufällig damit getroffen?«

Dabei zeigte sie auf den Beachvolleyballplatz.

Es war offensichtlich, dass ihr der Idiot mit den Stoppelhaaren den Ball absichtlich und aus nächster Nähe an den Kopf geworfen hatte, doch was eigentlich eine blöde Anmache werden sollte, wurde zur Tragödie, als der Junge Maries vernarbten Oberkörper erblickte.

»Zufällig? Nein, wie kommst du darauf? Wir wollen bloß keine Freaks wie dich hier auf unserer Wiese haben. Verstehst du?«

Marie war unfähig, etwas zu erwidern. Sie war wie gelähmt.

»Was denkst du dir eigentlich? Dass mir einer abgeht bei einer wie dir? O nein, ganz sicher nicht. Da muss ich höchstens kotzen.« Dabei schob er sich zwei ausgestreckte Finger in den aufgerissenen Mund.

Inzwischen waren seine drei Kumpels hinzugekommen und erkannten sofort, dass sie ein Opfer für ihren Spott gefunden hatten.

Marie konnte später nicht mehr sagen, ob es die Scham oder der Zorn war, der ihr die Tränen in die Augen trieb. Sie griff entschlossen nach ihrem Klappmesser und stach es mit aller Kraft in den Ball, der noch immer neben ihr lag.

Das Gegröle der Jungs verstummte. Die Augen des großen Jungen waren hasserfüllt. Er griff Marie brutal an den Haaren und zog sie hoch. Marie schrie vor Schmerz auf, dann verpasste er ihr eine schallende Ohrfeige und stieß sie wieder zu Boden.

Marie weinte jämmerlich, doch er sagte nur: »Du Schlampe, den Ball wirst du zahlen, oder ich prügle dich windelweich!«

Keiner der Jungen hatte den braunen Hund bemerkt, der knurrend beobachtete, wie Marie geschlagen und zu Boden geworfen wurde. Seine plötzliche Attacke kam völlig unerwartet, selbst für Marie. Mit gefletschten Zähnen sprang Louie dem Jungen blitzartig an den rechten Unterarm und biss heftig zu.

Zwar ließ der Hund sofort wieder ab, hinterließ jedoch eine klaffende, stark blutende Wunde. Es war kein schöner Anblick, doch Marie spürte dabei eine tiefe, innere Befriedigung.

Die Freude war jedoch nicht von langer Dauer, und der Fall endete vor Gericht. Nach mehrwöchigen Verhandlungen lautete das Urteil »Schmerzensgeld für den Verletzten und Einschläferung des Hundes«.

Alles Flehen und Schreien half nichts, Marie musste die bittere Wahrheit akzeptieren, dass ihr treuester Freund, der nur aus einem Instinkt gehandelt hatte, um sie zu beschützen, durch einen Gerichtsbeschluss getötet werden sollte.

Die Zeit bis zum gerichtlich festgesetzten Termin musste der kleine Louie in einem Zwinger in einem Tierheim verbringen. Marie besuchte ihn täglich und war bei der Vollstreckung des Urteils an seiner Seite.

Der Ort der Hinrichtung war ein weißer, schäbiger Raum in einer Tierklinik. Louie lag auf einer weißen Bahre ausgestreckt, während Marie neben ihm saß und seine kleine Pfote hielt. Louies große runde Augen blickten ihr tief in die zerrissene Seele. Tränen liefen ihr über die Wangen, während sie seinen zitternden Körper fest an sich presste. Als ihm der Arzt eine Betäubungsspritze injizierte, jaulte er laut auf, danach erschlaffte sein Körper in Maries Armen. Er hatte nicht einmal mehr genug Kraft, Maries Gesicht abzulecken, was er sonst immer tat, wenn sie weinte. Er saß nur da und senkte langsam den Kopf.

Seine Zunge hing ihm kraftlos aus dem Maul, dann verabreichte der Tierarzt dem kleinen Hund eine zweite Injektion mit dem tödlichen Gift. Louies Schwanz hörte auf zu wippen. Er schloss die Augen, und mit einem letzten Atemzug schien seine kleine Seele dem Körper zu entweichen.

Man ließ das weinende Mädchen einige Minuten alleine mit dem leblosen Hundekörper, damit sie von ihrem geliebten Gefährten Abschied nehmen konnte. Dann kehrten Maries Eltern zurück, um ihre Tochter abzuholen. Doch was auch immer sie versuchten, es war kaum möglich, die beiden Körper voneinander zu trennen.

DREIZEHN JAHRE SPÄTER

Freitag, 15. Oktober 2010

Die Auseinandersetzung mit Karl Rieger ging Marie näher, als sie es sich eingestehen mochte. Sie saß allein in ihrem Büro, und ihr Herz pochte wie wild. Das Telefon läutete, aber sie ging nicht ran.

Wie hatte er sie so aus der Fassung bringen können? Es war ihr erster großer Fall. Alles, wonach sie sich gesehnt hatte, war, eine Chance zu bekommen. Sie hatte so sehr gehofft, sich beweisen zu können. Nicht nur vor ihrem Chef, vor allem vor ihr selbst. Dabei hätten die Provokationen durchaus auch schlimmer sein können, wie sie im Nachhinein feststellte. Aber schon beim bloßen Gedanken an Karl Rieger begannen ihre Finger wieder zu zittern. Sie brauchte Abstand. Zum Glück lag das Wochenende vor ihr. Am Montag würde sie sich dieser Herausforderung erneut stellen, diesmal aber deutlich souveräner und professioneller. Ihr Blick blieb an einem gerahmten Bild von Louie hängen, das neben ihrem PC stand. Irgendetwas pochte da noch im Hinterkopf, aber sie konnte beim besten Willen nicht sagen, was.

Es war bereits dunkel geworden in den Häuserschluchten. Karl lehnte am Geländer eines U-Bahn-Aufgangs und betrachtete die lange Reihe von Neubauten, die aus den Trümmern des Bombenkriegs gewachsen waren. Sie erinnerten ihn an die Luftangriffe auf Dresden, die Stadt, die einmal eine der prächtigsten Residenzstädte Europas gewesen war, bis die Alliierten kurz vor Kriegsende die Innenstadt in vier Angriffswellen mit vierhundertsechzig Tonnen Bomben dem Erdboden gleichgemacht hatten. Nach seinen Recherchen waren damals zweihunderttausend Menschen ums Leben gekommen.

Auch wenn die verlogene Geschichtsschreibung heute von nur fünfundzwanzigtausend Opfern ausging, dachte er. Die Sieger schrieben die Geschichte, nicht die Verlierer.

Das hatte er damals auch seinem Professor an der Universität gesagt, als er mit seiner Semesterarbeit zum »Moral Bombing« in Ungnade fiel. Überhaupt – wie makaber, die Ermordung von Tausenden von Zivilisten als Moral Bombing zu bezeichnen.

Hier zu stehen, zu warten und die hässliche Fratze der neu errichteten Innenstadt zu betrachten machte ihn wütend. Wütend zu sein, darauf war er von klein auf konditioniert worden. Wütend zu sein auf Ausländer, wütend auf Arbeitslosigkeit, wütend auf diesen korrumpierten Staat und wütend darüber, den Krieg verloren zu haben.

Endlich erschien Marie Stresemann am Haupteingang des gegenüberliegenden Gebäudekomplexes. Selbst auf diese Entfernung erkannte er sie sofort an ihrer schmalen Silhouette und ihrem beigen Trenchcoat, den sie schon am Morgen getragen hatte. Sie schien in Eile, steuerte aber nicht den U-Bahn-Eingang an, wie er gehofft hatte, sondern überquerte die große Kreuzung, offenbar, um zur nahe gelegenen Bushaltestelle zu gelangen.

Karl hatte über eine Stunde auf sie gewartet und wollte sie nun auf keinen Fall verpassen. Die Rushhour hatte mittlerweile den Verkehr fast zum Erliegen gebracht. Stoßstange an

Stoßstange reihten sich die Kolonnen vor den Ampeln auf, um sich bei Grün nur zäh über die Kreuzung zu bewegen. Ungeachtet der hupenden Autos rannte er quer über die Straße seinem Ziel entgegen. Karl hatte nur Marie im Auge. Sie stand an einer Fußgängerampel, die gerade auf Grün umschaltete, als Karl sie erreichte.

Marie erschrak, als sie unerwartet heftig am Arm gepackt wurde, und erblickte Karls Gesicht. Schlagartig wurde ihr klar, dass Karl Rieger sie an den Hünen erinnerte, der damals für den Tod ihres Hundes verantwortlich gewesen war. Seine Stimme und seine ganze Art waren wie eine teuflische Kopie ihrer wiederkehrenden Albträume. »Sind Sie wahnsinnig geworden? Mein Gott ... Was wollen Sie?«, fuhr sie ihn an, wobei sie heftig atmete. Auch Karl musste nach seinem Sprint erst Luft holen und brachte seine Antwort nur abgehackt heraus.

»Hören Sie ... Ich dachte ... Wir könnten noch mal reden ...«

Wütend befreite sich Marie aus seinem Griff und antwortete: »Mit Ihnen kann man nicht reden, Sie hören nämlich nicht zu.«

»Ich weiß, das lief heute nicht so gut, tut mir echt leid ...«, versuchte Karl sich zu entschuldigen, aber Marie hatte nur den Wunsch, ihn so schnell wie möglich loszuwerden.

»Und Sie glauben, so können Sie das wiedergutmachen? Schon vergessen, ich bin Jüdin, eine Frau und nun auch Ihr Vormund. Keine Ahnung, in welcher Reihenfolge das für Sie das größte Problem ist, aber im Augenblick bleibt es Ihr Problem. Und jetzt lassen Sie mich auf der Stelle in Frieden!«

Die Fußgängerampel hatte mittlerweile wieder auf Rot gewechselt. Gezwungenermaßen musste sie nun Karls Antwort über sich ergehen lassen.

»Ich brauche Ihre Hilfe. Ehrlich ... Ich bin in einer echt verfahrenen Situation.«

Na wunderbar, dachte Marie. Hoffentlich erstickst du dran!

Sie biss sich auf die Lippen und versuchte, diplomatisch zu

antworten. »Jetzt hören Sie mir gut zu, meine Arbeitswoche ist zu Ende. Ich werde diesen Bus nehmen und nach Hause fahren, und dann werde ich versuchen, das ganze Wochenende lang nicht an Sie oder Ihre Probleme zu denken, denn im Augenblick ...«

»Ich dachte, Sie sind da, um mir zu helfen?«, unterbrach er sie wütend.

»Sie hatten heute Ihre Chance. Sie haben es verbockt. Am Montag bin ich wieder ganz Ohr und höre mir gerne Ihre Entschuldigung an. Aber bis dahin gehen Sie mir aus den Augen. Guten Tag«, beendete sie resolut ihre Antwort, die jede Widerrede im Keim erstickte. Dann schritt sie bei Rot über die Kreuzung.

»Fotze«, sagte Karl leise und sah zu, wie Marie auf der anderen Straßenseite in einem Bus verschwand. Als er sich abwandte, kam gerade ein alter Mann mit Krücken auf ihn zu, der ihn einen Moment zu lange musterte.

»Was guckst du so blöd, Alter?«

Mit einem Fußtritt kickte er dem gebrechlichen Mann eine Krücke weg. Eine Frau war geistesgegenwärtig genug, den Mann zu stützen, als er beinahe das Gleichgewicht verlor.

»Was fällt Ihnen ein ...?«, rief die Frau Karl nach, doch der hatte diesen Vorfall schon ausgeblendet und konnte nur noch daran denken, dass er um ein Haar seine Kameradschaft verraten hatte.

Was zum Teufel ist bloß los mit mir?

ESTHER

Samstag, 16. Oktober 2010, Sabbat, 9:30 Uhr

Es war ein regnerischer Morgen. Ephraim Zamir schlief wieder länger, ein gutes Zeichen. Es gab Zeiten, in denen war er unzählige Male schweißgebadet aufgewacht. Dagegen waren selbst seine hochdosierten Schlaftabletten fast wirkungslos. Die Albträume, die ihn quälten, hatten sich im Laufe der Jahre gewandelt. Aus dem Kind war in den Träumen ein Mann geworden, aus dem Gefangenen ein kaltblütiger Rächer. Es waren nicht mehr die leblosen Augen seiner Mutter, die ihn verfolgten, sondern die weit aufgerissenen Augen von SS-Offizieren, die nicht fassen konnten, dass er ihnen soeben die Kehle aufgeschlitzt hatte und ihnen jetzt beim Sterben zusah.

Doch seit Rabbi Moshe vor einem halben Jahr Esther Goldstein in seine Obhut gegeben hatte, verschwanden diese Bilder nach und nach, und Ephraim fand Frieden in der Nacht. Vor vier Wochen hatte ihm Esther schließlich die Schlaftabletten entzogen, hatte ihm seine Angst vor den Nächten mit einem bitter schmeckenden Kräutertee genommen und war bei ihm, wenn seine Schreie die Ruhe des Turms zerrissen. Wie ein Engel erschien sie dann neben seinem Bett, hielt seine zitternde Hand und kühlte sein Gesicht mit einem nassen Tuch, bis er wieder eingeschlafen war.

Längst hatte er verstanden, dass nicht er es war, der Esther ein neues Zuhause gab, sondern dass Esther diesen Turm erst zu seinem neuen Zuhause machte. Es schien fast so, als könne er mit ihrer Hilfe nach so vielen Jahren des Hasses endlich loslassen und ein neues Leben beginnen. Gleichzeitig war ihm aber bewusst, dass dieses liebliche, einzigartige Geschöpf wie eine verletzliche Pflanze auch auf seine Fürsorge angewiesen war.

Als Ephraim vor zwei Jahren erstmals wieder deutschen Boden betreten hatte, lernte er Rabbi Shlomo Moshe kennen. Vielleicht war es Neugierde gewesen, die ihn an einem Sabbat in die provisorische Synagoge trieb, oder das Verlangen nach menschlicher Nähe, aber es war ganz sicher kein religiös motivierter Besuch, denn Ephraim war kein gläubiger Mensch. Im Gegenteil, er hatte mit Gott gebrochen und seiner tiefsten Überzeugung nach auch Gott mit ihm.

Doch Rabbi Moshe hatte eine Gabe. Diese Gabe bestand darin, Menschen zum Sprechen zu bringen, ohne ihnen Fragen zu stellen. Dabei blickte er ihnen tief in die Seele und baute etwas auf, das stärker war als bedingungsloser Glaube: Vertrauen.

Rabbi Shlomo Moshe empfand es als Fügung Gottes, dass Ephraim Zamir und Esther Goldstein in sein Leben getreten waren und er sie zusammengeführt hatte.

Alles begann mit einer unfassbaren Katastrophe.

Am 6. März 2008 war ein Palästinenser in die Religionsschule Merkas Harav in Jerusalem eingedrungen. Er war mit einer Kalaschnikow und einer Pistole bewaffnet und schoss rund zehn Minuten lang um sich. Ein beherzter Offizier der israelischen Armee, der zufällig die Schüsse hörte, eilte zu Hilfe, erschoss den Attentäter und bereitete dem Blutbad ein Ende. Neun Schwerverletzte und acht Tote waren das tragische Resultat des Massakers gewesen.

Unter den Opfern waren die gesamte Familie einer fast gehörlosen, einundzwanzigjährigen Frau sowie ein Rabbi, der diese Frau schützend an sich riss, während sein Rücken von Kugeln zerfetzt wurde. Nach Bekanntwerden des Attentats strömten in Gaza Tausende Palästinenser auf die Straße und feierten. Viele feuerten dabei Freudenschüsse in die Luft.

Zahlen haben etwas erschreckend Nüchternes. Ob neun Tote oder sechs Millionen Tote, Schreckensmeldungen werfen uns erst aus der Bahn, wenn eines der Opfer ein Bekannter ist, ein Freund oder ein Familienmitglied. Es war diese simple Tatsache, an die Rabbi Moshe immer wieder denken musste, als er vom Schicksal seines Bruders erfuhr, der noch im Tod eine junge Frau gerettet hatte.

Es war das erste Mal in seinem Leben, dass er den Talmud infrage stellte, in dem stand: »Wer nur ein einziges Leben rettet, der rettet die ganze Welt.«

Sein Bruder hatte eine junge Frau gerettet – aber damit auch die ganze Welt? War das Leben seines Bruders weniger wert gewesen als das der gehörlosen Frau?

Allein dass er sich in einem Moment der Schwäche diese Fragestellung erlaubt hatte, brachte den Glauben an sein heiliges Gelöbnis ins Schwanken. Wie konnte er nur an Gott zweifeln, wie konnte er aus reiner Selbstsucht auch nur für eine Sekunde darüber nachdenken, ob das aufopferungsbereite Dasein seines Bruders mehr wert war als das Leben dieser Frau?

Schließlich erkannte er für sich, dass diese schwere Stunde eine Prüfung war, auch wenn ihm der tiefere Sinn dahinter verborgen blieb. Er begann, Nachforschungen anzustellen, und schon bald hatte die junge Frau einen Namen: Esther Goldstein.

Mit dem Namen schwand die Distanz, Esther war nicht länger eine Unbekannte. Mit jedem Tag, den er damit verbrachte, mehr über dieses Mädchen in Erfahrung zu bringen, wurde sie ihm vertrauter: Esther. Esther, die sein Bruder gekannt hatte. Esther, für die sein Bruder gestorben war. Esther, deren Schicksal sich plötzlich unweigerlich mit dem seinen verknüpfte.

Esther war nach dem Anschlag in ein Krankenhaus eingeliefert worden. Die körperlichen Verletzungen beschränkten sich auf Schrammen, Prellungen und eine Gehirnerschütterung, die darauf zurückzuführen waren, dass der Körper ihres Retters sie mit voller Wucht umgeworfen und unter sich begraben hatte. Fast eine Stunde dauerte es, bis die Rettungskräfte entdeckten, dass die regungslose Frau noch lebte. Eine Stunde, bis sie die Körper voneinander trennten. Es war nicht nur ihre Hörbehinderung, die verhinderte, dass Esther auf keine der Fragen von Ärzten oder Polizisten reagierte, es war die Tatsache, dass alle Menschen, die sie liebte und denen sie vertraut hatte, nun tot waren. Ausgelöscht. Unwiderruflich und endgültig. Als man sie drei Monate nach dem Attentat aus dem Krankenhaus wieder nach Hause brachte, hatte man zunächst das Gefühl, Esther wäre stabil und könnte mit psychologischer Hilfe wieder in ihr normales Leben zurückfinden. Noch bei der Verabschiedung an der Haustür des kleinen Einfamilienhauses hatte sie gelächelt und den Eindruck erweckt, als wäre sie auf einem guten Weg. Doch kaum war die massive Haustür ins Schloss gefallen, kauerte sich Esther in eine Ecke und zog die Knie fest an sich, während sie die vertraute Umgebung auf sich wirken ließ.

Die Zeit war an diesem Ort stehen geblieben.

Das Haus war genauso geblieben, wie die Familie es vor drei Monaten verlassen hatte, um Esther zu ihrer neuen Stelle in der Religionsschule zu begleiten. Es war hektisch gewesen. Ein feierlicher Moment hatte bevorgestanden. Die fast gehörlose Esther, von der man angenommen hatte, dass sie nie eine Arbeitsstelle finden würde, hatte in der Religionsschule einen Job als Betreuerin bekommen. Ihre Eltern, ihr Großvater und ihre zwei Brüder hatten beschlossen, ihr auf dem Weg zu ihrem ersten Arbeitstag Gesellschaft zu leisten. David, der Jüngere, war erst elf Jahre alt. Er hatte beim Frühstücken vor lauter Aufregung eine Tüte Milch verschüttet. Ihr Stiefvater musste seine schimpfende Frau beruhigen und hielt sie schließlich davon ab, die Milchlache aufzuwischen. Es war spät geworden, und er hasste Unpünktlichkeit. Er trieb die Familie zur Eile, und als endlich alle in den Van gestiegen waren, lagen im Hausflur verstreut Schuhe, eine Winterjacke und Davids Schulranzen, den man in der Hektik vergessen hatte.

Drei Monate waren seitdem vergangen. Nichts wirkte real. Es war, als würde sie ein Foto aus einer glücklichen Vergangenheit betrachten. Vor ihrem geistigen Auge sah sie David, konnte fast sein aufgedrehtes Lachen hören, und ihren Stiefvater, der zur Eile mahnte. Sie wartete, dass ihre Familie zurückkehren würde, starrte auf die Tür. Doch nichts rührte sich. Niemand würde Davids Schulranzen abholen oder die Schuhe aufräumen. Niemand würde ihn jemals wieder ermahnen, sie nicht zu hänseln, wie er es auch an jenem Morgen getan hatte. »Und fang bloß nicht an, am ersten Tag alle vollzuquatschen, Esther ...« Sein frech grinsendes Gesicht erschien vor ihr und verschwand plötzlich in einer Wolke aus rotem Blut.

Es mussten Stunden vergangen sein, die Esther reglos verbrachte, denn die Sonne stand bereits tief am Horizont, und die Schatten des Schulranzens, der Schuhe und der umgefallenen Milchtüte rückten immer näher.

Dann schrie sie. Sie schrie minutenlang. Doch sie konnte ihren eigenen Schrei nicht hören und versuchte, lauter zu schreien, bis ihre Kehle brannte und ihre Stimmbänder erlahmten. Schließlich stand sie auf, stieg über die eingetrocknete Milchlache, nahm das Obstmesser ihrer Mutter und schnitt sich die Pulsadern auf. Das Letzte, was sie dachte, war: Endlich frei.

Rabbi Moshe traf Esther in Jerusalem in einer psychiatrischen Anstalt. Die Nachbarn hatten Esthers Schreie gehört und die Polizei alarmiert. Die Hilfe kam schnell, gerade noch rechtzeitig. Als Rabbi Moshe sie zum ersten Mal besuchte, hatte man sie an ihr Bett fixiert, denn sie galt noch immer als stark suizidgefährdet. Behutsam versuchte er, ihr Vertrauen zu gewinnen. Mit Engelsgeduld erzählte er ihr seine eigene tragische Geschichte, von seinem eigenen Verlust – und davon, dass sein

Bruder ihr das Leben gerettet hatte. Dabei bewegte er seine Lippen langsam, damit sie die Worte sehen konnte, sprach laut und untermalte jede Äußerung mit Gesten oder schrieb komplizierte Wörter auf ein Stück Papier. Es dauerte zwei Wochen, in denen er täglich bei ihr war, bis Esthers glasiger Blick Rabbi Moshe wirklich wahrzunehmen schien. Es dauerte zwei weitere Wochen, bis sie ihm ein erstes Mal zunickte.

Rabbi Moshe hatte mittlerweile herausgefunden, dass sie in Israel keine weiteren Angehörigen hatte und ihre nächsten Verwandten in Polen lebten. Diese hatten aber schon länger zu ihrem Großvater den Kontakt abgebrochen und Esther nie kennengelernt. Rabbi Moshe hatten sie unmissverständlich klargemacht, dass sie das behinderte Mädchen nicht aufnehmen würden.

Es kam der Tag, da musste Rabbi Moshe Jerusalem wieder verlassen. Der Abschied von Esther fiel ihm schwer. Sie weinte stumm, Tränen liefen ihr über die Wangen, aber ihr Gesicht war wie versteinert. Er versprach zurückzukommen, doch sie glaubte ihm nicht.

Genau zu dieser Zeit lernte der Rabbi in seiner deutschen Gemeinde Ephraim Zamir kennen. Er spürte sofort, wie alles zusammenpasste, wie sich alles zum Guten fügen ließ. Ja, Gott hatte einen Plan, und Moshe war sein williger Gehilfe.

Nach geraumer Zeit und Dutzenden von Telefonaten, Anträgen und bürokratischen Hürden gelang es dem hartnäckigen Rabbi, Esther Goldstein nach Deutschland einreisen zu lassen. Sie selbst hatte eingewilligt, seine Hilfe und Fürsorge anzunehmen. Seit sie wusste, dass Rabbi Moshe ihr in Deutschland ein neues Zuhause schaffen wollte, stellten die Ärzte eine deutliche Verbesserung ihres Zustands fest und stimmten, wenn auch unter Vorbehalt, Esthers Entlassung zu.

Als der Schnee schmolz und der Frühling die Welt in ein kräftiges Grün tauchte, besuchte Rabbi Moshe Ephraim Zamir zum ersten Mal auf seiner Baustelle.

Der Umbau des Turms, den Zamir vor Monaten erworben hatte, stand kurz vor dem Abschluss. Hätte er damals geahnt, wie streng die Auflagen bei einem denkmalgeschützten Gebäude waren, hätte er sich den Kauf des alten »Steinhaufens«, wie er ihn gerne nannte, zweimal überlegt. Doch nun war zumindest das obere Drittel des Turms in eine beeindruckende Dachwohnung umgewandelt worden, die einen weiten Blick auf die Umgebung bot.

Rabbi Moshe, der sonst eher wortkarg und zurückhaltend war, kam diesmal schnell zur Sache und berichtete ausführlich von Esther Goldsteins Geschichte. Er schmückte nichts aus, er dramatisierte nichts, sondern hielt sich an die Fakten. Egal, wie groß sein Wunsch auch war, Esther zu helfen, er wollte sie auf keinen Fall anpreisen wie eine Ware. Am Ende seines Monologs bat er Ephraim, Esther Goldstein als Haushälterin einzustellen und ihr eine Unterkunft zu geben.

Ephraim konnte später nicht mehr genau sagen, wie es geschah und was die Beweggründe für seine Entscheidung waren, aber kaum hatte der Rabbi seine Bitte ausgesprochen, willigte er ohne Wenn und Aber ein. Die beiden tranken daraufhin ihren Tee. Gesprochen wurde kaum noch. Es war alles gesagt. Rabbi Moshe wusste, Gottes Wille war geschehen.

Seit dem Gespräch der beiden Männer war über ein halbes Jahr vergangen. Ephraim und Esther waren zusammengewachsen wie Vater und Tochter. Für Ephraim war es deshalb nur ein logischer Schritt, diese Bindung auch vor dem Gesetz zu vollziehen und Esther zu adoptieren.

An jenem schicksalhaften 16. Oktober 2010 wollte er Esther nach dem Gottesdienst um ihre Einwilligung bitten. Der orkanartige Sturm der vergangenen Nacht hatte seine Spuren hinterlassen. Bäume waren entwurzelt worden, die Dachschindeln zahlreicher Häuser lagen auf der Straße, und vereinzelt hatte es Plakatwände aus ihren Verankerungen gerissen. Auf dem Weg zur Synagoge oder, genauer, zu dem Gemeindesaal, der vorübergehend dem Rabbi als Ersatz diente, sprachen Esther und Ephraim kaum ein Wort miteinander. Er lauschte gebannt den Sondermeldungen im Radio, während sie aufmerksam die Sturmschäden betrachtete, an denen sie vorbeifuhren. Der Anblick erinnerte Esther an ein Kriegsgebiet, durch das sie als Kind einmal gefahren waren.

Ein junger Mann stand weinend vor seinem Motorrad, auf das ein Baum gestürzt war. Eine Familie kehrte im Vorgarten die Scherben eines großen Terrassenfensters zusammen. Die blauen Einsatzwagen des Technischen Hilfswerks rasten mit Blaulicht an ihnen vorbei und halfen bei den dramatischeren Fällen. Der Radiomoderator berichtete von einem Hochspannungsmast, der an einer Hanglage in die Tiefe gestürzt war und eine Scheune unter sich begraben hatte. Ein junges Pärchen war kurz zuvor in ebenjene Scheune geflüchtet. Zum Glück hatten beide überlebt.

Wie üblich hatte der Gottesdienst am Samstagmorgen um halb zehn mit der festlichen Thora-Prozession begonnen. Rabbi Shlomo Moshe trug die in rotes Tuch gehüllte und mit silbernen Ketten verzierte Thora-Rolle zu einem Podium in der Mitte des Gemeindesaals, während ein Männerchor hebräischen Gesang anstimmte. Inzwischen war all das für Ephraim ein vertrautes Ritual geworden. Doch damals, als er das erste Mal an einer Sabbat-Feier in der Synagoge teilgenommen hatte, war es ihm irgendwie falsch und heuchlerisch vorgekommen. Nach dem Krieg und selbst in der Zeit, in der er in Israel gelebt hatte, war er nie in eine Synagoge gegangen oder hatte sich an Gott gewandt. Gott existierte für ihn schlichtweg nicht – zumindest kein Gott, der angeblich gütig und liebevoll sein sollte. Ein Gott, der zuließ, dass die Nazis sechs Millionen Juden hingeschlachtet hatten. Nein, es konnte keinen Gott geben. Doch nun saß er schon seit Wochen regelmäßig am Samstag in der Synagoge und feierte den Sabbat. Und jedes Mal, wenn er dort saß, blickte er auf Esther und konnte durch sie fühlen, was Glaube zu schaffen vermochte. Es war nicht so, dass er zum gläubigen Juden geworden war, aber er gewann Tag für Tag ein stärkeres Verständnis für all jene, die Kraft aus ihrem Glauben schöpften und dadurch lernten, das Leben besser zu meistern oder gar ein besserer Mensch zu sein. Er sah Esther aus den Augenwinkeln an, wie sie Rabbi Moshes Lesung aus der Schriftrolle folgte, und merkte, wie Erinnerungen aus frühester Kindheit an seine Mutter wach wurden. So lauschte auch er der Lesung der Parascha und fühlte, wie sich die Worte wärmend um seine Seele legten.

Zwei Stunden später folgten Esther und Ephraim dem Strom der Gläubigen hinaus aus dem Gemeindesaal. Ephraim hatte den einzigen Anzug an, den er besaß. Er war dunkelblau und saß an den Schultern deutlich zu eng, was auch an dem beigefarbenen Pullover aus grober Schurwolle lag, den er darunter trug.

Der geteerte, graue Vorplatz war übersät von abgebrochenen Ästen und Zweigen. Noch immer wehte ein starker Wind. Esther schlug den Kragen hoch, während Ephraim seinen Arm schützend um sie legte. Rabbi Moshe war ihnen mit schnellen Schritten gefolgt. Etwas außer Atem, rief er Ephraims Namen.

»Ephraim Zamir, bitte ... Haben Se noch enen kurzen Augenblick für misch?«

Ephraim und Esther drehten sich zu ihm um. Ephraim konnte später nicht mehr genau sagen, warum er Esther fortschickte, aber es erschien ihm richtig, dem Rabbi die Möglichkeit zu geben, ihn unter vier Augen zu sprechen.

»Esther, willst du schon mal vorgehen? Ich glaube, Rabbi Moshe und ich brauchen noch ein paar Minuten.«

Esther antwortete in Gebärdensprache. Ihre Mimik zeigte Verständnis für die Situation.

»Ja, das ist eine gute Idee«, antwortete Ephraim. »Herr Salzberg wird dich sicher mitnehmen und bei uns zu Hause absetzen.«

Sie lächelte, blickte sich um und entdeckte einen älteren Herrn, der hastig versuchte, seinen Hut zu fangen, den der Wind durch die Luft wirbelte. Esther blickte den Rabbi an und vollführte hektisch einige Zeichen, dann reichte sie ihm die Hand und eilte Herrn Salzberg zu Hilfe.

Der Rabbi lächelte und blickte ihr nach.

»Was hat se gesagt?«

»Oh, sie bedankt sich für die wunderbare Predigt und freut sich schon auf die neue Synagoge.«

Moshe verstand den Wink, ging aber nicht weiter darauf ein. »Sie ist ein gutes Kind. Und Gott sei gedankt für den Tag, an dem du sie aufnahmst wie dein eigenes Kind. Macht se gut Ihnen den Haushalt?«

Ephraim nickte.

»Es scheint ihr von Tag zu Tag besser zu gehen. Ich hätte nicht gedacht, dass sie sich so schnell eingewöhnt hier in Deutschland, nach allem, was sie erlebt hat.«

»Das, was Sie sehen, ist nur äußerlich. Aber die Wunden in ihrem Herzen werden noch lange brennen.«

Ephraim hätte ihm viel davon erzählen können, wie sie ihm half, seine Vergangenheit zu überwinden, aber er schwieg und nickte nur verständnisvoll.

»Ich weiß, Rabbi, ich weiß. Ich werde immer da sein für sie, ich verspreche es.«

Der Rabbi hegte keinen Zweifel an Ephraims Absicht, aber die Ungewissheit über die Herkunft und die Vergangenheit dieses Mannes nagte an ihm. Geduldig hatte er gewartet, dass Ephraim sich ihm eines Tages öffnen würde. Doch nichts dergleichen war geschehen. Nun aber waren Dinge im Gange, die ihn dazu bewogen, deutlicher zu werden.

»Lieber Herr Zamir, bitte verstehen Sie mich nicht falsch, aber Sie sind nun seit über einem Jahr Mitglied unserer kleinen Gemeinde, kommen regelmäßig zum Sabbat, aber keiner aus der Gemeinde kennt Sie – keiner kennt Ihre Familie, keiner kennt Ihre Geschichte. Und dann nehmen Sie Esther auf wie eine Tochter und wollen der Gemeinde das fehlende Geld für den Bau unserer Synagoge stiften.«

Ephraim hatte gewusst, dass dies eines Tages zur Sprache kommen würde; trotzdem traf es ihn unvorbereitet. Er war noch nicht so weit. Er wusste auch nicht, ob er je so weit sein würde.

»Herr Zamir, wir müssen Ihnen vertrauen, Sie müssen uns vertrauen. Es gibt viele Mitglieder, die für den Bau der neuen Synagoge etwas gespendet haben. Manche wenig, manche etwas mehr. Aber es ist das Geld von Menschen, die wir kennen, es ist ... Bitte verstehen Sie mich nicht falsch ...«

Ephraim merkte, wie unangenehm dem Rabbi dieses Gespräch war.

»... aber es ist gutes Geld. Der Gemeinderat sagt, solange wir nicht wissen, wer Sie sind und woher das Geld kommt, können wir es nicht annehmen. Verstehen Sie, Herr Zamir?«

Ephraim verstand nur zu gut, aber er wusste auch, dass der Gemeinderat das Geld wahrscheinlich ablehnen würde, sollte er ihnen die Wahrheit über den Ursprung seines Vermögens offenlegen.

In der Ferne beobachtete er, wie Esther Herrn Salzberg seinen Hut brachte und dieser sie zu seinem Wagen mitnahm. Zamir wandte sich wieder dem Rabbi zu. »Rabbi Moshe, es wird der Tag kommen, da werde ich Ihnen alles erklären. Aber nicht jetzt, nicht morgen und auch nicht diese Woche. Sie müssen Geduld haben, bitte ... Geduld und Vertrauen.«

Doch so leicht gab sich der Rabbi nicht geschlagen.

»Geduld braucht Zeit, Herr Zamir, Geduld braucht Zeit – und Zeit scheinen wir nicht mehr zu haben.«

Ephraim hatte in keiner Weise damit gerechnet, dass der Rabbi ihm weiter zusetzen würde. Es war überhaupt nicht dessen Art, weder nach der Predigt einem seiner Gemeindemitglieder nachzulaufen noch derartigen Druck auszuüben.

Nervös nestelte der Rabbi an seinem langen grauen Bart.

»Was ist los, Rabbi Moshe?«

Der Rabbi atmete tief durch, so als müsste auch er sich überwinden, die Frage seines Gegenübers zu beantworten. Der Wagen von Herrn Salzberg verließ soeben den Gemeindeparkplatz. Es schien fast so, als hätte der Rabbi auf dieses Zeichen gewartet.

»Etwas Grauenvolles ist geschehen. Ich weiß, es ist Sabbat, aber ich möchte Sie bitten, mich zu begleiten in das Krankenhaus der Barmherzigen Brüder.«

Ephraim schüttelte den Kopf. »Begleiten? Ich verstehe nicht ...«

Für einen Moment öffneten sich tausend Türen zur Vergangenheit in seinem Kopf. Würde er denn nie zur Ruhe kommen, hatten ihn seine Taten nun bis hierher verfolgt?

»Frau Dr. Seligmann liegt dort. Sie wurde gestern überfallen.«

Ephraim hörte den Namen und war erleichtert, zugleich aber auch besorgt. Ungläubig wiederholte er den Namen.

»Frau Seligmann, die Stadträtin?«

Der Rabbi nickte.

Herr Salzberg setzte Esther kurz nach 12 Uhr vor dem Portal des Turms ab und winkte ihr durch das Seitenfenster seines Autos zu. Er hatte ein gütiges, pausbackiges Lächeln. Sein eingedrückter Hut saß nun wieder fest auf seinem Kopf und brachte Esther zum Schmunzeln. Sie sah dem klapprigen Wagen mit den vielen Roststellen noch eine Weile nach, als er den Schotterweg wieder hinunterfuhr und schließlich in der angrenzenden Siedlung verschwand.

Der Wind war hier oben auf dem Hügel deutlich stärker zu spüren und pfiff um den Turm. Esther stieg die Stufen zum Portal empor. Dabei musste sie sich gegen die starken Böen stemmen, bis sie schließlich den Eingang erreichte. Der Wind zog so heftig an ihr, dass sie das Summen des Handys in ihrer Manteltasche nicht spürte.

Nach Eingabe der Zahlenkombination am Sicherheitsschloss öffneten zwei starke Servomotoren mit einem lauten Surren die Flügeltüren und schlossen sie auch wieder automatisch, nachdem Esther hineingegangen war. Die Tore schnappten laut in das Schloss, dann war es gespenstisch still.

Esther hängte ihren Mantel an die Garderobe am Fuß der Treppe und vergaß das Handy in der Tasche, auf dem soeben eine zweite SMS von Ephraim ankam.

Ihre Schuhe klackten auf den Steinstufen, bis sie schließlich im dritten Stockwerk ankam. Eine massive, helle Holztür mit edel geschwungenem Beschlag markierte den Übergang zum luxuriös ausgestatteten Wohnbereich des Turms, in dem sich Kirschholzparkett, Messingleuchter, handgemalte Aquarelle und altenglische Möbel deutlich vom nüchternen, kalten Treppenhaus abhoben, das seit der Entstehung des Turms wohl nicht verändert worden war. Auf dieser Ebene gab es zwei großzügige Schlafzimmer, ein Badezimmer und Ephraims Arbeitsraum, die alle durch einen schmalen Gang miteinander verbunden waren. Von hier aus führte eine schmale Wendeltreppe direkt in den ausgebauten Dachstuhl, der so hoch war, dass er zusätzlich eine Galerie enthielt, die man über eine schmale, gewundene Holztreppe erreichte. Stand man erst einmal auf der Galerie, konnte man den gesamten Dachstuhl überblicken. Breite Dachfenster in jeder Schräge erzeugten ein natürliches Oberlicht im beeindruckenden Dachgeschoss.

Kaum hatte Esther den Dachstuhl betreten, störte ein lauter Signalton die Ruhe des Turms. Gleichzeitig begann die rote Warnleuchte über dem frei stehenden Küchenblock grell zu blinken. Freudig, dass Ephraim heimgekehrt war, aktivierte Esther das Touchpad an der Wand neben der Wendeltreppe.

Gerade als sie den Türöffner betätigen wollte, stellte sie überrascht fest, dass nicht Ephraim am Portal stand, sondern ein schmächtiger Junge mit einer braunen Schirmmütze, der mit verweintem Gesicht in die Kamera über ihm blickte.

Esther war verunsichert. Sie berührte den Touchscreen, der ihr verschiedene Antwortmöglichkeiten anbot. Sie wählte: *Guten Tag, was kann ich für Sie tun?*

Eine mechanische Stimme ertönte am Eingang und stellte die Frage. Der schmächtige Junge wischte sich die Tränen aus den Augen.

»Ich hatte einen Fahrradunfall, und der Akku von meinem Handy ist leer ... und ... ich muss meine Eltern anrufen ... und ... ich wollte fragen, ob ich bei Ihnen ... also, ob ich meine Eltern anrufen kann?«

Die Antwort des Jungen wurde durch die Spracherkennung als Text auf dem Touchscreen wiedergegeben, allerdings unvollständig und daher für Esther nur schwer verständlich.

Sie wählte erneut eine vorgegebene Frage aus.

Bitte sprechen Sie langsamer und wiederholen Sie Ihr Anliegen.

Wieder ertönte die mechanische Stimme am Eingang. Der Junge schluckte und versuchte nun, sehr langsam und deutlich zu sprechen.

»Ich hatte einen Unfall, ich muss telefonieren, ich mache auch nichts dreckig.«

Diesmal übertrug die Spracherkennung die Worte korrekt. Esther war unschlüssig, was sie nun tun sollte. Ephraim hatte ihr immer wieder eingebläut, keine fremden Menschen in den Turm zu lassen, wenn er nicht anwesend war. Aber das hier war doch nur ein harmloser Junge, der sich verletzt hatte und ihre Hilfe brauchte. Sie schaltete am Touchscreen auf Multiview. Der Bildschirm unterteilte sich in vier Kameraperspektiven, die nun die Umgebung rund um den Turm zeigten. Es war weit und breit kein anderer Mensch zu sehen.

Esther war so darauf konzentriert, das Richtige zu tun, dass sie den Anruf ignorierte, der gerade über die Festnetzleitung des Hauses ankam. Schließlich betätigte sie die Sensortaste. Die schweren Flügeltüren am Portal öffneten sich.

Ephraim schwitzte. Auf Esthers Handy hatte er es schon mehrmals probiert, auch auf dem Festnetz hob sie nicht ab. Der Wagen stand an einer leeren Kreuzung. Die rote Ampel wollte einfach nicht umschalten. Der Wind wirbelte eine Zeitschrift durch die Luft, die mit einem lauten Klatschen direkt auf seiner Windschutzscheibe landete und wieder fortgeweht wurde. Er trommelte nervös mit den Fingern auf dem Lenkrad, sah hektisch nach links und nach rechts, dann gab er Vollgas. Die Reifen drehten durch, der Motor heulte auf, und der Jaguar schoss über die rote Ampel. Er wurde geblitzt, aber Ephraim war das vollkommen egal.

Im Krankenhaus hatten sie die Stadträtin Dr. Seligmann getroffen. Sie hatte sehr mitgenommen ausgesehen. Die Nase war bandagiert und ein Auge mit einem Pressverband abgedeckt. Schwer atmend hatte sie dem Rabbi und Ephraim von dem grausamen Überfall berichtet und mit großer Mühe über die Lippen gebracht, dass der Angriff nur einem Zweck gedient hatte: Ephraims Identität zu erfahren. Unter Schluchzen hatte sie zugegeben, dass sie den Tätern seinen Namen verraten hatte.

Fluchend war Ephraim sofort aufgebrochen. Seligmanns Ausflüchte hatten ihn nicht mehr interessiert. Diese schwache, dumme Frau! Was wollte sie von ihm? Absolution? Dafür war er nicht der Richtige. Ihm hatte auch niemand Absolution erteilt – auch wenn es dafür genug Gründe gab. Ephraim malte sich das Schlimmste aus. Er hatte unbeschreibliche Angst um Esther. In Situationen wie dieser behielt er normalerweise einen kühlen Kopf, erwog alle möglichen Optionen, doch jetzt warf er seine Erfahrung und seine hervorragende Ausbildung über den Haufen. Es war kurz nach 13 Uhr, als er wie ein Wahnsinniger den Stadtring entlangraste. Diesmal ging es nicht um sein Leben, diesmal ging es um das Leben des einzigen Menschen, den er noch hatte.

Die Flügeltüren öffneten sich vor Thomas Worch. Es erschien ihm fast wie ein Wunder. War ja fast zu einfach, die Judenschlampe zu überlisten, dachte er voller Vorfreude auf das, was sie nun mit ihrem Opfer anstellen würden. Mit einem Griff in die Innentasche seiner Jacke löste er eine vorbereitete SMS an seine Kameraden aus: *Bin drin, ihr könnt kommen.*

In der anderen Hand hielt er einen schweren, großen Kieselstein, den er in den Rahmen der geöffneten Tür legte, dann betrat er das Treppenhaus. Schon begann sich die Tür wieder zu schließen. Kurz bevor sie in das Schloss einrastete, gab es ein lautes Knacken. Thomas befürchtete schon, der Stein wäre zerbrochen, doch der Plan ging auf.

Erst jetzt nahm Thomas Notiz von seiner Umgebung. Das hier war keine Villa, das sah eher nach dem dunklen Verlies einer mittelalterlichen Burg aus. Nirgendwo war ein Fenster zu sehen. Das Licht kam von einer nackten Glühbirne, die von der Decke hing. Neben den Treppenstufen stand ein geschwungener Kleiderständer, an dem ein Mantel hing, sonst war nur schroffer, nackter Stein zu sehen. Das passte so gar nicht in das Bild des reichen Juden, den man ihm beim Treffen der Kameradschaft präsentiert hatte. Unsicher stieg Thomas die karge Treppe empor, die nur durch einen schmalen Handlauf aus verrostetem Metallrohr gesichert war.

Esther wollte gerade ihrem Gast entgegengehen, da bemerkte sie, dass das Licht für einen eingehenden Anruf blinkte, doch das Telefon lag einige Meter entfernt auf dem Couchtisch. Sie ging hinüber, um abzuheben, als das Klingeln verstummte und die Warnleuchte erlosch.

Das Display zeigte Ephraims Gesicht.

Sie würde zurückrufen, dachte sie und eilte mit dem Telefon in der Hand die Wendeltreppe hinunter in den steinernen Wohnbereich. Kaum war sie an der schweren Holztür angekommen, öffnete sie sich auch schon langsam. Der Junge mit der Mütze kam lächelnd herein. Sie erwiderte das Lächeln und reichte ihm das schnurlose Telefon.

»Elefon, bidde.«

Der Junge nahm es entgegen.

»Danke, vielen Dank.«

Hektisch tippte er eine Nummer ein und hielt sich den Hörer ans Ohr. Esther fiel auf, dass seine Finger zitterten und sich ein Schweißtropfen unter seiner Kappe löste, der ihm die Schläfe hinunterlief. War er vielleicht schwerer verletzt, als er zugab?

Der Junge senkte den Hörer. »Es hat keinen Empfang ...«

Natürlich nicht, fiel Esther ein. Das Telefon funktionierte nur oben im Dachstuhl, hier waren die Mauern des Turms zu dick. Sie ging die Wendeltreppe hinauf und zeigte ihm an, ihr zu folgen.

»Ich vergach, zu sdaage Mauern ... Hier oben geh es besser ...«

Kaum waren sie oben angekommen, blieb Thomas wie angewurzelt stehen. Etwas Vergleichbares hatte er noch nie gesehen. »Wow, und hier wohnen Sie? Wie abgefahren ist das denn?«

Esther fühlte sich plötzlich unbehaglich. Irgendetwas stimmte nicht, doch sie konnte nicht sagen, was es war.

»Etzt aanrufen, un dann ieder geen«, stammelte sie.

Der Junge tippte erneut eine Nummer in das Telefon. Er hielt den Hörer ans Ohr und nickte ihr zustimmend zu.

»Es geht.«

Ein merkwürdiger, hoher Ton drang an Esthers Ohr. Er war kaum wahrnehmbar. Doch er war da, pulsierend, immer wiederkehrend. Bildete sie sich das nur ein? Aber wenn sie ihn hörte, musste der Ton für jeden anderen Menschen ziemlich laut sein.

»Ören Sie das?«, fragte sie den Jungen.

Doch der Junge schüttelte nur nervös den Kopf. Der Rand seiner Kappe hatte sich inzwischen dunkel verfärbt.

»Nein ... nein, gar nichts ... Ich höre gar nichts ...«, las Esther von seinen Lippen ab. Und plötzlich wusste sie, wovor sie die ganze Zeit Angst gehabt hatte: Der Alarm für die Schließanlage war ausgelöst worden. Der Junge musste das hören! Ein panischer Blick auf den Touchscreen an der Wand bestätigte ihre Vermutung. In dicken Buchstaben blinkte dort ein Warnhinweis.

ERROR: DOOR NOT LOCKED

Doch es war zu spät. Sie hatte einen kapitalen Fehler gemacht, den ihr Ephraim nie verzeihen würde.

Der Junge grinste sie höhnisch an und ließ das Telefon sinken. Im selben Moment sah sie die ersten zwei Glatzköpfe in schwarzer Montur die Wendeltreppe heraufkommen.

Ihr fast lautloser Schrei entsprang der bitteren Erkenntnis, dass sie allein und schutzlos dem Grauen ausgeliefert war. Sie stürzte zur Küchentheke und riss ein Fleischermesser aus dem Messerblock. Die Klinge war gut fünfundzwanzig Zentimeter lang und extrem scharf. Wild fuchtelnd brachte sie die Theke zwischen sich und die Eindringlinge.

Ein weiterer Glatzkopf war die Stufen emporgestiegen, doch Esther brannte sich am meisten das Gesicht des teuflisch grinsenden Jungen ins Gedächtnis, den der Mann auf die Seite schob, bevor er sich vor ihn stellte, während sich die anderen von beiden Seiten dem Küchenblock näherten. Der bulligere der beiden Neonazis hielt ein Kampfmesser mit einer zweischneidigen Klinge in der Hand, die auf einer Seite geriffelt war, der Hagere trug in der einen Hand ein Klappmesser, in der anderen einen Schlagstock. Sie bewegten sich von beiden Seiten wie Häscher mit weit ausgebreiteten Armen auf Esther zu.

Dabei kreischten und johlten sie, um ihrem Opfer noch mehr Angst einzujagen. Sie wussten nicht, dass Esther ihre Laute nicht hören konnte und nur ihre verzerrten Gesichter wahrnahm. Der Schmalere von beiden sprang einen Schritt nach vorne und versuchte, sie durch einen Schnitt in den Unterarm zu entwaffnen.

Er konnte nicht wissen, dass Esther viele Jahre lang eine hervorragende Degenfechterin gewesen war und noch immer gut trainierte Reflexe besaß. Sie parierte den Angriff blitzschnell. Der Glatzkopf schien aufzuschreien – zumindest konnte sie das an seinem Gesicht erkennen. Er ließ sein Messer fallen, taumelte zurück und blickte entsetzt auf seine rechte Hand. Esthers Klinge hatte das vordere Glied seines kleinen Fingers abgetrennt.

»Diese Schlampe ... diese Schlampe! Ich bring sie um ... Ich bring sie um ...«

Der Kräftigere von beiden war zunächst erschrocken, brach dann aber in tierisches Gelächter aus.

»O Scheiße, Udo, lässt dich voll kaltmachen ...«

Da schoss Esther schon auf ihn zu und verfehlte nur um Haaresbreite mit der Klinge sein Gesicht.

»Wow, wow, wow!« Er hob beschwichtigend die Hände und ging auf Distanz, während Esther wieder hinter den Küchenblock zurückwich.

»Scheiße, Mann, das Girly ist echt gefährlich, wir sollten ...«

In diesem Augenblick unterbrach ein lauter Knall Steiners Satz.

Plötzlich war es ganz still.

Esthers Mund stand weit offen. Langsam blickte sie an sich hinab und entdeckte einen roten Fleck auf ihrer weißen Bluse.

Wieder fiel ein Schuss, dann noch einer und noch einer.

Diese Schüsse verfehlten ihr Ziel, bis eine der Kugeln Esther in den Hals traf und sie umwarf. Ihr Fleischermesser schlitterte über den Boden. Dann war es wieder still.

Udo Rennicke hatte für einen Moment seinen blutenden Finger vergessen und blickte zu Karl Rieger, der zu Eis erstarrt war. Es war nie Teil des Plans gewesen, das Mädchen umzubringen. Entsetzt drehte Karl sich zu Thomas um, der immer noch mit ausgestrecktem Arm eine kleinkalibrige Waffe hochhielt. Mit einer kräftigen Rückhand schlug er dem Jungen so heftig ins Gesicht, dass sich dieser um die eigene Achse drehte und zu Boden stürzte.

»Bist du wahnsinnig geworden?! Thomas ... Thomas, du verdammter Idiot!«, schrie er ihn an. Dann kniete er sich nieder, packte den heulenden Jungen und drückte ihn an seine Brust.

Steiner schüttelte den Kopf. »So eine verdammte Scheiße.«

Udos Augen zuckten nervös, dann ging er aufgekratzt zu Esthers Leiche hinüber und tat so, als würde er eine Pistole in Händen halten.

»Wow, o Mann! Der Kleine hat die Judensau einfach abgeknallt! Boom, boom und nochmals boom! Richtig geil, der Kleine!«

Blut aus dem verletzen Finger lief seinen Arm hinab.

Thomas versuchte schluchzend, sich zu verteidigen. Er verstand die Welt nicht mehr. Warum waren denn die anderen nicht stolz auf ihn?

»Ich, ich ... Was sollte ich denn tun, ich ... Es war doch nur eine Jüdin ... Es war doch nur eine Jüdin ...«

Karl atmete tief durch und rang um Fassung. Er drückte Thomas eine Armlänge von sich weg.

»Woher hattest du die Waffe?«

Thomas' Lippe und Nase bluteten.

»Aus deiner Wohnung ... Ich krieg doch jetzt keinen Ärger, oder, Karl? Ich krieg doch keinen Ärger, oder?«

Karl schüttelte den Kopf. Er holte ein Taschentuch aus seiner Jacke und drückte es Thomas an die blutende Nase.

»Nein ... Nein, du bekommst keinen Ärger. Ich mach das schon ...«

Langsam beruhigte sich Thomas und nahm das Taschentuch selbst in die Hand. »Bist du jetzt nicht mehr mein Freund?«

Steiner mischte sich ein und unterbrach die beiden.

»Schick den Kleinen jetzt nach Hause wie abgemacht. Wer weiß, wann der alte Jude hier auftaucht. Udo, such dir was und kleb dir die scheiß Wunde ab. Danach müssen wir das Mädchen aus dem Weg räumen.«

Karl rappelte sich auf und zog Thomas hoch.

»Thomas, du gehst jetzt wie geplant zu mir nach Hause. Hast du mich verstanden?«

Thomas nickte.

»Du machst keine Umwege, gehst direkt zur S-Bahn und fährst zu mir. Wie wir es besprochen haben – erinnerst du dich? Du rufst niemanden an und gehst auch nicht ans Telefon. Du wartest einfach auf mich, bis ich zu Hause auftauche. Kapiert?«

Thomas nickte mehrmals, während Karl seine Klamotten zurechtzupfte.

»Du musst jetzt stark sein, Thomas. Hast du mich verstanden, Kleiner? Wir kriegen das hin, wir kriegen das alles hin ... Du musst nur genau tun, was wir ausgemacht haben. Verstanden?« Wieder nickte Thomas.

Karls Blick fiel auf das Sturmfeuerzeug auf dem Boden. Es war Thomas wohl während des Sturzes aus der Tasche gerutscht. Er hob es auf und drückte es dem Jungen in die zitternden kleinen Hände.

»Ich bin immer für dich da, Thomas, aber du darfst jetzt nicht die Nerven verlieren. Schaffst du das?«

Thomas' Stimme versagte, und so nickte er erneut.

Karl löste sich von ihm und schob ihn zur Wendeltreppe.

»Morgen ist alles vorbei – dann reden wir.«

Thomas stieg langsam die Stufen hinab, das Feuerzeug hielt er fest umschlossen. Dabei wischte er sich die Tränen aus dem Gesicht.

»Und vergiss den Stein nicht!«, rief ihm Steiner laut hinterher. Noch immer gab das Sicherheitssystem in regelmäßigen Abständen einen lauten, hohen Warnton von sich.

»Ich weiß nicht, Steiner, vielleicht wäre es besser, der Junge bleibt hier ... Der macht sich doch in die Hosen, der kleine Scheißer.«

»Halt's Maul, Udo. Der Kleine schafft das schon.«

Wie auf ein Zeichen brach der Warnton ab, und der Touchscreen leuchtete grün auf.

DOOR LOCKED – SECURITY SYSTEM RESTORED

EPHRAIM II

Samstag, 16. Oktober 2010, 13:30 Uhr

Der Jaguar erreichte den Schotterweg, der den Hügel hinauf zum Turm führte. Zamir bremste den Wagen auf Schrittgeschwindigkeit ab und zwang sich, ruhig zu bleiben.

Wahrscheinlich war seine Angst unbegründet, wahrscheinlich lag Esther oben auf der Couch und war mit einem Buch in der Hand eingeschlafen, wie immer am Sabbat nach der Synagoge, dachte er. Aber wenn doch etwas passiert sein sollte, wollte er auf keinen Fall Verdacht erwecken.

Die Wolkendecke, die sich träge über dem Turm bewegte, riss hin und wieder auf. Dann brach die Sonne für wenige Sekunden durch und tauchte den Hügel in warmes, friedliches Licht, bis sich wieder eine Wolke vor die Sonne schob.

Ephraim parkte den Jaguar nicht wie üblich vor dem Portal, sondern an der Rückseite des Turms, wo sich eine Garage befand, von der aus ein separater Zugang direkt in den Turm führte. Das Rolltor öffnete und schloss sich automatisch. Ephraim hatte die Garage während der Renovierungsarbeiten hinzufügen lassen. Zunächst gab es Probleme mit dem Bauamt wegen des Denkmalschutzes, aber dank der Hilfe von Frau Seligmann wurde der schmucklose Anbau schließlich doch genehmigt.

Seligmann!, schwirrte es ihm durch den Kopf. Er war zu schroff gewesen. Diese arme Frau, die sonst so viel Zivilcourage gezeigt hatte, konnte absolut nichts dafür. Sobald er mit Esther gesprochen hatte, würde er sich bei ihr entschuldigen müssen.

Ephraim tippte den Zahlencode in ein Ziffernfeld neben der Wand. Lautlos schwang daraufhin die schwere Stahltür auf. Kaum war Ephraim hindurchgegangen, schloss sich die Tür wieder, und es schalteten sich automatisch die Glühbirnen ein, die das steinerne Treppenhaus in ein kaltes Licht tauchten.

Er war jetzt ganz unten im Turm, eine Etage tiefer als der Haupteingang, der vom Portal aus in den Turm führte. Hier gab es keine Fenster, keine Wärme, nur Mauern und drei graue Holztüren, die rund um den steinernen Treppenaufgang in geräumige Kammern führten. Ephraim nutzte sie als Abstellräume, achtete aber immer darauf, dass die Türen verschlossen waren. Er überprüfte sie kurz und blickte dabei das schmale Treppenhaus hinauf. Es war kein Mucks zu hören.

Er rief laut: »Esther, ich bin in fünf Minuten bei dir!«

Gleichzeitig öffnete er mit einem Schlüssel eine der Holztüren. Das Licht musste er hier von Hand anknipsen. Eine Neonröhre surrte, blitzte zweimal kurz auf und erhellte den fensterlosen Raum. Die Decken waren ungewöhnlich niedrig und ließen sich mühelos mit der Hand berühren. Es dauerte eine Weile, bis Ephraim in einer Kiste fand, wonach er suchte. Es war eine Sprühdose, auf der »Felgenreinigung« stand. Er schaltete das Licht wieder aus, schloss die Tür und stieg die steinerne Treppe empor.

Im ersten Stock sah sich Ephraim kurz um, aber alles war wie immer. Auch die Eingangstür am Portal war ordnungsgemäß verschlossen. Esthers Mantel hing an der Garderobe. Langsam entspannte er sich. Wahrscheinlich war seine Angst vollkommen unbegründet ...

Da fiel sein Blick auf einen faustgroßen Kieselstein, der neben den geschlossenen Flügeltüren lag. Sein Puls wurde schneller. Für einen unbedarften Besucher mochte es nur ein Kieselstein sein, aber Ephraims geschulter Verstand schlug sofort Alarm.

O Gott, Esther, wieso habe ich dich alleingelassen?

Er kämpfte gegen den Drang an, sofort die Treppen hochzustürmen. Wer wusste schon, wer sich im Turm befand, wie viele es waren und was sie mit Esther gemacht hatten? Seine Hand schloss sich fester um die Sprühdose.

Mit lauten Schritten, die im Treppenhaus nachhalten, durchquerte er auch den ersten Stock. Zwei Treppenwindungen weiter stand er schließlich vor der massiven Holztür, die den Übergang vom kargen Treppenhaus in die heimelige Wohnlandschaft des oberen Turmbereiches bildete. Die Holztür war nur angelehnt. Auch dies war ein sicheres Indiz dafür, dass etwas nicht stimmte.

Ephraim legte die linke Hand auf den Knauf der Holztür und atmete tief durch. Er war darauf vorbereitet, bereits hier angegriffen zu werden, doch er rechnete nicht damit. Der Gang hinter der Tür war zu schmal, um einen effektiven Hinterhalt ausführen zu können, und die steile Wendeltreppe am Ende des Ganges war ebenfalls hinderlich für einen Überraschungsangriff.

Mit einem kräftigen Ruck schob er die Tür auf, damit ein hinter der Tür verborgener Attentäter keine Chance hatte auszuweichen. Aber wie vermutet, schwenkte die Tür ohne Widerstand bis zur Wand auf. Der Gang vor ihm war bis zur Wendeltreppe menschenleer.

Gottfried und Udo hatten sich oben hinter dem Küchenblock postiert. Von Esthers Leiche war nichts mehr zu sehen.

Allerdings war die Zeit zu knapp gewesen, um die Blutlache zu entfernen. Karls halbherziger Versuch mit einem Küchenlappen hatte den Fleck nur vergrößert. Zu ihrem Glück war die Lache aber vom Zugang zur Wendeltreppe aus nicht zu sehen.

Karl wartete geduckt hinter der Brüstung der Galerie über

ihnen. Sein Blick war auf das Ende der Wendeltreppe gerichtet. Aus dieser erhöhten Position ließ sich der Zugang zum Dachgeschoss ideal überwachen, ohne dabei selbst gesehen zu werden.

Sobald Zamir im Dachgeschoss stand, sollte Karl auf der Galerie Lärm machen, um ihn abzulenken. In diesem Augenblick würden Gottfried und Udo den alten Mann von hinten überraschen und überwältigen – so der Plan.

Zamirs Stimme drang von unten hoch.

»Esther, ich mache mich kurz frisch, ich bin sofort da!«

Karl nahm Blickkontakt mit Gottfried auf und zuckte mit den Schultern. Seine Lippen bildeten das Wort »Fuck«.

Gottfried wandte sich Udo zu, der grinsend neben ihm saß. Er schüttelte den Kopf über seinen Kameraden, der grundsätzlich grinste, wenn er nervös war.

»Soll ich runtergehen? Komm, lass mich runtergehen, ich erledige das!«

Udos gelbe Zähne waren bis zu den Mundwinkeln sichtbar.

»Nein. Wir warten«, befahl Gottfried und blickte wieder zu Karl hoch. Der schüttelte ebenfalls den Kopf als Zeichen dafür, dass sich am Ende der Wendeltreppe nichts tat.

Von unten hörte man plötzlich ein leises Rauschen. In ihrer Anspannung erkannten alle drei fast gleichzeitig die Ursache für das Geräusch.

»Scheiße, jetzt duscht der Kerl auch noch!«, flüsterte Gottfried.

Er erhob sich aus seinem Versteck und rieb sich den Nacken. Er hatte die Waffe in der Hand, mit der Thomas Esther erschossen hatte. Udo stand ebenfalls auf.

»Ist doch geil, Mann«, sagte Udo so laut, dass auch Karl ihn hören könnte.

»Spinnst du? Am besten, du schreist noch lauter rum!«, ermahnte ihn Gottfried.

»Hey, der Typ ist unter der Dusche, der hört keinen Ton.«

Karl hob beschwichtigend die rechte Hand, die in einem wuchtigen Schlagring steckte, und zuckte ratlos mit den Schultern.

Gottfried packte Udos Hand und zog sie nach oben, sodass Karl sie sehen konnte. Udos kleiner Finger war mit einem Geschirrtuchfetzen umwickelt worden, der sich blutrot gefärbt hatte und bereits tropfte. Ein Klebeband, das um die ganze Hand reichte, fixierte das Stück Stoff.

»Siehst du das? Wir haben nicht ewig Zeit!«, meinte Gottfried wütend.

Udo riss seine verletzte Hand aus Gottfrieds Umklammerung. »Mann, das ist ein alter Itzig, der nackt unter der Dusche steht. Scheiß auf den Finger, aber je früher wir hier wegkommen, desto besser.«

Gottfried nickte und sah seinem Kumpel in die Augen.

»Okay, packst du das?«

Udo nickte und grinste wieder.

Karl war außer sich vor Wut und klopfte mit dem Schlagring auf die Brüstung.

»Habt ihr sie noch alle? Wir könnten das hier jetzt einfach aussitzen, der duscht doch nicht ewig!«

»Schnauze, Karl! Du bist im Knast so eine Pussy geworden. Wir machen das Arschloch jetzt kalt, und du wartest hier oben, für den Fall, dass er es doch irgendwie schafft, uns zu entkommen.«

Er glaubte nicht an diese Möglichkeit, sondern wollte Karl nur ruhigstellen.

Udo hatte das Messer in die unverletzte linke Hand genommen, und den Schlagstock, der am unteren Ende einen Griff hatte, in die rechte. Der Schlagstock bildete eine Parallele zum rechten Unterarm. Selbst mit der Verletzung konnte er den Stock so als tödliche Waffe einsetzen und gleichzeitig Schläge abwehren. Udo war ein Experte im Umgang mit dieser Waffe.

Er stand näher an der Wendeltreppe und ging voraus.

»Verdammt, warte, Udo!«, rief Gottfried ihm nach.

»Keine Chance, Steiner. Diesmal will ich den Job erledigen und nicht immer nur dein Assi sein.«

Gottfried schüttelte irritiert den Kopf, dann folgte er Udo, so leise es auf der knarrenden Wendeltreppe eben ging. Karl kam die Treppe herunter und blickte ihnen nach. Ihm war bewusst, dass es nicht mehr darum ging, den alten Sack nur einzuschüchtern. Durch den Tod von Esther hatte Thomas auch das Todesurteil für Zamir gefällt.

Scheiße, wieso müssen die Dinge nur immer so aus dem Ruder laufen?

Der Schlagring begann mittlerweile zu schmerzen. Er zog die Waffe von der Hand und betrachtete die tiefen Abdrücke in seinen Fingern. Damit das Blut wieder besser zirkulieren konnte, öffnete und schloss er die Hand mehrmals, dann steckte er sie in die Seitentasche. Da war sie, die Visitenkarte, die ihm Stresemann gegeben hatte. Scheiß auf sie. Alles war schiefgelaufen, aber shit happens. Hauptsache, Thomas war in Sicherheit. Wenn sie jetzt den Itzig kaltmachten, würde wenigstens keine fucking Synagoge gebaut werden. Alles andere war erst mal egal.

Gottfried drängte sich an Udo vorbei und öffnete leise die schwere Holztür zum Treppenhaus.

»Fuck, was machst du?«, zischte ihn Udo leise an.

»Was, wenn der Alte gar nicht in der Dusche ist, sondern versucht abzuhauen?«, entgegnete Gottfried.

Udo schüttelte verständnislos den Kopf.

»Scheiße, Mann, du denkst immer so kompliziert!«

Gottfried reagierte nicht darauf, sondern verschwand im Treppenhaus, während er hinter sich die Tür offen stehen ließ.

Du mich auch, dachte Udo und öffnete behutsam die Tür, die in die anderen Wohnräume führte. Er blickte in einen kleinen Vorraum, von dem links zwei große Schlafzimmer abzweigten, deren Türen weit geöffnet waren. Ihm gegenüber befand sich eine geschlossene Badezimmertür aus Milchglas. Das prasselnde Wasser der laufenden Dusche war nun sehr deutlich zu hören, ebenso wie die dumpfe Stimme eines Radiomoderators, der einen Song von U2 ankündigte.

Ich brech dir alle Knochen, alter Mann ...

Udo drückte mit der rechten Hand ganz vorsichtig die Klinke der Glastür herunter. Vorsichtig schob er sie mit dem Fuß auf. Das Messer in der linken Hand war bereit, einen tödlichen Stich zu landen, während der Schlagstock in der rechten einen Angriff parieren konnte. Alternativ konnte er auch mit dem Schlagstock dem Opfer den Kehlkopf zertrümmern.

Aber den alten Knacker könnte ich auch unbewaffnet ins Jenseits schicken!

Udo betrat ein großzügiges, weiß gefliestes Badezimmer mit zwei Waschbecken und einer Rundbadewanne, wie er sie im Leben noch nie gesehen hatte, und einer Duschkabine daneben, aus der heißer Dampf quoll.

Der Duschstrahl prasselte laut und gleichmäßig. Es dauerte einen Moment, bis Udo merkte, dass das Geräusch irgendwie merkwürdig war. Richtig, der Duschstrahl klang monoton. Entweder verharrte der Jude regungslos in der Dusche, oder sie war ... leer!

Die Erkenntnis kam zu spät. Von hinten traf ihn ein heftiger Tritt in die rechte Kniekehle. Udo knickte ein und verlor das Gleichgewicht. Noch im Fallen versuchte er sich umzudrehen, um seinen Angreifer zu sehen, doch auch damit hatte Zamir gerechnet. Voller Wucht landete er mit dem Boden der Sprühdose einen Schlag in Udos Gesicht. Dessen Hinterkopf schlug schmerzhaft auf den Fliesen auf, doch Udo war ein erfahrener Kämpfer und wusste instinktiv, dass er dem Schmerz keine Sekunde Zeit geben durfte. Noch während er auf dem Boden lag, riss er die linke Hand mit dem Messer hoch, um nach seinem Angreifer zu stechen, doch der trat ihm mit der Schuhspitze in den Schritt. Udo stöhnte auf und ließ das Messer für ein Moment sinken. Das war der letzte Fehler, den er in diesem Zweikampf beging. Ephraim Zamir nutzte sein eigenes Körpergewicht und ließ sich mit den Knien auf Udos Brustkorb fallen. Udo schnappte nach Luft. Doch schon entriss ihm Zamir mit einer Hand den Schlagstock und packte mit der anderen die Messerhand am Gelenk. Lange hätte Zamir der Kraft des jungen Mannes nichts entgegenzusetzen gehabt, aber es reichte, um das gefährliche Messer für einen Augenblick auf Distanz zu halten, zumindest so lange, bis er Udo den Schlagstock an die Schläfe hämmerte. Udos Körper sackte in sich zusammen wie eine Luftmatratze, aus der die Luft entwich.

Schwer atmend erhob sich Ephraim. Er musste sich am Fensterbrett festhalten, um das Gleichgewicht nicht zu verlieren. Der Kampf hatte ihn Kraft gekostet. Schweiß tropfte von seinen buschigen Augenbrauen und brannte in seinen Augen. Noch einen Kampf Mann gegen Mann würde er ganz sicher nicht überstehen. Sein ganzer Körper schmerzte. Doch sein Hass auf diese Bestien verlieh ihm ungeahnte Kräfte. Ein Blick auf den bewusstlosen, kahl geschorenen Angreifer genügte, um seine schlimmsten Vorahnungen zu bestätigen. Er bückte sich keuchend nach der Spraydose und schob Udos Schlagstock in seinen Hosenbund.

Er wusste, er durfte keine Zeit verlieren. Vor dem Kampf hatte er am Fuß der Wendeltreppe dem Gespräch der Neonazis gelauscht. Er mochte alt sein, aber hören konnte er ausgezeichnet. Auch wenn die Worte kaum zu verstehen gewesen waren, so war er sich sicher, dass er drei Stimmen gehört hatte. Er musste nun schnell handeln, denn der Kampflärm hatte ihm den Vorteil der Überraschung genommen, und gegen einen überlegt handelnden Gegner hatte er nicht die geringste Chance.

Gottfried Wegener war zunächst langsam nach unten gegangen. Er traute dem Juden nicht. Um diese Uhrzeit zu duschen –

er roch die Falle förmlich. Und wie hatte der alte Mann überhaupt den Turm betreten? Kaum war der Jaguar in Sichtweite des Turms gekommen, waren sie in Deckung gegangen und hatten die Videoüberwachung am Portal beobachtet. Dort war Zamir aber nie aufgetaucht, und plötzlich hatten sie seine Stimme im Treppenhaus gehört. Warum hatte er dem Mädchen überhaupt zugerufen? Dass ihm das nicht schon vorher aufgefallen war: Das Mädchen hatte seltsame Laute von sich gegeben. Er hatte das schon einmal bei einer entfernten Verwandten gehört, die stark hörgeschädigt war. Wieso also hatte Zamir ihr dann von unten etwas hochgerufen?

Gottfried hatte alle Fakten richtig erkannt und wäre dem alten Mann gegenüber von Anfang an im Vorteil gewesen, hätte ihn nicht seine tief verwurzelte rassistische Gesinnung die falschen Schlüsse ziehen lassen. Für Gottfried stand nämlich fest, dass der alte Jude den Braten gerochen hatte und sich aus dem Staub machen wollte. Aus diesem Grund hatte er gar nicht abgewartet, ob Udos Überfall im Badezimmer Erfolg hatte, sondern war im Eiltempo das Treppenhaus hinuntergehastet, um den vermeintlich flüchtenden Alten abzufangen.

Gottfried war gerade unten an den Flügeltüren des Portals angekommen, da ertönte von oben Kampflärm. Fuck, der Jude hatte ihn ausgetrickst! Dennoch war er sich sicher, dass Udo ihn kaltgemacht hatte.

Verflucht, jetzt darf Udo den ganzen Ruhm in der Kameradschaft für sich beanspruchen!

Mit großen Schritten spurtete er die Treppenstufen wieder hinauf. Ein abgewürgter Schrei beendete den Kampflärm. War das wirklich der Schrei eines alten Mannes gewesen? Obwohl sein Instinkt ihn warnte, wollte er das Offensichtliche nicht wahrhaben. Der Mann war über siebzig Jahre alt. Udo musste ihm soeben den Rest gegeben haben.

Erst als er die schwere Holztür erreichte, wurde er doch misstrauisch.

»Udo?«, rief er laut.

Er hatte die Tür offen gelassen, nun war sie angelehnt. Zum Glück hatte diese Tür keine Verriegelung. Der Jude konnte sich also nicht dahinter verschanzen, und zur Not war Karl auch noch da, der sicher ebenfalls die Schreie gehört hatte.

Gottfried packte die Pistole mit beiden Händen, winkelte die Arme an, sodass die Waffe direkt vor seinem Gesicht schussbereit nach oben zeigte. Innerlich zählte er bis drei und warf sich dann mit seinem gesamten Gewicht gegen die Tür, die mit voller Wucht aufschlug. Er vernahm das Geräusch eines Feuerzeuges. Für einen Wimpernschlag sah er sich einer Spraydose gegenüber, die sich schlagartig in einen Flammenwerfer verwandelte. Noch bevor er seine Waffe in Anschlag bringen konnte, schoss ihm brennendes Gas ins Gesicht.

Direkt vor ihm stand Zamir, doch Gottfried konnte ihn nicht mehr sehen. Die Gesichtshaut platzte ihm von den Knochen, und die Flammen fraßen sich durch seine geschlossenen Augenlider. Verzweifelt drückte er den Abzug der Pistole, doch der Schuss verfehlte sein Ziel. Dann ließ er die Waffe fallen, presste die Hände auf sein Gesicht, stolperte rückwärts zur Tür hinaus und stürzte schreiend die Treppen hinunter.

Karl war in Gedanken bei Marie Stresemann gewesen, als er unten den ersten Schrei hörte, dem gedämpfter Kampflärm folgte. Udo hatte offensichtlich den alten Juden doch noch erwischt. Er überlegte bereits, wo die Aufzeichnungen der Überwachungskameras sein konnten. Sie mussten alle Beweise zerstören, aber dazu mussten sie erst einmal den Server in diesem unheimlichen Turm finden. Nach all der Technik zu schließen, die der alte Jude hier verbaut hatte, wurden die Videos sicher nicht auf Kassetten aufgezeichnet. Gab es vielleicht sogar ein System, das einen stillen Alarm bei einem Sicherheitsdienst ausgelöst hatte? Aber dafür waren sie bereits zu lange in diesem Turm, und bis auf Zamir selbst hatte sich kein Mensch dem Anwesen genähert.

Da ertönte der zweite Schrei. War das nicht Udos Stimme gewesen? Anders als Gottfried zweifelte Karl keinen Augenblick daran. Verdammt, Udo hatte sich von dem Juden wirklich drankriegen lassen. Und nun? Er hatte nur einen Schlagring, sein Gegner aber wahrscheinlich ein Messer und einen Schlagstock. Wenn der die Wendeltreppe heraufkam, würde das keine einfache Sache werden! Wie hatte der alte Mann Udo nur überwältigen können?

Karl erinnerte sich an das Fleischermesser, das sie fein säuberlich geputzt und wieder in den Messerblock gesteckt hatten. Er lief hinüber zu dem Block und zog hektisch das falsche Messer heraus, als er unten die schwere Holztür auffliegen hörte. Der Knauf donnerte laut gegen die Wand. Das musste Gottfried sein. Er hörte ein Zischen, dann einen lauten Knall, gefolgt von einem langen Schmerzensschrei.

Panisch griff Karl nun irgendein Messer, rannte zurück und stolperte die Wendeltreppe hinunter, um seinem Kameraden zu Hilfe zu eilen.

Doch es war nicht Gottfried, der auf ihn wartete, sondern Zamir, der jetzt die Waffe auf ihn richtete, mit der Thomas das Mädchen erschossen hatte. Karl blieb keine Möglichkeit mehr, seinem Schicksal zu entgehen. Die nächsten Sekunden erlebte er wie in Trance. Ein Schuss löste sich ganz langsam aus dem Lauf der Pistole, durchschlug seine hochgerissene linke Handfläche, erreichte seine linke Schulter und riss ihn nach hinten. Noch im Sturz sah er das zornige Gesicht seines Großvaters, den weinenden Thomas und auch Marie Stresemanns hasserfüllten Blick. Dann wurde es schwarz um ihn herum.

Rabbi Moshe saß gedankenverloren in einem kleinen Zimmer hinter dem Gemeindesaal, das man ihm vorübergehend als Büro zugewiesen hatte. Es war schlicht eingerichtet, und bis auf ein Bild seines verstorbenen Bruders gab es hier nichts Persönliches. Er blickte auf die Uhr. Es war Viertel nach zwei. Dann sah er hinaus durch das Fenster zu einer Mutter, die einen blau gepunkteten Kinderwagen über den Gemeindeparkplatz schob.

Moshe machte sich furchtbare Vorwürfe. So wie heute hatte er Ephraim Zamir noch nie erlebt. War Esther denn wirklich in einer solchen Gefahr gewesen? Diese Verbrecher hatten es doch auf Zamir abgesehen und nicht auf ein gehörloses, unschuldiges Mädchen aus ... Er stockte. Ein unschuldiges, *jüdisches* Mädchen aus Israel.

Er presste die Hände fest aufeinander, schloss die Augen und begann mit dem Oberkörper vor- und zurückzuwippen, während er ein Gebet murmelte. Sein langer Bart und die grauen Schläfenlocken wippten gleichmäßig mit. Der Wind pfiff durch die Fugen des Fensters, und für Rabbi Moshe war es, als würde er Gottes Atem spüren.

Das schrille Klingeln des alten Telefonapparats riss ihn aus seinem Gebet.

Moshes Herz schlug schneller, er atmete tief ein und aus, ließ es erneut klingeln und fand dann erst den Mut, abzuheben. Er verzichtete auf die übliche Litanei, mit der er sich sonst meldete, und sagte nur: »Ja?«

Am anderen Ende der Leitung atmete jemand schwer. Er wusste sofort, dass es Zamir war, und ahnte, dass dies nichts Gutes zu bedeuten hatte. Er wartete, forderte Zamir nicht auf, das Geschehene auszusprechen, denn mit jeder Sekunde, die Zamir nichts sagte, bewahrte er sich noch einen Funken Hoffnung, dass sich seine dunklen Vorahnungen nicht bestätigen würden.

»Ich brauche Ihre Hilfe, Rabbi.«

Der Rabbi nickte, sagte aber nichts.

»Sie müssen mir versprechen, nicht zur Polizei zu gehen.«

Der Rabbi blinzelte nervös. »Zamir ... Bitte, erklären Sie ...«

Doch Zamir ging nicht darauf ein.

»Sie müssen es bei Gott versprechen!«

Rabbi Moshe überlegte. Er war an die Schweigepflicht gebunden, aber nur bis zu einem gewissen Punkt. Er wollte und durfte keine Straftat decken.

Zamir merkte aufgrund der langen Pause, dass der Rabbi mit sich rang, und sagte: »Sie müssen für mich heute noch eine Totenwache abhalten, denn ich selbst habe keine Zeit.«

Tausend Fragen schossen dem Rabbi durch den Kopf, doch nur eine brachte er über die Lippen.

»Für wen?«

Es klickte am anderen Ende der Leitung. Der Rabbi kannte die Antwort.

Der jüdischen Tradition nach darf nach Eintritt des Todes der Verstorbene zunächst nicht berührt werden. Ihm werden lediglich die Augen geschlossen, das Gesicht wird mit einem weißen Tuch bedeckt. Mit einer Kerze, die neben seinem Haupt angezündet wird, beginnt die Totenwache. Das brennende Licht weist auf die Seele hin, die sich noch im Raum aufhält. Noch einmal wird mit dem Verstorbenen zusammen gebetet. Danach werden die Fenster geöffnet, damit die Seele den Leib verlassen kann. Doch all das konnte Ephraim für Esther nicht tun. Es dauerte eine Weile, bis er sie fand, denn diese Lebensunwürdigen hatten ihren Leichnam in eine Tiefkühltruhe gequetscht, die sich in einer kleinen Vorratskammer neben der Küche befand. Als er die Truhe öffnete, schossen ihm die Tränen in die Augen. Er zitterte am ganzen Leib und musste schluchzend den Blick abwenden.

Esthers Arme und Beine waren eng an den Körper gepresst, ihr Mund und ihre Augen weit geöffnet. Das Blut aus ihrem Körper hatte die Kleidung rot getränkt, war in der Zwischenzeit aber gefroren. Fleisch- und Fischvorräte rahmten den Leichnam ein und waren mit Raureif überzogen, genau wie Esthers blutleeres Gesicht. Nur mit äußerster Mühe konnte Ephraim Zamir sich überwinden, das eiskalte Gesicht zu berühren, um Esthers Augen zu schließen. Dann ging er neben der Tiefkühltruhe in die Knie und übergab sich.

Noch immer war der Parkplatz der Gemeinde menschenleer, und niemand bemerkte, wie sich um 15:20 Uhr die Tür des Gemeindesaals öffnete und Rabbi Moshe einem großen, kräftigen Mann Einlass gewährte, der ein in weiße Laken gewickeltes Bündel in seinen Armen trug. Die beiden Männer sprachen kein Wort miteinander. Nach wenigen Minuten kam der Besucher allein wieder heraus, stieg in seinen Jaguar und fuhr davon.

DER TURM II

Samstag, 16. Oktober 2010, 16:20 Uhr

Die Wolkendecke verflüchtigte sich am Nachmittag, während der Sturm langsam schwächer wurde. Die Herbstsonne hatte ihren Zenit bereits überschritten, und so nahm der Schatten des Turms allmählich an Größe zu, bis er schließlich in der Schwärze der Nacht aufgehen würde.

Karl, Udo und Gottfried saßen im Bauch des Ungetüms in kalten Kerkern. Ihre Köpfe steckten in schwarzen Leinensäcken. Die Erkenntnis, dass alles anders gelaufen war als geplant, schmerzte mehr als die körperlichen Wunden, die ihnen der alte Jude zugefügt hatte. Ihre Hände und Füße waren gefesselt, die dicken Bomberjacken hatte er ihnen ausgezogen. Die Bewegungsfreiheit beschränkte sich ausschließlich auf ihre Köpfe. Sie konnten weder erkennen, womit sie gefesselt waren, noch, wo genau sie sich befanden. Sie konnten nur spüren, dass sie saßen, aufrecht, an Stühle fixiert.

Karl erwachte schreiend aus einem wilden Traum. Der Schrei wurde von den kalten, harten Wänden seiner steinernen Zelle zurückgeworfen. Dann war es still. Nicht die Art von Stille, die er von den Nächten in seiner Wohnung gewohnt war, in der eine Zimmeruhr leise vor sich hin tickte und der nächtliche Straßenverkehr in der Ferne zu hören war – es war totenstill.

Karl versuchte sich zu bewegen, doch allein der Versuch schmerzte bestialisch. Erst dachte er, Ephraim Zamir würde neben ihm stehen und ein Messer in seine Schulter bohren, doch dann erinnerte er sich an den Schuss, sah erneut, wie die Kugel durch seine Hand ging wie ein heißes Messer durch Butter und ihn mit Wucht nach hinten riss.

Wo waren seine Hände?

Ich spüre meine Hände nicht.

Karl geriet in Panik, er zitterte, versuchte aber, sich auf einzelne Körperpartien zu konzentrieren. Er presste die Augen zusammen, dann öffnete er sie weit. Direkt vor seinen Augen war alles schwarz, aber je länger er auf diese Finsternis blickte, umso deutlicher wurden die Fasern vor seinen Augen. Er bewegte vorsichtig den Kopf – und tatsächlich, durch das Tuch hindurch waren Konturen zu erkennen. Sein linker Arm pochte schmerzend und erschwerte die Konzentration. Karl biss die Zähne zusammen und legte den Kopf in den Nacken. Ein weißes Licht zeichnete sich durch das schwarze Tuch ab. Erschöpft ließ er den Kopf wieder hängen, dann konzentrierte er sich auf seine Füße. Er konnte sie keinen Millimeter bewegen, doch wenn er die Zehen spreizte, spürte er das Innere seiner Turnschuhe. Aber seine Hände?

Ich will meine Hände spüren.

Es half nichts, sosehr er sich auch bemühte. Sie waren nicht da. Sie taten nicht einmal weh.

Dieses Schwein!

Trotz aller Schmerzen spannte er die Muskeln seiner Oberarme an. Er spürte, wie sie seitlich an die Stuhllehne drückten, er spürte die Ellenbogen auf beiden Seiten und schließlich auch die Unterarme auf den harten Kanten des Stuhles. Nur jenseits der Handgelenke war alles taub.

Was hatte dieser Scheißjude mit seinen Händen gemacht?

Die Panik kehrte zurück, Karl versuchte mit aller Kraft den Stuhl umzukippen, auf dem er gefesselt saß, aber es gelang ihm nicht. Der Stuhl hatte sich keinen Millimeter bewegt. Kraftlos gab er auf. Ein Würgereiz jagte durch seinen Körper und ließ ihn Galle spucken, die der Sack aufsaugte und deren beißender Gestank in seine Nase stieg. Es war entsetzlich, und er konnte nichts dagegen machen. Nie zuvor in seinem Leben war er so hilflos gewesen.

Plötzlich drang eine verzweifelte Stimme an sein Ohr: »Karl? Steiner? Hört ihr mich? Karl?«

Die Stimme kam nicht aus seiner unmittelbaren Nähe.

»Udo? Udo! Ich höre dich! Udo!«, schrie Karl aus voller Kehle. Udos Stimme war wie ein Hoffnungsschimmer und gab ihm Kraft.

»Karl! Karl, ich bin gefesselt ... Dieser Scheißkerl ... Ich bin gefesselt, Karl!«, antwortete Udo. Die Panik in seiner Stimme ließ keinen Zweifel daran aufkommen, dass er in einer ähnlichen Lage steckte wie Karl.

»Udo, kannst du was sehen?«

Udo antwortete nicht auf die Frage.

»Karl, was hat der Typ vor? Was hat der vor mit uns?«, schrie er.

»Kannst du irgendwas erkennen?«, versuchte es Karl erneut.

Udos Stimme jammerte in der Ferne, heulte nun fast: »Nein ... Nein, ich ... sehe gar nichts, ich ... Karl! Was will der Typ von uns ... Karl?«

Karl ignorierte ihn und schrie nach seinem anderen Kameraden.

»Steiner? Steiner!«

Es blieb still. Auch Udo schien gespannt auf eine Antwort zu warten, dann flennte er wieder los.

»Scheiße, der hat Steiner kaltgemacht, ich schwör's dir! Wir sind die Nächsten ... Karl ... Karl!«

Udos Schreie prallten an den kalten Mauern des Turms ab wie alle ungezählten Schreie und Wehklagen seit seiner Erbauung. Menschen starben, Menschen weinten, Menschen verzweifelten an seinen Mauern, aber den Turm regte das nicht.

Karl hörte Schritte, dann eine Tür. Udos weit entfernte Rufe wurden mitten im Satz unterbrochen. Vielleicht bildete er es sich ein, aber er glaubte einen gurgelnden Laut gehört zu haben, dann war es wieder still. Erneut erklangen die Schritte in dem kalten Gemäuer. Diesmal wurden sie lauter und schienen sich zu nähern. Eine quietschende Tür war nun wenige Meter vor ihm zu hören. Die Schritte verstummten. Es musste dieser Jude sein. Hatte er Udo soeben getötet? Würde er nun der Nächste sein? Aber wozu dann der Aufwand, sie festzuhalten? Er hätte sie doch alle längst erledigen können. Wollte er sie erst foltern?

»Sind Sie das? Was haben Sie mit uns vor? Reden Sie mit mir«, bat Karl kleinlaut.

Statt einer Antwort hörte er, wie sich die Schritte wieder entfernten und wenige Minuten später deutlich langsamer zurückkehrten. Eine große Kiste schien in unmittelbarer Nähe auf dem Boden abgestellt zu werden. Karl unternahm einen weiteren Versuch, mit seinem Geiselnehmer Kontakt aufzunehmen.

»Hören Sie, was immer Sie jetzt vorhaben ... Sie müssen wissen ...«, stotterte er. Dann machte er eine Pause und fuhr wütend fort: »Hören Sie mir zu, wir hatten nur vor, Ihnen Angst zu machen. Wir, wir ... wollten Ihnen nur eine Höllenangst einjagen. Das mit dem Mädchen war so nicht geplant.«

War Zamir noch im Raum? Hatte er ihm überhaupt zugehört? Wieder hörte er Schritte, Tüten wurden raschelnd auf dem Boden abgelegt. Karl versuchte es erneut, diesmal ruhiger.

»Das Mädchen ist mit einem Messer auf uns losgegangen. Wir hatten nicht vor, ihr irgendetwas zu tun, aber dann ...«

Gerade hatte es so geklungen, als würde ein dicker Karton aufgerissen, doch nun brach das Geräusch abrupt ab.

»Was dann?«, hörte er eine dunkle Stimme.

»Ich hatte keine Ahnung, dass er eine Waffe dabeihatte ...«

»Wer?«, forderte die Stimme nun eindringlicher.

Karl schüttelte den Kopf.

»Spielt das jetzt noch eine Rolle?«

Plötzlich spürte er den Atem seines Peinigers ganz nah auf seinem Gesicht. Die Stimme war nun dicht an seinem Ohr und flüsterte: »Nichts spielt mehr eine Rolle.«

Esthers Leiche lag verkrümmt auf einem Feldbett mitten im Gemeindesaal. Es war eines jener Klappbetten, die die Gemeinde für die Aktion »Jugend liest« angeschafft hatte, bei der die Kinder im Gemeindesaal übernachten durften. Esthers Gesicht war mit einem weißen Tuch bedeckt, ihr Körper mit einer Filzdecke aus Armeebestand. Neben ihr auf einem Stuhl stand eine brennende Kerze.

Rabbi Moshe war verzweifelt. Sein Körper wippte vor und zurück, immer wieder wiederholte er ein Gebet. Eigentlich war es mehr ein rhythmisches Murmeln, bei dem er abwechselnd zu Esther und dann an die Decke des Gemeindesaals blickte. Er rang mit sich, flehte Gott an, ihm zu helfen, doch Gott blieb stumm.

Was hatte er falsch gemacht, dass Gott ihn so strafte? Hatte er nicht jeder Prüfung standgehalten, jedes Leid erduldet? Und nun diese schreckliche Tat, dieser furchtbare Mord an einem unschuldigen Mädchen. Esther, gerettet durch seinen Bruder, der sein Leben für sie gegeben hatte – und wofür?

Sein Gebet wurde lauter. Seine Worte schwollen klagend an. Speichel und Nasensekret verfingen sich in seinem langen grauen Bart. Moshe war zornig auf Gott. Er vergaß die Totenwache, vergaß das Versprechen, das er Zamir gegeben hatte, und er vergaß Gott. Mit zitternden Fingern griff er in seine Jackentasche und brachte ein Handy zum Vorschein. Seine Hände zitterten so heftig, dass er kaum fähig war, eine Nummer zu tippen. Endlich hatte er es geschafft. Eine nüchtern klingende Frauenstimme am anderen Ende der Leitung meldete sich.

»Polizeinotruf, Dienststelle 38. Wie kann ich Ihnen helfen?«

Moshe begann zu sprechen, doch seine Stimme versagte, und er gab nur unverständliche Laute von sich.

»Hallo ... Hören Sie mich?«, hörte er die Stimme aus der Leitung.

Moshes Arm streifte versehentlich das Tuch von Esthers Gesicht, das ihre Augen freigab.

»Hallo? Bitte melden Sie sich!«, sagte die Stimme.

Esthers Augen waren offen, wirkten so lebendig und blickten ihn an. Waren ihre Augen nicht geschlossen gewesen, als Ephraim sie gebracht hatte? Er konnte sich nicht erinnern, aber sein Verstand sagte ihm, dass Esther nicht am Leben war, mochten ihre Augen auch noch so glänzen. Wie gebannt verlor er sich in Esthers Blick, wurde ganz ruhig und antwortete der Stimme am Telefon: »Hier ist Rabbi Shlomo Moshe. Ich muss ein Verbrechen melden.«

Ephraim Zamir stand in seinem Arbeitszimmer im dritten Stock des Turms, wischte sich den Schweiß von der Stirn und blickte aus dem Fenster. Er sah den Schatten des Turms, der langsam nach den Giebeldächern der Reihenhäuser griff, die jenseits seines Grundstückes lagen.

Es war bereits nach 17 Uhr. Er wusste, ihm blieb nur noch wenig Zeit.

Er nahm an einem wuchtigen Eichentisch Platz. Darauf standen zwei Flachbildschirme neben einer Dockingstation, in der ein bulliges, überdimensionales Satellitentelefon steckte, einer jener olivfarbenen Klötze, wie sie vom Militär benutzt wurden. Zamir weckte den Hochleistungsrechner unter dem Tisch aus dem Ruhezustand und wählte sich in das Iridium-Netz ein. Der Bildschirm bestätigte mit einer Abfolge von Pieptönen die erfolgreiche Verbindung zu einem entfernt gelegenen Anschluss. Zamir nahm den Hörer aus der Dockingstation und stand auf. Die Stimme eines älteren Mannes meldete sich: «ידידי ךל עידצמ ינא.»

».ינא עידצמ ךל ידידי«, antwortete Ephraim und fuhr auf Englisch fort: »Haben Sie mir die Daten geschickt?«

Der Mann am anderen Ende klang, als wäre er es gewohnt, Befehle entgegenzunehmen.

»Sie können die Daten jetzt herunterladen. Die Datei trägt die Abkürzung NNKA-BRD.«

Zamir beugte sich über seinen Rechner. Eine Nachricht mit einem Downloadverzeichnis ploppte auf, mit einem Feld für die Eingabe eines Codes.

»Passwort?«

»Juliet, Uniform, Sierra, Tango, India, Charlie, Echo«, buchstabierte der Mann monoton am anderen Ende der Leitung. Zamir tippe J-U-S-T-I-C-E in das Feld.

»Korrekt!«, antwortete er und sah zu, wie der Ordner auf seinen Desktop verschoben wurde. Er wandte sich wieder dem Fenster zu und blickte hinaus. Ein Polizeiwagen bog soeben von der Hauptstraße ab und fuhr im Schatten des Turms den Schotterweg hinauf.

»Ich bin Ihnen etwas schuldig!«, bedankte er sich bei seinem Gesprächspartner.

»Nein«, erwiderte der Mann auf der anderen Seite der Leitung. »Wir stehen für immer in Ihrer Schuld. .זאמ םולשה םע התא«

Zamir senkte den Kopf, schloss die Augen, dann beendete auch er das Gespräch mit ».זאמ םולשה םע התא« und legte den Hörer auf.

Als er die Augen wieder öffnete, sah er, dass der Polizeiwagen vor seiner Pforte hielt. Zwei Polizisten stiegen aus. Einer blieb am Wagen und blickte den Turm hinauf, während der andere die Stufen zu den Flügeltüren hinaufstieg und läutete.

Zamir wich vom Fenster zurück. Ein elektronisches Signal ertönte im Haus, und einer der beiden Bildschirme auf seinem Schreibtisch zeigte das Kamerabild am Portal. Der Polizist klingelte erneut. Er zögerte einen Augenblick, dann kehrte er kopfschüttelnd zu seinem Kollegen zurück. Zamir wartete am Fenster, bis der Polizeiwagen sein Grundstück wieder verlassen hatte und in der Siedlung verschwand. Sie würden zurückkommen, und bis dahin hatte er noch viel zu erledigen.

Eine elektronische Stimme meldete »ready« und forderte seine Aufmerksamkeit. Der Ordner lag nun auf seinem Rechner. Er öffnete ihn und fand darin Dutzende Dateien, die sich quer über den Bildschirm auffächerten und Bilder von Neonazis zeigten.

Karl war vor Erschöpfung eingeschlafen. Zwischendurch hörte er immer wieder mal das Geheule von Udo, doch nachdem der Alte irgendetwas in seiner Zelle aufgebaut oder montiert hatte, war er verschwunden. Obwohl Karl sich vorgenommen hatte, wach zu bleiben, übermannte ihn irgendwann die Müdigkeit, und er fiel in einen unruhigen Schlaf. Immer wieder träumte er von dem Moment, als Thomas das jüdische Mädchen erschoss, doch plötzlich war er es, der den Abzug betätigte, und es war nicht Esther, die getroffen zu Boden sank, sondern Thomas. Noch im Sterben fragte er Karl: »Warum hast du das getan?«

Ein heftiger Schlag riss Karl aus dem Schlaf, dann wurde ihm der schwarze Sack vom Kopf genommen, und gleißendes Licht brannte sich in seine Netzhaut. Er schrie vor Wut auf, presste die Augenlider aufeinander und dachte für einen Moment, er wäre soeben gestorben. Nach und nach gewöhnten sich seine Augen an die Helligkeit, die von einem Scheinwerfer kam, der direkt auf sein Gesicht gerichtet war. Daneben stand eine Kamera auf einem Stativ. Den alten Mann konnte er nur schemenhaft erkennen, da er sich direkt hinter dem Scheinwerfer befand, der ihn blendete.

Karl zwang sich zur Ruhe. Der Jude schwieg. Langsam blickte Karl an sich hinab, um seine Hände zu suchen. Er erwartete das Schlimmste, aber mit Erleichterung stellte er fest, dass er beide

Hände sehen konnte. Sie waren mit Kabelbindern an die Armlehnen des Holzstuhls gezurrt worden, auf dem er saß. Offenbar hatten ihm die Kabelbinder das Blut abgeschnürt, deshalb konnte er seine Hände nicht mehr spüren. Die verwundete Hand war mit silbernem Gewebeband verarztet worden, ebenso seine Schulter. Der Verband saß so eng, dass auch das Blut in seinem Arm kaum noch zirkulieren konnte.

Zamir hatte den Stuhl, auf dem Karl saß, mit Metallwinkeln im Boden verankert und seine Beine mit Kabelbindern an den Stuhlbeinen fixiert. Es bestand kein Zweifel: Aus eigener Kraft konnte er sich unmöglich befreien. Der Raum war karg, hatte steinerne Wänden und keine Fenster. An einer Seite befand sich ein Regal mit Schachteln, Flaschen und undefinierbarem Kleinzeug. Hinter dem Scheinwerfer erkannte er die Umrisse einer Tür.

Aber was hatte dieser durchgeknallte Jude mit der Kamera vor? Karl beschloss, dass er nicht rumheulen würde wie Udo.

»Ich dachte schon, Sie lassen uns verhungern. Was soll die Scheiße hier? Was wollen Sie?«

»Gerechtigkeit«, antwortete die tiefe Stimme hinter dem Scheinwerfer.

Karl schöpfte Hoffnung.

»Gerechtigkeit? Dann holen Sie die Bullen! Ist mir scheißegal, holen Sie die Bullen, holen Sie sie …«

Ephraims Stimme blieb ruhig: »Ihr Gericht wird die Menschheit sein.«

Karl schüttelte den Kopf. Was meinte der alte Spinner?

»Sie haben doch einen an der Klatsche!«

Zamir ging nicht darauf ein. Langsam trat er aus dem Scheinwerferlicht. Zum ersten Mal konnte Karl ihn in Ruhe in Augenschein nehmen. Zamir war viel größer und deutlich kräftiger, als er angenommen hatte. Er trug einen Pullover und darüber eine ärmellose, dunkle Weste, mehr konnte er nicht erkennen.

»Karl Rieger, richtig?«, fragte Zamir ruhig.

Woher wusste der Alte seinen Namen? Klar, Udo musste geredet haben. Hatte immer eine große Klappe, aber wenn es darauf ankam, war er eine richtige Memme.

»Und? Meinen Sie, das schockt mich jetzt, dass Sie meinen Namen herausgefunden haben?«

Zamir blieb gefasst, und seine Stimme hatte sogar etwas … *Freundliches*.

»Ich kenne nicht nur Ihren Namen, Herr Rieger. Ich kenne auch Ihren gesamten Lebenslauf, weiß von all Ihren Verbrechen – zumindest denen, die aktenkundig sind. Und ich bin der Meinung, ich sollte dieses Wissen teilen.«

Karl schwieg. Seine Schulter begann wieder schmerzhaft zu pochen, seine Kehle war ausgetrocknet, seine Zunge fühlte sich klebrig an, und langsam begannen seine Sinne zu schwinden. Solle der Alte doch labern, was er wollte, er hatte keine Kraft mehr zuzuhören.

Zamir sah, wie sich Karls Augen langsam verdrehten und er ohnmächtig zu werden drohte.

»Herr Rieger, ich bitte Sie, Sie müssen wach bleiben. Das sind Sie Ihrem Publikum schuldig.«

Zamir holte ein silbernes Metalldöschen aus einer der Taschen an seiner Weste. Er entnahm ihm eine ovale Tablette und schob sie Rieger in den Mund, der kaum imstande war, sich zu wehren.

»Sie haben sicher Durst, Herr Rieger.«

Karl hatte die Augen wieder leicht geöffnet und fokussierte eine Wasserflasche, die Zamir ihm vors Gesicht hielt. Er nickte, legte den Kopf in den Nacken und öffnete den Mund. Zamir lächelte und goss langsam das kühle Nass in seinen Schlund. Karl spürte zwar die Tablette auf seiner Zunge, doch es war ihm egal. Er gierte nach jedem Schluck Flüssigkeit, fühlte, wie sie seinen Gaumen benetzte, die Speiseröhre hinablief und seinem geschundenen Körper neue Kraft verlieh. Als Zamir die

Flasche absetzte, versuchte er noch, die letzten Tropfen von seinen Lippen zu lecken.

»Sie werden sich gleich besser fühlen. Wir können doch nicht das Risiko eingehen, dass Sie Ihren eigenen Auftritt verpassen.« Zamirs Gesicht verzog sich zu einem breiten Grinsen.

»Was haben Sie mir gegeben?«

Zamir zögerte, doch dann gab er sein Geheimnis preis. »Ein N-Methylamphetamin, das man in Ihrer Generation als Crystal Meth kennt. Eine Droge, die Ihre Nazi-Väter schon im Krieg eingesetzt haben. Klingelt's da irgendwo?«

Rieger erinnerte sich. Es war als Pervitin oder auch »Göring-Pillen« bekannt gewesen.

»In wenigen Minuten wird sich Ihr Puls erhöhen, dann wird Sie eine wohlige Wärme durchströmen, und Sie werden das Gefühl haben, Wände hochklettern zu können. Ihre Schmerzen werden kaum mehr spürbar sein – nur das Licht wird Ihnen dann noch greller vorkommen.«

Karl Rieger kam langsam wieder zu Kräften, doch der Grund dafür war sein Zorn und nicht das Aufputschmittel.

»Was reden Sie für eine Scheiße? Wenn Sie mir irgendetwas sagen wollen, dann sagen Sie es doch einfach.«

»In ...« Zamir blickte auf seine Armbanduhr. Der Zeiger bildete eine gerade Linie zwischen der Zwölf und der Sechs. »... genau zwei Stunden schalte ich eine Videoübertragung online, dann beginnen wir eine Unterhaltung.«

»Was soll das? Da draußen wird sich doch keine Sau für so einen kranken Scheiß interessieren – und ich werde ganz sicher kein Wort sagen.«

»Ganz Ihre Entscheidung.« Zamir blieb gelassen. Er hielt Rieger einen roten Schnellhefter vor die Nase. »Sollte es ein Monolog werden, auch gut. Aber vielleicht möchten Sie sich am Ende doch für Ihre Verbrechen rechtfertigen?«

»Was reimst du dir da zusammen, du alter Itzig?«

»Brandanschlag auf ein Asylbewerberheim in Rostock, Planung eines Sprengstoffanschlags in München oder die Ermordung von Esther Goldstein«, zählte Zamir mit monotoner Stimme auf.

»Ich kenne gar keine verfluchte Esther Goldstein!«, wehrte sich Karl.

Zamir beugte sich zu ihm vor. Er sprach sehr langsam.

»Dreiundzwanzig Jahre alt, schwarze Haare ... Ihr habt sie mit zwei Schüssen getötet und anschließend zusammengefaltet wie eine Mülltüte in eine Gefriertruhe gesteckt.«

Karl senkte den Kopf.

Für einen Moment verlor Zamirs Stimme den sarkastischen Unterton und schwoll bedrohlich an.

»Ja, das Mädchen, das ihr kaltblütig erschossen habt, hatte einen Namen. ESTHER GOLDSTEIN.«

Er atmete tief durch, lehnte sich zurück und hatte sich sofort wieder im Griff.

»Aber Sie haben Glück, ich werde nicht mit Ihnen anfangen, sondern mit einem Ihrer Komplizen. Sie scheinen intelligenter zu sein, zumindest, wenn man ein gutes Abitur ...«, er blickte in den Schnellhefter, »... und ein abgebrochenes, Verzeihung, unfreiwillig abgebrochenes Geschichtsstudium als Beweis von Intelligenz gelten lässt.«

Karl zuckte zusammen. Offensichtlich war Steiner doch noch am Leben, aber die Fakten zu seiner Schulbildung verunsicherten ihn. Zamir wusste offenbar Dinge, die er weder im Netz gefunden noch von Udo erfahren haben konnte.

Zamir wandte sich ab und verschwand wieder hinter dem grellen Scheinwerfer.

»Ich muss mich jetzt verabschieden. Ich habe noch einiges vorzubereiten.«

Karl hörte, wie sich jenseits des Scheinwerfers eine Tür öffnete.

»Warten Sie!«, rief er ihm nach. »Und danach?«

»Danach?«, wiederholte Zamir.

»Ja ... danach ... Übergeben Sie uns dann der Polizei oder was?«

Zamirs Stimme nahm wieder den Ton eines geduldigen Lehrers an. »Wie ich Ihnen schon sagte: Die Menschheit wird Ihr Gericht sein, nicht die Polizei.«

»Was meinen Sie?«, rief Karl nun lauter in das blendende Licht.

»Finden sich genug Menschen, die der Meinung sind, dass Ihre Bestrafung der Tod sein sollte, werde ich Sie hinrichten.«

Mit diesem letzten Satz schloss Zamir die Tür hinter sich und verriegelte sie.

THIELEN I

Samstag, 24. März 1984

Es war ein verdammt kalter Morgen bei minus vier Grad, als die zweimotorige Transall mit ihrer Fracht von siebenunddreißig Fallschirmjägern um sechs Uhr vom Ausbildungsstützpunkt Altenstadt in Oberbayern in den nachtschwarzen Himmel startete. »Durchschlagen« nannte man in der Kompanie das bevorstehende Manöver, bei dem ein Zug Fallschirmjäger im imaginären Feindesland abgesetzt wurde, um anschließend auf dem schnellsten Weg und unentdeckt zur eigenen Front zurückzukehren.

Brücken, öffentliche Straßen und »Feindkontakt« waren dabei zu vermeiden, hieß es in der Order. Ebenso wurde Funkkontakt mit dem Einsatzstab nur in äußersten Notfällen gestattet, was so viel bedeutete wie: Wer den Stab um Hilfe anfunkt, hat verloren! Es war ein Wettbewerb mit etwas Kriegsspiel-Ambiente. Gelang es Fähnrich Thielen und seinen zwei Unteroffizieren, innerhalb von vier Tagen mit ihren Männern das Zielgebiet zu erreichen, winkten Anerkennung und Wochenendurlaub ab Freitagmittag. Gelang es nicht, würden sie nur Spott ernten und Nachtwache abbüßen müssen.

Über eine Strecke von achtzig Kilometern sollten sich die Männer quer durchs Gelände schlagen.

Als Proviant hatte man jedem Fallschirmjäger nur zwei EPAs und zwei Flaschen Wasser mitgegeben. EPAs waren die sogenannten »Einmannpackungen«, die einen Soldaten im Notfall einen Tag lang ernähren sollten. Darin befand sich in Alufolie eingeschweißtes Fertigessen, das in der Regel die Konsistenz von Babybrei aufwies, auch wenn die Schilder auf den Alupackungen solch verlockende Namen trugen wie »Ravioli mit Champignonsauce«. Dazu gab es Kekse, die im Soldatenjargon als Panzerplatten bezeichnet wurden, da sie nicht nur Jahrzehnte hielten, sondern auch so hart waren, dass sie angeblich Kugeln abwehren konnten. Neben Stahlhelm, Klappspaten, Gewehr, Kochgeschirr und Schlafsack trug außerdem jeder Soldat die Hälfte eines simplen Zeltes mit sich. Zwei Soldaten konnten zusammen mit ihren jeweiligen Hälften ein kleines Kunststoffzelt errichten, in dem sie nur liegend Platz hatten – und auch nur dann, wenn sich ihre Körper beim Schlafen berührten. Männer mit einer Körpergröße von mehr als einem Meter achtzig mussten allerdings ihre Füße anziehen, wenn diese nicht aus dem Zelt ragen sollten. Hatte ein Zug eine ungerade Zahl an Fallschirmjägern, blieb einem der Soldaten nichts anderes übrig, als ohne Zelt zu nächtigen.

Doch nichts von alldem ging den frisch gebackenen Gefreiten durch den Kopf, während sie mit schwarz bemalten Gesichtern im Bauch der Transall einem ungewissen Zielgebiet entgegenflogen. Die beiden Propellermotoren dröhnten laut im Inneren des fliegenden Kolosses, und ihre Gedanken waren ausschließlich auf ihren ersten Absprung in einem Kampfeinsatz fokussiert. Jeder von ihnen hatte zahlreiche Sprünge am Sprungturm absolviert und war auch bereits viermal aus einer Transall gesprungen, doch dabei war es helllichter Tag gewesen, und die Landungen waren auf freiem, sumpfigem Feld erfolgt. Diesmal jedoch war es dunkel, kalt, der Boden war höchstwahrscheinlich gefroren, und niemand wusste, was sich der Stab noch an Überraschungen ausgedacht hatte. Aber Thielen würde sie da schon durchhauen!

Fähnrich Thielen galt mit einundzwanzig Jahren als einer der hoffnungsvollsten Offiziersanwärter seiner Jahrgangsstufe. Seine Noten in den theoretischen Fächern waren zwar nur »gut«, aber seine Beurteilungen als Führungspersönlichkeit waren tadellos. Vor allem erreichte er mit dem ihm unterstellten Ausbildungszug Glanzleistungen. Manche warfen ihm zu viel Ehrgeiz vor, aber auf der Beliebtheitsskala unter seinen Untergebenen schnitt er hervorragend ab. Der Hauptmann der Kompanie brachte es auf den Punkt: »Ein harter Knochen, aber einer, den die Männer lieben. Mit solchen Offizieren gewinnt man Kriege!«

Auch diesmal hatte Thielen sich vorgenommen zu glänzen. Doch die Umstände sprachen schon jetzt gegen einen Erfolg. Die Temperaturen waren für Ende März ungewöhnlich niedrig. Außerdem hatte es nachts geschneit, nicht viel, aber im Freien zu übernachten, würde kein Zuckerschlecken werden. Drei Nächte waren im Stab für die Aktion »Durchschlagen« maximal einkalkuliert worden.

Thielen wusste, es war in zwei Nächten zu schaffen. Es musste in zwei Nächten zu schaffen sein. Nicht ohne Grund hatten sie nur für zwei Tage Proviant am Mann. Würden sie eine dritte Nacht benötigen, würde man sie aus der Luft mit Nachschub versorgen. Aber auch das war keine einfache Sache, denn bestimmt hatte der Stab auch gegnerische Trupps im Feindgebiet stationiert, die ihnen das Leben zur Hölle machen sollten. Ein Abwurf von Verpflegung würde ihre Position verraten und wäre mit Sicherheit das Ende ihrer Mission.

Das war aber nicht der einzige Grund, warum Thielens Laune am Tiefpunkt war. Schuld waren die beiden fehlenden Gefreiten Kaul und Anger, die in seinen Augen den Zug im Stich gelassen hatten. Thielen hatte vor zwei Tagen von allen nochmals einen tadellosen Sprung aus fünfzehn Metern Höhe vom Sprungturm verlangt. Doch diesmal hatte der Fähnrich darauf bestanden, die Seile, die den Sprung vom Turm abfederten, so zu lockern, dass sie dem realen Aufprall mit einem Rundkappenschirm vom Typ T-10 entsprachen. Also ungefähr einer Fallgeschwindigkeit von sechs bis sieben Metern pro Sekunde, oder anders gesagt, einem Sprung mit mindestens dreißig Kilo Kampfgepäck aus vier Metern Höhe ohne Schirm.

»Beim Landen die Knie anziehen, dadurch den Sprung abfedern und sofort seitlich abrollen!«

Das war die Anweisung, die Thielen seinem Zug während der Ausbildung wie ein Mantra eingebläut hatte. Gefreiter Kaul aber war an diesem Tag steif wie ein Brett gelandet. Die Angst vor dem Aufprall hatte ihm förmlich im Gesicht gestanden. Und genau diese Angst hatte den unerfahrenen Springer dazu gebracht, instinktiv die Beine weit von sich zu strecken, um Gesicht und Oberkörper zu schützen. Dreißig Kilo Ausrüstung und fünfundsiebzig Kilo Eigengewicht, bei einer ungebremsten Geschwindigkeit von etwa dreißig Stundenkilometern hielten aber selbst die stärksten Knie nicht aus. Die Stoßkraft, die beim Aufschlagen auf der Erde auf Kaul einwirkte, suchte sich blitzschnell das schwächste Glied in der Kette – in diesem Fall die Kniegelenke. Kauls Kniescheiben sprangen aus ihren Gelenken, und die Bänder rissen wie trockenes Papier. Zwei Sanitäter schleppten den schreienden Mann auf einer Trage aus der Sandgrube. Totalausfall für die nächsten fünf Monate. Thielen war wütend, aber immerhin war Kaul kein Drückeberger.

Gefreiter Anger hingegen ließ seine Kameraden im Stich, weil er Dünnpfiff hatte. Für Fähnrich Thielen grenzte das an Fahnenflucht – er malte sich bereits genüsslich aus, wie er Anger für diese Schandtat im Lauf der nächsten Wochen fertigmachen würde. Im Soldaten-Jargon vertraute er einem anderen Fähnrich an: Er würde Anger in den nächsten Wochen richtig ficken!

Die Transall drosselte die Geschwindigkeit und ging langsam auf Sinkflug. Am Horizont war die Sonne aufgegangen, doch ein Blick aus dem Fenster zeigte nur eine dunkelgraue, trübe Suppe.

»Wer zum Teufel lässt einen denn bei so einem Scheißwetter einen Sprung durchführen? Wir werden den Boden erst sehen, wenn wir ihn mit der Nase geküsst haben!«, maulte einer der Jungs leise, aber Thielen tat so, als hätte er es nicht gehört, und seine beiden Unteroffiziere Brenner und Vogel taten es ihm gleich. Angst zu haben war keine Schande, solange man die Befehle der Vorgesetzten bedingungslos ausführte.

Die Absetzer, die einen reibungslosen Absprung gewährleisten mussten, nahmen ihre Position ein. Jeweils einer vor den beiden Reihen der Springer, ein dritter in der Mitte der Röhre.

»X minus acht«, brüllte dieser, während die anderen beiden die Fallschirmjäger aufforderten, aufzustehen und in Position zu gehen. Die jungen Männer befolgten den Befehl und hakten ihre Reißleine am Ankerseil ein. Alle Blicke waren nun auf die eine Warnleuchte gerichtet, die im Augenblick noch auf Rot stand.

Die Auslass-Türen der Transall wurden nach oben geschoben. Der Blick nach unten zeigte nur ein dunkles Nichts. Augenblicklich wurde der Druck auf den Ohren größer, und eiskalter Wind schlug den Männern ins Gesicht. Selbst die Absetzer hatten ein schlechtes Gewissen, einen Trupp von Frischlingen bei diesen Wetterverhältnissen hinauszuschicken, und auch Thielen kamen nun kurz Zweifel, ob die Entscheidung richtig gewesen war, das Manöver nicht zu verschieben. Denn er war es, der seine Vorgesetzten ausdrücklich darum gebeten hatte, die Übung trotz der ungünstigen Witterung durchführen zu dürfen.

Die Signalleuchte schaltete von Rot auf Grün. Jetzt gab es kein Zurück mehr. Mann für Mann sprangen sie aus dem Flugzeug hinein in die trübe Morgendämmerung. Die kreisrunden Fallschirme wurden kurz nach dem Sprung durch die Reißleine automatisch geöffnet. Einen Wimpernschlag später tanzten siebenunddreißig Schirme lautlos und gespenstisch dem Boden entgegen.

Die erste Nacht lag hinter ihnen. Vierzig Kilometer hatten sie in den letzten vierundzwanzig Stunden zurückgelegt. Noch immer zeigte das Thermometer deutlich unter null Grad an. Die Männer waren durchgefroren bis auf die Knochen und hatten in der Nacht kaum Schlaf gefunden, doch bislang waren keine Verluste zu verzeichnen. Bei der Landung hatte es zwar einige Prellungen und Schürfwunden gegeben, aber nichts, was die Mission gefährdet hätte. Die Moral war gut, doch der eintönige Marsch durch die Wälder war kraftraubend und ließ die Männer unachtsam werden. Nichts war im Kampfeinsatz so gefährlich wie Monotonie.

Thielen wusste, die Männer waren gut trainiert, körperlich in bester Verfassung. Wahrscheinlich hatten sie trotzdem längst die Bilder von einer warmen Dusche und einer kräftigen Mahlzeit im Kopf, statt konzentriert die Umgebung zu observieren, um einem feindlichen Angriff zuvorzukommen. Soldaten in Friedenszeiten auf den Ernstfall vorzubereiten, war fast so sinnlos, wie Kampfschwimmer auf dem Trockenen auszubilden. Ein Kugelhagel scharfer Munition, das Bewusstsein, jeden Augenblick tödlich getroffen werden zu können, das war es, was Soldaten zu echten Kämpfern werden ließ! Insgeheim verachtete Thielen diese Kriegsspielerei, und umso mehr erhoffte er sich, dass der Stab für ein paar realistische Überraschungen sorgte.

Es war gegen Mittag, als Thielen und seine Männer das größte Hindernis ihrer Mission erreichten, einen eiskalten, teils zugefrorenen Flusslauf, dessen Pegel durch das einsetzende Tauwetter bereits deutlich gestiegen war. Zwar führte in der Nähe eines kleinen Dorfes eine steinerne Brücke über den Strom, aber zum einen waren Brücken laut Befehl nach Möglichkeit zu meiden, zum anderen konnte davon ausgegangen werden, dass die Brücke von feindlichen Truppen gesichert war. Laut Karte gab es jedoch zwei Untiefen flussabwärts, die sich ebenfalls für eine Überquerung eigneten. Für eine erfolgreiche Sicherung aller drei Übergänge war die feindliche Einheit zu schwach; effektive Aufklärung war für sie daher entscheidend, um eine Bündelung der Kräfte an der richtigen Stelle zu gewährleisten.

Das Rauschen des Wassers war bereits weit entfernt im Wald zu hören gewesen. Der Fluss war nicht nur ein schwer zu überwindendes Hindernis, sondern auch ein markanter Punkt auf dem Weg in die Kaserne, der den Männern verheißungsvoll signalisierte, dass sie zwei Drittel des Weges geschafft hatten. Ganz automatisch hatte daher die Nähe des Flusses die Geschwindigkeit der ganzen Truppe erhöht und die Soldaten wie magisch angezogen. Doch Thielen wusste um die Gefahr, dass die Vorfreude der Männer sie noch leichtsinniger machte, und ließ den Zug nur wenige Meter vor dem Fluss, in der Sicherheit des Waldes, anhalten.

Die Männer fluchten. Sie standen am Rand eines steilen Abhangs, der direkt hinunter zum Flussufer führte. Sie waren so nah dran, die verhasste Übung endlich zu einem Ende zu bringen. Aber für Thielens Geschmack war bislang alles viel zu glatt verlaufen. Würde er im Stab sitzen, dann wäre der Flusslauf genau die Stelle, an der er einen feindlichen Trupp auf dem Weg zurück zu seinen Einheiten mit geballter Kraft abfangen würde. Er sah förmlich den Hauptmann der Kompanie vor sich, der dem erfolgsverwöhnten Fähnrich eins auswischen wollte. Während sein Trupp aufgefächert und mürrisch die Umgebung sicherte, winkte er seine beiden Unteroffiziere zu sich. Da geschah es: Einer der Gefreiten war zum Wasserlassen einen halben Meter den Hang hinuntergestiegen und hatte mit seinem Gemächt in der Hand auf dem rutschigen Untergrund den Halt verloren. Laut krachend stürzte er die steile Böschung hinunter auf das Flussufer zu, wobei sein Stahlhelm im Wasser landete und langsam davontrieb.

Thielen war entsetzt. Aus dem Wald auf eine Lichtung oder eine Uferböschung hinauszutreten bedeutete auch immer, sich der Gefahr auszusetzen, entdeckt zu werden. In der Regel geschah so etwas äußerst behutsam und auch erst dann, wenn man die Freifläche minutenlang observiert hatte. Der tollpatschige Gefreite hatte soeben den Erfolg der gesamten Übung gefährdet. Thielen schnaubte vor Zorn.

»Mir geht's gut, alles okay!«, rief der Gefreite seinen Kameraden entgegen.

Thielen zuckte zusammen. Am liebsten hätte er den Mann standrechtlich erschießen lassen. Durch die Bäume sah er, dass der Gefreite auch nicht versuchte, in den Schutz des Waldes zu kriechen, sondern tatsächlich aufstand und zurückspazierte, als wäre er auf einem Familienausflug. Unteroffizier Vogel verharrte neben Thielen und schüttelte den Kopf.

»Wie heißt das Arschloch?«, flüsterte Thielen ihm zu.

»Gefreiter Soylu«, antwortete Vogel.

»Scheiße, kein deutscher Name, richtig?«

Vogel nickte.

In diesem Moment wurde auf der anderen Seite des Ufers ein Motorrad gestartet. Diesmal fuhr nicht nur Thielen zusammen, auch allen anderen Soldaten war nun klar, dass man sie entdeckt hatte. Thielen reagierte blitzschnell. Er stürzte aus dem Wald hinaus den Hang hinunter und warf sich mit seinem G3 schussbereit auf das schlammige Flussbett. Doch zu spät, er sah nur noch die Abgaswolke des Motorrads, das laut röhrend im Wald verschwand. *Wenn das ein feindlicher Kradmelder war, sind wir geliefert!*

Keuchend kam nun auch Vogel neben ihm zum Liegen. »Vielleicht nur ein Zivilist, irgendein Jugendlicher! Klang nach einer Enduro!«, versuchte Vogel die Situation zu entschärfen, aber Thielens Augen funkelten ihm aus seinem schwarz bemalten Gesicht zornig entgegen.

»Vielleicht? ›Vielleicht‹ gibt es in meinem Wortschatz nicht. Wir sind im Feindgebiet, und da reicht schon ein Zivilist, um unsere Position preiszugeben. Wenn wir Pech haben, hängt in zwanzig Minuten ein Hubschrauber über unseren Köpfen und verhindert, dass wir über den Fluss kommen. Für ›vielleicht‹ haben wir also keine Zeit. Stimmen Sie mir zu, Vogel?«

Es war eindeutig, dass dies nur eine rhetorische Frage war, trotzdem nickte Vogel.

»Wir trennen uns. Sie nehmen die Hälfte des Zuges und gehen im Schutz des Waldes flussabwärts. Entscheiden Sie selbst, an welcher der drei möglichen Stellen Sie den Fluss überqueren, aber machen Sie Ihrem Trupp Feuer unterm Arsch! Wenn das wirklich Feindaufklärung war, zählt von jetzt an jede Sekunde!«

Wieder nickte Vogel gehorsam.

»Und Sie?«

»Ich gehe mit der anderen Hälfte nach Osten und versuche eine andere Stelle zu finden, an der wir den Fluss überqueren.«

»Eine andere Stelle?«

Vogel wusste, wie aussichtslos das war. Er hatte die Karten eingehend studiert. Der Fluss war hüfttief und zu kalt, um ihn an irgendeinem anderen Punkt zu überqueren als bei der Furt. Thielen würde seine Männer doch hoffentlich nicht durch das Eiswasser waten lassen. Bei dieser Kälte und der noch bevorstehenden Reststrecke wäre das mörderisch.

»Unteroffizier Vogel, wollen Sie ernsthaft die Entscheidung eines Vorgesetzten infrage stellen?«

»Nein, natürlich nicht, Fähnrich Thiele.«

»Worauf warten Sie dann? Führen Sie Ihre Befehle aus!«

Vogel erhob sich und spurtete zurück in den Wald.

»Und noch was, Unteroffizier!«, rief Thielen Vogel hinterher.

Vogel blieb geduckt stehen und drehte sich um.

»Wenn Sie entdeckt werden, ziehen Sie sich in den Wald zurück, und halten Sie die Stellung, so lange Sie können. Der Feind darf auf keinen Fall merken, dass wir uns getrennt haben. Ist das klar?«

»Jawohl, Fähnrich!«

»Und weisen Sie diesen ... diesen Soylu meinem Trupp zu, verstanden?«

»Jawohl, Fähnrich!«, antwortete Vogel gehorsam, dann verschwand er zwischen den Bäumen.

ZWEIUNDZWANZIG STUNDEN SPÄTER

Hauptmann Fürst hatte Thielen unmittelbar nach der Übung zu sich beordert. Thielen hatte nicht mal mehr Zeit gehabt, zu duschen und sich umzuziehen. Mit verdreckten Klamotten wartete er im Vorzimmer des Kompaniechefs, während der Ordonnanzoffizier ihn eingehend musterte.

Immer wieder ging Thielen die Ereignisse der vergangenen Stunden durch. Immer wieder stellte er sich die Frage, was er hätte besser machen können, um diese Katastrophe zu verhindern. Aber er fand keine Antwort.

Tatsächlich war Thielens Einheit am Fluss durch einen Kradmelder entdeckt worden. Binnen einer Stunde hatte sich ein Scout an Vogels Fersen geheftet, der dem Trupp in Hörweite folgte, um nicht entdeckt zu werden. Es war ein Kinderspiel, denn Vogels Trupp zog murrend den Fluss entlang, wie eine Horde Jugendlicher, die man zu einem Ausflug gezwungen hatte. Immer wieder war zwischendurch Vogels zornige Stimme zu hören, der seine Soldaten anschrie, die Schnauze zu halten, was die Ortung für den Scout umso einfacher machte. Hauptmann Fürst wartete daher erst gar nicht ab, bis der Trupp die erste Furt erreichte, sondern stellte seinem Gegner bereits im Wald einen Hinterhalt.

Vogel erschrak fast zu Tode, als sich vor ihm aus dem Laub eine Gestalt erhob und ein Sturmgewehr auf seinen erschöpften Zug richtete. Die Platzpatronen machten einen Höllenlärm, und noch bevor irgendeiner von Vogels Soldaten reagieren konnte, tauchten hinter den umstehenden Bäumen weitere

Feindsoldaten auf, die den Wald in ein laut hallendes Inferno verwandelten.

Nach einer Minute war alles vorbei. Vogels Männer lagen zitternd am Boden und ergaben sich. Doch es dauerte weitere fünf Minuten, bis Hauptmann Fürst feststellte, dass er nur den halben Feindtrupp aufgerieben hatte. Von Fähnrich Thielen und weiteren achtzehn Männern fehlte jede Spur. Der Hauptmann war außer sich. »Dieses verdammte Schlitzohr!«, fluchte er laut.

Thielen konnte jedoch weder den Fluch noch den Kampflärm hören. Seine Männer und er waren zehn Kilometer flussaufwärts an eine Stelle gelangt, an der sich der Strom für ein kurzes Stück teilte. Zwischen den beiden Flussläufen ragte eine schmale Insel mit einem schräg stehenden Baum aus dem Wasser. Wie Thielen gehofft hatte, waren beide Arme des Flusses von einer Eisschicht bedeckt. Es wurde langsam dunkel, aber Thielen beschloss, noch vor Einbruch der Nacht den Fluss zu überqueren. Sollte der Frost nicht anhalten, würde bis zum nächsten Morgen die Überquerung deutlich riskanter werden.

Thielen hatte Soylu dazu ausersehen, die Festigkeit der Eisdecke zu prüfen. Mit seinem Klappspaten hackte er am Ufer auf das Eis ein, doch es hielt stand. Dann setzte er behutsam einen Fuß vor den anderen. Gerade als er begann, Vertrauen in den weiß schimmernden Untergrund zu setzen, brach sein linker Fuß auf halber Strecke durch das Eis. Wie durch ein Wunder gab das restliche Eis nicht nach. Soylu zog zitternd den durchnässten Fuß aus dem Wasser und schickte ein Stoßgebet zum Himmel. Den Rest der Strecke robbte er auf dem Bauch. Nach einer halben Stunde hatte der gesamte Trupp den Fluss ohne weitere Vorkommnisse überquert.

Thielen atmete erleichtert auf. Jetzt konnte ihn nichts mehr aufhalten. Er genehmigte in dieser Nacht seinen Männern sogar, ein offenes Feuer zu machen. Doch es kam anders, als er dachte.

Soylu hatte seinen durchnässten Stiefel in dieser Nacht am Feuer trocknen lassen. Als er bei Anbruch des Tages in den Stiefel schlüpfte, löste sich plötzlich die Sohle. Noch lagen knapp dreißig Kilometer vor ihnen, quer durch einen vereisten Wald und über schneebedeckte Felder. Thielen war außer sich vor Wut. Wie konnte man nur so blöd sein und den Schuh über Stunden am offenen Feuer liegen lassen, sodass sich die Nähte auflösten? Aufgeben kam für ihn nicht infrage. Andererseits konnte man Soylu aber auch nicht von einem Hubschrauber abholen lassen, denn auch das hätte bedeutet, die eigene Position zu verraten. Nein, sie mussten Soylu irgendwie einsatzfähig machen, koste es, was es wolle.

Man umwickelte den Schuh mit Gewebe-Klebeband aus dem Sanitätskasten und schaffte es so, die Sohle behelfsmäßig wieder zu befestigen. Fest auftreten durfte Soylu aber nicht damit, deshalb hakte er sich bei einem seiner Kameraden unter und humpelte mit einem angezogenen Bein durch den Wald wie ein Verletzter. Nach zwanzig Kilometern Marschstrecke war trotz allem das Gewebeband komplett durchgescheuert, und die Sohle löste sich erneut. Von da an wurde Soylu von zwei Kameraden gestützt, doch bis auf eine durchnässte Socke schützte nun nichts mehr den Fuß vor der eisigen Kälte. Zunächst hatte Soylu noch Schmerzen deswegen, aber die vergingen, und je näher das Ziel kam, umso weniger dachte er an seinen Fuß.

Am späten Nachmittag erreichte Thielens Trupp unbeschadet den östlichen Auffangpunkt. Sie hatten es geschafft. Sie hatten sich erfolgreich durchgeschlagen und Hauptmann Fürst zumindest nur einen Teilerfolg gegönnt. Thielen war stolz auf sich und seine Männer und glücklich – jedenfalls so lange, bis ein Sanitäter die festgefrorene Socke von Soylus Fuß schnitt und darunter abgestorbene, schwarze Zehen zum Vorschein kamen.

Aus der Gegensprechanlage auf dem Tisch des Ordonnanzoffiziers ertönte jetzt die Stimme des Hauptmanns.

»Fähnrich Thielen soll reinkommen!«

Thielen atmete noch einmal tief durch, betrat mit hochgezogenen Schultern das Büro des Hauptmanns, grüßte vorschriftsmäßig und erstattete Meldung.

Was dann kam, war verblüffend. Hauptmann Fürst erhob sich von seinem Schreibtisch, kam um den Tisch herum und schüttelte Thielen breit grinsend die Hand. Er beglückwünschte ihn zu seiner außergewöhnlichen Leistung und prophezeite ihm eine grandiose Karriere bei der Bundeswehr. Thielen war fassungslos, hatte er doch mit einer Degradierung oder sogar mit einer Entlassung gerechnet. Immerhin hatte Gefreiter Soylu unter seinem Kommando Erfrierungen dritten Grades am rechten Fuß erlitten. Soweit der Sanitäter es sagen konnte, mussten Soylu wohl mindestens zwei Zehen amputiert werden – und trotzdem beglückwünschte ihn der Hauptmann zu dieser Übung. Wusste er denn nichts von alledem?

»Mann, Fähnrich Thielen, jetzt schauen Sie doch nicht wie bei einer Beerdigung!«, lachte der Hauptmann. »Freuen Sie sich denn gar nicht? Sie haben immerhin die Hälfte Ihres Zuges gerettet. Oder wäre es Ihnen lieber gewesen, wir hätten Sie alle im Wald kaltgemacht?«

Damit klatschte er Thielen auf die Schulter, der immer noch stur geradeaus blickte.

»Jawohl, Hauptmann. Aber ...«

»Was ›aber‹, Fähnrich? Machen Sie sich etwa Gedanken wegen des Gefreiten Soylu?«

Thielen wandte dem Hauptmann den Kopf zu. Dann nickte er.

»Wo gehobelt wird, fallen Späne, Fähnrich. Es war ein bedauerlicher Unfall – und selbst wenn es ein Disziplinarverfahren geben sollte, dann glaube ich unter den Umständen kaum, dass dieser Vorfall in Ihrer Akte negativ auffällt. Im Gegenteil!« Er lächelte verschwörerisch. »Die Russen rasseln mit den Säbeln, und ab sofort werden hier wieder Offiziere gebraucht, die für den Ernstfall bereit sind. Männer wie Sie, Thielen, sichern die Zukunft unseres Landes. Ich bin stolz auf Sie!«

Und damit drückte er Thielen väterlich an die Brust. Thielen war gerührt wie nie zuvor in seinem Leben. Noch wusste er nicht, wohin ihn sein Weg führen würde, doch von nun an besaß er einen unerschütterlichen Glauben an die Richtigkeit seines Handelns und ließ nie wieder Zweifel daran aufkommen.

SECHSUNDZWANZIG JAHRE SPÄTER

Samstag, 16. Oktober 2010, 18:10 Uhr

Die Parteizentrale der NPD lag in einem alten Reihenhaus im Zentrum der Stadt. Die verwahrloste Fassade hatten Gegner der Partei erst vor wenigen Wochen mit Schmierereien verunstaltet. Das Parteischild neben dem Eingang war wegen eines großen roten Farbflecks kaum noch zu erkennen. Daneben hatten die Vandalen den Spruch »Kauft nicht bei Nazis« gesprüht, von dem bislang nur das Wort »Nazis« mit weißer Farbe übertüncht worden war. Die neue Eingangstür aus Metall stach sofort ins Auge. Der Parteivorsitzende Wilhelm Thielen hatte sie kurz nach dem Angriff anbringen lassen. Auch wenn er es niemals zugeben würde, er hatte Angst, dass der nächste Antifa-Angriff nicht nur mit Farbe stattfinden würde. Die Polizei hatte jedoch keine einzige brauchbare Spur gefunden, die darauf hinweisen konnte, dass die linksradikale Gruppe für den Anschlag verantwortlich war.

Lachhaft! Das Rechtssystem dieses Staates war doch schon lange marode. Auge um Auge, Zahn um Zahn! Das zumindest war Thielens Meinung zu diesem Thema – und so hatte man kurz nach dem Angriff Vergeltung geübt und in einschlägigen Kreisen ein paar Nasen gebrochen sowie den Treffpunkt der örtlichen Linken in Kleinholz verwandelt.

Doch die Antifas waren auf Thielens Prioritätenliste weit nach unten gerutscht. Viel mehr Sorgen bereitete ihm die Parteikasse.

Die NPD war pleite.

Knapp achthunderttausend Euro hatte sein Schatzmeister über Jahre hinweg veruntreut und war vor zwei Jahren dafür in den Knast gewandert. Von diesem schweren Rückschlag hatte sich die NPD bis heute nicht erholt. Dazu kam eine Strafe der Parlamentsverwaltung in Höhe von 2,5 Millionen Euro für einen falschen Rechenschaftsbericht im Jahr 2007 und monatliche Fixkosten von achtundvierzigtausend für den Verwaltungsapparat der Partei. Zwar erhielt die Partei jährlich durch den Staat knapp 1,3 Millionen an Zuschüssen aus Steuergeldern, doch bereits die letzte fällige Rate von rund dreihunderttausend Euro aus der Bundeskasse hatte man zur Tilgung der Strafe einbehalten.

Auf legalem Weg schaffen sie es nicht, uns zu verbieten, deshalb versuchen sie, uns nun finanziell den Todesstoß zu verpassen, mutmaßte Thielen. Aber in der dunkelsten Stunde leuchteten wahre Freunde am hellsten.

Und Freunde hatte die Partei tatsächlich reichlich – wenn auch viele davon anonym blieben.

Wilhelm Thielen sah sich immer noch als Offizier, der sich mit seinem Zug durch feindliches Gebiet zurück zur eigenen Front durchschlagen musste. Hauptmann Fürst hatte recht behalten, Thielen hatte bei der Bundeswehr Karriere gemacht. Doch mit Ende des Kalten Krieges und dem Fall der Mauer war auch der Reiz an der Truppe für ihn verloren gegangen, und so verließ er die Bundeswehr vorzeitig. Der NPD war er allerdings schon Jahre zuvor beigetreten und widmete sich nach seinem Ausscheiden aus der Bundeswehr gänzlich der Partei. Als Oberstleutnant a.D. diente er ihr nicht nur als prominentes Aushängeschild, sondern wurde bereits 1996 ihr Bundesvorsitzender.

Thielen war auch politisch eine Kämpfernatur und hatte es tatsächlich geschafft, die NPD nach seinem Amtsantritt auf Erfolgskurs zu führen. In Sachsen hatte die NPD 2004 bei den Landtagswahlen mit knapp zweihunderttausend Stimmen sensationelle 9,2 Prozent erreicht. Im Saarland vier Prozent, zwei Jahre später in Mecklenburg-Vorpommern 7,3 Prozent. Alles Ergebnisse, von denen man zuvor nicht einmal zu träumen gewagt hatte.

Sein neuester Coup aber stand kurz vor dem Abschluss: die bevorstehende Fusion mit der zweitstärksten rechtsextremen Partei Deutschlands, der DVU.

Aus dem »Deutschlandpakt« von NPD und DVU sollte nun endlich eine gemeinsame Partei werden.

90,5 Prozent aller Mitglieder beider Lager hatten im Juli 2010 für den Zusammenschluss gestimmt. Am 12. Dezember dieses Jahres sollte die Fusion auf dem Parteitag der DVU nun endgültig unter Dach und Fach gebracht werden. Bereits ab Januar 2011 wäre der Zusammenschluss dann rechtskräftig, und die Mitgliedszahl der NPD würde sich schlagartig um fünfzig Prozent erhöhen. Das wiederum würde auf lange Sicht auch die Zuschüsse durch den Staat erhöhen, da dank Paragraf 18 des Parteiengesetzes mehr Wähler auch mehr Steuergelder bedeuteten, welche die NPD-Kasse füllen würden.

Nichts durfte daher diese Fusion gefährden – auch nicht die »harmlose« Aktion, die Thielen von der Kameradschaft gefordert und die an diesem Nachmittag stattgefunden hatte. Doch irgendetwas war schiefgelaufen. Um 12 Uhr hatten sich die Kameraden das letzte Mal gemeldet, seitdem herrschte Funkstille. Inzwischen waren sechs Stunden vergangen, und noch immer gab es keine Vollzugsmeldung.

Thielen stand in seinem schmucklosen Büro vor einer Europakarte an der Wand und betrachtete sie eingehend. Er trug schwarze Jeans mit einem gemusterten Pullover statt Anzug und Krawatte, denn am Wochenende gab es keinen offiziellen

Parteiverkehr. Würde er nicht auf Steiners Meldung warten, wäre er längst zu Hause bei seiner Frau oder würde mit seinem reinrassigen Deutschen Schäferhund durch die Wälder streifen.

So starrte er jedoch gebannt auf die Karte und versuchte sich damit abzulenken. Sie zeigte die Ausdehnung Deutschlands kurz vor dem Zweiten Weltkrieg. Es beruhigte ihn, zu sehen, wie groß Deutschland einst gewesen war und welche Ziele er letztendlich verfolgte. Noch immer fühlte er sich als Soldat, eigentlich sogar mehr denn je. Denn nun befehligte er wieder Truppen, hatte wieder Gewalt über Einsatzkommandos wie jenes, das heute Nachmittag Steiner anführte.

Steiner. Wo steckte der Kerl? Was war passiert? Seine innere Stimme quälte ihn.

Er war schon kurz davor gewesen, Steiner auf seinem Handy anzurufen, hatte sich aber dann doch zusammengerissen.

»Jeder telefonische Kontakt zu Steiner, gerade während des Aktionszeitraums, muss unbedingt vermieden werden. Geht irgendetwas schief, darf es nicht den kleinsten Rückschluss auf mich oder die Partei geben«, hatte er Eckl mehrmals eingebläut, und nun hätte er selbst beinahe alle Vorsichtsmaßnahmen über den Haufen geworfen.

Thielen ging im Kopf immer wieder alle möglichen Ursachen durch. Vom defekten Handy über Funklöcher bis hin zu feiernden Kameraden, die sich gerade volllaufen ließen. Aber keine dieser Möglichkeiten ergab viel Sinn, und er hasste es, zur Untätigkeit verdammt zu sein, darauf warten zu müssen, wie das Schicksal entschieden hatte.

Die Tür des Büros wurde aufgestoßen, und sein Assistent Helge Eckl kam hereingeeilt. Thielen dreht sich langsam um und hob erwartungsvoll den Kopf.

»Und, haben sie sich gemeldet?«, fragte er in einem ruhigen Tonfall. Er wollte sich auf keinen Fall anmerken lassen, dass er innerlich brodelte.

»Nein, aber …«

Eckl zögerte. Das war ungewöhnlich.

»Was ›aber‹?«, hakte Thielen nach.

»Es gibt schlechte Nachrichten. Das Mädchen … ist tot.«

Thielen wurde ungehalten.

»Welches Mädchen? Na los, Eckl, reden Sie schon!«

Eckl blickte auf einen gelben Zettel in seiner Hand. Seine hohe Stirn glänzte im Schein der Deckenlampe.

»Esther Goldstein, sie war die Haushälterin der Zielperson.«

Thielen konnte sich keinen Reim darauf machen, aber er wusste, dass diese Nachricht unheilvoll war.

»Ein Rabbi hat die Leiche gegen halb sechs der Polizei übergeben.«

Thielen blickte wieder hoch. Er schöpfte Hoffnung.

»Ein Rabbi hat die Leiche übergeben? Was, bitte, hat das mit Steiner und seinem Team zu tun?«

Eckl verzog keine Miene, sondern ging mit schnellen Schritten um Thielens Schreibtisch herum. »Darf ich?«

Ohne eine Antwort abzuwarten, rief er auf Thielens Rechner eine Website auf.

»Wir müssen leider davon ausgehen, dass die Dinge miteinander zusammenhängen, denn zeitgleich mit der Polizeimeldung haben wir eine anonyme Mail erhalten, mit dem Link zur Seite voteforjustice.com.«

Eckl drehte den Monitor zu Thielen, während sich langsam die Website aufbaute.

»Erst dachten wir, es sei ein Scherz, aber dann …«

Auf dem Bildschirm erschienen Fotos von drei vermummten Gesichtern. In großen Buchstaben stand darüber:

START DES LIVESTREAMS IN 108 MINUTEN

Thielen schluckte.

»Sind das …?« Er brachte es nicht fertig, den Satz zu vollenden.

Eckl nickte. »Wir denken, ja. Das sind Steiner, Udo und Karl.«

»Um Gottes willen! Sind Sie absolut sicher?«

»Nein, das nicht. Aber sehen Sie hier ...« Eckl zeigte auf eins der Fotos. »Hier am Hals.«

Thielen ging näher an den Bildschirm und setzte seine Lesebrille auf. Zwei kleine ovale schwarze Umrisse waren unterhalb des Kehlkopfs am T-Shirt-Ansatz einer der Geiseln zu erkennen.

»Gottfried hat ein Tattoo mit Schlangen an dieser Stelle. Das Foto ist nicht besonders gut, aber ich denke, was man hier sieht, ist einer der Schlangenköpfe.«

Thielen regte sich nicht. Es widerstrebte ihm, Eckl recht zu geben. »Das kann doch alles Mögliche sein ...«

»Ist es aber nicht«, entgegnete Eckl. »Es ist ein Schlangenkopf, und das sind eindeutig Udo, Steiner und Karl.«

Thielen blickte Eckl schweigend über den Rand seiner Lesebrille hinweg an.

»Seit Beginn der Operation haben sich die drei nicht gemeldet. Jeder Versuch, von unserer Seite aus Kontakt aufzunehmen, ist gescheitert. Oder anders ausgedrückt: Sie sind jetzt seit ...« Eckl blickte auf die Uhr. »... knapp vier Stunden überfällig.«

»Und der Junge? Wo ist der Junge? Sie waren zu viert.«

Eckl zuckte mit den Achseln.

Thielens Stimme fand langsam zur gewohnten Strenge zurück.

»Das ergibt doch überhaupt keinen Sinn. Nur mal angenommen, dieser alte Jude hätte tatsächlich unsere drei Kameraden überwältigt ... Wobei, überlegen Sie doch mal! Udo und Karl, das könnte mir ja noch einleuchten, aber wie zum Teufel soll ein siebzigjähriger Mann Steiner überwältigen? Der Mann hat Kampferfahrung und ist hervorragend trainiert. Und wie passt diese Haushälterin ins Bild, diese ...«

»Esther Goldstein«, half Eckl ihm weiter.

»Diese Leiche von Esther Goldstein, die irgendein Rabbi der Polizei übergeben hat. Das passt doch hinten und vorne nicht zusammen. Noch dazu fehlt offensichtlich der Junge.«

Eckl blieb ruhig und antwortete in seinem gewohnt kühlen Tonfall: »Es ist vollkommen unerheblich, wie das genau mit der Leiche von Esther Goldstein zusammenhängt. Dieser Rabbi hätte sich doch nur an die Polizei gewendet, wenn ein Gewaltverbrechen vorliegt. Was unsere Aktion damit zu tun hat, ist reine Spekulation – wenn auch mit einem, sagen wir, gewissen Beigeschmack.«

Eckl hob den Zeigefinger und richtete ihn auf den Bildschirm.

»Aber eines steht fest: Mit großer Wahrscheinlichkeit sind diese drei Männer Udo Rennicke, Karl Rieger und Gottfried Wegener. Oder anders ausgedrückt: Die Operation ist total schiefgelaufen!«

Thielen nahm die Lesebrille ab und fuhr sich mit der anderen Hand über das Gesicht, ganz so, als könnte er die soeben gewonnene Erkenntnis einfach fortwischen. Danach atmete er tief durch.

»Was jetzt? Sollen wir die Kameradschaft mobilmachen?«

Eckl schüttelte den Kopf.

»Noch mehr Staub aufwirbeln? Auf keinen Fall! Was immer der alte Mann vorhat, wir halten uns da ab sofort raus. Ich sehe nur eine Möglichkeit: Wir melden den anonymen Hinweis umgehend den Behörden und überlassen es der Polizei, unser Team da rauszuhauen.«

Eckl beugte sich leicht zu Thielen vor und zog dabei verschwörerisch eine Augenbraue hoch.

»Wer weiß ... Vielleicht hat dieser Irre ja seine Haushälterin selbst umgebracht und unsere Kameraden unter einem Vorwand in seinen Turm gelockt. Wer kann das später noch so genau feststellen?«

Thielen nickte zustimmend und dachte nach, während Eckl

fortfuhr: »Sobald die Polizei einen Hausdurchsuchungsbefehl hat, werden sie sich Zutritt zum Turm verschaffen. Sollten unsere drei Kameraden noch in seiner Gewalt sein, würden zunächst alle in Untersuchungshaft kommen. Danach steht Aussage gegen Aussage.«

»So eine Scheiße!«, machte Thielen seinem Ärger Luft und ließ sich in seinen Ledersessel fallen.

»Meinen Sie wirklich, Gottfried und die anderen sind immer noch im Turm? Diese Aufnahmen könnten doch weiß Gott wo gemacht worden sein.«

Eckl nickte.

»Das stimmt, aber das spielt im Augenblick keine Rolle. Wir müssen unseren guten Willen als ehrliche Staatsbürger zeigen und der Polizei signalisieren, dass wir von Anfang an kooperativ waren.«

Auch Thielen nickte nun mehrmals langsam. Er versuchte sich einen Plan zurechtzulegen, mit dem es ihm vielleicht gelingen könnte, aus der verpatzten Aktion doch noch Profit zu schlagen.

»Holen Sie unseren Anwalt ans Telefon. Ich will wissen, wie unsere rechtlichen Möglichkeiten aussehen. Dann entscheiden wir! Und sorgen Sie dafür, dass die Kameradschaften die Füße stillhalten. Das Letzte, was wir jetzt brauchen, sind Bilder von Skinheads, die das Haus eines Juden stürmen.«

In diesem Augenblick gab die Website einen Piepton von sich und lenkte die Aufmerksamkeit der beiden auf den Bildschirm. Neben jedem der drei Gesichter waren zwei Buttons erschienen. Einer rot, der andere grün.

»Was bedeutet das?«, fragte Thielen.

»Nichts Gutes!«, antwortete Eckl.

Auf dem grünen Button stand »Leben«. Auf dem roten Button stand »Tod«.

EPHRAIM III

Samstag, 14. Oktober 1944

Die beiden kleinen Jungen in zerlumpter Kleidung standen dicht beieinander und froren. Einer der beiden, Ephraim, hielt verkrampft die Hand seiner Mutter fest. Sie fühlte sich warm an. Er blickte zu ihr hoch, doch seit Stunden starrte sie nur durch einen kleinen Spalt zwischen den Holzbrettern hinaus.

Die Sonne war aufgegangen. Helle Lichtstrahlen schnitten durch die Fugen des Eisenbahnwaggons und beleuchteten schemenhaft die mageren Leiber, die zum großen Teil vor Erschöpfung am Boden kauerten. Ephraims Augen waren feucht vor Tränen. Zu Beginn der Deportation hatte er wegen der schier unerträglichen Tortur geweint, der sie seit über zwei Nächten ausgesetzt waren, aber inzwischen tränten seine Augen wegen des beißenden Uringeruchs.

Seit der Abfahrt aus dem Ghetto Theresienstadt hatten die Waggons immer wieder angehalten. Das An- und Abkoppeln erzeugte jedes Mal einen gewaltigen Ruck, der die wenigen Insassen, die noch standen, unerbittlich zu Boden warf. Das Wehklagen, das in der ersten Nacht den Wagen erfüllt hatte, war zwischenzeitlich gänzlich verstummt.

Der Wunsch, diesem Gefängnis aus Dunkelheit, Schmerz und Gestank zu entrinnen, war größer als die Angst vor dem, was danach kommen würde. Immer wieder hatte der Zug lange Pausen eingelegt und damit die Hoffnung auf ein Ende der

Reise geschürt, nur um sich dann doch immer wieder mit seinen tausendfünfhundert wehrlosen Opfern in Bewegung zu setzen.

Schon als die Juden wie eine Herde Vieh im Ghetto von Theresienstadt zusammengetrieben worden waren, hatte die Mutter ihre Zwillinge mit der schonungslosen Wahrheit konfrontiert.

»Sie werden uns töten. Hört ihr, sie werden uns zu einem weit entlegenen Ort fahren und dann töten. Ich weiß nicht, warum sie uns nicht gleich hier töten. Ich weiß nur, dass sie uns töten. Das weiß ich, das weiß ich.«

Ihre Stimme klang dabei ruhig und emotionslos, fast so, als würde sie einen Zeitungsartikel vorlesen, der von fremden Menschen auf einem anderen Kontinent handelte.

Rachel Zamir hatte jegliche Hoffnung verloren. Ihr Mann war schon vor der Deportation ins Ghetto von einem Schlägertrupp der SA brutal misshandelt worden. Ein ehemals »befreundeter« Arzt hatte sich geweigert, ihn zu behandeln, kurz darauf war er an seinen schweren Verletzungen in ihren Armen gestorben. Ihre Schwester und ihr Schwager waren bei dem Versuch, in die Schweiz zu flüchten, von den Eidgenossen an die Nazis ausgeliefert worden. Seitdem war der Kontakt abgebrochen. Ihren ältesten Sohn Aaron hatte man in Theresienstadt beim Schmuggeln eines Laibs Brot erwischt und erschossen. Selbst ihre kleinen Jungen, die mit ihren blonden Haaren und blauen Augen dem Idealbild der »arischen Rasse« mehr entsprachen als die meisten ihrer Schergen, konnten der Mutter kein Lächeln mehr entlocken.

Vor zwei Wochen war ihr sechster Geburtstag gewesen. Ein Tag ohne Bedeutung, ein Ereignis, das ihre Mutter nicht mehr feierte oder vielleicht sogar schon vergessen hatte. Und doch hatte der Tag für Ephraim und seinen Bruder Nathan eine Überraschung bereitgehalten. Eine der freundlicheren Wärterinnen aus dem Kinderblock C in Theresienstadt hatte den beiden ein Stück Kuchen geschenkt, das mit kleinen Schokoladenstreuseln verziert war. Sie teilten das handgroße Stück und mussten es im Beisein der Wärterin sofort hinunterschlingen, da sie Angst hatte, entdeckt zu werden.

Die Wärterin weinte lautlos, als Nathan und Ephraim für die anstehende Deportation wieder zu ihrer Mutter verlegt wurden. Die beiden verstanden nicht, warum sie weinte. Sie verstanden auch nicht, warum man sie töten wollte. Sie verstanden nur, dass ihr Leben bald zu Ende gehen würde. Und während Ephraim voller Furcht war, machte Nathan den Eindruck, als hätte er keine Angst vor dem Tod. Ein Leben ohne Nazis und Grausamkeit war ihm fremd. Täglich mit dem Tod auf die eine oder andere Weise konfrontiert, hatte Nathan die Erschießung seines Bruders Aaron mit eigenen Augen gesehen. Es war für ihn nur eine logische Konsequenz, dass sein eigener Tod durch die Nazis bloß eine Frage der Zeit war. Ephraim hingegen war immer schon der Ungehorsamere von beiden gewesen. Derjenige, der auch von den Eltern ein Verbot kaum akzeptieren konnte und selbst nach erfolgter Strafe kaum zu bändigen war. Er wollte nicht wahrhaben, was seine Mutter prophezeite.

Wieder spürte er den Druck der Hand seiner Mutter. Er lehnte sich gegen die Holzbretter des Viehwaggons, stellte sich auf die Zehenspitzen und konnte nun ebenfalls durch einen schmalen Spalt nach draußen sehen. Das Erste, was ihm auffiel, war der Schnee, der die Rampe bedeckte, an welcher der Zug stehen geblieben war. Die Sonne stand tief, und sein Atem bildete eine kleine Wolke, sobald er die Kälte außerhalb des Waggons erreichte. Draußen herrschte reges Treiben. Jüdische Hilfskräfte bauten Tische an der Rampe auf, und Offiziere in langen grauen Mänteln marschierten die Reihen ihrer Soldaten ab. Alles ging fast lautlos vonstatten, jeder wusste, was er zu tun hatte, wo sein Platz war und welche Aufgabe er bei dieser mörderischen Zeremonie übernahm.

Es war nicht das erste Mal, dass ein Zug in Auschwitz eine neue Ladung Gefangener »löschen« sollte. Aber ein Zug mit tausendfünfhundert Insassen war selbst für die perfekt organisierte Tötungsmaschine eine besondere Herausforderung.

Ein gellender Befehlston zerriss die trügerische Stille.

»Auf mein Kommando! TÜÜÜREN AAAUF!«

Mit zwei, drei Hammerschlägen wurden die eingefrorenen Bolzen an den Schiebetüren aus ihren Verankerungen getrieben. Das Leben erwachte in den Waggons, und manche schöpften wieder Hoffnung, dass vielleicht doch das Schlimmste überstanden sei. Man half sich gegenseitig auf die Beine. Stimmengewirr schwoll an, und ruckartig wurden die Schiebetüren aufgerissen, die am Ende ihrer Laufschiene mit donnerndem Krachen in der Arretierung einrasteten. Unteroffiziere und einfache Soldaten brüllten den Gefangenen Befehle entgegen und trieben sie aus den Waggons.

»Jetzt raus!«

»Frauen hier links, Männer nach rechts, Alte gleich dort rüber!«

»Wer krank ist, reiht sich hier drüben ein!«

»Das muss schneller gehen, schneller, oder wollt ihr in der Kälte alle umkommen?«

Rachel zerrte mit letzter Kraft Nathan und Ephraim zu den offenen Schiebetüren des Waggons. An jeder Hand hielt sie einen der beiden Jungen. Ihr fester Griff schnürte ihnen das Blut in den Fingern ab. Nichts konnte sie trennen. Nichts. Endlich betraten sie das Freie. Die Eiseskälte schlug ihnen ins Gesicht, sodass Ephraim instinktiv versuchte, wieder in den deutlich wärmeren Waggon zu gelangen, aber seine Mutter zog ihn unerbittlich hinaus auf die Rampe, fort von den hölzernen Käfigen, in denen zahlreiche leblose Körper zurückblieben.

Endlich im Freien, konnte Ephraim kaum glauben, wie lang der Zug war. Da die Waggons in einer leichten Kurve standen, erfasste er mit einem Blick die gesamte Länge des Zuges, der weit über das Ende der Laderampe hinausreichte. Offensichtlich befanden sich noch Hunderte von Juden in den Waggons in der zweiten Hälfte des Transports, die noch hinter den verschlossenen Schiebetüren ausharren mussten.

Ein SS-Mann stolzierte mit prüfendem Blick durch die verängstigten Reihen der Gefangenen, die sich zu langen Schlangen formiert hatten. Sein Kopf war leicht gesenkt, denn ihn interessierten nur die Kinder. Schließlich erblickte er Rachel mit ihren beiden Jungen. Ein zynisches Lächeln huschte über sein Gesicht.

»Sind das Zwillinge?«, fragte er triumphierend.

Rachel spürte die Gefahr, die von diesem Mann ausging, und zog die beiden enger an sich. Der SS-Mann, er war sicher nicht älter als fünfundzwanzig, baute sich vor ihnen auf.

»Judenweib, ich hab dich was gefragt. Sind das Zwillinge?«

Rachel nickte nur. Obwohl sie nicht vorhatte, ihre Söhne loszulassen, wollte sie dennoch wissen, was der Mann mit ihnen vorhatte. In Theresienstadt hatte es eine eigene Kindereinrichtung gegeben. Dort waren die Kinder besser behandelt und verpflegt worden als ihre Mütter, aber die Gerüchte um diesen Ort des Grauens hatten längst die Runde gemacht.

»Was passiert mit ihnen?«

Der SS-Mann war jung und unerfahren. In der Regel wurde den Müttern für ihre Zwillinge eine goldene Zukunft versprochen, nur um an der Rampe kein Aufsehen zu erregen. Schließlich sollten die restlichen Mütter friedlich mit ihren Kindern als Erste in die Gaskammern wandern. Jüdische Hilfsarbeiter begleiteten sie dabei und waren darin geschult worden, die Mütter zu beruhigen und zu belügen. Alles sollte so reibungslos wie möglich ablaufen. Doch der SS-Mann, der vor Rachel stand, hatte einen anderen Auftrag: Zwillinge auszusortieren und an Dr. Mengeles Versuchseinrichtung zu übergeben.

»Du bist ja eine freche Judensau. Meinst, du kannst hier Fragen stellen, hä?« Mit der linken Hand packte er Ephraim so fest an der Schulter, dass er vor Schmerz aufschrie. Instinktiv ließ sich Rachel auf die Knie fallen und umfasste ihre Kinder.

Zwei in der Nähe stehende SS-Männer beobachteten das Schauspiel amüsiert und lachten laut.

»Kuck mal den Bene, der bekommt auch gar nix auf die Reihe!«

Das war zu viel für den gedemütigten Schergen. Er zog seine Pistole aus dem Lederhalfter an seinem Hosenbund, entsicherte sie und schoss Rachel aus unmittelbarer Nähe in den Kopf.

Das Gemurmel der Gefangenen, die Befehle der Soldaten, alles verstummte. Selbst den beiden SS-Männern, die sich gerade noch über ihren Kameraden lustig gemacht hatten, blieb das Lachen im Hals stecken.

Mit einem dumpfem Laut sackte Rachels lebloser Körper auf den harten Beton der Rampe.

Ephraim merkte, wie der Griff seiner Mutter schlaff wurde und seine Hüfte freigab. Er spürte einen Stich, der ihn von nun an jede Nacht heimsuchen sollte. Ihre Haare färbten sich rot, und ihre Augen starrten an ihm vorbei, so als hätten sie ihn im letzten Moment ihres Lebens gesucht, aber nicht gefunden.

Der SS-Mann packte ihn und seinen Bruder an den Armen und zerrte sie fort. Fort von der Mutter, fort von der Rampe, auf der wieder hektisches Treiben einsetzte, und fort von allen menschlichen Regungen.

KARL III

Samstag, 16. Oktober 2010, 18:25 Uhr

Karl war wieder eingeschlafen. Wie lange er geschlafen hatte, konnte er nicht sagen, doch das Aufputschmittel entfaltete seine volle Wirkung, riss ihn gnadenlos aus dem Schlaf und schleuderte ihn mitten in einen zur Realität gewordenen Albtraum. Das Erste, was er wahrnahm, war das Surren der Scheinwerferlüftung. Es war lauter und lauter geworden, bohrte sich nun monoton und gefräßig in seine Gehörgänge, bis er sich wünschte, Ohren würden sich schließen lassen wie Augen.

Das Zweite waren seine heftigen Kopfschmerzen. Seine Schläfen pochten wie wild, und der Druck von innen auf die Augen schien mit jeder Minute zuzunehmen. Karl hörte, wie jemand leise den Raum betrat. Oder bildete er sich das nur ein? Es war eine Mischung aus einem Gefühl und einem weit entfernten Geräusch, das sich hinter dem Surren der Scheinwerfer verbarg. Karl öffnete die Augen und blickte direkt ins Scheinwerferlicht. Es brannte wie tausend Sonnen, und so blieb ihm nichts anderes übrig, als die Augen wieder zu schließen und sich der Ungewissheit zu ergeben.

Ein Körper schob sich vor das Licht und spendete ihm wohltuenden Schatten. Karl öffnete seine Augen und erblickte die kräftige Gestalt des alten Mannes, der ihn und seine Kameraden fast mühelos in seine Gewalt gebracht hatte.

Lächelte er ihn an? Er glaubte sogar, etwas Gütiges, etwas Mildes in seinem bärtigen Gesicht zu entdecken, doch Zamir war alles andere als das. Er war bereit, grausame Rache zu nehmen.

Zamir hatte eine Pistole bei sich. Es war die Waffe, mit der Thomas Esther erschossen hatte. Karl erkannte sie sofort. Wie ein Blitz durchfuhr ihn die Erinnerung. Er sah die junge Frau wieder zusammenbrechen, er sah ihre kalten Augen, aus denen das Leben gewichen war, und hörte Thomas' Stimme: »Es war doch nur eine Jüdin ...« Karl senkte vor Scham den Kopf.

Zamir strich langsam mit einer Hand über den Lauf der Pistole. Er sprach mit ruhiger, tiefer Stimme wie ein Prediger: »Und da sah er einen Schädel auf dem Wasser treiben. Er redete ihn an und sprach: Weil du ertränkt hast, ertränkte man dich, und die dich ertränkten, werden ertrinken.«

Mit einem Mal schrie Zamir aus voller Kehle auf und richtete die Waffe auf Karls Stirn.

Karl erschrak so heftig, dass er instinktiv versuchte, in Deckung zu gehen. Ein stechender Schmerz schoss durch seine gepeinigten Glieder, als die Fesseln sich tiefer in das brennende Fleisch schnitten. Den Tod vor Augen, im Bewusstsein, einen furchtbaren Fehler begangen zu haben, schrie auch Karl und ergab sich seinem Schicksal.

Zamir drückte ab. Der Bolzen krachte auf die Patrone im Inneren der Waffe. Mit einem lauten Knall wurde das Projektil abgeschossen, welches mit dreihundertfünfzig Metern pro Sekunde den Lauf verließ und Karls Kopf ohne erkennbaren Widerstand mühelos durchbohrte. Zusammen mit Blut und Hirnmasse endete der Flug der Kugel in der Betonmauer hinter ihm.

Aber all das passierte nur in Zamirs Kopf.

Als er den Abzug betätigte, war lediglich ein klickendes Geräusch zu hören. Die Waffe war nicht geladen.

Karls Schrei endete in einem Wimmern. Er schnappte nach Luft, Schweißperlen standen ihm auf der Stirn, und sein angespannter Körper fiel in sich zusammen.

Auch Zamir atmete heftig. Er wünschte sich so sehr, diesen Bastarden ein Ende zu setzen. Der Wunsch nach Rache war unendlich verlockend. Wären ihm diese Neonazis vor zwanzig Jahren begegnet, hätte er keine Sekunde gezögert, sie kaltblütig zu ermorden. Aber Rache war eine verräterische Schlange, das wusste er zu gut. Wie groß auch immer die Genugtuung war, seine Opfer in die Enge getrieben zu haben, so schwach würde die Befriedigung sein, wenn sie vor seinen Augen verblutet wären.

Zamir senkte die Pistole und ließ sich auf dem Stuhl nieder, der seiner Geisel unmittelbar gegenüberstand. Sofort wurde Karl wieder durch das Scheinwerferlicht geblendet.

»Wer ist Marie Stresemann?«, fragte Zamir.

Karl stand immer noch unter Schock und antwortete nicht.

»Wer ist Marie Stresemann?«, schrie Zamir, beugte sich vor und schlug Karl mit der flachen Hand so heftig ins Gesicht, dass die linke Gesichtshälfte rot anschwoll.

Wieder schrie Karl auf. Diesmal war es nicht nur der Schmerz, es waren die Demütigung und der Verlust jeglicher Kontrolle, doch am schlimmsten waren die Zweifel, die an ihm nagten und sich tief in sein Gewissen bohrten.

»Scheiße, Scheiße, Scheiße …«, winselte er.

Zamir hielt ihm eine weiße Visitenkarte hin, auf der nur ein Name und eine Telefonnummer standen.

»Marie Stresemann! Die Karte war in Ihrem Portemonnaie.«

Langsam kam die Erinnerung zurück. Es war, als würde Karl sich an das Leben eines anderen Menschen erinnern. Er sah eine junge, zierliche Frau einem glatzköpfigen, grinsenden Kerl gegenübersitzen, der sie beleidigte und in Rage brachte. War er dieser Kerl? War er es gewesen, der diesem Engel in die Hand spuckte und seine Zukunft wegwarf wie Dreck?

Und da war sie plötzlich, diese weiße Visitenkarte, deren Rand nicht glatt, sondern perforiert war. Er spürte, wie sein Zeigefinger über die Perforation glitt, während er vor dem Amt auf sie wartete. Warum hatte sie ihn abgewiesen? Warum hatte sie nicht zugehört?

Sie hatte die Macht gehabt, die Zukunft zu verändern. Aber nun hatte sie Mitschuld am Tod des jüdischen Mädchens, und dafür hasste er sie, aber er hasste sich nicht weniger. Es war alles zu spät.

Karl schluckte Blut. Der Schlag ins Gesicht hatte seine Wange an den Backenzähnen verletzt.

»Sie ist meine Bewährungshelferin«, stammelte er leise.

»Lauter, du nuschelst wie ein kleines Mädchen!«

»Sie ist meine Bewährungshelferin!«, wiederholte er wütend.

Mit dieser Antwort hatte Zamir nicht gerechnet, viel mehr hatte er eine weitere Komplizin vermutet. Er betrachtete die Karte erneut, wendete und drehte sie. Vielleicht log der Neonazi?

Es war halb sieben, die Sonne war bereits untergegangen. Marie Stresemann hatte sich mit zwei ehemaligen Kommilitoninnen, die sie seit Jahren nicht gesehen hatte, in einem neuen asiatischen Restaurant verabredet. Früher waren sie so etwas wie eine Clique gewesen, oder besser gesagt, sie waren die Mädchen, die sonst kaum Anschluss fanden und in den Augen der anderen als Sonderlinge galten. Das hatte sie zusammengeschweißt – aber »beste Freundinnen« waren sie nie geworden.

Claudia war im fünften Monat schwanger und hatte erfolgreich einen Bio-Feinkostladen am Stadtpark eröffnet. Ihre vegane Ernährung hatte sie zur Religion erhoben und ließ keine Gelegenheit aus, dafür missionarisch tätig zu werden.

Kathy hatte Karriere gemacht, als Vertriebsmanagerin bei einer Firma für ... Marie hatte es vergessen. Kathy war in ihren Augen das klassische Abziehbild einer erfolgreichen Managerin, die mit Kurzhaarschnitt und Business-Kostüm optisch das genaue Gegenteil von Claudia repräsentierte.

Marie hingegen war bei der Kleiderwahl immer schon pragmatisch gewesen, doch an diesem Abend wollte sie auffallen. Sie hatte ihre bequemen Turnschuhe gegen hellgraue, lederne Pumps mit vier Zentimeter hohen, breiten Absätzen getauscht. Als »Pumps im Bikerstil« waren sie online angepriesen worden, und so zierte eine breite Metallspange den offenen Span. Die Schuhe waren zwar alles andere als warm, aber dafür überragte sie ihre »Freundinnen« wenigstens größenmäßig und betonte zusätzlich ihre langen Beine in den engen dunklen Jeans. Jetzt kam sie sich allerdings ein wenig albern vor und musste daran denken, wie sie vor dem Spiegel diverse Oberteile ausprobiert hatte, immer den prüfenden Blick der anderen Frauen vor ihrem geistigen Auge.

Am Ende fiel die Wahl auf eine schlichte pfirsichfarbene Bluse und einen kurzen, stark taillierten schwarzen Blazer. Schon auf dem Weg vom Parkplatz zum Restaurant hatte sie die Entscheidung allerdings bereut, da die Temperaturen doch stärker gefallen waren, als sie gehofft hatte. Was soll's, dachte sie. In wenigen Stunden würde sie das Ganze überstanden haben und gemütlich in ihrem warmen Bett liegen.

Zunächst vollzogen sie das Hipster-Großstadtritual »Ich zeig dir auf meinem Handy, wie toll ich bin«, wobei Kathy ihre Wohnung, ihr Mini-Cabriolet und ihren fünfzigjährigen Freund anpries – in dieser Reihenfolge. Claudia hielt mit einem renovierungsbedürftigen Bauernhof und einem strammen Landwirt dagegen.

Offensichtlich war Marie nun an der Reihe, das Ritual fortzusetzen, denn die beiden blickten sie erwartungsvoll an. Was sollte sie ihnen zeigen? Das Bild vom Grab ihres geliebten Hundes? Die Strafakten ihrer Klienten, die sie tatsächlich alle auf ihrem Handy hatte? Die karge Einzimmerwohnung, in der nicht mal ein Fernseher stand, oder ihr Profil auf einer Online-Dating-Plattform, auf das nur verheiratete oder perverse Idioten geantwortet hatten?

Marie lächelte entschuldigend.

»Tut mir leid, ich habe mein Handy zu Hause vergessen.«

Sie ärgerte sich über diese bescheuerte Ausrede, und sie ärgerte sich auch darüber, dieser Verabredung überhaupt zugestimmt zu haben. Im Prinzip war ihre Mutter schuld daran, die sie Woche um Woche gängelte, doch »endlich einmal wieder auszugehen und Freunde zu treffen«.

Super, Mama, welche Freunde?

Genau in diesem Moment erklang aus ihrer Handtasche die Melodie von »Zorba's Dance« die sie immer an Griechenland und an Louie erinnerte. Marie versuchte das Telefon einfach zu überhören, aber die wiederkehrende Melodie wurde allmählich lauter.

»Dein Handy? Willst du nicht rangehen?«, sagte Claudia.

Marie nickte und holte ein nagelneues iPhone 4 aus der Handtasche, das sie sich zur Beförderung selbst geschenkt hatte. Die Nummer war ihr nicht bekannt. Sie hob ab.

»Hallo?«

»Frau Stresemann?«

Sie kannte die Stimme, konnte sie aber nicht sofort zuordnen. Der Mann klang nervös und kraftlos zugleich.

»Ja?«

»Ich bin es, Karl ... Karl Rieger ... Erinnern Sie sich?«

Sofort befand sich Marie wieder in dem Besprechungsraum zusammen mit diesem widerlichen Kerl. Das Restaurant und ihre Freundinnen verschwanden. Vor ihrem inneren Auge sah sie nur noch sich und diesen kahl geschorenen Neonazi.

»Herr Rieger, ich dachte, ich hätte mich klar ausgedrückt.«

Eigentlich wollte Marie sofort wieder auflegen, doch die Stimme am anderen Ende der Leitung klang verzweifelt und hatte nicht mehr den herablassenden und verächtlichen Tonfall des Mannes, der sie am Nachmittag zur Weißglut gebracht hatte.

»Bitte, legen Sie nicht auf! Hören Sie zu, bitte! Ich bin gekidnappt worden ... von so einem irren Juden ...«

Ohne genau zu wissen, was sie tat, stand Marie auf und entfernte sich langsam vom Tisch.

»Herr Rieger, sollte das irgend so ein blödsinniger Telefonstreich sein, wandert das in Ihre Akten und ...«

Doch Karl fuhr fort: »Bitte, hören Sie ... Das ist kein Scherz. Ich sitze hier gefesselt auf einem Stuhl. Ich wurde angeschossen, und der Wahnsinnige sitzt mir gegenüber und hält mir das Telefon unter die Nase. Sie müssen mir glauben ... bitte!«

Aber Marie glaubte ihm nicht. Sie war wütend.

»Wenn Sie mich hier zum Narren halten, schwöre ich bei Gott, dass Sie schneller wieder in den Knast wandern, als Sie sich das vorstellen können!«

Das sagte sie so laut, dass einige Gäste des Restaurants empört zu ihr hinübersahen und den Kopf schüttelten.

Aber auch Karl war nun wütend und ließ seinem angestauten Zorn freien Lauf.

»Hätten Sie mir heute nur eine Minute zugehört, als ich Sie um Hilfe gebeten habe, würde das Mädchen noch leben. Sie sind so verdammt egoistisch ...!«

»Welches Mädchen, wovon reden Sie ... Wer ist tot?«

»Scheißegal, das werden Sie schon noch früh genug erfahren, aber jetzt müssen Sie mir einfach zuhören!«

»Scheißegal? Sie haben ein Mädchen umgebracht und sagen scheißegal?!«

Sogar die Bedienungen im Restaurant waren inzwischen stehen geblieben und hörten zu.

»Was? Nein, was reden Sie ...«, erwiderte Karl verzweifelt. Er schrie ins Telefon: »Verdammt, hören Sie mir einfach zu!«

Marie atmete tief durch und senkte die Stimme.

»Gut, reden Sie.«

»Gehen Sie auf die Website voteforjustice.com – alles in einem Wort.«

»Wieso?« Marie schüttelte den Kopf.

»Tun Sie es einfach!«

Marie war voller Zweifel. Was war das für ein Spiel, das der Neonazi da mit ihr abzog? Auf der anderen Seite spürte sie die Angst in seiner Stimme. Die war nicht gespielt.

»Kathy?«, rief sie quer durch das Restaurant. »Kannst du für mich ... Wie hieß noch mal die Website?«

»Voteforjustice.com«, wiederholte Karl.

»Voteforjustice.com auf deinem Handy aufrufen ... Alles in einem Wort«, rief sie Kathy zu. Sofort tippten auch andere Gäste die Adresse in ihr Handy.

»Ich bin in dem alten Turm kurz vor der Stadt, Sie müssen zur ...« Ein Knacken kam aus der Leitung.

»Angenommen, das ist kein blöder Scherz ... dann lassen Sie mich mit diesem Mann reden«, forderte sie Karl auf.

»Dieser Mann hört Sie sehr gut – und nein, ich scherze nie«, antwortete eine tiefe Stimme am anderen Ende der Leitung.

Damit hatte Marie nicht gerechnet.

»Wer sind Sie? Was wollen Sie von Karl Rieger?«

Ephraim Zamir schwieg einen Moment.

»Frau Stresemann, es wird sicher nicht mehr lange dauern, dann werden all Ihre Fragen ausführlich beantwortet werden. Nicht von mir, sondern von drei gefährlichen Subjekten, die sich in meiner Gewalt befinden. Haben Sie die Website bereits geöffnet?«

Marie sah zu Kathy hinüber.

»Kathy ...?«

Doch Kathy schüttelte den Kopf, offensichtlich konnte sie die Seite nicht laden. Ein junger Kerl kam unvermittelt auf sie zu und hielt ihr ein iPad vors Gesicht. Darauf waren drei vermummte Gesichter zu sehen. Über den drei Bildern war in großen Buchstaben zu lesen:

START DES LIVESTREAMS IN 87 MINUTEN

Marie erschrak, als sie die Schaltflächen sah, auf denen »Leben« und »Tod« stand. Sie vergewisserte sich, dass sie auch tatsächlich auf der richtigen Seite war.

»Okay, ich habe die Seite vor mir.«

»Diese drei Männer sind heute Nachmittag bei mir eingebrochen und haben eine junge Frau brutal ermordet«, erklärte Ephraim Zamir. »Dafür werden diese drei Männer von mir und der Menschheit zur Verantwortung gezogen.«

Marie war fassungslos, wusste nicht, wie sie darauf reagieren sollte, doch der nächste Satz traf sie wie ein Schlag ins Gesicht.

»Karl Rieger behauptet, Sie hätten dieses Verbrechen verhindern können. Ist das wahr?«

Marie sah sich wieder auf der Kreuzung stehen und Karl Rieger eine Abfuhr erteilen.

»Das ... Hören Sie ... Ich hatte keine Ahnung ...«, stammelte sie.

»Beantworten Sie einfach meine Frage«, beharrte Zamir mit ruhiger Stimme.

»Was wollen Sie ...?«

»Die Wahrheit, Frau Stresemann! Hätten Sie den Tod von Esther Goldstein verhindern können, ja oder nein?«

Ihr Blick fiel auf den Timer, der über den drei Bildern langsam rückwärtszählte.

START DES LIVESTREAMS IN 86 MINUTEN

Marie spürte, wie ihre Knie nachzugeben drohten.

Ja oder nein? Der Satz wiederholte sich immer wieder in ihrem Kopf. Sie schwankte. Der junge Mann mit dem iPad nahm ihren Arm und schob ihr einen Stuhl zu.

Zamirs tiefe Stimme forderte erneut ihre Aufmerksamkeit.

»Zwei Kugeln, Frau Stresemann. Eine in den Hals, eine mitten in die Brust. Danach haben sie die Leiche in eine Gefriertruhe gestopft. Das Blut auf ihrer Kleidung war bereits gefroren, als ich sie fand.«

Maries Gesicht war kreidebleich, und ihre Lippen zitterten. Aber auch Zamirs Stimme war kraftlos geworden.

»Warum haben Sie nicht zugehört? Was war so wichtig?«

Langsam rann ihr eine Träne über die Wange.

»Ich weiß es nicht ... Ich weiß es nicht ...«, antwortete sie so leise, dass Ephraim Zamir ihre Stimme kaum hören konnte.

Marie wischte sich die Tränen fort und schloss die Augen. Keiner von beiden sagte mehr ein Wort, nur Zamirs schwerer Atem war der sichere Beweis, dass die Verbindung noch immer stand. Marie wagte nicht zu sprechen, sich zu bewegen oder gar die Augen zu öffnen. Da war nur noch der Atem dieses Mannes, und mit jedem Atemzug kam ihr die Schuld, die sie auf sich geladen hatte, schwerer vor. Schließlich erklang wieder Zamirs tiefe Stimme, bedrohlich und langsam.

»Möge Ihre Seele für immer in der Hölle brennen, Marie Stresemann!« Es war der letzte Satz, den Marie von Zamir hörte, dann war die Leitung tot.

STEINER I

Oktober 1994

Der Zeltplatz lag am Rande eines Waldes, und die herbstlich gefärbten Baumkronen sahen aus wie ein romantisches Postkartenmotiv. Die Sonne neigte sich langsam dem Horizont entgegen und tauchte die in Reih und Glied ausgerichteten weißen Zelte in goldenes Licht. Noch lagen die Temperaturen über zehn Grad, aber nachts konnte es in den Zelten empfindlich kalt werden.

Eine Schar Kinder sammelte Brennholz. Sie trugen es zum zentralen Lagerfeuer, das die Älteren bereits entfacht hatten. Alles geschah fast wortlos. Ein Beobachter hätte selbst aus großer Distanz eine gewisse Schwermut bei den Bewohnern des Zeltplatzes ausmachen können. Die Schritte waren langsam, die Köpfe geneigt. Wahrscheinlich hätte sich der Besucher auch über die Uniformen mit dem merkwürdigen Hakensymbol gewundert oder über die mannshohen Palisaden, welche die zwanzig Mannschaftszelte einrahmten wie ein römisches Legionärslager. »Der Heimat und dem Volke treu«, stand in großen Buchstaben über dem hölzernen Tor.

Als schließlich die Kinder mit den Ästen und Zweigen zum großen Feuer kamen, begrüßte man sie mit hochgestrecktem rechtem Arm: »Nordland Heil!«

Fünfzehntausend Kinder hatten seit ihrer Gründung die Wiking-Jugend durchlaufen, Kinder von Eltern, die ihre Sprösslinge im Geiste der Nationalsozialisten erzogen wissen wollten. Der Familie Nahrath war es schon in dritter Generation gelungen, ganz nach dem Vorbild der Hitlerjugend und dem Bund Deutscher Mädel die Weltanschauung Hitlers einer neuen Generation einzupflanzen – unter den Augen des Verfassungsschutzes.

Doch damit sollte nun endgültig Schluss sein. Der Druck auf die Vereinigung hatte in den letzten Monaten enorm zugenommen. Immer öfter kam es zu Hausdurchsuchungen und Befragungen. Die Beweislast, die eine verfassungsfeindliche Gesinnung und Erziehung zweifelsfrei bestätigte, war inzwischen erdrückend. Unbestätigte Gerüchte waren aus der Führungsebene durchgesickert, wonach die Auflösung der Organisation jeden Tag bevorstehen konnte.

Gottfried Wegener fühlte eine Ohnmacht wie noch nie in seinem Leben. Der breit gebaute, kräftige Siebzehnjährige stemmte einen Baumstamm in die Luft wie ein Gewichtheber und warf ihn mitten in das lodernde Feuer, dass es krachte. Glühende Funken stoben auf die Sitzenden, die hektisch ihre Hände vors Gesicht rissen, doch Gottfried zuckte nicht einmal.

Einer der kleinen Jungen, die Äste gebracht hatten, weinte, wahrscheinlich hatte ihn ein Funke getroffen, aber Gottfried hatte kein Mitleid für so ein plärrendes Weichei.

»Schafft ihn bloß hier weg, oder ich schmeiß ihn gleich hinterher!«

Schlagartig verstummte das Weinen des Jungen. Man hatte Respekt vor Gottfried, aber noch mehr hatte man Angst vor seinen unkontrollierten Wutausbrüchen. Beim gestrigen Manöverspiel hatte er einem Kameraden den Arm aus dem Gelenk gedreht. Es dauerte zwei Stunden, bis ein Sanitäter das abgelegene Gelände erreichte. Zwei Stunden, in denen sich der Verwundete vor Schmerzen am Boden krümmte. Gottfried hatte keine Notiz mehr von ihm genommen.

Im Alter von fünf Jahren hatten sein älterer Bruder und sein Vater, der damals bereits zweiundsechzig Jahre alt war, Gottfried erstmals zur Wiking-Jugend mitgenommen. Das Aufnahmeritual, seine erste eigene Uniform und vor allem die Vereidigung – das war der schönste Tag seines Lebens und, wie sein Vater ihm drei Jahre später auf seinem Totenbett eröffnete, auch für diesen ein ergreifender Moment gewesen. Lungenkrebs hatte den ehemaligen Luftwaffenpiloten, der sich gerne rühmte, 1945 noch eines der ersten Strahlflugzeuge geflogen zu haben, ins Grab gebracht. Bis zu seinem letzten röchelnden Atemzug hatte er daran geglaubt, dass nur strikte Rassenreinheit das deutsche Volk retten könnte.

Gottfried blickte in die Flammen des Lagerfeuers und erinnerte sich daran, wie er als Achtjähriger mit erhobenem Arm dem Sarg seines Vaters nachgesehen hatte, bis er mit der Hakenkreuzflagge hinter den feuerfesten Türen verschwunden war. Die Bitte seines Vaters, nicht zu weinen, hatte er damals nicht erfüllen können, doch diese Zeiten waren jetzt vorbei. Jetzt war er ein erwachsener Mann, und diesmal würde er den ruhmreichen Vorbildern, die wie er einst der Wiking-Jugend angehört hatten, nacheifern.

Gundolf Köhler war einer von ihnen. Er hatte vor vierzehn Jahren dem Staat die Macht eines Einzelnen demonstriert, indem er bei einem Bombenanschlag auf dem Münchner Oktoberfest ein Blutbad anrichtete und sich dabei heroisch selbst mit in die Luft sprengte. Köhlers Initialen waren nicht nur auf Gottfrieds Unterarm tätowiert, sondern auch auf denen vieler seiner Kameraden. Aber sein größtes Vorbild war Karl-Heinz Hoffmann, der 1973 in Bayern eine Kampfgruppe gegründet hatte, ganz nach dem Vorbild der SA. Einen Großteil ihrer Mitglieder hatte die »Wehrsportgruppe Hoffmann« aus den Reihen der Wiking-Jugend rekrutiert. Hoffmanns Aktionen waren in der Szene legendär. Aufgenommen wurde nur, wer erfolgreich eine abgeschlossene Sicherheitsprüfung und eine halbjährige Beobachtungszeit durchlaufen hatte. Hoffmann war der geborene Führer, und die Mitglieder seiner Gruppe hatten sich der »organisierten Willensbildung« zu unterziehen. Er hatte die alleinige Macht, die uneingeschränkte Befehlsgewalt. Schon nach wenigen Jahren gab es Kampfverbände in Frankfurt, in Tübingen, Köln und Bonn. Ein Wort von Hoffmann genügte, und seine Befehle wurden ausgeführt, ohne Rücksicht auf die eigene Unversehrtheit.

In der Szene munkelte man, dass er hinter den Oktoberfest-Anschlägen 1980 steckte, aber dem gerissenen Fuchs konnte nichts nachgewiesen werden. Und auch die Ermordung des Vorsitzenden der Israelitischen Kultusgemeinde Nürnberg, Shlomo Lewin, ging ganz sicher auf sein Konto.

Gottfried war damals erst drei Jahre alt gewesen, aber an den Lagerfeuern der Wiking-Jugend gerieten diese »Heldentaten« nie in Vergessenheit.

Als 1980 Hoffmanns Wehrsportgruppe schließlich vom Bundesinnenminister verboten wurde, hatte sie über vierhundert gut betuchte private Finanziers, und es gab namhafte Politiker, die sich als »Freundeskreis zur Förderung der Wehrsportgruppe Hoffmann« organisiert hatten. Geld spielte keine Rolle.

Kurz nach dem Verbot hatte man bei Hausdurchsuchungen in drei Bundesländern achtzehn Lastwagenladungen an Material beschlagnahmt. Darunter befanden sich nicht nur Propagandamaterial und rechtsextreme Schriften, sondern auch Stahlhelme, Karabiner, Pistolen, Munition, Bajonette und unzählige Handgranaten. Am Tag des Verbots zählte die Gruppe etwa vierhundert ausgebildete Kämpfer, die im Handumdrehen eine Kleinstadt hätten besetzen können und dazu auch bereit waren. Nur dem überraschenden und beherzten Einsatz einer gut abgestimmten Sonderkommission war es zu verdanken, dass es nicht mitten in Deutschland zu einer blutigen Konfrontation gekommen war.

Für Gottfried stand fest: Man musste nur wollen. Vielleicht sollte auch er seine eigene Kampfsportgruppe gründen. Die Unterstützer und Geldgeber würden schon von ganz allein kommen. Auch für Hoffmann war nach dem Verbot nicht Schluss gewesen, im Gegenteil, er und seine treuesten Anhänger errichteten mit Unterstützung der PLO ein Ausbildungscamp im Libanon und verübten in Deutschland brutale Banküberfälle und mehrere Autobombenanschläge auf Angehörige der US-Streitkräfte. Als Hoffmann nach dem Fall der Mauer nach Deutschland zurückkehrte, konnte ihm zu alldem nichts nachgewiesen werden. Im Gegenteil, er forderte alten Familienbesitz auf dem ehemaligen Territorium der DDR ein und erhielt ihn auch. Hoffmann zählte in der Kleinstadt Kahla zu den größten Investoren und Grundbesitzern, gleichzeitig gehörten ihm mehrere Bau- und Sanierungsfirmen.

Mann, der alte Karl-Heinz hat es allen gezeigt und ist dabei auch noch stinkreich geworden.

Gottfried Wegener huschte ein Lächeln übers Gesicht, während er in das knisternde Lagerfeuer starrte. Er bedauerte das Ende seiner geliebten Wiking-Jugend, aber er sah seine eigene Zukunft ganz klar vor Augen. Er musste mit diesem behüteten Leben und den kindlichen Abenteuern endgültig abschließen. Vielleicht war es gut so, wie es gekommen war. Vielleicht wurde er dadurch endlich gezwungen, ein Mann zu werden und seine Kraft dem deutschen Volk und der deutschen Rasse zu widmen.

SECHZEHN JAHRE SPÄTER

Samstag, 16. Oktober 2010, 19:10 Uhr

Gottfried Wegener hatte sein Zeitgefühl verloren. Hände und Füße spürte er kaum. Sein Mund war ausgetrocknet, seine Augen starrten ins Nichts. Um ihn war ein düsterer Nebel, in dem er Bewegungen wahrnahm, die direkt auf seiner Netzhaut stattfanden. Dunkle Kreise wanderten von oben nach unten, lösten sich langsam auf oder verwandelten sich in zuckende, kleine Würmer.

Die Schmerzen in seinem Gesicht waren auf ein erträgliches Maß gesunken. Er hatte die Rufe von Udo und Karl gehört, aber da es sinnlos gewesen wäre, darauf zu reagieren, blieb er stumm.

Was für Weicheier, dachte er. Heulen rum wie kleine Mädchen! Gut, die erste Runde ging an den Itzig, aber da ich noch lebe, wirst du uns wohl früher oder später an die Polizei übergeben. Großer Fehler, alter Mann. Der Tag wird kommen, da werde ich dir die Haut bei lebendigem Leib abziehen.

Gottfried glaubte nicht, dass ihn die Flammen aus der Spraydose geblendet hatten. Er kannte sich in Ballistik aus, wusste, dass der Reflex eines gesunden Augenlides in einer Schrecksituation das Auge innerhalb von fünfzig Millisekunden schließen konnte. Selbst der Schuss einer 9-mm-Pistole würde aus einer Distanz von zwei Metern bereits auf ein geschlossenes Augenlid treffen. Die brennenden Partikel aus der Spraydose waren hingegen deutlich langsamer, wenn auch die brennenden Gase nur einen halben Meter von seinem Gesicht entfernt gewesen waren.

Gottfried hatte Zeit gehabt, all diese Berechnungen durchzuführen. Er neigte nicht zu Panik. Panik lähmte, verhinderte jede Gegenreaktion, hemmte den Verstand und schuf wehrlose Opfer. Gottfried aber war weder wehrlos noch ein Opfer.

Wie ausweglos seine Situation auch sein mochte, er würde seine Chance bekommen.

Seine Gesichtshaut roch verbrannt, aber er spürte seine Augenlider. Öffnen und schließen ließ sich allerdings nur das linke Auge. Das rechte schien irgendwie verklebt. Ein stechender Schmerz durchbohrte seinen Kopf, wenn er versuchte, es mit Gewalt zu öffnen. Die Luft war stickig, und seine Nase rieb an rauem Stoff. Offensichtlich hatte der Jude ihm einen Sack über den Kopf gestülpt.

Gottfried war zornig auf sich. Noch nie hatte er sich so leicht überrumpeln lassen. Er durfte gar nicht daran denken, dass der alte Mann ihn mit einer Spraydose außer Gefecht gesetzt hatte. Dann war er die Treppe hinuntergestürzt und hatte das Bewusstsein verloren.

Wie zum Henker hatte der alte Mann ihn in diesen Kerker gebracht? Er musste verdammt kräftig sein, um einen leblosen Körper von fast hundert Kilo zu schleppen. Scheiße, sie hatten den Itzig ganz schön unterschätzt – oder hatte er vielleicht Hilfe gehabt?

Gottfried hörte, wie sich die Tür zu seinem Verlies öffnete. Kurz vernahm er Udo, der wimmerte wie ein zahnendes Baby. Vermutlich saß er in einer anderen Zelle, die in unmittelbarer Nähe sein musste. Das Licht ging an – ein gutes Zeichen, ein Auge musste offensichtlich noch funktionieren. Dann schloss sich die Tür wieder, und Udos Wimmern verlor sich im Nirgendwo. Die Türen schienen massiv zu sein, und auch das Zuschnappen des Schlosses klang eher nach einer Metalltür als nach einer aus Holz. Ein weiteres, viel helleres Licht ging an. Offensichtlich ein Scheinwerfer, der auf ihn gerichtet war. Dann wurde ein Stuhl verrückt, ganz nah zu ihm. Gottfried schloss das gesunde Auge gerade noch rechtzeitig, als ihm sein Kontrahent den Sack vom Kopf zog.

»Zeit, dass wir uns kennenlernen, Gottfried Wegener – oder soll ich Sie Steiner nennen?«

Zamirs Stimme klang tief und bedrohlich, aber Gottfried antwortete mit ruhiger Stimme: »Du bist tot, Mann ... tot! Und nicht nur du. Auch deine Familie. Ich werde dafür sorgen, dass ...«

Die schallende Ohrfeige traf Gottfried so überraschend, dass er vor Zorn das Auge öffnete. Das Scheinwerferlicht fraß sich blitzartig wie ein Feuersturm in seinen Kopf. Dann verblasste der Schmerz, der alte Jude mit dem silbergrauen Haar wurde sichtbar und blickte ihn emotionslos an.

»Machen Sie sich keine Mühe, meine Familie haben Ihresgleichen bereits in Auschwitz und Theresienstadt ermordet.«

Eine winzige Ewigkeit lang starrten sich die beiden Männer wortlos an, dann ertönte ein schrilles Geräusch, doch Zamir reagierte nicht. Er musterte weiterhin sein Opfer, dessen schwarz verbrannte Gesichtshaut auf ihn wirkte, als hätte sich seine verdorbene Seele nach außen gestülpt. Erneut forderte die Türglocke Aufmerksamkeit.

Ephraim erhob sich langsam und verließ den Raum. Dabei fiel Gottfried erstmals auf, wie groß und breitschultrig der alte Jude war.

Ja, verdammt, sie hatten ihn unterschätzt!

»Und jetzt?«

Kriminalkommissar Danner zuckte mit den Schultern und musterte seinen Kollegen Erdmann. Sie standen vor dem Haupteingang des Turms im ersten Stock. Ein Bewegungssensor hatte die am Turm befestigten Scheinwerfer aktiviert, die den Vorplatz hell erleuchteten. Danner hatte mehrmals geläutet, schließlich sogar geklopft, aber es gab keine Reaktion. Einige Meter vom Turm entfernt saßen zwei uniformierte Polizeibeamte in einem BMW. Danner hatte sie als Unterstützung angefordert und sie angewiesen, im Wagen zu bleiben, um den alten Mann nicht allzu sehr einzuschüchtern. Er glaubt nicht, dass Ephraim Zamir etwas mit dem Tod der jungen Frau zu tun hatte, aber andererseits wollte er auf alles vorbereitet sein. Erdmann vermutete eher, dass der alte Mann Zeuge der Ermordung gewesen war oder dass er die Tote schlichtweg gefunden hatte. Dass er dann allerdings nicht die Polizei gerufen hatte und stattdessen mit der Leiche zu seinem Rabbi gefahren war, verunsicherte ihn ein wenig.

Der Anblick der toten jungen Frau vor gut eineinhalb Stunden ging den beiden Kriminalbeamten nicht mehr aus dem Kopf. Sie hatten während ihrer Jahre bei der Mordkommission schon viel gesehen, aber die Leiche der jungen Esther Goldstein, die der Rabbi im Gemeindesaal aufgebahrt hatte, gehörte zu den skurrilsten Opfern ihrer bisherigen Laufbahn. Nicht die Schusswunden in Hals und Brust der jungen Frau waren ungewöhnlich, sondern vielmehr die Farbe der halb gefrorenen Haut, die hell rötlich schimmerte wie die Blätter einer frischen Rose. Der Glanz in ihren Augen, der normalerweise bei Toten innerhalb der ersten Stunde verblasste und die Augen grau eintrübte. Und die verkrümmte Haltung, in der die Tote auf einem Feldbett lag, mit angezogenen Beinen und angewinkelten Armen, den Kopf auf die Brust gelegt.

Wie ein gefallener Engel, rosa schimmernd, verletzt und gebrochen, lag Esther Goldstein mit einer grauen Decke, die zur Hälfte auf den Boden gerutscht war, auf diesem Klappbett inmitten des Gemeindesaales. Es wirkte fast so, als hätte sie sich in ihrem weißen Gewand zusammengerollt und würde nur darauf warten, gerettet zu werden.

Die Tote war wunderschön, wie eine Skulptur von Michelangelo. Die beiden Beamten ertappten sich bei ähnlichen Gedanken und schämten sich im selben Augenblick.

Der Rabbi war kaum fähig gewesen, ein Wort zu sprechen, als die beiden Polizisten seine Aussage zu Protokoll genommen hatten. Stotternd spuckte er unzusammenhängende Sätze aus, die für die Kriminalbeamten keinen Sinn ergaben. Meist sprach er Hebräisch, wechselte immer nur vorübergehend ins Deutsche, wenn sie eindringlich darum baten. Mal sprach er dann von seinem Bruder, der ein Opfer gebracht hatte, mal davon, dass er Gottes Willen nicht verstand. Dabei umklammerte er die Hand der Toten und senkte sein Haupt immer wieder. Alles, was sie an verwertbaren Informationen aus ihm herausbrachten, hatten sie schon gewusst. Bei seinem Anruf über die Notrufnummer hatte er mit ruhiger Stimme berichtet, dass Ephraim Zamir ihm die Leiche von Esther Goldstein gebracht hatte. Kaum zu glauben, dass der Anrufer und der Rabbi, der nun vor ihnen saß, ein und dieselbe Person sein sollte.

Die einzige Möglichkeit, die Ermittlungen fortzusetzen, hatte darin bestanden, Ephraim Zamir aufzusuchen, bei dem die Ermordete als Haushälterin gemeldet war. Die Spurensicherung war inzwischen im Gemeindesaal eingetroffen, und ein ungeduldiger Kollege hatte versucht, den Rabbi dazu zu bringen, Esther Goldsteins Leiche loszulassen, um sie zur Obduktion in die Gerichtsmedizin bringen zu können. Doch der Rabbi hatte nur den Kopf geschüttelt und Esthers Hand noch fester umklammert. Immer wenn einer der Polizisten ihn vorsichtig berührte, hatte er zu schreien begonnen, so als würde man ihm Schmerzen zufügen.

Danner und Erdmann hörten die Schreie noch, als sie ins Auto einstiegen. Sie sprachen kein Wort miteinander, auch nicht, als sie durch die nächtliche Stadt fuhren. Die Welt hatte ihre Unschuld schon lange verloren, daran hatten sie keine Zweifel, aber seit dem Anblick des toten Mädchens wollte ein Gefühl von Mitschuld sie nicht mehr verlassen. Die Straßen waren an diesem Abend besonders leer und wirkten wie ausgestorben. Der Sturm der vergangenen Nacht hatte die hilfsbereiten Menschen viel Kraft gekostet. Nun sollte eine friedliche Nacht die Wunden der Stadt heilen. Aber die Ruhe war trügerisch, denn der eigentliche Sturm stand erst noch bevor.

»Und jetzt?«, wiederholte Danner seine Frage, als nach mehrfachem Läuten kein Lebenszeichen aus dem Inneren des Turms gekommen war. Danner war von kräftiger Statur, hochgewachsen und hatte in Ermangelung vollen Haupthaares einen sauber gestutzten Vollbart.

Erdmann wusste keine Antwort darauf. Noch immer lähmte der Anblick von Esther Goldsteins Leiche seine Gedanken.

Jetzt? Jetzt würde ich gerne nach Hause fahren, meinen Job für immer hinschmeißen und mich sinnlos betrinken.

Das wäre eine ehrliche Antwort auf diese ärgerliche Frage

gewesen. Stattdessen zuckte Erdmann nur leicht mit den Schultern.

Danner hasste es, wenn sein Kollege, der einen Kopf kleiner war als er, nur mit Gesten antwortete, was er sehr gerne tat. Es war Erdmanns ganz eigene Art, ungeklärte Dinge einfach auszusitzen. Entsprechend rundlich war auch seine Körperform. Er hingegen wollte, dass Dinge nicht auf der Stelle stehen blieben, es musste weitergehen, man musste alles aktiv vorantreiben. Am Ende lief es immer darauf hinaus, dass er die Initiative ergriff und Vorschläge machte, die Erdmann dann mit einer leichten Armbewegung fortwischte oder mit einem Kopfschütteln für undurchführbar erklärte.

Es war kalt geworden. Danner fröstelte und blickte den Turm hinauf, der über ihm steil aufragte wie ein schwarzes Ungetüm. Der Turm weckte Erinnerungen an alte Familiengeschichten. Schon als kleiner Junge hatte man ihm von seinem Großvater Wolfgang erzählt, der als einer der wenigen eine grauenvolle Bomberattacke am Ende des Krieges überlebt hatte und schließlich zum Helden des Dorfes geworden war.

Er versuchte, nicht an seine Familie zu denken, und fuhr sich mit einer Hand durch das lichte Haar – eine Angewohnheit aus jenen Tagen, als er noch volles, langes Haar auf dem Kopf gehabt hatte.

»Meinst du, der Kerl ist zu Hause, wenn er zuvor seine Haushälterin umgebracht hat?«

Danner brachte Thesen zu Tathergängen gerne auf einen einfachen Nenner. Ein sinnloses Unterfangen, dachte Erdmann, wie die Hoffnung darauf, dass ein Frühstücksbrot nicht auf die Marmeladenseite fallen würde.

Aber Erdmann widersprach ihm nicht. Er wusste aus Erfahrung, dass es keinen Sinn hatte, Danner zu ermahnen, keine voreiligen Schlüsse zu ziehen. Stattdessen gab er ihm nur einen Wink, erneut nach oben zu blicken. Danner folgte Erdmanns Geste, kniff die Augen zusammen und hielt eine Hand schützend über die Augen, um nicht von den Scheinwerfern geblendet zu werden. Dann entdeckte er, worauf Erdmann ihn aufmerksam machen wollte. Eine Kamera ragte direkt über ihnen, in etwa drei Metern Höhe, an einer Metallstange aus der Mauer heraus. Selbst aus dieser Entfernung war die grüne Leuchtdiode neben dem Objektiv gut zu erkennen. Danner rieb sich den Nacken und blickte zurück zu Erdmann.

»Okay, das bedeutet, wir brauchen dringend einen Durchsuchungsbeschluss.«

Am Fuße des Hügels erschienen zwei helle Lichtkegel, die die Aufmerksamkeit der Polizisten auf sich zogen. Ein weißer Lieferwagen preschte mit deutlich zu hoher Geschwindigkeit den Feldweg hinauf und ließ seine Scheinwerfer wild in der Nacht hin und her tanzen. Schließlich konnte Danner das Logo des TV-Senders TELE PRO an der seitlichen Schiebetür erkennen.

Die Türen des Polizeiwagens hatten sich bereits geöffnet. Ein hagerer Polizist und eine junge Polizistin stiegen aus, setzten fast synchron ihre Schirmmützen auf und wechselten nur kurz einen Blick mit ihrem Chef. Sie wussten, was zu tun war, und gingen dem Lieferwagen mit erhobenen Händen energisch entgegen.

Zamir stand in seinem Arbeitszimmer am Fenster und sah zu, wie die uniformierten Polizisten mit den Journalisten diskutierten, die soeben aus dem Übertragungswagen gestiegen waren. Er machte dabei keine Anstalten, sich seitlich vom Fenster zu halten. Der Raum war nur schwach beleuchtet und seine Silhouette nur schwer in der Nacht zu erkennen. Aber auch sonst wäre es ihm egal gewesen, wenn er entdeckt worden wäre. Er hatte nichts mehr zu verbergen. Nicht sich, nicht die Geiseln und auch nicht sein Vorhaben. Eigentlich war er nur nach oben gekommen, um herauszufinden, wie weit die Polizei mit ihren Ermittlungen bereits war. Das Herannahen des TELE-PRO-

Kleinbusses hatte er mit großer Genugtuung zur Kenntnis genommen.

Der Kies spritzte hoch, als die beiden Polizisten den Wagen auf dem Schotterweg zum Stehen brachten. Aus dem Sendewagen waren der Fahrer, ein Kameramann mit geschulterter Kamera sowie eine junge Frau mit Mikrofon ausgestiegen. Soweit Zamir das aus der Entfernung beurteilen konnte, entbrannte zwischen den beiden Seiten eine hitzige Diskussion. Der Disput schien sich erst abzukühlen, als die Journalisten den Polizisten etwas auf einem iPad zeigten. Kurz darauf eilte die Polizistin zu den beiden Kriminalbeamten zurück, die immer noch vor der Haustür standen.

Von seinem Fenster aus hatte Zamir keinen direkten Blick auf den Eingangsbereich, deshalb ging er zu seinem Computer hinüber und schaute auf die Anzeige der Überwachungsanlage. Auf einem der Bilder war das Portal zu sehen, zusammen mit den drei Polizisten. Er vergrößerte das Bild und drehte den Ton lauter.

»... drei Geiseln, die in diesem Turm gefangen gehalten werden«, sagte eine weibliche Stimme und zeigte ihren beiden Vorgesetzten eine Website auf einem iPad.

Danner konnte nicht glauben, was er da sah.

Der alte Mann sollte in diesem Turm drei Neonazis gefangen halten?

»So ein Blödsinn!«, sagte er laut, schüttelte ungläubig den Kopf und wartete auf Erdmanns Reaktion. Doch Erdmann reagierte nicht auf ihn, sondern ging, ohne ein Wort zu sagen, mit großen Schritten die Stufen hinab und zurück zu seinem Dienstwagen. Die junge Polizistin konnte kaum mit ihm Schritt halten. Erst als er die Wagentür des BMW öffnete, brach er sein Schweigen.

»Sie halten mir die Journalisten vom Leib. Sagen Sie ihnen, wir haben hier polizeiliche Ermittlungen in einem Mordfall.

Dies ist unter Umständen ein Tatort und deshalb auch für die Presse gesperrt. Haben Sie Absperrbänder im Wagen?«

Die Polizistin nickte.

»Blockieren Sie die Auffahrt damit, und postieren Sie sich am Fuß des Hügels. Wer weiß, wer heute Nacht hier noch alles auftaucht ...«

Inzwischen hatte auch Danner die beiden eingeholt.

»Manfred, du hilfst den Kollegen.«

»Die Straße zu sperren?«, erwiderte Danner, als hätte er eine Aufgabe zugeteilt bekommen, die weit unter seiner Würde war.

»Nach meiner Einschätzung ist das hier erst der Anfang – und bis die Verstärkung kommt ...«

»Verstärkung? Du glaubst doch nicht, dass da was dran ist?«

Erdmann kniff die Lippen zusammen und wandte sich der Polizistin zu.

»Worauf warten Sie?«

Irritiert blickte die Polizistin kurz auf den Boden und ging dann mit großen Schritten zurück zu ihrem Kollegen, der gerade versuchte, den Kameramann daran zu hindern, an ihm vorbei auf den Turm zuzugehen.

Erdmann ließ sich auf dem Fahrersitz nieder.

»Wolfgang, ich kann dich gut leiden, aber diesmal habe ich keine Zeit, irgendetwas mit dir auszudiskutieren. Vielleicht liege ich falsch, aber wenn ich richtigliege, haben wir keine Zeit zu verlieren. Finde du heraus ...«

»... woher die Presse ihre Infos hat«, vervollständigte Danner den Satz.

»Und lass dich von den Pressefritzen nicht provozieren!«, ermahnte ihn Erdmann.

»Ich doch nicht!« Danner zwinkerte ihm zu und ging selbstbewusst der kleinen Gruppe entgegen. Danner wusste, wann er klein beigeben sollte, und er wusste auch, dass Erdmann so etwas wie einen siebten Sinn für kritische Situationen hatte.

Hoffentlich irrte sich sein Partner – nur leider kam das nicht allzu oft vor.

Erdmann atmete tief durch und aktivierte schließlich die Funksprechanlage. Aus den Augenwinkeln konnte er sehen, wie Danner die Diskussion mit den Journalisten übernahm.

»Zentrale«, meldete sich eine Stimme.

»Wagen eins acht vier, wir haben hier ein Problem!«

Zamir kehrte wieder zu Gottfried zurück. Mit jedem Stockwerk, das er die steinerne Treppe im Turm hinabstieg, wurde es kälter. Es war eine Kälte, die nicht nur von dem alten Gemäuer kam, sondern auch aus seinem Inneren. Er hatte schon früher das Gefühl gehabt, dass der Turm die Fähigkeit besaß, die Verzweiflung und den Hass zu schüren, die er sein Leben lang unter Kontrolle zu bringen versucht hatte. Doch damals hatte es noch Esther gegeben, die ihm dort oben, im lichtdurchfluteten Teil des Turms, Glauben und Hoffnung schenkte. Bei ihr konnte er die Vergangenheit vergessen, Zuversicht schöpfen und das Verlangen unterdrücken, sich an der zu Welt rächen.

Doch Esther war tot und die Nacht angebrochen. Der Turm zog ihn hinab in einen Sog aus Blut und Gewalt. Zamir war nun bereit, der Welt das wahre Gesicht dieser Barbaren zu zeigen – und er war sich sicher, dass die friedliebenden Menschen ihn zum Vollstrecker ernennen würden. Es war vielleicht das Letzte, was er in seinem Leben tun würde, aber was war sein Leben schon gewesen? Was für einen Sinn hatte sein Leben gehabt? Er hatte nichts mehr zu verlieren, selbst sein eigener Tod konnte nur noch ein Gewinn sein.

»Eine Million?«

Gottfried lachte auf. Seine raue Stimme war laut, und sein einäugiger Blick durchbohrte Zamir. Alles an ihm war teuflisch und wurde noch grausam verstärkt durch die verbrannte Gesichtshaut und die widerlichen Schlangen, deren Köpfe am Rand des schwarzen T-Shirts hervorlugten.

Zamir hätte ihn ein weiteres Mal schlagen können, aber es befriedigte ihn nicht sonderlich. Er hatte sich wieder in der Gewalt, nahm sich vor, von nun an weniger aufbrausend und emotional zu reagieren, sondern sachlich und distanziert, eben wie ein Richter, der auf das Urteil der Geschworenen wartete. Langsam beruhigte sich Gottfried Wegener wieder, aber sein Gesichtsausdruck blieb wild wie der eines Raubtiers hinter Gitterstäben. Hätte er ihm die Fesseln abgenommen, Gottfried hätte ihn mit bloßen Händen ermordet.

»Eine Million sollen für meinen Tod abstimmen? Deine Scheißseite werden nicht mal hundert Schnarchnasen finden.«

Gottfried atmete tief durch, legte den Kopf in den Nacken und sprach Richtung Decke, so als wäre es ein Selbstgespräch.

»Nur mal angenommen, du bekommst deine Million. Verdammt, nein, du kriegst sie niemals, aber nur mal angenommen, du kriegst sie ...«

Er drehte seinen Kopf wieder Zamir zu.

»Arschfickender Judenwichser! Du hast nicht den Mumm, das durchzuziehen.«

Er verzog sein verbranntes Gesicht zu einer grinsenden Grimasse. Das verklebte Augenlid ging ein klein wenig auf und gab einen Spalt Weiß seines Augapfels frei.

»Aber mal angenommen, du hättest diesen Mut, wie würdest du es machen? Mir 'ne Kugel durch den Kopf jagen? Scheiße, nein. Du würdest dir zitternd in die Hose scheißen. Ihr lasst doch immer die Drecksarbeit von anderen machen.«

»Tun wir das?«, fragte Zamir ruhig. »Haben wir nicht aufgeräumt mit den SS-Offizieren und KZ-Ärzten, die sich nach dem Krieg wie feige Hunde im Ausland verkrochen haben?«

»Sie reden Scheiße. Ihr redet immer Scheiße. Ihr lullt die

ganze Welt ein mit eurer Scheiße und hetzt seit Generationen die Völker gegeneinander auf.«

Zamir lächelte väterlich.

»Zu früh, zu früh ... Sie sollen für all das schließlich Zuhörer bekommen. Es dauert nicht mehr lange, dann ... wie sagt man so schön ... dann gehen wir live auf Sendung.«

»Sie werden kein Wort aus mir herauskriegen. Kein Wort, Sie alter, kranker Sack!«

»Wollen Sie sich diese einmalige Chance wirklich entgehen lassen, Ihre Ansichten uneingeschränkt und unzensiert einer ganzen Nation mitzuteilen?«

»So ein Scheiß ... Ich bleib dabei, Ihre blöde Übertragung juckt keinen Arsch!«

Ephraim stand auf und ging hinter einen der Scheinwerfer, dann rollte er einen kleinen Tisch mit einem Computer direkt vor Gottfried und drehte den Bildschirm so, dass er ihn sehen konnte. Er zeigte die Voteforjustice-Startseite mit Fotos der drei verhüllten Gesichter und dem Countdown, der aktuell bei sechsunddreißig Minuten stand.

»Und?«

Gottfried bekam keine Antwort. Zamir wechselte zur Ansicht seiner Überwachungsanlage und vergrößerte das Bild einer der Außenkameras. Der Abend wurde vom Blaulicht von vier oder fünf Polizeiwagen erleuchtet. Überall waren Polizisten mit leuchtenden Schutzwesten damit beschäftigt, eine Absperrung rund um den Turm aufzubauen. Einige Schaulustige hatten sich bereits vor der Absperrung versammelt, und mitten in diesem Tumult stand gut sichtbar der Sendewagen mit dem TELE-PRO-Logo an der Seite.

Zamir kommentierte die Bilder mit ruhiger Stimme.

»Sehen Sie das? Je größer der Gestank, umso mehr Schmeißfliegen werden sich hier einfinden. Und der Gestank Ihrer Sippe ist fast unerträglich.«

Gottfried blickte demonstrativ wieder an die Decke.

»Sie können mich mal. In wenigen Minuten stürmen hier die Bullen rein und machen aus Ihrer Hütte Kleinholz. Und dann sind Sie am Arsch, Mann.«

Zamir wusste, dass Gottfried recht hatte. Bei jeder Geiselnahme kam irgendwann der Punkt, an dem der Staatsmacht keine andere Wahl blieb, als ein Gebäude zu stürmen. Dass bei einer solchen Aktion Kollateralschäden nicht auszuschließen waren, musste man billigend in Kauf nehmen. Im Fall dreier Neonazis war das aber verschmerzbarer als bei Müttern und Kindern. Wer auch immer da draußen die Leitung hatte, es war sicher nur eine Frage der Zeit, bis man versuchen würde, in den Turm einzudringen.

Das war jedoch die geringste aller Sorgen, die Zamir gerade umtrieb, denn er war bestens vorbereitet.

KLEINFELD

Mittwoch, 17. August 1988

An diesem Tag im August 1988 hatte die Sonne kaum eine Chance, die dichte Wolkendecke zu durchdringen. Es war ungewöhnlich kühl für einen Sommertag. Seit sechsunddreißig Stunden waren die beiden Bankräuber und die Freundin von einem der Täter bereits auf der Flucht, ständig verfolgt von Polizisten und Journalisten.

Ihren Fluchtwagen hatten die drei in der Zwischenzeit mehrmals gewechselt, bis sie vor zwei Stunden einen Linienbus mit zweiunddreißig Geiseln in ihre Gewalt gebracht hatten.

Das Spezialeinsatzkommando der Polizei hielt respektvoll Abstand zu den Geiselnehmern, während Dutzende Journalisten die Kriminellen aus nächster Nähe belagerten und interviewten. Fast wirkte es so, als würden sich die Journalisten mit den Geiselnehmern anfreunden. Sie standen gemeinsam mit einem von ihnen vor der geöffneten Tür an der Seite des rotweiß gestreiften Busses wie eine Gruppe von Klassenkameraden, die sich die Zeit vertrieben. Einer der Journalisten zündete dem vollbärtigen Kidnapper eine Zigarette an, während dieser bedrohlich und mit stolzem Ton erklärte, dass er gerne Verbrecher sei und dies einfach in seiner Natur liege. Er hätte keine Angst vor den Bullen und sei sicher, ihnen zu entkommen.

»Wenn nicht so ...«, dabei er zeigte er auf den Bus mit den verängstigten Geiseln, »... dann so!« Dabei hielt er sich den Pistolenlauf in den weit geöffneten Mund.

Die Interviews wurden live im Fernsehen ausgestrahlt. In den eineinhalb Tagen, die die Flucht nun schon andauerte, konnte sich kein Sender, egal ob privat oder öffentlich-rechtlich, der Verlockung dieses Quotenhits entziehen. So kam es, dass ganze Autokolonnen von Journalisten den Geiselnehmern folgten und schließlich ein Reporter den Verbrechern anbot, sie zur nächsten Autobahnauffahrt zu lotsen, nachdem sie sich verfahren hatten. Dass ausgerechnet jener Reporter ein Jahr später Chefredakteur einer großen deutschen Sonntags-Zeitschrift wurde, war eine der makabren Auswirkungen des Geiseldramas.

Es war bereits dunkel, als der Bus an der Autobahn-Raststätte Grundbergsee in Niedersachsen haltmachte. Fünf ältere Geiseln hatte man bereits freigelassen, doch für den Rest ging die Fahrt ins Ungewisse weiter. Immer wieder gelang es Fotografen und Fernsehreportern auf Anforderung der Geiselnehmer, ungehindert Zutritt in den Bus zu erhalten. Dabei entstanden Bilder des fünfzehnjährigen Italieners Emanuele De Giorgi und seiner neunjährigen Schwester Tatiana, die sich ängstlich aneinanderklammerten. Bilder, die binnen weniger Stunden um die Welt gingen, weil sie der Hilflosigkeit der Geiseln ein Gesicht gaben. Selbst ein Obdachloser torkelte ungehindert in den Bus und pumpte einen der Geiselnehmer um Geld an, während sich die Polizei zu keiner Befreiungsaktion durchringen konnte, obwohl ein Zugriff getarnter Beamten ganz offensichtlich möglich gewesen wäre. Immer wieder schüchterte der Anführer des Trios die Staatsmacht dadurch ein, dass er die kleine Tatiana aus dem Bus zerrte und dem verängstigten Mädchen eine Pistole an die Schläfe drückte.

»Wenn einer kommt, knall ich sie weg!«, schrie er einmal den Polizisten entgegen, die ratlos nur hundert Meter entfernt standen und sich hinter einem Polizeiwagen in Sicherheit brachten. Das kleine Mädchen verstand von alledem nichts, es spürte nur den kräftigen Arm um ihre Taille, der ihr die Luft zum Atmen raubte, und den Lauf der Waffe an ihrem Kopf. Alles, was für sie alltäglich war, alles, woran sie sich erinnerte, war in weite Ferne gerückt. Sie waren doch nur auf dem Weg nach Hause in den üblichen Bus gestiegen.

»Ich will nach Hause«, wimmerte sie leise in das Ohr des Bärtigen, der für einen Augenblick innehielt.

»Was hast du gesagt?«

Doch das Mädchen antwortete nicht.

Mit einem Mal verlor sie den Boden unter den Füßen und wurde nach oben gerissen.

Der Bärtige hatte sie gepackt, wieder in den Bus gezerrt und ihrem Bruder auf den Schoß geworfen. Dann nahm er keine Notiz mehr von ihr.

»Diese scheiß Bullen! Wir fahren weiter!«

Die Türen schlossen sich, der Dieselmotor dröhnte und brachte den Bus zum Vibrieren, dann setzte er sich wieder in Bewegung.

Es war dunkel geworden. Der Bus stand erneut auf dem Parkplatz einer Raststätte. Tatiana war eingeschlafen. Das Licht im Bus war gedimmt, und Emanuele spürte, wie der Puls seiner kleinen Schwester langsam ruhiger wurde. Zwischendurch zuckte sie auf, dann fuhr er mit der Hand durch ihr dichtes schwarzes Haar und versuchte sie zu beruhigen, indem er sie sanft auf die Wange küsste. Auch die restlichen Geiseln nutzten die Ruhepause und versuchten zu schlafen. Der Busfahrer war über seinem Lenkrad zusammengesackt und schnarchte leise. Aber Emanuele konnte nicht einschlafen. Er sah sich um. Die Türen waren geschlossen, und durch die gekippten Fenster drang nur spärlich frische Luft. Einer der beiden Entführer saß seitlich hinter ihm. Er konnte ihn kaum sehen, aber er sah im schummrigen Licht den Rauch seiner Zigarette. Der andere, der Bärtige, schritt den Gang entlang, auf und ab. Dabei blickte er immer wieder auf die Uhr, presste zwischendurch sein Gesicht an die Scheibe und starrte hinaus auf den Parkplatz der Raststätte.

»Sie ist jetzt zwanzig Minuten weg, da stimmt was nicht.«

Seine Stimme klang gepresst. Er war wütend, besorgt, aber man hatte fast den Eindruck, als wolle er die Nachtruhe im Bus nicht stören.

»Weiber!«, antwortete der andere, der mit der Zigarette, lakonisch.

Wieder ging der Bärtige den Mittelgang im Bus entlang, und Emanuele wandte automatisch die Augen ab. Doch zu spät, ihre Blicke hatten sich für den Bruchteil einer Sekunde getroffen. Es war das erste Mal, dass der Blick des Bärtigen ihn wahrzunehmen schien.

Instinktiv beugte sich Emanuele über seine schlafende Schwester und schloss die Augen. Er betete, dass der Bärtige an ihm vorübergehen möge, und wartete ängstlich darauf, dass ihn die Hand des Mannes erneut packen und seine Schwester fortzerren würde. Aber diesmal würde er sich an seine Schwester klammern, egal, was kommen würde. Diesmal würde er sie nicht kampflos diesem Unmenschen überlassen. Er spürte einen Lufthauch, als der Bärtige an ihm vorbeiging, aber nichts geschah.

»Da stimmt was nicht!«, hörte er ihn deutlich sagen. Er musste nun ganz in seiner Nähe sein. Wahrscheinlich stand er direkt vor seinem Komplizen.

»Beruhig dich. Wir haben noch siebenundzwanzig Geiseln. Die wären schön blöd, wenn sie Marion jetzt schnappen würden«, sagte nun sein Komplize.

Das machte den Bärtigen erst richtig wütend.

»Beruhigen?«, schrie er und schlug mit der Faust gegen eines der Busfenster, sodass Emanuele Angst hatte, es würde zerbersten. Sofort schreckten alle Geiseln im Bus auf und pressten sich in ihre Sitze. Auch Tatiana war hochgefahren und traf Emanuele wuchtig mit ihrem Hinterkopf am Kinn. Doch Emanuele gab keinen Laut von sich.

Der Bärtige schrie nun aus voller Kehle wie ein Wahnsinniger.

»Die haben uns verarscht, Dieter! Das hätten sie nicht machen sollen!«

Mit großen Schritten ging er zurück zur Fahrerkabine und trommelte gegen die Einstiegstür. Der Busfahrer war ebenfalls längst aufgewacht und suchte hastig seine Brille, die vor ihm auf dem Armaturenbrett im Halbdunkeln lag.

»Mach die scheiß Tür auf!«

Dabei schlug er erneut mit voller Wucht gegen die Glasscheiben der Klapptüren und trat mit dem Fuß dagegen.

»Mach die scheiß Tür auf! Mach sie auf, oder ich schieß dir den Kopf weg!«

Dabei entsicherte er die Waffe und richtete sie auf den eingeschüchterten Busfahrer, der sich zittrig die Brille aufsetzte. Der Fahrer hatte ein gutes Gespür für Menschen, und in diesem Augenblick wusste er, dass dies keine leere Drohung war. Der Geiselnehmer war außer sich vor Zorn, bereit, alles zu tun, um seine Freundin wiederzubekommen. Der Bärtige hatte schon öfters mit der Waffe herumgefuchtelt und auch schon mehrmals Schüsse damit abgegeben, dabei aber immer einigermaßen gefasst gewirkt. Nun war er aber vollkommen außer Kontrolle.

Der Busfahrer betätigte einen Schalter, und die Türen klappten geräuschvoll auseinander. Ein kühler Wind zog durch den Bus, während der Bärtige sich nach draußen beugte und in die Nacht brüllte.

»Scheißbullen, hört ihr mich? Ich weiß, dass ihr Marion habt. Scheiße, ich weiß es! Und das war verdammt dumm von euch.«

Er blickte auf seine Uhr.

»Ihr Scheißbullen, ich gebe euch fünf ... hört ihr mich ... fünf Minuten, und dann wird hier einer umgelegt!!«

Er schwang sich atemlos in den Bus zurück, seine Stimme krächzte leicht.

»Mach die Scheißtür wieder zu!«

Er ging die Reihen ab, blickte auf seine Uhr. Fünf Minuten! Er musste eine Wahl treffen, eine Geisel bestimmen. Er erinnerte sich an den kurzen Augenblick, in dem der kleine Italiener ihm in die Augen gesehen hatte. Da saß er, zusammengekauert über seiner weinenden Schwester.

Sie hatten ihm Marion genommen. Sie war das Wichtigste in seinem Leben. Es war nur recht, dass er im Gegenzug dem Jungen seine Schwester nahm!

Er steckte seine Waffe in den Gürtel und packte Emanuele mit ungezügelter Kraft am Hals, presste ihn nach hinten in den Sitz und drückte zu, sodass Emanuele beide Hände an den Hals führte, um sich von dem brutalen Griff zu befreien. Mit der anderen Hand packte der Bärtige das kleine Mädchen und riss es zu sich hoch. Dann lockerte er seinen Griff um Emanueles Hals.

»Mach jetzt bloß keinen Fehler, Kleiner, sonst bist du als Erstes dran. Ist mir scheißegal, hörst du!«

Obwohl Emanuele nur das Weinen seiner kleinen Schwester hörte, nickte er und unterdrückte seine Tränen.

»Dieter, sitz nicht rum, sondern schnapp dir auch eine Geisel! Wenn die Bullen den Bus stürmen sollten, drückst du sofort ab!«

Auch Dieter war nun auf den Beinen, quetschte sich zu zwei Mädchen in den Doppelsitz und presste einer der beiden den Lauf seiner Waffe an den Hals. Das Mädchen schnappte nach Luft, während Dieter sie angrinste und mit seiner anderen Hand ihr blondes Haar befingerte.

Tatsächlich war Marion Löblich, die Freundin des Bärtigen, von einem übereifrigen Polizeiteam auf dem Weg zur Toilette entwaffnet und gefasst worden. Doch als diese Nachricht langsam zur Zentrale des SEK durchsickerte, war man ratlos, was man mit ihr anfangen sollte. Als die Drohung von Hans-Jürgen Rösner ankam, waren wertvolle Minuten vergangen. Zu allem Überfluss war man mit Marion Löblich bereits mit einem Polizeiwagen auf dem Weg zur nächsten Wache.

Die Anweisung an die beiden Beamten im Streifenwagen klang fast so sachlich wie eine Verkehrsmeldung. »Kehren Sie bitte um, und bringen Sie Frau Löblich auf direktem Weg wieder zur Raststätte.«

Die Beamten waren so verdutzt, dass ihnen nur noch eine Frage einfiel: »Sollen wir ihr auch ihre Waffe wieder aushändigen?«

An dieser Stelle mischte sich der Einsatzleiter in das Gespräch ein und nahm die beiden Beamten verbal auseinander, sodass ihnen später beim Öffnen von Marion Löblichs Handschellen vor lauter Nervosität der Schlüssel abbrach, was erneut zu einer Verzögerung führte.

Von alledem wussten die beiden Geiselnehmer im Bus nichts. Unaufhaltsam verstrich die Zeit, ohne dass es ein Zeichen der Polizei gab. Nur ein Journalist mit einem jungen Volontär rannte auf den Bus zu, um die Nachricht zu übermitteln, dass Marion Löblich in wenigen Minuten wieder eintreffen würde.

Doch die Zeit war um. Das Ultimatum war um 23:05 Uhr abgelaufen. Nun war es 23:06 Uhr. Noch immer hatte Rösner das kleine Mädchen im Arm und drückte ihr seine Waffe zwischen die Augen, während Dieter Degowskis Pistole an der Kehle des blonden Mädchens zu zittern begann und ihm Ströme von Schweiß über die Stirn liefen. Rösner hörte die schnellen Schritte der beiden Journalisten und starrte wie gebannt auf die Uhr, deren Minutenzeiger sich immer weiter vom Zeitpunkt des Ultimatums entfernte. Er schrie auf, riss die Waffe nach oben und ließ das Mädchen einfach fallen. Degowski hörte nur den Schrei. Er senkte die Waffe, drehte sich nach Rösner um und sah den kleinen Jungen, der seiner Schwester zu Hilfe kommen wollte, die weinend am Boden lag. Rösners ausgestreckter Arm mit der Pistole zielte plötzlich auf den Jungen, dann drückte er ab. Der Schuss riss ein Loch in die Schläfe des Fünfzehnjährigen und warf ihn zu Boden.

»Bist du Panne im Kopf, warum hast du das getan?«, schrie Degowski. Aus den Augenwinkeln nahm er wahr, wie Marion aus einem Polizeiwagen stieg, nur wenige Meter vom Bus entfernt.

»Ist doch egal, anders geht das nicht.«

Rösner war es tatsächlich egal, er hatte nur noch Augen für Marion, die auf den Bus zugelaufen kam.

»Mach die verdammten Türen auf!«, schrie er erneut den Busfahrer an.

Die beiden Journalisten waren erschrocken am Bus stehen geblieben, als der Schuss fiel, dann öffnete sich die Tür. Von innen hörten sie eine Stimme: »Los, schnell! Nehmt ihn mit. Der Junge braucht dringend einen Notarzt!«

Einer der Geiselnehmer hatte den schwer verletzten Jungen bereits bis zur Tür gezogen. Schockiert starrten die beiden Journalisten auf den Angeschossenen. Unbeholfen packten sie den Jungen an Armen und Beinen und schleiften ihn hinaus ins Freie. Inzwischen hatte auch die restliche Meute der Journalisten Wind von dem Vorfall bekommen und stürmte den Bus. Die Polizei hingegen wahrte Distanz, um, wie sie später aussagen würde, nicht weitere Schüsse zu provozieren. Rettungskräfte hingegen waren weit und breit nicht in Sicht. Man hatte schlichtweg vergessen, einen Notarzt in der Nähe des Busses in Bereitschaft zu halten.

Emanuele De Giorgi verblutete auf dem Parkplatz der Autobahn-Raststätte, während der Volontär, der ihn aus dem Bus gezerrt hatte, für einen Augenblick den blutenden Kopf des Jungen anhob und ins Blitzlichtgewitter hielt. Auch diese

Szene des Gladbecker Geiseldramas ging um die Welt, doch sie schadete Marc Kleinfelds Karriere nicht im Geringsten. Im Gegenteil, er wurde in den Folgejahren zum Shootingstar der TV-Branche. Einundzwanzig Jahre später war er Programmdirektor von TELE PRO, einem der reichweitenstärksten Privatsender Deutschlands.

ZWEIUNDZWANZIG JAHRE SPÄTER

Samstag, 16. Oktober 2010, 20 Uhr

Stephanie Benedikt stand im hellen Scheinwerferlicht vor der Digitalkamera, die ihr Kameramann geschultert und auf sie gerichtet hatte. Im Hintergrund ragte der Turm düster in den Nachthimmel und wurde vom pulsierenden Blaulicht erhellt.

Zwei Mannschaftstransporter der Polizei versperrten den Auffahrtsweg, während eine Schar Uniformierter hastig hüfthohe Absperrungen rund um den Turm aufstellte. Stephanie Benedikt war Reporterin bei TELE PRO und für Außenreportagen zuständig.

Den Job hatte sie nicht wegen ihrer herausragenden journalistischen Fähigkeiten bekommen, sondern wegen ihres gefälligen Gesichts und ihrer hervorstechenden weiblichen Körpermerkmale. Sie war sich dessen sehr wohl bewusst; auch Marc Kleinfeld hatte das bei ihrer Einstellung offen angesprochen und dabei keine Miene verzogen. Mit zweiunddreißig Jahren hatte sie die Hoffnung auf die große Reporter-Karriere längst aufgegeben. Sie war Realistin. Für die namhaften, hochkarätigen News-Sender fehlte ihr die journalistische Perfektion und gewiss auch diese seriöse Ausstrahlung, die ihre Kommilitoninnen schon auf der Uni besessen hatten. Andererseits begannen aber auch ihre äußerlichen Reize langsam gemeinsam mit ihrer Jugend zu verwelken. Mit fünfundzwanzig hatte sie als Neuling die damaligen Personalentscheider noch um den Finger wickeln können. Doch dann kamen Jonathan, heute fünf Jahre alt, eine verpatzte Ehe, eine Scheidung und die Versetzung ins Vormittagsprogramm zu Kindern und Rentnern. Marc Kleinfeld war ihre Rettung gewesen. Er hatte ihr Potenzial erkannt und ihr vor einem halben Jahr die Chance gegeben, als Außenreporterin den Sensationen der Stadt ein Gesicht zu verleihen, über die die öffentlich-rechtlichen Sender im Allgemeinen nicht berichteten.

City Night Watch hatte Kleinfeld das Format genannt, oder, wie der Anheizer im Vorspann die Sendung anpries: »C, N, Double-U«.

Ihr Dienst begann um siebzehn Uhr und endete in der Regel um ein Uhr morgens. Wenn sie schnell war, konnte sie um zwei Uhr im Bett liegen, um sechs Stunden später den kleinen Jonathan in den Kindergarten zu bringen. Abends passte ihr Vater auf den Kleinen auf, der seit dem Tod ihrer Mutter bei ihr wohnte. Eine Zweckgemeinschaft, mehr nicht. Und sicher auch keine Lösung für die Ewigkeit.

Die Quoten von *CN-W* waren nicht berauschend, aber zumindest stiegen sie langsam an, und die Beliebtheit von Stephanie Benedikt, vor allem unter männlichen Zuschauern zwischen dreißig und siebzig, steigerte sich von Sendung zu Sendung.

Was bei den amerikanischen Kollegen zum Alltag gehörte, steckte in Deutschland noch in den Kinderschuhen. Polizeifunk abhören, Hotline-Telefon für Anwohner, die »Sensationelles« zu berichten hatten, und Spitzel, die in den Einsatzzentralen der Polizei saßen und gegen Bares eine SMS an den Sender verschickten. Kleinfeld war Vorreiter, hatte sich einen Profi aus den USA besorgt und ein Informationsnetz aufgebaut, das langsam anfing zu funktionieren. Nur waren die USA eben nicht Deutschland. In einer Stadt wie Los Angeles kam es jede Nacht zu Dutzenden von Gewaltverbrechen – in Städten wie

Berlin, Frankfurt oder Hamburg waren illegale Autorennen schon mal der absolute Höhepunkt einer Sendung. Meist war dann aber von den Autorennen selbst nicht mehr viel zu sehen, wenn Stephanie vor Ort war. So mussten dann Augenzeugen berichten und der Kameramann seinen Scheinwerfer mehr auf Benedikts Dekolleté richten, um die Zuschauer bei der Stange zu halten.

Jede Nacht begann Stephanie mit ihrem zweiköpfigen Team aus Kameramann und Produzent mit einem Kaffee im Sendewagen. Dann hieß es warten, warten und ... warten. Als an diesem Tag die SMS eines geheimen Informanten bei der Polizei eintraf, dachten sie zunächst, es müsse sich um einen Scherz handeln.

Jude droht mit Ermordung von drei Geiseln/Neonazis.

Doch als sie einen Blick auf die beigefügte Website warfen, konnten sie ihr Glück kaum fassen. Das war die Story, auf die sie immer gewartet hatten, die Story, die Stephanie Benedikt berühmt machen konnte – und sie betete dafür, dass der Geiselnehmer Ernst machen würde und sich dabei verdammt viel Zeit ließ.

Ausgerechnet heute hatte sie sich für eine hochgeschlossene, hellblaue Bluse und einen warmen Pullunder entschieden.

Ist vielleicht besser so. Dann wird man mich endlich mal als Journalistin wahrnehmen, dachte sie, als ihr Kameramann Ken mit den Fingern den Countdown anzeigte.

»Drei, zwo, eins ... los!«

»*CN-W* berichtet heute live vom Westberg, wo sich soeben ein fürchterliches Drama abspielt. In dem Turm hinter mir, dessen Besitzer uns noch nicht namentlich bekannt ist, sollen drei Geiseln gefangen gehalten werden, die um ihr Leben bangen.«

Stephanie versuchte ihrer Stimme einen tieferen Ton zu geben, um dem Ernst der Situation mehr Gewicht zu verleihen.

»Vertraulichen Quellen aus gut unterrichteten Kreisen zufolge gehören die drei Geiseln der Neonaziszene an. Das Makabre an dieser Geiselnahme ist aber die Idee des Geiselnehmers, seine Opfer hinzurichten, wenn eine Million Besucher auf einer eigens dafür eingerichteten Website für den Tod der drei Geiseln abstimmen.«

Einige Meter entfernt stand Stephanies Produzent David Weinberg am Sendewagen und spielte nervös mit einer Hand an seinem Vollbart, während er in der anderen ein iPad und eine selbstgedrehte Zigarette zwischen den Fingern hielt, die nur noch ein winziger Stumpen war. Über ein drahtloses Headset skypte er mit dem Sender. Endlich hatte er Marc Kleinfeld auf dem Display.

»Gott sei Dank, du bist im Sender!«

»Wo soll ich denn sonst sein?«, erwiderte Marc, ohne eine Miene zu verziehen.

»Marc, das wird fett ... das wird echt fett! Stephanie ist gerade auf Sendung, sie ...«

Marc unterbrach ihn: »Ich sehe es, David. Sie macht das wunderbar. Nur diese ... also, diese Bluse stört mich.«

»Marc, jetzt vergiss doch mal, was sie anhat. Hast du überhaupt verstanden, was hier abgeht?«

»Warum soll ich vergessen, was sie anhat? Das ist der Grund, warum Männer *CN-W* einschalten!«

»Marc, jetzt hör mir doch mal zu. Wir können heute Nacht Geschichte schreiben. Wir sind der einzige Sender hier vor Ort, aber ich brauche mehr als die sonstigen Fünf-Minüter.« Er machte eine kurze Pause und biss sich auf die Lippe. »Ich brauche die volle Zeit.«

»David, beruhige dich. Du machst deinen Job und ich meinen. Du sorgst für den heißen Stoff vor Ort, und ich besorg dir das Team, die Sendezeit und die Plattform hier im Studio.«

»Und das bedeutet?«

»Du bekommst Carla!«

David verstummte. Carla war der Star des Senders. Ihre Talksendung *Carla von Stein Live* hatte einst zu den erfolgreichsten Formaten der Branche gehört, bis sie ins Visier der Steuerfahndung geraten war und die Untersuchung als einen Racheakt des Bundesfinanzministers bezeichnet hatte. Dessen Ex-Frau war zuvor in ihrer Sendung gewesen, wodurch pikante Details zur Scheidung des Paares öffentlich wurden. Als sie schließlich versucht hatte, sich in ihrer Livesendung öffentlich zu rechtfertigen, brach Sat.1 die laufende Sendung tatsächlich abrupt ab – ein Novum in der Geschichte des deutschen Fernsehens und das Ende ihrer schillernden Karriere. Nach einigen Jahren Auszeit gelang ihr nun bei TELE PRO ein kleines Comeback mit dem neuen Format *Carla – Der Talk*. Die Sendung am Donnerstagabend zur besten Sendezeit war einer der Quotenhits des Senders. Für die Nacht-Show *CN-W* stand sie nur in Ausnahmefällen zur Verfügung, wenn man gelegentlich den drittklassigen Reportagen aus dem Nachtleben deutscher Großstädte etwas Glanz verleihen wollte. Carla waren diese Auftritte ein Gräuel, aber leider auch Bestandteil ihres Vertrags mit TELE PRO.

David traute seinen Ohren nicht. »Carla kommt für uns noch mal ins Studio?«, fragte er ungläubig.

»Wenn ich sage, du bekommst Carla, dann bekommst du Carla«, bluffte Marc, denn bislang war es ihnen noch nicht einmal gelungen, Kontakt mit Carla aufzunehmen.

David konnte sein Glück kaum fassen und bemerkte daher den dunkelgrauen Sendewagen, der gerade den Hügel hinauffuhr, erst recht spät. Er hielt inne, als er das Logo von RT-FIVE erkannte.

»David?« Marc sah, dass David gebannt in eine andere Richtung blickte.

»RT-FIVE kommt soeben angerauscht!«

Marc schloss die Augen und schüttelte fast unmerklich den Kopf.

»Kein Problem, kein Problem. Wir machen jetzt Schluss. Ich

melde mich in fünfzehn Minuten wieder. Sag Stephanie, dass es eine lange Nacht werden wird.«

Dann wurde der Bildschirm schwarz.

Marc nahm seine Designerbrille ab, fuhr sich mit der Hand über das Gesicht und blickte zu seinem fünfköpfigen Team, das ihn erwartungsvoll ansah. Währenddessen verabschiedete sich im Hintergrund Stephanie Benedikt von den Zuschauern für eine kurze Werbeunterbrechung. Ein mit Joghurt beschmiertes Kind lachte von den Monitoren.

Marc Kleinfeld fühlte sich wie eine gespannte Armbrust.

»Karin, wie weit sind wir mit Carla?«

Karin Thaller war so etwas wie Marcs rechte Hand. Er hatte sie von Karriereschritt zu Karriereschritt mitgenommen, und sie war ihm bereitwillig gefolgt wie ein treuer Hund seinem Herrchen. Karin Thaller war weder attraktiv, noch hatte sie Charisma. Sie war kräftig gebaut, hatte oft Schweißflecken unter den Achseln, und ihr Team hoffte jeden Tag, sie möge die abgelaufenen Turnschuhe anbehalten, was sie gelegentlich nicht tat. Aber selbst an solchen Tagen wagte es niemand, Karin Thaller auf diesen Umstand hinzuweisen oder sie in irgendeiner anderen Form zu kritisieren, denn sie hatte die Macht und den absoluten Rückhalt von Marc Kleinfeld. Wen sie nicht mochte, der konnte von Glück reden, wenn er nur mit einer Versetzung davonkam. Nicht einmal Carla von Stein würde es wagen, sich auf einen Machtkampf mit Karin einzulassen. Sie war ein Organisationsgenie, ein unnachgiebiges Biest, erreichte auf die eine oder andere Weise immer, was sie wollte, und holte nicht nur aus ihrem Team das Maximum heraus, sondern bewies auch enormes diplomatisches Geschick beim Umgang mit anderen Abteilungen, Behörden oder Dienstleistern. Kurzum: Marc Kleinfeld wäre nicht Programmdirektor von TELE PRO geworden, hätte es Karin Thaller nicht gegeben.

»Carla war nicht erfreut über den Nachtdienst, aber sie ist auf dem Weg ins Studio«, sagte Karin.

Marc Kleinfeld grinste, und das kam nicht oft vor.

»Und ihr Team?«

»Lee war gerade dabei zu gehen. Jetzt sitzt er in der Kantine und schmollt. Du solltest mal mit ihm reden – ihn ein wenig aufmuntern.«

»Lee ist ein empfindsamer Regisseur, du hättest deinen weiblichen Charme spielen lassen sollen!«, erwiderte Marc.

»Lee ist schwul, und ich kann ihn nicht ausstehen, aber er bleibt und macht die Sendung. Was willst du mehr?«

»Wie wär's mit einem EB-Team in einem Hubschrauber?«

»Schon unterwegs.«

Hätte er nicht lange Jahre Erfahrung mit Karin gehabt, hätte er das für einen Scherz gehalten. Ein Kamerateam mit Hubschrauber in so kurzer Zeit zu organisieren – das wäre vielleicht in Los Angeles möglich, aber hierzulande kam das einer Sensation gleich.

Sein iCal hatte ihn heute Morgen daran erinnert, dass Karins fünfzigster Geburtstag bevorstand. Die üblichen Blumen und eine Zusatzgratifikation würden diesmal wohl nicht ausreichen. Eine Einladung zum Abendessen war das Mindeste. Er wischte den grauenvollen Gedanken beiseite und warf einen motivierend gemeinten Spruch in die Runde: »Der Abend wird heiß, sehr heiß!«

KOCH I

Samstag, 16. Oktober 2010, 20:20 Uhr

Kriminalhauptkommissar Koch – abgekürzt KHK Koch, Dienstgradabzeichen 3, silberne Sterne auf dunkelblauem Grund, Besoldungsgruppe A 12, gehobener Dienst – war gehorsam und pflichtbewusst und glücklich verheiratet mit Gladys, einer gebürtigen Amerikanerin, die als Innenarchitektin mehr Geld verdiente als er. Sie wohnten mit ihrem Sohn in einem Reiheneckhaus am Rande des Stadtparks in einer teuren Gegend. Ihr Leben schien perfekt.

Doch das war früher gewesen, vor der Sache mit ihrem Sohn Daniel.

Dan, wie er von seinen Freunden gerufen wurde, hatte ein Stipendium für das Amherst College in Massachusetts bekommen, wo auch einst seine Mutter studiert hatte. Die Familie bekam den geliebten Sohn seitdem nur noch sehr selten zu Gesicht.

Im Frühling 2009 hatte Dan über Schmerzen im linken Bein geklagt. Eine Zerrung, vielleicht ein Muskelkater – völlig harmlos, dachten sie. Dann wurde er krank, hatte Fieber und Husten. Die Aufforderung seiner besorgten Eltern, einen Arzt aufzusuchen, lehnte er kategorisch ab.

»Ein bisschen Fieber ... Mom, deswegen geht man doch nicht zum Arzt!« Zwei Tage später erhielten Gladys und Michael die Nachricht vom plötzlichen Tod ihres einzigen Kindes aufgrund einer Lungenembolie.

Michael konnte sich noch genau erinnern, wie seine Frau den Anruf entgegennahm. Er musste nicht hören, was die Person am anderen Ende der Leitung gesagt hatte, er musste nur in das Gesicht seiner Frau blicken, um das ganze Ausmaß der Tragödie zu erfassen.

Die unendliche Verzweiflung, die ihr Gesicht in diesem Moment ausgedrückt hatte, war das Letzte, woran Michael sich richtig erinnern konnte. Ihre Faustschläge auf seine Brust, die Trauer aller Verwandten und Freunde, die Beerdigung, die Rücksendung von Dans Koffer aus den USA ... Nichts war mehr wirklich da. Er hatte alles verdrängt. Geblieben war nur dieser Moment, in dem Gladys die unumstößliche Wahrheit erfuhr – die Sekunden, in denen sie glaubte, es müsse sich um einen Irrtum handeln, und schließlich die grausame Realität, die den letzten Hoffnungsschimmer abtötete.

Danach folgte nichts.

Michael Koch wurde vorübergehend vom Dienst freigestellt. Gladys und er durchliefen ein Programm zur psychologischen Betreuung bei Trauerbewältigung. Zu dieser Zeit hörte er erstmals von den vier Phasen der Trauer, die die Schweizer Psychologin Verena Kast definiert hatte.

Phase 1: Leugnen.
Phase 2: intensive, ausbrechende Emotionen.
Phase 3: Suchen, Finden, Loslassen.
Phase 4: Akzeptanz und Neuanfang.

Nach weniger als einem Jahr stieg Michael Koch wieder in den aktiven Dienst ein. Überwunden hatte er nichts, auch wenn er das seinem Therapeuten geschickt vorenthalten hatte. Die Wahrheit war: Er wollte weder akzeptieren, was passiert war, noch konnte er irgendjemandem verzeihen, am wenigsten sich selbst und auch nicht seiner Frau, die darauf gedrängt hatte, dass Daniel in den USA studieren sollte. Seine Wut war unermesslich, denn je mehr er recherchierte und sich mit Daniels Krankheit auseinandersetzte, umso mehr musste er erkennen, wie sinnlos sein Tod gewesen war und wie einfach man ihn hätte verhindern können.

Zwei Menschen, die noch vor kurzer Zeit gedacht hatten, ihre Liebe wäre für die Ewigkeit bestimmt, standen vor den Ruinen ihres Lebens.

Als Michael eines Tages von einer Nachtschicht heimkam, war Gladys verschwunden. Sie hatte nicht einmal einen Abschiedsbrief geschrieben. Nur ihr Schlüsselbund lag mitten auf dem Küchentisch, als wolle sie damit sagen: »Ich brauche ihn nicht mehr, denn ich komme nie wieder.«

In den Wochen darauf bemerkten Michaels Kollegen eine drastische Veränderung in seinem Verhalten. Er wurde nach und nach zugänglicher, lachte auch mal – und es hatte ganz den Anschein, als wäre er wieder der Alte. Doch wer Michael Koch gut kannte, konnte hinter der Fassade einen gebrochenen Mann erkennen. Nur, wer wollte das schon? Trauernde Eltern sind wie Aussätzige – man meidet sie, bis sie wieder »funktionieren«.

Dann kam der 16. Oktober 2010, und Kriminalhauptkommissar Koch wurde Leiter einer Operation, bei der er mit einem SEK-Team drei Geiseln aus der rechtsextremen Szene befreien sollte, um sie vor der Lynchjustiz eines alten Juden zu retten. Was keiner wahrhaben wollte, aber insgeheim doch jeder wusste: Michael Koch war durchaus in der Lage, seinen »normalen« Arbeitsalltag zu bewältigen, doch für eine außergewöhnliche Krisensituation wie diese war sein Nervenkostüm nicht stark genug. Den Vorgesetzten, die diese Entscheidung zu treffen hatten, blieb aber keine andere Wahl. Er war zu diesem Zeitpunkt der einzige verfügbare Mann, der die entsprechende Erfahrung mitbrachte. Später würden sie immer wieder beteuern und zu Protokoll geben, dass sie nach bestem Wissen und Gewissen gehandelt hatten.

Es war fast halb neun, als ein schwarzer BMW und ein olivgrüner 7,5-Tonnen-Lkw mit Kastenaufbau, gefolgt von zwei gepanzerten, dunkelblauen Survivor-R-Antiterror-Fahrzeugen, die Anhöhe zum Turm hinaufdonnerten. Das tiefe Grollen der Motoren war schon von Weitem zu hören. Die Kolonne hinterließ trotz der kalten Jahreszeit eine Wolke aus Dreck und Abgasen, die sich erst legte, als sie mit verminderter Geschwindigkeit auf die gaffende Menschenmenge zufuhr.

Die Zahl der Schaulustigen hatte sich deutlich erhöht, seit die ersten TV- und Radiosender von der Geiselnahme berichteten, aber vor allem in den sozialen Medien breitete sich das Thema aus wie ein Lauffeuer.

Kriminalkommissar Danner stand die Verzweiflung ins Gesicht geschrieben. Die hüfthohen Metallgitter, die seine spärlich besetzte Polizeitruppe vereinzelt um den Turm errichtet hatte, reichten längst nicht aus, um das Gebiet zu sichern. Noch immer waren große Teile der Absperrung nur mit rotem Flatterband markiert, während die Schaulustigen bereits eine geschlossene Kette bildeten. Der Lichtkegel zweier Scheinwerfer auf Dreibeinstativen, die normalerweise zur Sicherung von nächtlichen Unfallstellen eingesetzt wurden, erreichte kaum die erste Reihe der im Halbdunkel stehenden Menschen. Obwohl die Stimmung der Schaulustigen trotz des eisigen Windes, der an Stärke zugenommen hatte, eher ausgelassen war, fühlte sich Danner, als wäre er umzingelt von seelenlosen Untoten, die nur darauf warteten, das Areal zu stürmen. Auch wenn er sich gerne als Freund und Helfer der braven Bürger sah, so gefiel ihm trotzdem die Vorstellung von einer postapokalyptischen Welt, in der man die Dinge mit einer doppelläufigen Schrotflinte regeln konnte.

Danner hatte als Kind von Schulkameraden viel einstecken müssen, war auf einer miserablen Schule mit noch miserableren Lehrern gewesen. Er hatte es weit gebracht. In seiner Familie war er der Vorzeigesohn, der sich nun aber kaum noch blicken ließ und selbst zu Weihnachten nur auf einen Sprung vorbeikam. Der die Gesichter der anderen nie vergessen hatte, die ihm auf dem Nachhauseweg von der Schule nachgestellt und ihn drangsaliert hatten. Der nicht den geringsten Sinn darin sah, die gefangenen Neonazis aus ihrem Gefängnis zu befreien.

Kriminaloberkommissar Erdmann saß nervös in seinem Dienstwagen. Seine Finger tippelten unruhig auf dem Lenkrad. Seine sonst übliche Gelassenheit war verflogen. Der Motor lief, und aus dem Gebläse kam heiße Luft. Er schwitzte in seinem dunkelblauen Parka. Es knisterte in der Leitung, dann hörte er über die Freisprechanlage wieder eine Stimme.

»Kriminaloberkommissar Erdmann, hören Sie mich?«

Die weibliche Stimme aus der Einsatzstelle klang konzentriert und sachlich.

»Zwei weitere Einsatzbusse der Bereitschaftspolizei sowie eine SEK-Einheit befinden sich auf dem Weg zu Ihnen.«

»Und wann soll das sein? Die Sache fliegt uns hier um die Ohren.«

»Kriminaloberkommissar Erdmann, ich habe nicht mehr Informationen und kann mich nur wiederholen, die ...«

Erdmann unterbrach sie, seine Stimme wurde ein wenig schriller. »Ich habe zu wenig Leute, zu wenig Absperrgitter, zu wenig Licht und zu wenig Informationen!«

»Wie gesagt, wir haben alle verfügbaren Kräfte mobilisiert«, erwiderte die Stimme mit stoischer Ruhe, was Erdmann das Gefühl gab, gegen eine Wand zu reden. Gerade als er drauf und dran war, vor Wut die Leitung zu kappen, weckte ein Grollen seine Aufmerksamkeit. Er beugte sich weit vor und spähte durch die Windschutzscheibe in den nächtlichen Himmel.

Die Stimme meldete sich erneut.

»Kriminaloberkommissar Erdmann, hören Sie ... Soeben erreichte mich die Nachricht, dass das SEK-Team den Einsatzort erreicht hat ... Kriminialoberkommissar Erdmann?«

»Hören Sie das?«

Erdmann öffnete die Tür seines Einsatzwagens.

Aus dem nachtschwarzen Himmel war ein pulsierendes, tief frequentes Flappen zu hören, das schnell lauter wurde. Der Wind nahm zu und wehte Erdmann die dichten Haare ins Gesicht.

»Hören Sie das?«, schrie er nun in die Freisprechanlage. Die Rotoren des näher kommenden Hubschraubers machten eine Unterhaltung fast unmöglich.

Ein Scheinwerferkegel aus dem Hubschrauber erfasste den Turm und schwenkte schließlich über das ganze Gelände. Erdmann war so entsetzt, dass er das Gespräch mit der Zentrale nicht weiter fortsetzte, sondern mit energischen Schritten auf Danner zuging, der sich gerade ein Megafon hatte bringen lassen.

»Verlassen Sie umgehend den Luftraum, dies ist Einsatzgebiet der Polizei! Verlassen Sie umgehend den Luftraum, dies ist ...«

Das Megafon übertönte selbst den Lärm des Hubschraubers, der über dem Turm zu kreisen begann, doch der Pilot schien keine Notiz davon zu nehmen.

Da alle Augen nach oben gerichtet waren, hatte Erdmann zunächst die Kolonne des Spezialeinsatzkommandos nicht bemerkt, die sich inzwischen ihren Weg durch die Menschenmenge gebahnt hatte und durch die provisorische Absperrung gewunken wurde.

Danner spürte zuerst die Bodenvibration, die die Motoren der Wagen auslösten, denn noch immer war außer dem Hubschrauberlärm nicht viel zu hören. Fasziniert senkte er den Blick und das Megafon. Er mochte seinen Augen kaum trauen: Unweit von ihnen rollten zwei schwer gepanzerte und bewaffnete Survivor-Kampfwagen ins Zentrum des Kessels und machten vor dem Turm halt. Einer der beiden Survivor hatte einen bedrohlich wirkenden Turmaufbau, ähnlich einem Panzer, mit Suchscheinwerfer, Antennen und Granatwerfern. Danner pfiff durch die Zähne, dann tippte er seinem Vorgesetzten auf die Schulter.

Erdmann war beim Anblick der Kolonne nicht weniger überrascht als Danner. Er hatte von den beiden Antiterror-Fahrzeugen in der Presse gelesen, sie aber noch nie live zu sehen bekommen. Sie waren Auslöser für monatelange Debatten um »drei Millionen Euro verschwendete Steuergelder« gewesen. Und auch wenn er damals dazu neigte, den Kritikern recht zu geben, so war er nun doch heilfroh über diese eindrucksvolle Präsenz der Staatsmacht.

Vierzehn schwer bewaffnete Einsatzkräfte sprangen aus den Kampfwagen und reihten sich auf. Die angrenzenden Schaulustigen, ohnehin ein gutes Stück entfernt, wichen respektvoll zurück und vergaßen für einen Moment das Filmen mit ihren Handys. Jeder der Männer trug einen dunkelgrauen Overall, darüber eine beigefarbene Kampfweste mit einem Dutzend kleiner Taschen. Über der Kampfweste war mittig ein Sturmgewehr SCAR MK 17 befestigt, dessen Lauf auf den Boden zielte. Die Gesichter waren durch die Sturmhauben kaum zu erkennen und durch einen Titanhelm mit ballistischem Visier und integriertem Kommunikationssystem geschützt.

Danner grinste.

Aus dem schwarzen BMW, der die SEK-Kolonne angeführt hatte, stieg ein dunkelhäutiger, breitschultriger Mann mit einem schwarzen Mantel. Der Mantel war offen, und so konnte Erdmann sehen, dass der Mann darunter einen edlen schwarzen Anzug und glänzend polierte Anzugschuhe trug.

Ein Schwarzer in schwarzem Anzug. Wie skurril konnte diese Nacht noch werden? Er musterte auch dessen Begleiter, der offensichtlich ebenfalls Teil der militärischen Truppe war, eine Maschinenpistole geschultert hatte und eine kugelsichere Weste trug, aber keinen Helm.

Kriminalhauptkommissar Koch würdigte den Pressehubschrauber, der immer noch über ihnen kreiste, keines Blickes.

Er hatte bereits im Wagen Luftunterstützung angefordert, die sicher schon auf dem Weg war.

Ihm hingen noch immer die Melodien von Mozarts Klavierkonzert in d-Moll im Ohr. Das Konzert war dem Anlass angemessen gewesen, Dans dritter Todestag. Er hatte zwei Karten gekauft, doch seine Frau hatte sich nicht gemeldet, nicht einmal heute, und so war der Platz neben ihm leer geblieben – der einzige freie Platz im gesamten Saal. Die Musik hatte die Leere in seinem Herzen erfüllt, ihn erbeben lassen, bis er am ganzen Körper zitterte. Dabei hatte er seine Dienstwaffe deutlich in der Innentasche seines Jacketts gespürt. In ihrem Magazin befand sich eine einzige Kugel. Mit den Orchesterklängen des zweiten Satzes tauchte er immer tiefer hinab in seine Depression, als sein Pieper ihn jäh herausriss aus dem Sog von Selbstmitleid und Todessehnsucht. Sogar der weltberühmte Pianist verpatzte seinen Einsatz, als sich Michael Koch in der Mitte der dritten Reihe erhob und dabei vergaß, den Pieper abzustellen. Bereits im Foyer hatte er die Notrufnummer seiner Dienststelle gewählt. Erbost eilten zwei schimpfende Angestellte der Philharmonie herbei, um ihn zu maßregeln, doch noch während sich die Verbindung aufbaute, streckte er ihnen seine Dienstmarke entgegen und ließ sie verstummen. Aber auch Koch, der seinerseits kurz davor war, seinem Zorn freien Lauf zu lassen, verstummte, als sich am anderen Ende der Leitung die Stimme des Innenministers meldete.

Jetzt versanken Kochs Lackschuhe tief im Matsch des aufgeweichten Hügels. Wahrscheinlich würden sie nicht der einzige Kollateralschaden dieser Nacht bleiben. Nach seiner langjährigen Erfahrung war es keine Frage, ob vermeidbare Dinge geschehen würden, sondern nur, in welchem Umfang.

Koch ging zielstrebig auf den untersetzten Mann zu, der neben dem großen, bärtigen Kerl mit dem Megafon stand. Den Beschreibungen nach zu urteilen, musste der Kleinere, der so aussah, als würde er sich ausschließlich von Currywurst und

Pommes ernähren, Kriminaloberkommissar Erdmann sein. Der Große mit dem kahlen Kopf wirkte durchtrainiert, und selbst die dunkelbraune Winterjacke, die er trug, konnte nicht verbergen, dass der Mann mehr Zeit damit verbrachte, Gewichte zu heben, als Bücher zu lesen. Das dämliche Grinsen in seinem Gesicht bekräftigte Koch in seinem Urteil, woraufhin er ihn keines Blickes mehr würdigte.

Schlamm spritzte auf Kochs Anzughose, als er mitten in eine Pfütze stieg und vor Erdmann stehen blieb. Der hielt dem stechenden Blick des Kriminalhauptkommissars stand und hatte ebenfalls binnen eines Wimpernschlags für sich entschieden, dass er mit diesem Fatzke sicher nie ein Bier trinken gehen würde.

»Ich bin Kriminalhauptkommissar Koch, und das hier ist Kriminalhauptkommissar Achim Schuster, er leitet das SEK-Team. Und Sie sind Kriminaloberkommissar Erdmann, korrekt?«

Erdmann nickte nur, während sich Danner lauthals aufdrängte. »Und ich bin Kriminalkommissar Danner. Meine Herren, Sie sind die Kavallerie, richtig?«

Er senkte die Stimme und sagte: »I love the smell of napalm in the morning.«

Erdmann und Koch sahen sich kurz irritiert an, und ihre Geringschätzung füreinander bekam einen Augenblick lang Risse. Erdmann nutzte die Gelegenheit und streckte Koch die Hand entgegen.

»Gut, dass Sie hier sind!«

Koch griff nach der Hand und drückte sie.

»Wir werden sehen.«

Die schwer bewaffneten Einsatzkräfte schwärmten soeben aus und befahlen den Polizisten, den Radius der Absperrungen zu vergrößern. Wie auf ein geheimes Zeichen wichen die Schaulustigen zurück. Der Auftritt der Sondereinheiten flößte auch ihnen Respekt ein und führte allen deutlich den Ernst der Lage vor Augen. Gerade noch hatten sie in der Kälte frierend gelacht und getratscht, wie bei einer Karnevalsparade am Straßenrand, doch angesichts der Waffen und Helme verschlug es ihnen die Sprache. Manche entschlossen sich, das Gelände zu verlassen und den Ereignissen doch lieber am heimischen Fernseher zu folgen. Es kehrte merklich Ruhe ein – selbst der Pressehubschrauber drehte plötzlich ab, verfolgt von einem silberfarbenen Polizeihelikopter.

Koch wusste, die Entspannungsphase würde nur von kurzer Dauer sein. Ereignisse wie dieses zogen die Menschen und die Presse magisch an. Längst hatte er hundert weitere Einsatzkräfte zur Verstärkung angefordert, die bereits in großen Mannschaftsbussen auf dem Weg waren, zusammen mit weiterem Equipment, um den Turm effektiv weiträumig abriegeln zu können.

Danner ließ seiner Begeisterung freien Lauf und wünschte insgeheim, er wäre jetzt einer dieser SEK-Jungs mit dem Sturmgewehr vor der Brust.

»Ich hoffe, ihr stürmt den Laden, damit wir endlich nach Hause können!«

Koch ignorierte Danner und nickte seinem militärischen Begleiter zu, der sich wie ein Schrank neben ihm aufgebaut hatte und offensichtlich Danner gerade zurechtweisen wollte, dann aber darauf verzichtete.

»Kollege Schuster ist mit seinem Team für den Zugriff und dessen Planung verantwortlich. Mir obliegt die operative Leitung des gesamten Einsatzes. Ich fungiere außerdem als direkte Schnittstelle zum Polizeipräsidenten, der mit dem Innenminister in Kontakt steht. Sie kümmern sich weiterhin um die Koordination der Bereitschaftspolizei und stimmen sich mit mir ab. Ich schlage vor, Sie begleiten mich zu unserer mobilen Einsatzzentrale, und wir gleichen unsere Informationen ab.«

Dabei zeigte er auf den kastenförmigen Lkw, der in etwa fünfzig Metern Entfernung vom Haupteingang des Turms an einer leicht abschüssigen Stelle Position bezogen hatte. Eine

Handvoll Männer machte sich daran, Antennen auf dem Kofferaufbau zu installieren, einen schweren Dieselgenerator unter einem Baum in der Nähe des Lkw in Betrieb zu nehmen und über ausfahrbare Seitenarme den Einsatzwagen zu stabilisieren und auszurichten. Die beiden gepanzerten Survivor-Fahrzeuge rangierten in einigem Abstand zur mobilen Einsatzzentrale und bildeten einen künstlichen Schutzwall zwischen Turm und Lkw. Dann richteten sie ihre Scheinwerfer auf das Portal des Turms und die darüber liegenden Fenster, um etwaige Anwesende zu blenden.

Erdmann sagte kein Wort.

Vielleicht hatte Koch sich in ihm getäuscht. Er schätzte es, wenn Untergebene nicht tausend Fragen stellten.

»Kriminalkommissar Danner, Sie unterstützen Kriminalhauptkommissar Schuster und seine Männer bei allem, was Sie hier draußen benötigen. Und wenn ich alles sage, meine ich auch alles. Haben Sie das verstanden?«

Danner war über den schroffen Tonfall empört, er war schließlich kein Laufbursche, sondern Kriminalbeamter im gehobenen Dienst. Doch er wagte nicht zu widersprechen, sondern versuchte, auf gut gelaunte Art zu kontern.

»Wir sitzen doch hier alle im selben Schlamassel, und wer bei mir den richtigen Ton anschlägt, der bekommt meine volle Unterstützung.«

»Meinen Ton kennen Sie ja nun, gewöhnen Sie sich also schnell daran.«

Koch nickte dem SEK-Leiter kurz zu, Schuster wandte sich daraufhin schweigend ab und ging auf einen Trupp seiner Männer zu, die gerade die Eingangstür des Turms inspizierten. Erdmann fiel auf, dass Schuster bislang keinen Ton von sich gegeben hatte. Auch hatte er sich den Einsatzleiter eines SEK-Teams irgendwie grobschlächtiger, kantiger und muskulöser vorgestellt. Kriminalhauptkommissar Schuster hätte hingegen in Zivil durchaus glaubwürdig einen Krankenpfleger mit Vorliebe für vegetarische Biokost abgeben können. Erdmann hatte seine Schubladen, und in der Regel kam er damit gut zurecht, aber Schuster konnte er noch nicht einordnen. Vielleicht musste er für Männer wie Schuster eine neue Schublade erfinden.

Koch bemerkte, wie Erdmann Schuster hinterherblickte und schließlich den grünen Kastenwagen in Augenschein nahm.

»Ich mag die Dinger nicht ...«, kommentierte er Erdmanns skeptischen Blick in freundlicherem Tonfall, »... aber sie sind warm, und es gibt eine Kaffeemaschine im Inneren.«

Kochs Gesichtszüge deuteten ein Lächeln an, dann drehte er sich um und ging auf den grünen Kastenwagen zu. Erdmann zögerte kurz, ihm zu folgen, und wandte sich an Danner.

»Manfred, du bleibst hier und sorgst dafür, dass die Situation hier draußen nicht eskaliert.«

Danner schüttelte verständnislos den Kopf.

»Eskaliert? Hier sind ein Dutzend von diesen ...«, er zeigte auf einen der kräftigen Männer des Einsatzkommandos, »... von diesen Ledernacken!«

Er grinste über seinen eigenen Witz, aber Erdmanns Gesicht blieb regungslos.

»Komm schon, ich könnte jetzt auch einen Kaffee gebrauchen!«

In diesem Augenblick gab es am Rand der Absperrung einen Tumult. Offensichtlich versuchte eine junge Frau durch die Absperrung zu gelangen und lieferte sich mit zwei Polizisten ein lautes Wortgefecht.

Erdmann legte nur den Kopf leicht auf die Seite und zog die Augenbrauen hoch. Danner konnte das sogar in dem schlechten Licht erkennen und sagte: »Gut, gut, ich geh ja schon!«

Erdmann sah zu, wie Danner griesgrämig davontrottete, dann folgte er Koch durch den Schlamm zu seiner mobilen Einsatzzentrale.

Marie Stresemann hatte während der Fahrt Zeit zum Nachdenken gehabt. Zeit, in der sie die Situation am Nachmittag immer wieder im Kopf durchgegangen war. Hätte sie sich nicht durch ihre Gefühle leiten lassen, hätte sie einen brutalen Überfall und eine grauenvolle Geiselnahme verhindern können. Ein Mensch war bereits ihretwegen gestorben, aber drei weitere könnten noch folgen. Sie hatte ganz sicher kein Mitleid mit diesen drei Neonazis, die eine junge, wehrlose Frau kaltblütig ermordet hatten. Aber niemand hatte ihrer Meinung nach das Recht, über Leben und Tod zu entscheiden. Nicht der Staat, nicht der Mob und auch nicht dieser rachsüchtige Jude.

Marie wusste nicht genau, was sie der Polizei vor Ort sagen sollte. Aber sie wusste, sie musste alles tun, was sie konnte, um Schlimmeres zu verhindern und nicht noch mehr Schuld auf sich zu laden. Sie dachte an die Hinrichtung ihres geliebten Hundes – hätte sie damals nur besonnener reagiert und nicht voller Wut den Ball zerstochen, wäre ihr Leben vielleicht anders verlaufen. Alles, aber auch alles hing irgendwie miteinander zusammen, und sie war zum Turm gefahren, um diesen Teufelskreis ein für alle Mal zu durchbrechen.

Marie hatte keine Gelegenheit gehabt, sich umzuziehen, und so stöckelte sie mit ihren hochhackigen Schuhen in hautengen Jeans und einem für diese Jahreszeit viel zu dünnen Blazer den Hang zum Turm hinauf.

Kurz bevor sie ihr Ziel erreicht hatte, musste sie einer Kolonne von drei schwarzen Fahrzeugen weichen, die an ihr vorbeifuhren und Schlamm aufwühlten, der hässliche Spritzflecken auf ihrer Garderobe hinterließ, aber sie bemerkte es kaum.

Schließlich erreichte sie die Absperrung, an der bereits zwei bis drei Reihen Schaulustige standen. Instinktiv wich sie vor den Menschenmengen zurück. Alles in ihr sträubte sich dagegen, sich durch die Reihen der Gaffer zu drängen. Nervös suchte sie nach einer Stelle mit weniger Menschen, schritt die

Absperrung entlang und sah einen Mann, der mit einem kleinen Kind auf dem Arm versuchte, einen Platz ganz vorne am Absperrgitter zu ergattern. Marie nutzte die Gelegenheit und schloss sich ihm an. Für Umstehende musste der Eindruck entstehen, Marie wäre Teil dieser jungen Familie, woraufhin sie bereitwillig zur Seite gingen.

Trotzdem empfand Marie den kurzen Gang durch die Menge wie eine Tortur, denn kaum hatte sie die erste Reihe durchquert, schloss sich diese auch schon wieder hinter ihr. Panik überkam sie. Ihr ganzer Körper zitterte, als sie endlich an einem der Gitter stand und mit einem Mal das Ausmaß der Menschenmenge wahrnahm, die rund um den Turm reichte. Soeben hatten Techniker ein halbes Dutzend Scheinwerfer installiert und angeschaltet.

Marie fragte sich, was Menschen dazu trieb, bei einem solch grausamen Spektakel so nah am Ort des Geschehens sein zu wollen. Und im Zentrum dieses Wahnsinns ragte nun hell erleuchtet der steinerne Turm wie ein Mahnmal in den nächtlichen Himmel. Für Marie hatte es den Anschein, als wäre der Turm ein religiöses Relikt, umgeben von unzähligen Jüngern, die sich zu einer satanischen Messe getroffen hatten, dazwischen die Hohepriester in leuchtenden Uniformen, die die Zeremonie organisierten. Mit letzter Kraftanstrengung kletterte Marie über die Absperrung und lief auf einen der Polizisten mit den reflektierenden Westen zu.

Wolfgang Danner war in Fahrt. Sein Kollege Erdmann saß mit dem KHK zusammen in der warmen Stube, während er die Dreckarbeit machen musste. Wie war dieser arrogante Fatzke nur Leiter eines Sondereinsatzkommandos geworden ... Verzeihung, dieses Wort war ja aus dem Sprachgebrauch für öffentliche Dienststellen gestrichen worden, da es zu sehr an die SS erinnerte. Nun durfte man ja nur noch »Spezialeinsatzkommando« sagen. Political Correctness – zum Kotzen! Und jetzt diese Irre, die wild fuchtelnd auf einen Polizisten einredete. Wie die schon angezogen war – das war doch hier keine Party!

Marie Stresemann war fast so weit, aufzugeben, als sie den kräftigen Mann mit Vollbart in Zivilkleidung aus dem Hintergrund kommen sah. Sie wusste, wer an so einem Ort keine Uniform trug, war entweder von der Presse oder ein hochrangiger Beamter. Sie wartete ab, bis der breitschultrige Mann sie erreicht hatte. Der Polizist, der soeben noch versucht hatte, sie zu beruhigen, wunderte sich, dass sie plötzlich verstummte, und folgte ihrem Blick. Er entdeckte Kriminalkommissar Danner und trat respektvoll einen Schritt beiseite.

»Was gibt's hier?«, fragte Danner.

»Diese Dame behauptet ...«

Aber weiter kam der Polizist nicht mit seiner Meldung. Marie unterbrach ihn: »Hören Sie, ich habe wichtige Informationen über eine der Geiseln, und ich muss dringend mit dem Einsatzleiter sprechen!«

Danner gab sich herablassend, auch wenn er nun selbst neugierig geworden war.

»Sie können mit mir sprechen. Ich bin Kriminalkommissar Danner.«

Marie zögerte. Instinktiv wusste sie, dass sie bei diesem Mann kein Gehör finden würde.

»Hier?«

»Wo sonst?«

»Es sind vertrauliche Informationen!«

Auch die umstehenden Gaffer waren inzwischen still und folgten der Unterhaltung aufmerksam. Marie versuchte, ihn mit einem Happen zu ködern.

»Ich bin die Bewährungshelferin einer der Geiseln.«

Doch die Antwort fiel alles andere als befriedigend aus.

»Na, dann haben Sie Ihren Job offensichtlich nicht so gut gemacht, wie Sie sollten, oder?«

Das tat weh, und insgeheim musste sie ihm auch noch recht

geben. Trotzdem kochte die Wut in ihr hoch, weil dieser Lackaffe einen wunden Punkt getroffen hatte. Sie dachte an den zerstochenen Ball, atmete tief durch und zwang sich, Ruhe zu bewahren. Dann spielte sie ihre letzte Karte aus.

»Der Geiselnehmer und mein Klient haben mich vor einer Stunde von diesem Turm aus angerufen, aber wenn Sie diese Information nicht haben wollen, gehe ich jetzt zurück und lege am Montag Beschwerde bei meiner Dienststelle gegen Sie ein. Wie, sagten Sie, war noch mal Ihr Name ... Kriminalkommissar Danner?«

Danner schluckte und vergaß fast, den Rauch, den er soeben inhaliert hatte, wieder auszustoßen. Aber so leicht wollte er sich nicht geschlagen geben.

»Ganz wie Sie meinen«, sagte er mürrisch und wandte sich an den Polizisten. »Ich übernehme das – und Sie, Sie kommen mit mir!«, befahl er Marie schroff und schritt auf das Zentrum des Kessels zu, wo noch immer ihre Dienstwagen standen.

Erst stolperte Marie hinter ihm her, dann aber wurde ihr plötzlich die Nähe des Turms bewusst, der jetzt direkt über ihr aufragte. Obwohl sie fror und den bornierten Kommissar nicht aus den Augen verlieren wollte, blieb sie unwillkürlich stehen und sah hinauf. Vielleicht war es Einbildung, aber sie hatte das Gefühl, als wäre der Turm von einer dunklen Aura umgeben.

»Kommen Sie jetzt?«, hörte sie Danner rufen. Dann riss sie sich los und versuchte, den Turm hinter sich zu lassen.

Die mobile Einsatzzentrale war geräumiger, als Erdmann vermutet hatte, wenn auch beengt. Er musste an Filmszenen in einem U-Boot denken. Jeder Zentimeter war ergonomisch und funktional auf die Bedürfnisse seiner Nutzer zugeschnitten. Olivgrüne Armaturen und schwarze Elektronik an den Wänden dominierten das optische Erscheinungsbild. Fenster konnte man auf den ersten Blick keine erkennen.

Erdmann zählte vier Arbeitsplätze, von denen im Augenblick nur zwei besetzt waren. Er sah eine Monitorwand mit sechs Bildschirmen, die offenbar die Bilder der Helmkameras der Spezialtruppen übertrugen. Vor ihnen saß ein junger, hagerer Mann mit Headset.

»Rot fünf Test.«

»Anton, Berta, Cäsar«, kam die Antwort aus einem kleinen Lautsprecher unterhalb der Flatscreens.

»Audio verbunden und bestätigt, Video verbunden und bestätigt«, sagte der junge Mann monoton, während er seine Controller bediente und sich auf die Anzeigen konzentrierte. Einer der Monitore schaltete auf die nächste Helmkamera um.

»Rot sechs Test«, begann der junge Mann von Neuem.

»Anton, Berta ...«

Koch beugte sich über den jungen Mann und betätigte einen Schalter auf der Konsole.

»Ich bin so frei, Nigel.«

Der Lautsprecher verstummte.

Der junge Mann mit dem Headset sah nur kurz auf.

»Selbstverständlich.«

Dann arbeitete er weiter. Koch wandte sich wieder Erdmann zu und lächelte gequält.

»Eng hier, aber warm. Setzen Sie sich doch!«

Dabei zeigte er auf die gegenüberliegende Wand, aus der sich zwei Sitzflächen und ein schmaler Tisch klappen ließen. Er entledigte sich seines Mantels und hängte ihn seitlich in eine Nische.

»Atli!«, rief Koch in den hinteren Teil des Kastenwagens, wo ein weiterer Mitarbeiter mit stämmigem Körperbau vor einer Computer-Konsole saß. Er war seit Jahren Kochs IT- und Fernkommunikationsexperte bei mobilen Einsätzen. Seine rotblonden Haare und sein ungestutzter Vollbart unterstrichen seinen impulsiven Auftritt. Übertrieben dynamisch schwenkte er den Drehstuhl zu seinem Chef.

»Wir sind online. Standleitung zur Zentrale steht. Countdown bei T minus vierzehn Minuten.«

»Und Kaffee?«

Atli grinste. »Läuft noch durch. Kann sich nur noch um Minuten handeln.«

Erdmann klappte den Stuhl aus, hatte aber sichtlich Probleme, auf der schmalen Sitzfläche genügend Platz zu finden. Koch tat es ihm gleich, klappte den Tisch zwischen ihnen auf und breitete einige Ausdrucke vor sich aus. Dann fischte er eine Lesebrille aus seinem Anzug.

»Wir wissen nicht viel, aber wahrscheinlich können Sie einige meiner Ausführungen ergänzen, also fangen wir mal an!«

Er setzte sich die Brille auf und studierte die Informationen.

»Status quo: Ein jüdischer Mitbürger Namens Ephraim Zamir, zweiundsiebzig Jahre alt, seit Anfang des Jahres wohnhaft gemeldet in der Angerstraße elf.« Koch sah auf und deutete in Richtung des Turms. »Das ist die Adresse des Turms.«

Erdmann nickte. Er kannte die Adresse natürlich.

Koch fuhr fort: »Außer ihm ist unter dieser Adresse seit April auch seine Haushälterin gemeldet, Esther Goldstein, dreiundzwanzig Jahre alt. Nach Angaben des örtlichen Rabbis Shlomo Moshe übergab Zamir heute die Leiche der jungen Frau um 15:20 Uhr dem Rabbi und bat um eine jüdische Bestattung. Laut aktuellem Befund starb das Mädchen an zwei Schusswunden ebenfalls heute, gegen 12:30 Uhr – Tatort unbekannt. Ein Herr Salzberg aus der jüdischen Gemeinde gab an, sie nach dem Gottesdienst kurz nach 12 Uhr hier am Turm abgesetzt zu haben. Es ist durchaus denkbar, dass sich der Mord hier ereignet hat, aber das ist reine Spekulation. Der Geiselnehmer Ephraim Zamir hat für den Zeitpunkt ein Alibi. Er besuchte nach dem Gottesdienst gemeinsam mit Rabbi Moshe die Stadträtin Seligmann im Krankenhaus. Sie wurde vorgestern Opfer eines Überfalls durch zwei Neonazis.«

Erdmann räusperte sich, um Kochs Redefluss zu stoppen.

»Gibt es irgendeine Verbindung zwischen dem Überfall und dem Mord?«

Koch sah auf. »Wir wissen es nicht. Aber die unmittelbare zeitliche und personelle Verknüpfung ist auf jeden Fall ... interessant.« Koch wandte sich wieder seinen Unterlagen zu. »Gegen 18 Uhr ging eine anonyme Mail bei der Polizei und bei Presseorganen ein, mit der Angabe einer Internetadresse namens ›voteforjustice.com‹. Auf der Website sind drei vermummte Gestalten zu sehen, mit dem Hinweis, dass der Betreiber der Seite ab 21 Uhr, also in elf Minuten, mit einer Vernehmung der drei Personen beginnen wird. In der Mail bezeichnet der Absender die drei Personen als Neonazis und nennt sie auch Angeklagte. Auf der Webdomain stellt der Betreiber außerdem eine Online-Hinrichtung in Aussicht, sollten je eine Million Nutzer pro Angeklagtem für eine Ermordung abstimmen.«

Koch blickte wieder auf, um Erdmanns Reaktion zu sehen, der prompt antwortete.

»Sie vermuten, der Geiselnehmer sitzt da drin in diesem Turm, hat in wenigen Stunden eine Website gebastelt und erwartet nun, dass die Bevölkerung ihn bei seinen Racheplänen unterstützt? Das ist doch absurd!«

Koch nahm die Brille ab.

»Ist es das? Normalerweise haben wir bei Internet-Kriminalität in dringenden Fällen innerhalb von zwanzig Minuten die relevanten IP-Adressen – und damit auch Zugriff auf die Postadresse, die Domainbetreiber und mit etwas Glück auch den Standpunkt des Servers, auf dem die Domain mit den Userdaten lokalisiert ist. In diesem Fall – nichts, gar nichts.«

Erdmann fuhr sich mit der Hand nachdenklich über das stoppelige Kinn.

»Ich habe von all diesen Online-Dingen ziemlich wenig Ahnung. Das ist nicht meine Welt, aber wenn in diesem Turm tatsächlich ein zweiundsiebzigjähriger Mann sitzt, der damit droht, drei Menschen vor laufender Kamera zu ermorden, dann sollten Sie und Ihre Spezialeinheit die Aktion so schnell wie möglich unterbinden.«

Koch verzog die Mundwinkel zu einem milden Lächeln.

»Glauben Sie mir, es wird nicht so weit kommen. Wir sondieren gerade unsere Optionen und versuchen, noch mehr Fakten zu bekommen.«

»Fakten? Welche Fakten?«

Koch suchte ein Blatt Papier aus dem Stapel und las vor:

»Ephraim Zamir ist israelischer und deutscher Staatsbürger. Nach unserer Aktenlage lebte er von 1954 bis vor circa eineinhalb Jahren ausschließlich in Israel, davor in Deutschland. Sehr viel mehr wissen wir über den Mann nicht. Auch die israelischen Kollegen konnten uns bislang keine weiteren Informationen zu Ephraim Zamir geben. Weder seinen Wohnort in Israel noch seinen Beruf, noch sonst irgendetwas.« Er blickte wieder hoch zu Erdmann. »Und das, Kollege Erdmann, ist ebenfalls ... interessant.«

Koch machte eine Pause, ließ Erdmann Zeit, die Information sacken zu lassen, und fuhr dann fort: »Aufgrund der Bilder auf der Domain konnten wir eines der drei Opfer identifizieren. Es handelt sich um den Neonazi Gottfried Wegener – in der Szene auch als ›Steiner‹ bekannt. Ein gefährlicher und bestens ausgebildeter Nahkämpfer, der seit Jahren auf unserer Fahndungsliste steht. Ich frage Sie, wie konnte ein alter Mann drei Neonazis von diesem Kaliber in seine Gewalt bringen?«

Erdmann hatte darauf keine Antwort und zuckte mit den Schultern.

»Sehen Sie, und das ist der dritte Punkt, der uns stutzig macht. Die Faktenlage der meisten Geiselnahmen, zu denen ich gerufen werde, ist in der Regel nach kurzer Zeit so aufschlussreich, dass wir wissen, mit wem wir es zu tun haben und worin die wahre Motivation des Geiselnehmers liegt. Dieser Fall ist in jeder Hinsicht ... außergewöhnlich. Hinzu kommt, dass der Geiselnehmer die Öffentlichkeit und damit auch die

Presse involviert hat. Die aktuelle Gesamtlage lässt sogar den Schluss zu, dass der Geiselnehmer nicht allein handelt.«

»Sie meinen, es gibt vielleicht mehrere Geiselnehmer?«

»Ich meine erst einmal gar nichts, aber zum jetzigen Zeitpunkt ist ein Sturm des Gebäudes die allerletzte Option, die wir in Betracht ziehen. Keiner will hier ein zweites Gladbeck.«

Koch verschob das oberste Blatt und entblößte ein großes Schwarz-Weiß-Foto, das er zu Erdmann drehte.

»Das hier ist unser Mann. Schon mal gesehen?«

Es war ein Gruppenbild der jüdischen Gemeinde, auf dem sich anlässlich einer Feier die Mitglieder rund um ihren Rabbi aufgestellt hatten. Drei Köpfe waren mit einem roten Marker umrandet worden. Der des Rabbis, der einer jungen Frau und der eines bärtigen Mannes, auf den der Finger von Koch gerade zeigte.

Erdmann betrachtete das Bild eingehend, schüttelte dann aber den Kopf.

Die Tür ging auf, und ein kalter Windstoß kündigte einen Besucher an. Danner trat ein und schloss die Tür hinter sich.

»Saukalt da draußen. Dachte, ich hol mir auch mal 'nen Kaffee!«

Koch verzog keine Miene, sondern nickte Danner nur zu.

»Wer war die Frau?«, wollte Erdmann wissen.

»Ach, hat sich erledigt …«

Das weckte Kochs Neugierde.

»Welche Frau?«

»Eine Wichtigtuerin. Hat behauptet, sie wäre die Bewährungshelferin von einer der Geiseln. Hatte aber nur ihren Personalausweis dabei. Hab alles protokolliert und …«

Koch stand auf und unterbrach ihn. »Wo ist die Frau jetzt?«, fragte er streng.

Danner trat automatisch einen Schritt zurück und versuchte, seine Verunsicherung zu überspielen.

»Die wollte sich doch nur wichtigmachen. Keine Sorge. Wir

haben die Personalien, alles ... Sie meinte doch glatt, die Geisel hätte sie zusammen mit dem Geiselnehmer angerufen, als sie vorhin mit ihren Freundinnen in einer Bar war.« Beschwichtigend hob er die Hände.

»Wie absurd ist das denn?« Erdmann wandte sich kopfschüttelnd ab.

Kochs Stimme wurde nun energischer. »Wo ist die Zeugin jetzt?!«

Danner war sich zwar keines Fehlers bewusst, aber trotzdem verunsichert.

»Hab sie wieder nach außerhalb der Absperrung geleitet ...«

Koch klang jetzt etwas ruhiger, aber nicht weniger bedrohlich. »Sie haben eine potenzielle Zeugin mit unmittelbarem Kontakt und Kenntnissen zu einer Geisel nach Hause geschickt?«

Danner antwortete nicht mehr.

»Ich möchte diese Frau in spätestens fünf Minuten hier in diesem Wagen sehen – und mir ist vollkommen egal, wie Sie das anstellen!«

Danner schluckte und wollte gerade protestieren, da streifte sein Blick Erdmann, der ihm stumme Signale sendete, lieber den Mund zu halten. Daraufhin drehte sich Danner wütend um, stapfte wortlos in die Kälte hinaus und warf die Metalltür laut hinter sich ins Schloss.

STEINER II

Samstag, 16. Oktober 2010, 21:00 Uhr

Irgendwo auf einer Studentenparty in der Nähe der Universität hatte Parviz Nuri von einem Freund per SMS den Link zur Voteforjustice-Seite erhalten. Am Ende der Nachricht waren nur ein Smiley und drei Daumen nach oben zu sehen. Parviz antwortete: *Und?*

Woraufhin mit einem Pling die Antwort erschien: *Keine Zeit, schau selbst!*

Genau das tat Parvis – und während um ihn herum die Musik lauter wurde und seine Kumpels ein Trinkspiel veranstalteten, versank er in tiefes Schweigen und konnte kaum fassen, was er zu sehen bekam.

Jetzt, zwanzig Minuten später, galt die Aufmerksamkeit der fünfzehn alkoholisierten Partygäste der Liveübertragung von TELE PRO. Mücke und Jan hatten ihre Bierflaschen abgestellt und den Fernseher in die Mitte des leer geräumten Wohnzimmers der WG gezogen, während sich ihre Gäste eng aneinanderpressten, um einen möglichst guten Blick auf den Plasma-Bildschirm zu haben. Gleichzeitig hatte jeder von ihnen sein Handy in der Hand, um neue Nachrichten und Gerüchte zu erhalten oder selbst Nachrichten zu verbreiten.

»Scheiß Nazis!«, grölte einer aus der Menge.

»Der Typ soll sie alle um die Ecke bringen!«

Als Reaktion darauf gab es Applaus, und manche prosteten sich mit ihren Bierflaschen zu.

Eine junge Frau schüttelte den Kopf und versuchte, sich mit ihrer dünnen Stimme Gehör zu verschaffen.

»Spinnt ihr eigentlich alle? Das ist die Vorstufe zur Anarchie! Was ist mit den Grundwerten unserer demokratischen Verfassung? Was ist mit ...«

Ein vollbärtiger Hüne mit besonders tiefer Stimme äffte sie nach.

»Was ist mit den Grundwerten unserer demokratischen Verfassung ... Scheiß drauf, das sind Nazis, die scheißen auf unsere Verfassung, also scheißen wir auch auf sie!«

Und wieder gab es Applaus, Gelächter und das Geräusch aneinanderschlagender Bierflaschen.

Jan mischte sich ein und brachte lautstark die Menge zum Schweigen.

»Haltet doch jetzt mal alle die Klappe!«

Mit der Fernbedienung stellte er gleichzeitig den Ton lauter. Eine attraktive Reporterin kommentierte die Ereignisse vor Ort. Bei ihrem Anblick legte Mücke die Finger an den Mund und pfiff. Die Jungs in der Gruppe lachten laut auf, während eine Kommilitonin kopfschüttelnd erwiderte: »O Mücke, du bist so was von pubertär ...«

Erneut erschallte Gelächter, dann beherrschte die Stimme der Moderatorin den Raum, während ihr Name unterhalb des Bildes eingeblendet wurde: Stephanie Benedikt.

»Offensichtlich konnte die Polizei die Identität des Mannes noch nicht einwandfrei bestätigen. Es scheint sich aber um einen zweiundsiebzigjährigen Mann jüdischen Glaubens zu handeln, der sowohl die deutsche als auch die israelische Staatsbürgerschaft besitzt. Nach ersten Informationen wurde die Haushälterin des Mannes heute Nachmittag ermordet aufgefunden. Die Polizei geht daher davon aus, dass es sich bei der Geiselnahme um einen Racheakt handeln könnte. Inzwischen ist auch ein schwer bewaffnetes Spezialeinsatzkommando eingetroffen, das die örtlichen Einsatzkräfte unterstützt. Wie Sie hinter mir erkennen können, errichtet die Polizei rund um den Turm eine Sicherheitsabsperrung. Noch ist allerdings nicht zweifelsfrei bestätigt, dass sich die Geiselnahme tatsächlich hinter den Mauern dieses alten Turms abspielt, da …«

Stephanie Benedikt legte den Kopf schräg und drückte sich den drahtlosen Empfänger unter ihren dunklen Locken mit einer Hand fester ans Ohr.

»Ich höre gerade, dass der Countdown des Geiselnehmers zum Start seiner Liveübertragung fast bei null angekommen ist. Ich gebe daher zurück ins Studio.«

Das Bild von Benedikt wurde verkleinert und wich dem eines geleckten Studiomoderators im dunkelgrauen Anzug, der vor einer klassischen News-Projektion stand. Unter ihm erschien in einem animierten Farbbalken sein Name: Robert Pantos. Im Hintergrund zeigte man die Startseite von voteforjustice, wo der Countdown sich langsam auf null zubewegte. Links von Pantos war der Countdown noch einmal, aber wesentlich größer, abgebildet und stand nun bei achtzehn Sekunden.

»Danke, Stephanie. Wir sind nun gespannt, ob sich auf der Website des Geiselnehmers tatsächlich ein Livestream zeigen wird. Noch elf Sekunden … noch zehn … noch neun …«

Die Studenten stimmten nach und nach beim Herunterzählen des Countdowns mit ein. Ihre Stimmen wurden immer lauter, als wollten sie gleich mit Champagner auf das neue Jahr anstoßen. Die Stimmen schwollen an und übertönten schließlich sogar den Fernsehton.

»DREI … ZWEI … EINS … NULL!!!«

Und tatsächlich, auf der Website tauchte ein großes blaues Feld auf. Der Moderator vergaß einige Sekunden lang, die Geschehnisse zu kommentieren, und auch die Partygäste hielten den Atem an.

Kriminalhauptkommissar Koch verfolgte die Übertragung mit seiner Crew konzentriert im Einsatzwagen, aber das blaue

Feld auf der Mitte der Website veränderte sich nicht. Koch betete insgeheim, dieser Zustand möge so bleiben.

Marie Stresemann stand weit hinter der Absperrung und starrte auf ihr Handy. Sie fror, und eigentlich hatte sie vorgehabt, der Szenerie den Rücken zu kehren und nach Hause zu fahren, doch irgendetwas hielt sie davon ab. Entfernt hörte sie eine Stimme rufen. Sie reagierte nicht, starrte nur auf das blaue Feld – doch die Stimme kam näher und rief erneut. Sie blickte auf und entdeckte den selbstgefälligen Beamten, der sie abgewiesen hatte. Jetzt rannte er atemlos auf sie zu und rief dabei ihren Namen.

Marc Kleinfeld konnte nicht länger ruhig in seinem Sessel in der Regie sitzen und fuhr angespannt hoch, wobei der Sessel nach hinten schoss und lautstark umkippte.

»Nun mach schon. Lass mich jetzt nicht im Stich«, murmelte er in sich hinein, wobei sich seine Fingernägel tief in die Handballen gruben.

Thielen saß im weißen Bademantel allein zu Hause und verfolgte die Geschehnisse im Fernsehen. Ein Glas Cognac stand auf einem Biedermeier-Beistelltisch in Griffweite. Er hatte sich soeben eine kubanische Cohiba Maduro angesteckt und nahm einen tiefen Zug von der Zigarre. In Momenten wie diesen fühlte er sich wie der Herrscher der Welt. Genüsslich blies er den Zigarrenrauch mit weit geöffnetem Mund aus, dann gönnte er sich einen Schluck von seinem Hennessy, für den er zweihundert Euro bezahlt hatte. Eckl war unterwegs, um alle ortsnahen Kameradschaften zu mobilisieren. Druck und Chaos sollten am Turm die Oberhand gewinnen, damit die Polizei das Objekt schließlich stürmte. Mit ein wenig Glück würde keine der Geiseln überleben – notfalls musste eben ein wenig nachgeholfen werden. Thielen freute sich auf eine spannende Nacht und spülte den Zigarrengeschmack mit einem weiteren Schluck Cognac hinunter.

Thomas Worch ließ sein Sturmfeuerzeug rhythmisch auf-

und zuklappen und starrte auf die Fernsehübertragung von TELE PRO.

Das Letzte, woran er sich erinnern konnte, waren Karls Schläge, die Enttäuschung in seinen Augen und die Tränen auf seinen Wangen. Nun saß er in dessen Wohnung und konnte kaum sagen, wie er den Weg hierher gefunden hatte. Er hatte sich Sorgen gemacht um Steiner, um Udo, aber vor allem um Karl. Sie hätten doch schon längst hier sein müssen. Aus Frust und Angst hatte er den Fernseher eingeschaltet, um sich abzulenken, hatte lethargisch durch die Programme gezappt. Schließlich war er bei TELE PRO hängen geblieben, als der Sender gerade ein Bild des steinernen Turms übertrug.

Jetzt begann der blaue Rahmen im Zentrum des Bildschirms zu flimmern. Unter dem Moderator stand der Countdown bereits bei minus siebenundzwanzig Sekunden. Dann tauchte unvermittelt ein entstelltes Gesicht auf. Gut zwei Drittel davon waren verbrannt, teilweise schwarz, an einigen Stellen aber auch dunkelrot und blutunterlaufen. Dort hatte sich die Haut geschält, Wundflüssigkeit glänzte im Scheinwerferlicht. Ohne Zweifel, es war Steiner. Thomas hatte kaum Zeit, sich nach vorne zu beugen, und erbrach sich auf seinem Pullover.

Kleinfeld konnte sein Glück kaum fassen, als sich endlich die Szenerie des Geiselnehmers auf den Bildschirmen der Regie offenbarte. Das war besser, viel besser als perfekt inszeniertes Reality-TV. Die Szenerie hätten selbst seine besten Bühnenbauer nicht so düster und erschreckend gestalten können. Ein vollkommen in grauem Beton gehaltenes Verlies, ein rustikaler, einfacher Holzstuhl, der offenbar mit Eisenwinkeln an den Boden geschraubt worden war. Ein einzelner Scheinwerfer, nicht zu hell und nicht zu dunkel, beleuchtete in einem geradezu perfekten Spot das gefesselte Opfer und ließ den Rest des Verlieses im Dunkeln.

Kleinfelds rechte Faust verkrampfte sich vor Freude, denn das Beste für den TV-Profi war das Opfer. Ein perfekter Neonazi mit Glatze, Tattoos, breiten Schultern und einer fast zur Unkenntlichkeit entstellten, verbrannten Fratze, die selbst ein erfahrener Maskenbildner nur schwer so gut hinbekommen hätte – die Realität war eben etwas Wunderbares. Als der Geiselnehmer ins Bild kam, entfuhr Marc Kleinfeld sogar ein unterdrücktes »Ja!«. Genauso musste ein wahrer Rächer aussehen, alt, aber kräftig, mit grauem Bart und wildem, vollem Haar! Dazu trug der Mann einen groben Pullover und – eine dunkle Anzughose. Wunderbar, ein Gentleman-Killer!

Marc Kleinfeld schaute in die Runde seines Teams, das teils schockiert und teils angewidert guckte. Nicht einmal Karin Thaller schien seinen Enthusiasmus zu teilen und musste sich zwingen, sich nicht abzuwenden. Aber damit konnte Marc Kleinfeld sich nicht aufhalten. Er zeigte nur in einer ausholenden Geste auf seine Leute und sagte: »It's showtime, guys ... Heute Nacht schreiben wir TV-Geschichte!«

Steiner starrte an der Kamera vorbei. Daneben saß Zamir und warf einen Blick auf den seitlich stehenden Kontrollmonitor. In der einen Hand hielt er eine Klarsichtmappe, gefüllt mit einem Stapel handgeschriebener Notizen und Ausdrucke, in der anderen Hand die Waffe, mit der Thomas Worch Esther erschossen hatte.

Zamir hatte sich ein letztes Mal davon überzeugt, dass die Übertragung funktionierte, legte die Waffe neben eine Tüte Salz und öffnete die Mappe. Dann entnahm er seiner Brusttasche eine Lesebrille, entfaltete sie geschickt mit einer Hand und schob sie sich auf die Nase, während er der Mappe ein handbeschriebenes Blatt entnahm.

Zamirs Stimme klang ruhig und konzentriert. »Also fangen wir an!«

Erst jetzt erkannte Steiner mit seinem gesunden Auge, dass an der Kamera ein rotes Licht leuchtete. Sie war offensichtlich im Aufnahmemodus. Trotzdem stellte er sich die Frage, ob der alte Jude nicht bloß bluffte. Gab es tatsächlich eine Übertragung ins Netz? Sahen seine Kameraden ihm wirklich in diesem Augenblick zu? Gottfried beschloss instinktiv, alles auf eine Karte zu setzen, und wandte sich laut, aber deutlich an die Kamera.

»Ich sitze hier im Turm auf dem Westberg und werde von einem alten Juden brutal misshandelt und gequält. Ich habe keine Ahnung, was dieser Wahnsinnige noch alles mit mir tun wird. Ihr müsst mich …«

Doch weiter kam Steiner nicht. Zamir hatte eine Handvoll Salz genommen und ihm ins Gesicht geschleudert. Das Salz brannte im Auge und fraß sich durch offene Wundstellen. Noch nie hatte Steiner einen solchen Schmerz empfunden, noch nie hatte ein Schmerz so lange angehalten. Sein ganzer Körper bäumte sich auf, seine geschundenen Hände versuchten verzweifelt, das Gesicht zu erreichen, doch vergeblich. Er schrie, und sein Kopf wurde in unendlicher Qual hin und her gerissen. Erst als ein Schwall kaltes Wasser sein Gesicht traf, ließ der Schmerz nach. Der Ohnmacht nahe, sackte Gottfried zusammen. Zamir stellte das leere Wasserglas beiseite.

»Können wir weitermachen?«

Steiner keuchte, Wasser und Speichel vermischten sich und glitten in langen Fäden aus seinem Mund.

Zamir fuhr in ruhigem Tonfall fort, so als wäre nichts geschehen. »Gottfried Wegener, Rufname in der rechtsextremen Szene: ›Steiner‹. Geboren 1977 in Bremen. Das jüngste von fünf Kindern. So weit korrekt?«

Gottfried hob langsam den Kopf, bis sein Auge Zamir funkelnd fixierte.

»Ich interpretiere das als Zustimmung.«

Schweigend senkte Gottfried wieder den Kopf.

»Mutter Franziska Wegener, geborene Funk, Hausfrau. Vater hochdekorierter Offizier der deutschen Luftwaffe im Zweiten Weltkrieg, schied aus als Oberstleutnant und brachte wohl den Sprösslingen das verdorbene Gedankengut bei?«

Wieder hob Gottfried den Kopf und blaffte: »Was wissen Sie schon über meinen Vater, Sie alter aufgeblasener Judensack?«

Zamir blieb kühl.

»Eine ganze Menge.« Er blickte wieder auf seine Notizen.

»Er gehörte Ende des Krieges dem Jagdverband 44 an, einer Staffel, die mit den ersten Düsenflugzeugen bestückt war ... eine der Wunderwaffen, die Hitler den Sieg bringen sollten.« Ein sarkastisches Lächeln huschte über Zamirs Mundwinkel. »Hat wohl nicht geklappt?«

Gottfried wandte sich ab. Seine Wut und die Schmerzen lähmten jeden klaren Gedanken. Er hatte nur die Hoffnung, dass seine Kameraden ihn hier bald rausholen würden. Und dann? Dann würde er dem alten Mann Schmerzen zufügen, wie er nie zuvor jemandem Schmerz zugefügt hatte – und es würde lange dauern.

»Mit sechs Jahren schrieb Sie der Vater bei der Wiking-Jugend ein. So eine Art Hitlerjugend, korrekt?«

Gottfried schüttelte den Kopf.

»Also war die Wiking-Jugend ein harmloses Pfadfinderlager?«

»Ich war fünf, als ich zur Wiking-Jugend kam. Den Mitgliedsausweis erhielt ich mit sechs. Die haben aus Kindern richtige Männer gemacht, nicht so schwule Pfadfinderlappen.«

Zamir heuchelte Verständnis und nickte.

»So richtige Männer, wie Gundolf Köhler es war?«

Gottfried antwortete nicht.

»Die tätowierten Initialen ›GK‹ auf Ihrem Oberarm, die stehen doch für Gundolf Köhler? Ist das nicht so?«

Zamir warf einen Blick auf seinen Kontrollbildschirm. In der rechten unteren Hälfte wurde das Abstimmungsergebnis in Echtzeit angezeigt. Die Zahl der Personen, die für Gottfrieds Hinrichtung waren, lag bei 4735, während 10066 Zuschauer für »Leben« abgestimmt hatten. Das irritierte Zamir. Die Repressalie mit dem Salz war vielen Menschen offensichtlich doch zu weit gegangen. Er wandte sich wieder Gottfried zu.

»Haben Sie Gundolf Köhler während Ihrer Zeit bei der Wiking-Jugend noch kennengelernt?«

»Scheiße, nein, der war lange vor mir dort.«

Kleinfeld schrie durch den Regieraum: »Karin, los, mach schon, wer ist dieser Gundolf Köhler?«

Karin hatte den Namen bereits bei Wikipedia eingegeben und antwortete hektisch: »Hier ... Ich hab's, der Attentäter des Oktoberfest-Anschlages von 1980.«

»Okay, stell ein paar Fakten zusammen für einen Einblender ... Wo bleibt Carla?«

Auf einem der Monitore öffnete sich eine Studiotür. Eine kleine kräftige Frau mit frech abstehender Kurzhaarfrisur trat mit selbstbewussten Schritten wie eine Hollywood-Diva vor eine der Kameras. Ein Assistent eilte herbei und half ihr aus ihrem schwarzen Mantel, unter dem ein roter Blazer zum Vorschein kam.

»Marc, ich will wissen, was so wichtig ist, dass ich an meinem freien Abend ins Studio kommen muss.«

Kleinfeld blickte verstohlen zu Karin. »Sie weiß es nicht?«

Karin schüttelte den Kopf. »Dazu war keine Zeit ... Wollte es nicht den Fahrern überlassen.«

Kleinfeld drücke den Talkback-Knopf am Regiepult und aktivierte den Lautsprecher im Studio.

»Geh in die Maske, Carla, ich bin sofort bei dir.«

»Erst wenn ich aufgeklärt wurde, was hier läuft!«

Die Moderatorin war gewohnt, dass man ihr nicht widersprach und alle Wünsche umgehend erfüllte. Selbst dann, wenn es sich um den Programmdirektor handelte. Entsprechend überrascht war sie über Kleinfelds schroffe Antwort.

»Carla, wir sind live, und wenn du nicht den größten Auftritt deines Lebens verpassen willst, dann solltest du deinen gelifteten Hintern auf der Stelle in die Maske bringen. Ende!«

Kleinfeld schaltete die Gegensprechfunktion ab und konzentrierte sich wieder auf das Interview mit dem Neonazi Steiner. Aus den Augenwinkeln beobachtete er Carla, die kopfschüttelnd in der Garderobe verschwand.

»Warum tragen Sie seine Initialen auf Ihrem Arm?«, fragte Zamir.

Gottfried blickte auf seinen Unterarm, wo rund um die Buchstaben »GK« ein Eisernes Kreuz tätowiert war.

»Köhler war ein Held.«

Zamir lachte kurz auf.

»Ha ... Ein Held ...«

Gottfried setzte lauter nach: »Genau, ein Held. Einer, der sich für die arischen Ideale und die Bewegung geopfert hat und zum glorreichen Märtyrer für seine Kameraden geworden ist ... Ein Held!«

Zamir spürte, dass er Gottfried langsam genau dort hatte, wo er ihn haben wollte, und setzte nach.

»Ein Held, der mit einer Rohrbombe mitten in München am helllichten Tag dreizehn Menschen ermordet und zweihundertelf schwer verletzt hat? Vier der Opfer mussten beide Beine amputiert werden, unzählige sind bis heute schwer behindert. Darunter auch Deutsche. Sind das eure Helden?«

Gottfried atmete tief ein und murmelte etwas.

»Lauter, ich kann Sie nicht verstehen!«, forderte Zamir ihn auf.

Gottfried blieb stumm.

»So groß ist der Respekt vor diesem *Helden*, dass es Ihnen jetzt die Sprache verschlagen hat?«

Noch immer schwieg Gottfried, doch dann platzte es aus ihm heraus: »Wo gehobelt wird, da fallen Späne – und wer große Ideen verwirklichen will, der muss bereit sein, Opfer zu bringen wie einst die Blutzeugen der Bewegung, die am 9. November 1923 ihr Leben gaben, um dem Führer den Weg an die Macht ...«

Zamir unterbrach ihn mit lauter Stimme.

»Einem Führer, der sein Volk in den Abgrund stürzte und Deutschland zweiundzwanzig Jahre später in Schutt und Asche zurückließ, nachdem sich der Feigling eine Kugel in den Kopf geschossen hatte.«

Gottfried erwiderte den Angriff nicht sofort, sondern entspannte sich – und schließlich lächelte er.

»Nachdem er sechs Millionen Juden vom Angesicht der Erde getilgt hatte.«

Zamir musste seine ganze innere Kraft aufwenden, um Gottfried nicht augenblicklich eine Kugel in den Kopf zu jagen. Erst ein Blick auf das Abstimmungsergebnis verschaffte ihm Genugtuung. Während sich die Stimmen für »Leben« nur leicht auf 11 602 erhöht hatten, schoss das Voting für »Tod« rasant in die Höhe und lag nun bei 188 082 Stimmen – Tendenz steigend.

Während Erdmann mit unterdrückter Stimme mit der Einsatzleitstelle der Bereitschaftspolizei telefonierte, folgte Koch mit Kopfhörern der Nachrichten-Sondersendung der ARD.

»Knapp zweihunderttausend Menschen sind bislang dem Aufruf des Geiselnehmers gefolgt und haben ihre Stimme abgegeben. Der Geiselnehmer droht an, seine Geiseln vor laufender Kamera zu töten, wenn mehr als eine Million Menschen über das anonyme Voting den Tod der Geiseln fordern. Politiker aller Fraktionen protestieren gegen diese Aktion und befürchten einen nicht wiedergutzumachenden Schaden des Ansehens der Regierung im In- und Ausland, wenn es der Polizei nicht gelingt, die Geiselnahme unblutig und rasch zu beenden. Der SPD-Abgeordnete Konrad Gregor nannte das Geiseldrama einen Selbstjustiz-Quotenhit und betonte die unrühmliche Rolle der Presse seit Beginn der Geiselnahme. Innenminister Markus Blum ließ mitteilen, dass bereits Spezialeinheiten der Polizei vor Ort seien, um das Gebiet abzuriegeln und in Verhandlung mit dem Geiselnehmer zu treten. Das Innenministerium versprach einen reibungslosen Informationsfluss, soweit es die Situation erlaubt und die Geiseln nicht in Gefahr bringt. Eine erste Pressekonferenz ist in Kürze zu …«

Koch setzte den Kopfhörer ab und wischte sich den Schweiß von der Stirn. Die Luft war unerträglich schwül und stickig geworden.

»Nigel, wie viele Sender haben inzwischen die Story aufgegriffen?«

Der hagere Desktop-Operator mit englischem Akzent, der links von seinem IT-Experten saß, drehte sich um.

»TELE PRO und RT-Five berichten live. Nach Angaben aus der Zentrale werden aufgrund der jüngsten Ereignisse sicher weitere Privatsender hier auftauchen. ARD, ZDF und die meisten dritten Sender haben Sondersendungen eingerichtet, kooperieren aber und versuchen die Situation nicht zusätzlich anzuheizen. Im Ausland sind CNN, BBC World und France 24 bereits dabei und übernehmen lizenzierte Bilder und Informationen der Sender hier vor Ort. Auch THOMSON-REUTERS haben offenbar bereits Bilder und Szenen von TELE PRO im Portfolio, mit denen sie weltweit Nachrichtensender beliefern. Hinzu kommt, dass der Feed von Zamirs Übertragung mittlerweile von hundertzweiunddreißig Re-Streams ausgespielt wird. In manchen Ländern wie Israel oder den USA wird der Stream simultan übersetzt.«

Koch wandte sich an seinen IT-Experten. Atli reagierte nicht. Mit Kopfhörern auf den Ohren war er tief über seine Konsole gebeugt. Koch warf einen Bleistift nach ihm, der ihn am Rücken traf.

»Atli!«, rief Koch laut.

Atli drehte sich um, schob den Kopfhörer vom Kopf und grinste. Für ihn schien das Ganze ein spannendes Spiel zu sein. Er hob den Bleistift auf und streckte ihn Koch entgegen.

»Chef, schätze, Sie haben da was verloren.«

Koch hatte mit Atli Olofsson schon öfter zusammengearbeitet. Anders als mit dem steifen Engländer Nigel, pflegte er mit ihm einen kumpelhaften Umgangston, zumindest solange keine Vorgesetzten anwesend waren, doch in dieser angespannten Situation hatte er kein Verständnis für Olofssons flapsige Art und sah ihn nur streng an. Das Grinsen in Atlis Gesicht verschwand.

Koch setzte erneut an.

»Wir kappen den Strom, dann ist der Spuk vorbei.«

»Negativ, Chef. Das Ding …«

Koch runzelte die Stirn.

»Das Ding?«

»Ich meine, der Turm … Also, wir haben bereits Kontakt mit dem örtlichen Stromversorger. Seit exakt 17:18 Uhr zieht der Turm keinen Strom mehr.«

»Das gibt's doch nicht«, sagte Koch ungläubig.

»Sieht fast so aus, als hätte der Turm seine eigene Stromversorgung.«

Koch schüttelte den Kopf, wollte aber keine Zeit verlieren, indem er die Aussage infrage stellte. Atli war vielleicht flapsig, aber niemals ungenau. Wie verrückt es auch klingen mochte, dieser alte Mann hatte offenbar sein eigenes Notstromaggregat.

»Atli, können wir dann zeitnah wenigstens das Online-Signal unterbrechen?«

Der beleibte Mann mit den roten Haaren nickte.

»Denke schon. Wir wissen zwar nicht, wie genau die Daten ins Netz gelangen, vermuten aber, dass es eine Satellitenverbindung vom Turm aus gibt. Rein theoretisch also ja, das wäre aber technisch etwas aufwendig und braucht Zeit.«

Koch schüttelte ungläubig den Kopf.

»Satellit?«

»Jap.«

»Mossad?«

»Vermutlich schon.«

Stille kehrte ein.

»Wie weit ist die Zentrale mit der Unterstützung vom BND?«

Obwohl Atli die Antwort kannte, blickte er noch mal auf sein Protokoll am Bildschirm.

»Vor vierzehn Minuten kam die Meldung, dass er auf dem Weg sei.«

»Auf dem Weg? Können die uns nicht einfach anfunken oder skypen?«

»Skype oder Telefon sind keine Option, zu unsicher«, schaltete sich Nigel ein.

»Korrekt«, bestätigte Atli. »Laut Zentrale will der BND keine Informationen auf fernmündlichem Weg preisgeben.«

»Aber das kostet Zeit – wertvolle Zeit. Die haben wir nicht ...«

Er dachte nach, wobei sein Blick auf den Counter fiel, der kurz davor war, zweihunderttausend Stimmen für »Tod« zu erreichen.

»Sagen Sie der Zentrale, ich will selbst mit einem Verantwortlichen beim BND sprechen. Und zwar jetzt, nicht erst, wenn hier irgendein autorisierter Vertreter auftaucht, wenn alles vorüber ist!«

»Wird sofort erledigt«, bestätigte Atli und drehte sich zu seiner Konsole.

»Warten Sie, noch eine Frage.«

Schwungvoll wandte sich Atli wieder seinem Chef zu.

»Wie lange dauert es, das Signal zu kappen, und welche Konsequenzen hätten wir zu erwarten?«

Atli grinste.

»Mit oder ohne offizielle Genehmigung?«

Koch verstand sofort, worauf Atli anspielte.

»Sie meinen, Sie könnten sich ... einhacken?«

»Ich könnte es versuchen.« Sein Grinsen wurde immer breiter.

Koch schüttelte besorgt den Kopf.

»Es muss einen anderen Weg geben.«

»Nur zur Info, ich habe die offiziellen Kanäle schon kontaktiert, aber das dauert möglicherweise Stunden. Ohne richterlichen Beschluss ...«

»Wie läuft das technisch ab?«

»Das Einfachste wäre, Hilfe von der Bundeswehr anzufordern. Die installieren hier einen starken Störsender, dann ist Feierabend. Allerdings auch für alle umliegenden Mobilfunkgeräte, GPS sowie alle sonstigen Satellitenübertragungen im Umkreis von etwa einem Kilometer, schätze ich. Auch wir wären dann bis auf den HF-Funk von der Außenwelt abgeschnitten, zumindest so lange, bis wir uns per Kabel mit einem Knotenpunkt verbunden hätten.«

»Wie lange dauert das?«, fragte Koch.

»Ich bin dran. Ist nur nicht leicht, am Wochenende jemanden von der Telekom an die Strippe zu bekommen, damit die uns eine Leitung einrichten.«

Koch schüttelte den Kopf.

»Sie machen Witze!«

»Nope. Für eine mobile Standleitung per Kabel brauchen wir die Hilfe der Telekom wie ein ganz gewöhnlicher Privathaushalt. Nur ...«

Koch wurde ungeduldig.

»Was nur?«

»Selbst wenn wir eine Kabelleitung haben und wenn es gelingt, die Satellitenverbindung aus dem Turm durch einen Störsender zu unterbrechen, haben wir keine Chance mehr, Bilder aus dem Turm zu empfangen.«

Koch schlussfolgerte laut: »Wenn wir also den Medienzirkus unterbrechen, sind wir gleichzeitig auch selbst blind?«

»Jup. Außerdem würde Zamir sofort bemerken, dass wir ihn gekappt haben. Ein Blick auf einen x-beliebigen Sender würde ausreichen. Ich bin kein Psychologe, aber ... Könnte doch gut möglich sein, dass er dann austickt.«

»Wann können wir mit der Verhandlungsgruppe rechnen?«, wollte Koch wissen.

»Die Zentrale hält sich bedeckt. Soweit ich es verstanden habe, erreichen sie den diensthabenden Psychologen nicht. Ich bleibe aber dran wie ein Bluthund, Chef.«

»Diese Votes ...«, sagte Koch stirnrunzelnd. »Wenn sich der Stream viral im Netz verbreitet, sind doch eine Million Klicks gar nichts ...«

»Man kann nur voten, wenn man eine deutsche IP-Adresse besitzt, also quasi, wenn man seinen Rechner hier in Deutschland stehen hat. Das lässt sich zwar mit einem VPN austricksen, aber das dürfte sich in Grenzen halten.«

»Was ist ein VPN?«

»Virtual Private Network. Damit baut man sich sozusagen einen unsichtbaren Tunnel, um seine IP und seinen Standort zu verbergen. Aber glauben Sie mir, das wird unterm Strich keine relevante Menge ergeben, um das Voting durch Klicks aus dem Ausland zu beschleunigen.«

In diesem Augenblick erklang ein akustisches Signal. Nigel blickte auf seine Konsole.

»HK Schuster auf der Eins!«

Erdmann und Koch wandten sich fast gleichzeitig dem Monitor zu, als der breitschultrige Leiter des Spezialkommandos darauf erschien.

»Kamera zwei bis drei sind nun auch installiert und empfangsbereit. Bitte um Gegencheck und Bestätigung.«

Nigel aktivierte zwei weitere Monitore, die nun den Turm aus verschiedenen Perspektiven zeigten.

»Kamera zwei und drei positiv«, erwiderte er.

»Auf der Rückseite des Turms gibt es unterhalb des Daches einen Seilzug, mit dem vermutlich schwere Gegenstände hochgehievt werden können. Sollte jetzt über Kamera drei zu sehen sein, liegt allerdings im Dunklen«, sagte Schuster.

Nigel bediente über einen Joystick auf seinem Kontrollpult

die Ausrichtung der Kamera und zoomte an die Dachkante des Turms. Tatsächlich befand sich dort eine Seilwinde, die direkt über einer kleinen Plattform mit einer Tür angebracht war. Die Winde war allerdings eingerollt.

»Ja, bestätige«, erwiderte Nigel. »Wir können den Seilzug sehen.«

»Ich schicke einen meiner Männer da hoch, um zu prüfen, ob wir über diese Tür eventuell unbemerkt ins Gebäude gelangen können.«

»Achim, hier Michael«, schaltete Koch sich ein. »Wie bekommt ihr den Mann da hoch?«

»Kein Problem, wir können von unten ein Stahlseil in den Balken schießen. Hält das Seil, ist der Rest ein Kinderspiel!«

»Aber der Turm ist gut fünfundzwanzig Meter hoch und der Balken sicher nicht leicht zu treffen«, gab Koch zu bedenken.

Schusters Tonfall blieb monoton. »30,4 Meter, und der Holzbalken ist vom Boden exakt 26,2 Meter entfernt. Das Ding zu treffen ist eine Herausforderung – das Ganze gibt einen lauten Knall.«

»Während die Menschenmenge und die TV-Kameras dabei zusehen!«, ergänzte Koch.

»Wenn wir den Radius der Absperrung auf dieser Seite um weitere fünfzig Meter erweitern, können auf der Rückseite des Turms etwaige Schaulustige nichts mehr sehen, da dort ein ausgedehnter Wald beginnt. Somit gäbe es auch keine TV-Bilder von dieser Seite, außer die klettern wirklich mit ihren Kameras hoch in die Baumwipfel.«

Koch zögerte nicht lange.

»Achim, von meiner Seite aus grünes Licht!«

»Wir brauchen allerdings mindestens weitere sechzig Meter Absperrgitter und zusätzliches Personal«, bemerkte Schuster. Dann wandte er sich von der Kamera ab und ging auf zwei seiner Kameraden zu, die gerade einen krakeelenden Mann über eins der Absperrgitter zogen und in Gewahrsam nahmen.

Koch wandte sich an Erdmann, der den Einsatz der Bereitschaftspolizei koordinierte.

»KOK Erdmann?«

Doch Erdmann brauchte keine weitere Aufforderung. Er nickte nur und hatte bereits die Verbindung mit der Einsatzzentrale der Bereitschaftspolizei hergestellt, um die Anforderung zu übermitteln.

In diesem Augenblick öffnete sich die Tür des Einsatzwagens, und Danner erschien mit einer jungen Frau im Schlepptau, die offensichtlich unterkühlt und nicht darauf vorbereitet war, in dieser Nacht an diesem Ort zu sein.

Gottfried machte den Eindruck, als würde er jeden Augenblick das Bewusstsein verlieren. Sein Körper hing in Schräglage auf dem Stuhl und wurde nur noch durch die Kabelbinder gehalten, die sich blutig tief in seine Handgelenke geschnitten hatten.

Ein lauter Knall ließ Gottfrieds Augen kurz zucken. Zamir hatte mit einem kräftigen Schlag des Pistolengriffs eine der Pervitin-Tabletten auf dem Tisch zertrümmert. Gottfrieds Auge schloss sich langsam wieder zu einem schmalen Schlitz.

Zamir gab die zerbröselte Tablette in ein Glas mit wenig Wasser und füllte sich den Mund damit. Er umfasste den Kiefer seines Gefangenen mit einer Hand und drückte fest zu, bis sich dessen Mund weit öffnete, dann schob er ihm einen kurzen Gummischlauch tief in den Rachen. Gottfried zeigte keine Gegenwehr. Zamir nahm das andere Ende zwischen die Lippen und presste den Inhalt seiner Wangen in Gottfrieds Hals.

Gottfried würgte und hustete, bis Zamir ihm den Schlauch wieder aus dem Schlund zog. Dann verpasste ihm der alte Mann einen schallende Ohrfeige.

»Wach bleiben, Steiner, wir sind noch nicht fertig!«

Gottfrieds Wutschrei ging in einem Hustenkrampf unter.

Über Zamirs Gesicht huschte beim Anblick seiner malträtierten Geisel ein Ausdruck von Genugtuung.

Sicher würde ihn irgendwann auch Gottfried Wegener in seinen Albträumen heimsuchen, aber jetzt zählte nur der Augenblick – und diesen genoss er ohne jede Reue.

Zamir setzte sich. Konzentriert entnahm er seiner Mappe einen Ausdruck mit hebräischen Schriftzeichen, auf dem rechts oben ein altes Bild von Gottfried Wegener angeheftet war. Im Mittelteil befand sich ein in Englisch abgefasster, markierter Absatz.

Zamir blickte über den Rand seiner Lesebrille.

»Können wir weitermachen?«

Das Pervitin hatte seine Wirkung noch nicht entfaltet, aber der Schmerz, die Wut und die Erkenntnis, nichts gegen seinen Peiniger unternehmen zu können, brachten Gottfrieds Bewusstsein zurück. Gottfried hatte keine Wahl, als den Ausführungen des alten Juden weiter zu folgen.

»Nach den Anschlägen auf das World Trade Center am 11. September 2001 erschien in einem Forum der amerikanischen rechten Szene ein Beitrag unter dem Pseudonym Steiner. Laut Ermittlungen des BND kam der Beitrag aus Deutschland – um genauer zu sein, aus Nürnberg.«

Zamir warf einen Blick auf seinen regungslosen Gefangenen. »Von einem anderen Nachrichtendienst liegt mir die Information vor, dass Sie zur selben Zeit in der Wohngemeinschaft einer rechtsextremen Gruppe in Nürnberg wohnten.«

Gottfrieds Stimme war nur noch ein leichtes Krächzen.

»Na und?«

»Zählt man eins und eins zusammen, kommt man zu der Schlussfolgerung, dass Sie der Urheber dieser Nachricht waren.«

Gottfried blieb stumm.

»Waren Sie es?«, wiederholte Zamir die Frage.

»Kann schon sein, wen interessiert's?«

Gottfrieds Sätze kamen langsam und zäh.

Zamir setzte sich seine Lesebrille wieder auf und fuhr fort: »Ich zitiere mal, was Sie damals von sich gegeben haben.« Zamir senkte den Blick und las die Stelle vor:

»I congratulate the ›terrorists‹, that was good work, very conspirative! Direct action is what we need! Destroy Z. O. G.! The WTC was, haha, a symbol for Jewish capitalism. Now it's gone. That is a good sign for us! Direct but intelligent action is needed now! The next synagogue is near you, it opens every Saturday! Let your fantasy run free! We've talked enough, now it's time for action! I would prefer to see a synagogue burn, on a Saturday, when all the Itzigs are inside!«

Zamir beugte sich nach vorne und blickte wieder zu Wegener.

»Ich wage zwar zu bezweifeln, dass Sie diese Zeilen ganz allein verfasst haben, aber inhaltlich dürfte dieser ... Auswurf ... von Ihnen sein, korrekt?«

Gottfried versuchte angestrengt zu lächeln.

»Kann schon sein, ist doch ewig her.« Er blickte nach unten, bis sein Kinn fast die Brust berührte. Das Auge hatte er nun geschlossen. »War aber ein großer Tag!«

»Ein großer Tag? Für wen?«, hakte Zamir nach, packte Gottfrieds Kinn und riss es nach oben.

»Ein großer Tag für die judenfreie Welt und ein verdammt schlechter Tag für die ZOG.«

Trotzig öffnete sich das Auge und starrte Zamir an.

Fast automatisch wich Zamir zurück und ließ Gottfrieds Kopf los.

»ZOG?«

Gottfrieds Kräfte schienen langsam zurückzukehren. Er richtete sich etwas auf. Noch immer hatte er ein Grinsen im Gesicht, das seiner einäugigen Fratze etwas Diabolisches verlieh.

»Was soll der Scheiß? Sie wissen ganz genau, wofür ZOG steht.«

Es entstand eine kurze Pause, in der sich die beiden Männer nur anstarrten. Dann platzte es laut aus Gottfried heraus: »Kann sein, dass Sie die Show für die da draußen abziehen und denen was vom armen, alten Juden vorspielen, aber mir machen Sie nichts vor. Also warum stecken Sie sich Ihre blöden Fragen nicht einfach in den Arsch?«

Zamir nahm seine Lesebrille ab und lehnte sich zurück. Natürlich wusste er, was ZOG bedeutete, aber er hätte es gerne aus dem Mund von Wegener gehört. Doch er gab die Hoffnung auf, dass sich Wegener dazu verleiten ließ, eine Erklärung für die Abkürzung zu geben, und sagte schließlich selbst: »Zionist Occupied Government – eine von Zionisten kontrollierte Regierung. Es ist schon erstaunlich, wie die rechte Szene immer wieder neue Verschwörungstheorien hervorbringt, wenn es um uns Juden geht!«

Gottfried brach sein Schweigen. »Verschwörungstheorie?«

Er riss den Kopf herum und blickte wie ein Wahnsinniger direkt in die Kamera. Seine Halsschlagadern traten hervor, und mit fast unmenschlicher Anstrengung schaffte er es, der Kamera ganz nahe zu kommen. Unweigerlich wichen die Menschen zu Hause an den Fernsehern und selbst an den unzähligen Handys zurück. Seine laut kreischende Stimme war kaum noch zu verstehen.

»Ihr seid alle Schafe, die man laut blökend zur Schlachtbank führt. Diese kranke Sache hier ist doch der beste Beweis dafür, wie blind ihr alle geworden seid. Ihr seht zu, wie ich hier geschlagen und gedemütigt werde, und holt euch dabei einen runter. Der ganze Staat, die Polizei, die Regierung ... Alles ist längst unterwandert von Juden, die alles kontrollieren und alles steuern, wie es schon seit Jahrzehnten in Amerika und in Russland der Fall ist. Der glorreiche Anschlag auf das World Trade Center war doch kein Angriff auf die freie Welt – scheiß drauf, ihr seid nicht frei. Das wollen die euch doch nur glauben machen. Dieser heldenhafte Angriff war ein Vergeltungsakt an den Juden. Und wenn ihr das nicht erkennt und nicht bald was gegen sie unternehmt, wird es zu spät sein. Nicht Hitler wollte die Weltherrschaft, die Juden wollen sie, und Hitler hatte das erkannt und wollte sie daran hindern. Aber ihr unternehmt gar nichts! Fahrt doch alle zur Hölle!«

Gottfried schnappte nach Luft. Speichel tropfte aus seinen Mundwinkeln. Durch die enorme Anstrengung war das verbrannte Augenlid gerissen. Ein kleines blutiges Rinnsal bahnte sich einen Weg über seine Wange, während sein rot unterlaufener Augapfel durch den Spalt zu sehen war. Erschöpft sackte Gottfried zusammen.

Eigentlich hatte Zamir erreicht, was er wollte, er hatte Wegener aus der Reserve gelockt, aber die Stimmen für »Tod« stagnierten, wohingegen die Stimmen für »Leben« leicht zunahmen. Damit hatte er nicht gerechnet.

War es wirklich so einfach, das Volk mit ein paar Stammtischphrasen zu beeindrucken? Hatte er hier ungewollt den Nazis eine Plattform für subversives Gedankengut verschafft?

Er spürte, wie die Wut langsam in ihm hochkroch. War das ganze Schauspiel ein Fehler gewesen? Hätte er Esthers Mörder doch einfach »in Notwehr« töten sollen? Er schloss kurz die Augen, sah Esther vor sich, die ihn milde anlächelte. Der impulsive Drang, seinem Gegenüber eine Kugel in den Kopf zu jagen, verschwand.

Zamir entnahm seiner Mappe eine weitere Notiz. Er überflog kurz den Inhalt und blätterte seine Unterlagen weiter durch, um den Zündstoff zu finden, der die Zuschauer in Rage versetzen würde. Schließlich fuhr er mit ruhiger Stimme fort.

»Am 26. März 1998 wurde in Saalfeld in Thüringen ein vierzehnjähriges Mädchen am helllichten Tag von einem jugendlichen Neonazi mit einem Messer tödlich verletzt, weil sie ihn angeblich als ›Scheißfascho‹ beschimpft hatte. Nach der Tat organisierten Freunde des Mädchens eine Mahnwache am Ort des Verbrechens.« Zamir räusperte sich und blickte wieder auf

Wegener. »Laut Polizeibericht haben damals vier Mitglieder der rechten Szene von Thüringen diese Mahnwache am Tatort angegriffen. Sie waren der Anführer dieser Schläger und haben die Jugendlichen mit den Worten bedroht ... Ich zitiere ...« Er sah wieder auf seine Unterlagen. »›Das war nur die erste Zecke, euch stechen wir auch noch ab.‹«

Die Reaktion von Gottfried ließ nicht lange auf sich warten.

»Noch ist das hier ein Land, in dem man seine Meinung frei äußern darf. Und wenn diese linke Zeckenschlampe ihr Maul nicht so weit aufgerissen hätte, hätte unser Kamerad auch nicht fünf Jahre in den Knast gehen müssen.«

Ein Seitenblick auf den Counter zeigte Zamir, dass er diesmal bei den Zuschauern ins Schwarze getroffen hatte.

Thielen war entsetzt. Vor lauter Wut verschüttete er den Cognac auf seinen Bademantel. Schimpfend erhob er sich aus seinem antiken Ohrensessel und ging hinüber zu einer dunklen Kommode im Kolonialstil, auf der neben einem Telefon eine Porzellanbüste von Hitler stand.

Gottfried war ein leichtes Opfer für diesen ausgebufften Juden. Thielen konnte nicht länger tatenlos zusehen und einfach nur abwarten, was passierte. Er musste jetzt selbst etwas unternehmen. Also wählte er Eckls Nummer.

»Eckl, jawohl!«

Thielen war immer wieder verblüfft, wie schnell Eckl am Apparat war, wenn er anrief.

»Wie weit seid ihr?«, kam er sofort zur Sache.

»Das war gar nicht so einfach, alle Kameraden und Verbände zu erreichen ...«

»Wie viele, Eckl, wie viele?«

»In der nächsten Stunde vielleicht vierzig oder fünfzig Kameraden. Je nachdem, wie lange der Zirkus dauert, könnten wir aber morgen auch zwei- bis dreihundert vor Ort haben. Die müssen alle erst einmal anreisen. Außerdem hängen die Kameraden alle vor der Glotze, um nichts zu verpassen.«

»Hören Sie, Eckl, Sie müssen zwischendurch noch eine andere Sache organisieren.«

»Klar, worum geht es?«

»Wir müssen mit der Presse reden – und zwar schnell, bevor Gottfried noch mehr Mist baut!«

»Was ist passiert?«

»Haben Sie es nicht gesehen?«, entgegnete Thielen verblüfft.

»Ich hänge seit zwei Stunden durchgehend am Telefon, um die Kameraden zu aktivieren!«, verteidigte sich Eckl.

»Gottfried reißt die Klappe auf, ohne nachzudenken. Statt zu erkennen, welche Chance er gerade hat, das Volk auf unsere Seite zu ziehen, reitet er uns die Scheiße!«

Eckls Stimme klang nun unterwürfiger.

»Ich darf anmerken, dass der Kamerad schwer verwundet ist und wahrscheinlich heftige Schmerzen hat.«

»Das ändert nichts an der Tatsache, dass er der Bewegung gerade einen Bärendienst erweist, Eckl. Und? Kriegen Sie das hin mit der Presse?«

»An wen dachten Sie denn?«

»Fernsehen, mein Freund, das Fernsehen!«

»Sie meinen ...?«

»Genau den. Es wird Zeit, dass sich unsere Spenden bezahlt machen. Wozu hat man denn Freunde? Und so, wie ich das sehe, muss er bei TELE PRO gar nicht viel Druck ausüben.«

Eckl nickte.

»Ich gebe mein Bestes.«

»Eckl!«

Thielens Stimme hatte einen mahnenden Ton angenommen.

»Das ist vielleicht die bedeutendste Stunde unserer Bewegung seit der Machtergreifung! Haben Sie überhaupt eine Ahnung, wie viele Menschen heute vor dem Fernseher sitzen? Eckl! Es ist von enormer Wichtigkeit, dass die Kameraden vor Ort friedlichen Protest üben. Wir sind die Guten, Eckl! Die müssen das kapieren – verstanden, Eckl?«

»Genau das war der Plan. Einige der Jungs arbeiten schon an Spruchbändern. Wird Zeit, dass die Polizei unsere Kameraden da rausholt.«

»Genau, Eckl. Wir sind die Guten! Der Jude will hier brave, deutsche Staatsbürger lynchen, und die Polizei rührt keinen Finger. Also, Eckl ... Besorgen Sie mir die Presse, dann drehen wir den Spieß um.«

»Jawohl!«, antwortete Eckl mit militärischem Gehorsam.

»Heil Hitler, Eckl!«

»Heil ...«

Thielen hatte den Hörer bereits aufgelegt. Er fühlte, wie die Erregung in ihm hochstieg. Der Gedanke an einen öffentlichen Auftritt dieser Größenordnung beschleunigte seinen Puls. Es wäre die Bühne, von der er immer geträumt hatte. Der Führer wäre stolz auf mich, dachte er und fuhr mit seiner rechten Hand zärtlich über die Büste Adolf Hitlers.

MARIE III

Samstag, 16. Oktober 2010, 21:31 Uhr

Trotz der Kopfhörer war es für Koch eine Herausforderung, jedes Wort des Verhörs zu verstehen. Das Audiosignal der Webcams war streckenweise nur schwer verständlich. Die Vernehmung Ephraim Zamirs forderte seine volle Konzentration. Er presste die Muscheln der Kopfhörer fest auf seine Ohren und starrte auf einen Monitor, der das Streaming-Signal des Gesprächs übertrug.

Konnte es wirklich sein, dass Ephraim Zamir bei dieser Geiselnahme durch den israelischen Geheimdienst Mossad unterstützt wurde? Nein, das war ziemlich unwahrscheinlich. Niemals würde Israel die Souveränität eines befreundeten Staates verletzen – doch nicht wegen ein paar Neonazis.

Koch erinnerte sich an die vielen Fakten und Details, die der Geiselnehmer über sein erstes Opfer zu wissen schien. Das passte nicht zur Theorie eines im Affekt handelnden Einzeltäters. Dann die Satellitenfunkanlage und der BND-Mann, der auf dem Weg zum Tatort war ... Vielleicht doch Mossad?

Koch dachte an die blutige Geiselnahme israelischer Sportler durch eine palästinensische Terrororganisation während der Olympischen Spiele 1972. Die Verantwortlichen waren damals vom Mossad gejagt worden. Das war zwar lange her, aber trotzdem konnte er seine Zweifel nicht gänzlich zerstreuen. Er musste dringend diesen Mann vom BND sprechen. Was, wenn die Israelis noch immer Todeslisten führten? Was, wenn einer der Geiseln auf so einer Liste stand? Aber diesen Gedanken verwarf er als absurd.

Er blickte auf das aktuelle Voting. Die Stimmen für »Leben« standen mittlerweile bei knapp sechzigtausend, doch die Quote für »Tod« hatte die Dreihunderttausend-Marke hinter sich gelassen und stieg rasant an.

Koch entledigte sich des Kopfhörers und reichte ihn Kommissar Erdmann.

»Sie übernehmen! Atli, ich brauche den Polizeipräsidenten in der Leitung ...«

Noch immer hatte Koch die junge Frau nicht bemerkt, die unmittelbar hinter ihm stand. Der IT-Experte drehte sich zu Koch und zuckte mit den Schultern.

»Aktuell ist er in einem Meeting mit dem Innenminister und bereitet eine Pressekonferenz vor.«

Koch schüttelte den Kopf.

»Das darf doch nicht wahr sein. Und was ist mit diesem BND-Mann, der hier angeblich persönlich aufkreuzen soll?«

»Hat sich verfahren«, antwortete Atli zögerlich.

»Wie bitte?« Koch schnappte nach Luft. »Atli, haken Sie nach. Lassen Sie nicht locker. Woher kam die Information mit dem BND-Mann?«

»Aus dem Innenministerium ... von einer Frau Fröse, Stabsstelle Innere Sicherheit. Schätze, sie ist gerade die Einzige im ganzen Ministerium, die im Dienst ist.«

»Gut, dann holen Sie mir diese Frau Fröse eben an den Apparat. Das hier ist doch verdammt noch mal keine gewöhnliche Geiselnahme! Also geben Sie Gas, und schaffen Sie mir irgendeine Verbindung zum BND ran!«

Nigel zeigte auf einen der Monitore.

»KHK Schuster auf der Eins.«

Schuster erschien im Bild.

»Michael, irgendetwas Neues wegen der Absperrgitter?«

Koch blickte fragend zu Erdmann, der den Kontakt zur Koordinationsstelle der Bereitschaftspolizei hielt.

»Hier Kriminaloberkommissar Erdmann. Ich habe schlechte Neuigkeiten. Man teilte mir mit, dass man die Gitter nach dem letzten Einsatz bei einer Demonstration nicht an dem üblichen Ort einlagerte, sondern an einem Ort, der den diensthabenden Kollegen nicht bekannt ist.«

»Die wissen nicht, wo ihre Absperrgitter sind? Hörst du das, Achim?«

Schuster nickte nur kurz und verzog keine Miene.

»Ja, bestätige!«

Koch warf den Kopf zurück.

»Achim, du musst dir etwas einfallen lassen. Ich habe keine Ahnung, ob dieser Wahnsinnige es ernst meint. Ich weiß nur, dass du und deine Männer vorbereitet sein müsst, wenn es so weit ist.«

KHK Schuster blickte auf seine Uhr.

»Wie viel Zeit bleibt uns noch?«

Koch gab die Frage weiter.

»Nigel?«

Nigel hatte bereits zu rechnen begonnen.

»Wenn wir davon ausgehen, dass es bei der jetzigen Teilnahmeaktivität bleibt, müssten uns noch circa zweieinhalb Stunden bleiben. Ich befürchte nur, dass wir es mit einem exponentiellen Zuwachs zu tun haben, der nur schwer kalkulierbar ist.«

Koch insistierte. »Wie lange?«

Nigel biss sich auf Lippe, warf nochmals einen Blick auf die Tabellen auf seinem Rechner und antwortete zurückhaltend: »Hundertzwanzig Minuten ... höchstens!«

Koch fuhr sich über das Kinn.

»Verstanden, Achim?«

»Bestätige, hundertzwanzig Minuten. Ende!«

KHK Schuster wandte sich ab und verschwand aus dem Blickwinkel der Kamera.

»Purer Wahnsinn«, murmelte Koch, stand auf und stieß sich beinahe den Kopf in dem niedrigen Kastenwagen.

Da entdeckte er die dunkelhaarige Frau mit dem kurzen Blazer.

»Und wer sind Sie?«

Als er Kommissar Danner bemerkte, der neben der Frau stand, erinnerte er sich wieder. Peinlich berührt, entschuldigte er sich bei Marie Stresemann und reichte ihr die Hand.

»Tut mir leid, wir stehen hier alle unter Strom ... Sie müssen die Bewährungshelferin einer der Geiseln sein, richtig?«

Er hatte mit vielem gerechnet, aber nicht mit einer so jungen Frau. Die zierliche Bewährungshelferin passte nicht zu dem Bild, das er von dieser Berufsgruppe vor Augen hatte.

»Stresemann, Marie Stresemann ist mein Name – und Sie sind?«

»Ich leite den Einsatz hier, mein Name ist Koch, Kriminalhauptkommissar Koch. Setzen Sie sich.« Er rückte zur Seite und bot ihr seinen Platz an, den einzigen Sitzplatz, der noch frei war. Erst jetzt fiel ihm im gedämmten Licht des Kastenwagens auf, wie unpassend Marie Stresemann für diesen Ort gekleidet war und wie sehr sie fror.

»Oberkommissar Danner, reichen Sie mir mal eine der Decken aus der Klappe über Ihnen!«

Danner öffnete etwas unbeholfen eine der Kassetten, die über den technischen Geräten angebracht waren, holte eine luftdicht verschlossene Plastikhülle mit einer grünen Filzdecke hervor und reichte sie Koch. Der zerriss die Schutzfolie und übergab die Filzdecke Marie, die sie dankbar entgegennahm und sich über die Schultern hängte. Ihre Füße in den hohen Schuhen spürte sie kaum noch. Vorsichtig zwängte sie sich an Koch vorbei und ließ sich erschöpft auf dem Klappstuhl nieder.

»Kaffee?«

Sie nickte nur.

Die Blicke von Atli, Nigel und Kommissar Erdmann waren alle auf die zierliche Person gerichtet, die es irgendwie schaffte, einen Schimmer Hoffnung, ein gewisses Leuchten in den Einsatzwagen zu bringen und für einen kurzen Augenblick die brutale Realität zu verdrängen.

Nigel füllte einen Pappbecher mit Kaffee aus einer Thermoskanne.

Maries Blick schweifte über die zahlreichen Monitore, in deren Mitte ein etwas größerer Monitor den Livestream des Gespräches zwischen Ephraim Zamir und Gottfried Wegener zeigte. Alle waren stumm geschaltet. So vermischten sich die bewegten Nachtszenen der Außenkameras zu einem düsteren Reigen aus gaffenden Menschenmassen, Suchscheinwerfern, die den Turm abtasteten, schwer bewaffneten Einsatzkräften und Pressevertretern, die im Lichtkegel ihrer eigenen Kameraleute die Ereignisse kommentierten, während im Zentrum Wegener schwer verletzt und unbeweglich auf seinen Tod wartete.

»Ich hätte es verhindern können«, murmelte Marie Stresemann leise vor sich hin, ohne den Blick von den Monitoren abzuwenden. Koch verstand nicht, was sie meinte.

»Wie bitte?«, fragte er vorsichtig nach. Nigel reichte Marie den Pappbecher. Sie nahm ihn mit beiden Händen entgegen, um ihre klammen Finger daran zu wärmen, und schaute Koch in die Augen, der leicht über sie gebeugt an der Wand lehnte.

»Ich hätte es verhindern können!«, wiederholte sie.

Wieder fiel ihr Blick auf die Monitore, gerade als Zamir seiner Geisel lautlos ins Gesicht schlug. Sie wandte sich ab und schloss die Augen. Koch hatte den Eindruck, sie würde jeden Augenblick zu weinen anfangen. Sie nippte an dem Kaffee.

»Karl Rieger, Klassifizierung BG IV, mein Klient …«

Ihre Stimme klang monoton.

»Sie sind seine Bewährungshelferin?«, fragte Koch.

Sie nickte.

»Wir haben Ausweis und Angaben überprüft, Frau Stresemann ist Bewährungshelferin«, bestätigte Danner.

»Von der Geisel Karl Rieger?«

»Er war mir zugeteilt und hatte gestern Vormittag seinen ersten Termin bei mir. Das ging gründlich schief. Ich bekam ihn nicht unter Kontrolle. Mein erster IVer.«

Koch konnte ihr nicht folgen, hatte aber das Gefühl, dass es unklug wäre, sie zu unterbrechen.

»Wissen Sie, wie viele Frauen unter vierzig es in meinem Job gibt, denen man einen IVer gibt?«

Koch reagierte nur mit einem mechanischen Schulterzucken.

»Ich weiß es auch nicht. Jedenfalls nicht viele.« Sie klang fast so, als würde sie mit sich selbst sprechen. Ihre Sätze bildeten sich langsam, ihr Blick schien nach innen gerichtet zu sein. Erneut nippte Marie an ihrem Kaffee.

»Ich bin neunundzwanzig. Mein Kollege Murat Demir meinte, ich wäre zu jung für einen IVer – und er hatte recht, aber ich habe nicht auf ihn gehört, also habe ich die Sache vermasselt, und wegen mir musste eine junge Frau sterben, und ganz offensichtlich ...«

Ihr Blick wanderte erneut zu den Monitoren. Sie schüttelte den Kopf und ließ den Satz unvollendet im Raum stehen.

Koch legte ihr sanft seine Hand auf die Schulter. Marie zuckte bei der Berührung leicht zusammen, woraufhin er die Hand wieder zurückzog. Mit Selbstvorwürfen kannte er sich aus. Er hatte Mitleid mit ihr.

»Was genau ist geschehen?«

Marie atmete tief durch und sah an ihm vorbei.

»Die Frage sollte eher lauten: Was ist nicht geschehen?«

Sie dachte kurz nach, wie sie beginnen sollte.

»Nach unserem offiziellen Termin am späten Nachmittag ... Es war Feierabend. Ich war auf dem Heimweg und verdammt wütend, weil ich es vermasselt hatte, weil ich nicht stark genug war, im Gespräch mit Rieger die Nerven zu bewahren.« Ihr Tonfall wurde lauter und affektiert. »O Marie, schau dich an, wie toll du bist, du hast mit neunundzwanzig deinen ersten Schwerverbrecher!«

Sie senkte den Blick, und ihre Stimme wurde wieder ruhiger. »Ich habe ihn aus dem Büro geworfen – genau wie Murat es schon geahnt hatte.«

Sie hob den Kopf und blickte Koch zornig an.

»Am liebsten hätte ich diesen … diesen menschenverachtenden Abschaum sofort zurück ins Gefängnis gesteckt und dort für den Rest seines Lebens verrotten lassen.« Sie schüttelte den Kopf. »Aber allein diese Gedanken verraten doch schon, wie unfähig ich für den Job bin.«

Nachdenklich saß Marie da und schwieg.

»Hatten Sie danach noch mal Kontakt zu Karl Rieger?«

Marie nickte fast unmerklich.

»Ich war auf dem Heimweg. Da tauchte er plötzlich auf. Mitten auf einer Kreuzung. Er hielt mich fest. Hatte wohl auf mich gewartet, hatte mich abgepasst.«

Sie blickte Koch Hilfe suchend an. »Verstehen Sie das … Ich war wütend, aber in dieser Situation da auf der Kreuzung hatte ich … Angst.«

Sie legte eine Pause ein und trank einen großen Schluck aus dem Pappbecher.

»Ich weiß nicht mehr, was genau er gesagt hat, aber er wollte mir von einer Sache erzählen, die ihm wichtig war und bei der ich ihm hätte helfen können. Ich dachte, das ist ein Witz. Ich weiß noch, dass ich mir danach einen Reim darauf zu machen versuchte und auf zwei Alternativen kam. Erstens, er suchte auf eine, sagen wir, extrem ungeschickte Art den Kontakt zu mir, um sich vielleicht zu entschuldigen. Oder zweitens, er wollte irgendein krankes Spiel mit mir spielen, um mich zu verletzen oder mich fertigzumachen.«

Koch wurde unruhig, er wollte langsam zum Kern der Geschichte vordringen.

»Und dann?«

Marie antwortete ganz ruhig: »Und dann habe ich ihn weggeschickt. Er wollte mir etwas erzählen – und ich habe ihm gesagt, er solle am Montag damit zu mir ins Büro kommen.«

Marie biss sich auf die Unterlippe und senkte den Blick.

»Sie glauben, er wollte Ihnen den Überfall auf diesen Turm verraten? Wie kommen Sie darauf?«

»Ich weiß es.«

Koch verblüffte die Antwort.

»Sie wissen es? Es wäre doch möglich, dass er etwas vollkommen anderes von Ihnen wollte.«

Marie schüttelte den Kopf.

»Er hat es mir gesagt.«

»Ich dachte, er hatte Ihnen nichts gesagt ...«

Marie unterbrach ihn.

»Nicht gestern, heute. Ich war mit Freundinnen beim Essen, da erhielt ich einen Anruf von Karl Rieger, das muss gegen sechs oder sieben Uhr gewesen sein.«

Koch sah zu Erdmann, der sofort verstand, dass er die Aussage verifizieren sollte.

»Laut Protokoll hat Zamir die Leiche seiner Haushälterin um 15:20 Uhr dem Rabbi übergeben. Um sechs Uhr muss Rieger also längst in der Gewalt von Zamir gewesen sein.«

Koch war bereits zum selben Ergebnis gekommen.

»Sind Sie sicher, dass es Karl Rieger war?«

Marie nickte.

»Es war nicht nur Karl Rieger, ich habe auch mit seinem Geiselnehmer gesprochen, diesem ...«

»Ephraim Zamir«, ergänzte Koch.

»Rieger sagte mir, dass dieser Zamir vorhabe, ihn zu töten, und dass ich die Chance gehabt hätte, all das zu verhindern, wenn ich ihm am Nachmittag nur zugehört hätte. Dann kam dieser Zamir an den Apparat und warf mir vor, ich wäre am Tod seiner Haushälterin schuld. Dann legte er auf.«

Koch dachte laut nach.

»Wieso hat man Sie angerufen?«

»Ich habe keine Ahnung«, antwortete Marie resigniert.

In Kochs Augen blitzte ein Hoffnungsschimmer.

»Rieger und Zamir haben Sie im Lokal angerufen, also auf Ihrem Handy.«

Marie nickte. »Die Nummer war nicht unterdrückt. Aber ich habe es schon probiert – es hebt niemand ab.«

»Haben Sie das Handy hier?«

Sie nickte, kramte aus ihrer Innentasche das iPhone und zeigte Koch die Nummer.

Nigel schaltete sich wieder ein. »Darf ich mal?«

Marie reichte Nigel das Handy, der nach wenigen Sekunden sagte: »Er hat den Anruf erhalten, dann aber aktiv blockiert.«

Koch sprach laut aus, was alle dachten.

»Das bedeutet, wir haben eine Möglichkeit, ihn zu kontaktieren.«

»Aber bestimmt wird er mitten in seinem ... Verhör ... nicht einfach ans Telefon gehen. Aber wir könnten es mit einer SMS probieren. Wenn wir Glück haben, ist das Telefon in seiner Tasche oder irgendwo im Raum, und dann könnte er einen Vibrationston wahrnehmen.«

Nigel zeigte auf den großen Bildschirm in der Mitte der Monitore.

Koch lächelte zum ersten Mal an diesem Abend. Sollte es ihnen gelingen, Kontakt aufzunehmen, wäre das vielleicht die Möglichkeit, Zeit zu gewinnen und in Verhandlung mit dem Geiselnehmer zu treten.

Erdmann machte einen Vorschlag.

»Frau ...«

»Stresemann«, sagte Marie.

»Auch wenn Ihnen der Geiselnehmer eine Mitschuld am Tod

seiner Haushälterin gibt, so sind Sie die einzige Person, die persönlichen Kontakt zu diesem Mann und zu einer der Geiseln hatte. Sie wären für uns damit der sogenannte Erstsprecher, also diejenige Person, mit der er vielleicht gewillt ist, in Kontakt zu treten und zu verhandeln.«

Marie zog sich der Magen zusammen.

»Nein ... auf keinen Fall. Ich habe schon genug versaut, und da ging es nur um einen Neonazi auf Bewährung ... Und jetzt soll ich die Verantwortung für ... Nein ... Das kann ich nicht.«

Koch versuchte sie mit sanfter, tiefer Stimme zu beruhigen.

»Frau Stresemann, es wäre ja nur so lange, bis unsere Verhandlungsgruppe aus geschulten Psychologen vor Ort ist.« Er drehte sich zu Atli um. »Die sind doch schon auf dem Weg ... korrekt?«

Atli nickte hastig, auch wenn er wusste, dass es eine glatte Lüge war.

»Sehen Sie ... Uns rennt die Zeit davon, wir müssen Kontakt aufnehmen mit dem Geiselnehmer und in Verhandlung mit ihm treten, und das so schnell wie möglich, bevor er seinen Plan umsetzt. Sie sind unsere einzige Chance!«

Maries ganzes Leben rauschte an ihr vorbei. Immer nur war sie das Opfer oder die isolierte Einzelgängerin gewesen, die sich selbst etwas beweisen wollte. Aber diesmal war es anders. Man brauchte sie, man brauchte sie wirklich. So erschöpft sie in dieser Minute auch war, so viel Angst sie auch hatte vor dieser gewaltigen Aufgabe, so mächtig war auch dieses bislang unbekannte Gefühl ... das Gefühl, helfen zu können.

»Okay ... Was soll ich tun?«

Koch hatte mit heftigerer Gegenwehr gerechnet. Offensichtlich hatte er sich in der Frau geirrt, aber er fragte sich, wie lange sie eine echte Verhandlung durchhalten würde.

»Zunächst schreiben wir, also Sie, ihm einfach eine SMS mit der Information, dass Sie hier vor Ort sind.«

Nigel meldete sich wieder zu Wort.

»Es wäre zunächst vor allem nur ein Test, um zu sehen, ob Zamir überhaupt auf die SMS reagiert. Haben wir erst einmal einen Weg nach ›innen‹, stehen uns diverse Optionen zur Verfügung. Wir könnten dann auch Nachrichten in unserem eigenen Namen senden, und natürlich könnten wir auch sein Handy abhören, wenn gewährleistet ist, dass es sich tatsächlich um seine Nummer handelt.«

Daran hatte Koch auch schon gedacht. Bei einer Geiselnahme war die Genehmigung für das Abhören von Telefonen relativ einfach zu bekommen.

»Frau Stresemann, Nigel wird die Nachricht tippen.«

Marie nickte. Koch wandte sich wieder an Nigel.

»Schreiben Sie: Ich bin nun vor Ort, direkt vor Ihrem Turm. Können wir reden?«

Er wandte sich wieder zu Marie, die erneut nickte.

»Nigel, schalten Sie den Ton des Streams auf die Lautsprecher, und übertragen Sie dann die SMS.«

Nigel drehte sich zu seiner Konsole und legte einen Schalter um. Sie sahen auf dem Monitor, wie Zamir Gottfried Wegener gerade eine Wasserflasche an den Mund setzte. Bis auf das Surren eines Ventilators und Gottfrieds Schluckgeräusche war es still. Es war der perfekte Moment. Nigel drehte die Lautstärke des Streams voll auf und schickte die SMS ab. Gespannt wartete die Crew auf irgendeine Reaktion. Zamir setzte die Flasche ab und sank zurück auf seinen Stuhl, der ein lautes Knarzen von sich gab.

»Machen wir weiter!«, ertönte Zamirs tiefe Stimme ohrenbetäubend im Einsatzwagen.

In diesem Augenblick war das Brummen eines Vibrationsalarms deutlich zu hören. Zamir drehte den Kopf, stand auf und verschwand aus dem Bild. Sekunden später kam er zurück und setzte sich wieder auf seinen Stuhl. Fast im selben Augenblick gab Maries Handy einen Signalton von sich. Nigel nickte zufrieden und schaltete die Lautsprecher der Übertragung wieder stumm.

»Was schreibt er?«, fragte Koch.

Nigel las vor: »Wollen Sie sich Ihrer Verantwortung stellen, dann kommen Sie zu mir!«

STEINER III

Samstag, 16. Oktober 2010, 21:43 Uhr

Kaum hatte Zamir die Nachricht abgeschickt, schaltete er das abgenutzte Nokia-Handy aus und klappte es zu. *Alles zu seiner Zeit.* Die Bewährungshelferin war zwar nicht vorgesehen gewesen, fügte sich aber perfekt in den Gesamtplan ein. Für einen Augenblick hatte er das Gefühl gehabt, die Zügel wären ihm entglitten, aber nun entwickelten sich die Zahlen rasant in die richtige Richtung. Mit dem nächsten Anklagepunkt, da war er sich sicher, würde er die geforderte Marke von einer Million Stimmen erreichen. Er konnte die Lynchstimmung vor dem Turm und den Bildschirmen förmlich riechen, wo die Menschen sabbernd und schwitzend die Hinrichtung herbeisehnten. Die Deutschen hatten sich nicht geändert – und er würde ihnen ein Spektakel bereiten, das sie nie vergessen würden. Die Unschuld in Gestalt von Esther war bereits auf schändliche Weise ermordet worden. Nichts konnte das mehr rückgängig machen, und nichts würde ihn davon abhalten, seinen Plan umzusetzen. Er setzte sich an einen kleinen Tisch mit einem Computer, der außerhalb von Steiners Sichtfeld stand. Von dort aus steuerte er die Kamera und die Übertragung ins Web. Das Satellitentelefon war per LAN-Kabel mit diesem Rechner wie auch mit dem in seinem Arbeitszimmer verbunden. Vor wenigen Minuten war eine Videodatei übertragen worden, auf die er sehnlichst gewartet hatte. Er lächelte und dankte im Geiste seinem israelischen Freund.

Steiner stöhnte auf und verlangte nach Wasser. Zamir wollte ihm diesen Wunsch nicht verwehren, schließlich war es der letzte Akt in Steiners traurigem Leben. Er nahm eine der Wasserflaschen, die neben der Gasmaske standen, und kippte die kühlende Flüssigkeit über Steiners Gesicht, der danach schnappte wie ein Fisch auf dem Trockenen. Steiner verschluckte sich und hustete Blut und Wasser, während Zamir den Computer vorsichtig vor Steiner in Stellung brachte, sodass der eine gute Sicht auf den Bildschirm hatte.

Mit einem Mausklick öffnete er das Video, das ein Standbild einer Überwachungskamera zeigte. Mit einem weiteren Klick ersetzte er im Livestream das Kamerabild von Steiner durch das Video. Der O-Ton aus der Zelle blieb aber für die Empfänger weiterhin hörbar.

Marc Kleinfeld war soeben mit großen Schritten aus seinem Büro in die Regie zurückgekehrt. Er hatte sein verschwitztes Hemd gewechselt und ein schneeweißes neues angezogen, passend zu seinem grau melierten Anzug und einer Krawatte in kräftigem Blau. Der ambitionierte Rennradfahrer legte großen Wert auf sein Aussehen und trug ausschließlich Slim-Fit, damit seine asketische Figur – Kollegen bezeichneten ihn gerne als hager – besser zur Geltung kam.

»Karin, wo stehen wir?«

Karin hatte schon auf die Frage gewartet und war bereit, die gute Nachricht zu verkünden.

»Die beste Quote ever!« Sie strahlte über das ganze Gesicht.

Das war das Signal für lauten Applaus des Teams und ein paar johlende Laute einer jungen Praktikantin. Der Regieassistent entkorkte knallend eine Champagnerflasche und füllte ein Tablett voller Gläser, die sogleich Abnehmer fanden, aber Marcs Mimik blieb versteinert, woraufhin der Trubel abklang.

»Geht es bitte auch etwas genauer?«, wollte er in mürrischem Tonfall wissen.

Hektisch suchte Karin auf ihrem Tisch nach einem Ausdruck, dabei warf sie beinahe ihr abgestelltes Sektglas um. Endlich fand sie ihn.

»7,1 Prozent Marktanteil bei den Vierzehn- bis Neunundvierzigjährigen.«

Marc Kleinfeld hatte mit einem Erfolg gerechnet, aber dieser Wert lag 1,5 Punkte über dem bisher besten Ergebnis des laufenden Jahres. Behutsam setzte er seine Porsche-Design-Brille auf, dann klatschte er langsam mehrmals in die Hände. Dabei lächelte er gönnerhaft. Die Crew klatschte erneut, alle stießen mit ihren Sektgläsern an, und der Trubel wurde lauter. Karin reichte ihm aufgeregt ein Glas. Es kam selten vor, dass ihr Chef ausgelassen war.

Jetzt war Marc so weit, sich auf einen kleinen Small Talk mit Karin einzulassen, was sonst höchstens auf der obligatorischen Weihnachtsfeier passierte. Aber gerade als er ansetzen wollte, fiel sein Blick auf den Streaming-Monitor, auf dem aktuell nicht das Steiner-Verhör zu sehen war, sondern ein unscharfes Schwarz-Weiß-Bild aus einer Tiefgarage. Karin folgte seinem eisigen Blick und wusste sofort, die Party war vorbei.

Das Video war zwar qualitativ nicht besonders gut, aber man konnte erkennen, wie zwei Männer mit Sturmhauben zwei Geschäftsleute, von denen eine augenscheinlich eine Frau war, brutal zusammenschlugen, in ein Auto zerrten und damit aus dem Sichtbereich der Kamera fuhren.

Zamir schaltete den Stream wieder auf die Kamera im Raum und rollte den Tisch mit dem Rechner aus dem Bild.

»Letzte Nacht wurden die Stadträtin Seligmann und ihr Assistent in der Tiefgarage des Rathauses brutal niedergeschlagen und entführt. Sie wurde in ihrem Auto misshandelt und im Regen gemeinsam mit ihrem Mitarbeiter auf einer Landstraße ausgesetzt. Es dauerte zwei Stunden, bis sie entdeckt wurden.«

Zamir holte ein Dokument aus seiner Mappe, setzte sich wie gewohnt seine Lesebrille auf und las vor.

»Der behandelnde Arzt stellt eine Gesichtsschädelkontusion mit Riss- und Quetschwunde im Bereich der rechten Augenbraue sowie des Ober- und Unterlids mit großflächigem Hämatom fest. Dazu eine Handgelenksdistorsion und Kniegelenkskontusion rechts sowie multiple Schürfungen, die durch den Sturz herbeigeführt wurden, nachdem man sie aus dem Wagen gestoßen hatte.«

Zamir steckte seine Brille ein.

»Klingelt es da bei Ihnen?«

Steiners zweites Auge hatte sich inzwischen leicht geöffnet. Es war blutunterlaufen. Ein leichtes Lächeln huschte über sein Gesicht.

Programmdirektor Marc Kleinfeld schüttelte ungläubig den Kopf.

»Seligmann wurde überfallen und misshandelt? Wieso wissen wir nichts davon?«

Gerade wollte er Karin eine Anweisung geben, doch die war schon am Telefon.

»Mareike?«, fragte er.

Karin nickte, während sie die Nummer eingab.

»Verdammt teuer!«, merkte er an.

Karin zuckte nur mit den Schultern.

»Die Frage ist, ob wir sie noch kriegen ...«

Mareike Kranz war die Tochter eines schwedischen Diplomaten. Ihre Mutter war Präsidiumsmitglied des Goethe-Instituts und Kulturwissenschaftlerin. Zeitlebens hatte sie in einflussreichen Kreisen von Politik und Kultur verkehrt. Sie lernte schnell, wie man Kontakte zu Informationen und Informationen zu Geld machte. Sie war gewitzt, schlagfertig, sprach drei Sprachen fließend und erstaunte Manager und Politiker in Gesprächsrunden mit ihrem Fachwissen und Intellekt. Wenn sie auch keine klassische Schönheit war, so wusste sie ihre weiblichen Reize dennoch gewinnbringend einzusetzen. Jetzt war sie knapp vierzig und mit dieser Kombination aus Verstand und Sexappeal genau jene unheilvolle und unerreichbare Femme fatale, bei der knallharte Manager und hochrangige Beamte anfingen, sich wie kleine Schuljungen zu benehmen. Für ein wenig Aufmerksamkeit, Zuneigung und Bares erhielt sie Informationen, die sie an anderer Stelle gewinnbringend vermarkten konnte. Vor allem aber war sie eines: skrupellos.

Am anderen Ende der Leitung wurde abgehoben.

»Mareike Kranz.«

Karin wechselte zur lieblichsten Stimmlage aus ihrem breiten Repertoire gespielter Emotionen.

»Hi, Mareike, hier ist Karin Thaller.«

Mareike schien nachzudenken.

»TELE PRO?«

»Ja, genau ... Wie geht's dir denn, wir haben ja eine Ewigkeit nichts mehr voneinander geh...«

»Geht's um die Seligmann?«, fragte Mareike knapp.

Karin Thaller fühlte sich ertappt. Sie räusperte sich kurz, um dann mit normaler Stimme fortzufahren: »Wir brauchen sie.«

»Wie alle anderen auch ...«

»Heißt, du bist schon vergeben?«

»Nein.«

»Wie viel?«

»Den doppelten Satz wie üblich.«

Karin spielte die Entsetzte.

»Was? Das bekomme ich niemals durch!«

Kleinfeld schaltete die Mithörfunktion ein. Die Stimme von Mareike Kranz war nun in der gesamten Regie zu hören. Mareike ging auf Karins Versuch, den Preis zu drücken, nicht eine Sekunde ein.

»Zehn extra, wenn sie euch ein Telefonstatement gibt, zwanzig, wenn ich sie dazu bekomme, zu euch ins Studio zu kommen. Zuzüglich der üblichen Spesen für Gefälligkeiten.«

Karin Thaller schüttelte den Kopf.

»Mareike, bei aller Freundschaft, das ist absoluter Wucher.«

Mareike blieb kühl.

»Kein Problem, dann eben nicht. Danke für deinen Anruf!«

Bevor die Verbindung abriss, machte Kleinfeld eine hektische Handbewegung, die Karin sofort verstand.

»Okay, okay ... Mareike ...«

Die Leitung blieb stumm.

»Mareike?«

»Ja?«

»Wie hoch schätzt du die – Spesen – ein?«

»Vielleicht noch mal fünf, maximal acht. Es ist Wochenende, der Fall ist brisant. Einige meiner Kontakte werden vorsichtig sein.«

Kleinfeld hatte den Bügel seiner Brille in den Mund genommen und rechnete nach. Fünfundzwanzigtausend Euro, um die Seligmann noch heute Nacht live ins Studio zu bekommen, vielleicht die Hälfte, wenn es nur einen Telefoncall gab. Aber das war es wert. Er nickte. Karin gab die Info sofort weiter.

»Deal!«

Es klickte in der Leitung. Mareike Kranz hatte aufgelegt.

Was Kleinfeld und sein Team nicht wussten: Mareike Kranz hatte bereits seit dem späten Nachmittag durch einen Kontakt im Polizeipräsidium alle Informationen zu dem Überfall auf die Politikerin. Sie besaß eine Kopie des Polizeiprotokolls, kannte den Grad der Verletzungen aufgrund beigefügter Polizeifotos und hatte auch das Video aus der Tiefgarage. Das Gesamtpaket hatte sie gerade mal zweitausend Euro gekostet. Hätte sie das Video und die Kopien der Akte persönlich bei ihrem Kontakt im Präsidium abgeholt, hätte sie sich wahrscheinlich sogar diese Ausgabe gespart, aber dabei viel Zeit verloren. Zeit, die sie zur Vermarktung solcher Informationen brauchte.

Zweitausend Euro waren definitiv das kleinere Übel. Erstaunlicherweise stellte sich aber heraus, dass die einschlägige Yellow Press für diese Story ihren Asking Price von zwölftausend Euro nicht bezahlen wollte.

Der Redakteur einer großen Tageszeitung erklärte ihr: »Frau Dr. Seligmann ist zusammengeschlagen worden, okay. Aber alles, was du hast, sind armselige Schwarz-Weiß-Bilder aus der Sicherheitskamera der Tiefgarage. Ich seh hier kein Blut, keinen gefährlichen Neonazi – das ist echt schwaches Material, Mareike. Und außerdem, wer interessiert sich schon für die Seligmann? Die ist doch abgeschrieben. An wie viel hattest du denn gedacht?«

»Zwölf«, antwortete Mareike.

»Sei mir nicht böse. Wir kennen uns jetzt schon wirklich lange ...«

»Und ihr habt immer gute Geschäfte mit mir gemacht.«

»Ja, aber in diesem Fall ... ich geb dir fünf.«

»Weißt du, was? Schieb dir die fünf sonst wohin.«

Damit war das Gespräch beendet gewesen.

Sie musste keine Angst haben, dass ihr der Redakteur ihr schroffes Verhalten nachtrug. In diesem Geschäft nahm man nichts persönlich. Alles, was am Ende zählte, waren Informationen und Bilder. Ein Sexskandal hier, eine Bestechungsaffäre da, und schon war die Welt wieder in Ordnung.

Und trotzdem hatte Mareike Kranz an dieser Sache schwer zu beißen, denn auch die anderen Zeitungen wollten ihr die Story nicht für zwölftausend abnehmen, und die Gefahr wuchs, dass die Informationen auch ohne ihr Dazutun durchsickern würden.

Doch dann verfolgte sie diese spektakuläre Geiselnahme auf TELE PRO und sah schließlich »ihr« Video. Erst schrie sie wutentbrannt auf. Dieser Mistkerl hatte das Video offensichtlich gleich zweimal verkauft! Dann begann sie, eins und eins zusammenzuzählen, verstand plötzlich, dass sich der Marktpreis für ihre Informationen von einer Sekunde auf die andere mindestens verdoppelt hatte. Gut, das Video war durch – aber der Rest, der war heiß, sehr heiß!

Es dauerte keine Minute, da hatte sie Karin Thaller in der Leitung. Volltreffer! TELE PRO war als erster Sender live vor Ort und berichtete von der Geiselnahme in einer durchgehenden Sondersendung. Kurz nach dem Deal mit TELE PRO läutete es erneut. Mareike wartete, bis der Anrufbeantworter ansprang. Der Redakteur der Tageszeitung war erneut in der Leitung, seine Stimme klang angespannt, als er seine Nachricht aufsprach: »Hi, Mareike, wir haben noch mal nachgedacht – und weil du es bist, wollen wir mal nicht so sein und sagen Ja zu den zwölf. Ruf mich an!«

Mareike streckte nur den Mittelfinger in die Luft und grinste. Nun hoffte sie inständig, dass in der Polizeiakte auch das Krankenhaus vermerkt war, in dem man Judith Seligmann untergebracht hatte. Ein klein wenig nervös überflog sie die Unterlagen und fand das, wonach sie suchte. Der Name eines zentral gelegenen Krankenhauses war nachträglich durchgestrichen und durch einen handschriftlichen Eintrag ersetzt worden.

Gott liebte sie.

Zamir wischte sich den Schweiß von der Stirn. Es war heiß geworden in der kleinen Zelle. Es gab kein Fenster nach draußen, und der Scheinwerfer brachte die Luft zum Flimmern. Steiner hatte die Augen geschlossen und drohte erneut wegzutreten. Zamir wollte ihn aber dazu bekommen, den Überfall auf die Stadträtin zuzugeben.

»Wissen Sie, was ich denke, Steiner?«

Steiner antwortete nicht, öffnete aber die Augen ein wenig.

»Frau Seligmann befürwortete den Bau der Synagoge, den Sie und Ihre Freunde von der NPD im Stadtrat bislang ausgebremst hatten. Doch dann kam dieser anonyme Spender und bot an, die ganze Synagoge ohne Staatsgelder zu finanzieren. Wie auch immer das zu euch durchgesickert ist, von da an hattet ihr die Hosen voll, dass in dieser wunderbaren arischen Stadt ein jüdisches Gotteshaus entstehen könnte. Habe ich recht?«

Steiner reagierte nicht, doch seine leicht geöffneten Augen blieben auf Zamir gerichtet.

»Judith Seligmann war die einzige Person, die wusste, wer dieser anonyme Spender war. War es schwer, einer alten, schwachen Frau meinen Namen aus dem Leib zu prügeln?«

Auf Steiners Gesicht zeichnete sich wieder das teuflische Grinsen ab.

»Wir mussten die Bitch gar nicht verprügeln, wir mussten ihr nur gut zureden, da hat sie gesungen wie ein Vögelchen.«

Zamir triumphierte, jetzt hatte er ihn so weit. Trotzdem blieb er ruhig und verzog keine Miene.

»Und die Verletzung im Gesicht, der gebrochene Arm, all die Schürfungen und Quetschungen – hat sie sich die selbst beigebracht?«

Steiner richtete sich wieder ein wenig auf. Auch seine Stimme klang nun kraftvoller.

»Hey, die alte Schachtel hat nur eins aufs Maul bekommen, damit sie mitfährt. Dabei ist sie wohl blöd auf die Fresse geflogen. Aber scheiß drauf, sonst haben wir sie nicht angerührt. Das wäre ihr doch alles nicht passiert, wenn Sie sich hier mit Ihrer Kohle nicht eingemischt hätten. Dass ihr das passierte, ist doch nur Ihre Schuld. Nicht, dass mir das jetzt leidtut, aber verdammt, wenn Sie hier nicht den Wohltäter gespielt hätten, wäre doch gar nichts passiert. Fünf Millionen, Mann ... Fünf Millionen soll dieser Schandfleck kosten. Wo haben Sie denn überhaupt so scheißviel Geld her, das Sie einfach so verschenken können? Welche armen, anständigen Familien haben Sie dafür ausgesaugt, Sie Judenschwein?! Wissen Sie, was man mit fünf Millionen alles machen kann?«

Zamir ließ sich nicht provozieren.

»Nein, erzählen Sie es mir.«

Steiner war wieder in seinem Element und begann die Phrasen abzuspulen, die man ihm sein ganzes Leben eingebrannt hatte.

»Sie haben Kohle ohne Ende, aber da draußen gibt es gute deutsche Bürger, die keinen Job haben und sich nichts zu fressen kaufen können, weil die Türken, Jugos und Polacken ihnen die Jobs wegnehmen. Und die holen ihre ganze Brut nach, machen dann alle auf arbeitslos und kassieren Stütze ... Und damit das alles endlos so weitergeht, bis es hier keine Deutschen mehr gibt, dafür sorgen die Juden. Ihr sitzt überall, in jedem Parlament, in jedem Gericht. Ihr habt den ganzen bürokratischen Apparat unterwandert. Das alles ist doch eine Riesenverschwörung ... Und die Seligmann sitzt da mittendrin, in der Politik, und hält die Hand schützend über die ganzen Kanaken. Weißt du, was ... Wir hätten die Fotze einfach abknallen sollen. Einfach totmachen. Euch alle einfach totmachen. Das ist doch das Einzige, was hilft. Die Gaskammer wäre für dich noch viel zu gut, du Scheißjude!«

Steiner war außer Atem, zitterte am ganzen Leib.

Doch Zamir beachtete ihn nicht, er hatte einen Blick auf den Counter geworfen, der ihn zutiefst zufrieden stimmte.

Der Counter für »Tod« stand bei 538 630.

CONRAD

Samstag, 16. Oktober 2010, 22:05 Uhr

Ein silberner Golf mit dem auffälligen Kennzeichen Y-82 049 hinterließ einen halben Meter Bremsspur auf dem schlammigen Untergrund, brach leicht seitlich aus und kam exakt parallel zur mobilen Einsatzzentrale zum Stehen. Ein Mann von kräftiger, leicht gedrungener Gestalt, mit Jeans und zu eng sitzendem Strickpullover, verließ den Wagen und hastete die kleine Treppe an der Rückseite des Lkw empor. Er hatte weder Augen für den Turm noch für die Menschen, die zum Großteil wie gebannt auf ihre Handys starrten. Hätte er sich eine Sekunde Zeit für seine Umgebung genommen, wäre ihm aufgefallen, dass es ungewöhnlich still war für eine Menschenansammlung dieser Größenordnung. Nur der Wind, der leicht nachgelassen hatte, erfüllte die Luft mit einem leichten Rauschen.

Volker Conrad hatte für eine Strecke von knapp zweihundert Kilometern weniger als eineinhalb Stunden gebraucht. Sein direkter Vorgesetzter hatte seinen Pieper aktiviert, der nur bei akuten Notfällen eingesetzt werden durfte und den er Tag und Nacht bei sich trug. Das letzte Mal, dass sein Pieper einen Ton von sich gegeben hatte, war 2008 gewesen. Daraufhin hatte er durch geschickte Verhandlung die Rückreise dreier deutscher Bergtouristen, die von der kurdischen PKK festgehalten worden waren, aus der Osttürkei erwirkt. Im selben Jahr hatte er dafür von Bundespräsident Horst Köhler das Bundesverdienstkreuz erhalten.

Volker Conrad war der führende Nahost-Experte im Bundesnachrichtendienst und sein Name eine Kreation der Spionageabwehr. Obwohl verheiratet, beschränkte sich sein Familienleben auf wenige Wochen im Jahr. Seine Frau arbeitete ebenfalls für den BND. Sie hatten sich 2007 während ihrer Tätigkeit für die Deutsche Botschaft in Damaskus kennengelernt.

Doch sosehr sie einander auch schätzten, so sehr stellten sie ihren Beruf über ihr Privatleben. Als sich im Sommer 2010 der israelische Staatspräsident Schimon Peres bei Conrad persönlich für den erfolgreichen Ausgang eines Gefangenenaustausches mit der Hamas bedankte, verbrachte das Paar fast eine Woche gemeinsam in Israel am Korallenstrand von Eilat. Wegen des Anschlags eines salafistischen Selbstmordattentäters am 17. August 2010 in Bagdad mit achtundfünfzig Toten und hundertdreiundzwanzig Verletzten wurden beide von ihren Dienststellen aufgefordert, ihren Urlaub zu beenden und schnellstmöglich einsatzbereit zu sein. Ein Wunsch, dem beide nur allzu gerne gefolgt waren.

Nach fast zwei Jahren diplomatischer Eiszeit traten neuerdings der israelische Premier Netanjahu und der Palästinenserpräsident Mahmud Abbas unter Vermittlung der US-Außenministerin Hillary Clinton wieder in Verhandlungen. Den Prozess »zäh« zu nennen wäre eine glatte Untertreibung gewesen. Für die Bundesregierung stellte sich vor allem die Frage nach der eigenen Positionierung. Man hatte Conrad zum Leiter eines fünfköpfigen Teams ernannt, das seit fast einem Monat an der Ausarbeitung eines Strategiepapiers saß, welches ein halbes Dutzend Szenarien enthielt, um auf unterschiedliche Ausgänge des Prozesses vorbereitet zu sein. Vor wenigen Stunden hatte man ihn jedoch für einen »spontanen, zeitlich begrenzten Notfall« rekrutiert.

Dieser Spezialeinsatz war Volker Conrad ein Dorn im Auge.

Auf besonderen Wunsch des Innenministers hatte man ihn nicht nur gebeten, hochbrisante Informationen der Einsatzgruppe persönlich zu übergeben, sondern auch die Verhandlungen vor Ort zu übernehmen und als Berater zu fungieren.

Kann denn diese Regierung keine Prioritäten erkennen?, war sein erster Gedanke gewesen.

Mit seinen Verdiensten, seiner Reputation und der Erfahrung eines Sechsundsechzigjährigen hätte er durchaus ablehnen können, ohne seiner Karriere zu schaden. Aber dann eröffnete ihm sein Vorgesetzter die gesamte Faktenlage, die auch für das Außenministerium eine nicht zu unterschätzende Brisanz enthielt. Denn Ephraim Zamir war dem BND wohlbekannt als hochrangiger Agent des israelischen Geheimdienstes Mossad.

Koch hatte das Gefühl, keine Luft zu bekommen. Er saß gemeinsam mit Conrad im Golf GTI und versuchte, die Fensterscheibe der Beifahrertür zu senken, aber die Zündung war abgeschaltet. Das stark beschlagene Fenster bewegte sich keinen Millimeter.

»Mossad?«

Conrad antwortete nicht. Koch wusste, dass er die Wahrheit gesagt hatte, aber er wollte es nicht glauben. Der Mann mit dem lächerlich gemusterten Norwegerpulli, dem spärlichen Haupthaar und den Pockennarben hatte ihm seinen Ausweis zusammen mit einem Schreiben des Innenministers unter die Nase gehalten wie ein Sommelier einem ungebetenen Gast die überteuerte Weinkarte. Dann hatte er ihn mit ruhigem, aber bestimmtem Tonfall aufgefordert, ihm zu folgen – alleine.

Kaum hatten sie nebeneinander in Conrads Dienstwagen gesessen, war der entscheidende Satz gefallen.

»Ihr Geiselnehmer ist ein ehemaliger Topagent des Mossad.«

Es folgte eine lange Pause, ehe Conrad in blasiertem Tonfall sagte: »Alles, was ich Ihnen hier unter vier Augen mitteile, unterliegt der strengsten Geheimhaltung. Hier geht es nicht nur darum, eine Geiselnahme unblutig zu Ende zu führen, sondern vor allem darum, einen diplomatischen Konflikt zwischen Israel und der Bundesrepublik zu verhindern.«

Das war eine Information, deren Tragweite Koch erst einmal erfassen musste. Conrad fuhr fort.

»Ephraim Zamir ist nicht nur Geheimagent des Mossad gewesen, er gehörte einer Spezialeinheit an, die Staatsfeinde Israels aufspürte, verhörte und bei Bedarf auch ausschaltete. Nach unserer Einschätzung sind die Chancen ziemlich gering, dass die Geiseln diese Nacht überleben werden.«

Das war der Punkt, an dem Koch versucht hatte, das Fenster zu öffnen, was nicht gelang, woraufhin er die Beifahrertür aufgestoßen hatte und mühsam ausgestiegen war. Erschöpft lehnte er sich mit dem Rücken an den Golf, dabei lag der hell erleuchtete Turm in seinem Blickfeld.

Conrad blieb sitzen, beugte sich über die Gangschaltung, sah aber noch Kochs Rücken. Seine Stimme klang nun etwas energischer.

»Kriminalhauptkommissar Koch, ich bin noch nicht fertig, haben Sie die Güte und steigen bitte wieder ein!«

Koch reagierte nicht auf die Bitte. Er fühlte lähmende Beklemmung und Wut in sich hochsteigen. Das Verlangen nach einer Zigarette veranlasste ihn dazu, unbewusst die Hände in die Manteltaschen zu schieben, doch die waren leer. Er hatte vor Monaten mit dem Rauchen aufgehört. *Warum eigentlich?*

Nach einer Weile wandte er sich wieder Conrad zu. Lauter als beabsichtigt, blaffte er ihn an: »Sie wollen, dass ich den Zugriff befehle und beim Kampf gegen einen ausgebildeten Killer das Leben meiner Männer riskiere? Wollen Sie ein Blutbad sehen? Sagen Sie mir, was stellt sich der BND vor, wie das ausgehen soll? Soll der Kerl überleben, oder wäre es besser für Ihre internationalen Beziehungen, wir würden ihn über den Haufen schießen? Ist es das, was Sie wollen?«

Conrad war etwas zurückgewichen, auch wenn ihn der Wutausbruch des Einsatzleiters nicht unbedingt überrascht hatte. Seine Stimme blieb fest, darin hatte er Übung.

»Ist das Ihre professionelle Art, mit Stress umzugehen?«

Koch hätte tausend Erwiderungen parat gehabt, aber er kämpfte erfolgreich dagegen an, auf die Provokation einzugehen. Mit einem tiefen Atemzug sog er die kalte Nachtluft in seine Lunge. Er spürte, dass die Nässe durch seine Lackschuhe gedrungen war, aber im Schatten des Turms schien das bedeutungslos.

Irgendwo da drin folterte Ephraim Zamir mit äußerst brutalen Methoden eine Geisel. Ihm war vollkommen egal, wer diese Geisel war oder was sie getan hatte. Dieser Mann handelte eigenmächtig, stellte sich über das Gesetz und sogar über Leben und Tod. Aber jetzt einen Zugriff zu wagen, ohne einen genauen Plan der Räumlichkeiten und ohne Wissen der genauen Position der Geiseln, wäre unverantwortlich. Andererseits strotzten die Statistiken nur so vor Geiselnahmen mit verpassten Gelegenheiten oder von zu zögerlichem Verhalten der verantwortlichen Befehlsstellen. Für Polizeidirektoren und Minister, die am Ende den Kopf hinhalten mussten, stand neben dem Leben der Geiseln auch noch ihre eigene Karriere auf dem Spiel.

»Koch?«, sagte Conrad.

Er hatte Verständnis für den Mann, aber Zeit zu verschwenden, war gerade die schlechteste aller Optionen.

Koch ließ sich erneut auf den Beifahrersitz fallen und schlug die Wagentür zu.

»Wer genau ist dieser Mann?«, fragte er nun ruhiger.

Conrad nahm einen dunkelblauen Schnellhefter von der Rückbank, ließ den Gummizug schnalzen, der die Mappe zusammenhielt, und klappte sie auf.

»Ich habe hier ein umfangreiches Dossier zu Ephraim Zamir, aber Ihre Sicherheitsfreigabe ist nicht ausreichend«, sagte er herablassend. »Ich darf es Ihnen deshalb nicht aushändigen, lese Ihnen aber die wichtigsten Passagen gerne vor.«

Conrad blätterte durch ein paar Seiten, verharrte schließlich bei einer tabellarischen Gliederung und deutete mit dem Zeigefinger darauf.

»Seine Mutter stammte aus München, sein Vater aus Falkenau. In Falkenau gründeten die beiden eine Familie. Zamir wurde am 3. November 1938 dort geboren.«

Er blickte zu Koch und neigte das Kinn ein wenig, fast so, als würde er über eine Lesebrille hinwegblicken.

»Sind Sie geschichtlich bewandert, Kriminalhauptkommissar?«

Koch konnte es nicht leiden, wenn er belehrt wurde.

»Was wird das?«

»Um Zamir zu verstehen, muss man den Ursprung seiner Geschichte im geschichtlichen Kontext sehen. Ein gewisses Vorwissen würde ...«

»Etwa Falkenau bei Chemnitz?«, unterbrach ihn Koch.

»Nein, Falkenau in der ehemaligen Tschechoslowakei.«

Conrad lächelte milde.

»Die Tschechen haben dem Ort 1948 den Namen Sokolov gegeben. Bis Ende des Ersten Weltkriegs gehörten der Ort und die umliegende Gegend zu Deutschland und waren fast ausschließlich von Deutschen besiedelt. Die Siegermächte teilten dieses Gebiet dann aber der neu gegründeten Tschechoslowakei zu. 1938 erreichte Hitler durch ein Abkommen mit den Engländern, Franzosen und Italienern, dass der westliche Teil Tschechiens dem Deutschen Reich zugesprochen wurde.«

Offenbar referierte Volker Conrad gerne.

»Das Abkommen von München, schon mal gehört?«

Koch ging nicht darauf ein.

Conrad fuhr fort: »Zamirs Familie gehörte damit zu den sogenannten Volksdeutschen, die man ›heim ins Reich‹ geholt hatte ... Wäre da nicht der kleine Makel gewesen, dass sie Juden waren. Zamirs Vater war das erste Opfer der Familie – allerdings nicht das letzte. Oder lassen Sie es mich so ausdrücken: Bedauerlicherweise hat außer Ephraim Zamir keiner seiner Familienangehörigen den Holocaust überlebt.«

Koch spürte, wie es ihm die Kehle zuschnürte. Er hatte seinen Sohn verloren, hatte noch vor wenigen Stunden darüber nachgedacht, sich das Leben zu nehmen, weil er den Verlust seines Kindes nicht verkraften konnte. Aber angesichts des Schicksals dieses Mannes fühlte er sich schuldig.

Seine Frage kam zögerlich aus trockener Kehle, kaum hörbar: »Starben sie in Konzentrationslagern?«

Conrad hatte den Kopf gesenkt und fuhr wieder mit dem Zeigefinger über die Tabelle, dann blickte er auf.

»Nein, nicht alle. Sein Vater wurde noch in Falkenau auf offener Straße von einem Schlägertrupp der SA so schwer verletzt, dass er wenige Tage nach dieser Attacke starb. Seine Tante und sein Onkel waren vermögend und hatten versucht, kurz vor Kriegsausbruch 1939 mithilfe einer Schleusergruppe illegal in die Schweiz zu gelangen, wurden dann aber von Schweizer Grenzsoldaten an der Überquerung eines Flusses gehindert und schließlich von deutschen Grenzern im Wasser treibend erschossen. Der Rest seiner Familie starb in Konzentrationslagern.«

»Wie konnte er überleben?«

»Er, seine Mutter und seine zwei Brüder wurden Mitte 1940 von der Gestapo in einem geheimen Unterschlupf in Falkenau entdeckt und nach Theresienstadt deportiert. Sein älterer Bruder starb dort, seine Mutter, seinen Zwillingsbruder und ihn brachte man Ende 1944 ins Vernichtungslager nach Auschwitz.«

»Er hatte einen Zwillingsbruder?«

Conrad nickte.

»Das rettete ihm in Auschwitz das Leben. In der Regel waren Kinder für die Nationalsozialisten wertlos. Haben Sie schon mal von Dr. Mengele gehört?«

Koch nickte.

»Mengele betrieb geradezu enthusiastisch die Zwillingsforschung. Er bezeichnete die Kinder gerne auch als seine Meerschweinchen. Ephraims Bruder Nathan ist bei Experimenten mit Krankheitserregern ums Leben gekommen.«

»Wie alt war er?«

Conrad rechnete nach.

»1938 geboren, '44 nach Auschwitz – also zwischen sechs und sieben Jahren. 1945 war Ephraim bei der Befreiung von Auschwitz eines der wenigen Kinder, die überlebt hatten.«

»Was ist aus seiner Mutter geworden?«

»Wir wissen es nicht. Viele der Unterlagen in Auschwitz wurden von den Nazis vernichtet, bevor die Russen das Lager einnahmen.«

»Vielleicht hat sie überlebt.«

»Unwahrscheinlich. Ihr Name tauchte nach dem Krieg in keiner der Listen aus den Auffanglagern auf.«

»Was wurde dann aus Zamir?«

Conrad blätterte die Seite um.

»1956 taucht Ephraim Zamirs Name während der Suezkrise erstmals in einer geheimen Liste auf, die die Ägypter in die Finger bekommen hatten. Frankreich, England und Israel hatten damals Ägypten den Krieg erklärt und in wenigen Tagen die gesamte Sinai-Halbinsel erobert. Laut dieser Liste sollte Zamir einem Kommando angehören, das den ägyptischen Staatschef Gamal Abdel Nasser nach Ausbruch der Kampfhandlungen zu liquidieren hatte. Dazu kam es schlussendlich nicht, da die USA zusammen mit der Sowjetunion eine Einstellung des Krieges bei der UNO erzwangen.«

Conrad fuhr fort, ohne den Blick von den Daten und Fakten auf der eng beschriebenen Liste abzuwenden.

»Wann genau aus dem Stabsunteroffizier Ephraim Zamir ein Mossad-Agent wurde, wissen wir nicht. Wir wissen aber, dass er vier Jahre später bereits zu den sieben Agenten gehörte, die den NS-Verbrecher Adolf Eichmann in Buenos Aires entführten und illegal mit einer El-Al-Maschine nach Israel brachten. Wir wissen außerdem, dass Zamir nach dem Geiseldrama 1972 in München zur Mossad-Elitetruppe ›Caesarea‹ gehörte, die den Auftrag hatte, zwanzig verantwortliche PLO-Mitglieder weltweit aufzuspüren und zu liquidieren. Nach Aussage eines Mossad-Agenten, der zu den Amerikanern überlief, gehörte Zamir zu den – ich zitiere – ›skrupellosesten Erfüllungsgehilfen des Mossad‹.«

Conrad blickte auf und sah Koch in die Augen.

»Am 16. Oktober 1972 erschossen Zamir und ein weiterer Mossad-Agent in Rom den italienischen PLO-Repräsentanten Abdel Wael Zwaiter.« Conrad machte eine kurze Pause. Ein freudloses Lächeln huschte über sein Gesicht. »Mit zwölf Schüssen, in der Lobby seines Hotels ... am helllichten Tag! Können Sie sich vorstellen, welche Nerven man bei einer solchen Aktion haben muss? Mitten im Zentrum von Rom. Wissen Sie, wie lange es dauert, zwölf Schüsse mit einer Beretta 92 abzufeuern?«

Koch wusste es, ging aber nicht darauf ein.

»In den Folgemonaten wurden von Caesarea sechs weitere Personen auf der Liste liquidiert, unter anderem in Frankreich, Athen und Beirut. Dem Mossad war es dabei völlig gleichgültig, dass sie dabei jedes Mal die Autorität des jeweiligen Staates verletzten.«

Koch schüttelte den Kopf. Er konnte nicht akzeptieren, dass die Erschießung von mutmaßlichen Verbrechern als Werkzeug einer demokratischen Verfassung eingesetzt wurde.

Conrad bemerkte, dass Koch Zeit brauchte, um die Fakten zu verarbeiten. Er pickte sich weitere Punkte aus seinem Dossier. Es hatte für Koch fast den Anschein, als würde er sie ihm genüsslich präsentieren.

»Ob und wie viele Opfer während dieser Zeit auf Zamirs Konto gehen, können wir nicht genau sagen. Wir vermuten aber, dass seine Rolle innerhalb von Caesarea beträchtlich an Bedeutung zunahm. Wir wissen, dass er bei einem spektakulären Luftlandemanöver in der Nacht vom 9. auf den 10. April 1973 im Libanon in Beirut bereits der führende Offizier seiner Sondereinheit war. Sie töteten in dieser Nacht neun hochrangige PLO-Offiziere in einer gut gesicherten Anlage und schafften es danach, das Land ohne eigene Verluste wieder zu verlassen.«

Conrad richtete sich auf und rieb sich den Nacken.

»Im selben Jahr kam es dann zu einer fatalen Fehleinschätzung, die einmal mehr zeigt, wie zielstrebig der Mossad gegen Staatsfeinde vorging und wie kaltblütig Zamir seine Aufträge erfüllte. In Lillehammer, Norwegen, wurde aufgrund einer Verwechslung der marokkanische Kellner Ahmed Bouchiki vor den Augen seiner hochschwangeren Frau auf offener Straße erschossen. Die ersten sechs Schüsse trafen das Opfer in den Bauch, zwei weitere Schüsse in den Kopf, dann brach der Mann zusammen. Doch das war Ephraim Zamir nicht genug. Er schoss ihm weitere sechsmal in den Rücken, während die Frau des Opfers bereits am Boden kniete und versuchte, sich über ihren Mann zu werfen.«

Nun war es Conrad, der die Tür des Autos weit aufstieß. Die Luft im Golf war stickig geworden.

Conrad zog ein blau gemustertes Stofftaschentuch aus seiner Hosentasche und schnäuzte sich geräuschvoll, dann wischte er sich mit der Rückseite des Taschentuchs über das vernarbte Gesicht und steckte es in den Ärmel seines Norwegerpullis.

»Jetzt kommt der beste Teil: Bei ihrer Flucht aus Norwegen am Folgetag wurden sechs Mossad-Agenten verhaftet, darunter auch Ephraim Zamir. Aber nicht einmal zwei Jahre nach diesem ... Mord ... wurden Zamir und sein Killerkommando aus der Haft entlassen und durften unbeschadet nach Israel zurückkehren.«

Koch schüttelte den Kopf. Er konnte nicht glauben, was er da hörte, doch Conrad schien sich an die Fakten zu halten. War Ephraim Zamir ein Verbrecher, wenn er nur die Befehle seiner Regierung befolgt hatte? Aber war das nicht auch immer die Ausrede der NS-Verbrecher gewesen?

Conrad lehnte sich aus dem Wagen, um die Tür wieder zuzuziehen, doch der Wind schien sich dagegenzustemmen. Erst beim zweiten Anlauf schlug die Tür laut zu.

»Ich möchte nicht in Ihrer Haut stecken, Kriminalhauptkommissar. Nicht bei diesem verdammten Wetter, nicht bei diesem ... unberechenbaren und höchst gefährlichen Geiselnehmer.«

»Ich glaube, das Wetter ist das kleinere Problem.«

Die beiden Männer blickten einander an.

Conrad wechselte wieder zu seiner distanzierten Lehrer-Stimme.

»Der folgende Abschnitt dürfte für Ihre Operation von ganz besonderem Interesse sein. Wir denken, dass all diese Aktionen für Zamir nur ein Mittel zum Zweck waren, um letztendlich einen Auftrag zu bekommen, der seinen eigenen, sagen wir, persönlichen Zielen dienlich war. Sagt Ihnen der Name Menachim Begin etwas?«

Koch zögerte, während Conrad schweigend wartete.

»Ein israelischer Politiker Ende der Siebzigerjahre ...?«

»Korrekt – zumindest teilweise. Begin war während der britischen Mandatszeit in Israel ab 1943 der Anführer der Terrororganisation Etzel. Deren Spezialität waren Sprengstoffanschläge auf Marktplätzen und Restaurants. Begins Terroranschläge, aber auch seine radikalen Ansichten brachten Ministerpräsident David Ben-Gurion nach der Unabhängigkeit Israels dazu, ihn öffentlich auf eine Stufe mit Adolf Hitler zu stellen. Was selbstverständlich nur eine äußerst heftige Provokation war, denn in Wirklichkeit war Begin nicht nur ein entschiedener Feind der Nazis, sondern auch der Deutschen im Allgemeinen. Als es zwischen Israel und Deutschland 1952 zum Wiedergutmachungsabkommen kam, war Begin der Drahtzieher eines Bombenanschlags auf den damaligen Bundeskanzler Adenauer. Die Bombe wurde entdeckt, aber ein deutscher Polizist kam bei der Entschärfung ums Leben. Eine Ironie des Schicksals brachte Begin 1977 nicht nur an die Spitze der Macht in Israel, sondern ein Jahr später sogar den Friedensnobelpreis ein.«

Conrad wartete Kochs Reaktion ab – und tatsächlich quittierte dieser die Information mit ungläubigem Kopfschütteln.

»Exakt dieser Mann erstellte vier Monate nach seiner Ernennung zum israelischen Ministerpräsidenten eine Todesliste mit den Namen von zwölf NS-Verbrechern unter dem Decknamen B 4 – also nur wenige Monate vor seiner Nominierung zum Friedensnobelpreis – und übertrug die Abarbeitung der Liste dem Mann, der jetzt in diesem Augenblick nicht unweit von hier drei Neonazis als Geiseln festhält.«

Conrads rechter Mundwinkel zuckte, als hätte er beim Kartenspielen gerade einen Trumpf ausgespielt. Er sah zum Abschluss seiner Ausführungen triumphierend auf. Kochs Abneigung gegen den Mann wurde von Minute zu Minute stärker, genau wie das Gefühl, es mit einer unlösbaren Aufgabe zu tun zu haben. Er hatte genug gehört.

»Muss ich noch mehr über diesen Mann wissen, oder sind wir jetzt fertig? Mir läuft nämlich die Zeit davon.«

Koch machte Anstalten aufzustehen, doch Conrad drückte sanft gegen seinen linken Unterarm.

»Wir sind gleich fertig. Aber ich denke, es ist von entscheidender Wichtigkeit, dass Sie verstehen, wie lange Zamir noch für den Mossad aktiv war ... oder unserer Meinung nach noch immer ist.«

»Sie glauben allen Ernstes, diese ganze Scharade hier ist in

Wirklichkeit eine vom Mossad gesteuerte Aktion, um drei Neonazis zu liquidieren?«

Conrad schwieg.

»Ach kommen Sie, diese ganzen Todeslisten und Verbrechen sind Geschichte. Das hier ist ein alter Mann, der den Tod seiner Haushälterin rächen will.«

»Ist das so?«

Conrad blätterte erneut in seinen Unterlagen und zog eine Aktennotiz hervor, die einen Eingangsstempel vom Jahr 2001 trug, daneben den Stempel »STRENG GEHEIM«.

»Im Juni 1980 setzte der Mossad die Liquidierung von zwei NS-Verbrechern in Österreich in Gang. Die erste Zielperson war Ernst Lerch, ein ehemaliger SS-Sturmbannführer, der zwischen 1941 und 1943 mutmaßlich einer der Hauptverantwortlichen für die Ermordung von zwei Millionen Juden und fünfzigtausend Roma war. Ernst Lerch war 1972 trotz massiver Vorwürfe bereits am zweiten Verhandlungstag von einem österreichischen Gericht freigesprochen worden.

Die zweite Zielperson war Franz Murer, ein ehemaliger Funktionär der NSDAP – besser bekannt als der ›Schlächter von Vilnius‹. Die Stadt hatte bei ihrer Besetzung achtzigtausend jüdische Einwohner und trug deshalb den Beinamen ›Jerusalem des Nordens‹. Murer war damals in Vilnius zuständig für ›jüdische Angelegenheiten‹. Innerhalb von zwei Jahren löschte er die jüdische Bevölkerung fast gänzlich aus. Von den achtzigtausend Juden waren 1943 nur noch sechshundert am Leben. Überlebende berichteten von seiner Grausamkeit und seinem Sadismus, vor allem gegenüber Müttern und Kindern. Auch Murer wurde nach dem Krieg trotz zahlreicher Beweise von einem österreichischen Gericht vor – wie hier steht – jubelnden Bürgern freigesprochen. Murer hat es danach sogar zum Obmann der ÖVP geschafft.«

Jetzt hatte Koch genug. Ungeachtet der schrecklichen Verbrechen, die die beiden begangen hatten, konnte er nicht glauben, dass der Mossad in den Achtzigern ein Erschießungskommando nach Österreich geschickt hatte. Eine solche Aktion hätte in der Presse ein Echo gefunden, das bis heute nachhallen würde.

»Es reicht! Ich glaube Ihnen kein Wort.«

Conrad hob das Kinn und sah ihn streng an.

»Kriminalhauptkommissar Koch, ich bin nicht durch die halbe Republik gefahren, um mich als Lügner beschimpfen zu lassen.«

Kochs Stimme wurde lauter.

»Sie verlangen verdammt viel von mir. Und Sie erwarten, dass ich all Ihre Geschichten einfach so schlucke?«

»Was genau meinen Sie? Dass österreichische und deutsche Gerichte hochgradige NS-Verbrecher freigesprochen haben ... oder dass der Mossad die Justiz in die eigene Hand genommen hat?«

»Also, am allerwenigsten glaube ich, dass dieser alte Mann ...«, dabei zeigte Koch mit dem Finger auf den erleuchteten Turm, »... im Auftrag des Mossad diese Neonazis liquidieren will.«

Conrad senkte behutsam die Akten. Seine Stirn glänzte.

»Dieser Mann ist weitaus gefährlicher, als Sie es sich vorstellen können. Und ja, wir vermuten exakt das, was Sie nicht wahrhaben wollen. Ephraim Zamir steht Ihnen hier nicht allein gegenüber – und genau deshalb bin ich hier. Nicht weil ich scharf darauf bin, auf spiegelglatten Straßen mit zweihundert Sachen quer durch Deutschland zu jagen, nicht weil ich dieses fantastische Spektakel live erleben möchte – und auch nicht, weil ich mich in Ihre Angelegenheiten mischen will.«

Ein wenig überrascht stellte Koch fest, dass Conrad doch emotional werden konnte und nun immer lauter redete.

»Und wenn wir recht haben, wenn es hier auch nur einen Funken von Beweisen gibt, dass der Mossad irgendwie verwickelt ist, dann will ich nicht – will die Regierung nicht, und wollen Sie in Ihrem ureigensten Interesse auch nicht –, dass die Geier von der Presse das in den Äther rausposaunen.«

Erneut zog Conrad sein Stofftaschentuch aus dem Ärmel und wischte sich damit über die Stirn. Koch versuchte seine Gedanken zu ordnen und schwieg eine Weile. Er wandte den Blick von Conrad ab und sah zum Turm hinüber.

»Gab es tatsächlich Mossad-Anschläge in Österreich?«

»Nein.«

Koch sah ihn fragend an.

»Nein?«

»Ich habe nie gesagt, dass es einen Anschlag gab. Der Mossad erhielt damals einen neuen Chef, Jitzchak Chofi. Der stoppte die Aktionen in letzter Minute. Ihr Mann ...«

Diesmal bewegte er nur das Kinn ein wenig in Richtung des Turms.

»Ihr Mann hatte den Plan entwickelt, von einem fahrenden Motorrad aus einen Sprengsatz an Lerchs Auto zu befestigen und kurz darauf zu zünden. Hört sich an wie Action-Kino ... aber das ist Ihr Mann.«

»Und der andere, dieser Murer?«

»Zamir war beim Mossad gut vernetzt. Er drängte darauf, zumindest Murer zu erledigen. Drei Jahre kämpfte er für diesen Auftrag. 1983 gab man ihm dafür dann doch noch grünes Licht. Gemeinsam mit einer Agentin quartierte er sich 1984 in einem Gästezimmer von Murers Bauernhof ein, lebte mit Murer drei Wochen unter einem Dach. Danach verschwand Zamir. Murer überlebte.«

»Wie – er verschwand?«

»Wenn unsere Vermutungen richtig sind, wusste nicht einmal der Mossad, warum Zamir abtauchte und wo er sich befand. Das ist aber nicht belegt. Nach 1984 enthält die Akte Ephraim Zamir nur noch weiße Blätter, bis er Anfang 2008 erstmals nach Deutschland einreiste, unter seinem eigenen Namen, ganz offiziell und legal. Im Oktober 2008 erwarb er für ...« Conrad blickte kurz auf seine Unterlagen und suchte nach der Stelle mit den Informationen. »... rund 1,2 Millionen Euro dieses Grundstück mit dem verfallenen Turm. Von uns wurde er zu diesem Zeitpunkt als unbedenklich eingestuft. Außerdem besitzt er neben der israelischen auch die deutsche Staatsbürgerschaft, gilt hier nicht als vorbestraft, und auch international liegen keine Haftbefehle gegen ihn vor. Also ließ man ihn in Ruhe. Eine Zeit lang wurde er noch regelmäßig überwacht, doch als im Februar 2010 der angesehene Rabbiner Shlomo Moshe als Leumund für ihn eintrat, machte man einen Haken hinter die Akte und schloss sie.«

Mit den letzten Worten klappte Conrad theatralisch die Mappe zu.

In diesem Moment meldete sich Atli Olofssons Stimme laut knackend aus dem Funkgerät an Kochs Gürtel.

»Kriminalhauptkommissar Koch, hören Sie mich?«

Geübt löste Koch die Klammer am Gürtel und hielt sich das Funkgerät vor den Mund.

»Laut und deutlich, Olofsson.«

»Ich störe nur ungern, aber ... die Dinge entwickeln sich hier gerade äußerst ... zügig!«

»Bin sofort da!«

Dann wandte er sich an Conrad.

»Laut der Dienststelle stehen Sie uns als ›Verhandler‹ zur Verfügung?«

Dem Gesicht nach zu urteilen, das Conrad machte, war er darüber nicht besonders erfreut.

Er antwortete mit einer Gegenfrage: »Ist das so?«

Koch genoss es, Conrads Unbehagen zu spüren, und gab ihm keine Antwort.

»Dieser Mann wird nicht verhandeln«, sagte Conrad trocken.

Koch ging nicht darauf ein. »Kann ich auf Sie zählen?«

Conrad beugte sich nach hinten und steckte seine Unterlagen in eine Aktentasche, die hinter dem Beifahrersitz stand.

»Ich habe mir hier im Ort ein Gästezimmer organisieren können. Ich dusche, ziehe mich um – und warte auf Ihren Anruf.«

Insgeheim musste Koch Conrad zustimmen. Eine Verhandlung mit Ephraim Zamir war mehr als unwahrscheinlich.

SELIGMANN II

Samstag, 16. Oktober 2010, 22:45 Uhr

Im Taxi war es warm, und ein beißender Geruch hing in der feuchten Luft. Der Taxifahrer Yemi Asma'u sah in den Rückspiegel und betrachtete verstohlen die beiden Damen im Fond. Das Gesicht der älteren war zum Teil bandagiert. Die jüngere hatte kurze, weiße Haare. Zu einer sportlichen Fleecejacke trug sie einen Rollkragenpulli, unter dem sich kaum weibliche Rundungen abzeichneten. Yemi hatte zuerst sogar angenommen, dass die Frau ein Mann sei. Erst ihre Stimme hatte ihn eines Besseren belehrt. Sie war es auch, die ihm die Zieladresse gegeben hatte, zusammen mit hundert Euro Trinkgeld und der Anweisung, Verkehrsschilder nicht zu beachten.

Yemi kam aus Nigeria, die Taxilizenz hatte sein Chef gefälscht, und ohne GPS hätte er nicht mal die Tankstelle an der Ecke gefunden. Die regulären Einnahmen aus den Fahrten musste er komplett abgeben, behalten durfte er nur das Trinkgeld. Sein Chef hatte ihm eingebläut, langsam zu fahren und sich im Straßenverkehr unauffällig zu verhalten. Entsprechend mulmig war Yemi zumute, als er mit achtzig Stundenkilometern eine verlassene Kreuzung bei Rot überquerte. Stumme Stoßgebete und ein illegales Blitzwarngerät hatten ihn bislang vor Unannehmlichkeiten bewahrt, aber diesmal rechnete Yemi jede Sekunde damit, dass hinter ihm ein Blaulicht auftauchen würde. Sein abgetragener gelber Kapuzenpullover war am Rücken bereits durchgeschwitzt, aber der Hunderter in der Seitentasche wischte seine Bedenken fort.

»Na klar sind wir schon unterwegs ...«, versuchte Mareike Karin am Handy zu beruhigen. »Wenn wir überleben ... In zehn Minuten bei euch vor der Pforte ... Was sie anhat?«

Das Taxi tauchte in einen Tunnel ein. Mareike musterte Seligmann neben sich.

»Hellbrauner Hosenanzug, dunkler Pullover und darüber einen dunkelblauen Wintermantel.«

Der Tunnel teilte sich. Yemi war unsicher, wie er die Anweisung des Navigationsgerätes deuten sollte, doch Mareike reagierte sofort.

»Jetzt rechts ... rechts!«

Yemi sah aus dem Augenwinkel, wie der Arm der Frau vorschoss und ihm die Richtung anwies. In letzter Sekunde riss er das Steuer herum und folgte der Abzweigung.

»Ja, bin wieder da ...«

Mareike hörte eine Sekunde zu, dann musterte sie Seligmann erneut.

»Auf der Nase sitzt so ein weißer Kunststoffschutz, der mit einem Gummiband am Kopf befestigt ist ... Auf dem rechten Auge sitzt ein dick gepolsterter Augenverband ... Ja, darunter sind ganz gut Blutergüsse zu sehen ... Natürlich, sie behält den Nasenschutz an ... genau ... Bis gleich!«

Mareike legte auf und steckte das Handy in die Innentasche ihres Mantels.

Das Taxi verließ den Tunnel, und Yemi Asma'u hielt an einer roten Ampel. Seine Schläfen pochten. Er war heilfroh über die Pause und sah sich um.

Es war Samstagnacht und der Verkehr in diesem Teil der Stadt belebter. Hier lagen viele Clubs und Bars, Neonlicht schimmerte auf den Straßen. Von irgendwoher tönte eine Sirene. Yemi hielt den Atem an. Sekunden später jagte ein Polizeiwagen mit Blaulicht an ihnen vorbei über die rote Ampel.

Mareike bemerkte nichts von den Seelenqualen ihres Fahrers, ihre Gedanken kreisten einzig und allein um ihre menschliche Fracht, Judith Seligmann. Nicht etwa, weil ihr die Frau leidtat, sondern weil sie den Eindruck machte, als würde sie jeden Augenblick einen Nervenzusammenbruch erleiden.

Alles hing nun vom richtigen Timing ab. Aus diesem Grund hatte Mareike Kranz auch Seligmanns Beruhigungsmittel heimlich verschwinden lassen, als sie im Krankenhaus aufgetaucht war. Ein apathisches, stummes Opfer war in der anstehenden TV-Show wertlos.

Die Ampel schaltete auf Grün, und bevor Yemi den Gang einlegte und losfuhr, machte er das Radio an. Die Stimme eines aufgekratzten Zuhörers ertönte.

»... die Eier abschneiden!«

Yemi hörte den Moderator lachen.

»Die Eier?«

»Das wär doch cool. Er zieht den Nazis die Hosen aus und kastriert einen nach dem anderen live vor der Kamera.«

Der Moderator hatte schon den nächsten Anrufer in der Leitung.

»Wen haben wir jetzt in der Leitung bei *Night Talk*?«

»Stahlhammer.«

»Und wie noch?«

»Einfach nur Stahlhammer.«

»Das klingt verdammt gefährlich ... Stahlhammer, erzähl uns doch, was du mit den drei Neonazis anstellen würdest.«

»Erst killen wir deine Frau, dann deine Kinder, und wenn du ...«

Die Leitung wurde unterbrochen. Der Moderator lachte laut auf. »O Mist, da hatten wir wohl jemand von der anderen Fraktion in der Leitung ...«

»Schalten Sie das aus«, rief plötzlich Seligmann, und noch bevor Yemi der Aufforderung nachkommen konnte, wiederholte sie es, nur schrie sie jetzt: »Schalten Sie das aus!«

Die hohen Absätze von Karin Thallers Lederstiefeln klackten laut auf dem breiten gefliesten Flur, der von Studio 1 direkt in den großen Empfangsbereich von TELE PRO führte. Ein junger Volontär mit asiatischen Gesichtszügen folgte ihr in respektvollem Abstand. Sie hielt ihr Handy ans Ohr gepresst, während sie bereits einen Blick auf die Glastüren der Eingangshalle warf.

»Ist mir scheißegal, Bella, du bekommst maximal fünf Minuten für das Make-up ...«

Unter den Achseln von Karins wild geblümter Bluse hatten sich bereits deutliche Schweißflecken gebildet.

»Hell, unbedingt, sehr hell. Sie muss krank aussehen – und nimm ihr um Gottes willen ja nicht die Bandagen oder diesen Nasenschutz ab, verstanden? Wir sind in drei Minuten bei dir.«

Die breiten Eingangstüren öffneten sich und gaben den Blick frei auf Mareike und Seligmann.

Karin Thaller freute sich innerlich. Seligmann sah schlimmer aus, als sie gedacht hatte. *Genial.*

An ihren Volontär gewandt, der hinter ihr hergeeilt war, stieß sie noch eine letzte, kurze Warnung aus. »Sie sind mir dafür verantwortlich, dass ich Seligmann in spätestens zehn Minuten vor der Kamera habe. Schaffen Sie das nicht, war heute Ihr letzter Arbeitstag. Und glauben Sie mir, ich sehe auf die Uhr!«

In der Mitte der Eingangshalle trafen die beiden Paare aufeinander. Karin Thaller schüttelte den Kopf und spielte die Betroffene.

»Frau Dr. Seligmann, im Namen des Senders möchte ich unsere tiefe Bestürzung zum Ausdruck bringen. Dass Sie in Ihrem Zustand zu so später Stunde die Kraft aufbringen, vor die Öffentlichkeit zu treten, um Ihre Geschichte zu erzählen, ist das Mutigste, was ich je erlebt habe.«

Seligmann wich instinktiv etwas zurück, als ihr die kräftige kleine Frau die Hand entgegenstreckte.

»Und Sie sind?«

Mareike antwortete sofort: »Frau Dr. Seligmann, darf ich vorstellen, Karin Thaller, Produktionsleiterin des Senders.«

Zögerlich reichte sie Karin Thaller die Hand, die sie mit beiden Händen umschloss.

»Es ist mir eine große Ehre, Sie kennenzulernen. Leider drängt die Zeit, und so gerne ich mich mit Ihnen auch unterhalten möchte, muss ich Sie notgedrungen an meinen Assistenten ...« Ein strenger Seitenblick auf den Volontär verriet, dass sie seinen Namen vergessen hatte.

»Minh Pham«, antwortete der junge Mann pflichtbewusst und nickte Seligmann zu.

»... muss ich Sie an Minh übergeben. Er wird sich ab sofort um Sie kümmern.«

Seligmann entzog Thaller mit einem leichten Ruck ihre rechte Hand.

»Ich hätte gerne ein Glas Wasser.«

»Minh wird Ihnen jeden Wunsch von den Lippen ablesen.«

Der Volontär war verwirrt.

»Soll ich erst das Wasser bringen oder ...«

Thaller schüttelte den Kopf und zeigte ein gekünsteltes Lächeln. »Zuerst in die Maske – dort sollte es auch Getränke geben!«

Minh Pham nickte und bedeutete der Stadträtin, ihm zu folgen. Ein letztes Mal drehte sich Seligmann zu Mareike um, die zustimmend nickte.

»Gehen Sie ruhig, ich warte hier, bis Sie wiederkommen, und dann bringe ich Sie nach Hause ... oder zurück ins Krankenhaus, wo immer Sie hinmöchten.«

Seligmann wandte sich ohne eine sichtbare Reaktion wieder ab und folgte langsam dem gut aussehenden jungen Mann.

Kaum waren die beiden außer Hörweite, verschwand das künstliche Lächeln aus Thallers Gesicht.

»Ist sie sediert?«

Dabei musterte sie die zierliche Frau mit der gut sitzenden Jeans und den nagelneu aussehenden Vans.

»Nein, konnte ich verhindern«, antwortete Mareike wahrheitsgetreu.

»Sie wirkt aber so.«

Mareike hob angriffslustig das Kinn.

»Was willst du? Du wolltest sie hier haben, jetzt hast du sie hier. Ein Danke wäre angebracht.«

»Wenn sie sediert ist, bringt sie mir nicht viel«, brachte Karin erneut ihre Sorge zum Ausdruck.

»Wenn du meine ehrliche Meinung wissen willst, die Frau ist eine Ladung Dynamit mit einer ganz langen Lunte. Ganz schön mutig von euch, sie live zu bringen.« Mareike hob beide Arme. »Aber das ist ja zum Glück nicht meine Sache – mach's gut, Karin!«

Dann wandte sich Mareike ab und schlenderte dem Ausgang entgegen.

»Wolltest du nicht warten, bis Seligmann fertig ist?«

Mareike drehte sich mit einem spöttischen Lächeln noch einmal um.

»Steht auf meiner Stirn ›Babysitter‹?«

Carla von Stein stand konzentriert neben dem Moderationstresen, einem gebogenen Stehtisch, an dem sie ihre Studiogäste empfing. Eine Visagistin puderte ein letztes Mal ihr Gesicht und zupfte an ihren blondierten kurzen Strähnen, die sie mit Haarspray dazu brachte, wieder frech abzustehen. Ein letztes Mal hielt ihr die Visagistin einen Spiegel vors Gesicht, woraufhin Carla von Stein einigen ihrer Haarsträhnen noch selbst den letzten Schliff verlieh und dann durch ein kurzes Nicken der jungen Frau signalisierte, dass sie sich nun entfernen konnte.

Aus dem Kopfhörer in ihrem linken Ohr ertönte Lees Stimme.

»Carla, kannst du mich gut hören?«

Carla drehte sich zur Kamera, setzte ein leichtes Lächeln auf und nickte. Durch die Glasscheibe der Regie konnte sie den hageren Regisseur, der sie dank seiner langen Haare und der markanten Lippen immer ein wenig an Udo Lindenberg erinnerte, gut erkennen.

»Ich bin so weit!«

Lee, der ein wenig sächselte und eigentlich Leonhard Biedenkopf hieß, wich seit ihrer gemeinsamen Zeit bei Sat.1 nicht von Carlas Seite. Als sie den Sender wechselte, hatte sie darauf bestanden, dass TELE PRO auch Lee unter Vertrag nahm. Da Carla von Stein schon zum dritten Mal verheiratet war und sich bereits abzeichnete, dass auch diese Beziehung nicht von Dauer sein würde, bildete Lee die einzige Konstante in ihrem Leben. Er war es auch gewesen, der sie auf Drängen von Karin Thaller dazu gebracht hatte, an diesem Abend die Sondersendung zu moderieren.

Im Regieraum saß Marc Kleinfeld direkt neben Lee und konnte es kaum erwarten, dass sie mit Carla und Seligmann on air gingen.

»Frag sie, ob sie das Manuskript gelesen hat.«

Lee drehte sich zu Marc Kleinfeld um.

»Echt jetzt?«

»Frag sie«, forderte Kleinfeld.

Lee drückte den Talkback-Knopf

»Marc möchte wissen …«

»… ob ich die Fragen auswendig gelernt habe«, vollendete Carla die Frage. »Und was hast du geantwortet?«

»›Echt jetzt?‹«, gab Lee grinsend zurück.

Marc Kleinfeld schüttelte den Kopf und verdrehte die Augen.

Koch saß wieder an seinem Platz im Einsatzwagen. Versetzt hinter ihm klammerte sich Marie an den leeren Kaffeebecher.

Immer und immer wieder ging ihr Zamirs letzte Nachricht durch den Kopf: *Wollen Sie sich Ihrer Verantwortung stellen, dann kommen Sie zu mir!*

Doch Koch hatte kategorisch abgelehnt, auf den Vorschlag überhaupt einzugehen. Und sosehr Marie auch versucht hatte, ihn davon zu überzeugen, dass dies der einzige Weg sei, um vielleicht die Geiseln zu retten, so hartnäckig war er bei seiner Entscheidung geblieben und hatte ihr schließlich wortlos den Rücken zugewandt.

Conrads ausführliches Referat hatte für Koch jegliche Hoffnung auf ein gewaltloses Ende der Geiselnahme zunichtegemacht. Bislang hatte er nicht einmal den Versuch unternommen, auf Zamirs Nachricht eine Antwort schicken zu lassen. Im Augenblick setzte er alles daran, so bald wie möglich die Freigabe für einen Zugriff zu bekommen. Doch noch wartete man vergeblich auf eine Entscheidung aus dem Innenministerium.

Nigel meldete sich zu Wort.

»Kommissar Koch, das könnte Sie interessieren!«

Auf dem Hauptbildschirm erschien die Übertragung von TELE PRO. Eine Moderatorin in fortgeschrittenem Alter, offensichtlich geliftet und mit Kurzhaarfrisur, begrüßte soeben Stadträtin Seligmann, mit der sie gemeinsam zu einer Sitzgruppe ging, um dort Platz zu nehmen. Die Namen der beiden Frauen wurden unten im Bild eingeblendet.

Koch schüttelte ungläubig den Kopf. Er kannte Seligmann, hatte sie bei einer Kundgebung sogar einmal persönlich getroffen. Jetzt war ihr Gesicht bandagiert und geschwollen. Er erkannte sie kaum wieder.

»Ist das wirklich …?«

Nigel nickte.

Koch stand auf und wandte sich zu Erdmann. Er ließ seiner Wut freien Lauf: »Das darf doch alles nicht wahr sein! Vor über einer Stunde kam der Hinweis … Nigel, wann war das?«

Nigel zuckte mit den Schultern. »Um kurz vor zehn …?«

»Und jetzt ist es Punkt elf. Wie kann es bitte sein, dass es der örtlichen Polizei nicht möglich war, eine so bedeutsame Zeugin in einem Mordfall mit einer Streife abzuholen und ins nächste Revier zu bringen? Wieso sitzt diese Zeugin nicht bei uns und wird verhört, sondern in einer verdammten TV-Sendung? So ein unglaublicher Mist!«

Die Frage an Erdmann schien rhetorischer Natur zu sein, denn ohne eine Antwort abzuwarten, sank Koch wieder auf seinen Stuhl und starrte kopfschüttelnd auf den Bildschirm.

»Gibt's dazu auch Ton, Nigel?«, blaffte er den Medien-Operator an.

Seit Zamir das Gespräch vorübergehend unterbrochen hatte, war der Counter nur langsam weitergeklettert und lag mittlerweile bei 601 324 Stimmen für »Tod«.

Zamir hatte die Information über Seligmann ganz bewusst einfließen lassen, um durch die persönliche Leidensgeschichte einer unschuldigen Frau die Quote nach oben zu treiben. Der Mensch war ein merkwürdiges Wesen. Der Tod von Millionen bewegte ihn nicht annähernd so sehr wie das tragische Schicksal des Einzelnen, wenn es nur anschaulich genug präsentiert wurde. Und dafür, dass diese Präsentation jetzt erst richtig in die Gänge kam, hatte Zamir gesorgt: Seine Freunde vom Mossad hatten sich in die Patientenverzeichnisse eines entfernt gelegenen Krankenhauses gehackt und dort Dr. Judith Seligmann als angemeldet vermerkt, während sie denselben Vermerk in der Datenbank des korrekten Krankenhauses gelöscht hatten. So hatte Mareike Kranz genug Zeit, Seligmann zum Sender zu bringen, bevor die örtliche Polizei den Schwindel bemerkte.

Während hinter ihm auf einem kleinen Bildschirm eine Moderatorin im roten Blazer ihr Gespräch mit Judith Seligmann begann, als Anmoderation ihre Verdienste um die Politik würdigte und sich dann schließlich mit fast weinerlicher Stimme an ihren Studiogast wandte, blickte Zamir aus einem kleinen Fenster im dritten Stock des Bunkers und genoss den Anblick der Menschenmenge. Zwar wurde er durch die Scheinwerfer geblendet, die auf den Turm gerichtet waren, aber er konnte trotzdem erkennen, dass rund um den Turm mindestens fünfhundert Schaulustige und Polizisten versammelt waren. Noch dazu hatte sich auf einer Seite eine laut krakeelende Gruppe von Neonazis eingefunden und auf der gegenüberliegenden Seite eine nicht minder große Gruppe von Antifa-Vertretern, die ebenso gefährlich aussahen. Noch hatte die Polizei die Situation im Griff, aber das konnte sich schnell ändern – und genau darauf setzte Zamir.

Als er wieder im Verlies von Gottfried ankam, schlug ihm der beißende Geruch von Schweiß und Urin entgegen.

Gottfried war wach und hatte ihn kommen hören. Sofort schrie er ihn wütend an: »Ich hab mir in die Hose gepisst, du Drecksack ... und muss dringend scheißen ... Hörst du?«

Zamir ignorierte ihn. Der Boden hatte keinen Abfluss, und so stand er mitten in einer Urinlache, eine Tatsache, die er nicht bedacht hatte. Umso mehr freute er sich nun, dass sein Opfer auch in dieser Hinsicht gedemütigt wurde.

»Der Pöbel hat sich zu Ihrer Hinrichtung versammelt. Es ist schon erstaunlich ... Gib ihnen Brot und Spiele, und das Volk wird jubeln ...«

»Fick dich, Mann, du hast völlig einen an der Klatsche! Kapierst du's nicht?! Ich muss dringend scheißen!«, erwiderte Gottfried, doch Zamir blieb ganz ruhig.

»Tun Sie sich keinen Zwang an.«

Er beugte sich über die Tastatur und klickte mit der Maus eine App an, woraufhin die Übertragung des Senders TELE PRO sichtbar wurde. Mit einem weiteren Klick schaltete sich der Ton der Übertragung ein. Zamir drehte den Bildschirm zu Gottfried und lächelte.

»Darf ich vorstellen, Stadträtin Seligmann ... Ihr Sargnagel!«

Noch bevor Gottfried antworten konnte, erklang die Stimme der Moderatorin.

Das Studio von TELE PRO war nur minimal besetzt. Die Ränge, auf denen normalerweise das Studiopublikum saß, waren allesamt leer. Nur zwei Kameramänner mit ihren jeweiligen Assistenten, zwei Beleuchter und eine Visagistin standen unmittelbar vor Seligmann und Carla von Stein, die in der Kulisse von *CN-W* Platz genommen hatten. Lee und sein Team verfolgten zusammen mit Marc Kleinfeld die Geschehnisse vom Regieraum aus.

»Kamera 1 weiterhin beide im Bild behalten, Kamera 2 Seligmann halbnah.«

»... und wie können Sie wissen, dass es sich bei dem Überfall um dieselben Täter handelte, die nun in der Gewalt von Ephraim Zamir sind?«, wollte Carla von Stein gerade wissen.

Seligmann sah auf den Boden und schüttelte bedächtig den Kopf.

Lee nestelte an den Knöpfen seiner Lederweste und gab konzentriert eine weitere Anweisung an seinen Assistenten.

»Jetzt umschalten auf Kamera 2.«

Auf dem Hauptbildschirm sprang das Bild zu einer Großaufnahme von Seligmanns Gesicht. Sie atmete gerade tief durch, offensichtlich, um Kraft zu tanken, dann blickte sie auf, um die Frage zu beantworten.

»Einer ... einer von den beiden, also der, der jetzt im Internet immer als Steiner bezeichnet wird, der hatte so eine Tätowierung am Hals ...«

Carla von Stein hakte nach.

»Derjenige, der neben Ihnen saß und seine Hand zwischen Ihre Schenkel schob, oder derjenige, der Ihnen zuvor mit der Faust ins Gesicht geschlagen hatte?«

Seligmann schien irritiert über die Unverblümtheit der Zwischenfrage.

»Der, der vor mir saß.«

»Was war das für eine Tätowierung?«

»Seine Maske, diese schwarze Maske ... Sie war am Hals verrutscht und zeigte eine Tätowierung ... Ungefähr hier.«

Seligmann neigte den Kopf und zeigte auf ihren Nacken.

»Ich konnte deutlich Köpfe sehen ... Für mich sah das irgendwie aus wie ... Da waren Zungen mit ... mit gespaltenen Spitzen ... Das waren Schlangenköpfe, ganz sicher, es war ein Tattoo mit Schlangenköpfen.«

Carla richtete ihren Blick auf den großen Bildschirm, der neben der Sitzgruppe stand. Er zeigte Gottfried Wegener live, wie er offensichtlich ihrem Gespräch folgte.

»Meinen Sie diese schwarzen Spitzen am Halsansatz?«

In der Regie gab Lee die Anweisung, auf das Streaming-Signal umzuschalten und das Bild zu vergrößern. Der Kameraausschnitt wurde auf ein Maximum gezoomt, bis die Pixel zu flimmern anfingen. Sehr unscharf konnte man am Halsausschnitt des T-Shirts ovale Elemente erkennen, aus denen ein Strich ragte.

Plötzlich kam Bewegung ins Bild.

Sofort reagierte Lee.

»Zuspielung zurück auf Vollformat. Kamera 1 groß auf Carla, Kamera 2 groß auf Seligmann!«

Marc Kleinfeld saß daneben und genoss das Spektakel. Es war spannend, es war live – es brachte Quote.

Überraschend kam Zamir ins Bild. Bislang hatte man nur seine Stimme gehört, nun aber sah man zum ersten Mal seinen Rücken. Er wirkte kräftig, seine Bewegungen kamen blitzschnell, und bevor man überhaupt erahnen konnte, was passierte, hatte Zamir mit seinen großen Händen Gottfrieds T-Shirt gepackt und auseinandergerissen. Gottfried begann wütend zu schreien. Einen Augenblick lang verdeckte Zamirs wilder grauer Bart das Sichtfeld der Kamera. Danach hielt selbst Kleinfeld den Atem an. Nur Lee behielt die Kontrolle und gab mit lauter Stimme Anweisungen, um Steiners Schreie zu übertönen.

»Jetzt Zuspielung wieder vergrößern, los, los!«

Vom muskulösen Oberkörper der Geisel blickte das bedrohliche Gesicht einer Medusa die Zuschauer an. Ihre Augen waren weit aufgerissen, und aus ihrem Kopf wuchsen schwarze Schlangen, deren Köpfe mit herausgestreckten Zungen an Steiners Hals endeten. Und während er wie ein Wahnsinniger vor Zorn brüllte, erweckte sein geschundener Körper die Schlangen zum Leben. Sie bewegten sich auf und ab, als würden sie sich jeden Moment vom Körper ihres Meisters lösen und durch die Bildschirme kriechen.

Lee wartete auf den richtigen Moment, bis Carla von Stein instinktiv zurückwich.

»Kamera 1 ... jetzt!«

Noch immer ertönte Gottfrieds Schrei aus den Lautsprechern des Studios sowie aus unzähligen Smartphones und Fernsehgeräten in ganz Deutschland.

»Jetzt umschalten auf Kamera 2!«

Seligmann wandte sich panisch ab und schlug die Hände vors Gesicht.

Marc Kleinfeld erschauderte und frohlockte zugleich.

Langsam verließ Gottfried die Kraft, und aus dem gewaltigen Gebrüll wurde ein tiefes Schluchzen. Ein Schluchzen, das nicht etwa der Reue entsprang, sondern der schmerzhaften Gewissheit, absolut wehrlos zu sein.

Entsetzt begriff Koch, dass Zamir der Liveübertragung im Fernsehen folgte und mit ihr interagierte. Ganz so, als würde er bewusst die Emotionen der Zuschauer in eine Richtung lenken wollen. Kriminaloberkommissar Erdmann, der sich bislang mit Kommentaren zurückgehalten hatte und sich um die Leitung der Bereitschaftspolizei kümmerte, brachte auf den Punkt, was alle Anwesenden fühlten.

»Es wird Zeit, das Signal zu unterbrechen.«

Kochs Fingernägel hatten sich tief in seine Handballen gegraben. Ihn widerte das Spektakel an.

»Atli!«, forderte er seinen IT-Experten zur Berichterstattung auf.

Atli wirbelte herum und ließ einen Stift zwischen drei Fingern seiner linken Hand rotieren wie einen Propeller.

»Läuft, Chef, ein Spezialkommando der Bundeswehr ist unterwegs mit dem Störsender. Schätze, die sind in zwanzig Minuten hier – und Sie werden es nicht glauben, aber das Team der Telekom ist bereits hier und verlegt soeben eine offene Leitung den Hügel hinauf. Die sollten in wenigen Minuten zur Tür hereinspazieren und uns per Ethernet über eine sichere Leitung mit der Außenwelt verbinden. Dann bleiben wir online, selbst wenn der Störsender im Umkreis von einem Kilometer alles lahmlegt, was über den Äther geht.«

In der Regie von TELE PRO war Marc Kleinfelds Enttäuschung für jeden augenscheinlich, denn trotz dieses wunderbaren, emotionalen Moments war das Voting für »Tod« nur auf gut siebenhunderttausend Stimmen gestiegen. Offensichtlich hatten immer mehr Menschen Mitleid mit dem geschundenen und malträtierten Neonazi, der nach seinem monströsen Schrei in Tränen ausgebrochen war. Kleinfeld konnte es nicht fassen, denn das Voting für »Leben« hatte sich innerhalb von Minuten mehr als verdoppelt und lag nur noch zweihunderttausend Stimmen zurück. So hatte er sich das nicht vorgestellt. Gut, Spannung musste sein, aber mit der ersten Hinrichtung wollte er eigentlich vor Mitternacht durch sein.

Sein Marketingteam war zwischenzeitlich fast vollständig im Sender angekommen und stand bereits mit Media-Agenturen in ganz Deutschland in Kontakt. Die hatten ebenfalls Lunte gerochen und ihre Büros besetzt, um ihrerseits wieder mit Marketingmanagern großer Konzerne kostspielige Deals und Werbeschaltungen zu organisieren. Zum Glück gab es aber auch Vertragskunden, deren Schaltungen sie nicht absprechen mussten, sondern deren Buchungen bereits lange vor dieser Nacht feststanden, wobei die Preise automatisch durch eine Quotenregelung festgelegt worden waren: mehr Zuschauer, höhere Kosten. Einige dieser Kunden würden nach dem Wochenende wahrscheinlich schockiert sein über die verbrannten Media-Etats, denn kaum einer hatte auch nur ansatzweise mit so einem Quotenhit gerechnet. Das aber war Kleinfeld egal – Hauptsache, der Rubel rollte. Und in dieser Nacht rollte er ganz gewaltig. Schon wurden im Zwanzig-Minuten-Takt kurze Werbeunterbrechungen eingespielt. Meistens nur zwei oder drei Spots für Versicherungen, Autos und Bier. Familienthemen wie Babybrei oder Urlaub hatten seine Media-Experten bewusst vermieden, auch wenn er den Sinn dahinter nicht ganz verstand.

Kleinfelds Gedanken kreisten wieder um die Hinrichtung. Kurz nach der ersten Exekution sollte ein zehnminütiger Werbeblock den Zuschauern Zeit zum Durchatmen geben. Dann würden sie Wiederholungen von der Hinrichtung zeigen, unzählige Wiederholungen, mal mit Kommentaren von Experten, mal in Zeitlupe, mal in Schwarz-Weiß ... Kleinfeld hoffte auf eine visuell ansprechende Variante, nichts, was so schnell ging, dass er kein gutes Material davon bekam. Am besten wäre ein Schnitt durch die Kehle. Nur was, wenn es so weit gar nicht kam, wenn die Polizei noch vorher den Turm erfolgreich stürmte? Gut, ein Zugriff der Polizei hätte schon auch etwas, aber aus Erfahrung wusste er, dass dabei nicht viele brauchbare Bilder gemacht werden konnten. Man würde sicher Nebelgranaten einsetzen, und im Nullkommanichts würde die wunderbare Szenerie einfach in einer weißen Suppe untergehen. Nein, nein, am besten wäre eine schöne Hinrichtung!

In diesem Moment beschloss Kleinfeld, dass es an der Zeit war, einzugreifen.

Seligmann hatte sich beruhigt. Auf Lees Anweisung hin war der Zuspielmonitor für das Livebild im Studio abgeschaltet worden. Stattdessen hatte er ein Standbild von Wegener hinter den beiden Frauen einblenden lassen. Es zeigte den Neonazi, wie er schluchzend den Kopf hängen ließ. Lee hatte dieses Motiv ganz bewusst als Hintergrundbild für das laufende Interview gewählt, denn er hatte Mitleid mit dem gebrochenen Mann. In dieser Sekunde war dieser Verbrecher für Lee längst kein brutaler Neonazi mehr, sondern eine gequälte Geisel, der man jegliche Menschenwürde genommen hatte. Zum ersten Mal in seinem Leben fand Lee seinen Job zum Kotzen.

Carla von Stein wartete lange, bis sie Seligmann die nächste Frage stellte. Die Bildeinblendung im Hintergrund konnte sie nicht sehen, denn im Studio befand sich anstelle eines echten Monitors nur eine grüne Wand – die sogenannte Greenbox. Instinktiv hoffte aber auch Carla, dass Lee nun einen gemäßigteren Kurs einschlug.

»Stadträtin Seligmann, geht es wieder? Sollen wir eine Pause machen?«

Seligmann schüttelte den Kopf und bedeutete ihr, dass sie das Gespräch fortsetzen wollte.

»Frau Seligmann, Sie sind eine starke Frau und haben der Erniedrigung durch Ihre Entführer standgehalten. Was war es aber dann, das Sie letztendlich doch dazu brachte, den Geiselnehmern die geforderten Informationen zu geben?«

Mit dünner, leiser Stimme ging Seligmann zögerlich auf die Frage ein.

»Sie haben ... sie haben mir gedroht ... Sie ...«

Carla fragte nach.

»Womit haben sie Ihnen gedroht? Wollte man Sie umbringen?«

Wieder schüttelte Seligmann den Kopf, blieb aber stumm.

»Manchmal ist es besser, Dinge beim Namen zu nennen, als sie in sich hineinzufressen. Glauben Sie mir, es wird Ihnen besser gehen, wenn Sie die Welt wissen lassen, zu welch abscheulichen Taten diese Monster fähig sind.«

Carla ließ erneut zwei Sekunden verstreichen, dann wiederholte sie die Frage mit fast mütterlicher, tiefer Stimme.

»Womit hat man Ihnen gedroht?«

Plötzlich brach die Antwort laut und schluchzend aus Seligmann hervor: »Dieser Mann hat mir ein Foto von meinen Enkelkindern vor die Augen gehalten. Ein Bild von meinen fünfjährigen Mädchen, das sie auf dem Pausenhof des Kindergartens gemacht hatten. Sie waren ... Sie waren bei meinen Mädchen im Kindergarten ... Sie sind doch erst fünf ... Er nannte sie ›kleine jüdische Bastarde‹ ... Er drohte damit, sie zu verbrennen ... zu verbrennen!«

Seligmanns Worte waren zwischen den Schluchzern immer schwerer zu verstehen. Tränen liefen ihr ohne Unterlass über die Wangen, und Speichel tropfte von ihren Mundwinkeln.

»Dann ... dann riss dieser Mann die Köpfe meiner Mädchen von dem Foto und ... und steckte sie sich in den Mund ... Dabei lachte er ... Er lachte und kaute auf dem Foto meiner kleinen Mädchen herum ... Es ... es war so widerlich!«

Sie verstummte und gab sich ihrem Schmerz hin. Carla von Stein tat, was sie noch nie getan hatte, sie stand auf, setzte sich neben Seligmann und nahm die Frau, die einen Kopf größer war als sie selbst, in die Arme.

Kleinfeld triumphierte. Noch während er mit einem Auge auf den Counter schielte, der bei »Tod« nun rasant in die Höhe schoss, stand er auf, beugte sich über das Regiepult und drückte den Talk-back-Knopf.

»Carla ... Carla, du musst jetzt die Frage stellen! Das ist genau der richtige Augenblick.«

Lee wusste, was Kleinfeld vorhatte, aber er resignierte, stieß sich mit seinem Rollstuhl vom Regiepult ab, um ganz weit weg zu sein von diesem Szenario. Weit weg von dem Schmutz, der nun folgen würde.

Carla von Stein blickte auf, suchte den direkten Blickkontakt zu der Quelle der Stimme in ihrem Ohr – zu Kleinfeld. Unmerklich zeigte sie ihm an, dass sie das nicht tun konnte. Aber Kleinfeld ließ nicht locker.

»Carla, wenn du wirklich ein Profi bist, dann stell jetzt die verdammte Frage!«

Carla starrte ihm von einem der Monitore entgegen, während Seligmann sich langsam aus ihrer Umarmung löste. Gerade als Kleinfeld erneut ansetzen wollte, räusperte sich Carla von Stein, rückte ein wenig von Seligmann ab und tat etwas, was sie für immer bereuen würde.

»Frau Seligmann ... Judith ... Was dieser Mann Ihnen angetan hat, möchte keine Mutter und keine Großmutter je erleben. Er hat nicht damit gedroht, Ihnen das Leben zu nehmen, schlimmer, viel schlimmer, Judith. Er hat damit gedroht, Ihre fünfjährigen Enkelkinder auf bestialische Weise zu ermorden. Ist es da nicht legitim, dass er dafür die gerechte Strafe erhält? Wäre es nicht allzu verständlich, wenn Sie ihm dafür den Tod wünschen würden?«

Marc Kleinfeld erstarrte, über das Regiepult gebeugt. Carla hatte die Frage einfühlsam und suggestiv gestellt. Im Studio hätte man in dieser Sekunde eine Stecknadel zu Boden fallen hören können.

Judith Seligmann richtete sich langsam auf und wischte sich die Tränen aus dem Gesicht. Es war, als würde sie damit einen unsichtbaren Schleier entfernen, der ihr den Verstand vernebelt hatte. Plötzlich hatte sie die Dinge wieder ganz klar vor Augen. Das Studio, die Kulisse hinter ihr, die unsichtbaren Männer in der Regie, die aalglatte Moderatorin, die sie Judith nannte und vorgab, ihre Freundin zu sein, und die Millionen von Zuschauern, die geifernd auf ihre Antwort warteten. Aber es würde keine Antwort geben. Nicht von ihr, nicht in dieser Runde, nicht in dieser Nacht.

Judith Seligmann erhob sich mit dem letzten Rest von

Würde, der ihr geblieben war. Sie suchte nach den richtigen Worten, um von dieser widerlichen Bühne abtreten zu können, wo man sie als Werkzeug benutzt hatte. Doch statt Worten fand sie nur eine Geste.

Sie beugte sich vor und spuckte Carla von Stein ins Gesicht.

DER TURM III

Samstag, 16. Oktober 2010, 23:44 Uhr

Der Schweißtropfen, der sich von Kochs Augenbraue gelöst hatte, brannte in seinem Auge, doch er verzog keine Miene, während er auf den Hauptmonitor starrte. Maries Stuhl war leer, aber er verschwendete momentan keinen Gedanken an sie. Die Zeit lief ihm davon. Statt zu versuchen, das Leben von drei Geiseln zu retten, war er dazu verdammt, abzuwarten, bis einer seiner Vorgesetzten ein politisches Schlupfloch fand, um keine Verantwortung übernehmen zu müssen. Immer und immer wieder hatte er versucht, die Entscheidung für einen Zugriff herbeizuführen. Aber der Stab im Innenministerium hielt ihn mit fadenscheinigen Ausreden hin. Der Innenminister war nicht einmal bereit gewesen, persönlich mit ihm zu sprechen. Und das einzige Statement, das er bislang vor laufenden Fernsehkameras gegeben hatte, war mit Ausreden, Lügen und Floskeln der Marke »unklarer Sachverhalt«, »das Leben von Unschuldigen nicht riskieren«, »kein Kommentar, aus Sicherheitsgründen« oder »Die Lage ist vollkommen unter Kontrolle« gespickt gewesen.

Koch hatte nichts zu verlieren. Noch vor einigen Stunden hatte er seinem Leben ein Ende setzen wollen. Und so sehr ihn diese Aufgabe gerade forderte, so sehr wusste er auch, dass es kein Danach geben würde. Diese Erkenntnis gab ihm die absolute Gewissheit, dass er sich diesmal nicht von Politik und Bürokratie herumschubsen lassen würde, sondern auf sein Gewissen hören musste, auch wenn das bedeutete, abseits der Legalität zu handeln. Er würde tun, was getan werden musste, um die Geiseln zu retten. Und so hatte er eine Aktion vorbereiten lassen, die unter anderen Umständen mehr als fragwürdig gewesen wäre. Allerdings hatten zu seiner Überraschung Männer wie Schuster, Erdmann und Danner dem Plan stillschweigend zugestimmt.

Nach dem unerwarteten Abgang von Stadträtin Seligmann hatte der Sender zu seinem Team vor Ort geschaltet und zeigte nun Stephanie Benedikt, die gerade versuchte, mit dem Anführer einer Gruppe von etwa vierzig Antifa-Demonstranten ins Gespräch zu kommen, welche lauthals skandierten: »Nazis, verpisst euch – keiner vermisst euch!«

Sie hatte ihren Pullunder gegen eine rote Zipper-Bluse getauscht, deren Reißverschluss so weit geöffnet war, dass man den Spitzenbesatz ihres BHs deutlich sehen konnte. Nun war ihr zwar eiskalt, aber ihr Produzent David hatte darauf bestanden. Wenigstens durfte sie sich ihre Jeansjacke um die Schultern hängen, auch wenn die gegen den kalten Nachtwind nur unzureichend Schutz bot.

»Nazis, verpisst euch – keiner vermisst euch!«, brüllte die Gruppe wieder und nahm kaum Notiz von ihr.

Auf der gegenüberliegenden Seite der Absperrung standen mindestens genauso viele Neonazis mit schwarzen Bomberjacken und hielten den Sprechchören der Linken entgegen: »Wer Deutschland liebt, ist Antisemit!«

Dabei schwangen beide Gruppierungen nicht nur Spruchbänder, sondern auch Baseballschläger, Eisenstangen und mit Schlagringen bewehrte Fäuste.

Die Einsatzkräfte der Bereitschaftspolizei, die an den Brennpunkten hinter den Absperrgittern eine menschliche Kette gebildet hatten, trugen Helme und körpergroße Schilde und waren mit Schlagstöcken bewaffnet. Im Zentrum zwischen den beiden Gruppierungen hatte ein Wasserwerfer Stellung bezogen. Da die Polizeieinheiten allerdings vollkommen von radikalen Demonstranten wie auch friedlichen Schaulustigen umkreist waren, war der tatsächliche Einsatz des Wasserwerfers eher fraglich. Auch fehlten die Sicherungskräfte und gepanzerten Räumwagen, die normalerweise für den Schutz des Wasserwerfers sorgten. Gemeinsam mit den beiden schwer gepanzerten und bewaffneten Survivor-Kampfwagen des Spezialeinsatzkommandos hatte der Wasserwerfer dennoch eine abschreckende Wirkung, die den gewaltbereiten Mob bislang auf Distanz gehalten hatte.

Ein grölender Antifa-Demonstrant, der ein ausgewaschenes T-Shirt mit dem Aufdruck »Fuck U Nazi« trug, hatte mit seinem hasserfüllten Blick Stephanies Dekolleté gestreift und war prompt abgelenkt. Er senkte im Licht des Kamerascheinwerfers seine Eisenstange und nahm einen kräftigen Schluck Dosenbier. Schon hatte er ihr Mikrofon vor der Nase.

»... und hier haben wir einen jungen Mann, der offensichtlich gegen die Befreiung der Geiseln ist. Woher kommt dieser Hass?«

Der Blick des beleibten Demonstranten wanderte nach oben zu Stephanies Gesicht. Sein strähniges Haupthaar wuchs nur noch über den Ohren und am Nacken. Stephanie musste an die Tonsur eines Mönchs denken und hätte beinahe gelacht, als der breitschultrige Mann bedrohlich einen Schritt auf sie zumachte. Sein Gesicht war nun nur noch wenige Zentimeter von ihrem entfernt. Wütend zerquetschte er die Bierdose in seiner Hand, griff mit der anderen nach dem Objektiv der Kamera und verdunkelte die deutschen Fernsehbildschirme.

»Du machst jetzt hier ganz schnell 'nen Abgang, Presse-Schlampe, oder dein Kamerafuzzi braucht nicht nur eine neue Kamera!«

»Achtung, Nazis, jetzt wird's hart – der Turm wird euer Stalingrad!«, skandierten inzwischen umstehende Antifas, und wie auf ein geheimes Zeichen ließ der Breitschultrige von der Kamera ab und stimmte mit ein.

Koch riss sich los und wandte sich an Nigel.

»Nigel, schalten Sie auf den Stream.«

Augenblicklich erschien der geschundene, wie leblos herabhängende Kopf von Wegener. Von Zamir war nichts zu sehen. Aber mehr als das beunruhigte Koch der Counter, der rasant anstieg und soeben die Achthunderttausend-Marke überschritt. Bislang hatte sich nach solch impulsiven Sprüngen die Zuwachsrate schnell wieder beruhigt, aber jetzt hatte es den Anschein, als würde die Zahl umso schneller steigen, je näher sie der Millionengrenze kam.

»Wie ist Ihre Einschätzung, Nigel?«

Nigel zögerte.

»Maximal dreißig Minuten, vielleicht fünfunddreißig.«

»Erdmann?«

»Die Gitter sind jetzt auf dem Weg, zusammen mit zwei zusätzlichen Zügen der Bereitschaftspolizei. Ankunft ungefähr in einer halben Stunde«, antwortete er.

»Ich brauche Schuster!«

Schusters Stimme erklang, während das Bild seiner Helmkamera auf schwer bewaffnete Kollegen gerichtet war, die hinter dem Survivor Aufstellung genommen hatten.

»Michael, das ist ein Pulverfass! Wir brauchen den Befehl für den Zugriff, sonst fliegt uns alles um die Ohren.«

»Achim, mir sind die Hände gebunden. Solange ich kein grünes Licht vom Ministerium bekomme, kann ich gar nichts machen, das weißt du so gut wie ich. Vielleicht blufft Zamir nur.«

Noch während Koch das sagte, erinnerte er sich an das Briefing von Conrad. Nein, dieser Mann bluffte nicht.

Koch konnte Erdmanns Stimme leise im Hintergrund hören: »Ich glaube nicht, dass er blufft.«

Er richtete sich wieder an Schuster.

»Die Absperrgitter sind auf dem Weg, kommen aber erst in einer halben Stunde.«

»Wie weit seid ihr mit dem Grundriss für den Turm?«, fragte Schuster.

»Bei den Behörden haben wir keine Chance, aber Olofsson hat den Architekten im Internet ausfindig gemacht, einen gewissen Jonas Behrens. Er wohnt hier im Umland. Eine Streife ist auf dem Weg zu ihm.«

»Das heißt, wir gehen blind rein?«

»Wenn wir das Go bekommen, ja.«

»Sah doch aus, als wären die Geiseln in einem Keller, oder?«

»Denkbar. Aber wenn nicht, und wir stürmen die falsche Ebene, sind die drei unter Umständen tot, bevor wir Zamir ausgeschaltet haben.«

Koch gab sich einen Ruck.

»Wir haben keine andere Wahl«, sagte er. »Operation Nachtfalke wird hiermit sofort anlaufen. Sind deine Leute bereit?«

Schusters Helmkamera schwenkte zu drei SEK-Männern, die hinter dem nahen Wasserwerfer an einer mobilen Seilwinde kauerten. Einer der drei hob den Arm und gab ein Zeichen mit der Hand.

»Bestätige«, erklang Schusters Stimme knapp aus den Lautsprechern. Koch atmete noch einmal tief durch. Sein Plan lag, was die Zuständigkeit betraf, in einer Grauzone. Ging alles gut, würde man ihn vermutlich befördern. Scheiterte die Aktion, würde man sein eigenmächtiges Handeln schwer verurteilen.

»Nachtfalke startet in T minus sechzig. Danach hat dein Mann zwei Minuten Zeit.«

»Bestätige.«

Damit blickte Koch zu Erdmann. Der nickte und griff zu einem mobilen Funkgerät.

»Manfred, seid ihr bereit für ›Nachtfalke‹?«

»Hey, weißt du eigentlich, wie kalt es hier draußen ist? Na klar sind wir bereit! Können wir den Vogel endlich aus dem Käfig lassen?«

»Leg los, Manfred!«

Koch hätte sich einen strafferen Militärton gewünscht, aber in Ermangelung besserer Führungskräfte hatte er auf Empfehlung von Erdmann die Koordination der Bereitschaftspolizei an Kriminalkommissar Danner übergeben. Er hoffte darauf, dass er sich in Danner getäuscht hatte und die Aktion reibungslos ablaufen würde.

Unerwartet hob Atli die Hand, um Kochs Aufmerksamkeit zu bekommen.

»Der Innenminister ist in der Leitung.«

Koch zögerte keine Minute.

»Lass ihm ausrichten, ich bin gerade nicht erreichbar. Er kann sich in zehn Minuten wieder melden.«

Danner war glücklich. Schuster hatte ihm persönlich die Leitung eines sehr delikaten Auftrags übergeben. Die Tatsache, dass der Auftrag zweifellos eine Straftat darstellte, ignorierte er. Befehl ist Befehl. Außerdem versprach die Aktion einen gewissen Nervenkitzel. Für die Umsetzung hatte er fünf Männer ausgesucht, die das genauso sahen und genau wie er als absolut loyal galten. Er nahm einen weiteren tiefen Zug von seiner Zigarette, wünschte dem Team viel Glück und sah den Männern nach, die in der Nacht verschwanden. Dann flüsterte er sich selbst »Charlie don't surf« zu und begann, Wagners Walkürenritt zu pfeifen.

Fünf Fernsehteams waren rund um den Turm in Stellung gegangen. Das Team eines öffentlichen Senders wollte sogar ein Podest aufbauen, um einen erhöhten Blick über die Menge zu haben, aber ein übereifriger Polizeitrupp hatte das aus Sicherheitsgründen zu verhindern gewusst.

Danners Männer in Zivilkleidung standen nun in unmittelbarer Nähe der Kameracrews und warteten auf ihr Einsatzsignal. Alle fünf trugen Strickmützen, die sie tief in die Stirn gezogen hatten. Ihre Zivilkleidung zeigte keine auffälligen Muster oder Farben, sogar bei der Wahl ihrer Schuhe hatten sie

Wert darauf gelegt, dass keine Marken zu erkennen waren. Handschuhe sollten zudem das Risiko minimieren, Fingerabdrücke zu hinterlassen. Der Einsatzbefehl, der soeben auf den Handys der fünf Polizisten auftauchte, enthielt keine schriftliche Anweisung, sondern nur das Bild eines schwarzen Falken, das über eine anonyme E-Mail-Adresse verschickt worden war. Auf seine Idee einer nonverbalen Befehlskette über einen E-Mail-Account war Danner ganz besonders stolz.

Kaum poppte der Falke auf ihren Displays auf, starteten sie auf den Handys einen Countdown von zehn Sekunden und näherten sich von hinten den Kameramännern.

Dasselbe Signal hatten auch fünf weitere Polizisten erhalten, die bei den Scheinwerfern standen. Zwei der Strahler leuchteten den Turm an, drei weitere warfen einen Lichtteppich auf die Schaulustigen und grölenden Demonstranten.

Fast zeitgleich erloschen nun alle fünf Scheinwerfer. Irritiert von der plötzlichen Dunkelheit, verstummten die Sprechchöre der rivalisierenden Gruppen. Nur die mobilen Scheinwerfer der Kameracrews funkelten noch vereinzelt in der Menge. Da die Kameramänner durch ihre Linsen wegen ihrer eigenen Lampen kaum einen Unterschied zu vorher wahrnahmen, bemerkten sie auch die Männer nicht, die sich ihnen von hinten näherten. Der harte und gezielte Tritt in die Kniekehle kam vollkommen unerwartet und erzielte sofort die gewünschte Wirkung. So sanken auch die letzten Lichtquellen in der Masse zu Boden und erloschen.

Nur Ken Parker, der Kameramann von TELE PRO, hatte seine Kamera nicht geschultert, sondern auf ein Dreibeinstativ gesetzt und wollte sich soeben eine Zigarette anzünden. Sein Produzent David Weinberg legte gerade seine Arme um die fröstelnde Stephanie Benedikt und gönnte seinem Team eine kurze Drehpause. Dabei servierten zwei Praktikanten des Senders dampfenden Kaffee aus Thermoskannen und belegte Brötchen von einer Tankstelle. Zum ersten Mal, seit sie vor vier Stunden hier angekommen waren, war die Stimmung gut, fast ausgelassen.

Ob es eine Vorahnung war oder ob er den dunkel gekleideten Mann doch aus den Augenwinkeln wahrgenommen hatte, konnte Ken später nicht genau sagen, jedenfalls verfehlte ihn der Schlag gegen die Kniekehle um Haaresbreite und ging ins Leere, da Ken reflexartig zur Seite wich. Seit Jahren betrieb er in seiner Freizeit Kampfsport, eigentlich eher, um sich fit zu halten, als aus Furcht, sich einmal verteidigen zu müssen. Doch nun schien sich das Training bezahlt zu machen. Blitzschnell packte er den Angreifer an Handgelenk und Schulter und wollte ihn mit einem Wurf über die Hüfte auf den Boden befördern, so wie er es gelernt hatte. Mit einem einzigen, aber entscheidenden Unterschied zu seinem Training: Sein Gegner war mit einem Elektroschocker bewaffnet. Der Stromschlag lähmte blitzschnell Kens gesamte Muskulatur, was zur Folge hatte, dass er stocksteif zu Boden ging und sich dabei das linke Handgelenk brach sowie ein schweres Schädel-Hirn-Trauma erlitt.

Geistesgegenwärtig löste sich Stephanie Benedikt aus dem Arm ihres Produzenten und schwenkte die Kamera auf den Angreifer, als der Elektroschocker auch sie traf. Hilflos spürte sie, wie ihr Körper den Kameraaufbau umriss und das Stativ unter sich begrub. Sie bekam gerade noch mit, wie sich der Angreifer über sie beugte und den Taser erneut einsetzte. Diesmal galt der Stromschlag allerdings nicht ihr, sondern der Kamera, auf der sie lag.

Trotz dieses unvorhergesehenen Zwischenfalls war die Aktion erfolgreich. Alle fünf Kameras inklusive ihrer aufgesetzten LED-Leuchten wurden innerhalb einer Minute durch Elektroschocks unbrauchbar gemacht. So schnell, wie die Männer gekommen waren, tauchten sie auch wieder unerkannt in der Dunkelheit unter. Zumindest dachten sie das.

Einen Moment nach dieser Aktion schalteten sich die Scheinwerfer der Polizei wieder ein und blendeten die Menschenmenge. Hunderte von Handflächen erhoben sich fast gleichzeitig wie ein magisches Ballett, um sich vor dem gleißenden Licht zu schützen, und selbst Handkameras konnten wegen der Helligkeit nur weiße Flecken aufzeichnen.

Danners Herz schlug schneller, alles lief nach Plan. Koch würde zufrieden sein. Gerade nahm er eine Nachricht von KHK Schuster entgegen: *Der Falke ist in der Luft.*

Im Schutze der Dunkelheit war es dem SEK gelungen, mit Infrarotsuchern den Lastenzug unterhalb des Dachgiebels zu harpunieren. Der schwierige Schuss gelang auf Anhieb und trieb eine Pfeilspitze durch den Holzbalken. Fast geräuschlos zog eine motorbetriebene Seilwinde ein Stahlseil über den Scheitelpunkt und wieder nach unten, um schließlich den SEK-Beamten Leon Meriones mit leichter Ausrüstung auf das Dach des Turms zu hieven. Kaum war Leon oben angekommen, kappte er das Stahlseil und trennte mit einem Schweißbrenner die Harpune in der Mitte durch.

Danner konnte nur ein kurzes Blitzen auf dem Turmdach sehen, dann erhielt er von KHK Schuster erneut eine Nachricht: *Falke ist gelandet.*

Mit seiner Taschenlampe blinkte er dreimal kurz-lang an die Einsatzkräfte bei den Scheinwerfern – das Morsesignal für »full stop« –, woraufhin die Scheinwerfer in ihre ursprüngliche Position schwenkten. Danner verfolgte die Lichtkegel, die die Fassade hinaufwanderten und den achteckigen Turm wieder beeindruckend in Szene setzten. Von dem Einzelkämpfer auf dem Dach fehlte jede Spur.

Leon Meriones lag flach in einer breiten Regenrinne des Schindeldachs. Sie erinnerte an eine Hutkrempe, die sich rund um die Turmspitze zog. Nur eine Handbreit neben ihm ging es gut dreißig Meter in die Tiefe. Soeben hatten die Scheinwerfer den Turm wieder ins Visier genommen, die Lichtkegel waren jedoch ganz bewusst auf die Stockwerke unter ihm ausgerichtet worden. Wegen der überstehenden Dachrinne traf nur noch schwaches Streulicht auf die Turmspitze. Hell genug für Leon, um nach einer Möglichkeit zu suchen, in das Gebäude zu gelangen, aber zu schwach, um vom Fuße des Turms aus seine schwarz gekleidete Gestalt erkennen zu können.

Leon trug keinen der mit Kameras ausgerüsteten Helme, das hätte seine Beweglichkeit erheblich eingeschränkt. Stattdessen war die Sturmhaube, die sein Gesicht verbarg, mit einem Knopfmikrofon ausgestattet, und in seinem linken Ohr steckte eine Empfänger-Einheit. Er hörte die Stimme seines Gruppenführers Schuster: »Q1, bitte melden.«

»Hier Q1, ich höre Sie gut.«

»Bitte um Lagebericht.«

Langsam tastete sich Leon zu einem der Dachfenster und untersuchte es. Leons Stimme klang gefasst. Weder der Abgrund neben ihm noch die gefährliche Aufgabe, die vor ihm lag, schien ihn zu beunruhigen.

»Die Fenster sind mehrfach verglast, sehen irgendwie merkwürdig aus. Die Fensterrahmen sind weder aus Kunststoff noch aus Holz. Scheinen mir aus Metall zu sein. Keine Griffe – wahrscheinlich ferngesteuert.«

»Können Sie hinter dem Fenster etwas erkennen?«

Leon legte seine Hände an die Scheibe und blickte hindurch.

»Schwer zu erkennen, der Raum ist dunkel. Ziemlich groß – vielleicht hundert Quadratmeter. Habe Blickkontakt zu den gegenüberliegenden Fenstern. Keine Bewegung. Alles unauffällig.«

Die Audioübertragung war gleichzeitig über Lautsprecher in Kochs Kommandowagen zu hören. Seine Crew versuchte, keinen Laut von sich zu geben, fast so, als wären sie an Leons Stelle.

»Setze offenes Licht ein.«

Leon öffnete einen Karabinerhaken an seinem Gürtel und

hob eine Taschenlampe hoch, die flach wie ein Notizbuch war. Er drückte sie vorsichtig gegen die Scheibe und schaltete sie ein. In ihrem schwachen Lichtschein erkannte er Details im Inneren.

»Bestätige Größe. Sehe Wohnküche, Esstisch, Küchenblock. Auf dem Boden sind ...«

Leon erhöhte die Helligkeit der Lampe.

»Hinter dem Küchenblock ist ein großer, dunkler Fleck. Könnte Blut sein, lässt sich von hier aber nicht genau bestimmen.«

Behutsam neigte Leon die Taschenlampe nach unten und wieder nach oben.

»Kann zwei Wendeltreppen erkennen. Eine führt offenbar ins untere Stockwerk, eine führt nach oben. Galerie, offenes Bad, Schlafbereich. Keine Anzeichen von Kameras oder Überwachungsanlagen.«

Schusters Stimme klang blechern in Leons Knopf im Ohr. »Q1, gibt es einen Weg, das Fenster zu öffnen?«

»Unwahrscheinlich.«

»Mit dem Glasschneider?«

»Negativ. Scheibe hat vierfache Verglasung.«

»Die Zeit haben wir nicht ... Alternativen?«

»Absprengung der Scharniere.«

Schuster zögerte.

In dieser Höhe wäre eine Sprengung mit Minizündern kaum zu hören, allerdings könnte sie dazu führen, dass das Fenster aus der Verankerung gerissen und ins Innere geschleudert würde. Der Aufprall wäre vermutlich ohrenbetäubend. Selbst wenn sich Ephraim Zamir zu diesem Zeitpunkt ganz unten im Turm aufhalten würde, wäre das Risiko zu groß.

Noch während Schuster wegen einer Entscheidung mit sich rang, robbte Leon weiter an der Rinne entlang und entdeckte schließlich einen eckigen Kasten, der auf der Rückseite des Turms aus dem Dach ragte. »Bin an den Dachfenstern vorbei und habe Blickkontakt zu einem eckigen Objekt. Könnte ein Lüftungsschacht sein.«

»Q1, brauche mehr Details.«

Leon hatte die Taschenlampe wieder verstaut und näherte sich langsam dem Kasten, der aus dem schrägen Dach ragte. Behutsam schlüpfte er mit einer Hand aus dem schwarzen Handschuh und tastete mit den Fingern durch die breiten Lüftungsschlitze.

»Spüre warme Luft.«

Leon legte nun seinen Kopf an den Auslass.

»Abluftanlage in Betrieb, Motor deutlich hörbar. Definitiv ein Lüftungsschacht.«

»Breit genug, um hindurchzukriechen?«

»Positiv.«

»Q1, Freigabe erteilt.«

Leon öffnete eine klobige Tasche an seinem Gürtel, um einen handlichen Akkuschrauber herauszuziehen.

»Eliminiere Abluftgitter.«

Geschickt entfernte er die Schrauben und legte danach das lose Gitter seitlich auf die Dachrinne, dann tauschte er den Akkuschrauber gegen die Taschenlampe und beugte sich in den Schacht hinab. Ein warmer, modriger Gestank schlug ihm entgegen. Der mit glatten Aluminiumplatten verkleidete Schacht reflektierte schimmernd einige Meter weit den Lichtstrahl, dann verlor er sich in einer undurchdringlichen Schwärze.

»Zugang offen. Ende nicht einsehbar. Schacht senkrecht abfallend. Maße circa hundert mal achtzig. Abstieg riskant, da keine Haltepunkte vorhanden sind. Bereite jetzt den Einstieg vor.«

Die Technik zum Abstieg in einen solchen Schacht bestand darin, den Körper von den Schuhen bis zu den Schultern durch bloße Muskelkraft zu verkeilen. Einige Meter ließen sich damit auch bei glattem Untergrund durchaus überbrücken, aber sollte der Schacht bis ganz hinunter reichen, waren das über dreißig Meter Tiefe.

Schuster schüttelte den Kopf.

»Negativ, Q1, negativ – zu riskant.«

Leon Meriones wollte nicht glauben, dass der ganze Aufwand, ihn hier hochzubringen, umsonst gewesen sein sollte. Er suchte fieberhaft nach einer Lösung. Er beugte sich mit ausgestrecktem Arm noch tiefer in den Abgrund hinab. Der Lichtkegel der LED-Leuchte wanderte dabei auf und ab.

Da entdeckte er eine Unregelmäßigkeit an einer der Aluminiumplatten. Er verdrehte schmerzhaft Arm und Oberkörper, der nun vollständig in die Tiefe ragte, um die Stelle anzuleuchten.

»Ich sehe eine horizontale Abzweigung im Schacht.«

»Entfernung?«

»Gut zwei Meter.«

»Durchmesser?«

»Sollte dieselben Maße haben wie der Hauptschacht.«

Schuster überlegte.

Auch zwei Meter waren riskant, vor allem, da sie nicht wussten, wo dieser Schacht hinführte und ob er einen Zugang in den Wohnbereich des Turms darstellte. Doch noch bevor Schuster eine Entscheidung treffen konnte, hörte er Kochs Stimme in der offenen Leitung.

»KHK Schuster, mit großer Wahrscheinlichkeit sind das die Luftschächte der einzelnen Stockwerke. Das ist unsere Chance!«

Schuster schaltete auf die Frequenz des Kommandowagens, sodass Meriones sein Gespräch mit Koch nicht hören konnte.

»Michael, das ist ziemlich riskant. Wir haben keine Ahnung, wo diese Luftschächte enden. Was, wenn sie sich verjüngen und er stecken bleibt? Es könnte Stunden dauern, ihn dort wieder herauszuholen.«

Koch warf hektisch einen Blick auf den »Tod«-Counter, der inzwischen bei 887 000 Stimmen stand.

»Achim, das ist im Augenblick die einzige Chance, die ich noch sehe, um die Geiselnahme unblutig zu beenden.«

Koch stand im Rang nicht über Schuster. Er konnte zwar den Einsatzbefehl für einen Zugriff erteilen, aber über das Wann, Wo und Wie entschied einzig und allein der Leiter der Zugriffseinheit. Entsprechend eindringlich hatte Koch seine Sicht der Dinge vorgetragen, ohne zu viel Druck auf Schuster auszuüben. Doch es brauchte noch ein weiteres Argument, um ihn zu überzeugen.

»Wenn der Einsatzbefehl für den direkten Zugriff noch rechtzeitig kommt, ist das Risiko, Männer und Geiseln zu verlieren, deutlich größer.«

Dabei verschwieg Koch ganz bewusst, dass er zwischenzeitlich die Freigabe für den Zugriff durch das Innenministerium erhalten hatte. Schuster kam zu dem gleichen Ergebnis wie Koch – ein Sturmlauf auf den Turm, ohne genau zu wissen, welche Gefahren hinter den Mauern lauerten und wo genau sich die Geiseln befanden, könnte in einem Gemetzel enden.

Schuster schaltete Meriones wieder in die Leitung.

»Q1, Freigabe erteilt, bestätigen!«

Leon wusste, was vor ihm lag, trotzdem konnte er seine Erleichterung nicht verbergen.

»Freigabe erhalten. Ich werde Sie nicht enttäuschen!«

»Dringen Sie in das Gebäude ein, und sichern Sie die oberen Stockwerke. Verhalten Sie sich unauffällig. Suchen Sie keinen Kontakt zu dem Geiselnehmer oder den Geiseln. Oberste Priorität ist die Aufklärung des Tatortes. Sekundäres Ziel: Gelangen Sie zu einem der drei Zugänge des Turms, und öffnen Sie einen davon unbemerkt für eine weitere Infiltration.«

»Bestätige. Sekundäres Ziel: Zugang Garage oder Haupteingang.«

»Viel Glück, Q1.«

»Danke.«

Leon griff hinter sich, um sich wieder aus dem Schacht zu

ziehen, dabei gab der Rahmen des Lüftungsgitters ein wenig nach und brachte ihn aus dem Gleichgewicht. Reflexartig spreizte er die Arme gegen die seitlichen Aluminiumplatten und verhinderte dadurch in letzter Sekunde einen Absturz. Seine Taschenlampe glitt ihm dabei jedoch aus der Hand und stürzte in die Tiefe. Es dauerte einige Sekunden, bis der Strahler das Ende des Schachts erreichte und mit einem dumpfen Knall zerbarst. Schusters Stimme meldete sich in seinem Ohr.

»Q1, alles in Ordnung?«

Leon atmete tief ein.

»Alles unter Kontrolle!«, antwortete er überzeugend, dann zog er sich aus dem Schacht. Langsam gewöhnten sich seine Augen wieder an das schwache Streulicht der Bodenscheinwerfer, aber seinen rechten Handschuh konnte er dennoch nirgendwo in der Dunkelheit ausmachen.

Vielleicht besser so, dachte er.

In diesem vollkommen dunklen Schacht musste er sich nun ganz und gar auf seinen Tastsinn verlassen. Also entledigte sich Leon auch des zweiten Handschuhs und stieg mit den Beinen voran langsam hinein. Nach seiner Einschätzung musste es möglich sein, mit den Schuhen Halt am Luftschacht zu finden. Dazu ergriff er mit beiden Händen die scharfkantige Öffnung und ließ sich wie bei einem Klimmzug langsam hinuntergleiten. Fünfundneunzig Kilo Körpergewicht mit zwei Händen zu halten war für einen durchtrainierten Sportler kein großes Problem – vorausgesetzt, er hielt sich an einer Stange fest. Leons Hände umfassten aber einen schmalen, scharfkantigen Aluminiumrahmen, der sich in seine Finger schnitt und langsam durchbog. Dazu erschwerte die warme Abluft aus dem schwarzen Abgrund jeden Atemzug.

Angespannt tastete Leon mit dem linken Fuß nach der Abzweigung, aber vergeblich. Er spürte, wie Blut von seinen Fingerkuppen an einem seiner Handgelenke hinabrann. So wie er da hing, bezweifelte er, dass es ihm gelingen würde, sich wieder nach oben ins Freie zu ziehen. Dann stieß er mit einer seiner Fußspitzen ins Leere. Endlich: Er hatte die Abzweigung erreicht. Bunte Kreise flimmerten vor seinen Augen in der Finsternis.

Jetzt konnten es nur noch zwanzig oder dreißig Zentimeter sein, dann sollte er mit der Schuhspitze auf der untersten Kante des Schachts zum Stehen kommen. Doch so weit kam es nicht. Der scharfkantige Rahmen gab unter seiner Last mit einem Mal nach. Vier seiner Fingerkuppen wurden glatt durchtrennt, als Leons Körper den Halt verlor und in die Tiefe stürzte. Dabei schlug seine Schläfe auf einem Vorsprung des Luftschachts auf, dann verschwanden auch die bunten Kreise vor seinen Augen. Den Aufprall in der Tiefe spürte Leon nicht mehr.

Zamir eilte die steinerne Treppe hinauf und betrat die Garage. Das letzte Mal, als er auf den Counter geblickt hatte, hatte die Zahl bei über neunhundertdreißigtausend Likes für »Tod« gestanden. Der rasante Anstieg hatte wohl auch damit zu tun, dass immer mehr internationale Plattformen den Link verbreiteten und sich die multimediale Berichterstattung längst nicht mehr nur auf deutsche Kanäle beschränkte.

Für Zamir bestand kein Zweifel: Die Welt wollte den Tod dieses Neonazis. Auch die zögerliche Haltung der Einsatzkräfte hier vor Ort bestärkte ihn darin, dass selbst die Politik Gottfried Wegeners Tod billigend in Kauf nahm.

Der Kofferraum des Jaguars öffnete sich automatisch. Zamir hatte die Utensilien zur Tötung seiner ersten Geisel im Wagen gelassen. Einen kurzen Moment lang hielt er inne. Die Kameras, die Stative, die Kabelverbindungen, die Router – alles hatte er aus dem Wagen geholt und aufgebaut, nur diese Teile lagen noch unberührt in ihrer Originalverpackung in einer Ecke des Kofferraums. Hatte er nicht damit gerechnet, dass es so weit kommen würde? Wollte er den Tod seiner Geiseln nicht?

Zamir glaubte ein dumpfes Geräusch gehört zu haben. Irritiert horchte er auf. Im Kopf ging er noch einmal alle Sicherheitssperren und Warnanlagen im Haus durch. Eigentlich war es unmöglich, in den Turm zu gelangen, ohne dass er es mitbekam. Wenn überhaupt, dann war die Schwachstelle das Garagentor vor ihm. Leise drangen das Gemurmel Hunderter Schaulustiger und die Sprechchöre der Demonstranten durch das Tor, obwohl die Polizei ihre Sperrungen in mindestens fünfzig Metern Entfernung aufgebaut hatte. Dann verstummten mit einem Mal die Sprechchöre, und auch das Raunen der gaffenden Masse wurde allmählich leiser. Irgendetwas ging da draußen vor. Er durfte keine Zeit mehr verlieren, er musste ein Zeichen setzen, und wenn es das Letzte war, was er in seinem Leben tat.

Entschlossen entnahm er dem Kofferraum einen Druckbehälter und eine Gasmaske und ging zurück in den Turm. Der Garagenanbau war durch eine schwere, eiserne Feuerschutztür mit dem Turm verbunden, die Zamir hinter sich zuzog. Auf der Innenseite legte er einen stählernen Riegel um, der krachend einrastete.

Schuster hatte wertvolle Zeit verstreichen lassen, um den Kontakt zu Meriones wiederherzustellen. Der Sender, den Meriones trug, konnte auch dann Signale übertragen, wenn sein Träger sich nicht mehr meldete. Das Problem bestand nur darin, dass auch der Kontakt zur Sendeeinheit abrupt abgebrochen war. Das wiederum konnte bedeuten, dass das Signal zu schwach war, um die dicken Turmmauern zu durchdringen.

Koch stand mit seinen schlammbeschmutzten Lackschuhen auf der grünen Filzdecke, die eine halbe Stunde zuvor noch Marie gewärmt hatte. Es war fast so, als wäre sie nie da gewesen. Keiner verlor einen Gedanken an sie. Selbst jetzt, da sie schweigend darauf warteten, dass irgendjemand eine Entscheidung fällte, dachte niemand mehr an die junge Frau, die schlagartig den Einsatzwagen verlassen hatte.

Atli Olofsson drehte wieder nervös den Stift in seiner Hand wie einen Propeller.

Nigels Stimme klang monoton wie die einer Maschine.

»Neunhundertvierzig.«

Koch hatte ihn zuvor angewiesen, jeden Zehntausender-Schritt des Counters mitzuteilen. Jetzt hatte er das Warten satt.

»Hauptkommissar Schuster! Die Freigabe vom Innenminister liegt vor. Zugriff! Geben Sie den Befehl.«

Schuster klammerte seine Hoffnung noch immer daran, dass Meriones pflichtgemäß seinen Auftrag erfüllte. Nach wie vor war Schuster im Schatten der Survivor-Fahrzeuge postiert. Gut ein Dutzend schwer bewaffneter Einzelkämpfer, aufgeteilt in drei Trupps, standen bereit, um loszuschlagen. Sie hatten Sichtkontakt mit ihm und warteten auf das Handzeichen, vorrücken zu dürfen. Schuster reagierte nicht auf Koch, sondern probierte weiterhin, Kontakt mit Meriones aufzunehmen.

»Q1, bitte melden. Q1, hören Sie mich?«

Aus der Leitung kam nur ein Rauschen.

Koch wollte gerade erneut ansetzen, da hörte er, wie der Sender an Meriones' Anzug langsam die Verbindung aufbaute.

Schuster schöpfte Hoffnung. Hatte Meriones es geschafft?

»Q1? Q1, bitte melden!«

Der Empfang war nun stabil. Das Rauschen und Knistern in der Leitung nahm ab. Ein leises Stöhnen erklang, gefolgt von einem tiefen Röcheln. Dann brach die Leitung wieder zusammen.

»Neunhundertfünfzig«, meldete Nigel.

Schusters Helmkamera richtete sich auf seine Einsatztrupps. Seine Hand schnellte hoch und nach vorne in Richtung Turm – das taktische Handzeichen für Pfeilformation und Zugriff.

Dann wandte er sich ab und sprintete zum Kommandowagen, um von dort aus die Operation zu überwachen.

Stephanie Benedikt wirkte ziemlich derangiert und stand mit wackeligen Beinen auf dem Dach des TELE-PRO-Sendewagens.

Der Sturz, verursacht durch den Elektroschocker, hatte eine Schürfwunde an Knie und Stirn hinterlassen. Ihre sonst kunstvoll toupierten dunklen Haare hingen strähnig bis zu den Schultern herab, und ihre weiße Jeans war voller Dreck- und Schlammspritzer. Ein Krankenwagen hatte Ken abtransportiert. Erstaunlicherweise war ein neuer Kameramann samt Equipment schneller vor Ort gewesen als der Notarzt mit Blaulicht.

David Weinberg saß im Kamerawagen, er hatte ihr auf Drängen von Marc Kleinfeld gut zugeredet, für die Liveberichterstattung weiter zur Verfügung zu stehen. Doch das wäre nicht nötig gewesen, denn um nichts in der Welt hätte sich Stephanie Benedikt heute Nacht diese Chance entgehen lassen. Sie hatte die Sorge ihrer Vorgesetzten aber geschickt ausgenutzt und einen satten finanziellen Zuschlag ausgehandelt. Sie durfte nun auch ihre Bluse bis zum Hals schließen und ihre Jeansjacke anziehen.

Der Ersatzkameramann Bernd Kozlowski hatte die Idee, die Kamera mit Stativ auf dem Übertragungswagen zu postieren, um nicht nur über die Menschenmenge, sondern vor allem auch über den Sichtschutz hinweg filmen zu können, den die Polizei weit hinter der ersten Absperrung errichtet hatte. Der erhöhte Kamerawinkel war letztendlich aber nur eine leichte Verbesserung. Um wirklich über den zweieinhalb Meter hohen Sichtschutz filmen zu können, wäre ein Kran nötig gewesen oder alternativ eine Drohne. Die Idee mit der Drohne wurde sofort wieder verworfen, nachdem die fliegende Kamera eines unbekannten Kollegen von einem Scharfschützen vom Himmel geholt worden war. Zum Glück waren solche Barrikaden aber nicht flächendeckend aufgestellt worden. Teilweise gab es zwischen den Stellwänden Lücken von mehreren Metern, die immer noch einen freien Blick auf den gut beleuchteten Turm gewährten.

Wie ein Spion nutzte Kozlowski das Teleobjektiv seiner Kamera, um brauchbare Informationen oder Aufnahmen zu erhaschen, als plötzlich ein Dutzend Männer mit schwerer Bewaffnung und Atemmasken hinter einer der Barrikaden auftauchten und hinter der nächsten wieder verschwanden.

»Es geht los, es geht los!«

Stephanie Benedikt blickte über ihre Schulter, doch mit bloßem Auge war nichts zu erkennen. *Hoffentlich kein falscher Alarm.*

David nickte, die Verbindung zum Sender stand.

Kozlowski zählte ein. Stephanie strich sich noch schnell eine Strähne aus dem Gesicht, dann setzte sie ihr künstliches honigsüßes Lächeln auf, das besser ins Frühstücksfernsehen gepasst hätte.

Studiomoderator Robert Pantos' Stimme erklang in ihrem Ohr.

»Wir sind wieder live vor Ort bei Stephanie Benedikt. Stephanie, der Counter rast unerbittlich auf die Todesmarke zu. Ist es wirklich möglich, dass die Polizei vor Ort nicht einschreitet?«

Das rote Licht an Kozlowskis Kamera leuchtete auf. *Showtime.*

»Warum die Behörden nicht schon längst reagiert haben, ist uns nicht bekannt, aber nun scheint Bewegung ins Spiel zu kommen. An mehreren Stellen innerhalb der Absperrung wurden Sichtbarrieren aufgebaut, hinter denen sich vermutlich Spezialeinsatzkräfte auf ihren Einsatz vorbereiten. Wie wir sehen ...«

Robert Pantos unterbrach Stephanie mit nervöser Stimme: »Tut mir leid, Stephanie, ich höre gerade, wir ... Wir schalten zurück in die Zelle des Geiselnehmers.«

Das rote Licht an der Kamera erlosch. Frustriert drehte Stephanie sich zum Turm um.

Zamir betrat mit schnellen Schritten die Zelle seiner Geisel, deren Kopf regungslos auf der Brust verharrte. Ein Blick auf den Counter bestätigte seine Vermutung: Über neunhundertsiebzigtausend Menschen wollten Wegeners Tod. Es war Zeit.

Er packte mit einem brutalen Griff Gottfrieds Stirn und drückte seinen Kopf nach oben. Zunächst schien es so, als würde der Neonazi alles mit sich geschehen lassen. Doch als Zamir versuchte, ihm gewaltsam die Gasmaske über das Gesicht zu ziehen, bäumte sich Gottfried schreiend auf und warf seinen Kopf mit aller Kraft hin und her. Die Schlagadern an seinem Hals traten weit hervor und mit ihnen die Schlangenköpfe der Medusa.

Zamir konnte sich keine Verzögerung mehr erlauben. Er holte mit der rechten Faust aus und versetzte Gottfried einen kräftigen Schlag in den Magen, der jeden weiteren Widerstand im Keim erstickte. Röchelnd schnappte Gottfried nach Luft.

Das erste Einsatzteam mit drei Männern erreichte in geduckter Haltung das Garagentor. Ein zweites Team war mit vier Männern über die steinernen Treppen zum Hauptportal hinaufgestürmt und brachte nun Sprengladungen an den Verankerungen der Flügeltüren an. Gleichzeitig positionierten sich Zweierteams unter jedem der vier erhöhten Fenster im ersten Stock.

Jeweils einer von ihnen trug einen Mehrzweckwerfer, eine Spezialwaffe, die üblicherweise für Gummigeschosse oder Tränengas verwendet wurde und Ähnlichkeiten mit einer abgesägten Schrotflinte hatte. Die Schützen gingen in die Knie, brachten ihre Waffen in Anschlag und feuerten wenige Sekunden später mit einem lauten »Plopp« ihre Granaten auf die Fenster ab.

Zamir hatte Gottfrieds Kopf weit in den Nacken gelegt. Es kostete ihn Kraft, die enge Gummimaske über den Kopf zu ziehen, doch er wollte, dass sie fest saß, sehr fest, dann ließ er

Gottfrieds Kopf wieder auf den Brustkorb fallen, um die Gummigurte am Hinterkopf festzuzurren.

Aus der Ferne hörte Zamir mehrfach einen dumpfen Aufprall und plötzlich eine heftige Explosion, die die Wände des Turms erzittern ließ. Zamir blickte auf seine Armbanduhr – es war 0:30 Uhr. Der Angriff hatte begonnen! Aber wieso erst jetzt?

Er schob den Gedanken beiseite und warf einen Blick auf den Counter: 996 843 Klicks für »Tod«. Er war so kurz vor seinem Ziel, und trotzdem fühlte er keine Befriedigung. Er fühlte nichts.

Konzentriert riss er mit den Zähnen einen langen Streifen Klebeband von einer Rolle ab und befestigte damit einen Gummischlauch an der Atemöffnung der Gasmaske. Dann verschwand er aus dem Sichtfeld seiner Kamera.

Gottfried hob schwer atmend den Kopf an, um seine Umgebung durch die Scheiben der Gasmaske abzusuchen. Der Schlauch seiner Maske bewegte sich dabei hin und her wie der Rüssel eines sterbenden Elefanten. Das Kamerabild zoomte langsam auf die Gasmaske. Millionen von Menschen sahen dabei zu – auf Handys, auf Computern und auf dem TV-Kanal von TELE PRO, der die verpixelten Internetbilder übertrug, während Studiomoderator Robert Pantos gemeinsam mit Carla von Stein mit betroffener Stimme die Bilder kommentierte.

»Er ... er hat offensichtlich vor, den Mann zu vergasen!«, sagte Pantos.

»Wie lange kann er das überleben?«, fragte Carla.

»Das kommt darauf an, welches Gas Ephraim Zamir benutzt ...«

Mit zunehmender Kamerabrennweite wurde auch das Röcheln von Gottfried Wegener immer lauter. Jeder Atemzug mit der Maske schmerzte. Schweiß trat aus all seinen Poren.

»Also, diese Scheiben da an der Maske werden irgendwie ... unscharf. Könnte das an dem Gas liegen?«, mutmaßte Carla.

»Ich glaube nicht, Carla. Es sieht so aus, als würden die Gläser von innen beschlagen wie bei einer Schwimmbrille.«

Nur mit letzter Kraft konnte Gottfried noch genügend Luft durch den Schlauch einsaugen, um nicht zu ersticken.

Das ist kein heldenhafter Tod.

Es war Gottfrieds letzter Gedanke, bevor er das Bewusstsein verlor.

Die faszinierte Menge beobachtete den Zugriff der Polizei aus der Entfernung. Man hatte zwar nur huschende Schatten zwischen den Sichtbarrikaden wahrgenommen, doch das reichte aus, um das Raunen der Masse verstummen zu lassen, die wie in einer Choreografie auf ihre Handys starrte und die Szene mit der Gasmaske verfolgte. Da knallten die ersten Granateinschläge. Schlagartig hoben Hunderte von Menschen ihre Köpfe und blickten gebannt zum Turm. Die leuchtende Explosion am Haupttor war so laut, dass die Menge sich duckte und die Hände an die Ohren legte.

Bei einer zweiten Explosion wurde das Garagentor des Anbaus über die Sichtbarrikaden geschleudert und krachte laut scheppernd auf einen Polizeibus.

Wie in Zeitlupe erhob sich der Mob wieder, konnte aber außer Rauchschwaden kaum etwas erkennen – eine Wand aus Rauch, die sich bedrohlich näherte, bis sie schließlich die Menge einhüllte.

Dann kam der Schmerz.

Die vordersten Reihen an der Abzäunung waren die ersten Opfer des Tränengases. Es brannte wie Feuer in den Augen und Nasenschleimhäuten, setzte sich in den Nebenhöhlen fest und ließ selbst bullige Männer in die Knie gehen. Die hinteren Reihen hörten zunächst nur die Schreie der Menschen vor sich – und noch bevor das Tränengas sie erreicht hatte, brach Panik aus. Wie eine wild gewordene Büffelherde nahm die Menschenmenge Reißaus. Umgeben vom Gas und in tiefschwarzer Nacht hatten viele die Orientierung verloren. Alles, was nun noch zählte, war der reine Instinkt, dieser Hölle zu entkommen.

Stephanie Benedikt musste von oben mit ansehen, wie Menschen mit voller Wucht gegen den Sendewagen krachten und von nachfolgenden Flüchtenden niedergetrampelt wurden.

Für jede der beiden radikalen Gruppierungen aus dem linken und rechten Lager war die Gaswolke der Auslöser für einen ungebremsten Angriff auf die Staatsgewalt und den politischen Gegner auf der gegenüberliegenden Seite der Absperrung. Die Mischung aus aufgestauter Wut, hohem Alkoholpegel und animalischen Instinkten verwandelte die Demonstranten in hemmungslos prügelnde Schläger. Die Bereitschaftspolizei, vom Gasangriff genauso überrascht wie die Demonstranten, hatte dem wuchtigen Ansturm kaum etwas entgegenzusetzen und versuchte, in zusammengerotteten Grüppchen den Attacken zu entgehen und ihre Haut zu retten.

Im Regieraum von TELE PRO hatte Regisseur Lee auf die Außenkamera von Kozlowski umschalten lassen. Stephanie bat man, auf dem Kamerawagen in die Knie zu gehen, damit Kozlowski das Ausmaß des Chaos auch in vollem Umfang zeigen konnte. Das Problem war nur der dichte Nebel des Tränengases – und nun hörte man auch Kozlowski vor Schmerz aufschreien. Das Fernsehbild begann zu wackeln.

So ein Mist. Was tun? Zurückschalten auf den regungslosen Neonazi mit der Gasmaske?

Ein Blick auf den Counter zeigte neunhundertachtzigtausend an.

Nur nichts überstürzen.

»Stephanie ... Stephanie, kannst du mich hören?«

Doch aus den Lautsprechern kamen nur Husten und Schreie.

Die Gasgranaten der vier Zweierteams sollten die Verbundglasscheiben durchbrechen und im Inneren des Turms explodieren. Die Schützen staunten jedoch nicht schlecht, als die Granaten von den Scheiben abprallten, in hohem Bogen durch die Luft flogen und in einiger Entfernung im Gestrüpp landeten und dort detonierten. Der Wind trug sein Übriges dazu bei, dass die Tränengaswolke in Sekundenschnelle die Menschenmenge erreichte.

Das Team an der Pforte war in Deckung gegangen und zündete den Plastiksprengstoff kurz nach der Detonation der Reizgas-Granaten. Kaum verzog sich der Rauch der Explosion, wollte der Truppführer das Zeichen zum Sturm des Gebäudes geben, doch auch hier mussten die Männer feststellen, dass der Sprengstoff nicht die geringste Wirkung erzielt hatte.

Das dritte Team hatte mehr Glück. Da das Garagentor aus der Verankerung gerissen worden war, konnten die drei Spezialkräfte in den Garagenanbau vorrücken. Vorsichtig duckten sie sich am geparkten Jaguar vorbei, bis sie schließlich vor einer massiven Stahltür haltmachen mussten.

Schuster hatte den misslungenen Zugriff gemeinsam mit Koch vom Kommandowagen aus verfolgt. Noch war beiden nicht klar, dass bei den Absperrungen bürgerkriegsähnliche Zustände herrschten, so sehr waren sie damit beschäftigt, einen Weg in den Turm zu finden.

»Q5, Q3 konnte in die Garage gelangen. Lassen Sie zwei Mann am Tor, und unterstützen Sie mit dem Rest den Trupp von Q3.«

»Verstanden.«

Der Truppenführer in der Garage drückte den Griff der Stahltür nach unten, um sie zu öffnen. Dabei riss ein feiner Draht, der eine Kettenreaktion auslöste. Ein gellend lauter Signalton ertönte im wiederholten Abstand von einer Sekunde, während im Inneren des Autos eine rote Lampe synchron zu einem Alarmton zu pulsieren begann.

PIEEEP – PIEEEP – PIEEEP ...

Wie viel Zeit bleibt uns?, schoss es dem Gruppenführer durch den Kopf. Vielleicht nur eine Attrappe?

PIEEEP – PIEEEP – PIEEEP ...

Dann erinnerte er sich an das Briefing vor dem Zugriff, daran, dass der Geiselnehmer ein Spezialagent des Mossad gewesen war ...

PIEEEP – PIEEEP – PIEEEP ...

... und vage an einen Teil des Briefings, in dem eine Autobombe erwähnt wurde.

Aus Leibeskräften schrie er seine Männer an: »Raus hier, raus hier! Das ist eine Falle!«

Die schwere Ausrüstung, welche die Spezialtruppen sonst schützte, war für den fluchtartigen Rückzug aus einer engen Garage eher hinderlich. Schuster hatte die Verstärkung gestoppt und verfolgte über die drei wackelnden Helmkameras, wie der Trupp Q3 ins Freie gelangte und sich plötzlich mit randalierenden Demonstranten konfrontiert sah.

»Was, zum Teufel, geht da draußen vor?«, sprach Koch laut aus, was alle anderen in dem überfüllten Kommandowagen dachten. Nur Schuster hatte sofort reagiert und den Wagen verlassen. Keuchend rannte er seinen Männern entgegen, die sich bereits in Kampfhandlungen mit Randalierern befanden, als mit einem ohrenbetäubenden Knall der Garagenanbau explodierte und Gesteinsbrocken durch die Gegend geschleudert wurden. Die Wucht der Explosion riss sowohl die Polizisten als auch die Demonstranten um, die sich in der Nähe der Garage aufgehalten hatten. Sie war gleichzeitig aber auch so etwas wie ein Weckruf.

Alle Augen richteten sich auf den Turm, der nun in dichten Rauch gehüllt und fast unsichtbar war. Nur langsam verflüchtigten sich die Rauchschwaden und gaben den Blick frei. Von der einstigen Garage waren nur noch die kniehohen Reste der Außenmauer zu sehen, in deren Zentrum der Jaguar lichterloh brannte. Der Turm selbst war aber unversehrt geblieben. Die zuckenden Flammen tauchten ihn in einen höllischen Lichtschein und warfen tanzende Schatten auf das alte Mauerwerk.

Wieder einmal hatte ihm die Zerstörungswut der Welt nichts anhaben können.

Vielleicht war es dieser Anblick, der den Menschen dabei half, sich für einen Augenblick zu besinnen. Bestimmt waren es aber auch ihre Erschöpfung und die Kälte, die von Stunde zu Stunde zugenommen hatte.

Müde und zerschunden halfen die Demonstranten ihren verletzten Kameraden auf die Beine und zogen sich zurück. Die schaulustige Menge war geflüchtet. Nur weg von diesem unheilvollen Ort ... weg von diesem Turm ...

Selbst die Polizisten hatten keine Kraft mehr, die Randalierer zu verfolgen. Viele sackten auf die Knie, zogen ihren Helm vom Kopf, blieben regungslos auf dem eiskalten Boden sitzen und starrten wie gebannt in die Flammen.

Der Todescounter schaltete auf 1 000 000 um. Gas strömte durch den angeklebten Gummischlauch in Gottfried Wegeners Maske. Seine geschlossenen Augen wurden zunehmend von dichtem Dunst verdeckt. Immer mehr verschleierte das Gas sein Gesicht, bis es ganz verschwunden war. Gottfried Wegener hatte sich buchstäblich in Rauch aufgelöst und mit ihm das Schuldbewusstsein seiner Million Richter.

Dann wurde das Bild schwarz.

Lee starrte auf den Monitor. Er vergaß, Anweisungen zu geben, starrte einfach nur in die Schwärze, genau wie seine Kollegen im Regieraum und die Menschen in unzähligen Wohnzimmern. Zum ersten Mal in der Geschichte des deutschen Fernsehens war eine Ermordung live übertragen worden.

Wahrscheinlich hätten die Menschen noch minutenlang auf ihre schwarze Mattscheibe gestarrt, doch dann erschien das Gesicht einer anderen Geisel – Udo Rennicke. Sein Mund war geknebelt, seine Augen panisch weit aufgerissen.

Der Counter im Bild sprang auf 0 000 000.

UDO I

Montag 26. Februar 2007, 11 Uhr

Sieben junge Männer saßen am ersten Verhandlungstag schweigend auf der Anklagebank des Landgerichts Magdeburg. Einer von ihnen war der vierundzwanzigjährige Udo Rennicke. Als er am Morgen von zwei Beamten ins Gebäude geführt worden war, hatten ein über die Nase gezogener weißer Schal und eine Sonnenbrille sein Gesicht verdeckt. Seine Glatze war einem dunkelblonden Kurzhaarschnitt gewichen, zu dem ihm sein Verteidiger geraten hatte.

Acht Monate zuvor hatten die Angeklagten anlässlich einer Sonnenwendfeier in der Gemeinde Pretzien in Sachsen-Anhalt während der gemeinschaftlichen Feuerzeremonie vor achtzig tatenlosen Augenzeugen zunächst die amerikanische Flagge und danach ein Exemplar von Anne Franks Tagebuch verbrannt. Davor hatten die drei das Buch noch johlend mit heftigen Tritten wie einen Fußball durch die schweigende Menge gekickt. Dabei trugen sie schwarze T-Shirts, auf denen in großen, weißen Buchstaben »WEHRMACHT PRETZIEN« stand.

Der anwesende Bürgermeister war während des Vorfalls nicht eingeschritten und wollte auch in den Tagen danach kein Fehlverhalten eingestehen. Selbst die Rücktrittsforderungen des Zentralrats der Juden in Deutschland wurden hartnäckig durch Parteifreunde zurückgewiesen. Der Sechsundsechzigjährige trat schließlich auf Druck der eigenen Parteispitze aus der Linkspartei aus.

Bereits einen Monat vor der Sonnenwendfeier, am 25. Mai 2006, war die Kameradschaft im Nachbarort Plötzky zum öffentlichen Ärgernis geworden, als sie anlässlich des Christi-Himmelfahrt-Tages auf einem Campingplatz randalierte. Lautstark hatten die alkoholisierten Skinheads »Heil Hitler« und »Ein Volk, ein Reich, ein Führer« skandiert, woraufhin die Campingplatz-Urlauber die Polizei gerufen hatten. Die war auch mit dreißig Mann angerückt, jedoch ohne am Ende einzuschreiten. Die Polizeipräsidentin Magdeburgs kündigte in der Presse an: »Wir werden jeden der rund dreißig Beamten, die dort im Einsatz waren, befragen.«

Irgendwelche Konsequenzen oder gar eine interne Untersuchung blieben aber aus.

Die Luft im Gerichtssaal war stickig. Die Fenster des holzgetäfelten Raums hatte man zum Großteil durch weiße Blenden verdeckt. Der Staatsanwalt konfrontierte Udo Rennicke mit einigen Zeugenaussagen zum Tathergang. Er ließ sich nicht anmerken, dass auch ihm in seiner schwarzen Robe viel zu heiß geworden war, und beugte sich zu einem Mikrofon herunter, das direkt vor ihm aus der Tischplatte ragte.

»Waren das Ihre Worte, bevor Sie das Tagebuch der Anne Frank in das Feuer warfen? Ich zitiere: ›Jeder mit deutschem Blut und reiner deutscher Jugend, jeder, der etwas Artfremdes habe, der möge es jetzt dem Feuer übergeben.‹«

Udo Rennicke wandte sich Hilfe suchend an seinen Anwalt, der ihm zunickte, um ihm Mut zu machen. Zuvor hatte er seinem Klienten die Strategie der »ausweichenden Antworten« eingebläut.

Der Staatsanwalt ließ nicht locker.

»Herr Rennicke, haben Sie die Frage nicht verstanden, soll ich sie wiederholen?«

Udos Augen zuckten nervös.

»Es ... es war nur eine symbolische Geste ... Alle haben was ins Feuer geworfen ...«

»Soweit wir wissen, hat niemand mehr etwas ins Feuer geworfen, während besagtes Buch brannte?«

»Kann sein ... War ja ein schönes Feuer ... Die, die haben halt dem Feuer zugeschaut ...«

»Kann es nicht sein, dass sie vielmehr schockiert waren, wie man das Tagebuch einer Fünfzehnjährigen verbrennen konnte, die im Konzentrationslager Bergen-Belsen ums Leben kam? Die ein Opfer der Nationalsozialisten geworden war, die Ihresgleichen immer noch verherrlichen?«

Udo wich dem Blick des Staatsanwalts aus.

»So war das nicht ... Ich wusste auch gar nicht, was das genau für ein Buch war ... Ehrlich, für mich war das irgendein Buch ... ehrlich ... irgendeins ...«, stammelte er.

»Irgendeins?«, wiederholte der Staatsanwalt.

Udo nickte und hoffte, man würde ihm diese Lüge abnehmen.

»Eine Zeugin hat ausgesagt, Sie hätten laut in die Menge gerufen ...« Er setzte eine Lesebrille auf und fuhr mit dem Zeigefinger über sein Protokoll, bis er die markierte Stelle fand. »Hier steht, Sie riefen ...« Er blickte über den schmalen Brillenrand wieder zu Udo Rennicke. »... dass sowieso alles nur Lüge sei, was in dem Buch steht.« Er setzte die Brille ab. »Herr Rennicke, die Staatsanwaltschaft glaubt Ihnen kein Wort!«

Am späten Nachmittag, als Abschluss des ersten Verhandlungstages, erhielt der Verteidiger, der wiederholt Rechtsradikale gerichtlich vertreten hatte, Gelegenheit, im Namen seiner Mandanten ein Schriftstück zu verlesen.

»Es ist richtig, dass meine Mandanten das Tagebuch der Anne Frank ins Feuer geworfen haben. Es ist unwahr, dass dabei von einem meiner Mandanten die Aussage getroffen wurde, wie es in der Anklageschrift steht, dass ›sowieso alles nur Lüge‹ sei. Das Anliegen meiner Mandanten ist zu keiner Zeit die Leugnung des Holocaust gewesen, sondern – wie auf Sonnenwendfeiern üblich – die Reinigung von Gegenständen, die einen besonders belasten. Udo Rennicke hat nicht das Schicksal der Anne Frank verharmlosen, sondern sich von diesem bösen Kapitel der deutschen Geschichte befreien wollen. Herr Rennicke ist alles andere als ein überzeugter Nationalsozialist, wie die Staatsanwaltschaft hier glauben machen will. Herr Rennicke hält ausdrücklich die Zeit des Nationalsozialismus für ein Unding der Geschichte und wollte sich durch diese Zeremonie davon reinigen. Die Idee, während der Sonnenwendfeier das Tagebuch der Anne Frank zu verbrennen, ist meinem Mandanten Herrn Rennicke spontan gekommen. Dies ist belegt durch ein Telefonat meines Mandanten, der während der Feier seine Freundin anrief und sie bat, sie solle das Buch aus einer Umzugskiste im Schuppen heraussuchen und vorbeibringen. Bedauerlicherweise wurde mein Mandant bei seiner gut gemeinten Aktion deutlich missverstanden.«

Unter den kopfschüttelnden Zuhörern saß auch Thomas Heppener, Direktor des Anne-Frank-Zentrums in Berlin, der später zu Protokoll gab: »Mir ist fast schlecht geworden.«

Der Staatsanwalt hatte genug. Er wollte den ersten Verhandlungstag nicht mit einer offensichtlichen Lüge enden lassen. Ohne auf Richter oder Verteidiger Rücksicht zu nehmen, verschaffte er sich mit lauter, vorwurfsvoller Stimme Gehör.

»Herr Rauch, ich frage Sie, wie kann es sein, dass Udo Rennicke dachte, eine Verbrennung dieses Tagebuchs ...« Er hob eine gebundene Ausgabe von Anne Franks Tagebuch mahnend in die Höhe wie ein Prediger die Bibel. »... könne anders verstanden werden denn als Symbol rechter Gesinnung? In einer Zeit, in der in Deutschland durch rechte Gewalt abscheuliche Dinge passieren, wie am Wochenende ein Brandanschlag auf eine jüdische Kindertagesstätte in Berlin, da will uns der Angeklagte tatsächlich weismachen, er hätte sich damit von den Schandtaten Nazi-Deutschlands reinigen wollen? Wäre es da nicht viel effektiver und sinnvoller gewesen, der Angeklagte hätte eine Lesung mit dem Buch organisiert, anstatt es zu verbrennen? Meinen Sie nicht, dass die Sache mit dem Missverständnis sehr fadenscheinig ist?«, fragte der Staatsanwalt, ohne eine Antwort zu erwarten.

Udos Verteidiger senkte frustriert den Blick. Er hatte sich den Freispruch seiner Mandanten ursprünglich einfacher vorgestellt.

Das Gericht verurteilte fünf der Angeklagten, darunter auch Udo Rennicke, schließlich zu neun Monaten Haft auf Bewährung wegen gemeinschaftlicher Volksverhetzung und der Verunglimpfung des Andenkens Verstorbener. Damit war Udo nicht nur einer Gefängnisstrafe entgangen, sondern wurde zum gefeierten Helden der rechten Szene. Was folgte, war eine Neonazi-Karriere wie aus dem Bilderbuch, mit regelmäßiger Teilnahme am Rudolf-Heß-Gedenkmarsch und alljährlichen Feiern am neunten November zur Erinnerung an die »Reichskristallnacht«. Außerdem beteiligte er sich an der Schändung jüdischer Friedhöfe und Gedenkstätten sowie zahlreichen Übergriffen auf Immigranten. Doch während all dieser Jahre trug er ein streng gehütetes Geheimnis mit sich herum, das ihm in der Szene zum Verhängnis werden konnte.

Udo Rennicke war homosexuell.

DREIEINHALB JAHRE SPÄTER

Sonntag, 17. Oktober 2010, 0:40 Uhr

Udo Rennicke hatte hilflos zusehen müssen, wie Zamir vor ihm eine Kamera und einen Computermonitor aufbaute, dann war der alte Mann wieder verschwunden.

Den Knebel in seinem Mund fühlte Rennicke nicht mehr, ebenso wenig den verletzten Finger. Seine Erinnerungen waren nur noch lückenhaft vorhanden, seit er in diesem Raum erwacht war.

Dunkelheit, ein Sack über dem Kopf, Karls Stimme, die versuchte, ihn zu beruhigen. Steiner, der vor Schmerz aufschrie, gleißendes Licht in seinen tränenden Augen, der Knebel in seinem Mund und die Angst, ersticken zu müssen. Ein unfassbarer Schmerz an seinem verletzten Finger, der Geruch von verbranntem Fleisch, tiefe Erschöpfung und das Gefühl, ins Nichts hinabzugleiten. Eine Explosion, die die Wände erschütterte.

Zwischen all diesen Erinnerungsfetzen hatte sich ein Gedanke festgesetzt: Was, wenn all das nur passierte, um ihn für seine Taten büßen zu lassen? Was, wenn das die Quittung war für all die Dinge, die er getan hatte, nur um seinen Kameraden zu gefallen – nur um dazuzugehören?

Man konnte Udo Rennicke nicht als intelligent bezeichnen, und doch war er klüger, als es der erste Anschein glauben machte. Die Lehre der Reinheit der arischen Rasse hatte er schon sehr früh als ausgemachten Blödsinn entlarvt. Und trotzdem war kaum einer seiner Kameraden ein so hitziger Judenhasser wie Udo. Er kannte alle Argumente der Rassenideologie des Dritten Reichs, jede Parole und jede Phrase. Doch für ihn war diese Ideologie mit den Jahren nur noch Mittel zum Zweck geworden, um zu einer Gemeinschaft zu gehören, sich stark fühlen zu können und beschützt zu werden. Er hatte dies lange nicht erkannt, aber je mehr ihn sein eigenes Geheimnis zwang, seine Identität zu verleugnen, umso mehr musste er sich eingestehen, dass für ihn die Ideologie austauschbar geworden war.

Als heranwachsender Knabe in einem streng katholischen Elternhaus trug er gerne heimlich die Kleider seiner Schwester, bis ihn eines Tages sein Vater dabei ertappte und nach einer heftigen Tracht Prügel damit drohte, ihm »den Schwanz abzuschneiden«, sollte er ihn »jemals wieder in Mädchenfummeln sehen«.

In den Folgejahren wuchsen sein Aggressionspotenzial und sein Drang, anderen Schmerz zuzufügen, exponentiell mit seiner Größe und seinem Gewicht. Mit sechzehn musste er die Schule wechseln, nachdem er einen Mitschüler fast erwürgt hatte. Zum ersten Mal in seinem Leben war er verliebt gewesen – und ebendieser Junge hatte seine Liebe erwidert. Als die beiden in einer dunklen Ecke des Fahrradkellers der Schule erste Zärtlichkeiten austauschten, verlor Udo die Kontrolle. Plötzlich hasste er sich für das, was er da gerade tat, aber noch mehr hasste er den Jungen in seinem Arm.

Ein Sportlehrer, der zufällig vorbeikam, konnte gerade noch das Schlimmste verhindern. Später gab der Lehrer zu Protokoll, dass Udo während der Attacke immer wieder geschrien hatte: »Du schwule Sau, ich bring dich um!«

Sein Ruf als »Homo-Killer«, wie ihn die Jugendlichen seines Jahrgangs heimlich nannten, eilte ihm voraus und erreichte schließlich in der neuen Schule einen gleichaltrigen Mitschüler, der Glatze und Springerstiefel trug. Dieser Skinhead war es auch, der ihm eine neue Welt offenbarte. Eine Gemeinschaft, wie er sie bis dahin nicht gekannt hatte. Eine Familie, die ihn mit offenen Händen aufnahm. Hier durfte er zwar auch nicht sein, wer er wirklich war, aber dafür konnte er all seine Aggressionen uneingeschränkt ausleben. Vor allem Juden und Asylanten wollte man wehtun – und von denen gab es reichlich.

Marc Kleinfeld versuchte, eine betroffene Miene aufzusetzen, aber es gelang ihm nur leidlich. Zu groß war die Freude über die letzte Quotenmeldung, die ihm Karin übergeben hatte. Die Zahlen übertrafen alles, wovon er je zu träumen gewagt hatte. Immer wieder zeigte der Sender die letzten Sekunden aus Gottfried Wegeners Leben. Die neblige Gasmaske brannte sich ins kollektive Bewusstsein der Zuschauer dieser Nacht und würde sicher morgen als Aufmacher bei einschlägigen Gazetten herhalten. Er malte sich schon die Schlagzeilen aus: »Jude tötet

Nazi mit seinen eigenen Waffen!« Nein, das war zu plump und zu lang. »Jude vergast Nazi!« Das klang besser – aber ob man sich das trauen würde? Nur gut, dass er kein Zeitungsmacher war.

Im Studio standen mittlerweile ein »Forensiker« und ein »Psychiater«, mit denen Carla von Stein die Todesursache sowie die Motivation diskutierte, die Ephraim Zamir dazu veranlasste, solch eine Schreckenstat zu begehen. Der Forensiker war einst wegen seines Alkoholproblems bei der Polizei freigestellt worden, der Psychiater hatte sich bereits zweimal selbst in die Psychiatrie eingewiesen, da er seinem verpfuschten Leben am liebsten ein Ende gemacht hätte. Beide hatten zwei Dinge gemeinsam: Sie litten unter akutem Geldmangel und gehörten zu Mareikes Bekanntenkreis. Die beiden »Experten« hatte sie – wie schon zuvor Seligmann – persönlich im Studio abgeliefert und dafür ein üppiges Honorar kassiert, gegen das sich die Gage der Talkgäste wie ein Taschengeld ausnahm.

Karin Thaller ließ sich in einen Drehstuhl fallen, dessen Sitzfläche zischend nach unten sank. Ihre Haare und Kleidung waren komplett derangiert, sie fühlte sich ausgelaugt. Sie hatte das Gefühl, eine unausgesprochene Grenze überschritten zu haben. Kleinfeld hatte recht: Sie hatten vor wenigen Minuten Fernsehgeschichte geschrieben, denn als einziger Sender hatten sie den Lynchmord an Gottfried Wegener skrupellos und in voller Länge im Fernsehen übertragen. Natürlich, online konnte man die Szene auch verfolgen, aber das war etwas anderes. Der Sender hatte sich ganz bewusst dafür entschieden, diese Bilder zu zeigen.

Ich hätte nichts dagegen tun können, aber ich habe es auch nicht versucht. Also war es auch meine Entscheidung.

Marc Kleinfelds Faust war vor Freude nach oben geschnellt. Seine Geste war klein, schnell und geheim gewesen, während sich in seinem Gesicht keine Reaktion gezeigt hatte. Aber Karin hatte die Geste gesehen. Sie hatte einige Meter entfernt gestanden, als sich die Nachricht im Studio verbreitete. Während das gesamte Team sich in betroffenes Schweigen gehüllt hatte, hatte sie Marc ganz genau beobachtet. Und da war sie gewesen, diese kleine Geste des Triumphs.

Ja, sie hatten Geschichte geschrieben, aber bis auf Marc Kleinfeld hatte jeder das Gefühl, etwas Falsches getan zu haben. Jeder fühlte sich schuldig. Jeder wollte, dass es endlich aufhörte – und dann hörte es auf.

Die Liveübertragung aus der Zelle der zweiten Geisel wurde schlagartig schwarz, der Ton verstummte. Marc klappte der Kiefer nach unten. Die Show war vorbei.

»Hey, hey, hey!«, rief er entrüstet und riss sein Team aus der Lethargie.

»Lee, was soll das? Lee, mach mich jetzt nicht unglücklich ... was ...!?«

Lee schüttelte verwirrt den Kopf. Eben noch hatte er gehofft, es möge ein Wunder geschehen und ihn von diesem Albtraum befreien, als unerwartet das Signal zusammenbrach. Da er aber nun mal nicht an Wunder glaubte, suchte er verzweifelt nach einem technischen Fehler in der Übertragungskette.

»Rick?«, forderte er seinen Nachbarn am Regiepult auf, der nur mit einem Schulterzucken antworten konnte, da alle Anzeigen auf seinem Pult einen einwandfreien Betrieb signalisierten.

Inzwischen hatte Karin ihr Handy zur Hand genommen, um die Website zu prüfen, die Zamir nutzte, doch ihr wurde nur eine Fehlermeldung angezeigt.

Sie sah auf und blickte in die Gesichter ihrer Kollegen, die es ihr gleichgetan hatten, aber offensichtlich konnten auch sie die Seite nicht mehr aufrufen.

Da ertönte die Stimme eines Technikers im Regieraum: »Es liegt nicht an uns. Das Signal ist tot. Das könnte viele Ursachen haben. Vielleicht ist der Server überlastet, aber das glaube ich nicht, der wäre schon vorhin ... also, als der Typ mit dem Gas ...«

Lee unterbrach ihn: »Woran könnte es noch liegen?«

»Vielleicht hat er die Übertragung selbst eingestellt.«

»Niemals!«, rief Marc Kleinfeld laut, als könnte allein seine Zuversicht das Signal wieder zum Leben erwecken.

Lee wandte sich wieder an den Techniker.

»Könnte es sein, dass die Leitung gekappt wurde?«

»Durchaus möglich, ja, aber sicher bin ich mir da nicht. Ich werde mal ein paar Statusabfragen machen, also, ich bleibe dran!«

Marc stand auf. Obwohl er versuchte, ruhig und gelassen zu wirken, war ihm seine Wut deutlich anzusehen.

Er schloss seine Augen, atmete tief ein und legte den Kopf in den Nacken, sodass es leise knackte. Dann blickte er zu Karin: »Ich brauche unseren Anwalt.«

»Erledigt!«, verkündete Atli.

Koch stand an der geöffneten Hecktür des Kommandowagens und blickte von seiner leicht erhöhten Position auf den Turm.

»Zamirs Leitungen sind gekappt. Außer uns kann im Augenblick niemand mehr die Videos aus dem Turm empfangen. Auch er selbst hat keinen Zugang mehr zum Internet. Er kann allerdings noch telefonieren, notfalls könnte er sich auch einen Hotspot legen und Daten über einen Funksender ziehen. Das Netz hier ist allerdings ziemlich schlecht, das reicht theoretisch für ein paar Mails, aber Video-Streams sind damit nada ... also unmöglich, Chef«, sagte Atli.

»Was ist mit dem Störsender?«, fragte Koch kraftlos.

»Die Spezialisten von der Bundeswehr waren hier, hatten aber ein technisches Problem, sie sind wieder abgefahren ... Sie faselten was von einer Stunde ...«

Koch interessierte es fast schon nicht mehr. Hauptsache, Zamir konnte nicht mehr senden.

Die letzten Rauchschwaden des brennenden Jaguars lösten sich auf.

Feuerwehrmänner in grell leuchtenden Anzügen hatten mit chemischen Löschmitteln den Brand unter Kontrolle gebracht. Sie waren soeben dabei, einen langen, weißen Schlauch einzurollen, der zu einem Feuerwehrwagen führte, dessen Blaulicht noch eingeschaltet war. Außerdem stand ein halbes Dutzend Rettungswagen auf dem Gelände verteilt, Sanitäter behandelten Verletzte. Überall pulsierte das blaue Licht wie zu einem geheimen Rhythmus.

Danner tauchte in Begleitung eines Zivilisten auf, der eine Laptop-Tasche trug. Er hielt die Hand hoch, um Kochs Aufmerksamkeit zu bekommen. Sein Begleiter versuchte vergeblich, den tiefsten Pfützen am Boden auszuweichen. Danner hingegen schritt schnurstracks über den schlammigen Untergrund und erreichte Koch als Erster.

»Die zusätzlichen Einheiten der Bereitschaftspolizei sind eingetroffen.«

»Wo ist Erdmann?«

»Er versucht, mit Kriminalhauptkommissar Schuster Ordnung in das ganze Chaos zu bringen.«

Koch war erschöpft. Er hatte den Zivilisten an Danners Seite zwar wahrgenommen, schenkte ihm aber keine Beachtung. Er blickte hinüber zu einer Gruppe von Polizisten, die mehrere Skinheads abführten. So weit das Auge reichte, wimmelte es auf dem Gelände plötzlich von Einheiten der Bereitschaftspolizei. Eine Armee von Polizisten – und doch hatte er ohnmächtig mit ansehen müssen, wie eine Geisel getötet wurde.

»Haben Sie eine Zigarette, Danner?«

Koch hatte keine Lust mehr auf Titel und korrektes Benehmen.

»Nein, äh, nein, keine einzige mehr.«

Der Mann neben Danner holte ein silbernes Zigarettenetui hervor und hielt es Koch entgegen. Koch kam zwei Stufen des Wagens herab und nahm eine Zigarette.

»Und Sie sind?«

»Behrens, Jonas Behrens.«

Der Mann war genauso groß wie Danner, aber nur halb so breit. Sein schwarzer Mantel war auffallend schlicht und gerade geschnitten, hatte keine Taschen und einen sehr kleinen Kragen.

Danner schaltete sich ein, da Koch offensichtlich mit dem Namen nichts anzufangen wusste.

»Der Architekt. Herr Behrens hat den Turm gebaut ... Ich meine natürlich ... umgebaut.«

»Sie haben also diesen mittelalterlichen Turm in eine Festung verwandelt?«

Kochs Stimme klang vorwurfsvoll. Der Architekt hatte sich ebenfalls eine Zigarette angezündet und nahm nun einen tiefen Zug. Offensichtlich wollte er seine Antwort theatralisch auskosten.

»Mein lieber Herr Kommissar«, begann er süffisant. »Ungeachtet dessen, dass mich Ihre Männer aus einer Soiree geholt haben und ich mich nun Ihretwegen auf diesem unangenehmen Terrain befinde, stammt dieses monströse und abscheuliche Bauwerk nicht aus dem – wie sagten Sie eben geradezu infantil? – Mittelalter, sondern ist nur wenig älter als sein neuer Besitzer, der hier offensichtlich vorhat, die Sippe der Erbauer in einer spektakulären Lynchjustiz von ihren Sünden zu befreien.«

Koch hätte am liebsten die Zigarette auf dem schwarzen Designermantel des Architekten ausgedrückt, aber er fühlte sich zu schwach, um sich dieses arrogante Arschloch vorzunehmen.

»Es wäre schön, wenn Sie einfach zum Punkt kommen könnten, sonst wird das eine sehr lange Nacht für Sie – und zwar auf einem Polizeirevier.«

Jonas Behrens verging das Grinsen, er hatte am Blick des Mannes erkannt, dass er etwas umsichtiger vorgehen musste.

»Dies, werter Kommissar, ist kein gewöhnlicher Turm – dies ist ein Hochbunker aus massivem Stahlbeton, dem selbst der direkte Einschlag einer fünfhundert Kilogramm schweren Fliegerbombe nicht das Geringste anhaben könnte.«

Ephraim stand im dritten Stock am Fenster seines Arbeitszimmers und blickte vorsichtig hinaus. Mit Sicherheit observierten Scharfschützen den Turm und warteten nur auf die Gelegenheit, ihn ins Visier zu bekommen. Auch wenn die Scheiben schusssicher waren, so wollte er dennoch kein Risiko eingehen. Die Szenen, die sich am Fuße des Turms abspielten, überraschten ihn ein wenig.

Wo zuvor noch Hunderte von Schaulustigen einen Ring um den Turm gebildet hatten, befanden sich nun gefühlt Hunderte Polizisten auf seinem Grundstück. Dazu kamen Dutzende Feuerwehr- und Rettungswagen, Mannschaftstransporter und Übertragungswagen von Fernseh- und Radiosendern. Pressefotografen rannten ungeniert über das Gelände und blitzten wie wild alles, was ihnen vor die Linse kam. Nur mit Mühe gelang es den Einsatzkräften der Bereitschaftspolizei, erneut eine Absperrung zu errichten und die Zivilisten aus dem Sicherheitsbereich zu drängen. Zamir hatte zwar eine gewisse Medien- und Polizeipräsenz erwartet, aber bei Weitem nicht in diesem Ausmaß.

Die markante Stimme einer Nachrichtensprecherin erregte Ephraims Aufmerksamkeit. Er wandte sich einem Flachbildschirm an der gegenüberliegenden Wand zu und entfernte sich wieder vom Fenster. Die dunkelhaarige Moderatorin eines Nachrichtensenders berichtete über die neuesten Ereignisse am Turm. Eine Einspielung zeigte das Standbild eines am Boden liegenden Polizisten, der von mehreren Skinheads getreten wurde, während im Hintergrund Flammen in den nächtlichen Himmel schlugen.

Der Tonfall der Moderatorin war todernst.

»... sind sich viele Medienvertreter einig, dass die Abschaltung des Livestreams, der das Geiseldrama übertrug, schon längst hätte passieren müssen. Nach dem missglückten Zugriff des Spezialeinsatzkommandos nannte der Pressesprecher der Polizei als Grund, dass es sich wohl um einen modifizierten Hochbunker aus dem Zweiten Weltkrieg handelt. Gleichzeitig wurden schwerwiegende Übergriffe auf Vertreter der Presse vor Ort bekannt. Teilweise waren ...«

Ephraim schaltete den Fernseher mit der Fernbedienung stumm, setzte sich an den Rechner und baute eine Verbindung für sein Satellitentelefon auf.

Verschlüsselte Codes jagten über den Bildschirm, dann erklang ein Freizeichen. Zamir griff zu dem olivgrünen Hörer und wartete auf den Anschluss. Die vertraute Stimme seines israelischen Kontaktmanns beim Mossad wirkte beruhigend auf Zamir.

».ידידי ךל עידצמ ינא.«

». ידידי ךל עידצמ ינא.«, antwortete Zamir ebenfalls auf Hebräisch. »Habt ihr eine Lösung gefunden?«

»Der Zugang ist eingerichtet«, erwiderte der Israeli.

»Wie viel Zeit bleibt mir noch?«

»Das deutsche Konsulat hat eine Dringlichkeitsanfrage gestellt. Man bittet den Mossad um Unterstützung, aber du weißt ... Die diplomatischen Mühlen mahlen langsam, mein Freund.«

»Das Passwort?«

».הרובגלו האושל ןורכיזה םוי«

»Jom haScho'a?«

»Jom haScho'a. Du bist nicht allein. Wähle dich über den Satelliten Thuraya 3 ein.«

Ephraim sah auf die Visitenkarte von Marie Stresemann, die auf seinem Schreibtisch lag.

»Hast du die Koordinaten der Mobilnummer herausfinden können?«

»Ja. Die Koordinaten liegen im Augenblick keine zwanzig Meter von deinem Haus entfernt. Das wenige, was ich über die Zielperson finden konnte, liegt auf dem Server.«

Zamir stand auf und blickte wieder aus dem Fenster.

»Kannst du sie genau orten?«

»Orten ja, aber für eine gute Satelliten-Bildübertragung ist es zu dunkel.«

»Ist sie außerhalb oder in einem der Einsatzwagen?«

»Sie muss außerhalb stehen. Irgendwo zwischen diesem Lkw und einem der beiden Krankenwagen.«

Zamir versuchte sich zu orientieren, aber auf dem Gelände standen mehr als nur zwei Krankenwagen. Sein Blick suchte nach dem Polizei-Lastwagen, der allem Anschein nach die zentrale Leitstelle vor Ort war.

»Habt ihr etwas über den Einsatzleiter herausfinden können?«

»Es sind zwei. Einer für das Spezialeinsatzkommando, sein Name ist Achim Schuster, und einer, der die Gesamtleitung hat, sein Name ist Michael Koch. Du findest die Daten im selben Verzeichnis auf dem Server.«

»Das ist mehr, als ich erwartet habe. Ich danke dir für alles.«

»Nein, mein Freund, auch wenn das nie offiziell ausgesprochen wird ... Wir haben dir zu danken. . להתראות ידידי«

»להתראות ידידי.«, antwortete Ephraim und beendete das Gespräch.

Noch einmal wagte er einen Blick aus dem Fenster und fand schließlich, wonach er gesucht hatte. Da kniete sie, hell erleuchtet und regungslos, wie ein gefallener Engel am Abgrund zur Hölle.

MARIE IV

Sonntag, 17. Oktober 2010, 0:25 Uhr

Lange bevor der Counter unbarmherzig die Million erreicht hatte, war Marie dem stickigen Kommandowagen entflohen. Deutlich länger als sonst hatte sie ihrer Platzangst getrotzt, doch schließlich hatten die angespannte Atmosphäre, die nach Schweiß riechende Luft und vor allem die beklemmende Enge sie zermürbt. Man hatte kaum Notiz von ihr genommen, als sie wortlos aufgestanden war und leise den Wagen verlassen hatte.

Alle ihre guten Vorsätze, helfen zu wollen, waren wie ausgelöscht. Was konnte sie schon tun? Wie sollte sie in dieser Situation irgendwie von Nutzen sein? Marie wollte nur noch eines: diesen entsetzlichen Ort so schnell wie möglich verlassen.

Die kalte Nachtluft, die ihr vorher so zugesetzt hatte, empfand sie nun wie eine Befreiung. Ziellos stapfte sie zu einem provisorisch aus einer einfachen Zeltplane aufgebauten Unterstand. Es roch nach Kaffee. Einige Polizisten, die gerade Pause machten, hatten sie aus dem Kommandowagen kommen sehen und stellten daher keine Fragen. Wortlos bot man ihr einen Klappstuhl an, den sie dankend annahm. Sie schloss die Augen und atmete einige Male tief durch.

Als das Chaos um sie herum ausbrach und der laute Donner von mehreren Explosionen hallte, warf sie sich auf die Knie. Dichte Rauchschwaden zogen an ihr vorüber und verdunkelten die Scheinwerfer. Menschen schrien. Absperrgitter krachten irgendwo in der Nebelwand auf den Boden. Männer mit schmerzverzerrten Gesichtern stürmten aus dem Schleier hervor wie wilde Horden auf einem apokalyptischen Gemälde. Voller Zorn schlugen sie mit Knüppeln und Eisenstangen auf alles ein, was sich ihnen entgegenstellte. Der Unterstand krachte dabei wie ein Kartenhaus zusammen und begrub einige Polizisten unter sich, doch Marie, die außerhalb der Plane am Boden kauerte, nahmen sie nicht wahr.

Dann erbebte die Erde, und dort, wo der eingenebelte Turm in den Himmel ragte, erhellte ein Feuerball die Nacht. Vor ihren Augen wurde einer der Schläger durch einen Gesteinsbrocken von den Füßen gerissen und blieb mit blutendem Gesicht reglos auf dem Boden liegen. Glassplitter pfiffen durch die Luft und zerschnitten Kleidung wie Papier. Ein langhaariger Mann mit einem Peace-Zeichen auf dem T-Shirt hielt sich schreiend die Hände an den Genitalbereich, bis ein SEK-Mann in Kampfuniform ihn brutal mit einem Knüppel zu Boden streckte.

Doch dann geschah etwas, was Marie all das Grauen um sie herum vergessen ließ. Es war nur der Hauch einer Bewegung, irgendwo vor ihr im Nebel. Eine Bewegung, die ihr vor langer Zeit sehr vertraut gewesen war. Jaulend und mit eingezogenem Schwanz war ein Hund vor dem Krawall in Deckung gegangen. Er kauerte winselnd am Boden und rieb sich immer wieder mit den Pfoten seine Augen. Auch er hatte wohl das Tränengas abbekommen und war orientierungslos. Ein Polizist übersah in der Hektik das kleine Tier und stieß ihm einen Kampfstiefel in die Flanke. Panisch sprang der Hund auf und prallte blindlings gegen ein anderes Paar Beine.

Marie zögerte keine Sekunde, doch der Hund war noch ein gutes Stück von ihr entfernt, und noch immer tobte um sie herum das Inferno. Doch wie durch ein Wunder gelangte sie unversehrt zu dem zitternden Leib, dessen Fell über und über mit Schlamm bespritzt war. Sie kniete sich hinab und nahm den verängstigten Hund so fest in ihre Arme, dass sie sein wild pochendes Herz spüren konnte. Sie drückte ihren Kopf ganz nah an sein Ohr und flüsterte: »Ich bin da, ich bin da ... Alles wird gut ... Dir wird nichts geschehen ...«

Und tatsächlich wurde der Herzschlag des Hundes langsamer und seine Atmung ruhiger. Nach und nach kehrte auch um die beiden herum wieder etwas mehr Ruhe ein, und Marie wagte es, den Kopf zu heben. Unzählige Polizisten sicherten offenbar das Gelände, doch Gefahr schien nicht mehr zu bestehen. Plötzlich hatte Marie das seltsame Gefühl, beobachtet zu werden. Langsam blickte sie sich um, während der Hund sich weiter in ihren Schoß drückte – doch hinter ihr war nur der Turm, sonst nichts.

Von weit her erklang ein langer Pfiff. Ganz leise nur, aber sofort hob der Hund den Kopf an und spitzte die Ohren. Ein letztes Mal blickte er sich zu Marie um, dann sprintete er hinaus in die Dunkelheit und war verschwunden. Marie sah ihm nach. Kaum war sie wieder allein, kroch die Kälte zurück in ihren Körper, doch ihr Herz war erfüllt von Wärme und Zuversicht. Ja, sie konnte vielleicht doch helfen, es war noch nicht Zeit, nach Hause zu gehen.

Das Telefon in ihrer Innentasche vibrierte. Langsam stand sie auf und warf einen Blick auf das Display. Es war eine Nachricht von Zamir: *Sie werden noch erfrieren.*

Behrens hatte seinen Laptop im Kommandowagen auf dem einzigen Tisch platziert. Koch, Schuster und Erdmann standen hinter ihm und hofften, mithilfe seiner Ausführungen irgendeine Schwachstelle zu finden. Noch immer konnten sie es kaum glauben, dass sie ahnungslos einen Bunker angegriffen hatten. Kommissar Schuster hatte das Debakel besonders mitgenommen. Seine Haltung war gebeugt und sein Gesicht ermattet. Dieser Tag war der bisher größte Fehlschlag seiner sonst tadellosen Karriere. Die Hauptkritik hatte aber Koch abbekommen. Der Polizeipräsident persönlich hatte ihm vor wenigen Minuten über eine Privatleitung zu verstehen gegeben, dass »Köpfe rollen« würden und er nun alles daransetzen müsse, den Schaden zu begrenzen. Koch wusste zu gut, dass es nicht nur um seinen Kopf ging, sondern auch um den des Polizeipräsidenten und des Innenministers. Offensichtlich hatten beide deshalb Vorkehrungen getroffen, in den Morgenstunden persönlich hier zu erscheinen. Koch konzentrierte sich wieder auf den Laptop.

Der Bildschirm zeigte eine dreidimensionale Bauzeichnung des Turms, die man interaktiv drehen und neigen konnte und die es sogar ermöglichte, das Turminnere virtuell zu begehen.

Behrens genoss die Aufmerksamkeit. Es war geradezu elektrisierend, als Experte für dieses Bauwerk den anwesenden Verantwortlichen eine Lehrstunde erteilen zu dürfen.

»Dieser Hochbunker wurde 1941 errichtet. Es handelt sich um einen viergeschossigen Turm mit Zeltdach im Stil eines spätmittelalterlichen bis frühneuzeitlichen Wehrbaus. Der Turm ist sowohl ebenerdig zugänglich als auch über die Naturstein-Freitreppe zum ersten Stock. Die Wände bestehen aus zweieinhalb Meter dickem Stahlbeton, die obere Decke besitzt sogar eine Stärke von dreieinhalb Metern.«

»Und wieso konnten unsere Geschosse die Fenster nicht durchschlagen? Seit wann haben Bunker überhaupt Fenster?«, wollte Erdmann wissen.

»Das Ding sieht nicht aus wie ein Bunker«, ergänzte Koch.

Behrens richtete sich auf und wandte sich dem Trio zu.

»Meine Herren, wenn Sie mich nicht durch unnötige Fragen unterbrechen, kommen Sie schneller an die gewünschten Informationen.«

Erdmann war erstaunt, wie Koch und Schuster die Zurechtweisung über sich ergehen ließen.

»Mit Ihrer Erlaubnis fahre ich fort.«

Mit der Maus zoomte Behrens auf das Turmdach.

»Die mittelalterliche Fassade diente zur Tarnung, damit der Bunker nicht gezielt aus der Luft als solcher erkannt werden konnte. Bis 1941 gab es vom Reichsluftfahrtministerium die Vorgabe, beim ›baulichen Luftschutz‹ ein besonderes Augenmerk auf dessen Tarnung zu legen. Die Dachkonstruktion dieses Turms entsprang also nicht einer Notwendigkeit, auch nicht die achteckige Bauweise. Ich kenne Bunkerkonstruktionen, die sehen aus der Luft aus wie Kirchen. Erst in den letzten Kriegsjahren nahmen die Hochbunker eine deutlich effizientere Bauweise an.«

Die 3-D-Ansicht des Turms schwenkte nun auf das fensterlose Erdgeschoss, wo in einem angedeuteten Raum ein großer roter Klotz stand.

»Beim Umbau des Turms forderte Herr Zamir zusätzlich den Einbau eines Notstromgenerators ... für Notfälle, wie er sich ausdrückte«, fuhr der Architekt fort. »Bei Vollauslastung kann das Aggregat den Turm bis zu einer Woche mit Strom versorgen, natürlich abhängig davon, wie voll der unterirdische Dieseltank ist.«

»Was ist mit den Fenstern?«, wollte Schuster wissen.

»Vier der acht Wände des Hochbunkers wurden nachträglich mit jeweils drei Fenstern ausgestattet. Wir mussten hierfür mit speziellen, diamantbesetzten Seilsägen Öffnungen in die Betonwände schneiden. Für die eingesetzten Fenster wurde auf Wunsch von Herrn Zamir sechsunddreißig Millimeter dickes Silatec-Sicherheitsglas verbaut. Die restlichen vier Wände enthalten die Belüftungsauslässe der ursprünglichen Konstruktion. Ich erinnere mich gut an die Vorgaben, die Herr Zamir bezüglich der Fenster machte, da es nicht einfach war, ihn in diesem Punkt zufriedenzustellen.«

»Das bedeutet?«, fragte Schuster.

»Er legte Wert darauf, dass ... Warten Sie, ich habe hier die schriftliche Notiz dazu.«

Behrens öffnete ein Dokument und suchte die Stelle.

»... dass erst Vollmantelgeschosse mit einem Durchmesser von 7,62 Millimetern das Glas durchschlagen könnten.«

Behrens richtete sich kurz auf und blickte voller Befriedigung in die eingefrorenen Gesichter.

Koch warf Schuster einen fragenden Blick zu, doch der schüttelte nur den Kopf. Behrens widmete sich wieder dem Laptop.

Erneut jagte die virtuelle Kamera durch das Gebäude bis zu den Flügeltüren am Eingang des ersten Stocks.

»Die Stahltüren sind noch original, entsprechen aber im Großen und Ganzen der Beschussklasse FB4, wie man sie heute zum Beispiel in Flughäfen im Sicherheitsbereich findet. Wie zuvor erwähnt, hat der Bunker zwei Zugänge, aber die Stahltüren sind bei beiden Eingängen dieselben.

Der zweite Zugang befindet sich ebenerdig, liegt heute aber in der Garage, die Zamir von mir hat anbauen lassen. Er war einst der Haupteingang. Die außen liegende Treppe, die zum ersten Stock hinaufführt, war nur für Notfälle gedacht, sollte der ebenerdige Eingang durch einen Bombeneinschlag verschüttet werden.«

»Gibt es denn keinen Keller?«, wollte Koch wissen.

Behrens zögerte.

»Nein ... äh, nein. Es gibt keinen Keller ... Nicht dass ich wüsste. Aber da im Erdgeschoss keine Fenster vorhanden sind, fühlt sich das im Gebäude so an, als würde man sich im Keller befinden.«

Erdmann nutzte die Gelegenheit, um die alles entscheidende Frage zu stellen: »Wie kommen wir hinein?«

»Die Schwachstelle des Turms ist sein Dach«, antwortete Behrens gelassen. »Unter den Schindeln ist nur Dämmmaterial, der Dachstuhl ist aus Holz, und selbst die Fenster in diesem Bereich sind nicht besonders gesichert. Zamir hat sich den Dachstuhl zum eleganten Wohnbereich mit einer offenen Küche ausbauen lassen. Früher gab es nur einen kleinen Notzugang zum Dachgeschoss. Wie erwähnt, diente das Dach ursprünglich nur der Tarnung. Das eigentliche Bunkerdach aus drei Meter dickem Stahlbeton liegt darunter. Wir führten mit immensem Aufwand eine Kernbohrung durch und vergrößerten den Notzugang zum Dachstuhl, um eine Wendeltreppe anbringen zu können. Dieser Zugang ist ungesichert und kann nicht abgeriegelt werden. Schicken Sie ein Team dort hinauf, und Sie sind drin.«

Schuster senkte den Kopf, als er das hörte. Sie waren schon so nah dran. Hätte er nur nicht auf Meriones gehört und ihm stattdessen befohlen, sich lautlos durch die Fenster zu schneiden.

»Haben wir schon. Unser Mann hat sich allerdings Zugang über einen Lüftungsschacht verschafft, dann ist der Kontakt abgerissen.«

Behrens tippte etwas in das CAD-Programm seines Laptops. Augenblicklich erschienen blau hervorgehobene Schächte und Kanäle innerhalb der Bunkergrafik.

»Die Belüftungsanlagen in Bunkern sind sehr ausgefeilt. Schließlich sollten die Insassen nicht Opfer von Gasangriffen werden. Die Luft wird bei diesem Objekt aus mehrfach verwinkelten Öffnungen in der oberen Etage angesaugt. Dort war die Luft am frischesten, vor allem, wenn es unten brannte.«

Behrens spulte diese Informationen ohne jegliche Gefühlsregung ab.

»Die Lüftung erzeugte immer einen kleinen Überdruck im Bunker. So wollte man verhindern, dass Gas ins Innere eindringt. Wir haben die Anlagen nur erneuert, sonst das Belüftungssystem aber im Originalzustand belassen. Der einzige Schacht, der breit genug für einen Menschen wäre, ist dieser Hauptschacht. Der führt zunächst steil nach unten, aber wie alle Luftleitungen und auch Gänge in einem Bunker, ist auch der Hauptschacht dreifach verwinkelt. Diese Bauweise trug dazu bei, die Druckwelle eines direkten Treffers zumindest zum Teil abzufangen.«

»Wie tief?«, wollte Schuster wissen.

»Wie tief was?«

»Sie haben soeben erklärt, dass hier oben der einzige Zugang liegt, der breit genug für unseren Mann ist.«

Schuster zeigte auf den Bildschirm.

»Bitte nicht berühren«, sagte Behrens und schob Schusters Hand von seinem Laptop weg. Schuster ignorierte ihn.

»Wenn er also hier eingestiegen ist, und angenommen, er hätte beim Einstieg den Halt verloren – wie tief wäre er dann gestürzt?«

Behrens folgte mit der Maus dem blauen Schacht und suchte nach der Angabe.

»Fünf Meter achtzig! Dort endet der Schacht in einem T-Stück. Die eine Seite führt steil hinab bis ins Erdgeschoss, die andere Seite mündet im Raum mit den Lüftungsanlagen im zweiten Stock.

Noch bevor Schuster eine Schlussfolgerung daraus ziehen konnte, öffnete sich ruckartig die Tür des Wagens und krachte laut gegen die Seitenwand. Marie stürzte herein und blieb mit keuchendem Atem vor ihnen stehen.

»Wir müssen weg hier!«

Jetzt erst bemerkte Koch, dass er Marie Stresemann völlig vergessen hatte. Doch bevor er einen klaren Gedanken fassen konnte, hatte Marie genug Luft geschnappt, um hastig fortzufahren: »Der Geiselnehmer ... Zamir ... Er hat sich bei mir gemeldet ... wie vorher ...«

Sie hielt ihr Handy in die Luft.

»Er schreibt, er hätte das Gelände vermint ... Hier sind überall Sprengfallen!«

Koch griff nach Maries Handy, auf dem die Nachrichten noch geöffnet waren.

Schuster schaltete sich ein.

»Wenn hier Sprengfallen wären, dann wären schon längst einige der Minen detoniert. Er blufft ...«

Koch blickte von Maries Handy auf. Seine Augen weiteten sich, dann schrie er Schuster aus voller Kehle an. »Dieser Mann blufft nicht! Geht das endlich in deinen Schädel rein? Wie viele Verletzte und Tote müssen wir noch hinnehmen, bevor du begreifst, dass wir es hier mit einem skrupellosen Psychopathen zu tun haben?«

Einen Moment lang hielt jeder den Atem an. So hatte Schuster Koch noch nie erlebt. Selbst der Architekt war erschrocken zusammengefahren. Nur Erdmann ließ sich durch den Wutausbruch nicht beeindrucken und streckte ruhig die Hand nach dem Handy aus.

»Darf ich?«

Koch zitterte am ganzen Leib, und noch während er Schuster mit seinen Augen fixierte, als wollte er ihn an die Wand nageln, übergab er Erdmann das Handy, der mit betont sachlicher Stimme begann, die letzte Nachricht vorzulesen.

»Habe das Gelände rund um den Turm in einem Umkreis von hundert Metern mit einunddreißig Minen gesichert. Diese lassen sich per Funksteuerung aktivieren und verfügen über zwei Sprengmechanismen. Fahrzeuge lösen ab dem Zeitpunkt der Aktivierung über einen Seitenzündkanal die Sprengladung aus. Der zweite Sprengmechanismus ist ein pneumatischer Druckzünder und reagiert auf mechanische Belastung von mehr als fünf Kilo. Werde die Minen um 1:30 Uhr in Betrieb nehmen. Muss hoffentlich nicht darauf hinweisen, dass danach das Betreten meines Geländes nicht nur töricht wäre, sondern Selbstmord. Zamir«

In dieser Sekunde sprang einer der Bildschirme im Kommandowagen an und zeigte die Geisel Udo Rennicke mit einem Knebel im Mund. Er wimmerte leise.

Nigel meldete sich zaghaft aus dem Hintergrund.

»Das Signal ... Zamir ist wieder online.«

Koch drehte sich Hilfe suchend zu Atli.

»Sag mir, dass das nicht wahr ist.«

Atli überprüfte seine Daten.

»Ich versteh das nicht. Die Netzwerkverbindung zu seinem Server ist definitiv gekappt. Ich ...«

Er tippte hektisch etwas in seinen Computer, dann drehte er sich wieder zu Koch.

»Er dürfte eigentlich nicht senden können. Die Kabelleitungen sind gekappt, und das Mobilfunknetz hier ist viel zu schwach, um ...«

Plötzlich schien er eine Eingebung zu haben.

»Was ist, wenn ... Keine Ahnung, wie er es macht, aber ohne fremde Hilfe ...«

»Was?«, blaffte Koch ihn an.

»Er sendet über einen Satelliten!«

Die Übertragung von Udo Rennicke begann leicht zu wackeln, und das Bild wurde ein wenig herausgezoomt, sodass ein Teil seiner Zelle sichtbar wurde. Dann trat Zamir ins Bild, beugte sich über Rennicke, der zurückzuweichen versuchte. Mit einem Ruck befreite Zamir seine Geisel von dem Knebel. Rennicke schrie auf, dann wimmerte er wieder. Blut rann ihm übers Kinn. Zamir blickte auf den Knebel und zog einen Zahn aus dem Stoffballen, den er Rennicke vor die Augen hielt.

»Ich glaube nicht, dass Sie hierfür noch Verwendung haben werden.«

Dann warf er den Zahn zusammen mit dem Knebel auf den Boden.

Koch wandte sich angewidert ab.

»Atli, besorgen Sie mir diesen BND-Mann.«

»Volker Conrad?«

»Genau den. Ich habe langsam den Eindruck, dass das für uns eine Nummer zu groß ist.«

UDO II

Sonntag, 17. Oktober, 1:10 Uhr

»Glauben Sie an Gott, Udo Rennicke?«

Zamirs Stimme hatte einen väterlichen Klang angenommen. Er saß aufrecht neben der Kamera, sah Udo tief in die Augen, der leise wimmernd seinem Blick immer wieder auswich. Nasensekret rann ihm über die Lippen und vermischte sich dort mit einem dünnen Rinnsal Blut, bis alles schließlich vom Kinn in langen Fäden auf seinen Schoß triefte.

»Haben Sie meine Frage verstanden?«, sagte Zamir mit etwas mehr Nachdruck.

Udo Rennicke hatte Angst wie nie zuvor in seinem Leben. Es war nicht der Tod, vor dem er sich fürchtete, denn wenn etwas aus seiner religiösen Erziehung hängen geblieben war, dann der Glaube an das Leben nach dem Tod. Es waren die Schmerzensschreie von Steiner gewesen, die in seinem Kopf nachhallten. Es war die Angst vor Schmerz und Folter, die ihm so zusetzte, dass er kaum atmen konnte. Sein ganzer Körper zitterte, und so war auch seine Antwort nur ein unverständlicher, gurgelnder Laut.

Zamir stand auf und beugte sich nahe an Udos Ohr. Der Geruch von Schweiß kroch Udo in die Nase, und instinktiv versuchte er zurückzuweichen, doch er konnte sich nur wenige Millimeter bewegen.

Zamir wiederholte seine Frage erneut.

»Glauben Sie an Gott, Udo Rennicke?«

Udo nickte mehrfach mit dem Kopf.

»Das ist gut, denn Gott wird Sie strafen«, flüsterte Zamir ihm ins Ohr.

Direkt vor Udos Augen tauchte ein rasiermesserscharfes Teppichmesser auf, dessen Klinge weit ausgefahren war und im Licht des Scheinwerfers blitzte. Panisch kniff Udo die Augenlider zusammen.

Er hörte es zweimal deutlich knacken, doch der erwartete Schmerz blieb aus, dann verschwand der Schweißgeruch, und Udo konnte hören, wie sich Zamir wieder auf seinen Stuhl setzte. Zögerlich öffnete er seine Augen. Das Messer war verschwunden, stattdessen fuhr ihm Zamir mit einem feuchten Lappen über das Gesicht.

»Haben Sie schon einmal gebeichtet, Herr Rennicke?«

Udo nickte zaghaft.

»Sie können sich glücklich schätzen, Christ zu sein. Das Judentum kennt nämlich keine Beichte bei einem Priester, der einem Absolution erteilt für das reumütige Bekennen seiner Schuld. Wenn Sie also an Gott glauben, wenn tief in Ihrer verkommenen Seele noch ein Funke Ihres Glaubens übrig ist, dann sollten Sie nun beichten. Vielleicht hat Gott Erbarmen mit Ihnen – denn ich werde es nicht haben.«

Udo konnte keinen Sinn in den Worten erkennen, aber Zamirs besonnene, tiefe Stimme wirkte beruhigend. Udo atmete langsamer. Nach und nach konnte er seine Arme wieder spüren, seine Hände und schließlich sogar seine Finger. Sehr vorsichtig begann er sie ein wenig zu bewegen. Augenblicklich setzte ein Pochen im kleinen Finger seiner rechten Hand ein, erst nur ganz leicht, dann wurde es heftiger. Das Verlangen, den verletzten Finger zu betrachten, war so groß, dass er automatisch den rechten Arm nach vorne zog, was ihm zu seinem eigenen Erstaunen auch gelang. Zamir hatte ihn offenbar von seinen Fesseln befreit. Mit der linken Hand massierte er sein rechtes Handgelenk und hob es an, um seine Verletzung zu betrachten. Überrascht stellte er fest, dass sein kleiner Finger professionell verbunden worden war. Ein Blick auf den Boden bestätigte seine Vermutung, Zamir hatte mit dem Messer die Kabelbinder gekappt, die nun seitlich neben dem Stuhl lagen. Gab es etwa Hoffnung für ihn? Udo neigte sich ein wenig zur Seite und stellte fest, dass seine Füße noch immer mit dicken Kabelbindern an die Stuhlbeine gefesselt und diese mit Metallwinkeln im Boden verankert waren.

»Vor drei Jahren erhielten Sie neun Monate auf Bewährung. Erzählen Sie mir davon.«

Udo blickte auf. Er schluckte und wusste zunächst nicht, ob er antworten sollte. Aber warum nicht? Der alte Mann hatte offenbar nicht vor, ihm wehzutun, solange er seine Fragen beantwortete.

»Wir haben ... Mist gebaut.«

»Welche Art Mist?«

Udo hatte den Eindruck, als hätten Zamirs Augen etwas Verständnisvolles, etwas Barmherziges bekommen. Sie starrten ihn nicht mehr so hasserfüllt an wie noch einige Stunden zuvor.

»In dem Ort, wo ich herkomme, haben meine Kumpels und ich ...«

Zamir unterbrach ihn: »Mit Kumpels meinen Sie Neonazis aus Ihrer Kameradschaft?«

Verunsichert senkte Udo den Kopf, als könnte er damit Zamirs Worten ausweichen.

»Beantworten Sie meine Frage, Herr Rennicke!«

Udo nickte, ohne ihn dabei anzusehen.

»Ja ... alles Kameraden ...«

»Fahren Sie fort!«

»Wir sollten ein Fest organisieren, zu dem das ganze Dorf kommen sollte. War die Idee vom Bürgermeister. Dachte wohl, wir würden halt irgendwie dann mehr dazugehören.«

»Zu wem dazugehören?«

»Na, zum Dorf, zu den anderen halt.«

»Hatten Sie denn vorher nicht dazugehört?«

»Ich weiß nicht. Die waren uns doch egal, solange es keine Juden oder Fluchtsimulanten waren.«

»Fluchtsimulanten?«

»Asylanten halt. Der Bürgermeister wollte, dass wir da irgendwie gut ankommen. Aber die Deppen aus dem Dorf haben doch gar nichts gerafft, wenn sie uns gesehen haben. Für die waren wir doch schon Verbrecher, nur weil wir Bomberjacken und abrasierte Haare hatten. War uns aber egal ... Also haben wir die Kohle vom Bürgermeister genommen und das Fest so organisiert, wie wir dachten, dass es lustig wird. War dann auch lustig und waren auch die ganzen Leute aus dem Dorf da. So ein Feuer wie das, was wir da gemacht haben, hatten die noch nie gesehen. Echt fett, mit richtig großen Flammen.«

Udo beschrieb die Größe des Feuers mit den Händen, und seine Augen leuchteten. Zamir beobachtete Udo, wie dieser sich langsam in seinen Gedanken verlor und die Erinnerung lebendig werden ließ.

»Und dann?«

»Dann war Mitternacht ... Da kamen dann so Ansprachen, erst vom Bürgermeister, aber das war langweilig. Wir wollten halt mehr den germanischen Brauch erleben. Das Fest ist nämlich schon tausend Jahre alt oder so. Und dann hat Olaf ...«

»Einer aus Ihrer Kameradschaft?«

Udo nickte und fuhr fort: »Dann hat Olaf eine Rede gehalten. Das war richtig groß. Hätte nicht geglaubt, dass der Olaf so was kann. Hab fast geheult, wie er so vor dem Feuer stand und so richtig tolle Sache gesagt hat.«

»Was hat er denn gesagt?«

»Weiß nicht, kann mich nicht an alles erinnern. So halt von Ehre und so ... und von unserem Vaterland ... War echt irgendwie mystisch ...«

»Und was dann?«

»Jeder sollte etwas ins Feuer werfen, was einen irgendwie bedrückt oder was man halt weghaben will. Olaf hat dann die amerikanische Flagge ins Feuer geworfen.« Udo begann zu lächeln. »Da haben viele geklatscht ... Manche haben sogar gejohlt. Weiß aber nicht, ob das Kameraden waren oder die anderen. Auf jeden Fall war das voll ... schön!«

»Und was haben Sie ins Feuer geworfen?«

Sofort verfinsterte sich Udos Miene, und er wich Zamirs Blicken wieder aus, indem er auf den Boden schaute.

»Nur ein Buch ...«

»Welches Buch?«

»Ich habe gar nicht so genau gewusst, was das für ein Buch war.«

»Welches Buch?«

»Hat so 'n Judenmädchen geschrieben ... ein Tagebuch.«

»Das Tagebuch der Anne Frank«, ergänzte Zamir und fuhr fort: »Sie wussten nicht, was das für ein Buch war? Das ist merkwürdig, denn in den Gerichtsakten stand, Sie haben es explizit durch Ihre Freundin von zu Hause abholen lassen. Sie bestanden darauf, dass sie nicht irgendein Buch mitbringt, sondern exakt dieses.«

Trotzig blaffte Udo Zamir an.

»Ja, von mir aus! Ich kenn's ... Ist ein langweiliger Schinken. Mussten wir mal in der Schule lesen. Hab's seitdem in einer Kiste gehabt. Versteh den ganzen Scheiß nicht, die Aufregung und so ... Ist doch eh nur 'ne Erfindung!«

Zamir blieb ruhig.

»Das Tagebuch der Anne Frank beruht Ihrer Meinung nach also nicht auf wahren Erlebnissen?«

Udo schüttelte nur den Kopf.

»Und trotzdem haben Sie das Buch jahrelang aufgehoben? Haben Sie auch andere Bücher aus der Schulzeit aufgehoben?«

Udo reagierte nicht auf die Frage.

»Waren in dieser Kiste noch mehr Bücher?«

»Was soll die Fragerei?«

»Beantworten Sie doch einfach meine Fragen. Waren in der Kiste noch mehr Bücher?«

»Wenn Sie es unbedingt wissen wollen ... nein.«

Zamir stand auf und ging vor Udo in die Hocke, dann nahm er sein Gesicht in beide Hände. Sein Tonfall war nun noch bedächtiger, seine Stimme noch tiefer und eindringlicher.

»Sie haben das Buch über Jahre hinweg aufbewahrt. Sie wussten immer, wo es war. Und ... Sie haben es gelesen. Nicht nur einmal.«

Udo versuchte, seinen Kopf wieder abzuwenden, aber es gelang ihm nicht. Er war zwischen Zamirs kräftigen Händen eingespannt wie in einem Schraubstock, wodurch er sich gezwungen fühlte, ihm in die Augen zu sehen.

»Sie hatten Mitleid mit dem Mädchen ... Mitleid mit einer Jüdin, die die Nationalsozialisten im KZ Bergen-Belsen ermordet haben. Und Sie hatten Angst, dass einer Ihrer Kameraden von diesem Geheimnis erfahren könnte.«

Udo wehrte sich nicht gegen Zamirs Griff. Seine Arme hingen leblos herab.

»Sie dachten, wenn Sie dieses Buch verbrennen, könnten Sie auch Ihr Mitleid für Anne Frank in Flammen aufgehen lassen.«

Udo sah in Zamirs dunkelblaue Augen und hatte längst vergessen, dass alles, was er sagte, Tausende von anderen Menschen ebenfalls hörten. Für ihn existierte nur noch das Hier und Jetzt, der Augenblick der Beichte, das Bedürfnis, die Wahrheit zu sagen und sich vollkommen reinzuwaschen von seinen Sünden. Zamirs Griff war fest, aber nicht schmerzhaft. Er hatte etwas Warmes, Beschützendes.

Zamir hatte recht mit dem, was er sagte: Das Tagebuch der Anne Frank hatte ihn nicht mehr losgelassen. Manche Passagen in dem Buch hatte er farbig markiert. Auch er fühlte sich ausgegrenzt, fühlte die ständige Gefahr, entdeckt zu werden, genau wie Anne Frank in ihrem Versteck. Anne Frank war für Udo Rennicke wie eine Seelenverwandte.

Langsam füllten sich seine Augen mit Tränen.

»Alles wird gut. Lassen Sie es geschehen.« Behutsam nahm Zamir seine Hände herunter, doch Udo packte sie und drückte sie wieder an seine Wangen. Ein Schauer ging durch seinen Körper, dann schluchzte er hemmungslos.

Sogar Zamir fühlte in diesem Augenblick Mitleid, bis er sich der borstigen Haarstoppeln zwischen seinen Händen bewusst wurde und sich an weit schlimmere Taten von Udo Rennicke erinnerte.

Angewidert riss er sich los, gewann aber sofort wieder die Kontrolle über seine Emotionen. Er setzte sich auf seinen Stuhl und lächelte seine Geisel väterlich an.

Rennicke hatte aufgehört zu weinen und wischte sich die letzten Tränen aus den Augen.

Zamir wartete einen Moment, dann sagte er etwas, das einzig und allein das Ziel verfolgte, seinen Gefangenen in absoluter Sicherheit zu wiegen.

»Wir sollten uns duzen, Herr Rennicke.«

Der Vorschlag erzielte die gewünschte Wirkung. Udo Rennicke war von diesem Angebot ergriffen. Alles würde gut werden. Er nickte.

»Udo ...«, begann Zamir behutsam. »Warum ging dir das Schicksal der Anne Frank so nahe?«

Udo rang mit sich.

Er begann, diesem alten Mann zu vertrauen, empfand in diesem Moment sogar Zuneigung zu ihm. Aber zu lange hatte er mit einer Lüge gelebt, hatte gelernt, sein Umfeld geschickt zu täuschen, sodass es ihm auch jetzt kaum gelang, die Wahrheit auszusprechen – doch da war diese sanft drängende, tiefe Stimme.

»Ich kenne dein Geheimnis, Udo. Aber ich will es von dir hören.«

Konnte er es wirklich wissen? Er blickte in Zamirs mild lächelndes Gesicht. Wenn er es wusste, dann schien es ihm nichts auszumachen.

»Es ist entscheidend, dass du die Wahrheit laut aussprichst, nur so funktioniert eine Beichte, und nur so kannst du ein für alle Mal die Lügen hinter dir lassen.«

Udo glaubte ihm. Nichts konnte ihm mehr geschehen. Ephraim konnte ihn beschützen. Er musste nur die Wahrheit sagen.

»Anne musste immer Angst haben, entdeckt zu werden, und ...« Seine Stimme klang zittrig und dünn.

»Und du hast ebenso Angst gehabt aufzufliegen, richtig, Udo?«, vervollständigte Zamir den Satz.

Udo nickte und sagte: »Und als die Anne erwischt wurde ... wurde sie bis zu ihrem Tod gepeinigt und erniedrigt ... Das muss grauenvoll gewesen sein ... Sie konnte doch nichts dafür ...«

»Richtig, Udo. Anne Frank konnte nichts dafür, Jüdin zu sein, ebenso wenig kannst du etwas für dein Geheimnis. Sprich es aus, Udo, wofür würden dich deine Kameraden peinigen und erniedrigen?«

Udo wand sich auf seinem Stuhl, als würde die Wahrheit ihm physischen Schmerz bereiten, doch Zamirs tiefe Stimme beruhigte ihn.

»Du musst es nur aussprechen, dann ist es endgültig vorbei, und du wirst nie wieder Angst haben müssen.«

Udo Rennicke verharrte. Sein Atem wurde langsamer und gleichmäßiger. Schließlich erklärte er mit klarer und lauter Stimme: »Ich bin schwul.«

Die Stille, die nun folgte, schien Udo unendlich. Sein Geständnis hatte sich gut angefühlt. Er fühlte sich befreit, es war genau, wie Ephraim ihm versprochen hatte. Von nun an war es egal, was andere, was seine Kameraden über ihn dachten. Sie alle waren weit weg, und er hatte nun einen Freund, einen echten Freund.

Doch dann fiel sein Blick auf die kleine, rote Leuchte der Kamera, und sofort kamen ihm Zweifel. Plötzlich verstand er, dass nicht nur Ephraim sein Geständnis gehört hatte, sondern unter Umständen auch seine Kameraden, vielleicht die ganze Welt. Aber dieser alte Mann war gut, alles war gut. Ein neuer Lebensabschnitt würde beginnen, es würde ein besserer werden.

Weiter kam Udo Rennicke nicht in seinem Tagtraum von einer neuen, besseren Zukunft. Zamirs strenge Stimme riss ihn aus den Gedanken. Der warme Unterton war gänzlich verschwunden.

»Vor gut einem Jahr gab es eine Anzeige wegen Kindesmissbrauchs gegen dich, Udo.«

Der Satz traf Udo wie ein Messer in die Brust. Für ein paar Sekunden raubte es ihm den Atem.

»Hattest du gedacht, wir sind fertig?«

Zamir lächelte. Doch dieses Mal war das Lächeln nicht väterlich, sondern Furcht einflößend. Udo konnte es nicht verstehen. Die grauen Betonwände seiner Zelle nahmen wieder Gestalt an, schienen undurchdringlich. Sein Blick fiel auf den blutigen Knebel, der am Boden lag.

Zamir richtete sich ein wenig auf und sprach langsam: »Aminata Pene und ihr Sohn Lamine.«

Für Udo Rennicke waren das nicht nur zwei Namen, es waren Mahnmale, die er aus seinem Bewusstsein zu tilgen versucht hatte. Gewalt und Alkohol hatten ihm dabei geholfen, zu vergessen, doch nun hallten diese beiden Namen von den Wänden wider und riefen schwarze Erinnerungen hervor.

SIEBZEHN MONATE ZUVOR

16. Juni 2008, 22 Uhr

Die Flüchtlingsunterkunft in einem Außenbezirk von Hannover brannte lichterloh. Der Molotowcocktail war durch die Scheibe im ersten Stock gekracht und in Flammen aufgegangen. Udo und seine beiden Kameraden Armin und Lütje waren wie von Sinnen. Lütje hatte auf Anhieb getroffen, was schon für helle Aufregung unter den dreien sorgte, und als die erste Stichflamme aus der zerbrochenen Scheibe schoss, johlten sie laut.

Sie waren so von ihrem Erfolg berauscht, dass sie fast vergaßen, sich hinter die angrenzenden Büsche zurückzuziehen, um nicht entdeckt zu werden. Eigentlich war der Plan gewesen, sofort abzuhauen, wenn der Anschlag erfolgt war. Doch das Gefühl, soeben etwas »vollkommen Krasses«, wie sich Armin ausdrückte, getan zu haben, ließ sie wie angewurzelt stehen bleiben und in die Flammen starren. Da drangen Schreie aus dem Gebäude – dabei hätte es doch leer sein müssen. Soweit sie wussten, sollte die neu gebaute Unterkunft erst am nächsten Tag bezogen werden. Udo puffte Lütje in die Seite, der ausstieß: »Oh, wie geil ist das denn!«

Bei aller Freude hatte Armin trotzdem Angst, doch noch entdeckt zu werden, und so zog er seine Freunde in die schützende Deckung der Büsche, die nicht vom Lichtkegel der Straßenlaternen erfasst wurden.

Gierig hofften sie darauf, einen brennenden Menschen aus dem Gebäude stolpern zu sehen, so wie sie es aus Actionfilmen kannten. Aber alles, was aus dem Gebäude kam, waren eine hustende, dunkelhäutige Frau und ein kleiner Junge, die auf der anderen Straßenseite stehen blieben, nicht weit von ihrem Versteck entfernt.

Immer wieder rief die Frau hysterisch einen Namen. Irgendjemand antwortete ihr, dann folgte das laute Zischen eines Feuerlöschers, und das tanzende rote Licht im Haus erlosch.

Lütje war augenblicklich außer sich vor Zorn.

»So eine Scheiße!«

Wütend brach er durch die Büsche und zog dabei eine Gaspistole aus der Bomberjacke, mit der er wild auf die erschrockene Frau zu schießen begann, die gut zehn Meter von ihm entfernt stand.

Der kleine Junge reagierte als Erster, riss sich instinktiv von seiner Mutter los und stürzte davon. Seine kleinen, schnellen Schritte lenkten ihn in die Dunkelheit des angrenzenden Parks. Die Mutter blieb zunächst stehen und starrte mit weit aufgerissenen Augen auf den glatzköpfigen Mann in der Bomberjacke, der immer näher kam. Dann wurde ihr plötzlich bewusst, dass ihr Sohn nicht mehr an ihrer Seite war. Erst da drehte sie sich suchend nach ihm um und lief ebenfalls in den Park, wobei sie immer wieder den Namen des Jungen rief.

Lütje hatte keine Lust, der Frau nachzulaufen. Grinsend blieb er stehen und verschoss die letzte Patrone. Dann lachte er laut auf, während sich Armin und Udo aus ihrem Versteck wagten.

»Habt ihr gesehen, wie die gerannt sind? War das geil!«

Womit Lütje nicht gerechnet hatte, war der leichte Wind, der das verschossene Reizgas in seine Richtung wehte. Gerade noch triumphierend, riss er sich plötzlich die Hände an die höllisch brennenden Augen und sackte auf die Knie.

»O Lütje, du Idiot!«, rief Armin, packte Lütje an der Jacke und zerrte ihn aus der Gaswolke.

Lütje tobte vor Wut, und obwohl er kaum etwas sah, raffte er sich auf und stolperte mit großen Schritten in den Park, dorthin, wo die Rufe der Mutter zu hören waren. Armin folgte ihm.

»Udo, du wartest hier!«

»Spinnt ihr? Die Bullen tauchen jeden Moment auf ... ich ...«

Aber Armin und Lütje waren bereits in der Dunkelheit verschwunden. Erst jetzt erkannte Udo, dass er wie auf einem Präsentierteller mitten auf der Straße im Lichtkegel einer Laterne stand. Es war ein Wunder, dass niemand aus den anderen Häusern, die etwas abseits standen, auf die Straße geeilt war. Ein oder zwei Lichter waren angegangen, dann aber wieder erloschen. Gerade als Udo hinter dem Busch erneut in Deckung gegangen war, erschien ein bulliger, dunkelhäutiger Mann in Unterwäsche in der Haustür der Unterkunft. Udo hielt den Atem an – irgendwo in der Ferne konnte man die Rufe der Mutter hören, gefolgt von einem wolfsähnlichen Jaulen, das von Lütje stammen musste. Der Mann zögerte nicht eine Sekunde, rannte in Richtung der Schreie und verschwand ebenfalls in der Dunkelheit des Parks.

Udo war ratlos. Was sollte er tun? Sollte er sich aus dem Staub machen und seine Kameraden im Stich lassen?

Da knackte ein Ast in der Dunkelheit. Udo erschrak. Es war der kleine Junge, der langsam in seine Richtung kam, ohne ihn zu bemerken. Vorsichtig griff Udo nach seinem Klappmesser und ließ es aufspringen, als der Junge in Reichweite war. Der Junge hatte zwar das Blitzen des Messers für einen Sekundenbruchteil wahrgenommen, doch da hatte Udo ihn schon an sich gerissen und hielt ihm die Klinge an die Kehle. Der Junge sagte kein Wort, sein kleiner Körper zitterte in der eisernen Umklammerung. Udo blieb ebenfalls stumm. Langsam lockerte er den Griff, packte den Jungen am Arm und drehte ihn zu sich. Er war so schön, so jung ... vollkommen unschuldig.

Mit einer Hand ließ er sein Messer zuschnappen, dann knöpfte er seine Hose auf.

Unter Tränen hatte Udo die ganze Geschichte Ephraim Zamir gebeichtet, der ihm bei jeder Verzögerung eine heftige Ohrfeige gab. Seine Wange glühte, aber viel größer war der Schmerz, den seine Schmach verursachte.

Gerade eben war er noch sein Freund gewesen, und Udo

hatte ihm sein größtes Geheimnis anvertraut, doch jetzt hatte er sich von ihm abgewandt.

Zamir lehnte sich zurück und griff nach seiner Mappe, in der sich eine lose Papiersammlung befand – alle Dokumente, die er von seinen Freunden beim Mossad erhalten hatte.

Udo war in sich zusammengesunken und schluchzte. Mit den Händen verdeckte er sein Gesicht. Zamir hatte keinen Funken Mitleid mit ihm. Er war menschlicher Abschaum wie all jene, die er während seiner aktiven Zeit beim Mossad verfolgt und ausgeschaltet hatte. Die meisten heulten um Gnade, nachdem er ihnen alle Geheimnisse entlockt hatte. Selten musste er dabei auf grobe Gewalt setzen. In den meisten Fällen reichten psychologische Verhörmethoden aus, zu denen er intensiv geschult worden war. Aber noch war er nicht fertig mit diesem ... Nazi.

Ein kurzer Seitenblick auf den Todescounter zeigte ihm, dass es dieses Mal nicht so lange dauern würde wie zuvor bei Gottfried Wegener. Bereits jetzt waren die Klicks für »Tod« auf 383 922 gestiegen. Der Mob mochte vieles verzeihen, aber offensichtlich keinen Kindesmissbrauch.

Zamir nahm seine Lesebrille von dem kleinen Rollwagen, auf dem der Monitor stand, und setzte sie auf, dann zog er ein Dokument aus der Mappe und las vor: »Laut Polizeibericht muss sich der Vorfall am 18. Juni ereignet haben. Die dreiköpfige Familie Pene war einen Tag zu früh von einem Auffanglager verlegt worden. Der neue Komplex sollte erst am folgenden Tag bezogen werden. Zum Glück war daher kaum brennbares Material im Gebäude. Keine Teppiche, keine Vorhänge oder Ähnliches. Als der Brand im ersten Stock ausbrach, dachte die Familie Pene überhaupt nicht daran, dass es ein Anschlag sein könnte. Daher schickte der Vater seine Frau und seinen Sohn auf die Straße und versuchte daraufhin, das Feuer zu löschen. Ein Nachbar hatte zur selben Zeit die Polizei verständigt, die aber aufgrund einer unvollständigen Adressenangabe erst nach einer halben Stunde zusammen mit der Feuerwehr am Tatort eintraf.«

Zamir blickte kurz zu Udo auf. »Offensichtlich hatte der Nachbar aufgelegt, als die Polizei seinen Namen wissen wollte.« Er konzentrierte sich wieder auf das Dokument. »Eine umfangreiche Vernehmung der Familie konnte erst einen Tag später durchgeführt werden, da zunächst kein Dolmetscher gefunden wurde, der … Wolof sprach. Ansonsten konnte der Mann nur bruchstückhaft Französisch und so gut wie kein Wort Deutsch. Laut Polizeibericht war es dem Mann gelungen, zwei der drei Täter in die Flucht zu schlagen. Ihre Identität konnte nicht geklärt werden. Vom dritten Täter konnte die Polizei dank der Aussage des Jungen jedoch ein Phantombild zeichnen lassen.«

Zamir legte eine Pause ein und zog ein weiteres Blatt Papier aus der Mappe. Es war die Computerzeichnung eines Gesichts, das dem von Udo Rennicke zumindest ähnelte.

»Das Bild ging in die Fahndung und wurde in zahlreichen Tageszeitungen abgedruckt.«

Zamir sah wieder kurz auf.

»Ich schätze, deine Kameraden und du haben relativ schnell begriffen, dass es nur eine Frage der Zeit war, bis die Polizei bei dir auftauchen würde. Habe ich recht?«

Udo antwortete nicht, sondern hielt weiter die Hände vor sein Gesicht.

»Udo, du hast es fast geschafft.«

Zamirs Stimme klang wieder sanft.

»Du willst doch nicht, dass ich dich wieder schlage, oder?«

Udo schüttelte den Kopf, sah Zamir aber nicht an.

»Wusstest du, dass dir die Polizei auf den Fersen war?«

Udo nickte.

»Sag es!«

»Ja … Ja, ich wusste es«, sagte Udo durch seine Finger.

Zamir sah wieder auf seine Unterlagen.

»Die Polizei fahndete zunächst in den einschlägigen Kameradschaften im Bremer Raum. Sie konnten nicht wissen, dass ihr nur wegen eines Rockkonzerts fünfhundert Kilometer dorthin angereist wart. Das gab euch zumindest einen zeitlichen Vorsprung. Ich will von dir wissen, was dann geschah, Udo!«

Udo nahm die Hände herunter, aber ohne den Kopf zu heben.

»Kameraden aus Bremen machten ... die Namen von denen ausfindig und wo sie danach wohnten ...«

»Und dann?«

»Sie wollten ... Sie wollten, dass ich ... ich die Sache ... kläre.«

»Sie wollten, dass du den kleinen Jungen umbringst? Meinst du das?«

Udo nickte mehrmals.

»Aber sie hatten keine Ahnung, was du dem Jungen angetan hattest, richtig?«

Udo schüttelte den Kopf.

Zamir nahm ein neues Blatt zur Hand.

»Fast vierzehn Tage hat eine Kinderpsychologin gebraucht, um aus Lamine Pene die Wahrheit über den Abend herauszubekommen. Der Junge war acht Jahre alt.«

Zamir spürte, wie sein Blut zu kochen begann. Er musste all seine mentalen Kräfte zusammennehmen, um Ruhe zu bewahren. Nur mit äußerster Anstrengung konnte er das Verlangen unterdrücken, Udo augenblicklich mit bloßen Händen zu erwürgen. Zamir zitierte weiter aus dem Protokoll.

»Unter Beisein der Eltern und einer Dolmetscherin hat Lamine Pene die Erlebnisse der Nacht geschildert. Offensichtlich wurde er von einem der Täter in der Nähe der damaligen Unterkunft zum Oralsex gezwungen. Der Junge untermauerte glaubwürdig durch eindeutige Gesten das traumatische Erlebnis. Aufgrund des zeitlichen Abstands zur Tat konnten jedoch keine DNA-Spuren mehr sichergestellt werden. Die Polizei verschärfte ab diesem Zeitpunkt aber die Suche nach dem vermeintlichen Täter mit dem Hinweis auf Kindesmissbrauch. Einige Zeitungen druckten daraufhin das Phantombild erneut ab.«

Zamir nahm die Brille ab und wischte sich den Schweiß von der Stirn. Der Scheinwerfer hatte die Temperatur im Raum auf fast dreißig Grad ansteigen lassen.

»Wie haben denn die Kameraden auf diese Nachricht reagiert?«

Erstaunlicherweise reagierte Udo diesmal sofort.

»Ich weiß es nicht, ich war zu diesem Zeitpunkt in Bremen ... suchte den Jungen ...«

»Um ihn mundtot zu machen?«

Stammelnd antwortete Udo: »Vielleicht ... Aber ich wollte es nicht ... Ich wusste nur, dass, wenn mich die Bullen finden, dann würden sie mich in so einen Raum stecken mit anderen, und dann würde der Junge ... dann würde der auf mich zeigen ... und dann würden sie mich in den Knast stecken, und dann weiß man ja ... Ich bin doch nicht blöd, ich weiß doch, was die mit Kinderfickern im Knast machen! Weiß ich doch ... und keiner würde mir dann helfen ... Dann hätte ich keine Freunde mehr! Und selbst wenn ich dann heil da rauskäme, dann würden die doch schon auf mich warten! Ich bin doch nicht blöd! Ich musste doch irgendwie dem Jungen klarmachen, dass er nichts sagen durfte oder dass er einfach nicht mit dem Finger auf mich zeigen durfte. Ich meine, ich hab ihm doch gar nicht viel getan, das ging doch alles ganz schnell, das war doch wirklich nicht schlimm, das ... Ich wusste nicht, was ich da genau wollte ... Aber ich wollte ihm ganz sicher nichts tun, ehrlich!«

2. Juli 2008, 9:04 Uhr

Es nieselte, der Himmel lag grau in grau, und es war für diese Jahreszeit ungewöhnlich kalt. Der große Supermarkt-Parkplatz war so gut wie leer. Udo Rennicke stand unter einem gläsernen Vordach neben den aufgereihten Einkaufswagen. Er trug einen schwarzen Parka mit einer Kapuze, die er weit ins Gesicht gezogen hatte. Darunter verbarg er eine zusammengerollte Sturmhaube, die er im geeigneten Augenblick über sein Gesicht ziehen würde. Nervös kaute er an den Fingernägeln. In seiner Jackentasche umklammerte er ein Foto von Lamine Pene und seiner Mutter.

Nach dem Anschlag war die senegalesische Familie in eine andere Unterkunft verlegt worden. Der Wohnort sollte geheim gehalten werden, aber die Tagespresse hatte Kontakte bei der Polizei, und schon bald tauchten erste Reporter vor dem Flüchtlingsheim auf. Sie schossen ein perfektes Bild von Aminata Pene und ihrem Sohn für eine kleine Story im Regionalteil. Zwar waren die beiden durch einen schwarzen Balken vor ihren Augen unkenntlich gemacht worden, aber derselbe Reporter, der für die Information an einen Polizisten fünfhundert Euro bezahlt hatte, verkaufte die unzensierten Bilder anschließend samt Aufenthaltsort für tausend Euro an ein Mitglied einer Bremer Kameradschaft.

Udo Rennicke wartete nun schon über zwei Stunden, seit der Supermarkt um sieben Uhr geöffnet hatte. Die feuchtkalte Luft war ihm in die Glieder gekrochen. Seine Zehen spürte er kaum noch.

Kameraden hatten ihm gesagt, dass dies der einzige Ort war, wo die Drecksasylanten aus dem Heim zum Einkaufen gingen. Er müsse nur warten, dann würde die Schlampe mit ihrem Balg schon irgendwann auftauchen.

Also wartete er und fror.

Jedes Mal, wenn dunkelhäutige Menschen den Supermarkt

betraten oder verließen, zog er das Bild aus der Tasche und starrte es kurz an, dann schob er es halb zerknüllt zurück in die Jacke. Eigentlich brauchte er die Gesichter nicht mehr abzugleichen, sie hatten sich längst in sein Gedächtnis eingebrannt. Es waren vor allem die Augen des Jungen auf dem Foto, die sich ängstlich nach dem Fotografen umgesehen hatten, die ihm bei jeder Betrachtung einen Stich versetzten. In seinem Kopf rasten die Gedanken dahin wie auf einer Achterbahnfahrt. War er wirklich bereit, ein kleines Kind zu töten? Vor den Augen der Mutter? Er musste schnell sein, musste gezielt zustechen. Würde es nicht reichen, dem Jungen die Augen auszustechen? Musste er ihn töten? Wenn der Junge nicht fähig wäre, bei einer Gegenüberstellung mit dem Finger auf ihn zu zeigen, wäre das doch genug. Wie tief musste man eigentlich stechen, um jemanden zu blenden? Konnte man daran sterben? Würde der Junge vor den Augen seiner Mutter verbluten?

Er würgte und hätte beinahe das Brötchen auf den nassen Teer gekotzt, das er hastig verschlungen hatte, bevor er hierhergekommen war.

Hastig griff er nach seinem Klappmesser in der Gesäßtasche und umklammerte es fest, bereit, es herauszuziehen und weit wegzuwerfen. Irgendwo in die Büsche, wo es für immer verschwinden würde. Danach könnte er diesen grausamen Plan vergessen, könnte sich der Polizei stellen ... könnte vielleicht sogar ein neues Leben anfangen.

Manchmal liegen zwischen falschen und richtigen Entscheidungen nur Sekunden. Es sind jene Augenblicke, über die manche sagen, Gott habe eine Münze geworfen, andere nennen es Schicksal.

Udo Rennicke war bereit, das Klappmesser in seiner Tasche fortzuwerfen, aber das Schicksal war eine Sekunde schneller und servierte ihm die Mutter mit dem kleinen Jungen auf dem Silbertablett. Diesmal musste er nicht auf dem zerknüllten Foto nachsehen, diesmal überwältigte ihn ein grausames Déjà-vu beim Anblick des zierlichen Jungen. Es war, als hätte er die Szene schon einmal erlebt und wäre ihr hilflos ausgeliefert.

Sie kamen gerade aus dem Supermarkt – Udo musste sie beim Hineingehen verpasst haben. Die Mutter hob vier prall gefüllte Einkaufstaschen aus dem Wagen und schickte den Jungen mit dem leeren Einkaufswagen zu der gläsernen Überdachung ... Sie schickte ihn direkt zu ihm. Noch hatte der Junge ihn nicht erkannt, konzentrierte sich darauf, den großen Wagen vor ihm mit der ganzen Kraft seiner kleinen Arme in die richtige Richtung zu lenken, während seine Mutter langsam in die entgegengesetzte Richtung über den Parkplatz trottete. Die klapprigen Räder des leeren Einkaufswagens ratterten laut über den gepflasterten Untergrund.

Noch immer hatte Udo Zeit, das Gesicht abzuwenden und einfach fortzugehen, doch seine Faust, in der er das zusammengeklappte Messer hielt, hatte längst die Hosentasche verlassen. Ruckartig griff er mit beiden Händen unter die Kapuze und zog sich die verborgene Sturmhaube über das Gesicht. Plötzlich verstummte der klappernde Einkaufswagen und blieb stehen. Der Junge hatte Udos Gesicht gerade noch wahrgenommen, bevor es unter der schwarzen Maske verschwand. Sein schlimmster Albtraum war wiedergekehrt, doch diesmal blieb er nicht stumm, sondern sah Udo an und schrie aus voller Kehle.

Der panische Schrei ihres Kindes ließ die Mutter augenblicklich alles andere vergessen. Noch während Aminata Pene herumwirbelte, wurde sie von einer düsteren Vorahnung ergriffen. Der Ohnmacht nahe, entdeckte sie den hageren Mann mit der schwarzen Maske, der nur wenige Meter von Lamine entfernt stand.

»Lauf!«, schrie sie ihrem Sohn zu, der augenblicklich aus seiner Schockstarre erwachte und losrannte.

Wenn es einen Augenblick gab, der das Schicksal des Jungen besiegelte, dann war es der, in dem er vor Udo davonrannte. Gerade noch von Zweifeln geplagt und willens, auf die Knie zu fallen und den Lauf der Dinge zu ändern, löste die Flucht des Jungen einen animalischen Instinkt bei Udo aus. Mit großen Schritten jagte er dem Jungen hinterher und stieß dabei gegen den Einkaufswagen, der sich selbstständig gemacht hatte und ihm den Weg versperrte. Das wiederum verschaffte Lamine einen kleinen Vorsprung.

Erneut schrie die Mutter, doch Lamine konnte in seiner Panik die Richtung, aus welcher der Schrei kam, nicht orten. Er hörte nur, wie hinter ihm der Einkaufswagen laut krachend umgeworfen wurde und das Monster näher kam.

Manolis Papadakis war mit seinem Kühlwagen-Laster spät dran an diesem Tag. Sein Chef lag ihm in den Ohren und schrie ihn durch die Freisprechanlage des Lkw an, dass er ihn feuern würde, woraufhin der übermüdete Manolis den Mittelfinger in Richtung des Lautsprechers reckte, als er zügig von der Hauptstraße in die Zufahrt des Supermarktes abzweigte.

Aminata Pene sah das Unglück kommen, sah, wie der weiße Lkw um die Kurve zog, wie Lamine rannte und dabei über die Schulter blickte und wie Lastwagen und Kind unaufhaltsam aufeinander zusteuerten. Sie brach noch auf der Stelle zusammen, bevor der Lkw das Kind erfasste und unter sich begrub. Lamine, das einzige Kind von Aminata und Amar Pene, war sofort tot.

Der Mann mit der schwarzen Maske hingegen war verschwunden. Und sosehr Udo Rennicke auch ins Visier der Ermittler geriet, ihm konnte nie zweifelsfrei nachgewiesen werden, mit dem Überfall auf die Familie Pene sowie der sexuellen Nötigung und dem Tod von Lamine Pene etwas zu tun gehabt zu haben.

Udo hatte die letzten Sätze seines Berichts fast geschrien. Dann begann er verzweifelt, sich mit den Fäusten ins Gesicht zu schlagen, bis ihn die Kräfte verließen. Zamir sah tatenlos zu und wartete, bis Udo die Attacke gegen sich selbst beendete. Sein Gesicht war geschwollen, und Blut sickerte durch den Verband des kleinen Fingers.

Zufrieden nahm Zamir zur Kenntnis, dass der Counter für »Tod« durch Udos zweites Geständnis auf 644 821 Stimmen geklettert war. Das Volk forderte eine erneute Hinrichtung, und er wollte es nicht enttäuschen.

Noch während Udo nach Luft rang, spielte Zamir ein Video ein, das wie ein Fallbeil das Ende von dessen trauriger Existenz besiegeln sollte.

Das Video zeigte einen schmächtigen Jungen mit einer braunen Schirmmütze, der zusammen mit einer jungen dunkelhaarigen Frau einen großen Raum betrat. Die Stimme des Jungen klang nervös und war auf dem Video nur schwer zu verstehen.

»Wow, und hier wohnen Sie? Wie abgefahren ist das denn?«

Trotz aller seelischen und körperlichen Qualen erkannte Udo sofort die Stimme seines Kameraden und sah zum ersten Mal auf den Bildschirm. Das war ohne Zweifel Kamerad Thomas. Die Szenen mussten aufgezeichnet worden sein, als Thomas den Lockvogel gespielt und sich Zugang zum Turm verschafft hatte. Und die dunkelhaarige Frau, das war ganz sicher ...

Zamir unterbrach Udos Gedanken.

»Das hier wurde heute Nachmittag aufgenommen. Die Frau, die du hier siehst, war meine Haushälterin Esther Goldstein.«

Udo wandte sofort den Kopf ab.

»Was ist denn? Du hattest doch so viel Spaß bei eurer Aktion.«

Aber Udo wusste, was gleich folgen würde, und war zu schwach, um sich noch einer Gräueltat zu stellen. Zamir zwang ihn nicht, hinzusehen, stellte aber den Ton lauter. Ein Alarmton erfüllte das Verlies. Dann Schritte und Gelächter, schließlich laute johlende Männerstimmen und dazwischen das unverständliche Wimmern einer Frau. Plötzlich ein Schmerzensschrei, in dem Udo eindeutig seine Stimme erkannte. Tatsächlich, er sah sich und Steiner auf dem Bildschirm, kurz nachdem ihm die junge Frau die Kuppe seines kleinen Fingers abgetrennt hatte.

»Diese Schlampe ... diese Schlampe! Ich bring sie um ... Ich bring sie um ...«, hörte er sich selbst sagen.

Auch in dieser Aufzeichnung war er erstaunt über die schnell ausgeführte Messerattacke von Esther Goldstein, sah, wie sie ihn nur knapp verfehlte. Kurz darauf fiel der erste Schuss. Und obwohl Udo gewusst hatte, was kommen würde, zuckte er zusammen, als hätte ihn der Schuss geradewegs aus dem Bildschirm ins Herz getroffen. Wie gebannt starrte Udo auf das Video.

Esthers Mund stand weit offen. Langsam blickte sie an sich hinab. Ein roter Fleck breitete sich auf ihrer Bluse aus. Und wieder fielen Schüsse. Esther stürzte zu Boden. Dann herrschte Totenstille. Der Schütze war nicht zu sehen, er stand außerhalb des Kamerabereichs. Es folgten Schreie aus dem Hintergrund. Erneut kehrte absolute Stille ein. Steiner stand wie angewurzelt da und senkte die Arme.

Udo hingegen schien trotz seiner Verletzung völlig aus dem Häuschen, hüpfte kreischend auf die Leiche der jungen Frau zu und formte mit seiner rechten Hand eine Pistole, mit der er auf Esthers Kopf zielte. »Wow, o Mann! Der Kleine hat die Judensau einfach abgeknallt! Boom, boom und nochmals boom! Richtig geil, der Kleine!«

An genau dieser Stelle stoppte Zamir das Video. Ein Blick auf den Counter zeigte den gewünschten Erfolg. Das Voting war nicht mehr zu bremsen. Udo Rennicke würde bald sterben.

Ein letztes Mal klang Zamirs Stimme mild und väterlich.

»Udo, sag mir – wer war der Junge, der Esther erschossen hat?«

THOMAS I

Samstag, 16. Oktober 2010, 13:03 Uhr

Kaum hatte Thomas den Kieselstein mit dem Fuß aus dem Türrahmen gekickt, fiel hinter ihm das Portal laut ins Schloss. Ein letztes Mal blickte er den Turm hinauf, dorthin, wo seine Kameraden die Mission ohne ihn zu Ende bringen wollten. Dann setzte er seine Schirmmütze auf und steckte die Hände in die Taschen der Bomberjacke. Es war kalt geworden, der Wind hatte wieder zugenommen. Er machte sich nicht die Mühe, dem Kiesweg zu folgen, sondern stolperte den Hang hinab, quer durch nasses Gestrüpp. Vor seinem inneren Auge sah er, wie er immer und immer wieder den Abzug der Pistole betätigte. Sah in Zeitlupe, wie sich die erste Kugel in den Körper der Frau bohrte, sah, wie sie ihn voller Entsetzen anblickte, selbst dann noch, als das Leben aus ihr wich und sie blutend von seinem letzten Schuss nach hinten gerissen wurde.

Hatte ihn im ersten Moment der Tat noch ein euphorisches Glücksgefühl ergriffen, machte sich nach und nach Ernüchterung breit, der eine große Leere folgte. Wie sehr er auch gegen die Erkenntnis ankämpfte, er musste sich eingestehen, dass er etwas Schreckliches getan hatte.

Aber da war der Wunsch gewesen, eine bedeutende Tat zu vollbringen, etwas, wofür ihn alle anderen Kameraden respektieren und feiern würden.

Thomas, der Held, eine Ikone der Bewegung, er hat Ungeziefer vernichtet und deutsches Blut vor Verunreinigung bewahrt.

Doch nun hörte er in seinem Kopf Karls Stimme, die ihn anschrie: *Thomas, du Mörder, du Irrer, du Amokläufer, du krankes Arschloch!*

Thomas stellte sich vor, wie er die Waffe auf Karls kahlen Hinterkopf richtete und abdrückte. Doch die Kugeln trafen nicht, flogen haarscharf an Karl vorbei, während er sich umdrehte. Aber es war nicht Karl, dessen Augen ihn teuflisch anstarrten, es waren die Augen seines Vaters.

Thomas fiel im Schlamm auf die Knie. Er weinte fast lautlos. Aus seinen zitternden Lippen entwich nur ein Wort: »Mama«.

FÜNF JAHRE ZUVOR

Professor Doktor Friedrich Worch, Direktor des örtlichen Krankenhauses, von all seinen Mitbürgern respektiert und bewundert, rollte seinen Ledergürtel zusammen. Er schwitzte.

Er hatte soeben seinem Sohn eine kräftige Tracht Prügel angedeihen lassen, so wie es sein Vater mit ihm und schon sein Großvater mit seinem Vater getan hatten, wenn die geforderten Leistungen nicht anstandslos erbracht worden waren.

Am Boden lag das Übertrittszeugnis seines neunjährigen Sohnes, das bescheinigte, dass Thomas für die Haupt- und Realschule zugelassen, für das Gymnasium allerdings nur bedingt geeignet war.

Er hatte schon viel zu lange mit angesehen, wie seine Frau den Jungen verhätschelte und verzog, wie aus seinem Sohn ein moppeliger Computer-Junkie wurde, der sich nur noch von Chips und Cola ernährte. Es war Ingrids Aufgabe, den Buben täglich zu erziehen und auf die Welt vorzubereiten. Er hatte dafür keine Zeit, das hatte er ihr ein ums andere Mal eingebläut, nicht selten mit Nachdruck und mithilfe von Ohrfeigen.

Wie stand er nun da vor seinen Kollegen? Die Realschule war keine Option, eine Wiederholung der Klasse auch nicht. Allein

Thomas' schlechte Noten waren bereits eine solche Demütigung, dass er inständig hoffte, nichts davon würde an die Öffentlichkeit gelangen.

Eine neue Welle von Zorn drohte ihn zu übermannen.

Thomas stand regungslos vor ihm über einen Stuhl gebeugt. Der Junge wimmerte wie ein kleines Mädchen. Friedrich Worch hingegen hatte seinerzeit die Züchtigungen des Vaters stumm hingenommen und die Zähne zusammengebissen.

Fäuste trommelten gegen die Wohnzimmertür.

Sein Sohn würde aufs Gymnasium gehen – und er würde gute Noten schreiben. Nun gut, dann musste es eben eine Privatschule sein. Allein dafür sollte er ihm gleich noch zwei oder drei Schläge mit dem Gürtel verpassen.

Erneut hämmerten die Fäuste seiner Frau gegen die massive Holztür.

»Wir sind fertig«, sagte Doktor Worch schwer atmend und klang trotzdem so, als würde er mit einem seiner Studenten sprechen. Thomas wischte sich die Tränen aus dem Gesicht und richtete sich auf. Obwohl er Jeans getragen hatte, brannte sein Gesäß wie Feuer. Er wagte es nicht, sich anzufassen, sondern ging mit gesenktem Blick an seinem Vater vorbei auf die Tür zu.

»Du weißt, Thomas, ich tue das nicht gern – aber was sein muss, muss sein.«

Thomas nickte nur, ohne ihn anzusehen. Er drehte den Schlüssel herum, und sofort wurde die Tür von seiner Mutter aufgerissen, die ihn fest in die Arme schloss.

»Diesmal bist du zu weit gegangen. Diesmal ist Schluss, Friedrich!«, schrie sie ihren Mann an, ohne Rücksicht auf die Konsequenzen zu nehmen, die ein solcher Widerspruch üblicherweise nach sich zog.

Friedrich Worch blieb gelassen und fädelte den Gürtel wieder durch die Schlaufen an seiner Hose, die dank seines kräftigen Bauchumfangs auch ohne Gürtel nicht verrutscht war.

Ingrid Worch setzte ihre Drohung in die Tat um, zog mit Thomas zu ihrer Schwester und reichte die Scheidung ein. Von den jahrelangen Misshandlungen erwähnte sie kein Wort. Auch wagte sie es nicht, Anzeige bei der Polizei zu erstatten.

Friedrich Worch ließ sich während der ersten Zeit der Trennung nicht das Geringste anmerken. Er war weiterhin der freundliche, eloquente Mediziner, den Kollegen und Patienten gleichermaßen schätzten. Als Doktor Worch schließlich per Post die Scheidungsunterlagen erhielt, zertrümmerte er in Seelenruhe mit einem Hammer die wertvolle Porzellanpuppen-Sammlung seiner Frau, schüttete die Scherben in einen Pappkarton und brachte ihr das verschlossene Paket persönlich vorbei.

Ingrid öffnete die Tür und war sichtlich überrascht, ihrem Mann gegenüberzustehen. War er gekommen, um sich zu entschuldigen?

Doch Friedrich Worch zeigte keine Reue. Im Gegenteil, er fühlte sich betrogen und ausgenutzt, wollte ihr jedoch noch eine letzte Chance geben, die Dinge wieder geradezurücken.

»Solltest du binnen einer Woche mit Thomas nicht zu mir zurückkehren, seid ihr beide für mich gestorben. Nein, das trifft es nicht genau – dann hat es euch für mich nie gegeben.«

Mit diesen Worten drückte er ihr den Karton in die Arme und machte auf dem Absatz kehrt.

Als Ingrid das Paket öffnete, fand sie darin neben den Scherben ihrer geliebten Porzellanpuppen auch einen Brief von Friedrich.

Ingrid, du sollst Folgendes wissen: Du hast mein Leben in einen Scherbenhaufen verwandelt. Mir ist nun vollkommen klar, was ich schon immer befürchtet habe. Du bist ein emotionsloser und gefühlskalter Mensch und hast nie zu schätzen gewusst, welches Paradies ich für dich erschaffen habe. So wie es nie gelingen wird, diese Scherben jemals wieder zu kitten, so wird es auch dir niemals gelingen, die Risse zu heilen, die du meinem Herzen zugefügt hast. Da uns Gott aber gelehrt hat, gütig zu sein und zu verzeihen, wäre ich bereit, dich wieder aufzunehmen – auch wenn mir allein der Gedanke daran große Qualen bereitet. Wenn du also auch bereit bist und um vollständige Vergebung bittest, wenn du wirklich all deine Fehler offen eingestehst, dann hat unsere Liebe vielleicht noch eine kleine Chance.

Dank der Überzeugungskraft ihrer Schwester und ihres Schwagers wurde Ingrid davon abgehalten, eine Dummheit zu begehen und zu ihm zurückzukehren. Sie bestand weiterhin auf der Scheidung.

Ein weiteres Ereignis löste jedoch eine Kettenreaktion aus, die Ingrid Worch nie wieder in den Griff bekommen sollte.

Kurz nach der rechtskräftigen Scheidung entdeckte Thomas den Brief seines Vaters in einer Schachtel mit Bildern, die allesamt seine Eltern in glücklichen Jahren zeigten – er wusste nicht, dass die Realität vor und nach den Schnappschüssen stets eine andere gewesen war. Aus den Zeilen seines Vaters zog Thomas daher die falschen Schlüsse. Die Schuld am zerstörten Familienglück trug in seinen Augen seine Mutter, während er den Vater trotz aller Misshandlungen in Schutz nahm und die Mutter bekniete, weiterhin mit ihm Kontakt zu halten.

Einige Monate später kam es zur Familientragödie im St.-Helena-Krankenhaus. Dabei flehten Mutter und Sohn den Chirurgen vor den Augen seiner Mitarbeiter und einiger Patienten an, den Kontakt nicht abzubrechen, wenigstens nicht zum Sohn. Doch genau auf diesen Moment hatte Doktor Friedrich Worch sehnlichst gehofft. Offensichtlich kannte Gott Gerechtigkeit. Und so kostete er seine Rache in vollen Zügen aus, beschimpfte die Mutter als Ehebrecherin und stellte infrage, ob Thomas überhaupt sein Sohn sei. Er blieb unnachgiebig und wies schließlich seine Assistentin an, die Polizei kommen zu lassen, die Mutter und Sohn gewaltsam aus der Klinik entfernte.

Das war das letzte Mal, dass er Thomas sah – zumindest bis zu jenem 17. Oktober 2010, als er den Quotenknüller um die Turm-Geiselnahme mit seiner neuen Frau Dascha, einer zwanzig Jahre jüngeren Arzthelferin aus Russland, live im Fernsehen verfolgte und mit ansehen musste, wie sein Sohn eine junge Frau erschoss.

Die Erkenntnis, dass er ihn im Stich gelassen und eine Mitschuld an dieser Tragödie hatte, traf ihn wie ein Schlag ins Gesicht. Je länger er auf das Standbild seines Sohnes in den Nachrichten starrte, umso stärker verkrampfte sich sein Inneres. Seine Brust begann heftig zu schmerzen, und er hatte das Gefühl zu ersticken.

Als Dascha aus der Küche zurückkam, mit seinem Lieblingswein und einem unterwürfigen Lächeln im Gesicht, erschrak sie bei seinem Anblick und rief augenblicklich den Notarzt.

SEPTEMBER 2008

Wenige Wochen vor seinem zwölften Geburtstag, einem verregneten Spätsommertag, trottete Thomas nach der Schule mit gesenktem Kopf nach Hause. Zwei Wochen zuvor hatte er sich nach einem Streit mit seiner Mutter die Haare beim Friseur sehr kurz schneiden lassen. Streit gab es zu Hause fast täglich, aber seit Neuestem nannte sie ihn einen »stinkenden Schmuddel«. Tatsächlich war Körperhygiene für Thomas ein Gräuel, er konnte es nicht ertragen, seinen korpulenten Körper nackt zu sehen. Die Schwimmstunden in der Schule waren das reinste Martyrium. Der Spott seiner Mitschüler verfolgte ihn bis in seine Träume, und seine strähnigen langen Haare, die ihm weit ins Gesicht hingen, nutzte er wie einen Vorhang, hinter dem er seine hängenden Wangen verstecken wollte. Doch nach dem Streit mit seiner Mutter war der Wunsch, sie zu verletzen, größer gewesen als die Angst vor weiterem Spott in der Schule. Und so ging er zum Schein auf das Angebot der Mutter ein, sich vom Friseur einen »trendigen Haarschnitt« verpassen zu lassen. Zurück kam er mit einem sehr kurzen Bürstenschnitt, wie ihn die GIs im Zweiten Weltkrieg getragen hatten. Die Mutter war entsetzt, was Thomas zutiefst zufrieden stimmte.

Thomas hatte allerdings nicht damit gerechnet, dass die Beleidigungen in der Schule sich plötzlich verändern würden. Statt »Schwabbelbauch« und »Rollmops« rief man ihm plötzlich »fetter Skinhead« und »Nazi« nach. Natürlich hatte er im Unterricht schon von Nazis und dem sogenannten Dritten Reich gehört. Wie das aber in Verbindung zu seinem neuen Haarschnitt stand, wurde ihm erst klar, nachdem er ausgiebig gegoogelt hatte.

Trotzdem hinterließ die Erkenntnis nur Unverständnis und Wut bei ihm, denn wenn man ihn schon mobbte, dann doch lieber für etwas, was er war, als für etwas, was er nicht war. Er tröstete sich damit, dass seine Haare nachwachsen würden und sich zumindest diese Angriffsfläche bestimmt in einem halben Jahr erledigt hatte.

Aber es kam anders.

Als er an jenem regnerischen Septembertag auf dem Heimweg war und ihm davor graute, seinen Geburtstag mit der Mutter feiern zu müssen, liefen ihm drei besonders gemeine Jungs aus der Schule nach. Sie waren allesamt einen Kopf größer als er und gingen in eine höhere Klasse.

»Hey, Nazi-Fetti, heute schon einen Juden vergast?«, begann der Spießrutenlauf, zunächst nur verbal. Doch je weiter sich die Gruppe von der Schule entfernte, umso mutiger wurden die drei. Schließlich verpasste ihm der Anführer der drei, ein lockiger Blondschopf, einen Fußtritt ins Gesäß. Dabei johlte er und rief: »Nazi-Pobacken kicken, mein Lieblingssport!«

Daraufhin stimmten die anderen beiden sofort lachend mit ein und begannen, Thomas' Hintern ebenfalls zu traktieren.

Thomas ertrug, was er ertragen konnte, doch ein besonders gut gezielter Tritt mit der Schuhspitze trieb ihm Schmerzenstränen in die Augen. Er drehte sich um und wollte schreiend auf einen der Angreifer losgehen. Doch auch wenn sie nicht mit Gegenwehr gerechnet hatten und entsprechend überrascht waren, wichen sie schnell genug zurück, um seinen fuchtelnden, unbeholfenen Faustschlägen zu entgehen. Kaum hatten sie sich von ihrem Schreck erholt, blieben sie hüpfend auf Distanz und riefen ihm im Chor »Nazibacke« entgegen.

Das alles spielte sich in einem kleinen Stadtpark mit einem verlassenen Kinderspielplatz ab. Der Regen war nicht der einzige Grund, warum sich zu diesem Zeitpunkt niemand sonst hier aufhielt. Einem verbitterten Unbekannten war es gelungen, mit vergifteten Leckerlis, die er wahllos verteilte, bereits zwei Hunden einen grauenvollen Tod zu bereiten. Nicht nur Hundebesitzer mieden seitdem die einzige grüne Oase des Viertels, sondern auch besorgte Eltern.

Udo Rennicke jedoch suchte diesen Park gern auf. Er schätzte die Einsamkeit und die Aussicht darauf, heimlich kleine Jungs zu beobachten, die auf dem Nachhauseweg von der Schule waren. Dabei gingen ihm die wildesten Fantasien durch den Kopf. Als er an jenem Nachmittag mitbekam, wie man Thomas malträtierte und als Nazi beschimpfte, wagte er sich aus seiner Deckung, wohl wissend, dass es keine Zeugen geben würde. Der blonde Junge wollte gerade Thomas von hinten einen weiteren Fußtritt verpassen, verfehlte ihn aber knapp. Thomas wirbelte herum und setzte ihm verzweifelt einen Schritt nach, woraufhin der Blonde zurückweichen wollte, was Udo jedoch verhinderte, der wie ein Gespenst hinter ihm aufgetaucht war.

Der Spaß des Trios fand damit ein abruptes Ende. Mit Springerstiefeln, schwarzem Muskelshirt, tätowierten Armen und Glatze war soeben ein Albtraum in ihr behütetes Leben getreten und ließ ihnen das Blut in den Adern gefrieren. Noch bevor der Lockenkopf sich umdrehen konnte, hatte sich Udos Arm wie eine Zange um ihn gelegt und drückte ihn fest an seine Brust. Ganz automatisch war auch Thomas zurückgewichen und bekam es mit der Angst zu tun. Es war nicht die Art von Angst, die er vor seinen Mitschülern hatte, die ihn hänselten und drangsalierten, sondern eine Angst, die ihm die Kehle zuschnürte und um sein Leben fürchten ließ.

»Hau ihm in die Fresse!«, forderte ihn die nasale Stimme des Mannes auf.

Den beiden Freunden des Lockigen stand der Mund offen. Sie waren unfähig, einen Laut von sich zu geben oder fortzurennen. Und auch der Junge im stählernen Griff des Unbekannten war starr vor Schreck und sagte kein Wort.

»Hau ihm in die Fresse, Kleiner, so fest du kannst.«

Jetzt erst sickerte bei Thomas die Erkenntnis durch, dass ihm keine Gefahr drohte, sondern sich eine einmalige Chance bot, sich an seinen Peinigern zu rächen.

»Aber ... aber dann verprügeln sie mich morgen.«

Der Fremde zeigte mit seiner freien Hand auf die beiden verängstigten Jungen.

»Stimmt das?«

Panisch schüttelten sie den Kopf.

»Wenn ... wie heißt du, Kleiner?«

»Thomas ...«

»Wenn einer von euch meinen Freund Thomas noch ein einziges Mal auch nur schräg anglotzt, bekommt ihr es mit mir zu tun. Wenn einer von euch meint, er müsste zu Hause was erzählen, bekommt er es auch mit mir zu tun. Habt ihr das kapiert?«

Diesmal nickte sogar der Junge in Udos Griff.

»Also, Thomas, du musst dir Respekt verschaffen. Alles klar? Komm her und hau dem Kerl hier in die Fresse. Na los, komm her!«

Zögernd kam Thomas mit geballten Fäusten näher.

»Jetzt hau zu!«

Thomas war die Rachelust vergangen. Eigentlich wollte er nur nach Hause.

»Wenn du jetzt nicht zuhaust, werden die dich immer wieder fertigmachen, Kleiner, verstehst du?«

Doch Thomas konnte nicht. Der ängstliche Blick des Lockigen weckte sein Mitleid. Er konnte es einfach nicht. Langsam ließ er seine Fäuste sinken und sah zu Boden.

»Thomas, du enttäuschst mich. Und wenn dein Vater dich jetzt sehen könnte, wäre der sicher auch nicht stolz auf ...«

Doch weiter kam Udo nicht. Unwissentlich hatte er mit der Erwähnung des Vaters in Thomas etwas ausgelöst, das jegliche Skrupel und alles Mitleid verschwinden ließ. Wie wild trommelte Thomas mit seinen Fäusten auf Bauch und Brustkorb des Lockigen ein.

»Gut so ... Aber du musst ihm ins Gesicht ... ins Gesicht, Kleiner!«

Und so endete Thomas' Wutausbruch mit zwei schwachen Schlägen ins Gesicht seines Opfers, dann lockerte Udo die Umklammerung und ließ den Lockenkopf weinend zu seinen Freunden stolpern.

»Los, verpisst euch, oder ich schlag euch selbst in die Fresse! Und kommt ja nicht auf blöde Ideen! Ich weiß, wo ich euch finde.«

Und damit rannten die drei fort, so schnell ihre Füße sie trugen.

An jenem verregneten Nachmittag nutzte Udo seine Chance, um Thomas voll und ganz für ihre Sache zu gewinnen. Bei Currywurst und Pommes erzählte er ihm von Hitler und den Helden der Bewegung, von der Reinheit der arischen Rasse, von Blut und Boden und von der Kameradschaft, die dabei war, die Knechtschaft des deutschen Volkes durch die jüdische Weltverschwörung zu beenden.

Thomas hörte zu, saugte jeden Satz gierig auf und stürzte sich auf alle Informationen, die er im Internet über Hitler, die

Nationalsozialisten und deren Weltanschauung finden konnte. Ihm war, als würde sein ganzes Leben plötzlich einen Sinn ergeben. Er war nie auf der Suche nach etwas gewesen, und plötzlich schien es ihm trotzdem, als wäre er fündig geworden. Er hatte am eigenen Leib miterlebt, wie Furcht einflößend ein einzelner Neonazi wie Udo sein konnte – wie mächtig musste da erst eine ganze Kameradschaft sein?

Die Nachricht von den Ereignissen im Stadtpark hatte sich wie ein Lauffeuer unter den Schülern verbreitet. Seither umgab Thomas eine gefährliche Aura, die selbst die gemeinsten seiner Peiniger respektvoll Abstand halten ließ.

Bereits wenige Tage nach ihrer ersten Begegnung nahm Udo seinen Novizen auf eine Grillparty der Kameradschaft mit. Es war ein milder Nachmittag. Das nahe gelegene Flussufer war mit seinen breiten Kiesbänken ein beliebter Treffpunkt für die Stadtbewohner, um unter freiem Himmel zu grillen und kleinere und größere Feiern zu veranstalten. An allen Zugangswegen und Parkplätzen hatte die Stadtverwaltung deshalb große Hinweisschilder angebracht:

Liebe Besucherinnen und Besucher
unseres schönen Natur- und Erholungsraums!
Bitte nehmen Sie Rücksicht auf andere Besucher.
Vermeiden Sie Lärm, insbesondere durch laute Musik.
Denken Sie auch an die Anwohner
der benachbarten Wohnviertel.
In den freigegebenen Bereichen ist Grillen
nur auf geeigneten Geräten zugelassen.
Grillkohle auf dem Boden und Holzfeuer
sind verboten.

Für gewöhnlich hielten sich die Besucher an diese Regeln. Nur selten musste die Polizei anrücken, um Beschwerden der Anwohner wegen Ruhestörung nachzugehen, und so war auch an diesem Nachmittag keine Streife eingeteilt gewesen, um ein Auge auf die Uferpartys zu werfen.

Völlig unbehelligt hatte daher die Kameradschaft mit Äxten und teils roher Gewalt die breitesten Äste der umliegenden Bäume abgetrennt und zu einem beeindruckenden Holzstoß aufgetürmt. Kistenweise war Bier angekarrt worden, außerdem eine kleine mobile Anlage, über die sie Rockmusik von Bands hörten, die in der rechten Szene Kultstatus hatten. Es dauerte nicht lange, da vereinigten sich die heiseren Stimmen von fast vierzig Kameraden zu einem furchterregenden Chor: »Schwarz ist die Nacht, in der wir euch kriegen! Weiß sind die Männer, die für Deutschland siegen! Rot ist das Blut auf dem Asphalt ...«

Thomas war sprachlos vor Begeisterung. Er bewegte sich zwischen all diesen muskelbepackten Skinheads und ihren Frauen, ohne auch nur einen Funken Angst zu haben. Im Gegenteil, er fühlte sich so selbstsicher wie nie zuvor. Udo war bei ihm und stellte ihm »die Jungs« vor. Manch einer klopfte ihm auf die Schulter oder hielt ihm eine Flasche Bier hin, einer wuchtete Thomas sogar in die Luft und drückte ihn so heftig an die Brust, dass ihm kurz die Luft wegblieb.

Als er schließlich Karl kennenlernte, war das ein magischer Moment. Karl war anders als die anderen, ruhiger, und doch behandelten ihn alle mit Respekt. Bis auf seine kurz rasierten Haare entsprach er nicht der Uniformität der Szene. Er trug blaue Jeans mit einem hellbraunen, ausgewaschenen Kapuzenpullover. Damit war er so etwas wie der leuchtende Mittelpunkt des Geschehens. Er hatte feine Gesichtszüge mit hohen Wangenknochen und schmalen Lippen. Aber am meisten beeindruckte Thomas, dass Karl ihn nicht überschwänglich und oberflächlich begrüßte wie alle anderen, sondern ehrliches Interesse an ihm zeigte.

»Du bist also Thomas?«

»Ja ... Echt stark hier ...«

»Thomas, und wie noch?«

»Thomas Worch.«

»Wie alt bist du?«

»Zwölf ... gerade geworden.«

»Setz dich zu mir, Thomas.«

Karl stieß dem grobschlächtigen Hünen neben ihm seinen Ellenbogen leicht in die Seite, woraufhin dieser umgehend Platz machte.

Thomas stieg über die Füße der Gruppe, die mit Karl gemeinsam um einen Grillrost saß, auf dem saftige Steaks brutzelten. Ein Paar Füße gehörten zu einem dunkelhaarigen Mädchen, das auf der anderen Seite neben Karl saß. In Thomas' Augen war sie wunderschön, und offensichtlich gehörte sie zu Karl, der einen Arm um sie gelegt hatte. Thomas setzte sich ein wenig verunsichert neben Karl, der nun den anderen Arm um ihn legte.

»Ich erzähl dir mal was, Thomas. Das hier ...«, er zeigte über die Kiesbank bis hinüber zu der Stelle, an der einige Kameraden sich gerade bemühten, den Holzstoß in Brand zu setzen, »das hier ist unser Garten.«

Er machte eine Pause und blickte ihn an.

»Hast du einen Garten, Thomas?«

Thomas zuckte mit den Schultern. »Früher mal, da hatten wir einen Garten.«

»War das ein großer Garten?«

»Denke schon.«

»Mochtest du den Garten, Thomas?«

Thomas erinnerte sich daran, wie er und sein Vater einmal Fußball gespielt hatten.

»Ja, der war cool.«

»Und was meinst du, Thomas, hätte es dir oder deinen Eltern gefallen, wenn irgendwelche Zigeuner von der Straße in eurem Garten ein Zelt aufgestellt hätten?«

»Ganz sicher nicht«, antwortete Thomas. Sein Vater war ja

schon wütend geworden, wenn die Zeugen Jehovas an der Tür geläutet hatten.

»Was hätte dein Vater wohl getan, wenn die Zigeuner das trotzdem gemacht hätten?«

»Er hätte sie davongejagt.«

»Genau, er hätte sie davongejagt.«

Karl nahm die Arme nach vorne und deutete mit beiden Armen auf das blasse Abendrot am Horizont.

»Das hier ist unser Garten, Thomas. Das hier und darüber hinaus ganz Deutschland. Aber in unserem Garten wimmelt es von Zigeunern, Juden, Türken und anderen Ausländern. Das Problem ist nur, dass keiner was dagegen tut. Also haben wir beschlossen, etwas dagegen zu tun. Wir schauen nicht weg. Du wirst denken, wir sind zu wenige. Aber so wenige sind wir gar nicht, Thomas. Und mit dir sind wir schon wieder einer mehr ...«

Laut knirschende Schritte näherten sich. Einer der Kameraden, der etwas klein geraten, dafür aber umso dicker war, kam über die Kieselsteine direkt auf Karl zu und blieb mit keuchendem Atem vor ihm stehen.

»Stinkt nach Zoff ... Du wirst gebraucht.«

»Wer sagt das?«, entgegnete Karl.

»Molle hat gesagt, ich soll dich holen.«

»Molle?«

»Molle ... und Pocke hat es auch gesagt.«

Karl stand auf und klopfte sich den Staub von der Jeans. Seine Kumpanen wollten ebenfalls aufstehen, aber Karl hob beschwichtigend die Hände.

»Lasst mal, Jungs. Ich seh mir das erst mal an. Ihr bleibt hier und passt auf, dass mir mein Filet nicht anbrennt.«

Dann wandte er sich an Thomas.

»Du kommst mit mir. Wer weiß, vielleicht lernst du was.«

Der kleine Dicke watschelte unbeholfen mit seinen kurzen Stampfern über die Kieselsteine, und Karl folgte ihm mühelos mit Thomas an seiner Seite. Sie verließen den Kreis der grölenden und tanzenden Kameraden, die das Lagerfeuer immer noch nicht richtig in Gang gebracht hatten. Schließlich gelangten sie zu zwei Kameraden, deren Silhouetten sich vor einem weiteren kleinen Lagerfeuer abhoben.

Noch lange bevor Karl hören konnte, was seine Kameraden von sich gaben, sagte ihm ihre Körperhaltung, dass es Stress gab und sie kurz davor waren, eine Schlägerei anzufangen. Er konnte auch ihre Widersacher erkennen. Es handelte sich um fünf große Hünen und fünf Frauen, die wild schimpften und gestikulierten. Nun drangen auch Gesprächsfetzen zu ihm herüber.

»... mach dich kalt, du Nazi ...«

»Verpiss dich, du brauner Wichser ...«

»Hitler war Arschficker ... und dir hau ich so 'n brennendes Holzscheit in die Fresse ...«

»Kanaken!«, stellte Thomas fest.

Noch im Gehen zog Karl schwarze Lederhandschuhe aus den Taschen seiner Jeans und änderte leicht die Richtung, damit er neben den Streitenden an das Lagerfeuer treten konnte.

Der Dicke blieb stehen und sah ihm nach. Thomas wollte ihm folgen, aber Karl wehrte ab.

»Schau zu und lerne. Unser Garten, unsere Regeln!«

Dann verschwand er in der Dunkelheit.

Pocke verschaffte sich gerade mit seiner kräftigen, lauten Stimme Gehör.

»STOP!«, brüllte er die Türken an. »Haltet doch mal die Fresse!«

Und tatsächlich herrschte für einen Augenblick Ruhe.

»Seid ihr bescheuert? Hier hinter mir feiern wir mit unseren Freunden gerade ganz friedlich eine Party. Und was wir nicht wollen, ist Stress mit so Kuffnucken wie euch. Alles, was wir von euch wollen, ist, dass ihr euch hier verzieht. Ihr stinkt ... und zwar meilenweit gegen den Wind.«

Dabei hob Pocke die Hände wie ein Pfarrer, als wolle er um

Verständnis bitten. Und wieder brachen Schimpfkanonaden über die beiden herein, die dafür nur ein müdes Lächeln übrig hatten. Eine der Frauen hatte ihr Handy gezückt und wählte eine Nummer.

»Jetzt ist Schluss, wir rufen die Polizei! Dann werden wir mal sehen, wer hier das Feld räumen muss.«

In diesem Augenblick trat Karl mit einer flinken Bewegung an das Lagerfeuer heran und packte eines der brennenden Holzscheite, das mindestens einen halben Meter lang war. Mit einem gezielten Schlag traf er das Telefon der Frau und verbrannte ihr dabei beide Hände. Dann wirbelte er lautlos herum und rammte das brennende Scheit einem der Hünen ins Kreuz. Der wurde von der überraschenden Attacke nach vorne gerissen und schlug mit dem Gesicht auf den Kieselsteinen auf, während seine Jacke in Flammen aufging. Die Frau mit den verbrannten Händen sackte auf die Knie und begann lauthals zu schreien. Panik brach bei den Türken aus. Noch während sich zwei von ihnen auf ihren Freund warfen, um das Feuer auf seinem Rücken zu löschen, traf ein tief angesetzter Schlag den vierten in die Kniekehle, und ein weiterer Hieb verfehlte das Gesicht des fünften Türken nur um Haaresbreite.

Molle und Pocke lachten sich schlapp, griffen aber in die Auseinandersetzung nicht ein. Entsetzt trat die Gruppe schreiend und schimpfend den Rückzug an, während ihnen Karl das brennende Holzscheit in hohem Bogen nachwarf.

Thomas und der kleine Dicke stellten sich neben Karl. Sein Pullover war ruiniert und die Lederhandschuhe, die er abstreifte und ins Feuer warf, offensichtlich auch.

»Unser Garten! Verstehst du, Thomas? Unser Garten!«

Karl Rieger wurde für diese Tat nie belangt.

Die Polizei erschien zwar und nahm Molle und Pocke zur Vernehmung mit aufs Revier, aber da sie selbst mit der »Flammenattacke«, wie sie einen Tag später in der Boulevardpresse genannt wurde, nichts zu tun hatten, wurden sie noch am selben Abend wieder auf freien Fuß gesetzt. Karl hingegen war in der Dunkelheit und wegen der wortwörtlichen Hitze des Gefechts nicht einwandfrei identifiziert worden. Er hatte der Party den Rücken gekehrt, als die Polizei auftauchte. Thomas folgte Karl, in dem er nun seinen ultimativen Helden sah; er wollte unbedingt so werden wie er. Karl fühlte sich geschmeichelt, und so brachte er Thomas sicher nach Hause und fühlte sich von da an mit ihm verbunden.

Immer wieder verbrachten die beiden Zeit miteinander, und immer mehr verwandelte sich dabei Thomas nicht nur innerlich, sondern auch äußerlich zu einer kleineren Ausgabe von Karl. Er sprach wie er, er kleidete sich wie er, und schließlich stellte er seine Ernährung um und verlor in zwei Monaten fast zehn Kilo. Zu diesem Zeitpunkt hatte seine Mutter schon jeglichen Einfluss auf den Jungen verloren. Am Anfang hatte sie noch versucht, gegen die unübersehbare Verwandlung ihres Sohnes anzukämpfen. Doch die Trennung von ihrem Mann, die Verurteilung durch ihre ehemaligen Freunde und Bekannten und nun die Ohnmacht, mit der sie mit ansehen musste, wie ihr der eigene Sohn entglitt – das alles forderte seinen Tribut. Sie begann zu trinken, und einem ersten Nervenzusammenbruch, der in einer Klinik endete, folgte der Besuch eines »verständnisvollen« Herrn vom Jugendamt. Sie wusste, wollte sie ihren Sohn nicht an eine Pflegefamilie verlieren, musste sie die Kulisse einer heilen Welt aufbauen. So entschied sie sich, Thomas' neue rechte Gesinnung stillschweigend hinzunehmen – immer in der Hoffnung, dass er eines Tages zur Vernunft kommen würde.

Wie sie im Oktober 2010 im Lauf einer Live-TV-Reportage verbittert feststellen musste, war es die falsche Entscheidung gewesen.

KOCH II

Sonntag, 17. Oktober 2010, 1:55 Uhr

Der Einsatzwagen und die beiden gepanzerten Survivor-Fahrzeuge waren in der nahe gelegenen Reihenhaussiedlung in Stellung gegangen. Im Wendekreis einer Sackgasse positionierten sich die laut röhrenden Kampfwagen rund um die mobile Einsatzzentrale. Wer durch die Sprechchöre und Explosionen noch nicht geweckt worden war, der wurde spätestens jetzt durch die Survivors, deren Sechs-Zylinder-Turbodiesel die kleinen Häuser zum Vibrieren brachte, an die Fensterscheiben gelockt.

Die Bewohner verfolgten verängstigt, aber auch fasziniert, wie mitten in ihrer idyllischen Siedlung schwer bewaffnete Männer in Kampfmontur aus den Kampfwagen glitten und im Schein der Straßenlaternen einen gigantischen Sendemast aufbauten, der die Dächer der Reihenhäuser um einiges überragte.

Unweit der Sackgasse war der Parkplatz eines Supermarktes zum Hubschrauberlandeplatz erklärt worden. Mit ohrenbetäubendem Lärm starteten und landeten von dort die Helikopter der Polizei-Luftflotte im Viertelstundentakt. An Schlaf war nicht zu denken.

Vor wenigen Minuten hatte Atli seinem Chef berichtet, dass der Rückzug aller Einsatzkräfte und die Vergrößerung des Sperrgebiets rund um den Turm reibungslos verlief. Nach und nach war ein fein abgestimmtes Räderwerk aus Polizei, Rettungs- und Betreuungsdiensten in Gang gesetzt worden.

Unterm Strich war trotzdem alles viel zu spät geschehen, stellte Koch frustriert fest.

Über fünf Stunden waren seit dem ersten Lagebericht von KOK Erdmann an die Zentrale vergangen. Fünf Stunden, in denen improvisiert worden war, in denen Zamir Zeit gehabt hatte, den größten Medienzirkus zu veranstalten, den es in Deutschland je bei einer Geiselnahme gegeben hatte – dagegen war Gladbeck nicht mehr als eine Seifenoper.

Koch wagte zu bezweifeln, dass Danner und Erdmann auch nur im Ansatz erfasst hatten, was in dieser Nacht noch auf sie zukommen würde. Auch die Behörden wollten lange nicht wahrhaben, wie groß das Ausmaß dieser Operation werden sollte. Inzwischen aber wimmelte es hier von Sanitätern, Einsatzkräften der Feuerwehr und des Technischen Hilfswerks sowie von unzähligen Bereitschaftspolizisten.

Nigel zeigte Koch Infrarot-Luftaufnahmen, die das ganze Ausmaß der Operation sichtbar machten. Ein Kreis aus Einsatzkräften mit einem Radius von einem Kilometer war um den Turm gebildet worden, der auf den Luftaufnahmen wie ein leuchtender Ring aussah.

Rettungsdienste hatten Notunterkünfte aufgebaut, um direkt vor Ort medizinische Hilfe gewährleisten zu können. Zunächst war dies für die Erstversorgung befreiter Geiseln gedacht gewesen, inzwischen verrichteten die Ärzte dort jedoch Akkorddienst an den Opfern der Massenpanik, die infolge des desaströsen Zugriffs ausgebrochen war. Zwölf Rettungswagen und vier Hubschrauber waren im Dauereinsatz und verteilten die notdürftig zusammengeflickten Opfer auf die verschiedenen Krankenhäuser der Stadt.

In der nahe gelegenen Gaststätte Eichenlaub hatten sich im Festsaal verschiedene Stabsstellen eingerichtet, die ihre Einsätze koordinierten und Koch regelmäßig Meldung machten. Dabei kam es auch zu kuriosen Anfragen wie der, wie die Zusammenstellung des Frühstücks aussehen sollte.

Koch war immer wieder erstaunt, dass die Logistik für die Ernährung besser funktionierte als die für den technischen Nachschub. Ein Geiseldrama ohne Kaffee, Saft und frische Brötchen war in Deutschland undenkbar. Ob vegan, vegetarisch, ob laktosefreie Milch oder glutenfreie Zubereitung, alles war da und mit bunten Bio-Etiketten versehen. Wasser mit oder ohne Kohlensäure, entkoffeinierter Kaffee und auf Wunsch zuckerfreies Cola. Und alles wurde ausgeliefert von einer Armee freundlicher Hilfskräfte in pastellgrünen Uniformen, die für eine private Catering-Firma arbeiteten.

Frostige Kälte schlug Koch ins Gesicht, als die Tür des Einsatzwagens hinter ihm automatisch ins Schloss fiel. Er sah einem der kleinen Polizeihubschrauber nach, der soeben am Nachthimmel verschwand. Noch fünfzehn Minuten, dann würde der angeforderte Bell-UH-1D-Kampfhubschrauber der Bundeswehr eintreffen.

Koch zitterte, aber nicht wegen der Kälte. Kaffee in Verbindung mit Ritalin-Tabletten hielt einen zwar hellwach, forderte aber seinen Tribut. Übelkeit, Schweißausbrüche, gesteigerte Reizbarkeit – all das nahm Koch seit Jahren in Kauf, nur um bei Einsätzen durchgehend Höchstleistung bringen zu können. Doch mit zunehmender Abhängigkeit von den Tabletten waren die Schüttelfrost-Attacken heftiger geworden.

Inzwischen konnte er die Symptome rechtzeitig erkennen, kannte die Vorboten wie kalten Schweiß auf der Stirn und das Zucken der Augenlider. Bislang war es ihm immer gelungen, einen bevorstehenden Anfall zu vertuschen, und auch dieses Mal hatte er unter einem Vorwand eilig die Einsatzzentrale verlassen und war nach draußen geeilt.

Nun stand er in der Kälte und ballte die Hände zu Fäusten, um das Zittern in den Griff zu bekommen, aber jeder Muskel in seinem Körper hatte sich seiner Kontrolle entzogen. Seine Beine gaben nach, und nur mit großer Kraft gelang es ihm, sich auf die Stufen der ausgeklappten Metalltreppe zu setzen. Dabei traf sein Blick auf die Umrisse des Turms, der in weiter Ferne wie eine uneinnehmbare Festung auf seinem Hügel thronte.

Keine Festung, ein Bunker!

Noch immer konnte er nicht fassen, dass sie einen Bunker gestürmt hatten. Auch wenn der aussah wie ein mittelalterliches Bauwerk, so war es trotzdem sein Fehler gewesen, ein Gebäude stürmen zu lassen, ohne ausreichende Kenntnisse darüber zu haben.

Eine zweite Muskelkontraktion schoss durch seinen Körper – und sosehr er auch die Zähne aufeinanderbiss, so wenig konnte er verhindern, dass sich Speichel einen Weg durch seine Lippen bahnte und in langen Fäden von seinem Kinn tropfte. Der Turm zitterte mit ihm, bewegte sich auf und ab, verschwamm vor seinen Augen und wurde schließlich wieder scharf.

Hier stehe ich wie das Kaninchen vor der Schlange, Auge in Auge mit meinem Rivalen, dachte Koch, während das Beben seines Körpers langsam nachließ. Der Gedanke hingegen ließ ihn nicht mehr los.

Es kam ihm so vor, als wäre der Turm längst nicht mehr nur ein Bauwerk, sondern eine Kreatur, die die Geiseln festhielt. Noch nie hatte er eine ähnlich bedrohliche Aura gespürt. Vielleicht war selbst Zamir nur ein williger Vollstrecker des Turms? Koch schüttelte den Kopf. *Was für ein absurder Gedanke!*

Als er wieder Herr seiner Muskulatur war, stand er langsam auf und stieg vorsichtig die Stufen hinab, bis er festen Boden unter den Füßen hatte.

Eine laut schimpfende Frau mittleren Alters stand im Schlafanzug vor ihrer Haustür und zog Kochs Aufmerksamkeit auf sich. Ihr Zornausbruch galt zwei Polizisten, die den Auftrag hatten, die Bewohner der Siedlung in Sicherheit zu bringen.

»Niemals kriegen Sie mich hier raus«, wetterte sie. »Sie sind doch alle nicht ganz gescheit!«

Ein greiser Mann, der eine Winterjacke über seinen gestreiften Pyjama gezogen hatte, trat aus dem Flur heraus.

»Eva, hör doch auf ... Tu doch einfach, was die Herren von der Polizei sagen.«

»Leg dich wieder hin, Papa ... Ich regle das!«, fauchte die Frau zurück.

Die junge Polizistin versuchte behutsam, der erbosten Frau noch einmal die Situation zu erklären.

»Frau Meinel, die Evakuierung dient ausschließlich Ihrem Schutz. Wir haben es hier mit einer ernst zu nehmenden Bombendrohung zu tun, die ...«

Doch die Frau wollte sich nicht belehren lassen und geriet erneut in Fahrt.

»Jetzt hören Sie mal gut zu, Frau ... Polizistin!« Sie zeigte mit dem Finger auf den Turm. »Ich kenne Herrn Zamir persönlich. Er ist ein ganz feiner Herr, ein, ich muss das wirklich deutlich sagen, ganz anständiger Mann mit ausgezeichneten Manieren!« Sie wedelte mit ihrem Zeigefinger vor dem Gesicht der Polizistin herum. »Niemals würde Herr Zamir hier eine Bombe haben, das ist doch ausgemachter Blödsinn, den Sie hier erzählen. Dass Sie uns hier weghaben wollen, hat doch ganz andere Gründe. Endlich sorgt mal einer für Gerechtigkeit. Diese Nazis haben es doch nicht anders verdient. Der Herr Zamir tut nur, was sich hier alle schon längst wünschen ...«

Koch spürte, wie die Worte der Frau in seinem tiefsten Inneren einen Nährboden fanden. Diese Nazis haben es doch nicht anders verdient, wiederholte er den Satz in Gedanken.

»Und Sie ... Sie wollen das auch noch verhindern! Die Polizei war doch schon immer auf dem rechten Auge blind! Das ist der wahre Grund, warum Sie uns hier weghaben wollen. Aber wir gehen nicht ... niemals!«

Damit trat sie einen Schritt zurück und wollte die Tür zuwerfen, doch der schwere Kampfstiefel der Polizistin war nach vorne geschossen.

»Frau Meinel, Sie lassen mir keine andere Wahl. Entweder Sie kommen jetzt mit uns, oder wir tragen Sie hier raus. Sie erhalten dann außerdem eine Anzeige wegen Widerstands gegen die Staatsgewalt. Ich rate Ihnen dringend, zu kooperieren.«

Koch wandte sich ab und sah hinüber zu einem hell erleuchteten Bus, der gerade mit Dutzenden Zivilisten abfuhr, die weniger Schwierigkeiten bei der Evakuierung gemacht hatten. Sein Ziel war eine Sporthalle in der Nähe, in der notdürftig Feldbetten mit Decken aufgestellt worden waren. Koch wusste aus vielen vergangenen Einsätzen, wie es dort aussah: stickige Luft, schreiende Kinder und verunsicherte Menschen, die stundenlang ausharren mussten. Wer konnte, fuhr zu Verwandten oder Freunden, aber immer wieder waren erstaunlich viele Menschen auf so eine Notunterkunft angewiesen.

Und warum das alles? Hatte die wütende Frau recht? Wie viele Menschen waren für diese drei Neonazis schon verletzt oder sogar getötet worden? Wie viele redliche Polizisten würden noch Schäden davontragen müssen, um drei Neonazis ... nein ... zwei Neonazis zu retten und vor Gericht zu bringen?

Koch musste an Leon Meriones denken, der sich im Lüftungsschacht des Turms wahrscheinlich das Genick gebrochen hatte. Man würde die überlebenden Geiseln wegen Totschlags anklagen – nicht wegen Mordes. Offensichtlich war der Tod der Haushälterin nicht eingeplant gewesen. Irgendein raffinierter Anwalt würde dafür sorgen, dass sie maximal fünf Jahre bekämen. Bei guter Führung wären sie nach drei, vielleicht vier Jahren wieder auf freiem Fuß. Und dafür kämpfte er?

Dann war da vor wenigen Minuten die Erkenntnis gewesen, dass der Todesschütze ein Minderjähriger war. Was war aus dieser Welt nur geworden? Koch senkte den Kopf. Er war weiß Gott kein Befürworter von Lynchjustiz. Trotzdem gab er sich einem Gedankenspiel hin, dessen Ausgang im direkten Widerspruch zu seinem Diensteid stand.

War es denn überhaupt möglich, die beiden Geiseln noch innerhalb der laufenden Frist zu befreien? Lebend? Wäre es nicht klüger, von nun an alles Notwendige zu tun, um die Befreiungsaktionen zu verzögern, damit unschuldige Polizisten verschont blieben und Zamir sein grausames Werk vollenden konnte?

Koch dachte an seinen toten Jungen, dachte daran, wie ungerecht das Leben sein konnte. Er fühlte auch die Pistole, die sich in der Innentasche seines Mantels verbarg und verheißungsvoll versprach, alldem ein Ende bereiten zu können. Er war so nah dran gewesen, diesem Versprechen zu folgen, doch dann hatte ihn der Pieper zurückgeholt.

Er griff in eine seiner Taschen und brachte das kleine schwarze Ding zum Vorschein, das nun stumm in seiner Hand lag, aber im entscheidenden Moment über sein Leben entschieden hatte. Gab es so etwas wie eine Vorbestimmung, ein Schicksal? Hatte er vielleicht noch eine Aufgabe zu erfüllen, bevor er mit dem irdischen Dasein abschließen konnte?

Koch führte diese Gedanken nicht zu Ende, denn bevor er sich eingestehen konnte, dass er ein Zwiegespräch mit jemandem führte, dessen Existenz er sein Leben lang angezweifelt hatte, öffnete sich hinter ihm die Tür des Einsatzwagens und fiel geräuschvoll wieder ins Schloss.

»Kommissar Koch?«

Ohne sich umzudrehen, erkannte er die Stimme der Bewährungshelferin. Er ließ den Pieper zurück in die Manteltasche gleiten.

»Alles in Ordnung?«

Marie war nicht verborgen geblieben, dass Kochs Hände zu zittern begonnen hatten, bevor er abrupt den Wagen verließ.

Koch ging nicht auf die Frage ein und war auch nicht gewillt, sich der Frau zuzuwenden, sondern betrachtete weiter den Turm.

Er hörte, wie sie zaghaft die wenigen Stufen hinunterstieg.

»Die Haushälterin wurde doch von diesem ... diesem Jungen erschossen ...«

»Mutmaßlich, Frau Stresemann. Wir sagen mutmaßlich, solange die Tat nicht bewiesen ist.«

Aus den Augenwinkeln beobachtete er, wie die beiden Polizisten es doch noch geschafft hatten, dass die zeternde Frau und der alte Mann ihnen freiwillig aus dem Haus folgten. Die Tochter stützte ihren Vater auf dem Weg zum nächsten Bus, der gerade in die Sackgasse einbog.

»Ich glaube, ich weiß, wer dieser Junge sein könnte.«

Jetzt drehte sich Koch zu ihr um. In ihrem Blazer mit der Seidenbluse und den völlig verdreckten Pumps passte sie ebenso wenig in diese Szenerie wie er mit seinem schwarzen Smoking, den Lackschuhen und dem Mantel.

Das Schicksal hatte einen seltsamen Humor.

»Sie kennen den Jungen, der die Haushälterin erschossen hat?«

»Nicht persönlich, aber ...«

Koch bemerkte das gelbe Faltblatt, das Marie Stresemann in den Händen hielt.

»Als mich Karl Rieger am Freitag aufsuchte, hatte er diesen Flyer dabei.« Marie hatte wieder Riegers Wutausbruch vor Augen. »Er war furchtbar aufgebracht deswegen ...«

Koch mochte diese junge Frau, spürte ihre Zerrissenheit und hatte gesehen, dass sie einerseits sehr stark sein konnte, andererseits aber auch verletzlich und getrieben von Ängsten war. Wer konnte das besser verstehen als Koch, dessen gequälte Seele im Widerstreit der Gefühle keine Ruhe fand?

»Darf ich mal sehen?«, fragte er und streckte ihr seine Hand entgegen.

Marie zögerte kurz, spürte aber, dass sie diesem Mann vertrauen konnte. An einem anderen Ort, zu einer anderen Zeit, hätten sie beide vielleicht ein schönes Paar abgegeben ... Aber diesen Gedanken verwarf sie sofort wieder.

Koch faltete den gelben Zettel auseinander und begann im kalten Neonlicht der Straßenlaternen zu lesen. Als er fertig war, zeigte sein Gesicht keine Regung. Aus der rechten Tasche holte er ein kleines Funkgerät und hielt es ans Ohr.

»Atli – schnappen Sie mal frische Luft, und kommen Sie raus.«

Ohne eine Antwort abzuwarten, ließ er das Funkgerät wieder in seiner Tasche verschwinden. Wenige Sekunden später öffnete sich die Tür, und Atli trat ins Freie.

»O Scheiße, ist das kalt hier!«, stieß er hervor und fuhr sich mit beiden Händen durch seine zerzausten roten Haare. Seinen schwarzen Hoodie hatte er anscheinend im Wagen abgelegt. Er stand in einem T-Shirt vor ihnen, auf das Blutflecken und der Schriftzug »I'M FINE« gedruckt waren.

Atli reagierte verzögert auf die verdutzten Gesichter.

»Oh, das ... Das ist cool ... Ist nur 'ne Serie, die demnächst startet ... Wird *The Walking Dead* heißen ... Der Teaser war große Klasse ...«

Koch unterbrach ihn. »Atli, halten Sie den Mund, und kommen Sie runter.«

»Ja, Chef«, antwortete Atli unterwürfig.

Koch hielt ihm den Zettel entgegen.

»Übermitteln Sie das an die Zentrale. Lassen Sie herausfinden, wo die Eltern des Jungen wohnen, um den es in diesem Flyer geht. Wir denken, er könnte der Junge sein, der Esther Goldstein erschossen hat.«

»Klar, mach ich.«

Atli schnappte sich den Zettel und eilte frierend die Treppe zum Wagen hinauf, als Koch ihm nachrief: »Und, Atli, ziehen Sie sich gefälligst was über! Ich will dieses geschmacklose Ding auf keinen Fall mehr sehen, wenn ich zurückkomme. Ist mir egal, wie heiß es da drin ist. Haben wir uns verstanden?«

»Echt jetzt?«

Koch antwortete nicht mehr, sondern wandte sich wieder Marie zu. Resigniert verschwand Atli im Wagen und zog laut die Tür hinter sich zu.

Koch konnte sehen, dass Marie zu schlottern begann.

»Wir müssen wieder rein, Sie holen sich sonst noch den Tod.«

Der Tod scheint in dieser Nacht überall zu lauern, dachte er.

Marie hatte seine Fürsorge kaum wahrgenommen. In Gedanken war sie bei dem Jungen.

»Der Vater hat den Jungen seit Jahren nicht gesehen, und das Verhältnis zur Mutter scheint zerrüttet zu sein. Ich kann mir nicht vorstellen, dass er nach so einer Tat einfach nach Hause gegangen ist. Überlegen Sie mal, die Aufnahmen zeigen doch ganz deutlich, dass der Überfall so nicht geplant war ...«

Koch bewunderte einmal mehr, wie fokussiert Marie Stresemann auf diesen Fall war und wie wenig sie sich um ihr eigenes Wohlbefinden kümmerte. Die Worte kamen nur schwer über ihre Lippen, während sie gegen die Kälte ankämpfte. Er verspürte den Drang, sie in den Arm zu nehmen und zu wärmen, aber das ging natürlich nicht.

»Ich müsste in mein Büro, dann könnte ich mir die Aufnahme des Treffens mit Karl Rieger noch mal anhören. Aber wenn ich mich richtig erinnere, hängt er sehr an diesem Jungen, und deshalb ...«

Marie stockte.

Koch trat einen Schritt näher an sie heran. Sie streckte die Hand mit gespreizten Fingern aus, um ihn auf Distanz zu halten.

War es wirklich die Kälte, die sie zittern ließ? Sie wich seinem Blick aus und sah zu Boden. Sie rang nach Luft, und plötzlich schien sie mit den Tränen zu kämpfen.

»Karl Rieger, er ... er wollte ...«

Dann brach es aus ihr heraus.

»Ich bin schuld! Ich bin schuld, dass dieses Mädchen tot ist, ich bin schuld, dass all diese Menschen verletzt werden ... Ich hätte all das verhindern können, wenn ich Karl Rieger nur fünf Minuten geopfert hätte.« Sie starrte ihn nun an und schrie die Wahrheit laut hinaus. »Fünf Minuten!«

Dann begann sie hemmungslos zu weinen.

Koch schob ihre kraftlose Hand beiseite, legte seine Arme um sie und drückte sie fest an sich. Ihr Körper bebte, als sie ihn ebenfalls an sich drückte und in seinen Mantel weinte. Aber da war auch die Pistole in seiner Innentasche, die ihn daran erinnerte, dass es in seinem Herzen keinen Platz für eine Frau gab. Vorsichtig nahm er Marie bei der Schulter und drückte sie behutsam weg. Sie wich schneller zurück, als es ihm recht war, und wischte sich die Tränen aus dem Gesicht, und auch ihr Körper hörte mit einem Mal auf zu zittern.

Koch versuchte, die Bruchstücke, die er verstanden hatte, zusammenzufügen, aber noch ergaben sie keinen Sinn.

Marie setzte erneut an. Ihre Stimme klang nun gefasster.

»Ich habe Ihnen ja schon erzählt, dass ich Karl Rieger am Freitag noch ein zweites Mal getroffen habe und er um meine Hilfe gebeten hat. Ich wies ihn ab ... nein, ich ... ich schickte ihn zum Teufel.«

Bei dem scheint er dann auch tatsächlich gelandet zu sein, dachte Koch.

»Was hat das mit dem Jungen zu tun?«

Marie schniefte.

»Ich habe lange darüber nachgedacht. Ich mag an diesem Nachmittag auf ganzer Linie versagt haben, aber eigentlich habe ich ein gutes Gespür für Menschen, glauben Sie mir.«

Koch nickte und sprach laut aus, was sie hören wollte. »Ich glaube Ihnen.«

»Karl Rieger hätte niemals seine Kameraden verraten, außer ... außer um diesen Jungen zu beschützen. Er fühlte sich verantwortlich für ihn, ganz sicher. Wenn ich recht habe und dieser Junge tatsächlich derjenige ist, der Esther Goldstein erschossen hat, dann war das für Karl Rieger sicher ein Schock.«

Koch begann an Maries These zu zweifeln.

»Haben Sie gesehen, wie dieser Neonazi um das Opfer herumgetanzt hat? Das war obszön, menschenverachtend. Nein,

nein, Menschen wie Karl Rieger sind vollkommen verdorben. Das sind Monster, die haben kein Mitleid, schon gar nicht mit einer jüdischen Haushälterin.«

Marie hatte sich nun wieder fest im Griff.

»Ich glaube, dass Sie sich in Karl Rieger irren. Er mag ein überzeugter Nazi sein, aber auch wenn er die Ermordung von Esther Goldstein nicht verurteilt hat, so war er sich in dieser Sekunde trotzdem der Konsequenzen bewusst ... und zwar für den Jungen.«

Koch dachte nach, konnte aber beim besten Willen nicht glauben, dass ein kaltblütiger Neonazi wie Karl Rieger fähig war, Mitgefühl für einen anderen zu haben, auch nicht für einen kleinen Jungen.

Marie fuhr fort: »Karl Rieger wollte Thomas in Sicherheit haben, weit weg von der Gefahr, als Täter entlarvt zu werden. Die Haushälterin war tot, und ganz sicher blieb keine Zeit, um alle Spuren zu beseitigen, also wollten sie den alten Mann abfangen und ebenfalls ermorden. Während dieser ganzen Zeit musste Karl den Jungen irgendwo unterbringen, wo er keine Dummheiten anstellen konnte, wo er sich auch durch sein Verhalten nicht selbst belasten würde. Das war ganz sicher nicht bei seiner Mutter und wahrscheinlich noch nicht einmal bei irgendeinem Kameraden ...«

»Sondern?«

»Karl Rieger hat Thomas Worch zu sich nach Hause geschickt.«

Koch hielt das alles für Spekulation, aber es kam ihm vor wie der Strohhalm, nach dem er greifen konnte. Außerdem waren genügend Bereitschaftspolizisten anwesend, die sich darum reißen würden, zu Riegers Wohnung zu fahren, statt hier in der Kälte Wache zu schieben.

»Ich schicke ein Team los. Noch haben wir allerdings keinen Durchsuchungsbeschluss für die Wohnungen der drei Geiseln. Das kann noch dauern.«

»Ich will mitkommen!«, erwiderte sie energisch.

Koch hatte das schon befürchtet.

»Das geht nicht, Sie sind Zivilistin, Sie ...«

»Wenn der Junge in der Wohnung sein sollte, kann ich ihn dazu bringen, die Tür zu öffnen. Ich habe mit Karl Rieger gesprochen, ich kenne Hintergründe, ich ... Ich weiß, er wird mir vertrauen.«

»Wenn er überhaupt dort ist, was ich bezweifle.«

»Ich kann Ihnen hier doch sowieso nicht mehr helfen. Sie bekommen mein Handy. Zamir wird schreiben ... Bisher hat er immer nur geschrieben, Sie brauchen mich hier also nicht. Aber ich muss diesen Jungen finden, verstehen Sie das?«

Koch verstand sehr wohl. Marie dachte, sie könne einen Teil der Schuld begleichen, die sie auf sich geladen hatte, wenn sie zumindest diesen Jungen in Sicherheit brachte. Diesen Jungen, der in seinen Augen letztendlich aber nur ein seelenloser Killer war.

Es mochten nur wenige Zentimeter sein, mit denen sich Marie unbewusst durch eine veränderte Körperhaltung Koch näherte, aber es reichte, um wieder ein Gefühl von Nähe und Wärme aufzubauen. Mit all ihren kognitiven Fähigkeiten und dem angeborenen Instinkt, die Empathie anderer für sich gewinnen zu können, sagte sie leise und flehend nur ein Wort: »Bitte.«

Koch hatte trotz aller rationalen Argumente, die klar dagegen sprachen, Marie zu dem Jungen zu schicken, dieser sensibel vorgetragenen und perfekt auf ihn abgestimmten Offensive nicht mehr das Geringste entgegenzusetzen. Es war nicht nur das Wort, es waren Maries Körperhaltung, Mimik, ihre Stimme, der Ort, die Zeit, die Kälte und schließlich auch die Vorgeschichte, die sie hier und jetzt zusammengeführt hatte. Das alles brachte ihn dazu, ihrem Wunsch nachzugeben.

»Sie bleiben im Wagen, bis die Kollegen denken, dass sie Ihre Hilfe benötigen.«

Noch zweifelte Koch daran, dass die Entscheidung richtig war. Ein weiteres Wort wischte seine Bedenken jedoch beiseite und gab ihm das Gefühl, etwas Gutes getan zu haben.

Sie sagte: »Danke.«

DER TURM IV

Sonntag, 17. Oktober 2010, 2:04 Uhr

Udo war wieder allein in seiner Zelle. Er konnte nicht sagen, wie viel Zeit inzwischen vergangen war. Seine körperliche Verfassung verschlechterte sich von Minute zu Minute. Sein Geist pendelte zwischen Traum und Realität.

Hatte er Thomas' Identität verraten? Nein … Er hatte alles verraten, woran er geglaubt hatte, aber nicht Thomas … Oder etwa doch?

Das grelle Licht des Scheinwerfers verwandelte die Zelle in eine lichtdurchflutete Kathedrale. Hunderte von Menschen waren gekommen und trauerten. Sie alle sahen aus wie Ministranten in Chorhemden, die ihnen bis zu den Knien reichten und mit Spitzen verziert waren. Unter ihnen waren auch seine kahl geschorenen Kameraden, seine Eltern und sogar die Familie Pene. Sie standen in friedlichem Einklang nebeneinander und beteten. Dann blickten sie auf und hoben ihre Köpfe. Udo war überrascht, als er bemerkte, dass er von oben auf sie hinabsehen konnte. Er fühlte einen brennenden Schmerz und blickte auf seinen nackten Oberkörper, der von blutigen Striemen überzogen war. Verzweifelt versuchte er, die Wunden zu berühren, aber es gelang ihm nicht. Jetzt spürte er, dass auch seine Hände und Füße brannten wie Feuer. Unter großer Anstrengung neigte er den Kopf nach links, und noch bevor ein Strom aus Schweiß und Blut seine Augen trübte, konnte er einen geschmiedeten Nagel erkennen, mit dem man seine Hand in einen Holzbalken gehämmert hatte. Doch plötzlich verschwand der Schmerz, und ihm erschien ein karges Gesicht, das trotz des bevorstehenden Todes keine Angst hatte. Es lächelte ihn an und sprach: »Wahrlich, ich sage dir: Heute noch wirst du mit mir im Paradies sein.«

Zamir war zurückgekehrt, setzte sich und beobachtete teilnahmslos den zuckenden, halb bewusstlosen Udo, dessen Mund sich im Delirium immer wieder öffnete und unverständliche Laute von sich gab.

Zamir hatte alle Vorbereitungen getroffen, um den letzten Akt in Udos Leben einzuleiten. Ein kurzer Blick auf den Counter bestätigte seine Vermutung – die Zivilisation war nur ein Kartenhaus, eine Fassade, die er in dieser Nacht zum Einsturz bringen wollte. Fast neunhunderttausend Menschen wollten den Tod von Udo Rennicke.

Es wurde Zeit, Udo wieder wach zu bekommen, schließlich sollte nicht nur die geifernde Menge Zeuge seiner Hinrichtung werden. Vor allem wollte Zamir, dass Udo Rennicke bei vollem Bewusstsein war, wenn das Leben aus ihm wich.

Vorsichtig legte er die Spritze mit dem aufgelösten Methylamphetamin neben den Computer und packte Udo bei den Schultern.

Lächelte er etwa? Er schien tatsächlich etwas zu sagen, wenn auch sehr leise. Neugierig kam Zamir mit seinem Kopf etwas näher. Ja, er sagte etwas, er wiederholte es, immer und immer wieder. Zamir nahm Udos Kopf und hielt dessen Mund vorsichtig an sein Ohr. Erst waren es nur Wortfetzen, doch dann bildeten sie langsam einen zusammenhängenden Satz.

»Vergib mir, Herr, denn ich habe gesündigt.«

Sonntag, 17. Oktober 2010, 2:11 Uhr

Kommissar Danner traute seinen Augen nicht. Konnte diese Nacht überhaupt noch besser werden? Er gab sich beim Anblick des Kampfhubschraubers selbst die Antwort: Ja, sie konnte!

Er hatte sie zwar nicht kommen sehen, aber er hatte sie gehört. Die Huey, wie US-Kampfpiloten die Bell nannten, war deutlich lauter als die Helikopter der Polizei-Luftflotte, die in dieser Nacht präsent waren.

Die Luft donnerte, und der Boden vibrierte, als diese Legende des Vietnamkriegs direkt vor seinen Augen auf dem Parkplatz des Supermarktes landete. Die Rotoren mit einer Spannweite von fünfzehn Metern erzeugten dabei einen so immensen Luftstrom, dass ein vereinsamter Einkaufswagen wie ein Geschoss über den Parkplatz klapperte und mit einem lauten Krach in der Seitenscheibe eines geparkten SUV landete, dessen Alarmanlage unvermittelt losheulte. Danner wusste alles über dieses Modell. Neunundzwanzig dieser betagten Vögel standen noch immer im Dienst der Bundeswehr und einer davon nun direkt vor ihm. Danner wurde wie magisch davon angezogen und hatte nur noch den Wunsch, dieses Baby einmal zu berühren, vielleicht sogar einen Blick in das Cockpit werfen zu dürfen.

Ohne den Kopf einzuziehen und ohne sich auch nur einen Millimeter zu ducken, ging er auf den Kampfhubschrauber zu. Der Wind zerrte an seiner Kleidung, und die Rotoren erzeugten ein ohrenbetäubendes Knallen, dem die Bell ihren Spitznamen »Teppichklopfer« zu verdanken hatte.

Überwältigt von den Eindrücken, hatte Danner die drei Männer zu spät bemerkt, die nun in gebückter Haltung an ihm vorbeisprinteten. Er erschrak so heftig, dass seine Knie weich wurden und er langsam zu Boden sank. Trotzdem erkannte er an der Ausrüstung und den olivgrünen Kampfanzügen, dass dieser Trupp nicht zum SEK von Schuster gehörte, sondern zur GSG-9 der Bundespolizei. Abgesehen vom handbreiten »Polizei«-Schriftzug auf der Brust der kugelsicheren Montur, ähnelten die vermummten GSG-9-Männer eher bis an die Zähne bewaffneten Fallschirmjägern.

Sind die erst mal im Turm, hat Zamir nicht die geringste Chance mehr! Danner freute sich über diese imposanten Krieger, die als Nonplusultra der deutschen Einsatzkräfte galten.

Die seitlichen Schiebetüren der Bell öffneten sich, und alle drei Elitekämpfer verschwanden im Bauch des mächtigen Hubschraubers, dann glitt die Schiebetür wieder zu.

Danner saß auf dem nasskalten Asphalt und blickte ein letztes Mal zum Piloten hinauf, der offensichtlich über ihn lachte, schließlich aber mit ernster Miene einen militärischen Gruß andeutete. Danner war zutiefst ergriffen, stemmte sich gegen den Wind, stand auf und salutierte mit einer ausholenden Geste, während die Bell donnernd abhob und in der schwarzen Nacht verschwand.

»Ich hatte noch keine Freigabe erteilt!«

Koch war erbost. Er stand hinter Nigel und starrte ungläubig auf die Monitore. Aus der Freisprechanlage des Kommandowagens kam blechern Schusters Antwort: »Formell war das auch nicht nötig, nachdem wir grünes Licht vom Krisenstab des Innenministers hatten.«

»Formell? Ich leite diese Operation, und du kommst mir mit Formalitäten?«

Einer der Monitore übertrug Aufnahmen der Außenkamera des Helikopters. Außer finsterer Nacht war nichts zu erkennen.

Schusters Stimme war schlecht zu verstehen. Es rauschte und knackste aus den Lautsprechern. Offensichtlich war er selbst mit an Bord der Bell.

»Ab dem Zeitpunkt, an dem wir beschlossen hatten, den Helikopter zu ordern, stand für mich fest, dass der Zugriff unmittelbar erfolgen sollte.«

»Eine Option, das war eine Option! Ich habe nie eingewilligt, den Plan auch umzusetzen, richtig?«

Es dauerte einen kurzen Moment, dann folgte Schusters Reaktion, begleitet von Störgeräuschen.

»Positiv.«

Koch atmete tief durch und blickte in die Gesichter seines Teams, die alle einen erschöpften Eindruck machten.

»In Ordnung. Also lass uns den Plan noch mal besprechen und die Risiken abwägen. Du musst umkehren.«

»Negativ.«

Die Außenkamera zeigte in weiter Entfernung ein beleuchtetes Gebäude, das schnell näher kam – der Turm. Vereinzelte Schneeflocken wurden durch den Suchscheinwerfer beleuchtet.

Koch kannte Schuster nur zu gut. Der Versuch, ihn einzuschüchtern, würde nichts bringen. Noch dazu hatte Koch keine Befehlsgewalt über Schuster für bereits freigegebene Einsätze durch das Innenministerium. Hier endeten seine Befugnisse. Letztendlich konnte im Augenblick nur noch der Innenminister persönlich den Einsatz stoppen, aber zum einen dürfte es dafür zu spät sein, zum anderen gab es eine klare Befehlskette, die es Koch unmöglich machte, direkt mit dem Innenminister zu sprechen. Er musste sich eingestehen, dass ihm die Optionen ausgegangen waren. Resigniert sank er auf einen Klappstuhl hinter Nigel.

Sollten sie doch machen, was sie wollten.

Der Turm war nun auf einem der Bildschirme deutlich zu erkennen, und je näher er kam, desto mehr verlor Koch die Hoffnung, noch irgendetwas an der Situation ändern zu können.

»Michael?«, meldete sich Schuster.

»Ja?«

»Wird schon schiefgehen!«

Genau das befürchte ich, dachte Koch, sagte aber nur: »Viel Erfolg, Achim!«

»Danke. Ende!«

Die Verbindung wurde getrennt.

Koch wandte sich an Nigel. »Können wir die Bilder der Helmkameras bekommen?«

Der Engländer nickte. »Bin dran.«

Sekunden später erschienen auf den Monitoren nach und nach die Übertragungen von drei Helmkameras. Ein vierter Monitor übertrug weiterhin die Bilder von der Außenkamera des Hubschraubers, der gerade begann, den Turm langsam zu umkreisen.

Koch wusste, er konnte nun nichts mehr tun außer abzuwarten und zuzusehen. Er sank auf seinem Klappstuhl in sich zusammen und faltete seine Hände im Schoß, als ihm Maries Handy aus der Hosentasche rutschte und klappernd auf den Boden fiel. Er bückte sich, um es aufzuheben.

Was für eine erstaunliche Frau! Sie war jetzt mit zwei Polizisten auf dem Weg, um Thomas Worch zu suchen, einen Jungen, den sie nicht kannte und der ihre Hilfe sicher nicht annehmen würde. Und doch sah sie es als ihre Pflicht an, diesen Jungen zu finden.

Das Display hatte sich durch den Sturz aktiviert. Koch tippte die Geheimzahl ein, die Marie ihm verraten hatte.

Auf dem Display erschien ein Bild von Marie, auf dem sie deutlich jünger aussah und glücklich einen kleinen braunen Hund im Arm hielt. Er öffnete Zamirs letzte Nachricht:

Habe das Gelände rund um den Turm in einem Umkreis von 100 Metern mit 31 Minen gesichert. Diese lassen sich per Funksteuerung aktivieren ...

Koch steckte das Handy wieder in seine Hosentasche. Dieser Mann hatte immer einen Plan B! Es war verrückt, anzunehmen, dass er die Schwachstelle seiner eigenen Festung nicht kannte. Er nahm wieder eine gerade Haltung an. Er durfte nicht aufgeben, genauso wenig, wie Marie aufgegeben hatte. Fieberhaft begann er erneut, nach einer Möglichkeit zu suchen, die drei Männer zu unterstützen, die sich gleich in einem waghalsigen Manöver bei Eiseskälte auf das schräge Turmdach abseilen würden.

Was, wenn Zamir mit so einem Einsatz rechnete? Was, wenn er darauf vorbereitet war und das GSG-9-Kommando in eine Falle tappte? Zamir war kein gewöhnlicher Geiselnehmer, sondern ein bestens ausgebildeter Einzelkämpfer und offensichtlich ein Meister der Improvisation. Was, wenn zu den Opfern dieser Nacht noch drei Spezialeinsatzkräfte hinzukämen?

»Nigel, wo stehen wir mit dem Counter?«

»Neunhundertzwanzig.«

»Atli, ich brauche eine Verbindung zu unserem Vorgesetzten.«

»Zum Krisenstab?«

»Nein, Atli, zum Innenminister persönlich – und wenn möglich, direkt und unter Umgehung der Befehlskette. Haben wir uns verstanden?«

»Klar, Chef, ich lass mir was einfallen.«

Karin Thaller musste sich eingestehen, dass sie am Ende ihrer Kräfte war – und sie war nicht die Einzige. Carla von Stein moderierte jetzt seit fast vier Stunden durchgehend live. Sie hatte in einer Werbepause ein Glas umgeworfen und eine Maskenbildnerin dafür verantwortlich gemacht, die ihr gerade die Stirn nachgepudert hatte. Der Wutausbruch, der sich über der Visagistin entlud, war selbst für die divenhaften Allüren einer Carla von Stein ungewöhnlich heftig.

»Sie sind ja zu dumm, um beim Aldi an der Kasse zu bedienen!«, war noch eine der harmloseren Beleidigungen, die dabei fielen. Aber auch die Visagistin hatte vor Erschöpfung längst jeden Respekt und die Angst vor Konsequenzen verloren und parierte mit schlagfertigen Sprüchen. Karin konnte auf keine der beiden verzichten und gab alles, um die Frauen zu beruhigen. Für Carla endete der Vorfall auf einer Couch in ihrer Umkleide, für die Visagistin in der Cafeteria mit einem doppelten Espresso und einer selbstgedrehten Zigarette.

Kleinfeld bewunderte Karin für ihr Geschick im Umgang mit Menschen, eine Eigenschaft, die ihm fehlte. Aber dass ausgerechnet jetzt, kurz vor der nächsten Hinrichtung, Carla von Stein ein Nickerchen in der Umkleide machte, brachte ihn zur Weißglut. Robert Pantos, der normalerweise nur die Anmoderationen machte, war zwischenzeitlich für sie eingesprungen.

»Bemüht« war das Wort, das Kleinfeld einfiel, als er hörte, wie Pantos seinen nächsten Studiogast ankündigte, eine junge Studentin, die dem Sender verwackelte Handyaufnahmen zur Verfügung gestellt hatte. Diese Aufnahmen flimmerten gerade über die Monitore und zeigten, wie mehrere kahl geschorene Hooligans einen am Boden liegenden Mann mit Stiefeln traten, dann aber von Polizisten mit Schlagstöcken zurückgetrieben wurden. Gleichzeitig hatte Kleinfeld aber auch den Monitor im Auge, der Udo halb bewusstlos in seiner Zelle zeigte. Von Zamir fehlte jede Spur.

»... und trotz des Chaos haben Sie todesmutig Aufnahmen von den brutalen Neonazis gemacht?«, fragte Pantos gerade die Studentin, die ihren Auftritt im Studio offensichtlich genoss.

»Ich hatte furchtbare Angst, aber ich ... ich dachte, ich müsste das irgendwie beweisen, was da passiert.«

»Sie haben also rein instinktiv gehandelt?«

»Ja, ich meine, es heißt doch immer, dass man nicht wegschauen darf und so ...«

Die banale Wahrheit war, dass Lydia Franke die Szenerie nur deshalb festgehalten hatte, weil sie sich besonders viele Likes und Kommentare auf Facebook erhoffte. Und nun stand sie tatsächlich im Studio eines prominenten TV-Senders und träumte schon von einer Karriere als Influencerin.

Lee, der neben Kleinfeld saß, nahm seinen Kopfhörer ab. »Weinberg ist in der Leitung. Ich schalte auf Lautsprecher.«

Noch bevor David zu Wort kommen konnte, blaffte ihn Kleinfeld bereits an: »David! Wo zur Hölle habt ihr gesteckt? Wir sind doch hier nicht zum Spaß, denkt ihr, ihr könnt einfach nach Lust und Laune mal Pause machen?!«

Weinberg war gut darin, seine Wut zu verbergen. Er hätte Kleinfeld von den zurückgedrängten Hooligans erzählen können, die bei ihrer Flucht vor der Polizei versucht hatten, den Kamerawagen umzukippen, auf dem Stephanie Benedikt und Bernd Kozlowski ausharrten. Er hätte berichten können, wie rabiat die Polizisten sie vom Feld jagten oder wie der Kamerabus auf der Suche nach einem neuen Standort außerhalb des Absperrgürtels auf einem Waldweg im Schlamm stecken geblieben war. Wie sie nur unter größter Kraftanstrengung den Bus aus seiner misslichen Lage hatten befreien können, um auf einem kleinen Feldweg endlich wieder einen Blick auf den weit entfernten Turm zu bekommen. Aber Weinberg hielt den Mund und ließ die Vorwürfe über sich ergehen, denn er wollte seine Karriere nicht gefährden. Er träumte davon, selbst einmal in einer Position, wie Kleinfeld sie hatte, Macht über andere ausüben zu können. Also erwiderte er mit unterwürfiger Stimme: »Marc, sorry, tut uns echt leid, aber die Umstände ...«

»Was für Umstände, David? Komm mir nicht mit so einem Scheiß. Wir reißen uns hier den Arsch auf, um eine gute Show zu produzieren, und ihr verschwindet, gondelt fast zwei Stunden lang irgendwo in der Pampa herum. Das ist verdammt noch mal nicht lustig. Also, was habt ihr für mich? Und komm mir jetzt bloß nicht mit irgendeinem Schwachsinn, den muss ich hier nämlich schon die ganze Zeit ertragen.«

»Wir stehen auf einem Feld, südöstlich vom Turm ...«

»Ja, und?«, unterbrach ihn Kleinfeld ungeduldig.

»Vor wenigen Minuten ist ein Hubschrauber über uns hinweggedonnert, aber keiner von diesen kleinen Rettungshubschraubern, die hier ständig in der Luft hängen. Das war ein richtig dicker Brummer, der einen Höllenlärm gemacht hat. Soweit wir sehen konnten, eine Militärmaschine.«

Jetzt hatte er Kleinfelds volle Aufmerksamkeit, und auch Lee war neugierig geworden.

»Militär?«

»Ja, ziemlich sicher.«

»Habt ihr das gefilmt? Sag mir, dass ihr das gefilmt habt!«

»Wir waren gerade erst dabei ...«

Kleinfeld sprang auf und riss die Hände hoch. »Was seid ihr doch für Amateure, Herrgott!«

»Aber ... Kozlowski konnte eine Aufnahme von dem Turm machen, wie der Suchscheinwerfer des Hubschraubers direkt darüber schwebt und dann sein Licht ausmacht ...«

»Sein Licht ausmacht?«

»Ja, man konnte die Maschine selbst nicht sehen mit dem Tele-Objektiv, nur das Licht von dem Scheinwerfer, den der Hubschrauber vorne drin hat. Und dann ging das Licht plötzlich aus.«

Kleinfelds Stimme klang nun ruhiger.

»Ist das Material unterwegs?«

»Das sollte auf dem Server liegen«, erklärte David.

Lee hatte soeben die Bestätigung bekommen und nickte.

»Monitor vier«, sagte er knapp.

»Wir haben es«, bestätigte Kleinfeld.

Gespannt waren nun alle Augen auf den Monitor gerichtet. Aufgrund der großen Entfernung zitterte das Bild. Der beleuchtete Turm war gut zu sehen, und tatsächlich schwebte ein Licht, wie das einer kleinen Laterne, einige Meter über dem Turm ... Dann ging das Licht aus.

Kleinfeld spürte, wie sein Puls schneller wurde. »David, wir melden uns wieder.«

Lee kappte die Audioübertragung. »Die holen die Geiseln jetzt raus!«

Kleinfeld nickte. »Bringt die Aufnahme, und zwar sofort! Und holt mir endlich Carla wieder ins Studio, ich kann diesen Pantos nicht mehr ertragen!«

Zamir eilte keuchend mit einer großen Propangasflasche das Treppenhaus hinauf. Er sah bei der Notbeleuchtung kaum die steinernen Stufen. In seinen Hosentaschen drückten zwei Dosen mit Butangas auf seine Schenkel und behinderten ihn zusätzlich bei jedem Schritt.

Im zweiten Stock stürzte er beinahe, und nur in letzter Sekunde konnte er verhindern, dass ihm die schwere Propangasflasche entglitt und in der Dunkelheit die Treppen hinunterstürzte.

Trotz der dicken Betonmauern konnte er nun das laute Knallen der Rotorblätter deutlich hören. Der Hubschrauber musste sich direkt über dem Turm befinden.

Was war er doch für ein Idiot. Hätte er die Übertragung der Livebilder von TELE PRO nicht zufällig gesehen, wäre er dem Zugriff des Spezialkommandos hilflos ausgeliefert gewesen. Waren sie vielleicht schon in das Dachgeschoss eingedrungen? Hoffentlich nicht, denn seine einzige Chance, diesen erneuten Zugriff für sich zu entscheiden, bestand darin, zu verhindern, dass die Männer überhaupt in den Turm gelangten.

Zamir wuchtete die schwere Gasflasche wieder hoch, drückte sie an seine Brust und stieg mit zitternden Knien Stufe um Stufe hinauf, bis in den dritten Stock. Sein Puls raste. Erschöpft drückte er die schwere Holztür des Wohnbereichs mit der Schulter auf, schleppte sich in den schmalen Gang dahinter und ließ vorsichtig die rote Propangasflasche zu Boden gleiten.

Ein heftiger Hustenanfall schüttelte seinen Körper.

»Nicht jetzt, nicht jetzt!«, brüllte er und schlug sich heftig mit der Faust auf den Brustkasten, bis sich der Schleim löste. Zornig spuckte er aus, atmete tief durch und sammelte seine Kräfte.

Nur noch wenige Meter trennten ihn von der steilen Wendeltreppe, die hinauf ins Dachgeschoss führte. Ein Suchscheinwerfer ließ für einen kurzen Moment das schmiedeeiserne Geländer aufleuchten und erinnerte ihn daran, dass er keine Zeit mehr zu verlieren hatte.

Ich habe keine andere Wahl, schoss es ihm durch den Kopf, dann stürzte er die Wendeltreppe hinauf und warf einen letzten Blick auf die rote Gasflasche, die er zurückgelassen hatte.

Immer mehr Schneeflocken wirbelten um den Hubschrauber und wehten auch in den Bauch der Bell, der nun an beiden Seiten geöffnet war. Auf jeder Seite bereitete ein Crewmitglied eine ausschwenkbare Seilwinde vor.

Schuster saß neben dem Piloten und betrachtete besorgt das immer heftiger werdende Schneetreiben.

»Ist der Schnee ein Problem?«, fragte er den Piloten, der ihn nur verschmitzt anlächelte.

»Nicht für den Vogel hier. Solange ich noch was sehe, ist alles gut, aber Ihr Team ...?«

Schuster ließ die Frage unbeantwortet. Er fasste sich an seinen Helm und betätigte eine Taste.

»Team Blau, bitte um Status!«

»Hier Bravo 1, melde minus 120 bis opt out.«

Der Pilot neben Schuster berührte ihn an der Schulter und deutete mit dem Zeigefinger auf eines der schrägen Fenster unter sich. Eine Gestalt huschte im Dunklen durch das Dachgeschoss. Schuster nickte.

»Bravo 2, wir haben Sichtkontakt.«

»Bestätige, Tango 1.«

Bravo 2 war der Scharfschütze des Kommandos, der den Zugriff seiner beiden Kameraden decken sollte, die sich in wenigen Minuten links und rechts aus dem Hubschrauber abseilen würden. Er saß angegurtet schräg auf einer Sitzbank und blickte durch den Sucher seines Gewehrs. Dank Nachtsichtvorsatz mit Restlichtverstärkung konnte er die Person deutlich besser sehen und hatte sie schon früher bemerkt als Schuster.

»Bravo 2, benötige mehr Informationen.«

»Männlich, kräftig, volles Haar ... Im Augenblick befindet sich die Person aber außerhalb meines Blickwinkels.«

Das musste Zamir sein – auch wenn Schuster sich dessen nicht hundertprozentig sicher sein konnte. Nun gab es kein Zurück mehr.

Wieder huschte die Gestalt durch den Raum und verschwand erneut vom Fenster.

»Tango 1, erhalte ich Schussfreigabe?«

Schuster schickte ein Stoßgebet zum Himmel, in der Hoffnung, die Person dort unten möge kein Unschuldiger sein. Er wartete weiter ab, falls ihn vielleicht eine innere Stimme noch vor einer Dummheit warnte, aber es gab nichts mehr außer den wild umherwirbelnden Schneeflocken, dem lauten Flattern der Rotoren und der Hoffnung, keinen Fehler zu machen.

»Bravo 2, Schussfreigabe nach eigenem Ermessen erteilt.«

David Weinberg war über die seitlich angebrachten Metallsprossen selbst auf den Kamerawagen geklettert. Seine Finger waren innerhalb von wenigen Minuten fast taub geworden. Oben angekommen, ballte er sie zu einer Faust und versuchte, sie mit seinem Atem zu wärmen, aber vergeblich.

Kozlowski hatte zwischenzeitlich das Objektiv der Kamera gewechselt und sie auf einem Stativ befestigt. Die Nachtsichtfunktion lieferte nun Infrarotbilder, die mit bloßem Auge nicht erkennbar waren. Das Problem war nur der einsetzende Schneesturm, der auf diese Distanz den Turm fast unkenntlich machte und Kozlowskis Arbeit auf dem Dach des Kamerawagens erheblich erschwerte. Im Gegensatz zu Weinberg trug Kozlowski eine warme Daunenjacke, und seine Hände steckten in speziellen Fäustlingen mit Öffnungen für Daumen und Zeigefinger, um die Kamera bedienen zu können.

»Scheißkalt hier oben«, bemerkte Weinberg. Kozlowski reagierte nicht darauf. »Passiert da jetzt irgendetwas?«

Kozlowski beantwortete auch diese Frage nicht, denn weder konnte er in die Zukunft sehen noch war er ein redseliger Mensch. Das Einzige, was ihn interessierte, war die junge Kollegin, um die er sich wirklich Sorgen machte. »Wie geht's Stephanie?«, fragte er.

»Schläft!«

Kozlowski quittierte das mit einem Nicken.

»Gut, das ist gut.«

»Meinst du, da kommt noch was? Kleinfeld meinte ja, da passiert jetzt was. Denke, er hat recht, aber wir werden von hier aus nicht viel zu sehen bekommen, oder?«

Kozlowski wischte einige Schneeflocken vom Objektiv. Er rang sich zu einer Antwort durch. »Nein, denke nicht.«

Keiner der beiden konnte wissen, dass sie bald eines Besseren belehrt werden würden.

Atli grinste über das ganze Gesicht.

Raffinesse, gepaart mit Glück!, lobte er sich selbst.

Über eine banale Internetrecherche hatte er nach den Kindern des Innenministers Blum gesucht und war schnell fündig geworden. Dessen siebzehnjährige Tochter Pia war in den sozialen Medien sehr aktiv und hatte dadurch Unmengen an persönlichen Daten über sich preisgegeben, darunter auch die Kontakte der Menschen, die ihr nahestanden – so auch der ihrer besten Freundin Cornelia Reitz. Cornelia ging sofort ans Handy, als er sie über einen fingierten Facebook-Account per Messanger-Call kontaktierte. Atli gab sich als Mitarbeiter des Innenministeriums aus, der dringend Pia Blum erreichen musste. Eine Minute später hatte er Pias Handynummer und veranlasste über eine Rufumleitung einen Anruf an Iris Sablotny, die persönliche Assistentin des Ministers, deren Telefonnummer Atli aus der Polizeidatenbank gehackt hatte. Die

Assistentin hatte wiederum Pias Rufnummer bei sich abgespeichert, und somit erschien unmittelbar Pias Name auf Sablotnys Smartphone, als dieses um 2:21 Uhr vibrierte und eine Textnachricht anzeigte:

Papa, geht's gerade?

Zu diesem Zeitpunkt befand sich der Minister mit seiner Assistentin in seiner Dienstlimousine auf dem Weg zum Schauplatz des Geiseldramas und hatte in Begleitung einer beeindruckenden Polizei-Eskorte noch eine Fahrt von circa vier Stunden vor sich. Aus taktischen Gründen war dem Innenminister ein Hubschrauber-Transport ausdrücklich nicht empfohlen worden.

»Je später Sie vor Ort eintreffen, desto besser. Mit etwas Glück ist die Geiselnahme bis dahin bereits beendet, und Sie brauchen nur mehr die Lorbeeren einzusammeln«, waren die Worte seines Stabschefs gewesen.

Iris Sablotny war fast eingeschlafen, als sie die Textnachricht von Pia erreichte.

»Herr Blum, Ihre Tochter.«

Müde reichte sie dem Minister das Handy. Er reagierte sofort und tippte eine Antwort ein.

Ist es wichtig, Liebes?

Eine Minute später läutete das Telefon in seiner Hand, und Blum ging automatisch ran, ohne zu bemerken, dass der Anruf von einer anderen Nummer kam.

»Ja, Pia, was gibt's?«, meldete er sich.

»Herr Minister, tut mir leid, wenn Sie jemand anderen erwartet haben. Hier spricht Kriminalhauptkommissar Koch – wir müssen dringend reden!«

Zamir war hinter der vorspringenden Mauer der Wendeltreppe in Deckung gegangen. Er wusste, dass der Schutz unzureichend war, aber er hatte keine andere Chance. Er musste das Risiko eingehen.

In seiner Hand lag die kleinkalibrige Pistole, die er Karl abgenommen hatte. Sie fühlte sich fremd an. Er hatte seit langer Zeit keine Waffe mehr in den Händen gehalten. Als er vor zehn Jahren bei seinem letzten Auftrag eine schlafende Frau aus kurzer Distanz durch ein Kopfkissen hindurch erschießen musste, hatte er sich geschworen, nie wieder eine Waffe gegen einen Menschen zu richten. Drei Kugeln waren noch im Magazin, mit denen er verhindern wollte, dass die Mission misslang, die er sich selbst gesetzt hatte.

Immer wieder schwenkte der Suchscheinwerfer des Helikopters quer durch den Raum, den er mühevoll und über Monate hinweg für sich und Esther geplant und umgestaltet hatte. Hier hatte er seinen Lebensabend in Ruhe und Frieden verbringen wollen. Er hatte schon damals geahnt, dass das eine Illusion war. Er war töricht genug gewesen, Esther zu glauben, dass alles im Leben einen Sinn hatte, obwohl ihn das Leben immer wieder gelehrt hatte, dass es keine Gerechtigkeit gab. Nun war Esther tot, und er hatte nur drei Kugeln, um selbst zumindest für einen letzten Rest Gerechtigkeit zu sorgen, so wie er es fast sein ganzes Leben immer wieder getan hatte. Er verbannte die Gedanken aus seinem Kopf und gab sich voll und ganz einer mentalen Übung hin, mit der er durch Autosuggestion seinen Herzschlag verlangsamte.

Zwei dunkle Gestalten tauchten an gegenüberliegenden Dachfenstern auf. Der Suchscheinwerfer verharrte auf einem Fenster zwischen den beiden und warf lange, düstere Schatten in das meterhohe Dachgewölbe.

Hände wischten von außen über die Dachfenster und entfernten Schnee von den Scheiben. Plötzlich glaubte Zamir einen Knabenchor zu hören, doch die Stimmen wurden immer lauter und schriller, bis die Ultraschall-Glasschneider schließlich ihre Arbeit verrichtet hatten.

Dann kehrte Stille ein. Nur noch ein leises Zischen aus der Mitte des Raums war zu vernehmen. Zamir warf einen Blick auf den frei stehenden Küchenblock und konnte deutlich den blauen Schimmer einer brennenden Gasflamme am Herd erkennen. Die Stille war nur von kurzer Dauer. Ein lautes Knacken ließ Zamir zusammenzucken, und fast gleichzeitig lösten sich die beiden Fenster aus ihren Rahmen und stürzten in die Tiefe. In dieser Sekunde wurde Zamir klar, dass man seine Anwesenheit bemerkt hatte, andernfalls hätten sich die Soldaten die Mühe gemacht und die Glasscheiben mit einem Saugnapf nach außen gezogen. Krachend zerbarsten die Scheiben auf dem Boden. Glassplitter flogen meterweit durch die Luft und funkelten im Licht des Suchscheinwerfers, gefolgt von zwei faustgroßen dunklen Objekten, die noch in der Luft explodierten.

Rauchgranaten, schlussfolgerte Zamir. Wenn er diesen Kampf zu seinen Gunsten entscheiden wollte, musste er jetzt handeln.

Schon verbreitete sich das neblige Gas, während seine Gegner in dessen Schutz Seile durch die Fenster warfen.

Zamir zielte und feuerte, wobei sein Puls konstant bei achtzig Schlägen pro Minute blieb.

Als die Kugel eine der beiden Butangasflaschen traf, die seit Minuten durch die Flammen des Gasherds erhitzt wurden, verwandelte eine gewaltige Explosion das Dachgeschoss in ein brennendes Inferno.

FÜNF MINUTEN ZUVOR

Die Verbindung im Hubschrauber war schlecht, und es war der denkbar ungünstigste Zeitpunkt, Schuster zu stören. Zwei seiner GSG-9-Männer waren bereits auf dem Dach gelandet und entfernten soeben die Glasscheiben von zwei Fenstern. Trotzdem tippte der Pilot Schuster auf die Schulter und zeigte mit dem Finger auf eine blinkende LED auf dem Cockpit: *Incoming Message*.

»Ganz sicher nicht jetzt!«, sagte er schroff und konzentrierte sich auf den Zugriff.

»Tango 1, hier Bravo 3. Ich kann undeutlich ein kleines blaues Licht in dem Raum ausmachen«, meldete sich einer der Männer.

»Verstanden, Bravo 3. Bravo 2, können Sie das bestätigen?«

»Negativ, Tango 1. Von hier aus ist nichts zu sehen.«

»Tango 1, hier Bravo 1. Wir sind so weit.«

Wieder zeigte der Pilot auf das optische Signal im Cockpit, um Schuster auf ein externes Gespräch hinzuweisen. Dabei machte er das Handzeichen für Abbruch. Doch Schuster schüttelte wütend den Kopf.

»Bravo 1, hier Tango 1. Zugriff genehmigt!«

Schuster konnte sehen, wie beide GSG-9-Männer mit einem leichten Fußtritt die Scheiben in die Tiefe beförderten, kleine schwarze Granaten entsicherten und hinterherwarfen.

»Hauptkommissar Schuster«, meldete sich der Pilot wieder. »Es ist der Innenminister persönlich, und er verlangt den sofortigen Abbruch der Aktion.«

Soeben hatten die beiden Kämpfer die Seile, an denen sie befestigt waren, in die Tiefe hinabgelassen. Schuster hatte den Befehl klar verstanden – und doch zögerte er, den Abbruch durchzugeben, als ihm eine Feuersbrunst die Entscheidung abnahm. Wie aus dem Nichts jagten gewaltige Stichflammen aus den beiden Öffnungen, an denen sich seine Männer gerade abseilen wollten. Zwei der restlichen Scheiben wurden von umherfliegenden Gegenständen getroffen und explodierten förmlich. Der plötzliche Hitzeschwall brachte selbst den Hubschrauber ins Schwanken, der seitlich wegkippte und dessen Rotorblätter nur um Haaresbreite die Turmmauern verfehlten.

Als der Pilot die Bell wieder austariert hatte, fehlte von den beiden GSG-9-Männern jede Spur. Der Scharfschütze im Heck meldete sich mit zittriger Stimme.

»Tango 1, hier Bravo 2. Melde zwei Verluste.«

Schuster löste seinen Gurt.

»Halten Sie die Höhe, bis wir unsere Männer an Bord haben«, schrie er den Piloten an, dann eilte er so schnell wie möglich ins Heck des Hubschraubers.

Bravo 2 hatte sich bereits seines Gewehrs entledigt und war ungesichert auf die Kufen des Hubschraubers gestiegen. Schuster folgte ihm und blickte die Seile entlang nach unten. Zwei Gestalten pendelten leblos im Schneegestöber hin und her. Ihre olivgrünen Kampfanzüge waren schwarz wie Kohle.

UDO III

Sonntag, 17. Oktober 2010, 2:48 Uhr

Udo blinzelte. Ein lauter Knall, einhergehend mit einer heftigen Erschütterung des Turms, hatte ihn aus seinem Erlösungsszenario gerissen. Nun blickte er geradewegs in das Antlitz des Teufels. Sein Gesicht war schwarz, der Bart qualmte, als wäre er eben dem Höllenfeuer entstiegen, und die Luft roch nach Schwefel.

Zamir ließ sich erschöpft auf dem Stuhl vor Udo nieder, dessen Augen einen Spaltbreit geöffnet waren. Er beendete die Eingabe auf seinem Handy und legte es auf den Computertisch.

1 014 834 Menschen hatten inzwischen für Udos Tod abgestimmt. Die Legitimation für die nächste Hinrichtung war gegeben – aber wessen Legitimation? Zamir war nicht dumm, er wusste, dass er die Regeln in dieser Farce selbst aufgestellt hatte und somit einzig und allein er für den Tod seiner Geiseln verantwortlich war. Nur ihn würde man zur Verantwortung ziehen und keinen der 1 014 834 Menschen da draußen, die nach der nächsten Exekution lechzten.

Mit einer kraftlosen Bewegung packte Zamir die vorbereitete Spritze und stand auf. Er drückte Udos geschorenen Kopf in den Nacken, bis er die blau hervorstehende Halsvene gut sehen konnte, dann injizierte er ihm die volle Ladung des Methylamphetamins in die Vena jugularis externa, wie er es einst bei seiner Ausbildung in Israel gelernt hatte.

Damals war er ein anderer Mensch gewesen, sein Hass war größer, sein Verlangen nach Rache ungestillt, und er hatte die Zeit seiner Ausbildung voller Ungeduld verbracht. Heute war alles anders. Der kalte Hass war zu Wut geworden, Wut auf diese dummen, jungen Männer, die für ein System einstanden, in dem sie selbst zuallererst ausgemerzt werden würden. Und Rache? Er hatte bitter feststellen müssen, dass Rache nicht gestillt werden konnte. Was immer er auch tat oder noch tun würde, nichts würde ihm seine Familie zurückgeben oder Esther wieder lebendig machen. Mochte ihn anfangs ein Impuls dazu getrieben haben, diese Geiselnahme als Racheszenario zu inszenieren, so war dieser Impuls längst nicht die Antriebsfeder, welche all die Energie freisetzte, die er brauchte, um seinen Plan in die Tat umzusetzen. Achtlos ließ Zamir die leere Spritze auf den Boden fallen, dann verließ er die Zelle.

Wilhelm Thielen nahm keine Notiz von der läutenden Türglocke. Der anthrazitfarbene BOSS-Anzug sowie das weiße Hemd und die weinrote Krawatte gaben ihm ein Gefühl von Überlegenheit. Er trug gerne Anzüge von BOSS, immerhin war der Firmengründer bekennender Nationalsozialist gewesen und hatte während des Krieges die SS-Uniformen produziert.

Die beeindruckendsten Uniformen, die je eine Armee auf der Welt getragen hatte, wie Thielen gerne seiner Gefolgschaft erklärte. Dass die Welt heute bereit war, für Mode der Marke BOSS Unsummen auszugeben, war für Thielen ein weiterer Beweis dafür, dass der Geist des Nationalsozialismus weltweit Akzeptanz fand.

Der Anzug würde ihm heute Abend die Sicherheit geben, die nötig war, um das mediale Ruder auf die Seite seiner Bewegung zu reißen.

Wieder läutete die Türglocke, doch Thielen starrte unbeirrt weiter auf die Livebilder, die soeben Zamir zeigten, der Udo eine Spritze in den Hals jagte.

»Diese Judensau«, kam es leise aus seinem Mund. Dennoch wusste Thielen ganz genau, dass die öffentliche Meinung sehr sprunghaft war.

Mach nur weiter ... Ermorde auch Kamerad Udo ... und das deutsche Volk wird das wahre Antlitz eurer Rasse endlich erkennen.

Es läutete ein drittes Mal. Thielen blinzelte, legte den Kopf nach links und rechts, wobei seine Halswirbel knackten, dann schob er die dicke Hornbrille den Nasenrücken hoch und drückte einen Knopf auf der Fernbedienung, die er in der Hand hielt. Udos Gesicht verschwand.

Wir werden uns wohl nicht mehr wiedersehen, Kamerad, aber dein Opfer wird nicht umsonst gewesen sein. Mit diesem Gedanken warf er die Fernbedienung auf den Ledersessel und schritt zielstrebig die Diele entlang, vorbei an einer gerahmten Schwarz-Weiß-Fotografie von Görings Villa Carinhall. Die Ledersohlen seiner Anzugschuhe klackten laut auf dem Parkettboden, bis er schwungvoll die Haustür seiner kleinen Villa öffnete. Ein eiskalter Wind wirbelte Schneeflocken in den Gang. Eckl stand einige Meter entfernt am Gartentor, winkte ihm kurz zu und lief dann geduckt zurück zu einem schwarzen Mercedes S 600 L mit Werkspanzerung, den die Partei vor fünf Jahren gebraucht von einem solventen Förderer aus der Metallindustrie übernommen hatte.

Thielen griff ganz automatisch zu dem langen, schwarzen Ledermantel am Kleiderhaken, besann sich dann aber eines Besseren und entschied sich schließlich für den dunkelblauen Schurwollmantel, den er nur über die Schultern hängte.

Schmunzelnd warf er einen letzten Blick in den Spiegel neben der Garderobe. Der Wolf im Schafspelz. Dann schloss er die Haustür hinter sich und ging aufrecht auf den Mercedes zu, als würde der Schneesturm ihm nichts anhaben können.

»Wie ist der Stand der Dinge, Eckl?«, wollte Thielen wissen, während er sich auf der Rückbank niederließ und die gepanzerte Tür mit einem lauten Schnappgeräusch zufiel. Augenblicklich beschlugen die dicken Gläser seiner Brille.

»Der Sender kann es kaum erwarten, Sie endlich live im Studio zu haben.«

Thielen nahm die Brille ab und zog ein Putztuch aus der Innentasche des Sakkos, während der schwere SL langsam anfuhr.

»Nein, das meine ich nicht ... Was ist mit den Jungs?«

»Den Kameraden?«

»Eckl, bitte. Welche Jungs werde ich wohl sonst meinen?«

Die Scheibenwischer schalteten automatisch eine Stufe höher, um der Schneeflocken auf der Windschutzscheiben Herr zu werden.

»Ossko hat mich angerufen, dass er sich mit etwa dreißig Kameraden im Sportheim Dorstfelden gesammelt hat. Kramer hat die Jungs schon erwartet und den Laden extra aufgemacht.«

»Nur dreißig? Vor ein paar Stunden waren es doch noch knapp hundert?«, stellte Thielen irritiert fest und setzte seine Brille wieder auf.

»Bei dem Krawall am Turm haben die Bullen mindestens zehn unserer Kameraden eingelocht, und soweit ich rausfinden konnte, sind mindestens zehn weitere mit Verletzungen in irgendwelchen Krankenhäusern. Der Rest hat sich in alle Winde verstreut.«

Thielen wurde nie laut, aber sein Tonfall verriet seine Wut.

»Die haben sich verdrückt? Ich will die Namen haben. Notieren Sie sich das, Eckl, ich will den Namen von jedem Einzelnen haben, der heute Nacht wieder zu Mama ins Bett gekrochen ist.«

Eckl war selbst am Turm gewesen, wenn auch nicht in erster Reihe. Er hatte am eigenen Leib erfahren, mit welcher Härte die Kämpfe ausgebrochen waren und wie verbissen sie sich im dichten Tränengasnebel Mann gegen Mann geschlagen und getreten hatten, ohne Ziel und ohne Plan, oft nur aus Angst um das eigene Leben. Eckl hatte so etwas noch nie erlebt. Schreie, Blut, Zorn und Verzweiflung – Erinnerungsfetzen, die ihn seitdem heimsuchten. Wie durch ein Wunder war er dem Chaos ohne eine einzige Blessur entkommen. Danach hatte er sich die Seele aus dem Leib gekotzt, mitten auf die Motorhaube des schwarzen Mercedes-Benz.

»Das ist nicht fair«, sagte Eckl kleinlaut.

Thielen dachte erst, er hätte sich verhört, denn noch nie zuvor hatte Eckl Kritik an seinen Äußerungen geübt. Ein Grund, warum er Eckl hoch schätzte.

»Was ... was ist nicht fair?«

»Die Kameraden schlechtzumachen!«

»Die Scheißkerle, die abgehauen sind, müssen zur Rechenschaft gezogen werden ... die ...«, doch weiter kam er nicht, denn Eckls verbale Erwiderung erfolgte ungewöhnlich heftig.

»Die Kameraden haben alles gegeben, haben für unsere Idee gekämpft und ihr Blut gelassen. Die Kameraden sind Helden. Wären Sie dabei gewesen und hätten Sie gesehen, was ich gesehen habe, dann würden Sie ihnen Respekt zollen ... Respekt, verstehen Sie? Das ist es, was die Kameraden jetzt brauchen. Respekt.«

Thielen blieb stumm.

Vielleicht hatte Eckl recht. Er musste für Einigkeit in den eigenen Reihen sorgen und durfte keine Hexenjagd veranstalten.

Der Wagen bog aus einer Nebenstraße der Siedlung auf eine Schnellstraße, die ins Zentrum führte. Die Straßen und Häuser waren bereits von einer leichten Schneeschicht überzogen.

Ob nun hundert oder dreißig Mann im Sportheim ihre Wunden leckten, spielte sowieso keine Rolle mehr. In dieser Nacht würden sie ganz sicher nicht mehr ausrücken. Vielleicht morgen, vielleicht übermorgen, das kam ganz darauf an, wie sein Auftritt in der Liveshow von TELE PRO verlief und wie geschickt sich Karl Rieger bei seinem Verhör verhielt.

Thielen war sicher, mit Karl würde der alte Jude kein so leichtes Spiel haben wie mit Steiner und Udo.

Eckl schaltete das Radio ein.

»... hat seine zweite Geisel aus der Zelle geholt. Seitdem ist nicht bekannt, was mit der Geisel geschehen ist ...«, erklärte ein Radiosprecher, der ebenfalls unfreiwillig Überstunden machen musste.

»Was passiert mit Udo?«, fragte Eckl nun wieder in gewohnt unterwürfigem Tonfall, während er Thielen im Rückspiegel beobachtete.

Thielen wischte die beschlagene Seitenscheibe frei und blickte in die düstere Nacht hinaus.

»Udo wird zum Märtyrer werden und unserer Bewegung damit einen unschätzbaren Dienst erweisen.«

Was immer in der Spitze des Turms explodiert war, die Flammenwolke hatte keinen Nährboden gefunden, um den Dachstuhl in Brand zu setzen. Die Experten aus der Zentrale vermuteten eine Gasexplosion. Der Schneesturm hatte binnen weniger Minuten auch die letzten kleineren Brandherde zum Erlöschen gebracht. Bis auf geplatzte Scheiben und verrußte Fensterrahmen war dem Turm kaum ein Schaden anzusehen.

Minuten später erhielt Koch von Zamir eine kurze Filmaufnahme auf Maries Handy, die er unmittelbar an drei unterstützende Dienststellen weiterleitete.

Die Aufnahme zeigte einen schmalen Gang mit geschlossenen Türen, an dessen Ende der Fuß einer Wendeltreppe zu sehen war. Ganz offensichtlich filmte Zamir selbst. Sein schwerer Atem war deutlich zu hören. Die Kamera bewegte sich auf die Wendeltreppe zu und filmte nach oben. Bei einer heftigen Hustenattacke verlor Zamir für einen kurzen Augenblick die Kontrolle über die Kamera, wobei unscharf ein dunkles Gesicht durch das Bild huschte.

Schließlich näherte sich die Kamera wieder der Wendeltreppe. Der Blick nach oben war durch eine Metallplatte versperrt. Zamir stieg zu der Platte empor und filmte sie aus der Nähe. Ein armbreiter Riegel war quer darauf befestigt, dessen Enden in Scharnieren mündeten, die in der Betondecke des Turms verankert waren. Kochs besonderes Interesse galt allerdings zwei Whiskey-Flaschen, die Zamir mit Klebeband auf der Unterseite der Metallplatte befestigt hatte.

Dann schwenkte die Kamera zurück und filmte in den schmalen Gang hinein. Dort war nun eine große rote Gasflasche zu sehen, der Zamir sich vorsichtig näherte – und je näher er kam, desto lauter wurde das Zischen, das vom Ventil der Flasche ausging.

Hier endete das Video, gefolgt von einer kurzen Textnachricht: *UN 1965 Propan, DIN 51622, Gemisch C, 33 kg.*

Wenige Minuten später meldete sich Schuster aus der Stabsstelle im Festsaal der Gaststätte Eichenlaub.

»Michael?« Seine Stimme klang leise und matt.

»Achim.«

»Es war mein Fehler.«

Die Pause, die danach einsetzte, war so lang, dass manche Kollegen in der Kommandostelle schon annahmen, die Verbindung wäre abgebrochen. Aber Koch und Schuster hatten in den Jahren ihrer Zusammenarbeit zu einer Art von Kommunikation gefunden, die sich auf ein Mindestmaß an Worten beschränkte.

»Wie geht es den Männern?«, durchbrach Koch schließlich die Stille.

»Sie hatten Glück. Durch die Gasexplosion und den Sturz aus der Höhe hatten beide das Bewusstsein verloren, aber ... es geht ihnen gut. Sie liegen jetzt benommen im Lazarett.«

»Verbrennungen?«

»Negativ. Die Anzüge und Schutzmasken sind verkohlt, aber sie selbst sind unversehrt.«

»Und Zamir?«

»Er war da. Ich habe ihn gesehen«, antwortete Schuster.

»Zamir war in diesem Inferno?«, fragte Koch.

»Er war da, ich bin mir sicher ... und bei Gott, der Mann hatte keine Schutzweste an und keinen Helm auf. Ich sage dir, wir haben ihn vielleicht nicht erledigt, aber das Ding hat er niemals unbeschadet überstanden.«

Wieder setzte eine lange Pause ein.

»Und das Video?«, fragte Koch.

»Eine Sprengfalle – der Kerl ist schlau. Von oben gibt es nun absolut keinen Weg mehr ins Innere des Turms.«

Schuster wandte sich vom Telefon ab. »Oberst Löckel? Würden Sie bitte dem operativen Leiter die Situation persönlich erklären?«

Seine Stimme wurde wieder lauter.

»Die Bundeswehr hat uns Oberst Löckel abgestellt, der hier in der Nähe einen Ausbildungsstützpunkt für Kampfmittelabwehr leitet. Er ist vor einer halben Stunde eingetroffen. Ich übergebe den Hörer.«

»Oberst Löckel«, meldete sich der Experte zackig.

»Kriminalhauptkommissar Koch. Es freut mich, dass uns das Heer gleich einen Oberst zur Verfügung stellt.«

»Es ist mir ein persönliches Anliegen, Sie dabei zu unterstützen, diesen Juden unschädlich zu machen!«

»Ah ... ja«, antwortete Koch irritiert und fuhr fort: »Was können Sie mir über die Vorrichtung sagen, die der Geiselnehmer im Obergeschoss installiert hat?«

»Laut den Plänen, die mir hier vorliegen, befindet sich unterhalb der Wendeltreppe ein Verbindungsgang, der bei verschlossenen Türen fünfzehn Kubikmeter an Luftvolumen enthält. Die Propangasflasche mit einem geschätzten Fassungsvermögen von dreiunddreißig Kilo ergibt bei einem Gasaustritt von hundert Prozent ein Füllvermögen von 17,64 Kubikmeter. Die Propangas-Sättigung der Kammer läge dann deutlich über hundert Prozent. Laut Auskunft des Architekten Behrens wurde die Metallplatte zum Verschluss der Wendeltreppe konzipiert, um im Falle eines Feuers einen Luftstrom zu unterbinden. Würde man nun versuchen, diese Platte von der Dachseite aus gewaltsam zu entfernen, zum Beispiel durch Aufschweißen, würde dies eine exotherme Reaktion nach sich ziehen. Der darunterliegende Raum ist ein geschlossenes System und reagiert dann wie eine ... Bombe.«

Koch schüttelte fassungslos den Kopf.

»Würde sich das nur auf das obere Stockwerk auswirken?«

»Nein. So wie ich die Pläne interpretiere, gibt es bis auf ein paar Holztüren keine weiteren Sperrriegel in den unteren Teil des Turms. Die Explosion würde sich auch nach unten ausbreiten und vor allem dort ihre zerstörerische Kraft entfalten, da der Druck durch Beton und Panzerglas nicht entweichen kann.«

Koch atmete tief durch. »Danke für Ihre Ausführungen, Oberst. Geben Sie mir doch bitte wieder Kommissar Schuster.«

»Gestatten Sie mir noch eine Anmerkung, Hauptkommissar.«

»Ja, bitte?«

»Ein Scharfschütze könnte mit einem Hartkerngeschoss aus sicherer Entfernung, sagen wir mal von einem Hubschrauber aus, die Platte mit Leichtigkeit durchschlagen und so die Detonation auslösen. Danach könnte ein Sturmtrupp erneut im Dachgeschoss landen und die Sache ein für alle Mal zu Ende bringen.«

»Und die Geiseln?«

»Glauben Sie mir, der Jude lässt doch keine Nazis am Leben. Ob Sie da reingehen oder abwarten, spielt keine Rolle mehr. Die Geiseln kriegen Sie da nie lebendig raus.«

»Und der Geiselnehmer?«

»Mit ein bisschen Glück zerfetzt es dem Juden die Lunge, und Sie haben ein Problem weniger.«

Schritt für Schritt half Zamir Udo die steinernen Treppen hinauf. Udo war schwach, aber die Droge hatte gewirkt und ihn ins Hier und Jetzt zurückgeholt. Der Mann an seiner Seite war nicht der Hölle entsprungen, es war Ephraim Zamir, dessen Bart und Kopfhaare zum Großteil verbrannt waren.

Als Zamir den Schuss auf die Butangasdosen abgefeuert hatte, riss er schützend beide Arme vor das Gesicht und ließ sich auf die Knie fallen. Im selben Augenblick erfasste eine Feuersbrunst den Raum. Teile des Küchenblocks waren wie Splittergranaten durch die Luft geschleudert. Der Mauervorsprung, den er einst aus optischen Gründen hatte verlängern lassen, damit der Handlauf der Wendeltreppe bis ganz nach oben führte, war zu seinem Schutzwall geworden, der ihm das Leben gerettet hatte. Nichtsdestotrotz hatten Weste, Teile seines Pullovers, Bart und Haare durch die enorme Hitze Feuer gefangen, das er mit bloßen Händen erstickte, während er sich unter Schmerzensschreien am Boden wälzte und sich dabei weitere Verbrennungen zuzog.

Udo wagte es nicht, Zamir anzusehen, er blickte stumpf auf die gemauerte Treppe, die kaum zu erkennen war. Stufe für Stufe schleppte er sich empor, den rasselnden Atem seines Peinigers an seiner Seite, der immer wieder stehen blieb, laut hustete, Schleim ausspuckte und schließlich weiterstapfte.

Zamir war verletzt. Ob er versuchen könnte zu fliehen?

Es war ein schwacher Gedanke, der Wunsch, dem sicheren Tod doch noch zu entgehen. Aber in diesem Moment stolperte Udo, und noch bevor er zu Boden stürzte, packte ihn Zamirs kräftige Hand und erstickte jede Hoffnung im Keim.

Nein, an Flucht war nicht zu denken.

Ein knackendes Geräusch drang nach und nach in Udos Bewusstsein und wurde zum Mittelpunkt seiner Aufmerksamkeit. Hatte er sich bislang mit seinem bevorstehenden Tod abgefunden, ihn als unausweichliches Ereignis hingenommen, regte sich mit den lauter werdenden Geräuschen nun erneut seine Angst.

Als die Stufen ein Ende nahmen und sie den zweiten Stock erreicht hatten, erschrak Udo, als er in eine Pfütze trat und beinahe ausgerutscht wäre. Doch auch sein nächster Schritt platschte im seichten Wasser, ebenso wie sein übernächster. Zu seinem Erstaunen spiegelte sich ein schwaches Licht im Wasser, das vor ihm den gesamten Boden des Stockwerks bedeckte. Das Licht kam aus einer weit geöffneten Tür, die das Treppenhaus mit einem Wohnbereich verband. Dorthin schleppte ihn Zamir, Schritt für Schritt in die Ungewissheit.

Marc Kleinfeld hätte sich am liebsten selbst auf die Schulter geklopft. Er hatte den richtigen Riecher gehabt, als er Lee angewiesen hatte, von der Übertragung aus Udos Zelle zu der Außenkamera zu wechseln, die seit Minuten die Turmspitze im Visier hatte, zusammen mit dem Helikopter, der über ihr kreiste. Udo hatte man unterdessen als kleines Einblendbild in die linke untere Ecke verfrachtet. Und gerade als Marc die Geduld zu verlieren begann, verwandelte sich die Turmspitze in ein glühendes Inferno.

Die Kontrollmonitore leuchteten rot auf und spiegelten sich in den freudestrahlenden Augen des Fernsehproduzenten. Der Kampfhubschrauber bildete eine schwarze Silhouette, als der Turm Flammen nach ihm spuckte wie ein Drache. Trudelnd zog er zwei Männer vom Dach, die man zuvor überhaupt nicht gesehen hatte und die schließlich an ihren Seilen in die Tiefe stürzten. Dann verschwanden die Flammen, und der Hubschrauber wurde wieder von der Nacht verschluckt. Doch die Aufnahmen waren im Kasten und wurden seitdem unablässig wiederholt und kommentiert. Nachdem von offizieller Seite eine Nachrichtensperre verhängt worden war, gab es kein Halten mehr für die wildesten Spekulationen. Immer wieder wurden Pseudoexperten befragt und Kommentare aus dem Netz zitiert. Auch Carla von Stein und Robert Pantos spielten sich gegenseitig die Bälle zu, um einander mit absurden Theorien zu überflügeln.

»Mir sah das mehr nach Flammenwerfern aus«, kommentierte Pantos eine unscharfe Zeitlupenaufnahme, bei der man einen Ausschnitt der Explosion fast zur Unkenntlichkeit vergrößert hatte.

»Nein, nein, Herr Pantos, man sieht doch ganz deutlich, wie aus mehreren Fenstern gleichzeitig Flammen schießen. Ich glaube vielmehr, dass es nicht nur ein Flammenwerfer war, sondern mehrere. Und sollte ich recht haben, würde das doch bedeuten, dass wir es vielleicht nicht nur mit einem Geiselnehmer zu tun haben, sondern mit einer ganzen Gruppe!«

Pantos nickte übertrieben und hob beide Hände.

»Wie ja die Polizei heute Nacht zweifelsfrei bestätigt hat, war – oder ist vielleicht auch noch – der Geiselnehmer Ephraim Zamir ein Mitglied des israelischen Geheimdienstes. Vielleicht hat der Mossad inzwischen weitere Männer über den Luftweg in den Turm gebracht und ...«

»Nein, das kann ich nicht glauben«, unterbrach ihn Carla. »Wieso sollte der Mossad so etwas tun?«

»Na, wegen der Neonazis! Könnte es nicht sein, dass sie den Neonazis den Kampf angesagt haben, nachdem unser Staat ja nur tatenlos zusieht?«

Kleinfeld verdrehte die Augen. Die beiden waren nicht schlecht, aber das ging zu weit.

»Lee, Pantos soll sich mit politischen Äußerungen zurückhalten. Wir sind neutral in dieser Sache, sag ihm das!«

Während Lee die Anweisungen über den Kopfhörer an Pantos weitergab, der daraufhin kurz den Faden verlor, ärgerte sich Kleinfeld über Zamir, der Udo aus dem Verlies geholt hatte und seitdem nicht mehr mit ihm zurückgekehrt war.

»Karin, was machen wir jetzt? Der Counter ist längst überschritten. Was jetzt?«

»Beruhige dich«, sagte Karin. »Vielleicht gewährt er ihm einen letzten Wunsch oder so was Ähnliches. Der inszeniert doch nicht dieses ganze Brimborium, um den Nazi dann in irgendeiner dunklen Ecke ...«

»Eben«, unterbrach Kleinfeld sie. »Der braucht uns doch für seine Show! Also, wo bitte steckt er, und was tut er jetzt?«

In diesem Augenblick erlosch das Bild von Udos leerem Verlies. Sprachlos sahen sich Karin und Kleinfeld an.

Sind wir jetzt endlich raus aus dem Spiel?, fragte sie sich, doch dann tauchte eine neue Szenerie in der Übertragung auf – und Kleinfelds Augen leuchteten wieder, als ein dunkelblau gefliestes Badezimmer mit einer frei stehenden Wanne das Bild ausfüllte.

Zamir setzte Udo auf einen einfachen Holzstuhl, der neben der Badewanne stand. Udo ließ es geschehen, zu geschwächt, um noch irgendeine Reaktion zu zeigen. Zamir ging hinter die Kamera, die er nach Steiners Exekution aufgebaut hatte, und überprüfte den Bildausschnitt.

Udo betrachtete derweilen ängstlich die Quelle der krachenden Geräusche. Mit Spanngummis waren zwei Eismaschinen schräg gekippt auf einer Waschmaschine und einem Trockner angebracht worden. Unablässig produzierten sie krachend und knirschend Eiswürfel, die in die Badewanne prasselten, welche bereits fast bis zum Rand mit Wasser und Eis gefüllt war. Zwei schmale Gummischläuche verbanden den Hahn des Waschbeckens mit den Eismaschinen, deren Wasserspeicher stetig überlief und so den Boden des Badezimmers überflutete.

Zamir zog einen Stecker aus der Wand. Augenblicklich verstummten die beiden Maschinen, dann drehte er den Wasserhahn ab, der seinen Dienst mit einem lang anhaltenden Quietschen einstellte.

»Zieh dich aus, Udo«, befahl Zamir mit ausdruckslosem Ton, als ginge es nur noch darum, einen unangenehmen Auftrag zu erfüllen. Aber Udo hatte nicht mehr vor, sich seinem Schicksal bedingungslos zu ergeben.

»Nein«, erwiderte er und blickte Zamir, der vor ihm stand, unnachgiebig in die Augen.

»Ich habe keine Zeit, mit dir zu diskutieren, und letztendlich wird es auch keinen Unterschied machen, ob du mit oder ohne Kleidung in diese Wanne steigst. Ich verspreche dir aber, dass es schneller vorbei sein wird, wenn du es nackt tust.«

Udo biss die Zähne zusammen und starrte Zamir an, hatte aber nicht mehr die Kraft, irgendetwas zu entgegnen.

»Sagt dir der Name Sigmund Rascher etwas?«

Udo antwortete nicht.

»Sigmund Rascher war KZ-Arzt in Dachau. Er hatte 1942 von Himmler den Auftrag erhalten, ›Unterkühlungsversuche‹ durchzuführen. Er wandte dafür zwei Methoden an. Bei der ersten Methode ließ man ...«, Zamir stockte, »... Versuchspersonen viele Stunden lang nackt bei Eiseskälte im Freien stehen. Du weißt, wer die Versuchspersonen waren?«

Udo schwieg, konzentrierte sich ganz darauf, Zamir anzustarren, als könne er ihn dadurch zum Schweigen bringen.

»Staatsfeinde, Zigeuner und natürlich meinesgleichen ... Juden!«

Zamir lächelte milde.

»Sag mir, Udo, wärst du gerne eine Versuchsperson?«

Udo reagierte nicht darauf, sondern starrte Zamir nur weiter an wie eine Schlange, bevor sie zuschlägt.

»Die nächtlichen Temperaturen in Dachau waren dem Herrn Nazi-Doktor aber nicht extrem genug«, fuhr Zamir fort. »Deshalb zog man den armen Schweinen Nachthemden an und übergoss sie stündlich mit kaltem Wasser. Warst du schon mal nackt im Winter im Freien, sagen wir, bei ein paar Grad über null?«

Zamir erwartete schon längst keine Antwort mehr von seiner Geisel. Eigentlich erzählte er die Geschichte auch nicht

Udo, er erzählte sie den Zuschauern, die gebannt auf ihr Handy oder den Fernseher glotzten, um die nächste Tötung live mitzuerleben.

»Kälte ist schmerzhaft, Udo, vor allem, wenn sie dich langsam erfasst, wenn sie in dich hineinkriecht. Wusstest du, dass es schmerzhafter ist, barfuß durch Schnee zu laufen als durch heißen Sand?«

Zamir steckte die Hand in die Badewanne, deren Oberfläche nun von einer dünnen Eisschicht überzogen war. Während er die Hand unter Wasser hielt, fuhr er fort.

»Der Schmerz, Udo ... der Schmerz seiner Juden ... wurde ein Problem für Rascher. Sie schrien ... nein, sie brüllten. Sie brüllten so laut, dass Rascher um Verlegung seiner Versuchsstation nach Auschwitz bat. Denn dort, so erklärte er Himmler, wäre das Gelände größer, und die Nächte seien kälter.«

Noch immer hielt Zamir seine Hand in das halb gefrorene Wasser, ohne eine Miene zu verziehen.

»Aber Himmler lehnte zu seinem tiefsten Bedauern ab. Also entschied sich der nette Herr Doktor für eine zweite Variante. Er legte seine Juden gefesselt in Wasserbecken mit einer Temperatur knapp über dem Gefrierpunkt.«

Zamir riss seine Hand empor und streckte sie Udo entgegen. Sie war feuerrot geworden.

»Die normale Körpertemperatur des Menschen liegt bei siebenunddreißig Grad ... ja, selbst bei Juden. Steigt sie nur um zwei Grad, erleben wir ein ausgewachsenes Fieber, senkt man sie um zwei Grad, erleiden wir eine extreme Unterkühlung. Geschieht das Ganze schnell, spüren wir dabei kaum Schmerzen. Zuerst leidet die Muskulatur.«

Zamir ballte seine roten Finger mühevoll zu einer Faust.

»Danach arbeiten die Organe nicht mehr richtig, vor allem Herz und Gehirn. Der Puls geht langsamer, und das Hirn kann die einfachsten Rechenaufgaben nicht mehr bewältigen. In arktischen Schneestürmen haben schon Menschen die Orientierung verloren, die nur fünfzig Meter von einem Gebäude zum anderen gehen wollten. Der wohl grausamste Aspekt ist aber, dass die Betroffenen bei einer weiteren Senkung der Körpertemperatur völlig ermatten. Ihnen fehlt dann die Kraft, sich dem Tod zu stellen und um ihr Leben zu kämpfen, stattdessen geben sie sich ihrem Schicksal hin. Sie wirken dann fast so, als würden sie friedlich einschlafen.«

Zamir öffnete die Faust, die allmählich wieder ihre ursprüngliche Farbe annahm.

»Das Unangenehme dabei ist nur, dass der Hirntod bei Unterkühlung erst ganz zuletzt eintritt, Udo.« Ein grausames Grinsen huschte über sein Gesicht. »Das Gehirn überlebt länger, weil der Stoffwechsel in einem fast zu Tode erfrorenen Körper extrem langsam abläuft.«

Plötzlich löste sich ein Schrei aus Udos Kehle, und mit letzter Kraft der Verzweiflung stürzte er sich auf Zamirs teuflische Fratze, um ihm mit bloßen Händen die Augen einzudrücken oder die Halsschlagader aufzureißen. Aber damit hatte Zamir längst gerechnet. Mühelos griff er Udos ausgestreckte Arme, schnellte nach oben und versetzte ihm mit der Stirn einen heftigen Schlag auf die Nase, die knirschend brach und Blut verspritzte. Udo kippte nach hinten und stürzte fast in die Wanne, doch Zamir hielt immer noch seine Arme fest und fing ihn kurz über der Wasseroberfläche ab.

Tränen liefen über Udos blutverschmiertes Gesicht. Er hatte furchtbare Angst. Er wünschte, er würde noch einmal das Gesicht aus seinem Erlösungstraum sehen, aber da war nur diese verbrannte, schwarze Fratze des Juden, der sie für all ihre Sünden bestrafte. Für einen kurzen Augenblick sah es so aus, als hätte Zamir Mitleid mit ihm, doch dann ließ er ihn ganz sanft in die eiskalte Wanne gleiten, bis sein Körper unter den Eiswürfeln verschwand und nur noch der Kopf zu sehen war. Das Blut aus seiner Nase lief die Wangen hinab und tropfte auf die Eiswürfel, die leuchtend rot schimmerten.

Zamir warf einen Blick über seine Schulter. Er wollte sichergehen, dass die Kamera alles aufzeichnete und das Schauspiel live übertragen wurde. Die rote Leuchtdiode über dem Objektiv gab ihm Gewissheit.

Udos Arme quälten sich ein letztes Mal durch die Eisdecke und umfassten die Ränder der Wanne. Sein schlotterndes Gebiss war nun ganz deutlich zu hören. Es war ein letzter Versuch, sich dem Tod entgegenzustellen, aber vergeblich. Zamir packte Udos Handgelenke, löste sie mit einem Ruck vom Wannenrand und drückte sie so lange unter die Wasseroberfläche, bis Udos Körper Ruhe fand.

Als Zamir schließlich seine Hände aus dem eisigen Sarg emporhob, hatte er den Eindruck, als würde Udo friedlich lächeln, aber er wusste, dass es lediglich seine Gesichtsmuskeln waren, die ihre Arbeit eingestellt hatten. Ebenso bewegten sich auch seine Augen nicht mehr, obwohl offensichtlich noch Leben in ihnen war, bis Zamir mit den Händen sanft über sie fuhr und sie für immer schloss.

THOMAS II

Sonntag, 17. Oktober 2010, 3:05 Uhr

Das Sturmfeuerzeug mit dem eingravierten Hakenkreuz schnappte rhythmisch auf und zu.

Klick, klack, klick, klack ...

Thomas befand sich in Karls kleiner Wohnung, die so viel ordentlicher war als sein Zuhause. Jeder noch so kleine Gegenstand war mit Bedacht platziert, die Bücher sortiert, und überflüssige Utensilien gab es nicht.

»Warst du schon mal bei einem Kanaken zu Hause? Da sieht es aus wie in einem Rattenloch. Ordnung ist eine deutsche Tugend, Thomas«, waren Karls Worte gewesen, als er ihn zum ersten Mal hierher mitgenommen hatte. Fasziniert hatte Thomas voller Ehrfurcht all die Nazi-Relikte bestaunt. Jeder einzelne Gegenstand besaß seine eigene Geschichte, nichts war einfach nur Dekoration, und Karl verbrachte viel Zeit damit, Thomas diese Geschichten zu erzählen.

Die Hakenkreuzfahne über dem Computer war angeblich durch die Blutfahne geweiht worden, die die Nazis 1923 beim Hitlerputsch mitgeführt hatten. Karl hatte ihm erklärt, dass durch Berührung mit der Blutfahne alle bedeutenden Hakenkreuzfahnen des Dritten Reichs eine besondere Kraft entwickelt hatten. Auch das Banner mit der Aufschrift »WIR DENKEN MIT UNSEREM BLUT!« war laut Karl ein Original aus Goebbels' Propagandaministerium in Berlin.

Aber all das nahm Thomas im Augenblick nicht wahr. Fast

apathisch saß er auf dem dunkelgrauen Klappsofa und folgte der Berichterstattung im Fernsehen. Dort war gerade das lächelnde Gesicht einer jungen Frau zu sehen, das ihn qualvoll an seine Tat erinnerte. Es war ein Foto von Esther Goldstein.

Die einfühlsame Stimme der Reporterin zeichnete den leidvollen Lebensweg der Israelin nach, während Archivbilder ihre tragische Geschichte untermalten: vom Bombenanschlag auf ihre Schule in Jerusalem bis zum beherzten Engagement durch Rabbi Moshe, der das gehörlose Mädchen allen Hürden zum Trotz nach Deutschland gebracht und ihr hier ein neues Leben ermöglicht hatte. Der nüchterne und sensible Beitrag des öffentlich-rechtlichen Senders war genau das Gegenteil von dem, was Thomas zuvor stundenlang auf TELE PRO erlebt hatte. Umso stärker hatte er Thomas' Gewissen jedoch erreicht, und umso stärker wurde auch die Last seiner Schuld.

Es war falsch.

Der Sender verzichtete am Ende des Beitrags auf die Einspielung der Tötungsszene, die inzwischen im Internet Klick-Rekorde verzeichnete. Stattdessen zeigte man Rabbi Moshe, der zusammen mit anderen Gemeindemitgliedern neben der weiß gewandeten Esther am Boden kniete und ein Gebet sprach.

Klick, klack, klick, klack ...

Karl hatte ihn geohrfeigt. Seine Wange hatte gebrannt. Die Pistole, mit der er geschossen hatte, war laut über den Boden geschlittert.

Es war falsch.

Klick, klack, klick, klack ...

»Es war doch nur eine Jüdin ...«, hörte er sich selbst verzweifelt Karl anflehen. Aber es war falsch. Das wusste er jetzt. Alles war falsch. Dieses Mädchen hatte es nicht verdient, zu sterben. Es war alles eine Lüge gewesen.

Klick, klack, klick, klack ...

Die bittere Erkenntnis brachte Thomas' ganze Welt zum Einstürzen. Aus Verwirrung wurde Verzweiflung, und aus Verzweiflung wurde Wut, bis schließlich das Sturmfeuerzeug in seiner Hand ein letztes Mal klickte.

FÜNFUNDVIERZIG MINUTEN ZUVOR

Der Mief im Polizeiwagen war für Marie kaum auszuhalten – Schweiß vermischt mit dem Geruch von Fast Food, das sich die beiden Polizisten offensichtlich genehmigt hatten, bevor Marie zugestiegen war. An ein Öffnen der Fenster war aber kaum zu denken. Die Außentemperatur war inzwischen sicher auf knapp über null Grad gefallen, und die Scheibenwischer des Wagens hatten Mühe, die Windschutzscheibe vom Schnee frei zu halten.

Die beiden Polizisten wechselten kaum ein Wort. Doch schon aus den wenigen Halbsätzen war klar geworden, dass sie die Befreiung der Geiseln nicht befürworteten. Der Polizeiobermeister, der am Steuer saß, erwähnte einen Kollegen, welcher der Auffassung war, der Jude hätte die Neonazis einfach nicht reizen sollen. »Der ganze Mist nur wegen einer Synagoge …« Es war offensichtlich, dass er von sich selbst sprach, während sein jüngerer Partner seine Meinung für sich behielt.

»Ungewöhnlich viele Lichter heute«, stellte er stattdessen fest, während der Stadtring sie über eine lang gezogene Brücke führte, von der aus man einen guten Blick auf zahlreiche Wohnhäuser hatte. Erst jetzt fiel es auch Marie auf: Es war kurz nach zwei Uhr morgens, doch in vielen Wohnungen brannte noch Licht, während die Straßen leer waren.

Die Lichter der Stadt verschwanden, als das Polizeiauto in einen Tunnel eintauchte. Plötzlich bremste der Wagen so heftig ab, dass Marie nur noch von ihrem Sicherheitsgurt gehalten wurde und die beiden Schirmmützen auf der Hutablage nach vorne geschleudert wurden. Dann standen sie still.

»Alles okay bei Ihnen?«, wollte der Fahrer wissen.

Marie nickte nur, sie rang noch nach Luft. Der junge Polizist hatte sich zu ihr umgedreht und lächelte sie milde an.

Marie beugte sich ein wenig zur Seite, um nach vorne durch die Windschutzscheibe sehen zu können. Ein Rettungswagen stand neben einem VW Golf, dessen Motorhaube zusammengeschoben war wie eine Ziehharmonika. Der Golf hatte offenbar einen mobilen Anhänger mit einem gelb leuchtenden Schild gerammt, der eine nächtliche Tunnelbaustelle sicherte.

Wie konnte man denn mitten in der Nacht in einem Tunnel ein drei Meter hohes, blinkendes Schild übersehen?

Es schien fast so, als hätte der junge Polizist Maries Gedanken lesen können.

»Wir hatten heute Nacht schon unzählige Auffahrunfälle. Die Kollegen und Rettungsdienste sind durchgehend im Einsatz. Überall dasselbe Bild, die Leute folgen der Liveübertragung auf ihren Handys, auch am Steuer. Während der ... also bei der ersten ... als der den ersten Neonazi umgebracht hat, gab es in einigen Städten sogar Tote bei Autounfällen, hat die Zentrale berichtet. Ist wirklich der reinste Horror da draußen.«

Ein Sanitäter lief auf die Fahrertür des Polizeiautos zu, die Scheibe war bereits heruntergelassen.

»Hier ist alles zu. Ihre Kollegen sind schon unterwegs. Das wird eine Weile dauern.«

»Ein Handy-Kandidat?«

Der Sanitäter nickte. »Der Frau geht es einigermaßen gut, aber sie hatte ein Baby dabei ...«

»Und?«

»Sie versuchen, die Blutung zu stillen. Sieht nicht gut aus.«

In dieser Sekunde hielten mit lautem Geheul zwei weitere Polizeiwagen neben ihnen.

Marie hätte am liebsten geschrien. Sie wollte nur noch, dass diese Nacht endlich aufhörte.

Es war kurz nach drei Uhr, als Marie mit der Streife endlich den Wohnblock erreichte, in dem Karl Rieger offiziell gemeldet war. Der Unfall hatte wertvolle Zeit gekostet. Ihre Begleiter hatten sich schließlich dazu entschlossen, rückwärts mit Blaulicht aus dem Tunnel zu manövrieren. Sie nahmen einen anderen Weg, und auch hier hatte sich dasselbe Bild gezeigt. In allen umliegenden Wohnblöcken brannte in jedem Stockwerk noch Licht.

Durch die Livereportage eines Radiosenders hatten sie erfahren, dass der Geiselnehmer nun auch sein zweites Opfer ermordet hatte. Opfer und Täter hatten in der Nachricht keine Namen mehr gehabt.

Der Schneesturm hatte nachgelassen. Mit Polizeiobermeister Heinrich und Polizeimeister Fischer stand Marie nun an dem schlecht beleuchteten, stark zerkratzten Klingelbrett des Wohnhauses und suchte nach dem Namen Rieger.

»Hier ... fünfter Stock: Rieger«, stellte Fischer fest.

Während er den Klingelknopf betätigte, wandte sich Heinrich mit mahnendem Zeigefinger Marie zu.

»Was immer auch passiert: Sie bleiben hinter uns und tun genau, was ich Ihnen sage. Wenn es nach mir ginge, würden Sie im Wagen warten, also halten Sie sich an meine Anweisungen und lassen Sie uns unseren Job machen.«

Fischer hatte inzwischen noch einmal geklingelt, aber ohne eine Reaktion. Die Tür blieb verschlossen.

»Und jetzt?«, fragte Fischer.

Marie schüttelte nur den Kopf und drückte mit der flachen Hand ein Dutzend Knöpfe gleichzeitig. Sekunden später meldeten sich mehrere erboste Stimmen, die verstummten, als Polizeiobermeister Heinrich antwortete: »Hier spricht die Polizei, bitte, öffnen Sie die Haustür! Bleiben Sie in Ihren Wohnungen, und bewahren Sie Ruhe!«

Thomas spürte, wie die Hitze ihn erreichte. Das große, handgemalte Hitler-Porträt flackerte an der Wand. Es hatte fast den Anschein, als würden Hitlers Augen im Schein der hell brennenden Hakenkreuzflagge zum Leben erwachen. Und auch Goebbels' Banner hatte Thomas unter Tränen angezündet, doch das qualmte nur und verbreitete einen üblen Gestank. Dann war er zu dem schmalen Bücherregal gegangen, hatte wahllos ein Buch herausgezogen und es der zischenden Gasflamme des Sturmfeuerzeugs ausgesetzt. Der leinengebundene Umschlag, auf dem der Name David Irving zu lesen war, fing Feuer. Thomas hielt das Buch eine Weile in der Hand, bis es seine Finger zu verbrennen drohte. Er warf es auf die Couch, wo sich die Flammen binnen Sekunden ausbreiteten.

Thomas wollte alles vernichten, was mit seinen rechten Kameraden zu tun hatte, mit deren falschen Versprechungen und Lügen. Aber gleichzeitig hoffte er, dass es vielleicht doch eine Zukunft für Karl gäbe. Immer und immer wieder durchlebte er die Ereignisse der letzten zwölf Stunden und kam zu dem Schluss, dass Karl der einzige wahre Freund war, den er hatte. Karl war es gewesen, der verhindern wollte, dass er an der Aktion teilnahm, und Karl war es auch gewesen, der ihn geschlagen hatte, nachdem er die Jüdin ... nachdem er Esther Goldstein ...

Der Qualm in der kleinen Wohnung verdichtete sich. Thomas hustete, er hatte die Orientierung verloren. Es hatte seiner Seele Erleichterung verschafft, mit anzusehen, wie all die Nazi-Relikte in Flammen aufgingen, wie sie schwarz und bedeutungslos wurden und keine Faszination mehr auf ihn ausüben konnten. Es war befreiend.

Das Letzte, was Thomas hörte, war das Einschnappen der Kappe des Sturmfeuerzeugs, bevor er zwischen den Flammen zu Boden stürzte und bewusstlos liegen blieb.

Marie zögerte keine Sekunde, als sich die Haustür endlich aufdrücken ließ. Sie sprintete das Treppenhaus hinauf, um in den fünften Stock zu gelangen. Vergeblich rief ihr Polizeiobermeister Heinrich hinterher, dass sie nur als Beobachterin mitgekommen war. Er gab sich jedoch keine große Mühe, denn insgeheim glaubte er nicht daran, dass der Junge hier sein würde. Und so packte er Fischer am Arm, als dieser ansetzte, Marie zu folgen, und schüttelte den Kopf.

»Lass sie – ich habe wirklich keine Lust, für nichts und wieder nichts da hochzurennen, wenn es einen Aufzug gibt!«

Marie hatte gerade den dritten Stock erreicht, da forderte die Anstrengung der Nacht ihren Tribut. Ein kleiner Fehltritt, und sie stürzte hart auf die gefliesten Stufen. Mit einem letzten Reflex fing sie sich mit dem rechten Unterarm ab. Ein stechender Schmerz schoss durch ihren Körper, der ihr augenblicklich Tränen in die Augen trieb.

»Feuer! Feuer!«, schrie eine alte Frauenstimme panisch von oben im Treppenhaus.

»Feuer!«, wiederholte die Stimme. Marie hörte, wie sie langsam näher kam. Nach und nach öffneten sich Türen. Ein dicker Mann in Unterhose spähte argwöhnisch durch einen Türspalt auf sie hinab.

Marie nahm alle Kräfte zusammen und rappelte sich wieder auf. Dabei versuchte sie sich kurz auf ihrem rechten Arm abzustützen und wäre beinahe vor Schmerzen wieder zusammengesackt. Doch sie ließ sich davon nicht abhalten, die Treppe weiter nach oben zu steigen.

Die schreiende alte Frau kam ihr im Nachtrock entgegen und hätte sie beinahe umgerannt. Die Panik stand ihr ins Gesicht geschrieben. Sie beachtete Marie gar nicht, sondern hangelte sich den Handlauf entlang, so schnell sie konnte.

»Feuer ... Feuer ...!«, rief sie unablässig.

Endlich erreichte Marie den fünften Stock. Ein leichter Dunst hing unter den billigen Neonröhren an der Decke. Es roch verschmort. Vor ihren Augen lag ein ausgedehnter Flur, von dem mindestens ein Dutzend Wohnungstüren abgingen. Die Wände waren mit obszönen Kritzeleien und radikalen Sprüchen verschmiert. Aus einer Wohnung kamen ihr eine Frau, die in Burka gekleidet war und ein kleines Baby trug, und ein Mann entgegen, der ihr bedeutete, dass sie umkehren sollte. Marie nahm ihn zwar wahr, doch ihre Konzentration galt den Namensschildern an den Türen. Und so schob der Mann schimpfend seine Frau mit dem Säugling vor sich her und verschwand im Treppenhaus. Aus einer anderen Tür lugte eine junge Frau hervor, die offensichtlich alles andere als nüchtern war.

»Was will der denn, hier stinkt's doch immer so. Wahrscheinlich hat der Kanake selbst mal wieder was anbrennen lassen. Die kochen doch am Boden, diese Kameltreiber ...«

»Rieger, Karl Rieger, der muss hier irgendwo wohnen«, stieß Marie hervor.

»Klar, der wohnt hier, ist voll okay, der Karl ...«, sagte die Frau und zog an einem Joint, den sie in der Hand verborgen gehalten hatte.

»Wo wohnt er?«

»Na, gleich da vorne rechts, die zweite oder dritte Tür ...«

Marie war schon weitergeeilt und entzifferte die Namen auf der rechten Seite des Ganges. Ihre Augen begannen zu brennen. Sie zog sich ihren Blazer aus und band ihn sich um Nase und Mund.

»Frau Stresemann«, hörte sie weiter hinter sich die Stimme von Polizeiobermeister Heinrich, der mit Fischer gerade aus dem Aufzug kam.

»Frau Stresemann?«

»Hier hinten ... Ich habe die Tür gefunden!«

Panisch drückte sie Riegers Klingelknopf, dann hämmerte sie mit der Faust gegen die Tür.

Es stank nun erbärmlich nach brennendem Gummi. Im Schein der Neonlichter konnte Marie sehen, wie der Rauch aus den Ritzen der Wohnungstür drang.

»Rufen Sie die Feuerwehr!«, schrie sie Heinrich entgegen, dem angesichts des Gestanks auch nicht ganz wohl in seiner Haut war.

»Fischer … Fischer ist dabei, die Feuerwehr zu organisieren und die Menschen aus ihren Betten …«, stammelte Heinrich.

»Wir müssen da rein!«

Heinrich sah den Qualm, der aus den Türritzen kam, schob Marie auf die Seite und schlug mit aller Kraft gegen die Tür.

»Machen Sie sofort auf!«, schrie er.

Noch mehr Bewohner des Hauses betraten neugierig den Gang, aber Riegers Tür blieb verschlossen.

»Bewahren Sie Ruhe, und verlassen Sie sofort das Haus. In dieser Wohnung ist offenbar ein Feuer ausgebrochen.«

Die Menschen begannen untereinander zu tuscheln. Offensichtlich waren sie noch unschlüssig, ob sie wirklich im Nachtgewand das Haus verlassen sollten. Einige gingen sogar wieder zurück in ihre Wohnung, um sich umzuziehen. Doch dann tat Polizeiobermeister Heinrich etwas, das ihre Meinung änderte. Er zog seine Dienstwaffe und schrie erneut durch Riegers verschlossene Tür: »Sollten Sie hinter dieser Tür stehen, treten Sie jetzt zurück! Ich feuere einen Schuss ins Türschloss ab!«

Wie erstarrt blickten die Menschen im Gang auf den Polizisten, der seine Waffe auf den Handknauf der Wohnungstür richtete. Dann folgte ein ohrenbetäubender Schuss, der mit Wucht durch die nackten Wände des Treppenhauses hallte und Panik auslöste. Menschen jeden Alters stürzten das enge Treppenhaus hinunter, aber Marie und Heinrich hatten keine Augen dafür. Noch immer war Riegers Tür verschlossen. Heinrich trat mit dem Fuß dagegen, doch die Tür gab nicht nach. Zornig hob er die Waffe erneut und feuerte zwei weitere Schüsse ab, dann warf er sich mit aller Kraft gegen Riegers Wohnungstür, die splitternd aufflog.

Dichter, schwarzer Qualm kam ihnen entgegen und hüllte sie ein. Heinrich wurde von einem Hustenanfall geschüttelt und ging augenblicklich in die Knie, doch Marie drängte an ihm vorbei in die dunkle Wohnung. Der Blazer schützte zwar vorübergehend die Atemwege, aber ihre Augen tränten und schwollen an, sodass sie nur noch undeutliche Konturen erkennen konnte. Schritt für Schritt tastete sie sich vorwärts. Ihre Knie wurden weich, und ihr Gleichgewichtssinn versagte langsam den Dienst. Der blaue Schimmer eines Fernsehers flimmerte wenige Meter vor ihr, aber von offenen Flammen war nichts zu sehen. Dann stolperte sie beinahe über ein unförmiges Hindernis am Boden.

Jetzt nur nicht ohnmächtig werden.

Mit beiden Händen suchte sie gebückt nach dem Hindernis und ertastete einen Körper.

Thomas!

Mit aller Kraft packte sie den leblosen Körper an seiner Kleidung und zerrte ihn zurück zur Wohnungstür. Der Schmerz in ihrem rechten Arm brachte sie fast um. Sie schrie bei jedem Schritt, mit dem sie den Jungen über den Boden zog, doch dann war ihre Kraft am Ende, und sie sank neben ihm zu Boden. Über ihr hörte sie ein lautes Husten. Heinrich hatte sich wieder im Griff, packte den Jungen und wuchtete ihn hinaus auf den Gang, dann eilte er zurück und tat dasselbe mit Marie, die fast ohnmächtig war. Geistesgegenwärtig schlug er die Wohnungstür zu und löste mit letzter Anstrengung noch einen Funkspruch aus.

»Hilfe, wir brauchen Hilfe!«

Es war kurz nach halb vier, als Marie langsam wieder zu sich kam. Über ihr Gesicht war eine Sauerstoffmaske gestülpt. Sie lag auf einer Trage und wurde über die Treppe des Hauses nach unten gebracht. Verschwommen konnte sie sehen, dass vor ihr eine weitere Person hinuntergetragen wurde.

Mit jedem Atemzug reinen Sauerstoffs, der sie zurück zu den Lebenden holte, hatte sie nur einen Gedanken.

Thomas … Lebt Thomas?

Unter größter Anstrengung gelang es ihr, ein Flüstern von

sich zu geben, doch der Sanitäter neben ihr konnte sie nicht hören.

Als sie draußen ankamen, konnte Marie aus den Augenwinkeln eine gewaltige Feuerleiter mit Feuerkorb sehen, die über ihr in den Himmel ragte. Feuerwehrmänner in gelben Uniformen kreuzten ihr Blickfeld und verschwanden im Haus. Von irgendwoher brüllte jemand Anweisungen durch ein Megafon.

»Lebt Thomas noch?«, rief sie nun laut aus. Sie spürte den Schmerz in ihrem rechten Arm.

Der Sanitäter an ihrer Seite drehte sich im Laufen zu ihr um. »Der Junge ...?«

Marie hatte nicht ihr Leben riskiert, um nun aufzugeben. Mit einem kräftigen Ruck drehte sie sich auf die Seite und stürzte von der Trage. Die Sanitäter waren so fassungslos, dass sie es zunächst geschehen ließen.

Marie landete unsanft im verschneiten Gras und zog sich mit der linken Hand die Maske vom Gesicht. Heinrich war ihr gefolgt. Er schien unversehrt zu sein. Doch ganz nah vor ihr befand sich die zweite Trage, die gerade in einen Krankenwagen bugsiert werden sollte. Marie raffte sich auf und stolperte zu Thomas' regungslosem Körper. Auch ihm hatte man eine Atemmaske übergezogen. Alles ging so schnell, dass keiner der Sanitäter Zeit hatte, Marie von ihrem Vorhaben abzuhalten. Hastig packte sie Thomas' Hand und schrie einen der Sanitäter an: »Lebt er? LEBT ER?«

Der Sanitäter blickte in Maries verzweifeltes Gesicht und nahm an, sie wäre die Mutter des Jungen. Er nickte.

»Ja, er lebt. Aber er hat eine schwere Rauchvergiftung erlitten.«

Ein zweiter Sanitäter nahm von hinten Maries Schultern und zog sie von der Trage weg.

»Wir müssen Sie ins Krankenhaus bringen und ...«

Marie riss sich los und starrte den Mann an, der verstummte. Die Türen des Krankenwagens schlossen sich.

Heinrich kam hinzu.

»Frau Stresemann, es wäre zu Ihrem Besten, wenn Sie ...«

Mit lautem Geheul jagte der Krankenwagen mit Thomas davon.

Marie spürte etwas in ihrer linken Hand.

»Ich muss zurück«, sagte sie nur.

Der Gegenstand in ihrer Hand war schwer und warm.

Heinrich und der Sanitäter versuchten, an ihre Vernunft zu appellieren. »Wir müssen uns Ihre Lunge ansehen. Sie gehören in ein Krankenhaus!«

Unbewusst klappte sie das Feuerzeug in ihrer Hand auf.

Klick!

»Ich muss zurück zum Turm!«

Sie klappte es wieder zu.

Klack!

SHALHEVET

Mittwoch, 10. September 2003

Shalhevets makelloser Körper war nur von einem Leintuch bedeckt. Sie hatte sich zusammengerollt wie ein Embryo im Mutterleib. Die Mittagssonne blitzte zwischen den Vorhängen hindurch, die im warmen Sommerwind weit in den Raum flatterten. Karl lag wach neben Shalhevet und folgte dem Spiel aus Bewegung, Licht und leisen Geräuschen. Sie hatten die pastellblauen Vorhänge mit Blumenornamenten vor einigen Wochen gemeinsam im Internet bestellt.

Seinen Vorschlag eines dunkelblauen Kunststoffrollos hatte sie abgelehnt.

»Ist das dein Ernst?«, hatte sie irritiert gefragt.

»Absolut lichtundurchlässig«, hatte er entgegnet, womit er den funktionalen Zweck des Rollos betonte, denn wegen der Ostlage des Schlafzimmers war langes Ausschlafen fast unmöglich.

Stattdessen entschied sie sich für einen luftigen Leinenstoff, der zwar schön sein mochte, aber das Schlafzimmer der Zweizimmerwohnung nur unzureichend vor der Sonne schützte.

»Es gibt doch nichts Schöneres, als durch die ersten Sonnenstrahlen geweckt zu werden«, hatte sie erklärt und ein bezauberndes Lächeln aufgesetzt, das Karl immer noch vor seinen Augen sehen konnten.

»Wieso brauchen wir dann überhaupt einen Vorhang?«, hörte er sich fragen.

»Der Vorhang ist ein ... eine symbolische Warnung. Verstehst du?«

Tat er aber nicht.

»Er ist ein Zeichen, der beiden Seiten, Licht und Schatten, genügend Spielraum lässt, um ... um existieren zu können«, hatte sie philosophiert.

»Das ist ein Vorhang. Und da draußen ist die Sonne. Und ich kann mir beim besten Willen nicht vorstellen, wie die Sonne ...«

»Und nun lass uns wild und scharf kochen ...«, vollzog sie einen abrupten Themenwechsel, was sie immer tat, wenn sie ein Gespräch nicht vertiefen wollte oder sie keine Lust auf eine Diskussion hatte.

»Und wir sollten heute nur kochen, was wir uns von den Nachbarn schnorren können.«

»Aber der Kühlschrank ist voll!«

»Ist aber nicht so lustig.«

Und wieder sah er vor seinen Augen ihr süßes Lachen ...

Doch dann war das Lachen ganz langsam aus ihrem Leben verschwunden. Er wusste nicht, woran es lag, er wusste nur, dass er sie liebte – und dass es nicht sein durfte. Er hatte nicht verhindern können, dass sein anfänglich nur gespieltes Interesse echte Liebe geworden war.

Sie hatten miteinander geschlafen heute Nacht. Aber es war anders gewesen als die Male zuvor. Es war nicht mehr so leidenschaftlich und intensiv wie in den ersten Wochen ihrer gemeinsamen Zeit. Am Ende hatte er geglaubt, Tränen in ihren Augen gesehen zu haben, dann war sie eingeschlafen, während seine Fragen unbeantwortet im Raum hingen.

War das ihre letzte Nacht gewesen? Würde sie ihn verlassen?

Er drehte sich vorsichtig um und betrachtete ihren Hinterkopf, das dunkle Haar, das sich lockig über das weiße Kopfkissen ausbreitete und weit bis zum Rücken hinabreichte. Sein

Blick folgte ihrem grazilen Rücken, der erst knapp über dem Po unter dem Leintuch verschwand.

Seine Kameraden waren bereits misstrauisch geworden.

»Wir haben, was wir wollen, also warum vögelst du diese Judenschlampe noch? Das ist doch abartig.«

»Wenn ich jetzt einfach abhaue, könnte das unser gesamtes Unternehmen gefährden. Also haltet einfach die Fresse, und überlasst das mir. Sie kann uns vielleicht noch nützlich sein.«

Karl hatte den Plan ausgearbeitet, andere hatten Waffen und den Sprengstoff besorgt: 1,7 Kilogramm reinstes TNT.

Shala, wie ihre Freunde sie nannten, schien wach geworden zu sein. Sanft bewegte sich das Laken, dann drehte sie sich langsam zu ihm, bis sich ihre Blicke trafen. Sie lächelte, zog seinen Kopf zu sich und gab ihm einen intensiven Kuss.

Vielleicht hatte er sich alles nur eingebildet? Gerade fühlte es sich so an, als könne nichts in der Welt sie auseinanderbringen.

Shala stand reglos unter der Dusche. Eiskaltes Wasser lief an ihr hinab, während sie die Tropfen auf der Glasscheibe beobachtete, die immer größer wurden und sich schließlich ihren Weg nach unten bahnten. Karl rief etwas durch die halb geschlossene Badezimmertür, aber das Wasser, das über ihren Kopf strömte, verschleierte die Worte. Sie steckte den Kopf aus der Dusche.

»Was?«

»Hast du mein Handy gesehen?«, wiederholte Karl seine Frage.

»Nein, keine Ahnung. Bin gleich fertig, dann helfe ich dir suchen!«

Shala zog die Schiebetür wieder zu und setzte sich erneut dem kalten Wasser aus, bis ihre Lippen blau angelaufen waren.

Kurze Zeit später stieg sie aus der Dusche und wickelte sich ein großes Handtuch um den Körper. Der Duschhahn tropfte nach, und durch das geschlossene Fenster hörte man leise und dumpf den Verkehr der Großstadt. Regungslos betrachtete sie ihr Spiegelbild. Von irgendwoher ertönte plötzlich leise das Vibrieren eines stumm gestellten Telefons. Sie zuckte zusammen, so als wäre sie gerade aus einem Traum erwacht.

In diesem Augenblick öffnete sich die Tür. Shala sah im Spiegel, wie Karl hereinkam. Er betrachtete für einen kurzen Moment ihren schmalen Rücken und wandte sich dann ab, um sich im Bad umzusehen.

»Ich finde es nicht ... so ein Mist!«

Shala stockte der Atem. »Ich bin gleich bei dir ...«

»Vielleicht habe ich es hier irgendwo liegen gelassen?!«

»Nein, ich habe hier schon nachgesehen.«

Die Vibration hatte aufgehört. Karl hielt inne, so als hätte er gerade noch flüchtig etwas wahrgenommen.

Shala drehte sich zu ihm um. Sein Anblick versetzte ihr einen Stich. Er machte ihr Angst, doch tief in ihrem Inneren fühlte sie sich noch immer zu ihm hingezogen.

»Alles okay?«, fragte er, auch wenn er die Antwort kannte, sie aber mit aller Kraft verdrängte. Und so gab er sich ihrer verzweifelten Umarmung und ihrem Kuss hin, der ihn blind machte für die Wahrheit.

Solange wir uns lieben, werden wir einen Weg finden. Ich werde nicht zulassen, dass ihr irgendetwas zustößt ...

Für einen kurzen Augenblick verlor er sich in ihren dunklen Augen, dann holte ihn die Gegenwart wieder ein. Sanft drückte er sie von sich weg.

»Tut mir leid, ich brauch dieses verdammte Handy, es ist wirklich wichtig, Shala.«

»Liebst du mich?« Es war die letzte offene Frage, die sie im Augenblick noch bewegte. Das Einzige, was sie wirklich von ihm wissen wollte.

»Aber das habe ich dir doch schon tausendmal gesagt ...«

Aber ist es die Wahrheit?, hatte sie sich immer wieder gefragt.

»Liebst du mich?«, wiederholte sie eindringlich.

Karl verbannte die Sorge um sein Handy und lächelte sie an. Er hob seinen rechten Arm, an dem er eine schmale Uhr mit einem auffälligen schwarz-weißen Armband trug. Zärtlich streichelte er ihre Wange.

Und obwohl sein Unterbewusstsein Alarm schlug, lächelte er sie nur zärtlich an und bestätigte ihre schlimmste Vermutung.

»Du weißt, wie sehr ich dich liebe.«

Es wäre alles einfacher gewesen, wenn es eine Lüge wäre.

Aber sie fühlte, dass er die Wahrheit sagte.

Scheißkerl!

Sie zwang sich, ihn anzulächeln.

»Machst du uns einen Kaffee?«

Er ließ sie los und nickte. Die Sorge um sein Handy und um seine Kameraden hatte wieder die Oberhand gewonnen. Da war es wieder, dieses zweite Gesicht, das er über Wochen geschickt vor ihr verborgen hatte. Dann ging er hinaus und ließ sie mit ihrem Schuldgefühl allein.

Wie konnte sie nur so dumm gewesen sein?

Shalhevet Ehrenberg arbeitete für die Israelitische Kultusgemeinde München an einem gewaltigen Bauvorhaben mit, bei dem am Jacobsplatz, nicht weit entfernt vom berühmten Viktualienmarkt, das neue Jüdische Zentrum entstehen sollte. Dazu gehörten die neue Hauptsynagoge Münchens, ein großes Gemeindezentrum sowie ein jüdisches Museum. Sie war stolz auf ihre Arbeit, stolz auf die Entstehung eines jüdischen Zentrums in ebenjener Stadt, die Hitler einst die »Hauptstadt der Bewegung« genannt hatte. Dieses neue Gemeindezentrum stand in ihren Augen für Hoffnung und eine harmonische Koexistenz aller Glaubensrichtungen und Menschen, die diese wunderbare Stadt bevölkerten. Ihre Großeltern waren noch vor dem Krieg in die USA emigriert, aber Anfang der Fünfzigerjahre mit ihren Kindern nach München zurückgekehrt, das sie zeitlebens als ihre Heimat empfunden hatten. Sie wagten einen Neuanfang und waren bereit, an einen Wandel zu glauben, an eine bessere Zukunft.

Als 1970 Unbekannte einen Brandanschlag auf das damalige Zentrum der Israelitischen Kultusgemeinde verübten, fielen all ihre Hoffnungen von ihnen ab. Sieben Menschen verbrannten bei lebendigem Leib, darunter zwei ehemalige jüdische KZ-Häftlinge. Die Täter wurden nie gefasst.

Ihr Großvater Samuel Ehrenberg starb wenige Jahre später mit einundachtzig Jahren und der Angst, dass er seine Kinder in die Hölle zurückgebracht hatte.

Shalhevet Ehrenberg kam 1977 auf die Welt. Sie war intelligent, belesen und wissbegierig, und doch lag über der Vergangenheit ihrer Familie ein Schleier des Vergessens. In ihrer Jugend begegneten ihr weder Fremdenfeindlichkeit noch Judenhass. Sie hatte Freunde aus allen Kulturkreisen und Religionen, und keiner davon verachtete einen anderen Menschen wegen seiner Hautfarbe oder seiner Religion.

Im Frühsommer 2003 begegnete sie Karl Fürst. An einem ausgelassenen Abend in ihrer Stammkneipe konnte dieser einsame, gut aussehende Kerl am Nebentisch seine Rechnung nicht zahlen. Sein Portemonnaie war ihm abhandengekommen, und so übernahm sie die vierundzwanzig Euro, die er der Bedienung schuldete, nicht ohne ihn wegen seines tollpatschigen Verlustes ein wenig aufzuziehen.

Einen Tag später meldete er sich bei ihr, um seine Schulden zu begleichen. Galant überreichte er ihr fünf rote Rosen mit je einer kunstvollen Schleife aus einem Geldschein.

Von da an erlebte sie die schönste Zeit ihres Lebens. Karl Fürst war nie fordernd, nie aufdringlich, immer zuvorkommend. Schon damals hätte ihr auffallen müssen, dass alles zu schön war, um wahr zu sein. Selbst die tätowierte 88 auf seinem linken Arm machte sie nicht stutzig.

»Das steht für meine über alles geliebte Oma, die mit achtundachtzig Jahren gestorben ist«, hatte er ihr einmal erklärt, und sie hatte es geglaubt.

Sie öffnete sich ihm wie nie einem anderen Menschen zuvor. Sie sprachen über ihre Arbeit, über das neue Gemeindezentrum und über die bevorstehende Grundsteinlegung, die am 9. November stattfinden sollte. Karl studierte Geschichte und wusste sofort, dass dieser Tag ein bewusst gewähltes Datum war.

Shalhevets Gefühle für Karl machten sie blind. Sein Interesse an ihrem Job schmeichelte ihr, und so interpretierte sie all seine Fragen über das Bauvorhaben und die Grundsteinlegung als Ausdruck von tiefer Zuneigung und Liebe. Sie wollte seine Meinung, seine Ratschläge, aber vor allem seine Anerkennung.

Doch vor einer Woche war ihre Traumwelt wie ein Kartenhaus zusammengebrochen.

Es geschah bei einem Mittagessen in der Nähe des Uni-Campus. Sie saßen im Innenhof eines kleinen Italieners im Schatten eines kaputten Sonnenschirms. Karl war soeben zur Toilette gegangen, als ein schlaksiger, dunkelhäutiger Student auf sie zueilte. Er hatte offensichtlich den Moment abgepasst, als Karl den Tisch verließ.

Er kam ohne Umschweife zum Thema und beugte sich weit über den Tisch, sodass Shalhevet unweigerlich ein wenig ängstlich vor dem schwarzen Gesicht mit den weiß leuchtenden Augen zurückwich. Er sprach mit starkem afrikanischem Akzent.

»Du weißt, dass dein Freund hier ein Nazi ist?!«

Shalhevet dachte zunächst, er wolle sie auf den Arm nehmen, und lachte nur.

»So ein Blödsinn, kannst du dir bitte jemand anderen suchen für deine makabren Scherze?«

Sie rechnete eigentlich damit, dass der Mann auflachen würde. Sie hatte schon die krudesten Anmachen erlebt. Doch es kam kein Lachen.

»Ich mache keinen Scherz. Der Typ ist ein Nazi, ein gefährlicher Nazi.«

Noch immer konnte Shalhevet nicht glauben, was sie da hörte. Sie wurde wütend und schüttelte den Kopf.

»Das ist nicht witzig, und mir ist auch egal, ob du auf Drogen bist oder ob hier irgendwo einer ein Filmchen dreht.« Sie hob entrüstet beide Hände, und ihre Stimme wurde lauter, sodass die Gespräche an den angrenzenden Tischen verstummten. »Aber du verziehst dich jetzt ganz schnell, oder du bekommst ganz, ganz großen Ärger!«

Mit diesen Worten schaltete sie ihr Handy auf Audioaufnahme und hielt es ihm entgegen.

Der afrikanische Student beachtete das Handy überhaupt nicht. Er blickte nur kurz in die Richtung, aus der Karl jeden Moment von der Toilette zurückkehren musste, dann wandte er sich wieder Shalhevet zu. »Sein Name ist Karl Rieger. Ich kenne ihn von Gerichtsverhandlungen. Mein Freund hat ihn verklagt wegen schwerer Körperverletzung. Karl Rieger ... Du musst nur im Netz suchen. Ich mache keine Witze.«

Dabei schüttelte er den Kopf.

»Aber vielleicht bist du auch Nazi ...«

Darauf verließ er den Innenhof mit seinen Freunden, die ihr misstrauische Blicke zuwarfen.

Als Karl zurückkam, hatte Shalhevet das Gefühl, man hätte ihr den Boden unter den Füßen weggezogen. Und doch konfrontierte sie Karl nicht mit den Anschuldigungen des Fremden, denn sollte es eine Lüge oder eine Verwechslung sein, wäre bereits der ausgesprochene Verdacht ein so heftiger Vertrauensbruch, dass ihre Beziehung dadurch einen irreparablen Schaden nehmen konnte. Und so schwieg sie, doch von da an war nichts mehr wie zuvor.

Als Shalhevet am Abend allein zu Hause an ihrem Computer saß, widerstand sie zunächst dem Drang, sich Gewissheit zu verschaffen. War es nicht gemein, ihn auszuspionieren? Sollte sie ihn nicht doch einfach offen darauf ansprechen?

Dann aber siegte die Vernunft, denn nach und nach wurde ihr bewusst, dass von Karl eine extreme Gefahr ausging, sollte an den Beschuldigungen etwas Wahres dran sein. Vielleicht stand sogar ihr Leben auf dem Spiel. Nervös tippte sie den Namen ein.

Schon das erste Bild, das die Suchmaschine ausspuckte, ließ keinen Zweifel zu. Auf einem Pressefoto war undeutlich ein junger Mann zu sehen, auf dessen T-Shirt »H K N K R Z« stand.

Sein Gesicht hatte man durch einen schwarzen Balken über den Augen unkenntlich gemacht, aber da er offensichtlich gerade von der Polizei abgeführt wurde, hielt er seinen ausgestreckten rechten Arm der Kamera entgegen und entblößte dabei eine Uhr mit einem markanten schwarz-weißen Armband, das Shalhevet nur allzu gut kannte. Die Wahrheit war schmerzvoller, als sie es im Entferntesten gedacht hatte.

Zwei Tage lang schottete sie sich daraufhin von ihrer Umwelt ab, täuschte eine schwere Grippe vor und weinte stundenlang in ein Kissen, bis sie keine Kraft mehr hatte für neue Tränen. Dann begann sie zu hinterfragen und zu verstehen. Erinnerte sich an ihre erste Begegnung, die offensichtlich kein Zufall gewesen war, an merkwürdige Bücher bei ihm zu Hause, an Freunde, die sie nie traf, und an Vorlesungen, die ständig ausfielen. Vor allem aber all seine Fragen zum neuen Gemeindezentrum ergaben plötzlich einen vollkommen neuen Sinn und führten nach und nach zu einer bitteren Erkenntnis.

Er plante einen Anschlag.

In der Folgewoche traf sie sich wieder regelmäßig mit ihm, wenn auch unter Qualen und Aufbietung all ihrer Kräfte. Sie hatte es noch immer nicht gewagt, irgendjemanden in ihr düsteres Geheimnis einzuweihen.

Jedes Wort, jede Regung und jedes Detail ihrer gemeinsamen Zeit verstärkten ihre Ahnung, nur benutzt worden zu sein. Doch konnte sie es nicht verhindern, dass sie für kurze Momente seinem perfekten Spiel erlag, wenn er versuchte, sie zum Lachen zu bringen, ihr Komplimente machte oder von einer gemeinsamen Zukunft schwärmte. Alles war eine Lüge, alles war falsch und doch so verlockend, dass es sie fast zerriss.

Der Knall einer laut zugeschlagenen Tür riss Shalhevet aus ihren Gedanken.

»Ich werde wahnsinnig!«, hörte sie ihn schreien. So wütend hatte sie ihn noch nie erlebt.

»Shala, ich finde es nicht. Du musst mir deins geben ...«

Sie blickte auf einen kleinen Wecker. Es war kurz vor 11 Uhr.

Es muss vorbei sein, dachte sie.

Seine Schritte kamen näher, die Tür wurde aufgerissen, und erneut stand er vor ihr. In seiner Hand hielt er ihr Handy.

»Tut mir leid, Shala, ich brauche dein Telefon. Kannst du es entsperren? Ich MUSS eine Nachricht abschicken ...«

Karl war sich darüber im Klaren, dass er damit eine strenge Regel brach.

»Benutzt nur euer eigenes Handy, niemals ein öffentliches Telefon, einen Festnetzanschluss oder das Handy von irgendjemand anderem. Ist das absolut klar? Und wenn alles vorbei ist, zertrümmert ihr euer Handy in tausend Stücke und fackelt die SIM-Karte ab.«

Das waren seine eigenen Worte gewesen, als er die Handys an seine Mitverschwörer verteilt hatte. Doch nun war er in Panik, denn eigentlich hätte er heute um halb elf bei einem konspirativen Treffen mit seinen Kameraden dabei sein müssen. Dank Shalhevet hatten die Verschwörer nämlich vor Kurzem erfahren, dass Bundespräsident Johannes Rau persönlich an der Grundsteinlegung teilnehmen würde. Entsprechend höher waren nun die Sicherheitsvorkehrungen, und umso wertvoller war Karls Informantin plötzlich wieder geworden.

Eine andere Regel, die er aufgestellt hatte, lautete: »Kann einer von uns an einem geplanten Treffen nicht teilnehmen, hat dieser unverzüglich per SMS den Code 88 an alle zu senden. Das bedeutet: Alles okay, aber mir ist was dazwischengekommen. Sollte dieser Code aber nicht gesendet werden, ist das Treffen innerhalb von fünfzehn Minuten nach geplantem Starttermin aufzulösen. Gibt es nach weiteren fünfzehn Minuten immer noch keine Entwarnung, habt ihr alle Beweismittel zu zerstören und eure Handys zu vernichten.« An der Stelle hatte er sie alle angeschrien und sie nacheinander diese Regel wiederholen lassen.

Nun war er es selbst, dem die Zeit davonlief und der bereits fünfundzwanzig wertvolle Minuten hinter dem Zeitplan lag.

Er hatte also keine Wahl – er musste Regel eins brechen, um nicht durch Regel zwei der Aktion großen Schaden zuzufügen.

Statt ihr eigenes Handy entgegenzunehmen, zog Shalhevet ausdruckslos Karls Telefon zwischen zwei zusammengelegten Frotteehandtüchern hervor und überreichte es ihm.

»Was für ein blöder Scherz«, fuhr er sie an und riss ihr das billige Prepaid-Telefon aus der Hand, während er ihr Handy auf einen Sessel schleuderte. Dann ging er zurück ins Wohnzimmer und setzte sich auf die Couch, den Blick starr auf das Display seines Telefons gerichtet.

Viermal hatten die Kameraden versucht, ihn zu erreichen. Das letzte Mal vor fast zehn Minuten. Ohne ihre Nachrichten zu lesen, hämmerte er zweimal die Acht in die Tastatur und drückte auf Senden. Nun wartete er darauf, dass der Empfang bestätigt wurde, aber die SMS blieb im Nirwana des digitalen Raums hängen.

Shalhevet war langsam aus dem Badezimmer getreten. Noch immer trug sie nichts als das Handtuch um ihren Körper. Ihre nassen Haare tropften auf das Parkett.

Karl rief die zuvor eingegangenen Nachrichten ab. Shalhevet konnte das blanke Entsetzen in seinem Gesicht sehen, als auf dem Display *WC* auftauchte, der Code für »Scheiße, wir sind aufgeflogen«. Damals hatten sie alle darüber gelacht, als einer von ihnen die Idee dazu gehabt hatte, denn keiner hatte geglaubt, dass sie diesen Code jemals brauchen würden.

»Es ist vorbei.«

Die Worte kamen leise und rau aus Shalhevets Kehle, aber laut genug, damit Karl deren Bedeutung und die gewaltige Bedeutung der Aussage begriff.

Karl schleuderte noch im Aufstehen das Handy so hart an die Wand, dass es zerbarst. Sein Gesicht war rot angelaufen. Mit schnellen Schritten ging er an ihr vorbei in die Küchennische, ohne sie aus den Augen zu lassen. Shalhevet war unfähig, sich zu bewegen, unfähig zu denken. Zitternd presste sie die Füße zusammen und hielt mit verkrampften Fingern das Handtuch fest. Wahllos griff Karl nach einem Messer in der Schublade und baute sich vor Shalhevet auf, die auf die Knie sank und den Blick auf den Boden richtete.

»Warum?«, schrie er auf sie herab, ohne dass sie sehen konnte, ob er das Messer auf sie gerichtet hatte. »Warum?«, brüllte er so laut, dass sich seine Stimme überschlug.

Spätestens jetzt rechnete sie damit, dass das Messer mit einem heftigen Ruck irgendwo in ihren Körper eindringen würde. Aber es passierte nichts, außer dass sie merkte, dass auch Karl auf die Knie sank und nun ganz nah vor ihr war.

Mit einem letzten Schrei holte Karl mit dem Messer weit aus und rammte es mit voller Wucht in den Parkettboden zwischen sich und Shalhevet, wo es vibrierend stecken blieb.

»Warum?«, sagte er noch einmal, diesmal kraftlos und leise. Er betrachtete Shalhevet, die vor ihm kniete und keinen Ton von sich gab. Vorsichtig streckte er die Hand aus, um sanft ihr Kinn anzuheben. Ihre Augen waren geweitet, ihr Atem ging schnell, aber sie weinte nicht. Es schien so, als würde sie durch ihn hindurchblicken. Schließlich war er es, der weinte, dessen Körper sich nach ihrer Zärtlichkeit und ihrem Mitleid sehnte. Aber es kam nichts. Und so kauerten die beiden minutenlang voreinander am Boden, bis Karls Tränen versiegten. Er stand langsam auf, küsste sie zärtlich auf den Kopf und verschwand für immer aus Shalhevets Leben.

Getrieben von Enttäuschung und Zorn, ließ er sich eine Woche später ein beeindruckendes Hakenkreuz auf den Rücken stechen, um seine Gesinnung nie wieder verraten zu können.

KARL IV

Sonntag, 17. Oktober 2010, 3:40 Uhr

Die beiden Männer saßen sich gegenüber. Zamir hatte Karl Rieger nur mit Mühe wach bekommen. Eine Injektion des Aufputschmittels und ein Eimer mit kaltem Wasser hatten schließlich Wirkung gezeigt. Noch während Rieger langsam aus seinem Dämmerschlaf erwachte, hatte Zamir seine Verletzungen untersucht und den Pressverband unter dem Klebeband ausgetauscht. Rieger hatte nur kurz gezuckt, als Zamir den silbernen Klebestreifen mit einem Ruck von der linken Schulter gerissen hatte. Sofort hatte die Wunde heftig zu bluten begonnen, aber soweit Zamir es beurteilen konnte, hatte sie sich nicht entzündet. Aller Voraussicht nach würde Karl Rieger an der Verletzung nicht sterben. Zamir war aber auch bewusst, dass er dringend in ein Krankenhaus gebracht werden musste. Früher hatte das Gefühl, über Leben und Tod entscheiden zu können, eine berauschende Wirkung gehabt, doch das war längst vorbei. Er erinnerte sich an den Auftragsmord an einem SS-Obersturmbannführer des Sicherheitsdienstes, der kurz nach dem Krieg über die Rattenlinie nach Südamerika geflüchtet war. Im Angesicht seines bevorstehenden Todes verriet ihm der Mann das Versteck eines wertvollen Nazi-Schatzes, doch Zamir machte sich nichts aus Gold und Kunst und ertränkte den Obersturmbannführer in seiner Badewanne. Das Gefühl, einen Massenmörder hingerichtet zu haben, war unbezahlbar gewesen.

Nur waren die Neonazis Steiner, Udo und dieses verkommene Subjekt, das vor ihm saß, keine Massenmörder.

Noch nicht, mutmaßte Zamir, aber die Saat des Übels hatte ihre Seelen bereits verdorben und wucherte wild wie ein Krebsgeschwür.

Trotzdem empfand Zamir kein Mitleid mit Karl Rieger. Es war vielmehr Esther, die mit zunehmender Erschöpfung in seinem Geist an Präsenz gewann und an sein Gewissen appellierte. Noch gelang es ihm aber, diese Gedanken beiseitezuwischen und sich auf den Abschluss seiner Mission zu konzentrieren.

Riegers brüchige Stimme forderte seine Aufmerksamkeit.

»Sie wollen ein Verhör? Sie wollen, dass ich Ihnen und der verlogenen Welt da draußen Rede und Antwort stehe?«

Seit dem Zeitpunkt, als Karl begriffen hatte, dass es Zamir mit der Liveübertragung und dem Counter ernst meinte, hatte er intensiv überlegt, wie er dem Gespräch mit Zamir entgegentreten sollte.

Er hatte sich ausgemalt, wie impulsiv das Gespräch mit Steiner verlaufen war, und konnte sich auch vorstellen, wie Udo zum Judas geworden war, nur um seine Haut zu retten. Sie waren beide einem Duell zum Opfer gefallen, das mit einer Waffe ausgetragen wurde, die sie nur unzureichend beherrschten: Rhetorik.

Karl räusperte sich. Langsam gewann er die Kontrolle über seine Stimme wieder.

»Sie wollen, dass ich rede? Können Sie haben, von mir aus. Aber nicht so ... Binden Sie mir die Hände los.«

Zamir sah Rieger stumm an, ohne auf die Forderung einzugehen. Ein kurzer Blick auf seinen Monitor verriet ihm, dass sein Stream bislang nur das Standbild seiner Geisel zeigte und die Zähler für Leben und Tod noch regungslos auf null verharrten.

Mit einem Mausklick startete Zamir die Übertragung. Eine

rote Leuchte an der Kamera sprang an und zeigte jetzt auch Karl, dass der Stream begonnen hatte. Innerhalb weniger Sekunden begannen die Counter zu zählen, als lägen sie im Wettstreit. Zwölf Stimmen für Tod, zwei Stimmen für Leben.

Karl setzte nach: »Was haben Sie zu verlieren? Haben Sie Angst, ich renne Ihnen davon, mit gefesselten Beinen und einem angeschossenen Arm? So bekommen Sie kein Wort aus mir heraus ...«

Er räusperte sich wieder. Zamir stellte sofort fest, dass Rieger ihn siezte und auf seine üblichen Schimpfwörter verzichtete. Ihm war klar, dass dies Teil einer bewussten Strategie war. Und doch kam er schließlich zu der Entscheidung, dass der Handel von Vorteil sein konnte, vorausgesetzt, es gelänge ihm, die Kontrolle über den Gesprächsverlauf zu behalten.

»Sie werden reden?«

»Wenn Sie mich losmachen.«

Während die Blicke der beiden Kontrahenten einander standhielten, schnappte eine Klinge in Zamirs Hand auf. Karl zuckte für einen Moment zusammen. Er glaubte, Udos Klappmesser zu erkennen, dann konzentrierte er sich wieder auf Zamir, der die Kabelbinder an seinen Handgelenken auftrennte. Das Messer verschwand wieder in einer der Taschen an Zamirs Weste. Wortlos griff der alte Mann zu einer Flasche Wasser und hielt sie seiner Geisel hin.

»Sie müssen Durst haben.«

Karl erwiderte den Blick, während er gleichzeitig den Versuch unternahm, die Flasche mit beiden Händen zu ergreifen. Doch seine Arme gehorchten ihm nicht. Stattdessen schoss ein unglaublicher Schmerz durch seine linke Schulter und trieb ihm Tränen in die Augen. Er musste den Blick abwenden.

Zamir nutzte die Gelegenheit, um Karl zu verdeutlichen, wer die wahre Macht im Raum besaß. Er beugte sich vor, umfasste mit der linken Hand Riegers Kiefer und goss ihm den Inhalt der Flasche in den offenen Rachen, bis Rieger prustend die Wassermenge nicht mehr aufnehmen konnte. Zamir ließ von ihm ab, setzte sich wieder und sah ihm zu, wie er hustend nach Luft schnappte. Insgeheim wertete Rieger den Übergriff aber als Punkt für sich.

Mitleid konnte eine starke Waffe sein.

Und tatsächlich holten die Stimmen für »Leben« deutlich auf.

Marc Kleinfeld beobachtete die Liveübertragung von Karl Rieger und Ephraim Zamir. Sie hatten keinen Drive mehr, stellte er betrübt fest.

»Geht das nicht lauter? Die beiden sind kaum zu hören!«

»Soll ich jemand reinschicken, der den Ton angelt?«, erwiderte Lee sarkastisch, aber Kleinfeld ging nicht auf die Provokation ein. Er hatte ganz andere Sorgen. Er spürte förmlich, wie die Quoten sanken, weil die Menschen zu Bett gingen. Der alte Jude sah zwar mit seinem versengten Bart und der verbrannten Weste gespenstisch aus, aber das war zu wenig, um nach so vielen Stunden Power-Reality-TV die Zuschauer noch bei der Stange zu halten. Soeben hatte Zamir dem Neonazi auch noch die Fesseln gelöst.

Was wird das, geht der Alte jetzt auf Schmusekurs?

In dieser Sekunde flog die Tür zum Regieraum auf, und Carla von Stein baute sich vor Kleinfeld auf. Die Erschöpfung stand ihr ins Gesicht geschrieben, auch wenn das Make-up nach wie vor makellos aussah.

»Es reicht, Marc! Es reicht!«

Ihre Stimme hatte an Kraft verloren, und selbst dieser Vorwurf klang eher wie ein Hilferuf.

»Carla, was soll das? Bist du von allen guten Geistern verlassen, wir sind auf Sendung!«

»Sendung? Ich bin doch nur dein Lückenfüller, damit du deine widerlichen Filmchen aus dem Netz übertragen kannst. Dass wir uns auf dieses Niveau herunter begeben, hätte ich nie gedacht.«

Carla hatte ausgesprochen, was Lee längst ebenso empfand.

»Carla hat recht. Bis auf uns haben inzwischen alle Sender den Livestream aus der Sendung genommen. Wir sollten Schluss machen, Marc.«

Aber Marc Kleinfeld war noch nicht bereit, die Show der Nachtschicht zu übergeben, die lange nicht so hochkarätig besetzt war. Er stand auf, um nicht zu Carla aufschauen zu müssen.

»Was soll das? Wird das hier eine Meuterei? Wir haben jetzt absolut nicht die Zeit für solche unsinnigen Diskussionen. Carla ...« Er legte einen flehenden Ton in seine Stimme. »In wenigen Minuten trifft der Vorsitzende der NPD ein. Karin?«, wandte er sich Hilfe suchend an seine Assistentin, die gerade an der Kaffeemaschine stand und frustriert die Meldung *Service erforderlich* auf dem dunklen Display entzifferte.

»Wilhelm Thielen wird jeden Augenblick hier eintreffen«, antwortete sie pflichtbewusst und schlug frustriert mit der flachen Hand auf die Maschine.

»Carla, Thielen steckt vielleicht irgendwie mit drin in dieser Geschichte. Das ist ... das ist investigativer Journalismus!«

»Ohne Maulkorb und Knopf im Ohr?«

Kleinfeld glaubte, ein Flackern in ihren Augen zu erkennen. Auf den Kopfhörer, mit dem er Anweisungen geben und den Gesprächsverlauf beeinflussen konnte, wollte er jedoch nicht verzichten.

»Ohne Maulkorb, aber der Knopf muss sein!«

Carla legte die Stirn in Falten. Sie hatte angebissen.

»Aber danach ist Schluss.«

Kleinfeld blickte in die Runde leerer Gesichter. Er hatte tatsächlich für eine Sekunde das Gefühl, eine Meuterei abgewendet zu haben.

»Danach ist Schluss, versprochen!«

Carla trat gebeugt den Rückzug an. Die Tür zum Regieraum

ließ sie weit offen. Kleinfeld gestand ihr diese weitere Respektlosigkeit zu, solange sie nur einfach funktionierte.

Die Kaffeemaschine gab ein lautes Zischen von sich. Cappuccino ergoss sich in Karins Tasse, die zum Dank ein Stoßgebet zum Himmel schickte, als das Handy in ihrer Hand summte.

»Marc, ich hab hier noch was.«

Kleinfeld wusste, dass Karin nur dann Versprechungen in den Raum posaunte, wenn sie einen echten Knaller in der Hand hatte.

»Halt dich fest, der Junge, der die Haushälterin erschossen hat, wird gerade von einem Notarzt mit schweren Verbrennungen ins Krankenhaus gebracht.«

Kleinfeld konnte sein Glück kaum fassen.

»Wie sicher ist die Information?«

»Tausendprozentig. Kommt direkt von der Streife, die vor Ort war!«

»Wieso hat der Junge denn Verbrennungen?«

»Wissen wir nicht.«

Kleinfeld ballte die Faust. Livebilder von dem verbrannten Jungen in der Notaufnahme wären sensationell.

»Karin, zieh David und Stephanie vom Turm ab! Ich will, dass sie mit großen Kulleraugen voller Mitleid den Jungen vor die Kamera bekommen.«

Lee mischte sich ein. »Die sind soeben abgelöst worden von ...«

»Das ist doch wunderbar, dann sind sie sicher schon wieder in der Stadt.«

»Und haben sich den Feierabend ...«, versuchte Lee erneut, seinen Kollegen den Auftrag zu ersparen.

»... dann verdient, wenn sie diese Kleinigkeit noch gedreht haben«, vollendete Kleinfeld den Satz mit einem Tonfall, der Lees schwach vorgetragene Kritik im Keim erstickte.

Zamir hatte seine Lesebrille wieder aufgesetzt. Konzentriert las er von einem Blatt ab, das auf einem blauen Schnellhefter in seinem Schoß lag. Er hatte Mühe, die Schrift zu entziffern, und so saß die Lesebrille noch weiter vorne auf dem Nasenrücken als üblich, um die erschöpften Augen zu entlasten. Seine Stimme klang monoton.

»Karl Rieger, vierunddreißig Jahre alt, geboren in Anklam in Mecklenburg-Vorpommern.«

Rieger unterbrach ihn.

»Wie soll ich Sie anreden? Herr Geiselnehmer-der-meine Kameraden-ermordet-hat, oder haben Sie auch einen Namen?«

Zamir blickte auf.

»Sie nennen mich Ephraim Zamir – und Ihre Kameraden sind durch das Volk gerichtet worden. Ich war nur ein williger Vollstrecker«, antwortete er ruhig.

»Ein Vollstrecker, der seine Aufgabe nicht widerwillig, sondern offensichtlich mit großer Hingabe ausgeführt hat. Richtig?«

»Falsch. Eine Axt empfindet keine Freude, wenn sie einen Baum fällt. Es geht nur leichter, wenn sie scharf ist.«

Unter anderen Umständen hätte Karl sofort pariert, doch sein Gehirn lieferte die passenden Worte und Argumente nicht annähernd so schnell, wie er es gewohnt war.

Zamir fuhr fort: »1992 sind Sie das erste Mal bei Brandanschlägen auf das Asylbewerberheim in Rostock-Lichtenhagen aktenkundig geworden. Da waren Sie sechzehn.«

»Diese Brandanschläge waren mein Erwachen. War ein verdammter Krieg. Dreitausend aufrechte Bürger, die nicht mehr mit ansehen wollten, wie Kohls Regierung vierhundertvierzigtausend Asylanten in unserem schönen Land Zuflucht gewährte. Hat vier Tage gedauert, und die Bullen ... Polizisten ... haben einfach zugesehen, weil sie genauso gefühlt haben wie wir. Und wissen Sie, was, Herr Ephraim Zamir – die ganze Welt hat gesehen, dass Deutsche wieder Deutsche sein wollen. Ich habe das damals nicht wirklich kapiert, war zu jung. Aber ich habe es gefühlt, ich ...«

Zamir unterbrach ihn.

»Hundert wehrlose Männer, Frauen und Kinder, darunter zahlreiche Kleinkinder, die in einem Wohnhaus verzweifelt versuchten, den Flammen über das Dach zu entkommen. Einem Feuer, das Ihre Kameraden gelegt hatten, während Imbissbuden die Meute mit Alkohol und Bratwürsten versorgten. Und da glauben Sie allen Ernstes, dass dabei das Ansehen der Deutschen in der Welt gestiegen ist?«

Wieder fehlten Karl Rieger die richtigen Antworten.

»Mit achtzehn haben Sie Ihr Abitur gemacht.«

Rieger lächelte und ballte die rechte Hand versuchsweise zur Faust. »Passt nicht ganz in Ihre Klischeevorstellung von einem Neonazi, oder, Herr Zamir?«

»Dann folgte der Anschluss an die Kameradschaft Süd. Aufgefallen sind Sie wieder mit neunzehn, als Sie erstmals am Rudolf-Heß-Gedenkmarsch in Wunsiedel teilnahmen.«

»Heß war ein großer Mann. Er hatte versucht, Frieden zwischen England und Deutschland zu erreichen und war dafür freiwillig in englischer Gefangen...«

Weiter kam er nicht, da Zamir ihn erneut unterbrach.

»Im selben Jahr haben Sie angefangen, Geschichte zu studieren und ...«

»Was soll das werden? Führen wir einen Dialog, oder halten Sie nur einen Vortrag?«, fuhr Rieger wütend dazwischen. »Ich muss mich ja offensichtlich in dieser Farce selbst verteidigen. Nur, wie soll ich das machen? Sie geben mir keine Gelegenheit dazu.«

Karl versuchte, seiner Entgegnung durch Gestik mehr Gewicht zu verleihen. Während vom linken Arm nur stechende Schmerzen durch den Körper jagten, hatte er den rechten Arm ein wenig heben können, was er befriedigt zur Kenntnis nahm.

»Warum Geschichte?«, wollte Zamir wissen.

»Nur wer weiß, wo er herkommt, weiß, wo er hingeht«, antwortete Karl wahrheitsgemäß. Er hatte angefangen zu schwitzen und musste sich darauf konzentrieren, den linken Arm auf keinen Fall zu bewegen, nur so konnte er den Schmerz im Zaum halten.

»In dieser Zeit standen Sie wegen schwerer Körperverletzung vor Gericht.«

Karl erinnerte sich an den Vorfall und lächelte beinahe. Säße er jetzt unter Kameraden, hätte er die Erinnerung mit einem saftigen Witz kommentiert. Hier, vor laufender Kamera, unterdrückte er beides.

»Eine Dummheit!«

Karl fühlte sich von Minute zu Minute besser. Er spürte förmlich, wie seine geistigen Kräfte zurückkehrten.

Regel Nummer vier für eine erfolgreiche Diskussion: Gegenfragen stellen.

»Haben Sie nie eine Dummheit gemacht in Ihrer Jugend?«

Zamir blinzelte. Er schüttelte leicht den Kopf.

»Meine Jugend wurde mir gestohlen.«

»Was meinen Sie?«, wollte Karl wissen, erkannte aber im selben Augenblick, dass es ein jämmerlicher Versuch war, Zamir in ein Gespräch zu verwickeln, das er steuerte.

»Herr Rieger, was soll das?«, antwortete Zamir süffisant. »Erzählen Sie lieber, warum Sie vor Gericht standen.«

»Nichts Besonderes. Eine dumme Kneipenschlägerei, weil ein anderer Student versucht hatte, meine Freundin zu begrapschen.«

Zamir zog ein Dokument aus dem Schnellhefter und warf einen Blick darauf.

»Der Kläger war ein Afroamerikaner. Laut einem unbeteiligten Zeugen waren er und sein Freund in der Kneipe von Ihnen angepöbelt worden. Sie benutzten dabei Wörter wie ›Neger, Buschmann, Bimbo‹ ...« Zamir blickte auf.

»Eine Lüge, das ist gelogen!«, rief Karl.

Zamir sah wieder auf die Unterlagen.

»Der Zeuge sagte weiterhin aus, dass sich die beiden nicht provozieren ließen und stattdessen die Kneipe verlassen wollten. Ein Mädchen aus Ihrer Gruppe hat ihnen aber den Ausgang versperrt und schließlich ...«, Zamir fuhr mit dem Finger das Papier entlang, »... ihren Oberkörper entblößt. Daraufhin sollen Sie geschrien haben, wörtlich: ›Schwarzer Arsch, starrst du etwa auf die Titten meiner Freundin? Da geht dir einer ab, eure Negerweiber haben ja alle Hängetitten. Sicher hängen die schwarzen Titten deiner Mutter bis zu den Knien.‹ Das scheint wohl der Auslöser gewesen zu sein, dass Ihnen der junge Mann ins Gesicht geschlagen hat, woraufhin Sie minutenlang auf ihn eingeprügelt haben. Selbst dann noch, als er längst bewusstlos auf dem Boden lag. Der medizinische Befund hier spricht von einem Nierenriss sowie Einblutungen in die Lunge. Wäre nicht unmittelbar ein Notarzt in der Nähe gewesen, hätte der Mann an diesen Verletzungen sterben können.«

Zamir nahm seine Lesebrille von der Nase und musterte mit leicht zusammengekniffenen Augen sein Gegenüber. Karl spürte, dass er nun keinen Fehler machen durfte.

»Wollen Sie wirklich die Wahrheit hören oder nur die verlogene Scheiße, die da in Ihren Papieren steht?«

Zamir blieb stumm.

»Okay, ja, wir waren in dieser Kneipe. Und ja, da waren diese zwei ... Farbigen, und wenn ich mich richtig erinnere, waren da fast nur Kanaken, sorry, also Ausländer, Sie verstehen schon.« Karls Stimme schwoll an. »Und gehen Sie mal mit Glatze und Springerstiefeln in so eine Kneipe. Ich sag Ihnen was, da läuft das genau andersherum als in Ihrer Version. Wir waren die verdammten Opfer. Wir sind angepöbelt worden. Und der Spruch mit den Titten ist absoluter Bullshit. Das hat damals noch nicht mal der Richter geglaubt. Und wenn Ihre blöde Akte vollständig ist, dann muss da auch drinstehen, dass wir am Ende freigesprochen wurden.«

Karl atmete tief durch und senkte seine Stimme.

Regel Nummer drei für eine erfolgreiche Diskussion: immer ruhig bleiben.

»Das Ganze war Notwehr. Wir waren es, die die Kneipe verlassen wollten, und uns hat man den Weg versperrt. Ich weiß nicht, wer es war, aber irgendeiner von den Schwarzen hat meiner Freundin mit einem heftigen Ruck die Bluse vom Leib gerissen, während der andere mir ins Gesicht geschlagen hat. Was danach kam, weiß ich nur noch ungefähr. Na ja, ich bin ausgetickt, und im Nachhinein hat mir das auch echt leidgetan, aber so war's, so ist es passiert, so und nicht anders!«

Zamir verzog die Mundwinkel. Er glaubte Rieger kein Wort.

»Ihre Kameraden haben für Sie ausgesagt, ebenso das Mädchen. Da die beiden Afroamerikaner vermutlich aus Angst keine Klage erhoben haben, war der Staat der Kläger. Der Kneipenwirt gab an, zum Zeitpunkt der Schlägerei nicht im Schankraum gewesen zu sein, und seltsamerweise sagten das auch zwei Bedienungen aus. Da der Ausgang der Kneipe auch noch seitlich lag und schwer einsehbar war, gab es am Ende nur eine einzige Zeugenaussage über den Hergang der Schlägerei, und zwar von einem Touristen aus Hamburg, der zur Gerichtsverhandlung nicht anreisen konnte. Da sogar die Betroffenen keine Aussage machen wollten, blieb dem Gericht gar nichts anderes übrig, als Sie freizusprechen.«

Zamir steckte das Dokument wieder in die Mappe.

»Waren Sie dabei? Wollen Sie mir sagen, was wirklich passiert ist? Ich bin freigesprochen worden, und nun kommen Sie daher und sagen mir, dass das falsch war. Ich sage Ihnen mal was, wenn in diesem Land einer aufsteht und stolz darauf ist, ein Deutscher zu sein, und wenn er eine Deutschlandflagge in seinem Garten aufstellt, wie es jeder gute Amerikaner mit seiner Landesflagge tut, dann wird er schon als gefährlich eingestuft und von seinen Mitmenschen blöd angeglotzt. Und wenn sich einer eine Glatze rasiert und sagt, er sei stolz, ein Deutscher zu sein, dann wechseln die Menschen die Straßenseite und haben Angst um ihre Kinder. Dabei sind wir es, die den Deutschen ihr Selbstbewusstsein wiedergeben, gegen die Entfremdung eintreten und ...«

»Verschonen Sie mich mit Ihren Plattitüden, Herr Rieger. Sie sind der Abschaum dieser Gesellschaft und nicht Ihr leuchtendes Schwert. Sie sind der Teufel – auch wenn Sie das geschickt verbergen.«

Karl fühlte sich zunehmend besser, aber was ihn noch mehr Kraft schöpfen ließ, waren die kantigen Umrisse eines Gegenstandes, der sich im Gegenlicht des Scheinwerfers abzeichnete. Neben Zamirs Computer lag seine kleinkalibrige Pistole.

Die Gaststätte Eichenlaub machte ihrem Namen alle Ehre. Rustikales Mobiliar, dunkel getäfelte Holzdecken und Wände, gerahmte Gruppenbilder des örtlichen Schützenvereins, ausgestopfte Köpfe von Rotwild und ein muffiger Geruch, der von einem feuchten Keller zeugte. Am Eingang zur Gaststätte waren zwei SEK-Männer mit Schnellfeuerwaffen postiert worden, die selbst Kochs Legitimation prüften, bevor sie ihm und Erdmann Eintritt gewährten. Im Hauptraum der Gaststätte hatte man die Tische an den Wänden aufgereiht und die tief hängenden Schirmlampen mit Klettbändern nach oben gebunden, um den Raum ungehindert durchqueren zu können. Entlang der Fußbodenleisten verbanden Glasfaserkabel die Computer und Laptops mit gesicherten Datenleitungen.

Noch vor wenigen Stunden war hier die Hölle los gewesen, doch nun, da die Verbindungen standen, die Einheiten postiert und Termin- sowie Logistik-Pläne erstellt waren, dösten acht Operatoren mit ihren jeweils uniformierten Vorgesetzten eher gelangweilt vor den Rechnern und warteten darauf, dass eine Änderung im Ablauf eintrat.

Koch war mit Erdmann auf dem Weg zu Schusters Stab, der im Festsaal auf ihn wartete. Ein schmaler Gang führte sie über eine Treppe hinab in das Tiefparterre, vorbei an stinkenden Toiletten und einer provisorisch mit »Pressestab« beschrifteten Tür.

Mitten auf der Tanzfläche unterhalb eines billigen Kronleuchters hatten Schusters Männer mehrere Tische zusammengeschoben, auf denen Luftbildaufnahmen des Turms zu einer Art Karte zusammengefügt worden waren. Ein halbes Dutzend Männer, darunter auch Kriminalkommissar Danner und der BND-Experte Conrad, waren tief über die Fotos gebeugt und hörten den Ausführungen eines beleibten Bundeswehroffiziers zu.

Kaum näherte sich Koch mit Erdmann dem Tisch, unterbrach der Offizier seinen Vortrag, drehte sich zu Koch um und salutierte.

»Oberst Löckel«, stellte er sich vor, dann reichte er Koch die Hand. Der verzichtete darauf, sich selbst vorzustellen, und nickte nur. Ihm waren Offiziere des Militärs seit jeher suspekt.

Erdmann hatte Danner in den letzten Stunden aus den Augen verloren und war sichtlich erfreut, seinen Partner wiederzutreffen.

Schuster kam um den Tisch herum und ging direkt auf Koch zu. »Wir haben einen Ansatz für einen erneuten Zugriff, Michael.«

Koch ging nicht darauf ein. Nach dem Fiasko des letzten Zugriffs gab es für ihn nur noch eine Priorität, nämlich die Sicherheit der Einsatzkräfte.

»Was ist mit den Minen? Ein Bluff?«

»Drei meiner Männer haben in sicherer Entfernung mit Metalldetektoren begonnen, das Gelände abzusuchen.«

»Und?«, fragte Koch ungeduldig.

Schuster zuckte mit den Schultern.

»Die Detektoren schlagen an, oder besser gesagt, es gibt kein Stück Boden, auf dem sie nicht anschlagen.«

»Zamir sprach von einunddreißig Minen. Das kann eigentlich nicht sein, oder?«

Schuster schüttelte den Kopf.

»Die Detektoren sind sehr empfindlich, aber selbst wenn sich im Erdreich irgendeine Dose oder Altmetall befindet, würden die Geräte nicht durchgehend anschlagen.«

»Ein Defekt?«

»Nein, haben wir getestet. Außerdem ziemlich unwahrscheinlich, dass alle drei Geräte denselben Defekt haben.«

Danner erinnerte sich an die Geschichten seines Großvaters, der oft von dem Turm erzählt hatte. Er räusperte sich, dann sagte er nur ein Wort. »Bombensplitter!«

Danners knappe Feststellung brachte alle Anwesenden dazu, sich dem kräftigen, vollbärtigen Mann zuzuwenden.

Danner hatte genau diese Reaktion erwartet.

Koch wiederholte Danners Aussage. »Bombensplitter?«

»Im Zweiten Weltkrieg kamen hier bei einem Bombenangriff laut meinem Großvater über hundert Menschen ums Leben, weil sie den Turm nicht rechtzeitig erreicht hatten. In unmittelbarer Nähe des Bunkers explodierte ein Wohnblock-Knacker, so hat er das Ding genannt, manchmal sagte er auch Cookie dazu. Er hat sich mit dem Ding beschäftigt, weil er als Einziger die Explosion überlebt hat. Alle anderen wurden von der Bombe zerrissen.«

Danners Zuhörer schwiegen und hatten alle dieselben schrecklichen Bilder im Kopf.

»Also, ich denke, das, was da im Boden anschlägt, sind Metallsplitter.«

Koch brach zuerst das Schweigen.

»Sie wussten, dass es ein Bunker war – und haben uns nichts davon gesagt?«

Mit dieser Wendung hatte Danner nicht gerechnet. Seine ohnehin hohe Stimme klang nun noch etwas schriller. »Ich, ich ... Was soll das? Ich bin davon ausgegangen, dass das bekannt war. Jeder, echt jeder hier aus dem Viertel weiß, dass das ein Bunker der Nazis war ... Fragen Sie mal rum ... Das ist ... hey ... Jetzt schieben Sie bloß mir nicht die Schuld in die Schuhe für den verpatzten Einsatz!«

Koch hätte seine aufgestaute Wut an Danner abreagieren und ihn des Raums verweisen können, aber er war kraftlos und ausgelaugt.

Was für ein Idiot, dachte er nur und schüttelte den Kopf.

Schuster nutzte die Pause, um die Aufmerksamkeit auf ihren Plan zu lenken.

»Es spielt keine Rolle, ob das Bombensplitter oder Minen sind. Michael, es gibt eine neue Möglichkeit, um die Sache ein für alle Mal zu beenden. Oberst Löckel?«

Damit übergab er an den Oberst. Der griff nach einem großformatigen Foto, das auf dem Tisch lag.

»Wissen Sie, was das ist, Kriminalhauptkommissar?«

»Nein, aber Sie werden sicher kein Geheimnis daraus machen«, erwiderte Koch trocken und nahm das Foto entgegen, auf dem ein kleines Raupenfahrzeug mit einer Abschussvorrichtung zu erkennen war.

»Das hier ist ein iRobot 710 Warrior. Ein ferngesteuerter Kampfroboter, der in wenigen Sekunden ein ganzes Feld von Anti-Personen-Minen befreit. Er sucht und entdeckt nicht Mine für Mine, er bringt die kleinen Biester ganz einfach alle zur Explosion!«

Koch schloss kurz die Augen. Wieso waren die Militärs immer so verliebt in ihre grauenvollen Erfindungen?

Der Oberst wies mit dem Zeigefinger auf die Abschussvorrichtung auf der Raupe.

»Der iRobot verschießt eine etwa fünfundvierzig Meter lange Leine, an der Sprengladungen befestigt sind. Ist die Leine gelandet, werden die Ladungen automatisch ferngezündet. So sprengen sie einen fünfundvierzig Meter langen und gut sechs Meter breiten Korridor in ein Minenfeld, durch den die Spezialeinheit von Kriminalhauptkommissar Schuster das verminte Gelände ungehindert passieren kann.«

Schuster schaltete sich ein. »Der Roboter steht bereits in Position, Michael. Sobald du den Zugriffsbefehl erteilst, sprengen wir uns den Weg frei. Danach gelangen vier meiner Männer ungehindert bis zum Haupteingang und öffnen die Stahltüren mit einem Hohlladungsgeschoss. Nach Aussage des Architekten, der die Livebilder analysiert hat, befindet sich der Raum, in dem Karl Rieger verhört wird, im Erdgeschoss des Turms – genau hier.«

Schuster beugte sich über den Tisch und zeigte mit dem Finger auf einen Querschnitt des Turms.

Koch stellte sich vor, wie der Roboter eine Schneise in den schneebedeckten Boden riss und eine Kampfeinheit über den Rasen stürmte. Er sah vor seinen Augen, wie sie die Hohlladung an der Tür anbrachten und zündeten. Und was dann? Was, wenn es hinter der ersten Stahltür irgendwo im untersten Geschoss eine zweite Stahltür gab oder irgendwo eine versteckte Sprengfalle auf das Team lauerte? Noch mehr unschuldige Opfer. Aber selbst wenn der Zugriff gelang – Zamir könnte seine Geisel liquidieren, lange bevor das Team ihn unschädlich machen könnte.

Die Erkenntnis, dass alles, was ihnen im Augenblick einfiel, immer zum Tod dieser verdammten Geisel führte, dabei aber auch das Leben seiner Männer gefährdete, frustrierte ihn zutiefst. Wieder spürte er die Pistole in seinem Brusthalfter.

Koch legte das Bild des Roboters angewidert auf den Kartentisch zurück.

»Achim, du weißt so gut wie ich, dass Karl Rieger tot ist, lange bevor ihr überhaupt in dem Bunker seid.«

Aber Schuster war seinem Weggefährten einen Schritt voraus.

»Achim, das hier ist Dr. René Bove. Er ist Psychiater und arbeitet für uns als psychologischer Gutachter und Profiler. Die

Zentrale hat ihn uns als Verstärkung geschickt. Er sitzt seit Stunden über den Akten des BND.«

Schusters Blick schwenkte kurz zu Volker Conrad, der ihm fast unmerklich zunickte.

»Er hat eine operative Fallanalyse erstellt.«

Ein untersetzter Mann mit rundem Gesicht und kleinen funkelnden Augen paffte noch einmal kräftig an seiner E-Zigarette und blies eine Wolke mit Himbeerduft über den Tisch. Er war der einzige Mann im Raum, der völlig unpassende gute Laune verströmte.

»Ich versuche es kurz zu machen. Ephraim Zamir wurde ausgebildet, um zu töten. Um es genau zu formulieren, um zu töten, ohne seinen Auftrag zu hinterfragen. Die Verantwortung über die Sinnhaftigkeit einer Tötung überlässt er dabei seinen Auftraggebern. Oder anders gesagt, Ephraim Zamir ist kein Mörder – zumindest sieht er sich nicht als solcher. Im Gegenteil, würden Sie ihm die Frage stellen, ob er sich selbst als guten Menschen bezeichnet, würde er das bejahen.«

Koch hatte in den letzten Stunden einen gänzlich anderen Eindruck von Zamir gewonnen – zumindest sagte ihm das sein Bauchgefühl. Der Doktor fuhr gut gelaunt mit der Darlegung seiner These fort.

»Im Juli 1973 erschoss Ephraim Zamir in Lillehammer den Kellner Ahmed Bouchiki. Erst viel später offenbarten ihm seine Vorgesetzten, dass es zu einer Verwechslung gekommen und der Kellner das falsche Ziel gewesen war. Daraufhin war Zamir viele Monate regelmäßig in psychologischer Behandlung. Einer der Befunde lag mir vor und bestätigt meine Theorie.«

»Die da wäre?«, schob Koch ein, um zum Ende zu kommen.

»Ephraim Zamir braucht kein Motiv, um zu töten, aber er braucht eine Legitimation, einen Verantwortlichen, der ihn von dieser Last befreit. Diese, ich möchte fast sagen, faszinierende Selbstüberlistung in Form einer Online-Abstimmung ist nichts anderes als der Versuch, sich von der Verantwortung frei zu machen und sie aktiv an eine andere Instanz abzugeben. Zamir wird die Geisel erst töten, wenn er dafür eine Freigabe hat, also durch diese Abstimmung. Nach den mir vorliegenden Erkenntnissen wird er seine Geisel selbst dann nicht töten, wenn sein eigenes Leben in Gefahr ist.«

Schuster schaltete sich ein. »Michael, wenn Dr. Bove recht hat, hängt alles davon ab, dass er nicht von dem Counter autorisiert wird. Solange das nicht passiert, könnte es sein, dass er seiner Geisel selbst bei einem Zugriff nichts antut.«

»Trotzdem traue ich dem Mann durchaus zu, dass er für dein Einsatzteam bei einem Zugriff ein enormes Risiko darstellt«, erwiderte Koch.

»Ja, das wird kein Spaziergang. Aber dafür haben diese Männer trainiert, Michael.«

Conrad meldete sich zu Wort. Er hatte soeben eine Nachricht auf seinem Handy erhalten.

»Gute Neuigkeiten. Der israelische Außenminister bestätigte den illegalen Zugriff auf einen ihrer Satelliten. Die Verbindungen werden in Kürze gekappt. Man beteuert von oberster Instanz, weder in Verbindung zu Zamir zu stehen noch irgendetwas von seiner Aktion gewusst zu haben. Benjamin Netanjahu wird um fünf Uhr Ortszeit ein persönliches Telefonat mit der Bundeskanzlerin führen und sich für die Sicherheitslücke entschuldigen. Gelinde gesagt, ist das ... sehr ungewöhnlich.«

Dr. Bove meldete sich erneut zu Wort. »Wenn Sie mich fragen, meine Herren, ist das keine gute Nachricht. Die Unterbrechung der Abstimmung wird meines Erachtens Ephraim Zamir in einen inneren Konflikt stürzen. Nachdem bei den ersten beiden Abstimmungen mit eindeutiger Mehrheit für die Hinrichtung der Geiseln votiert wurde, könnte er daraus Schlüsse ziehen, die durchaus die sofortige Tötung der dritten Geisel zur Folge haben könnten.«

Was immer Koch von Dr. Bove hielt, in diesem Fall gab er

dem Psychiater recht. Die Unterbrechung der Liveübertragung könnte bei Zamir zu einer Kurzschlusshandlung führen.

»Du musst sofort reagieren, Michael«, sagte Schuster nervös.

Koch wollte eigentlich gerne abwarten, ob Zamir seine Geisel auch ohne Abstimmung ermorden würde. Dann hätte der Spuk ein Ende. Doch schließlich fiel ihm ein, dass sie ohne eine Liveübertragung gar nicht mitbekämen, ob und wie Zamir reagierte. Und damit würde das Dilemma von vorne beginnen. Widerwillig griff er zu seinem Handy und wählte eine Kurzwahl.

»Atli?«

»Vor Ort, Chef!«, meldete sich der IT-Spezialist und lachte vor Freude. »Haben Sie es mitbekommen? Die Zentrale hat bestätigt, dass Zamir jeden Augenblick der Saft abgedreht wird. Klasse Nachricht, oder? Ich wusst es, die ganze Zeit steckten die Israeli hinter der Einspeisung ...«

»Atli, ich weiß, aber hören Sie jetzt zu. Veranlassen Sie, dass die Internetleitung in den Turm wieder aktiviert wird.«

»Äh ... echt jetzt?«

»Atli, spreche ich Spanisch?«

»... was ...?«

»Wie lange dauert das?«

»Keine Ahnung, kommt schwer auf die ...«

»Atli, geben Sie Gas! Wenn die Verbindung über Satellit abreißt, will ich, dass die LAN-Verbindung Sekunden später das Signal wieder einspeist.«

»Okay, aber da gibt es einen Haken.«

»Nämlich?«

»Zamir wird nur sehen, dass seine Satellitenverbindung geschlossen wurde. Er wird aber nicht unbedingt checken, dass er wieder regulär über sein Glasfasernetz ins Web gehen kann. Er weiß ja nicht, dass wir ihn erneut online geschaltet haben. Wir könnten ihm aber über Stresemanns Handy eine Info zukommen lassen und ihm ...«

»Kann er von jedem Computer im Haus die Verbindung umschalten?«

»Ich denke nicht«, sagte Atli. »Dazu muss er in den Raum, in dem er das Satellitentelefon platziert hat. Vermutlich wird das ziemlich weit oben sein, um eine bessere Übertragung ...«

»Atli, danke. Ich denke, wir wissen jetzt, was zu tun ist.«

Damit drückte er den IT-Spezialisten weg und steckte das Handy wieder ein, dann wandte er sich an Schuster.

»Das ist unsere Chance, Achim. Wenn er die Geisel nach der Unterbrechung noch nicht liquidiert hat, wenn er unsere Nachricht annimmt und wenn er sich auf den Weg macht, um die Verbindung wiederherzustellen.«

»Und wenn sich das Satellitentelefon irgendwo weit oben im Turm befindet. Das sind verdammt viele Wenns, Michael.«

»Mag sein. Aber falls wir Glück haben, dann ist das unsere beste Chance, den Turm genau dann zu stürmen, wenn Zamir nicht bei seiner Geisel ist. Hab ich recht, Achim?«

Schuster nickte nur wortlos, dann drehte sich Koch auf dem Absatz um und verschwand mit schnellen Schritten aus dem Saal.

THIELEN II

Sonntag, 17. Oktober 2010, 4:01 Uhr

NPD-Vorsitzender Thielen war auf Anweisung von Kleinfeld bei TELE PRO mit Champagner und Lachskanapees empfangen worden. Der Sender schien keine Zeit verlieren zu wollen, denn kaum war er abgepudert worden und hatte seinen Platz eingenommen, begann bereits die Übertragung, während er noch an einem letzten Happen Lachsbrötchen kaute. Eigens für das Interview hatte man ein weißes Ecksofa aus Kunstleder in das Studio geschafft, welches einen schwarz glänzenden Beistelltisch einrahmte, in dem sich die Sektgläser spiegelten. Thielen folgte den Ausführungen der Moderatorin kaum, die seinen Werdegang in höchsten Tönen lobte.

»... einst jüngster Oberstleutnant des Heeres mit zahlreichen Auszeichnungen. Nie war die NPD erfolgreicher als unter seiner Führung ...«

Der Satz ging Thielen runter wie Öl. Als sich die Anmoderation ihrem Ende näherte, leerte er das Glas Champagner in einem einzigen Zug, korrigierte ein letztes Mal seine Sitzposition, fuhr sich mit den Fingern durch die gegelten Haare und war bereit, sein Bestes zu geben.

Marie saß in einem Streifenwagen. Sie hatte sich die Namen der beiden Polizisten, die mit ihr im Auto waren, nicht eingeprägt. So viele Menschen in dieser Nacht, die mehr und mehr zu anonymen Figuren wurden. Da waren nur noch sie, Rieger, Thomas und auch dieser traurige Kommissar Koch.

Die ersten Schneeräumfahrzeuge zogen schwarze Furchen in die weiß leuchtende Stadt, die wie unberührt und unschuldig vor ihr lag. Marie war aus einem hässlichen Albtraum gerissen worden. Darin hatte Karl Rieger bedrohlich lachend über ihr gestanden, während sie versuchte, ihren spärlichen Bikini mit einem Handtuch zu bedecken. Dann sprang Louie mit gefletschten Zähnen auf Rieger zu. Doch noch bevor er sein Ziel erreichte, wurde er von einer Kugel getroffen und stürzte jaulend zu Boden. Der Schuss ging nahtlos in die Sirene eines Notarztwagens über, der soeben in entgegengesetzter Richtung an ihnen vorbeigerauscht war.

»Wo sollen wir Sie absetzen?«, hatte einer der beiden Polizisten gefragt, und noch ehe sie überlegt hatte, hatte sie auch schon geantwortet: »Ich muss zurück zum Turm.«

Doch nun war sie sich gar nicht mehr sicher, was sie dort wollte. Um ihren Körper war immer noch eine silbrig glänzende Rettungsdecke der Sanitäter gewickelt. Sie hatten ihr einen Cocktail aus Vitaminen gespritzt und ihr nahegelegt, nach Hause zu fahren. Sie hatte darauf bestanden, zurück zum Turm gebracht zu werden. Doch warum?

Für Thomas konnte sie nichts mehr tun, aber was war mit Karl? Nach allem, was sie den Unterhaltungen von Sanitätern und Polizisten entnommen hatte, stand Karl nun im Fokus der Übertragung. Zamir hatte keinen Hehl daraus gemacht, dass er auch Karl liquidieren würde. Konnte sie daran noch etwas ändern?

Einer der Polizisten drehte sich zu ihr um.

»Kriminalhauptkommissar Koch ist in der Leitung.«

Ohne ihre Reaktion abzuwarten, schaltete er den Kommissar auf die Freisprechanlage.

»Frau Stresemann, hören Sie mich?«

Marie wollte antworten, doch ihre Stimme versagte.

»Frau Stresemann ...?«, wiederholte Koch.

Diesmal gewann sie die Kontrolle über ihre Stimmbänder zurück.

»Ich bin ... Ja, ich höre Sie.«

»Sie hatten recht mit dem Jungen ...«

»Aber ich kam zu spät ... ich ...«

»Sie haben dem Jungen das Leben gerettet. Sie müssen sich keine Vorwürfe machen. Die Kollegen haben mir erzählt, was Sie getan haben. Ich stehe tief in Ihrer Schuld, Frau Stresemann.«

Marie hatte keine Kraft, um sich über das Lob zu freuen. Sie hatte nur den bewusstlosen Jungen vor Augen.

»Sind Sie sicher, dass Sie nicht lieber nach Hause möchten?« Koch stellte diese Frage nur ungern, denn bevor er ihr den wahren Grund für seinen Anruf sagte, wollte er ihr die Möglichkeit geben, ihren Einsatz zu beenden.

»Ich kann nicht nach Hause ... Ich kann nicht.«

Koch überlegte. Wie weit sollte er versuchen, sie von ihrem Plan abzubringen? Wie eindringlich sollte er sie auffordern, ihre Hilfe als beendet anzusehen, obwohl er sie eigentlich noch einmal für seine Zwecke einspannen wollte? Wie viel Mitgefühl war echt, und wie viel war Alibi?

Marie unterbrach seinen Gedankengang: »Hat sich Zamir noch mal auf meinem Handy gemeldet?«

Eine Pause trat ein.

»Hat er?«, fragte sie noch einmal.

Koch fühlte sich ertappt. Zamir hatte sich tatsächlich in ihrer Abwesenheit gemeldet. Während der Geiselnehmer alle Kontaktversuche des inzwischen eingetroffenen Verhandlungsteams ignorierte, hatte er persönlich um 3:37 Uhr auf Maries Handy angerufen. Koch war bewusst, sollte sich jemand anderes als Marie auf diesem Handy melden, würde auch diese Verbindung von Zamir endgültig gekappt werden. Und so hatten er und das Verhandlungsteam stillschweigend abgewartet, bis die Melodie von »Zorba's Dance«, die Marie als Klingelton verwendete, verklang. Wenige Sekunden später war eine Nachricht gekommen.

»Ja, er hat angerufen.«

»Was hat er gesagt?«

»Wir sind nicht rangegangen.«

Marie musste nicht nachfragen, um den Grund dafür zu verstehen.

»Hat er eine Nachricht geschrieben?«

»Ja, er hat seine erste Nachricht an Sie noch einmal geschickt.«

Koch musste die Zeilen nicht vorlesen, sie hatten sich in Maries Kopf festgesetzt. Sie verstand plötzlich, dass es diese Zeilen gewesen waren, die sie wie ein Magnet zurück zum Turm zogen.

Wollen Sie sich Ihrer Verantwortung stellen, dann kommen Sie zu mir!

Thielen war in Fahrt und gab sich gerade einem Monolog hin, den Carla von Stein nur schwer ertragen konnte.

»Wenn man sich mal ansieht, was die Presse über die NPD berichtet, hat man ja den Eindruck, die Partei bestünde nur aus Idioten, Kinderfressern und Hooligans, die mit Baseballschlägern und Stiefeln durch die Lande ziehen und irgendwelche Leute verprügeln. Ich kann Ihnen aber sagen, wenn ich mir unsere Wähler anschaue, dann bin ich einmal mehr davon überzeugt, dass das ganz normale Menschen sind, die sich um Deutschland sorgen. Und warum ist das so? Weil sich die NPD als wahrer Volksvertreter sieht. Wir wollen nicht die Interessen des Finanzkapitals vertreten, wir wollen auch nicht die Interessen der Türkei vertreten und auch nicht die Interessen Nordafrikas ... und schon gar nicht die Interessen der USA, die nach wie vor mit über achtzigtausend Soldaten deutschen Boden besetzen. Ein echter Volksvertreter sollte einzig und allein das

Wohl des deutschen Volkes mehren und Schaden von ihm abwenden, so wie es der Amtseid vorschreibt.«

Thielen legte eine kurze Gedankenpause ein, die Carla sofort nutzte, um eine Frage zu platzieren.

»Kommen wir auf die drei Neonazis zurück, die Ephraim Zamir als Geiseln genommen hat. Sind das nicht auch Wähler Ihrer Partei?«

Thielen reagierte aufgebrachter, als er eigentlich wollte.

»Woher wissen wir denn, dass es sogenannte Neonazis sind? Doch einzig und allein aufgrund des Materials, das uns der Geiselnehmer präsentiert hat. Und das passt ja auch ganz gut in das Klischee, das die Presse uns ständig verkauft. Glatze und schwarze Stiefel ist gleich Neonazi, und schon kann man leichtgläubige Menschen dazu bringen, unsere demokratischen Grundwerte mit Füßen zu treten.«

»Sie wollen also bestreiten, dass Gottfried Wegener, Udo Rennicke und Karl Rieger Mitglieder von rechtsradikalen Vereinigungen sind und gleichzeitig der NPD sehr nahestehen?«

Thielen senkte seine Stimme wieder, um überzeugender zu wirken.

»Ich bestreite gar nichts. Natürlich gibt es am rechten Flügel unserer Gruppierung Mitglieder, die vor lauter Frust über die Unfähigkeit unserer Regierung ein, sagen wir, zu impulsives Auftreten in der Öffentlichkeit gezeigt haben. Aber deswegen sind sie doch noch lange keine Nazis und Gewaltverbrecher. Was hier vor unseren Augen abläuft, ist doch der Beweis dafür, dass unser System nicht funktioniert und dass es mehr Menschen wie Wegener, Rennicke und Rieger geben sollte, die den Mut haben, sich gegen Willkür und Ungerechtigkeit zu wehren.«

Carla von Stein hätte unter anderen Umständen einen Gast wie Wilhelm Thielen verbal in seine Einzelteile zerlegt, aber in dieser Nacht war sie nur noch ein Schatten ihrer selbst. Und so wurde sie unwillkürlich zum Stichwortgeber einer Selbstinszenierung, die sie nicht stoppen konnte. Das Schmerzvolle dabei war: Sie war sich dessen bewusst.

»Das müssen Sie uns bitte näher erklären«, hörte sie sich sagen.

Kleinfeld saß in der Regie und traute seinen Ohren nicht. Und auch Lee konnte nicht glauben, was er da hörte. Er drückte den Talk-back-Knopf, der den Kopfhörer in ihrem Ohr aktivierte.

»Carla, was tust du da?«

Ein leichter Augenaufschlag in seine Richtung deutete an, dass sie ihn gehört hatte. Inzwischen nahm Thielen die Einladung zu einer weiteren Attacke freudestrahlend an.

»Hier wurden vor den Augen der Öffentlichkeit zwei junge, unschuldige Männer hingerichtet, und ein Dritter befindet sich in Lebensgefahr. Würde man diese Geiseln nicht der rechten Szene zuordnen, hätte dieser Staat schon längst gehandelt und sie aus der Gewalt dieses wahnsinnigen Juden befreit. Wie kann es denn außerdem sein, dass die Polizeikräfte die Liveübertragung der Hinrichtungen nicht längst unterbrochen haben? Dahinter steckt doch ein Kalkül, und wer weiß, vielleicht sind es sogar Mächte, die unsere Staatenlenker wie Marionetten dirigieren.«

»Sie wollen den Einsatzkräften unterstellen, dass sie die drei Geiseln ganz bewusst nicht befreit haben und dabei sogar ...«

Thielen unterbrach sie.

»Sprechen wir es deutlich aus. Es wäre doch durchaus vorstellbar, dass das ganze Szenario durch die USA oder ... Ja, irgendeiner muss das Kind beim Namen nennen: Ich denke, dass das Ganze ein von Israel gelenktes Komplott sein könnte.«

Karin machte in der Regie auf sich aufmerksam, während Carla sich vergeblich bemühte, Thielen in seinem Redefluss in den Griff zu bekommen. Kleinfeld war irritiert. Noch wusste er nicht, was er von dieser Situation halten sollte. Waren der selbstgerechte NPD-Mann und die schwächelnde Moderatorin nun gut oder schlecht für die Quote?

Die Unterbrechung von Karin kam ihm gerade recht.

»Das Team ist angekommen. Ich schätze, in wenigen Minuten können wir auf Sendung gehen«, sagte Karin, die an Kleinfelds Stelle schon längst das Interview unterbrochen hätte und nun froh war, ihm einen guten Grund dafür zu geben.

Lee nahm wieder mit Carla Kontakt auf.

»Gib ihm noch eine Frage, Carla, dann gehen wir auf unser Außenteam.«

»Fünfhundert Euro«, sagte David Weinberg matt.

Eigentlich rückte er mit solchen Interna nicht raus, doch inzwischen war es ihm egal. Stephanie Benedikt war schockiert. Nur fünfhundert Euro hatte David der abgebrühten Krankenschwester am Empfang zustecken müssen, um zu erfahren, wo der Junge lag und ungehindert mit Stephanie und dem Kameramann Kozlowski in das Krankenhaus zu gelangen.

»Auf der Station hat jetzt Olga Schicht«, hatte die Empfangsschwester ihm gesagt. »Ihr Deutsch ist nicht besonders gut, aber ich schätze, wenn ihr der 'nen Fuffi zusteckt, macht sie die Augen zu.«

Die rüstige Krankenschwester zwinkerte David zu und verzog einen Mundwinkel zu einem schiefen Lächeln. Dabei blitzten kurz ihre stark vergilbten Zähne auf.

»Ich geh jetzt raus, eine rauchen«, sagte sie. »Und klar, ich habe euch nie gesehen ...«

David nickte, aber zu einem Lächeln fehlte ihm in dieser Nacht einfach die Kraft. »Irgendwelche Ärzte?«

»Die Weißkittel sind alle in Trakt C, haben immer noch jede Menge zu tun wegen der Einlieferung vom Turm ...«

Damit erhob sie sich hinter ihrer Empfangstheke, griff unter einer Ablage nach einer Zigarettenschachtel und einem Feuerzeug und schlich an ihnen vorbei, während sie gebannt auf einem Handy der Liveübertragung von TELE PRO folgte.

David hielt den Fünfzig-Euro-Schein für Olga schon in der Hand, doch Olga war nicht da.

Die Station war menschenleer. Es war gespenstisch leise in den endlos langen Fluren des Krankenhauses. Stephanie hatte ihre Zipper-Bluse wieder gegen den marineblauen Rollkragenpullover getauscht.

Mir scheißegal, was Marc oder David dazu sagen, hatte sie sich gedacht. Alles schien ihr plötzlich so sinnlos. Der Wunsch, das alles hinter sich zu lassen und nach Hause zu fahren zu ihrem Sohn und ihrem Vater, wurde von Minute zu Minute stärker.

Nun standen sie zu dritt vor Raum 201, in dem Thomas Worch liegen sollte. Niemand sagte ein Wort, und keiner von ihnen wollte als Erster die Tür öffnen. Instinktiv spürten sie alle drei, dass sie damit endgültig an einer Schwelle angekommen waren, hinter der Anstand und Würde nicht mehr existierten. Kozlowski setzte die schwere Sporttasche ab, in der sie die Kamera verstaut hatten, um nicht sofort als Fernsehteam aufzufallen.

Davids Telefon vibrierte. Auf dem Display leuchtete der Name *Karin the Dragon* auf. Er ignorierte es. Stephanie blickte an sich hinab auf die vollkommen verdreckte weiße Hose. Obwohl es ein aussichtsloses Unterfangen war, klopfte sie auf einige der dunklen Flecken an ihrem Oberschenkel.

»Lass es, Stephanie«, sagte Kozlowski. »Das bringt gar nichts.« Stephanie hatte den Eindruck, als würde er damit nicht nur die Flecken meinen.

Davids Handy meldete sich wieder. Eine SMS von Karin poppte auf.

Wie weit seid ihr?

Gib uns noch fünf Minuten, tippte David zügig ein, dann wandte er sich Stephanie zu. »Stephanie, du gehst mal rein und schaust nach dem Typen, während wir die Kamera bereit machen«, sagte David.

Stephanie drehte sich zu ihm um.

»Der ›Typ‹ ist ein Kind – und dieses Kind hat einen Namen.«

David kannte Thomas Worchs Namen sehr genau. Es war der unbewusste Versuch gewesen, den Abstand zu wahren vor der Abscheulichkeit, die sie gerade planten.

Stephanie gab sich einen Ruck und öffnete wortlos die Tür. Im Raum war es dunkel.

Behutsam betrat sie das Krankenzimmer und schloss leise die Tür hinter sich. Langsam gewöhnten sich ihre Augen an das blaue Nachtlicht des Raums. Sie erkannte zwei Krankenbetten; eins davon war leer, auf dem anderen zeichnete sich ein kleiner Körper ab.

Ein wiederkehrendes Geräusch wie von einer Luftpumpe erfüllte den Raum. Stephanie trat einen Schritt näher. Der Junge trug eine Sauerstoffmaske, an der ein Kunststoffbeutel angebracht war, der sich im Rhythmus des Geräuschs langsam auf- und absenkte. Sie konnte zwar das Gesicht des Jungen kaum erkennen, aber der kahl geschorene Kopf gab ihr die Gewissheit, dass sie sich im richtigen Zimmer befand. Nur ein bandagierter Arm ragte unter seiner Bettdecke hervor.

Kozlowski wird das Licht einschalten, und David hat sicher keine Skrupel, dem Jungen die Decke wegzuziehen.

Stephanie kämpfte mit den Tränen und stellte sich vor, wie sie im Licht der Kamera neben dem Körper stehen würde, um auf die Verletzungen des Jungen einzugehen.

Und später wird mich Kleinfeld zu meinen Tränen beglückwünschen, dieses Arschloch ...

Irgendetwas berührte in der Dunkelheit ihren Arm. Erschrocken fuhr sie zusammen und schlug eine Hand vor den Mund, um zu verhindern, dass sie einen Laut von sich gab.

Ihr Herz raste. Sie drehte sich um und erkannte die Umrisse einer Gestalt, die neben dem Bett saß.

Ihre Augen spiegelten das blaue Licht des Zimmers wider

und funkelten in der Dunkelheit. Der glasige Blick der Gestalt schnürte ihr die Kehle zu. Sie fühlte sich ertappt, wie ein gemeiner Dieb, den man soeben gestellt hatte. Mit jeder Sekunde erwartete sie, dass die Person sie ansprach, aber sie blieb stumm. Lautlos begann Stephanie zu weinen.

Eine Hand griff tröstend nach ihrer, und Stephanie hörte die mit leiser und brüchiger Stimme gesprochenen Worte: »Es ist alles meine Schuld.«

Das grelle Licht des Krankenhausflurs brachte Stephanie Benedikt zurück in ihre nüchterne Welt. Leise schloss sich die Tür hinter ihr wie das Tor zu einer anderen Welt. Kozlowski hatte die Kamera inzwischen geschultert. David schaltete das Funkmikrofon ein und wollte es Stephanie reichen, doch die würdigte es keines Blickes, sondern wischte sich die Tränen aus den Augen.

»Wirklich so schlimm?«, fragte Kozlowski.

»Nein, nicht«, sagte David. »Wisch doch die Tränen nicht weg, das ...«

Weiter kam er nicht, denn Stephanie verpasste ihm eine schallende Ohrfeige. David Weinberg war so perplex, dass er selbst dann noch keinen Ton sagte, als ihm das Mikrofon laut polternd zu Boden fiel. Stephanies Stimme klang plötzlich selbstbewusst und duldete keinen Widerspruch.

»Wir brechen ab. Ich drehe das nicht. Und sollte einer von euch beiden es wagen, diesen Raum zu betreten, schreie ich das ganze Krankenhaus zusammen. Die beiden da drin haben genug durchgemacht, und wir werden uns ganz sicher nicht an ihrem Leid ergötzen. Damit ist Schluss. Hast du mich verstanden, David?«

David nickte nur. Insgeheim war er froh, dass ihm die Entscheidung abgenommen worden war. So fand diese Nacht endlich ein Ende, ohne dass er um seinen Job bangen musste. Er war schließlich zum Abbruch gezwungen, ja, sogar geschlagen worden.

Kozlowski hingegen wollte zumindest seine Neugierde befriedigen.

»Du sagtest, die beiden. Wer ist denn noch in dem Raum, außer dem Jungen?«

»Sein Vater.«

»Und, wie weit ist das Team vor Ort?«, rief Lee in den Regieraum und erwartete von Karin oder seinem Assistenten eine schnelle Antwort. Gerade holte Thielen zu einem erneuten Monolog aus. Es war klar, dass Carla dem Interview nicht mehr gewachsen war. Sie hatte auf keine der Anweisungen aus der Regie reagiert. Lee hoffte inständig, endlich ins Krankenhaus schalten zu können.

Rick schien über sein Headset jemandem zuzuhören. Er nickte mehrmals, sein Mund war vor Erstaunen leicht geöffnet. Schließlich schien das Gespräch zu Ende zu sein, denn langsam kam wieder Leben in Ricks Gesicht.

»Was ist, hat es Ihnen die Sprache verschlagen?«, blaffte Kleinfeld den jungen Regieassistenten an. Der streifte das Headset vom Kopf und rieb sich die Schläfen. Auch Lee wandte sich ihm zu, doch im Gegensatz zu Kleinfeld hatte er bereits eine Vorahnung, was gleich kommen würde.

»Stephanie Benedikt weigert sich, aus dem Krankenhaus zu berichten«, erklärte Rick kleinlaut.

»Was?«, rief Kleinfeld ungläubig.

»Und Kozlowski hat ... gekündigt. Er hat die Kamera abgestellt und ist einfach gegangen.«

Rick legte eine kurze Pause ein, um sich zu sammeln.

»David Weinberg wurde von Stephanie Benedikt geohrfeigt, und offenbar versperrte sie ihm danach den Zutritt zum Krankenzimmer des Jungen.«

Kleinfeld schüttelte den Kopf.

»Stephanie Benedikt hat David geschlagen?«

Er konnte nicht glauben, was er da hörte.

»Holen Sie ihn mir ans Telefon, und zwar sofort!«, schrie er, aber Rick schüttelte den Kopf.

»Das ... das geht nicht«, stammelte er. »Weinberg ... er ist vom Wachpersonal des Krankenhauses abgeführt worden, und dann hat sein Akku den Geist aufgegeben.«

Kleinfeld lief der Schweiß aus allen Poren. Er rang nach Luft und lockerte hektisch seine blaue Krawatte. Vollkommen unvermutet brach Lee plötzlich in lautes Gelächter aus. Seine langen Haare flogen um sein Gesicht, bis er sie mit beiden Händen zurückstrich und sich langsam wieder beruhigte. Aus den Regie-Monitoren ertönte immer noch laut Thielens Propaganda.

»... stattdessen ergötzen sich Hunderttausende von Menschen an den Qualen dieser Opfer. Wenn Sie mich fragen, werden Gottfried Wegener, Udo Rennicke und Karl Rieger als Helden in die Geschichte eingehen. Sie allein haben der Welt doch die Augen geöffnet, zu welchen Grausamkeiten diese sogenannten Mitglieder unserer Gesellschaft fähig sind. Und Sender wie TELE PRO nutzen das gnadenlos aus, um auf Quotenfang zu gehen!«

Lee stand mit einem Mal auf, trat vor dem Regiepult an die Glasscheibe und drückte das Mikrofon des Headsets ganz nah an seine Lippen.

»Carla!«

Carla von Stein hatte aus den Augenwinkeln bemerkt, wie Lee an die Verglasung herangetreten war, die das Studio von der Regie trennte. Unweigerlich drehte sie den Kopf in seine Richtung und blickte an der Kamera vorbei – ein absolutes No-go, wie man Neulingen immer wieder einbläute. Lee stand nur da und fixierte sie wie bei einer Hypnose. Er war ungefähr zehn Meter von Carla entfernt, und doch hatte sie das Gefühl, als würde er direkt vor ihr stehen.

»Carla«, sagte er eindringlich.

Thielen war irritiert und folgte Carlas Blick.

»Was wird das? Machen wir weiter?«

Carla blieb stumm, konzentrierte sich ganz auf Lee, der Zuversicht und Kraft ausstrahlte und schließlich lächelte.

»Mach ihn fertig!«, sagte er so leise, dass es seine Kollegen im Regieraum nicht hören konnten. Carla nickte unmerklich, und langsam verschwand der müde Ausdruck in ihren Augen.

»Herr Thielen, Sie haben recht, heute Nacht hat TELE PRO den Tiefpunkt seiner journalistischen Berichterstattung erreicht. Wobei die Bezeichnung ›Journalismus‹ ganz und gar unangebracht ist. Das ist so, als würde man Pferdeäpfel auf goldenen Tellern servieren.«

Kleinfeld war immer noch dabei, die tief sitzende Enttäuschung über sein Außenteam zu verarbeiten, als Carlas Worte ihm regelrecht den Hals zuschnürten.

»Was ... was tut sie da?«, krächzte er in Lees Richtung, der regungslos an der Glasscheibe stand und ihm den Rücken zukehrte.

Thielen hingegen freute sich über das Zugeständnis der Moderatorin. *Ich habe sie bezwungen!* Er war siegesgewiss und hatte nicht vor, sie in ihrer Selbstkritik zu unterbrechen.

Auf dem Info-Bildschirm vor Carla erschien eine Tabelle mit Fakten zur NPD und zu Thielen, doch Carla von Stein verschwendete keinen Blick darauf, denn plötzlich reihten sich alle Gedankengänge in ihrem Kopf so flüssig aneinander, als hätten sie nur darauf gewartet, endlich befreit zu werden.

»Aber in unserem Gespräch sollte es doch eigentlich nicht um die Verfehlungen des Senders gehen«, fuhr sie fort.

Thielen hatte eine ernste Miene aufgesetzt und nickte zustimmend.

»Und auch nicht um die Bundesregierung, sondern um Sie, verehrter Herr Thielen, und um die Errungenschaften der NPD.« Sie lächelte ihn aufmunternd an. »In einer öffentlichen Mitteilung Ihrer Partei heißt es da zum Beispiel – ich zitiere: ›Freies Denken und Handeln in Deutschland sind erst dann möglich, wenn der Einfluss und die Macht des Zentralrates der

Juden gebrochen wird.‹ Bedeutet das nicht, dass Sie die Juden in Deutschland, wie schon Ihre Vorgänger-Organisationen, als zentrales Problem sehen?«

Thielen gefror das Lächeln im Gesicht. Auf diesen Angriff war er nicht vorbereitet.

Noch dazu hatte Carla von Stein geschickt zwei Attacken in einem Satz abgefeuert, wodurch Thielen gezwungen war, sich zu entscheiden, auf welche er zuerst reagieren sollte. Das kostete aber Zeit, und Zeit gab ihm die Moderatorin nun nicht mehr.

»Was, äh, wen meinen Sie mit Vorgänger?«

»Jetzt enttäuschen Sie mich aber, Herr Thielen. Aber ich helfe Ihrem Gedächtnis gerne auf die Sprünge. Die NPD entstand im Wesentlichen aus Mitgliedern der Deutschen Partei, der Vaterländischen Union, vor allem aber der Deutschen Reichspartei, die seinerzeit – ich zitiere: ›die Schaffung eines völkisch homogenen Reichs‹ zum Ziel hatte, was wiederum der Rassenideologie der NSDAP gleichkommt.«

Thielen trat der Schweiß auf die Stirn.

»Die NPD hat doch nichts mit der Ideologie der Deutschen Reichspartei gemeinsam, um Gottes willen, was unterstellen Sie uns da?«

»Ich unterstelle gar nichts«, antwortete Carla von Stein ruhig. »Ich halte mich nur an die Fakten. 1998 erklärte Holger Apfel, der damalige Vorsitzende Ihrer Jugendorganisation HJ – Verzeihung, JN – bei einem Kongress – ich zitiere: ›Als Vorbilder für die JN zählen einzig und allein die Wehrmacht und die Soldaten der Waffen-SS.‹«

Thielen schüttelte den Kopf.

»Das ist doch nicht wahr ... das ...«

»... steht sogar schwarz auf weiß in einem fünfhundertseitigen Handbuch, das Holger Apfel herausgegeben hat«, ergänzte Carla nüchtern.

»Das sind doch alles nur haltlose Diffamierungskampagnen,

die darauf ausgelegt sind, die ... die jüdischen Mitbürger gegen unsere Partei aufzuhetzen!«, konterte Thielen.

»Es wäre also theoretisch durchaus denkbar, dass ein jüdischer Mitbürger den Vorsitz Ihrer Partei übernehmen könnte?«

Thielen schluckte. Jetzt hatte Carla ihn da, wo sie ihn haben wollte. Sie ließ ihm Zeit für seine Antwort. Auch im Regieraum herrschte absolute Stille, selbst Kleinfeld wartete gebannt auf Thielens Reaktion. Der räusperte sich. Was immer er jetzt auch antwortete, es konnte ihm nur schaden. Selbst keine Antwort oder eine Gegenfrage würde ihm sowohl von seinen Gegnern als auch von seinen Parteifreunden negativ ausgelegt werden – und so beschloss er, in den Angriffsmodus zu wechseln.

»Ja, natürlich! Warum nicht? Eine religiöse Zugehörigkeit ist kein Hinderungsgrund, sich unserer Partei anzuschließen, wenn der- oder diejenige ansonsten unsere Werte vertritt.«

Nervös steckte Thielen den rechten Zeigefinger zwischen Hemdkragen und Hals, um sich Luft zu verschaffen.

»Was würde Thorsten Heise dazu sagen, wenn er plötzlich mit einem Juden zusammenarbeiten müsste?«

»Wer?«

Natürlich wusste Thielen, wer Thorsten Heise war. Doch er spürte förmlich, wie die Falle zuschnappte, in die er offenen Auges hineingetreten war.

»Thorsten Heise, der mehrfach vorbestrafte, militante und bekennende Neonazi, der in den NPD-Bundesvorstand gewählt wurde, um die rechtsextremen Kameradschaften wieder näher an die Partei zu binden.«

Thielen kochte vor Wut, aber noch hatte Carla von Stein nicht genug.

»Wilhelm Thielen, sind Sie ein Neonazi?«

Thielen platzte der Kragen. Er stand so schnell auf, dass die auf ihn gerichtete Kamera Schwierigkeiten hatte, ihn im Bild zu behalten.

»Was erlauben Sie sich!? Sie haben ja keine Ahnung, was Sie

sich damit einbrocken. Sie werden diesen Tag noch verfluchen! Ich verlange sofort eine Entschuldigung, oder ich verklage Sie und den Sender, bis Ihnen das Blut aus den Ohren tropft!«

Noch während Thielen seinen cholerischen Anfall fortsetzte, stand Carla ebenfalls auf und warf beiläufig einen Blick in Lees Richtung. Lee nickte und zwinkerte ihr fast unmerklich zu, dann drehte er sich zu seinem Team um.

»Und Abblende!«, sagte er laut.

Die junge Frau, die zwei Plätze weiter an der Bildregie saß, traute ihren Ohren nicht und hob ungläubig den Kopf.

»Abblende, Evi, dann Abspann, Senderlogo und aus«, wiederholte Lee mit einem Lächeln.

Es erschien Evi wie ein Wunder, und selbst der Faustschlag von Kleinfeld auf die Regiekonsole konnte ihre Freude nicht mehr bremsen. Es war vorbei!

»Sie tun das nicht!«, schrie Kleinfeld über das Pult hinweg und sprang auf die Beine. »Und du bist gefeuert, Lee, ich übernehme jetzt die Regie.«

Doch weder Evi noch Rick noch Lee und nicht einmal Karin reagierten mehr auf ihn. Schon wurden die Monitore der Studiokameras schwarz, und der Abspann mit der Erkennungsmelodie von *City Night Watch* rollte durchs Bild. Kleinfeld drückte Lee mit aller Kraft beiseite und versuchte verzweifelt, auf die Liveübertragung der Geiselvernehmung umzuschalten. Doch auch dieses Bild brach überraschend zusammen. Lee grinste und zuckte mit den Schultern.

»Oops!«, sagte er nur.

»Rick, was ist mit der Übertragung? Rick?«, schrie Kleinfeld mit hochrotem Kopf.

Doch Rick hatte keine Gelegenheit zu antworten, denn schon ertönte in einem der Lautsprecher eine Stimme aus dem Technikraum.

»Die Online-Übertragung wurde wieder gekappt. Wir bekommen kein Signal mehr aus dem Turm!«

Rick betätigte zögernd einen Knopf an der Konsole, ließ dabei aber Kleinfeld nicht aus den Augen, der ohnmächtig mit ansehen musste, wie ihm die Kontrolle aus den Händen glitt.

»Ja, haben wir mitbekommen. Ich glaube, die Show ist für heute vorbei.«

»Nichts ist vorbei, nichts ist vorbei!«, japste Kleinfeld.

Da erhob sich Karin von ihrem Platz und ging auf Kleinfeld zu. »Marc, es ist vorbei!«

Kleinfeld schüttelte zwar den Kopf, aber als er Karin anblickte und erkannte, dass sie soeben die Seiten gewechselt hatte, wurde ihm bewusst, dass er sich fügen musste. Erschöpft sank er auf seinen Stuhl zurück.

Lee nutzte die Gelegenheit für eine Ansage und meldete sich über die Studiolautsprecher bei all seinen Mitarbeitern.

»Wir machen Schluss für heute. Danke ans Team und gute Heimfahrt!«

Es war fast so, als hätten alle auf diesen erlösenden Moment gewartet. Die Kameramänner rollten ihre Kameras in die Ausgangspositionen, und irgendjemand schaltete die Kulissenbeleuchtung ab, womit Thielen und Carla von einer Sekunde auf die andere im Dunkeln saßen.

»Was, was passiert jetzt? Sie können doch nicht einfach mitten in der ... Schalten Sie sofort die Kameras und das Licht wieder ein!«

Thielen war entsetzt, doch niemand hörte ihm mehr zu.

Carla von Stein blickte hoch in den Regieraum. Sie hatte gesehen, wie Kleinfeld wild gestikulierend geschrien hatte. Lee drehte sich erneut zu ihr um und hielt seinen Daumen in die Höhe.

Ja, es war vorbei, stellte sie fest und nickte. Zufrieden blickte sie Thielen nach, der wütend aus dem Studio marschierte.

KARL V

Sonntag, 17. Oktober 2010, 4:21 Uhr

Beim Blick auf den nur langsam steigenden Counter fiel Zamir der Spruch des Lyrikers Carl Sandburg ein: »Sometimes they'll give a war and nobody will come.«

Dies hier war sein Krieg, aber die Menschen in Deutschland waren seines Krieges müde geworden. Knapp eine Stunde war seit dem Start der dritten Abstimmung vergangen, und gerade mal 204 844 Menschen hatten für den Tod von Karl Rieger gestimmt. Aber was ihm noch bedenklicher erschien: Die Zahl derer, die Karl Rieger freisprechen wollten, lag mit 198 771 Stimmen nur knapp dahinter.

Zeit – ich brauche mehr Zeit, mehr Informationen und mehr Zuschauer.

Karl hatte immer noch Schmerzen, obwohl die Droge, die ihm Zamir verabreicht hatte, inzwischen ihre volle Wirkung entfaltet haben musste. Er spürte auch die Verzweiflung, die der alte Mann nur schwer verbergen konnte, und er genoss sie.

Immer wieder wanderte Zamirs Blick zwischen ihm und dem Computerbildschirm hin und her. Fahrig suchten seine runzligen Hände nach den richtigen Unterlagen, doch immer öfter verlor er den Faden, blickte auf die Uhr oder rieb sich den Nacken.

Nein, alter Mann, diesen Kampf wirst du nicht gewinnen!

Zamir blickte ihn über den Rand seiner Brille an. Fast schien es, als hätte er seine Gedanken gehört. Noch immer war da dieser wilde, unnachgiebige Blick in seinem rußverschmierten Gesicht, der Karl wie eine Warnung zu verstehen gab, ihn nicht zu unterschätzen.

Zamir zog ein weiteres Blatt Papier aus seiner Mappe und hielt es Karl Rieger wortlos entgegen.

Studien und Beweisführung zur Belegung der Holocaust-Lüge. Magisterarbeit von Karl Rieger, 2001.

Beim Anblick der Zeilen musste sich Karl zwingen, sich seine Überraschung nicht anmerken zu lassen.

»Und?«, warf er Zamir trotzig entgegen.

»Sie wussten, dass Ihnen für diese Arbeit die Exmatrikulation drohte, und trotzdem haben Sie sie eingereicht. Mich interessiert der Grund. Ihre Zwischenprüfung hatten Sie als einer der Besten Ihres Jahrgangs abgelegt, und trotzdem setzten Sie hiermit alles aufs Spiel. Warum?«

»Ich bin in einer Welt voller Lügen aufgewachsen. Irgendwann war das Maß einfach voll. Was gibt es da nicht zu verstehen?«

»Sie glauben, die Shoah ... der Holocaust ... hat nie stattgefunden?«

Karls Tonfall verlor seine gespielte Lässigkeit.

»Sie wollen über den Holocaust reden? Gut, reden wir über diesen Bockmist, der deutschen Kindern seit fünfundsechzig Jahren als Tatsache verkauft wird.«

Zamir triumphierte angesichts Riegers impulsiver Reaktion. War das endlich die Gelegenheit, den aalglatten Neonazi aus der Reserve zu locken?

»Sie behaupten also, der Mord an sechs Millionen Juden sei eine Lüge?«

Rieger wurde lauter.

»Blödsinn! Aber ich behaupte, dass die Zahlen und Fakten stark verdreht wurden, damit wir Deutschen bis ans Ende unserer Tage zu Kreuze kriechen müssen. 1915 bis 1916 haben die Türken eineinhalb Millionen Armenier ermordet. Hat darüber je einer ein Wort verloren, lernen das die Kinder in der Schule über die Geschichte ihrer türkischen Mitschüler? Nein, das wird totgeschwiegen. 1994 wurden in Ruanda eine Million Tutsi umgebracht – wen interessiert's? Eine Million schwarzer Kaffer weniger auf der Welt. Und Stalin, einer der Richter über die Deutschen nach dem Zweiten Weltkrieg? Stalin war für den Tod von fast vier Millionen Ukrainern verantwortlich, die er verhungern ließ. Seit ihrer Unabhängigkeit kämpft die Ukraine bis heute vergeblich um eine Anerkennung dieses Verbrechens als Völkermord. Doch damit nicht genug, Stalin hat zwischen 1936 und 1938 weitere 1,5 Millionen politische Gegner verhaften lassen, wovon siebenhundertfünfzigtausend erschossen wurden. Ist irgendein Russe dafür jemals zur Verantwortung gezogen worden? Nein. Und wissen Sie, warum? Weil die Sieger immer die Guten und die Verlierer immer die Bösen sind.«

Zamir lehnte sich zurück. Er war sich seiner Sache nun ganz sicher.

»Also fand der Holocaust nun statt oder nicht?«

Es war genau diese entspannte Haltung, die Karl irritierte und ihn daran erinnerte, nicht die Nerven zu verlieren. Er atmete tief durch, sortierte gedanklich die wichtigsten Argumente und erinnerte sich an die erste Regel seines Rhetorikkurses: Geh auf dein Gegenüber ein und gib ihm teilweise recht!

»Sie wollen hören, dass Juden ermordet wurden? Ja, wurden sie – und das würde ich auch nie leugnen. Ich nehme an, Sie hatten keine Zeit, meine Abschlussarbeit zu lesen?«

Zamir ignorierte die rhetorische Frage.

»Sie waren ja viel zu sehr damit beschäftigt, meine beiden Kameraden hinzurichten«, ergänzte Karl zynisch.

Im ersten Moment wollte Zamir darauf etwas erwidern, unterließ es dann aber, um Karl keinen Vorwand zu geben, das Thema zu wechseln. Und so fuhr Rieger fort.

»Der springende Punkt ist, dass es die sogenannte Endlösung gar nicht gab. Sie ist eine Erfindung der Siegermächte. Es gibt zahlreiche Dokumente, die beweisen, dass die Juden nach dem Krieg umgesiedelt werden sollten – nicht vernichtet. Zu diesem Zweck hat man die Konzentrationslager gebaut, aber nicht, um sie auszurotten. Selbst wenn man gewollt hätte, was eine Lüge ist, hätten die technischen Möglichkeiten niemals ausgereicht, um die angebliche Zahl von sechs Millionen Menschen zu beseitigen. Nach seriösen Hochrechnungen von anerkannten Experten wurden bedauerlicherweise etwa dreihunderttausend Juden tatsächlich getötet, das aber nicht gezielt durch Anweisungen des Staates, sondern durch übereifrige Einsatzgruppen, deren Kommandeure danach zur Rechenschaft gezogen wurden. Dreihunderttausend Juden – das klingt nach erschreckend viel, ist aber nur die Hälfte dessen, was die Alliierten an zivilen Opfern durch die Bombardierung deutscher Städte auf dem Gewissen haben.«

Zamir spürte kalten Schweiß in seinem Nacken. Es waren nicht die Lügen, die ihn schockierten, davon hatte er genug gelesen und gehört. Es war die Tatsache, dass dieser junge Mann diese Lügen tatsächlich glaubte, und das, obwohl er gebildet war und die Möglichkeit gehabt hatte, sich jahrelang umfassend und neutral mit dem Thema zu befassen. Der Holocaust gehörte zu den am gründlichsten erforschten Ereignissen der Zeitgeschichte. Wie konnte ein Student der Geschichte angesichts der überwältigenden Menge an hieb- und stichfesten Beweisen auch nur im Entferntesten daran glauben, dass die systematische Vernichtung seines Volkes nur Lügen und das Ergebnis einer umfassenden Verschwörung seien? Aber kein Wunder, Lügen waren gesellschaftsfähig geworden. Selbst auf modernen Internet-Plattformen verstieß die Holocaust-Leugnung nicht gegen die Richtlinien.

Karl Riegers Antlitz verschwamm vor seinen Augen. Das grelle Licht, die stickige Luft und die körperliche Erschöpfung setzten Zamir immer mehr zu. Aber bald würde alles zu Ende sein – endgültig!

Zamir rieb sich die Augen. Dabei stieß er mit dem Ellenbogen gegen die Pistole, die neben ihm auf dem Computertisch lag. Es war nur eine leichte Berührung, die ihm jedoch die Präsenz der Waffe wieder ins Bewusstsein rief. Ein Schuss, nur ein Schuss, und alles würde ein Ende haben ...

Karls Stimme forderte wieder seine Aufmerksamkeit.

»Haben Sie schon einmal vom Leuchter-Report gehört?«

Karl bemerkte nicht, dass Zamirs Augen bei der Nennung des Namens bedrohlich funkelten.

»Fred Leuchter hat 1988 drei Tage lang mit einem Team von Experten das KZ Auschwitz-Birkenau vor Ort untersucht und später Gesteinsproben von den Gaskammern in wissenschaftlichen Labors untersuchen lassen. Die Ergebnisse haben zweifelsfrei gezeigt, dass in diesen Räumen kein Giftgas freigesetzt wurde und ...«

Zamirs Faust traf Rieger mit voller Wucht ins Gesicht. Sofort tropfte Blut aus seiner Nase auf sein schwarzes Hemd und glänzte im Scheinwerferlicht.

»Fred Leuchter war ein Hochstapler!«, schrie Zamir und rieb sich die Knöchel. »Ein Lügner und Betrüger, der von einem Gericht überführt wurde!«

Karl hielt sich wütend die Nase und legte den Kopf in den Nacken. Er schmeckte das Blut in seinem Rachen. Es schmeckte nach Sieg.

»Ist das Ihre Methode, eine ... eine faire Verhandlung zu führen?«

Zamir senkte den Kopf. Rieger hatte ihn vorgeführt. Wieder fiel sein Blick auf die Waffe neben ihm. Widerstrebend kontrollierte er den Counter, der seine schlimmsten Befürchtungen erfüllte: 228 382 Stimmen für »Tod« und 227 299 für »Leben«.

In diesem Augenblick wurde der Kontrollbildschirm für die Liveübertragung schwarz. Der Satellit hatte seine Arbeit eingestellt. Zamir wurde bewusst, dass er damit nicht nur von der Außenwelt getrennt war, sondern auch jegliche Rückendeckung durch seine Freunde beim Mossad verloren hatte. Von nun an war er gänzlich auf sich allein gestellt. Er dachte nach, wägte die verbleibenden Optionen ab und griff schließlich nach der Pistole.

Ein greller Lichtkegel riss Marie aus einem unruhigen Schlaf. Es dauerte eine Weile, bis sie sich wieder an alles erinnerte und erkannte, dass sie in einem Streifenwagen der Polizei saß. Eisige Nachtluft drang durch das offene Fenster der Fahrertür, und Marie zog die Rettungsdecke noch fester um ihren Körper. Ein Wachtposten der Bereitschaftspolizei mit hochgeschlagenem Fellkragen betrachtete aufmerksam das Innere des Wagens im Schein seiner Taschenlampe und griff dann zu einem Telefon. Sie konnte nicht hören, was er sagte, aber offensichtlich holte er sich die Genehmigung, die Streife passieren zu lassen.

»Wo sind wir?«, fragte sie die Polizisten.

»Wir passieren gerade den Sicherheitsgürtel, der um den Turm gezogen wurde. Danach sind es nur noch ein paar Hundert Meter, dann liefern wir Sie bei Kriminalhauptkommissar Koch ab.«

Der Wachtposten kam zurück und beugte sich runter zum Fahrerfenster, dabei hielt er sich am Gurt seiner Maschinenpistole fest, der ihm um den Hals hing.

»Ihr könnt jetzt durch. Mann, ihr habt es gut in eurer warmen Kiste, wir stehen hier nur rum und frieren uns den Arsch ab«, beschwerte er sich.

Der Polizeiwagen fuhr zwischen mehreren Absperrungen hindurch und hatte wenige Minuten später die Sackgasse erreicht, in der Kochs Einsatzzentrale stand.

»Wie viel Grad hat es denn?«, wollte Marie wissen.

»Zwei Grad plus, aber bei dem Wind fühlt sich das sicher

kälter an. Echt arme Schweine, die hier Wache schieben müssen.«

Marie öffnete die Tür und schob sich mit ihrer glänzenden Decke aus dem Wagen. Sofort schlug ihr der kalte Wind ins Gesicht, während ihre Pumps in den Schnee einsanken.

»Danke fürs Mitnehmen.«

Marie blickte dem Streifenwagen nach, bis er auf die Hauptstraße abbog und verschwand.

In der kleinen Siedlung war es totenstill. In keinem der Häuser brannte auch nur ein einziges Licht. Die Menschen, die hier wohnten, waren längst alle evakuiert worden. Marie schaute hinüber zu den beiden Survivors, hinter denen sich Kochs Einsatzwagen verbarg. Sie ging ein paar Schritte auf sie zu, bis sie zwischen zwei Häuserblöcken einen freien Blick auf den Turm hatte. Der Weg dort hinauf würde nicht nur eiskalt sein, sondern in ihren hochhackigen Schuhen auch anstrengend.

Ihr Herz klopfte. *Und was, wenn ich dort angekommen bin?* Sie hatte keine Antwort auf diese Frage, aber nach all den Stunden des Hoffens, des Bangens und der Selbstkasteiung gab es für Marie keine andere Option mehr. Sie musste zu diesem Turm, sie musste Ephraim Zamir entgegentreten.

Karl blickte geradewegs in den Lauf der Pistole. Das ratschende Geräusch, mit dem Zamir eine Kugel in den Lauf befördert hatte, hing noch im Raum. Es gab so viele Dinge, an die er am Ende seines Lebens hätte denken können, aber Karl hatte nur ein Bild vor Augen, als Zamir langsam aufstand und zwischen seine Augen zielte. Shalhevets Rücken lag halb entblößt vor ihm, während der Sommerwind die Vorhänge weit in den Raum wehte.

Die Waffe vor seinen Augen zitterte leicht. Sein Puls raste wie wild. Alles nur wegen einer Lüge, wegen Hunderten von Lügen.

Karl Rieger hatte sich selbst längst schon eingestanden, dass seine minutiös zusammengetragenen Beweise für die angebliche Erfindung des Holocaust reiner Selbstbetrug gewesen waren. Das hatte er Shalhevet zu verdanken, denn in ihrer Familie gab es nicht nur zahlreiche Opfer der Naziherrschaft, sondern auch eine Überlebende des Holocaust, Shalhevets Urgroßmutter, die ihm lange und ausführlich von ihren grauenvollen Erlebnissen berichtet hatte. Nein, diese alte Frau war weder Teil einer groß angelegten Verschwörung, noch sprach sie die Unwahrheit.

Damals hatte er diese Erkenntnis noch zu verdrängen versucht, doch die Geschichten ließen ihn nicht mehr los, vor allem von dem Tag an, an dem Shalhevet ihn verraten und gleichzeitig gerettet hatte. Warum also hatte er diesem Mann Paroli geboten, hatte vor laufender Kamera einmal mehr den bekennenden Neonazi gespielt? Hatte er gedacht, er könnte damit sein Leben retten, oder war es ein Machtspiel gewesen, eine Herausforderung, die er nur allzu gerne angenommen hatte? Er konnte deutlich sehen, wie sich Zamirs Finger am Abzug krümmte. Gleich würde alles vorbei sein ...

»Shalhevet, vergib mir«, brachte seine zittrige Stimme leise hervor, als plötzlich ein lautes Klicken die Stille des Raums zerriss. Erschrocken fuhr er zusammen und schloss reflexartig die Augen.

Als er sie wieder öffnete, hatte Zamir die Waffe gesenkt. Laut hustend legte er die Pistole zurück auf den Computertisch, dann drückte er ein Taschentuch auf seinen Mund, bis der Husten nachließ.

»Shalhevet?«

Zamir wischte sich den Speichel vom Mund und steckte das Taschentuch schwer atmend in die Hosentasche.

»Sie haben wirklich an der Kleinen gehangen«, stellte er fest, ohne eine Antwort zu erwarten.

Karl hatte aufgehört, sich darüber zu wundern, dass Zamir all diese Informationen hatte. Kannte er Shalhevet vielleicht sogar? Die Vorstellung war absurd, aber gleichzeitig auch wärmend. Wieder tropfte ihm Blut aus der Nase.

Zamir beachtete es nicht, sondern las eine Nachricht auf seinem Telefon, die ihm Marie Stresemann soeben geschickt hatte: *Sie können wieder online gehen. Schalten Sie einfach auf Ihren Kabelanschluss um.*

Zamir dachte nach. Warum sollte man ihn wieder ins Netz lassen? Und was hatte Marie Stresemann damit zu tun? Alles an dieser Nachricht roch nach einer Falle, aber die Verlockung war zu groß, um die Nachricht nicht wenigstens zu überprüfen.

Wortlos stieß er seinen Stuhl um und verließ den Raum, ohne die Zellentür hinter sich zu schließen.

Es gab nur einen Weg, um herauszufinden, ob die Internetverbindung wieder funktionierte. Er musste in sein Arbeitszimmer im dritten Stock.

Koch legte Maries Handy beiseite, mit dem er die SMS an Zamir geschickt hatte. Der Sendebericht bestätigte, dass Zamir die Nachricht erhalten hatte. Er nickte seinem Verbindungsoffizier zu, der das Zeichen als Befehl interpretierte und diesen an die Einsatzstelle weitergab.

»Kriminalhauptkommissar Schuster, Freigabe Operation Warrior erteilt.«

Es knisterte kurz in der Audioübertragung.

»Bestätige Freigabe. Ende!«

Koch war kurz davor zu beten, obwohl er mit Religion nie etwas hatte anfangen können. Jetzt gab es kein Zurück mehr. Da fiel sein Blick auf den leeren Klappstuhl neben ihm.

Marie Stresemann hätte doch eigentlich längst zurück sein sollen.

Der iRobot Warrior war von zwei Fachleuten der Bundeswehr mit einer Fernbedienung exakt fünfundsechzig Meter vom

Haupteingang des Turms entfernt platziert worden. Er stand nun leicht schräg am Fuße des Hügels, auf dem sich der Turm befand. Dahinter lag ein Team aus sechs Spezialeinsatzkräften mit Wintertarnanzügen im Schnee. Sie hatten erst zwei Stunden zuvor den Einsatzort erreicht und waren entsprechend ausgeruht. Schuster hatte dem Gruppenführer des Teams volle Entscheidungsfreiheit beim Zugriff gegeben. Statt mit Helmkameras waren sie diesmal nur mit Mikrofonen ausgestattet, um beweglicher zu sein. Man hatte sie auf diesen Einsatz eingeschworen, hatte ihnen eindringlich geschildert, was ihre Kameraden bei den ersten beiden Zugriffen durchgemacht hatten. Selbst wenn Schuster bei seiner emotionalen Ansprache übertrieben haben sollte, den Mann hinter diesen Mauern durften sie nicht unterschätzen. Schuster hatte sich klar ausgedrückt: »Im Zweifelsfall schalten Sie die Zielperson umgehend aus!«

Eine ähnliche Ansage hatte der Gruppenführer noch nie zuvor gehört. Im Grunde genommen waren sie damit kein Befreiungs-, sondern ein Tötungskommando.

Schuster selbst kniete mit den beiden Bundeswehrspezialisten in etwa hundertfünfzig Meter Entfernung zum Ziel hinter einer mobilen Stahlwand, von wo aus sie den Warrior steuerten. Schuster hob den Daumen und nickte den beiden Männern zu.

Der Warrior ähnelte einem Spielzeugbagger mit Raupenantrieb. Behäbig setzte sich der Roboter in Bewegung. Nach exakt zwanzig Metern würde er anhalten und eine Leine mit den Granaten abfeuern, die genau bis zum Haupteingang reichte. Zu diesem Zweck ragte ein breites Rohr mit einem Raketengeschoss aus dem vorderen Teil der Maschine. War die Rakete am Ziel, würde sie sich dank zweier Fallschirme langsam aus der Luft absenken und die Sprenggranaten gleichmäßig verteilt in Position bringen. Die Zündung erfolgte dann automatisch. Sekunden später würde das Spezialeinsatzkommando einen frei gesprengten Korridor von etwa sechs Metern Breite haben, um den Bunker zu stürmen. Allerdings mussten sie dafür den Hügel hinaufsprinten – das würde Zeit und Kraft kosten.

Einer der beiden Warrior-Operatoren meldete Schuster: »Warrior hat Alpha-Zero erreicht und Ziel erfasst.« Durch sein Nachtsichtgerät verfolgte er den Weg des Kampfroboters.

Schuster nickte. »Feuer frei!«

Der zweite Operator schob eine Kappe auf der Fernbedienung beiseite, die bislang einen blauen Schalter verdeckt hatte, und legte ihn um. Dann drückte er den rechten von zwei roten Knöpfen. Fast im selben Augenblick ertönte verzweifelt die Stimme von einem der SEK-Männer: »Abbruch! Abbruch!«

Doch es war zu spät. Die Rakete des Warriors schoss steil nach oben durch die Nacht und erhellte für Sekunden den schneebedeckten Hügel. Schuster blickte ihr nach und erkannte sofort den Grund für den Warnruf des Gruppenführers.

Eine Person näherte sich von der Seite dem Haupteingang. Es war eine Frau mit einem silbrig glänzenden Cape.

DER TURM V

Montag, 8. Januar 1945

Wolfgang Danner hatte das Gespür für die Zeit gänzlich verloren. Seit den Bombendetonationen in unmittelbarer Näher des Bunkers konnten Stunden, aber vielleicht auch nur Minuten vergangen sein.

Wie ein Embryo lag er zusammengerollt in der Dunkelheit. Die gelbe Notbeleuchtung war bereits bei der ersten Explosion erloschen. Ihr waren weitere gefolgt, hatten sich aber nach und nach entfernt, wie ein Gewitter, das weiterzog. Inzwischen war es still geworden.

Danner spürte, wie seine Sinne zurückkehrten. Seine Zunge war mit feinem Staub belegt, die Augen verklebt, und der linke Arm war nass und kalt. Dem Geruch nach zu urteilen, lag er in seinem eigenen Erbrochenen. Zitternd suchte er nach der Taschenlampe, die immer mit einem Karabinerhaken an seiner Uniform befestigt war, aber sie war nicht an ihrem Platz. Panisch richtete er sich auf und tastete im Dunkeln den Boden ab, fand aber nur die klebrigen Reste seines Abendessens. Dann jedoch stieß sein Fuß gegen etwas Metallisches, das über den Boden zu rollen begann – die Taschenlampe. Danner fuhr herum, griff nach dem vertrauten Objekt und schaltete es ein. Fahrig wanderte der Kegel der Lampe über den staubigen Boden und die steinernen Mauern. Er war allein, so allein wie noch nie zuvor in seinem Leben. Wo waren alle anderen?

So still, wie es draußen war, lebte von ihnen keiner mehr. Gestorben für den Endsieg! Zum ersten Mal gestand er sich ein, dass die Mär vom Endsieg eine einzige Lüge war. Alles war eine Lüge, alles!

Die meisten der Menschen, die auf der anderen Seite der Stahltür durch seine Mitschuld gestorben waren, hatte er gekannt. Schemenhaft tauchten Gesichter vor seinem inneren Auge auf. Gesichter von Nachbarn und Freunden. Sie lächelten ihn an, bei einem flüchtigen Gruß am Morgen, bei einem Trinkspruch am Stammtisch oder bei der heimlich zugesteckten Wurst in der Metzgerei. Sie lächelten so, wie er es schon Hunderte Male erlebt hatte. Dann gingen die Gesichter in Flammen auf und zerfielen schließlich zu Staub.

Wolfgang Danner weinte, er krümmte sich auf dem Boden zusammen, die Taschenlampe entglitt ihm und beleuchtete sein verzerrtes Gesicht wie eine Fratze.

Wie viel Zeit war vergangen, seit er das Tor zu einem anständigen menschlichen Leben hinter sich verschlossen hatte? Eine Stunde? Zehn Jahre?

Er griff nach der Taschenlampe und setzte sich wieder auf. Der Lichtkegel nahm das Schloss der Stahltür ins Visier. Er zögerte, hatte Angst, sich dem zu stellen, was ihn auf der anderen Seite erwarten würde.

Staub. Wieder tauchten in seinem Kopf all die Gesichter auf, die zu Staub zerfielen.

Das gut geölte Schloss öffnete sich leichter, als er erwartet hatte. Ein kräftiger Druck mit den Schultern, und schon schwang das Tor auf, ohne gegen ein Hindernis zu stoßen.

Der Horizont war hell erleuchtet. Die nahe Stadt stand in Flammen. So hatte er sich als Kind die Hölle vorgestellt, wenn er gebannt zur Kanzel des Pfarrers hinaufgeblickt und der Prophezeiung vom Jüngsten Gericht gelauscht hatte. Aber es war nicht nur die Stadt, die brannte, auch einige Häuser im Dorf brannten lichterloh. Der Kirchturm ragte wie ein Mahnmal weit aus dem Inferno heraus. Danner musste an die Familie Engelhard denken, die unter Armeedecken mitten in der Kirche aufgebahrt lag.

Dann wanderte sein Blick auf den großen Platz vor dem Turm. Nichts, aber auch gar nichts hatte ihn auf diesen Anblick vorbereitet, der ihn von nun an Tag und Nacht verfolgen würde.

Der Feuerschein tanzte auf den zerrissenen Leibern auf und ab und schien sie zum Leben zu erwecken. Es war fast so, als würden sich düstere Schatten von den Leichen erheben und deren abgetrennte Gliedmaßen noch immer zucken. Danner fiel auf die Knie, kniff die Augen zusammen und schrie gegen den heißen Feuerwind, der ihn gnadenlos wegen seiner Sünden verhöhnte.

Als er die Augen wieder öffnete, blickte er geradewegs in das Gesicht einer jungen Frau, die einen Arm nach ihm ausstreckte.

»Wasser ...«

Danner wischte sich den Rotz aus dem Gesicht. Seine Augen täuschten ihn nicht: Die Frau lebte. Und noch während er überlegte, woher er Wasser heranschaffen könnte und wo im Turm das Verbandszeug aufbewahrt wurde, trafen seine Blicke auf weitere Überlebende, die dringend Hilfe benötigten.

In dieser Nacht rettete Wolfgang Danner vierunddreißig Menschen das Leben und hörte auch dann nicht auf, Pressverbände anzulegen, Wunden zu reinigen und Wasser zu reichen, als gegen sieben Uhr morgens der erste Rettungswagen eintraf. Für seine Verdienste an der Heimatfront wurde ihm im Februar 1945 die »Dienstauszeichnung III. Stufe in Gold« verliehen, deren Annahme er jedoch verweigerte. Nach einer öffentlichen Auseinandersetzung mit dem Kreisleiter seines Bezirks wurde Danner zwei Wochen später in Untersuchungshaft genommen. Für die defätistischen Äußerungen während seiner Vernehmung wurde er schließlich zum Tode verurteilt. Das Urteil sollte am 1. Mai vollstreckt werden. Die Befreiung der Stadt am 30. April 1945 durch amerikanische Truppen rettete ihm das Leben.

Wolfgang Danner widmete den Rest seines Lebens der schonungslosen Aufklärung über die Zeit des Nationalsozialismus und fand in der Frau, die er in jener Schicksalsnacht am Turm zuerst gerettet hatte, seine große Liebe. Er machte nie einen Hehl aus seinen eigenen Verfehlungen und aus den wahren Begebenheiten der Bombennacht. Als Wolfgang Danner im Frühling 1975 starb, folgten fünfhundert Menschen seinem Sarg, darunter auch sein einjähriger Enkel Manfred Danner, der später bei seiner Bewerbung als Polizist angab, einmal so werden zu wollen wie sein Großvater.

SONNTAG, 17. OKTOBER 2010, 5:08 UHR

Manfred Danner war sechsunddreißig Jahre alt und hatte sein Leben im Schatten des mächtigen Großvaters verbracht. Ehre und Recht waren durch seinen Vater, einen stadtbekannten Richter, zu den tragenden Säulen seiner Familie geworden.

Doch Manfred Danners Naturell entsprach bei Weitem nicht den Erwartungen seines Vaters. Er war ein Aufschneider, ein Faulpelz und hatte in seinen wilden Jahren, kurz nach dem beinahe verpatzten Abitur, durchaus auch kriminelle Energie unter Beweis gestellt. Bei einem Autodiebstahl wurden er und seine Kumpel zum Glück nicht erwischt. Auch nicht, nachdem sie in betrunkenem Zustand das Cabriolet gegen einen Laternenpfahl gefahren hatten und mit leichten Blessuren abgehauen waren. Ein anderes Mal flog Manfred jedoch auf, als er mit Prüfungsaufgaben handelte, die ein Kommilitone aus dem Büro des Dozenten geklaut hatte. Das Aus der studentischen Laufbahn konnte der Vater gerade noch verhindern, der dank seiner Beziehungen als Richter Himmel und Hölle in Bewegung setzte, um einen Rauswurf aus der Uni und eine Vorstrafe zu verhindern.

Als angehender Beamter im gehobenen Polizeidienst hatte sich Manfred Danner innerhalb der strengen Familie schließlich endgültig rehabilitiert, war aber nie wirklich zufrieden mit seinem Leben, denn was er wirklich brauchte, um glücklich zu sein, waren öffentliche Anerkennung und Rampenlicht. Und für beides sah er die Gelegenheit gekommen, als er, nicht weit von seiner Position entfernt, Marie Stresemann in ihrem silbrigen Umhang durch den Schnee stapfen sah.

Er war bei der Vorbesprechung zur Stürmung des Turms dabei gewesen. Entsprechend groß war die Enttäuschung, als ihm klar wurde, dass man ihm bei diesem Zugriff keine Rolle zugewiesen hatte. Aber es war noch schlimmer gekommen: Sein Partner Erdmann hatte ihn freigestellt.

»Manfred, lass gut sein, du hast genug geleistet heute Abend. Nimm dir den Wagen, und fahr nach Hause zu deiner Frau. Sie macht sich sicher schon Sorgen. Sag ihr einen schönen Gruß von mir. Sobald das hier ...«

»Weißt du, was, Markus, du kannst mich mal!«

Voller Wut war er zu ihrem Audi gegangen, den sie am Rande der Siedlung geparkt hatten – und hatte den Streifenwagen erblickt, der Marie Stresemann absetzte und wieder verschwand.

Er nahm sie nur aus dem Augenwinkel wahr, wie sie ein paar Schritte auf die Sackgasse zustapfte. Sein Zorn auf Erdmann hatte ihn fest im Griff; diese Frau war ihm völlig egal. Wütend schlug er die Autotür zu und wollte gerade den Motor starten, als er nochmals in ihre Richtung sah, doch die junge Frau war plötzlich verschwunden.

Irritiert blickte er sich um. Die Sackgasse war bis zu den beiden Kampfwagen und Kochs Kommandostelle gut beleuchtet, aber von der Frau fehlte jede Spur. Er nahm den Finger vom Zündknopf und dachte nach. Er hatte gesehen, wie ein Militärtransporter den Kampfroboter ausgeladen hatte und wie dieser mit Sprengstoff bestückt worden war. Und auch wenn man ihn über den genauen Zeitplan des Zugriffs nicht eingeweiht hatte, so war klar, dass man damit nicht mehr lange warten würde. Das bedeutete: Marie Stresemann befand sich in großer Gefahr.

Danner zögerte keine Sekunde. Er riss die Wagentür auf und hastete durch den Schnee bis zu der Stelle, an der er Marie zuletzt gesehen hatte. Es dauerte nur einen Augenblick, dann konnte er zwischen den Häusern hindurch am Hügel des Turms das glitzernde Cape ausmachen.

Wie zur Hölle konnte eine so kleine Frau in so kurzer Zeit so weit kommen? Er hetzte durch den Schnee, in dem sich Maries Fußspuren abzeichneten. Schon nach einer Minute übersprang er ein rot-weiß gestreiftes Signalband.

Das Minenfeld, schoss es ihm durch den Kopf.

Obwohl er sicher war, dass Zamir nur geblufft hatte, spürte er die Panik, die ihm den Nacken hochkroch wie eine Schlange. Er reduzierte seine Geschwindigkeit und versuchte, in Maries Fußstapfen zu laufen, immer einen Schritt überspringend. Bilder von Minenopfern, die ihre Füße verloren hatten, schossen ihm in den Kopf. »Booby Trap« hatten die US-Soldaten diese Minen im Vietnamkrieg genannt. Mit einem Blick nach vorne sah er, dass er der silbrigen Decke nur langsam näher kam.

Scheiß drauf!

Er unterdrückte die Angst vor den Minen und rannte, so schnell er konnte. Er versuchte zu schreien, sie zu warnen, aber die eiskalte Luft in seiner geplagten Lunge schnürte ihm die Kehle zu.

Danner mobilisierte seine letzten Kraftreserven. Bis zu Marie waren es nur noch wenige Meter, da ertönte ein lauter Knall, der den Boden vibrieren ließ und die Nacht zum Tag machte.

Koch war fast zeitgleich mit Danner zum selben Ergebnis

gekommen: Marie musste auf dem Weg zum Turm sein. Und ebenso wie Danner war ihm augenblicklich bewusst, welche Gefahr das für die junge Frau darstellte. Noch im Laufen versuchte er Schuster per Funk zu kontaktieren, um den Einsatz abzubrechen, aber der meldete sich nicht. Außer Atem erreichte er Schuster und seinen Stab exakt in dem Moment, als die Rakete abgefeuert wurde und die Stimme von einem der SEK-Männer durch den Lautsprecher des Gefechtsstands dröhnte.

»Abbruch! Abbruch!«

Doch es war zu spät. Mit offenem Mund folgte Koch der Flugbahn des Geschosses, das eine Leine mit Dutzenden kleiner Sprengladungen hinter sich herzog.

»Rufen Sie einen Krankenwagen«, schrie er keuchend, dann rannte er wieder los, fast so, als könne er die Rakete noch einholen.

Zamir war gerade in seinem Arbeitszimmer im dritten Stock angekommen, um die Internetverbindung umzustellen, als der abgedunkelte Raum taghell erleuchtet wurde. Überrascht sah er aus dem Fenster und erblickte das grell leuchtende Geschoss, das geradewegs auf ihn zukam.

Es ist vorbei – das war sein erster Gedanke, denn egal, was das für eine Rakete war, er glaubte nicht, dass die Panzerglasscheiben ihr trotzen würden. Er fühlte so etwas wie Erlösung und sah regungslos dem Tod ins Auge. Dann neigte sich die Rakete und gab Zamirs Blick frei auf das weiße Band, das sie durch den Himmel gezogen hatte. Im selben Moment sah er Marie, die nur noch wenige Meter von seinem Eingang entfernt wie zu einer Salzsäule erstarrt ihr Schicksal erwartete.

Marie hatte den kehligen Ruf des Mannes gehört, der sie verfolgte. Um nichts in der Welt wollte sie sich jedoch von ihrem Plan abbringen lassen, und so beschleunigte sie ihre Schritte. Es waren noch etwa zwanzig Meter bis zum Treppenaufgang des Turms.

Würde Zamir ihr öffnen, würde er überhaupt mitbekommen, dass sie an seiner Pforte stand? War Karl Rieger noch am Leben?

Da donnerte es gewaltig, die Erde bebte, und der Schnee vor ihren Augen wurde so hell erleuchtet, dass es blendete. Erschrocken blickte sie in den Himmel, sah die Rakete, die über sie hinwegflog und geräuschlos direkt vor dem Turm im Schnee erlosch. Dunkelheit senkte sich über den Hügel und drei unheimliche Schatten, die sich vor dem nächtlichen Himmel abzeichneten.

Mit einem Mal wurde sie von den Füßen gerissen und tief in den Schnee gedrückt, als eine Detonation, die in unmittelbarer Nähe stattfand, ihre Ohren zum Pfeifen brachte, und den Mann, der schützend auf ihr gelegen hatte, fortschleuderte. Instinktiv krallte sie ihre Hände in den Boden und stemmte sich gegen die Druckwelle, die Schnee und Dreck in ihr Gesicht schleuderte. Dann wurde es still. Sie spürte, wie die Kälte in ihren Körper zurückkroch. Sie lebte, doch um welchen Preis?

Verzweifelt hob Marie den Kopf, um irgendetwas zu sehen, doch dunkler Rauch umhüllte sie und fraß sich in ihre Lunge. Ihr Körper schrie danach, liegen zu bleiben, aber sie konnte nicht. Sie musste diesen Mann finden, der ihr das Leben gerettet hatte, und so kämpfte sie sich verzweifelt hoch. Sie hustete ohne Unterlass, während sie orientierungslos in Schlamm und Schnee nach dem Unbekannten tastete. Meter für Meter kroch sie zitternd im Kreis, bis sie schließlich kraftlos zurück auf den nassen Boden sank. Sie hatte wieder versagt. Jetzt wollte sie nur noch eines: sterben.

Da packten sie zwei kräftige Hände und hoben sie hoch, so mühelos, als wäre sie ein verletzter Vogel.

Obwohl Koch zum Zeitpunkt der Explosion erst auf Höhe des in Deckung liegenden Einsatzteams war, packte ihn die Druckwelle und warf ihn rückwärts zu Boden. Mühevoll rappelte er sich auf und stürmte den SEK-Männern nach, die mit entsicherten Schnellfeuerwaffen, auf denen grelle LED-Strahler angebracht waren, auf die dichte Nebelwand zuliefen.

»Leader 1, er ist dicht hinter uns«, meldete einer der sechs Einzelkämpfer, der Koch am nächsten war. Der Mann hatte sich nur kurz im Lauf umgedreht und war in geduckter Haltung weitergelaufen.

»Blau 3, Operation wie geplant fortsetzen. Wenn Sie auf die Zivilperson treffen, kümmern Sie sich um sie. Vermutlich ist sie verletzt. Der Rest des Teams folgt weiter dem Einsatzbefehl. Sanitäter sind bereits auf dem Weg. Ende.«

»Verstanden, Leader 1, Ende.«

Keuchend versuchte Koch, Schritt zu halten mit den Männern, denen die Steigung nichts auszumachen schien. In Zweierreihen folgten sie exakt dem frei gesprengten Pfad, der sich wie eine breite Schneise durch den Schnee bis hinauf zum Plateau des Hügels zog. Einer nach dem anderen tauchte vor ihm in die dichte Rauchwolke ein und verschwand. Koch konnte nur noch die hektisch umherwandernden Lichtstrahlen ihrer Scheinwerfer sehen. Schließlich wurde er selbst vom Nebel verschluckt, der nach Schießpulver roch und in den Augen brannte. Bei jedem Schritt bergauf drang der Rauch in seine Lunge ein, bis er zu husten begann und sein Gang langsamer und immer schwerer wurde. Die Lichtstrahlen der SEK-Männer entfernten sich von ihm.

Um ihn herum wurde es still, und Einsamkeit umgab ihn. Wofür lohnte es sich, zu leben? Seit dem Tod seines Sohnes hatte ihn diese Frage begleitet wie ein düsterer Schatten. Manchmal war dieser Schatten kaum zu spüren, und manchmal packte er ihn mit solcher Wucht, dass es ihm die Luft zum Atmen raubte, so wie dieser beißende Pulverrauch. Doch nun gab es Antwort auf diese Frage: Marie.

Erschöpft stand Koch endlich auf dem breiten Plateau, in dessen Zentrum sich der Turm befand. Keuchend und hustend legte er eine Pause ein, da hörte er irgendwo durch den Nebel eine Stimme.

»Leader 1, hier Blau 5, wir haben die Zivilperson. Wiederhole, wir haben sie.«

»Blau 5, wie ist der Zustand der Person?«

Sofort setzte sich Koch wieder in Bewegung und lief auf die Stimme zu. Eine silberne Rettungsfolie wehte an ihm vorbei und verschwand in der Dunkelheit.

»Die Person lebt, ist aber bewusstlos. Schwere Verletzungen im Gesicht, taste jetzt die Person vorsichtig ab. Wo bleiben die Sanis?«

Koch entdeckte im Rauch den SEK-Mann, der am Boden kniete und sich über eine Person beugte. Kraftlos ließ er sich neben ihm nieder und rechnete damit, Maries blutverschmiertes Gesicht zu sehen. Aber vor ihm lag nicht Marie, es war Danner, dessen Gesicht entstellt und dessen Winterjacke zerfetzt war. Dass er sofort Erleichterung spürte, widerte ihn an, auch wenn er für Danner keine Sympathien hegte.

»Er ist einer von uns«, sagte er.

Der SEK-Mann sah ihn durch seinen Kampfhelm hindurch an. »Wie bitte?«

»Geben Sie durch: Es ist Kriminalkommissar Danner«, erklärte Koch energisch.

Der SEK-Mann nickte.

»Leader 1, die Zivilperson wurde soeben als Kriminalkommissar Danner identifiziert, Ende.«

Wie von Geisterhand lichtete sich in diesem Moment der Rauch und gab den Blick auf den beleuchteten Turm frei, der sich monströs über ihnen in den klaren Nachthimmel erhob. Seine physische Präsenz war geradezu erdrückend.

Schusters Stimme ertönte leise aus dem Helm-Lautsprecher des Polizisten.

»Blau 5, die Sanitäter müssten jeden Augenblick bei Ihnen sein, Ende.«

Koch stand auf und versuchte im vom Turm reflektierten Licht Marie zu entdecken. Danners Verletzungen nach zu urteilen, konnte sie unmöglich weit gekommen sein. Sein Blick fiel auf drei Sanitäter, die in rot leuchtenden Westen mit einer Trage den dunklen Weg hinaufhetzten, aber von Marie fehlte jede Spur. Doch dann weckte eine kurze Lichtreflexion am Boden seine Aufmerksamkeit. Es war die Schnalle eines hochhackigen Damenschuhs. Koch hob den Schuh auf und kehrte eilig zu dem SEK-Mann zurück.

»Geben Sie mir Schuster!«, forderte er den Mann auf.

»Leader 1, übergebe an KHK Koch.«

Damit zog er ein Sprechgerät aus seiner Weste, das an einem Spiralkabel hing.

»Achim, wir müssen abbrechen!«, forderte Koch mit rauer Stimme, während er den grauen Schuh betrachtete, der zweifellos Marie gehörte.

»Warum?«, meldete sich Schuster.

»Ich habe keine Ahnung, wie Danner hierherkommt, aber die Person, die auf den Turm zugerannt ist, war nicht Danner. Das war Marie Stresemann!«

»Was, zur Hölle, tust du überhaupt da oben?«, fragte Schuster vorwurfsvoll.

Koch hatte keine Antwort darauf, wie auf so viele Fragen, die sich ihm in dieser Nacht gestellt hatten.

Schuster fragte mit gedämpfter Stimme: »Bist du sicher, dass es eine zweite Person war? Und dass es ...«

»Achim, ich weiß es!«

»Leader 1«, schaltete sich der Mann neben ihm ein. »Kurz vor der Explosion konnten wir definitiv zwei Personen ausmachen, die den Hügel hinaufliefen.«

»Achim, was auch immer hier oben passiert ist ... Glaub mir, ich habe absolut keine Erklärung dafür, aber Marie Stresemann ist jetzt in dem Turm. Ich ...« Im Hintergrund hörte Koch nun den Lautsprecher in Schusters Leitstelle.

»Leader 1, wir sind am Tor, haben die Sprengladung angebracht und sind bereit zur Zündung.«

»Achim, wenn ihr jetzt zugreift, wird er wahrscheinlich nicht nur Karl Rieger töten!«

Es kehrte eine lange Pause ein, dann knisterte das Funkgerät wieder.

»Blau 1, Abbruch. Bitte bestätigen Sie.«

Koch atmete auf.

»Michael«, meldete sich Schuster wieder. »Sollte sie es tatsächlich bis in den Turm geschafft haben, dann dürfte sie schwer verletzt sein. Und auch wenn sie da drin ist, wir können ... wir müssen jetzt aktiv werden.«

In diesem Augenblick klingelte es in Kochs Tasche.

»Achim, ich bekomme soeben eine SMS auf Maries Handy.«

Er zog das Telefon hervor und las Zamirs Nachricht.

Sie ist bei mir.

Koch wusste, es war nicht nur eine Nachricht, es war eine Warnung.

Zamir hatte Marie in den ersten Stock gebracht und setzte sie in einem kleinen Gästebadezimmer ab. Sie war bei Bewusstsein, sprach aber kein Wort. Sie starrte ihn nur an. Aus ihrem linken Ohr tropfte Blut. Vermutlich war das Trommelfell durch den Explosionsdruck geplatzt. Ihr ganzer Körper war voller Schlamm, ihre Hose zerrissen, die Knie aufgeschürft, und sie hatte einen Schuh verloren. Und doch stand sie aufrecht vor ihm, vergoss keine Träne, zitterte nicht und sah ihm in die Augen.

Zamir wandte sich ab und verschwand. Er hatte keinen Zweifel daran, dass sie bleiben würde, wo sie war, und keine Dummheiten machen würde. Einige Minuten später kam er zurück, hatte ein Paar Jeans und einen Pullover dabei. Beides warf er ihr vor die Füße.

»Fünf Minuten«, raunte er, dann verließ er das Bad und schloss die Tür hinter sich.

Als er zurückkam, hatte sie sich nicht von der Stelle gerührt. Die Sachen lagen noch immer am Boden.

»Glauben Sie, ich habe Mitleid mit Ihnen?«, fragte er.

Marie warf einen Blick auf die Sachen.

»Ist das von Ihrer Haushälterin?«

»Esther! Ihr Name war Esther!«

Sie betrachtete den alten Mann, der in keinem viel besseren Zustand war als sie selbst. War es nicht genug für eine Nacht?

»Niemand wird Ihnen Esther zurückgeben, egal, wie viele Menschen Sie heute Nacht noch töten.«

Zamir starrte sie an. In seinem Blick lag etwas Grausames, das Marie einen Schritt zurückweichen ließ.

»Niemand wird mir Esther zurückgeben, genauso wenig, wie mir meine Familie zurückgegeben wurde, die die Nazis ermordet haben. Aber wenn ich den Todeskampf in den Augen ihrer Mörder sah, wissen Sie, was ich dann wirklich gesehen habe?«

Marie wagte nicht zu antworten, denn Zamir umschloss mit seiner kräftigen Hand ihren Hals und drückte leicht zu.

»Das zufriedene Lächeln meiner Mutter, meines Vaters und all meiner Geschwister.«

Maries Puls raste. Sie hatte Todesangst. Wie töricht war es gewesen, zu denken, sie könne diesen Mann zur Vernunft bringen. Der Druck auf ihrem Hals ließ nach, dann strich ihr dieselbe Hand vorsichtig durch ihre zerzausten Haare.

»In der Thora für das Volk Israel steht: ›So sollst du geben Leben für Leben, Auge für Auge, Zahn für Zahn, Hand für Hand, Fuß für Fuß, Brandmal für Brandmal, Wunde für Wunde, Strieme für Strieme.‹«

Er musste husten, zog die Hand zurück und hielt sie sich vor den Mund. Der Hustenanfall war so heftig, dass er sich mit der anderen Hand an der Wand abstützen musste. Für einen Augenblick wirkte er verletzlich, und so wagte Marie eine provokante Frage.

»Sieht das Ihr Rabbi auch so?«

Zamir wischte sich die Handfläche an seiner Hose ab und richtete sich wieder auf. War sie zu weit gegangen?

Zamir wusste, dass sie recht hatte. Niemals würde ein Rabbi auch nur in Erwägung ziehen, die Talionsformel in dieser Weise auszulegen. Sie war ein zweitausendsiebenhundert Jahre altes Relikt, das schon zu Christi Geburt stark umstritten war. Er wusste das, weil er sich mit jüdischer Gerichtsbarkeit viele Jahre intensiv auseinandergesetzt hatte und doch nie zu einer Lösung gekommen war. Er war erstaunt darüber, wie schnell sie ihn an seinem wunden Punkt getroffen hatte.

»Mein Rabbi ist weit weg! Wir müssen jetzt gehen.«

Marie glaubte, für einen Moment den Menschen in Ephraim Zamir berührt zu haben. Das gab ihr Hoffnung.

»Sie könnten einfach aufhören.«

»Aufhören?«

Wie unbeholfen sie doch klang.

»Aufhören zu leben, aufhören zu trauern, zu bedauern, zu verstehen ... zu *hassen*?«

»Sie können vergeben«, sagte sie leise.

Wieder so ein Wort, das so klang, als könne man Gefühle einfach wie mit einem Lichtschalter steuern. Die Wahrheit sah anders aus.

»Nicht ich bin es, der hier auf der Anklagebank sitzt. Ich bin nicht das Problem. Ich weiß zwar nicht, ob ich die Lösung bin, aber das ist der Grund, warum Sie hier sind.«

Marie blinzelte nervös.

»Ich?«

»Ist es nicht Ihre Berufung, in Menschen das Gute zu sehen, egal, was sie getan haben? War es nicht Ihre Aufgabe, zumindest den Versuch zu unternehmen, Karl Rieger zu ändern?«

Marie blieb stumm.

»Ich glaube, Sie zweifeln an sich selbst.«

Marie erschien es fast so, als könnte er tief in ihre Seele

blicken. Sie war unfähig, darauf zu antworten. Für Zamir ein Grund mehr, nachzusetzen.

»Wollen Sie die Wahrheit über sich wissen? Ich kann sie Ihnen sagen. Ihr Versagen hat Esther Goldstein das Leben gekostet, und das wissen Sie. Deshalb haben Sie die ganze Nacht vergeblich damit verbracht, diesen Fehler wiedergutzumachen. Aber es hat nicht funktioniert. Wie ein kleiner Fleck, den man aus einem Hemd zu reiben versucht, der aber immer größer wird, je stärker man daran reibt. Seien Sie ehrlich, alles, was Sie jetzt noch wach hält, ist die Suche nach Vergebung. Das ist der wahre Grund, warum Sie jetzt hier vor mir stehen!«

Marie fühlte, wie ihre Knie nachgaben. Zamir reagierte sofort und griff ihr unter die Arme, bevor sie zu Boden ging. Dann setzte er sie behutsam auf einen Schemel, den er unter dem Waschbecken hervorholte. Er ging vor ihr in die Knie und blickte ihr in die Augen. Behutsam nahm er ihre Hände in seine.

»Ich habe Ihnen längst vergeben.«

Marie wich seinem Blick aus und schaute zu Boden auf Esthers Kleidungsstücke. Sie hatte keine Kraft mehr zu weinen, aber der Satz war wie Balsam für ihre Seele. Nur ihre zitternden Hände verrieten ihre Gefühle.

Zamir wartete einen Moment.

»Aber Ihre Aufgabe ist nicht getan!«, sagte er dann und klang wieder bedrohlich.

Er stand auf, ging zur Tür des Badezimmers und drehte sich nochmals um. Seinem Blick fehlte nun jegliches Mitgefühl. Marie spürte, dass sie ihn wieder verloren hatte.

»Karl Rieger ist immer noch Ihr Klient, und ich habe nicht das Gefühl, dass er auch nur eine seiner Taten wirklich bereut. Überzeugen Sie mich vom Gegenteil, und er wird am Leben bleiben. Versagen Sie erneut – dann wird er sterben.«

Das Erste, was er wahrnahm, war sein eigener röchelnder Atem. Er öffnete die Augen, doch er konnte nichts sehen. Unmittelbar darauf marterte ihn eine Welle von heftigen Schmerzen.

Er war eingesperrt. Es war eng. Sein Körper lag verdreht auf glattem Grund, und er hatte kaum Platz, sich zu bewegen. Mit den Fingern tastete er vorsichtig die Wände seines Gefängnisses ab. Auch diese waren glatt wie die Innenseiten einer Metallkiste. Er versuchte sich zu erinnern, aber sein Gedächtnis war leer.

Verzweifelt unternahm er den Versuch, in der absoluten Schwärze herauszufinden, wo oben und unten war. Er bekam die rechte Hand frei, führte sie zum Mund und benetzte sie mit so viel Speichel, wie sein trockener Mund abzugeben vermochte, dann hielt er sich die Hand vors Gesicht und wartete. Ein Tropfen seines Speichels traf ihn auf der linken Wange. Er schloss daraus, dass er auf dem Rücken lag.

Schritt für Schritt die Lage sondieren, ruhig bleiben, nicht die Nerven verlieren. So hatte er es gelernt.

Der Versuch, nun auch die zweite, fast gefühllose Hand frei zu bekommen, scheiterte. Dafür spürte er einen heftigen Stich in der linken Schulter, der alle anderen Schmerzen übertraf. Sein Schrei wurde von den metallenen Wänden zurückgeworfen und hallte lange nach.

Nur langsam ließ der Schmerz nach und erlaubte ihm, weitere Schlussfolgerungen zu ziehen. Das hier war keine Kiste.

Schweiß rann ihm in die Augen, aber es war nicht heiß. Erst jetzt spürte er den leichten, kühlen Wind, der sein Gesicht umspielte. Wo Wind wehte, musste es Zuluft und Abluft geben.

Mit der rechten Hand tastete er verzweifelt nach der schmerzenden Schulter. Sie war eindeutig nicht da, wo sie sein sollte. Wie eine knochige Knolle ragte sie neben dem Schlüsselbein empor.

Ausgekugelt, stellte er resigniert fest.

Der leichte Windzug hatte nun auch seine feuchte Hand

erreicht. Er kam offensichtlich von oben. So weit er konnte, streckte er den Arm in die Luft, erreichte aber keine Decke.

Ein Schacht – ich bin ganz unten in einem Schacht!

Leons Erinnerungen kamen zurück wie ein Film, der im dunklen Kinosaal unterbrochen worden war.

Das Gitter ... die blutenden Fingerkuppen ... der Sturz ...

Wie lange mochte er wohl bewusstlos gewesen sein? Würde man schon nach ihm suchen? Aus eigener Kraft hatte er offensichtlich keine Chance, diesem Metallkäfig zu entkommen, aber konnte er auf sich aufmerksam machen, mit den Füßen und dem gesunden Arm gegen die Wände trommeln und schreien?

Leon Meriones war nicht überzeugt davon, dass es funktionieren würde, aber es war seine einzige Option. Er zog die Beine an, holte tief Luft und schrie, so laut er konnte. Dabei trommelte er mit dem rechten Arm gegen die Wand und trat mit beiden Beinen fest zu.

Zu seiner eigenen Überraschung krachten die Sohlen seiner Kampfstiefel durch eine verborgene Klappe des Lüftungsschachts und rissen diese aus den Angeln. Laut krachend stürzte sie auf einen Steinboden.

Leon hob den Kopf an, um über seine Stiefel hinweg die Öffnung zu betrachten. Der Raum vor ihm war schwach rötlich beleuchtet, aber er konnte nichts Genaueres erkennen.

Zentimeter für Zentimeter presste er sich der Öffnung entgegen, indem er die Füße ausstreckte, in der Öffnung verhakte und die Beine wieder anzog. Mit dem gesunden Arm versuchte er dabei, die Schulter zu schützen, auch wenn ihn der Schmerz fast lähmte. Nach einer gefühlten Ewigkeit hingen seine Beine aus der Öffnung hinab in die Tiefe, während sein Gesäß bereits den Rand der scharfkantigen Einfassung berührte. Seine rechte Hand konnte den Metallrahmen ergreifen. Doch nun begann der schwierige Teil. Die Öffnung war schmaler als der Schacht – vermutlich zu schmal für den ausgekugelten Arm.

Leon biss die Zähne zusammen. Zeit, es herauszufinden.

So fest er konnte, zog er sich mit dem rechten Arm durch die Öffnung, bis sein Körpergewicht ihn nach unten zog, bis zu der Stelle, an der der ausgekugelte Arm in der Öffnung hängen blieb. Vor Schmerzen schreiend, schlug Leon mit aller Kraft auf die Schulter ein, strampelte mit den Füßen und rutschte hindurch. Wie ein nasser Sack landete sein Körper eineinhalb Meter tiefer in einem kargen Heizungsraum.

Langsam verschwand der Schmerz, wurde wie von einer sanften Hand fortgewischt, die schließlich seine Augen bedeckte und schloss.

Leon wollte nicht ein weiteres Mal das Bewusstsein verlieren. Er kämpfte dagegen an und riss die Augen wieder auf. Er war am Leben, das war alles, was zählte. Während seiner Ausbildung hatte man ihm zur Schmerzbewältigung immer wieder eingetrichtert, dass Schmerz eine komplexe, aber subjektive Sinneswahrnehmung ist. Man hatte ihn trainiert, selbst schwere Folter ertragen zu können. Stöhnend rollte Leon sich auf den Bauch und verlagerte sein Gewicht, um den gesunden Arm einsetzen zu können. Er trug noch immer seine Sturmmaske, die jetzt wie ein Kompressionsverband auf der Kopfwunde wirkte und sich langsam mit Blut vollsaugte. Langsam stemmte er sich mit dem rechten Arm nach oben und kniete sich hin.

Er befand sich in einem Raum mit Gerätschaften für die Luftumwälzung und Heizung, mit hell leuchtenden roten und grünen Knöpfen. Eine der Maschinen schaltete sich automatisch ein und gab einen dumpfen Ton von sich.

Leon stützte sich an der Maschine ab und richtete sich auf, dann ging er einen Schritt zurück, atmete tief ein und rammte seine ausgekugelte Schulter mit voller Wucht gegen die Kante des Maschinengehäuses. Ihm blieb die Luft weg. Unweigerlich zwang ihn der Schmerz auf die Knie.

Es dauerte eine Weile, bis er sich wieder unter Kontrolle

hatte. Noch immer war die linke Hand kaum zu spüren, aber die Schulter befand sich wieder an der richtigen Stelle.

In der Dunkelheit zeichnete sich ein Türrahmen ab. Leon quälte sich hoch und taumelte durch den kleinen Raum, bis er die Tür erreichte. Er betete, dass sie nicht verschlossen war. Behutsam drückte er die Klinke herunter und stellte erleichtert fest, dass er auf keinen Widerstand traf. Er öffnete die Tür einen Spalt weit und spähte hinaus in ein beleuchtetes Treppenhaus. Von unten hörte er Stimmen. Vorsichtig schloss er die Tür wieder.

Ist die Kampffähigkeit wiederhergestellt worden, nehmen Sie Kontakt mit Ihrer Einheit auf, hörte er im Geist seinen Ausbilder. Er tastete nach dem Kopfhörer, der sich unter der Sturmhaube gelöst hatte, und drückte ihn sich ins Ohr.

»Group Leader, hier Q1, melde mich zurück. Hören Sie mich? Ende.«

Es knisterte, dann antwortete eine Stimme, die sehr überrascht klang.

»Q1? Bitte wiederholen Sie, Ende.«

»Bestätige, Q1 wieder auf Empfang. Operation ausgeführt, bin im Bunker und erwarte neue Befehle!«

Noch während er sprach, zog Leon eine Pistole aus seiner Weste, klemmte sie sich unter die linke Achsel und entsicherte sie mit der rechten Hand.

Karl starrte minutenlang auf die offene Tür, nachdem Zamir gegangen war. Angestrengt versuchte er zu hören, was draußen vorging, aber er vernahm nichts. Zamirs raschen Abgang deutete er als gutes Zeichen.

Sie kommen. Sie kommen und holen mich jetzt raus, sie holen mich raus und beenden dieses Scheißtheater.

Aber es kam niemand, und er hörte nichts. Er musste etwas unternehmen, ein zweites Mal würde ihn Zamir vielleicht nicht verschonen.

Steiner hatte getrotzt und musste sterben, Udo hatte gebettelt und war jetzt auch tot. Er selbst hatte es mit Rhetorik versucht und wäre ebenfalls beinahe draufgegangen. Keiner würde das hier überleben. Es waren die Regeln des alten Mannes, und nichts würde am Ausgang etwas ändern, gar nichts.

Wenn er am Leben bleiben wollte, musste er selbst dafür sorgen – und so blieb die Waffe, die vor ihm lag, seine einzige Chance, um den Dingen eine Wendung zu geben. Das Problem war nur, dass sich die Pistole etwa fünfzehn Zentimeter außerhalb seiner Reichweite befand. Sosehr er sich auch streckte und verbog, seine rechte Hand konnte die Waffe nicht einmal berühren.

Ein Schuss, ein gezielter Schuss, und dieses Dreckschwein würde in der Hölle verrecken!

Da fiel ihm ein schmaler Schatten auf, der sich wie ein fein gezeichneter Strich quer auf der Tischplatte vor ihm befand. Im hellen Gegenlicht des Scheinwerfers hatte er ihn zunächst gar nicht wahrgenommen. Aber je länger er auf die Pistole starrte, desto deutlicher wurde auch diese Linie. Es war ein weißes Blatt Papier. Karl schöpfte Hoffnung. Er streckte sich erneut und erreichte das Papier mit den Fingerkuppen. Langsam zog er es zu sich, bis er es zu fassen bekam. Es stammte aus Zamirs Akte und enthielt Fragmente aus Riegers Lebenslauf mit handschriftlichen Notizen.

Es konnte klappen! Er klemmte den äußersten Rand des Blattes zwischen Daumen und Zeigefinger und beugte sich erneut nach vorne.

Die Herausforderung bestand darin, das Papier unter die Pistole zu schieben und die Waffe damit zu sich zu ziehen. Bei seinem ersten Versuch rutschte ihm das Blatt beinahe aus den Fingern. Er atmete tief durch und probierte es erneut, doch das Papier traf die Pistole und wellte sich, ohne unter die Waffe zu rutschen.

Ich brauche mehr Schwung!

Die linke Schulter begann wieder schmerzhaft zu pochen. Jeden Augenblick konnte sein Peiniger zurückkommen und all seine Hoffnungen mit einem Mal zunichtemachen. Sein Arm schoss nach vorn, traf aber wieder die Pistole selbst und bewegte sie in die falsche Richtung.

Wut und Frustration überkamen ihn. Jetzt war es noch schwieriger geworden, in den Besitz der Waffe zu gelangen. Irgendwo öffnete sich quietschend eine Tür. Zamir kehrte zurück.

Mit einem verzweifelten letzten Versuch schnellte sein Arm erneut vor. Das Papier schob sich genau unter die Waffe.

Jetzt ganz langsam ziehen.

Schweißtropfen brannten in seinen Augen. Er hörte Schritte, dann verklangen sie. Wie viel Zeit hatte er noch? Vorsichtig zog er das Blatt zu sich. Erst sah es so aus, als würde sich die Waffe nicht bewegen, doch dann glitt sie Millimeter für Millimeter näher, bis das Blatt den Halt verlor und unter der Pistole herausrutschte. Aber es reichte noch nicht. Es fehlten noch einige wertvolle Zentimeter. Er biss die Zähne zusammen und schaffte es unter heftigen Schmerzen, erneut das Blatt direkt unter der Pistole zu platzieren.

Die Schritte waren nun ganz nah. Er zwang sich trotzdem dazu, die Waffe bedächtig zu sich zu ziehen, bis sie sich in Griffweite befand. Ein Schatten tauchte an der Tür auf. Karl ließ von dem Papier ab und konnte die Pistole endlich greifen. Durchgeladen hatte sie Zamir bereits, er brauchte nur noch abzudrücken. Doch die Waffe war schwer, viel schwerer, als er sie in Erinnerung hatte. Zitternd richtete er sie auf die Gestalt, die soeben den Raum betrat. Er musste warten, die Distanz verkürzen. Der Schuss musste gelingen, und wenn er ihn nur streifte und zu Boden warf. Ein zweiter Schuss würde es zu Ende bringen. Die Person trat aus dem Gegenlicht des Scheinwerfers heraus.

Jetzt!

Marie Stresemanns Gesicht erschien vor ihm. Karl konnte den Schuss hören, sogar den Rückstoß der Waffe fühlen, aber sein Finger hatte den Abzug nicht betätigt. Die tödliche Kugel verharrte nach wie vor im Lauf. Er hielt die Luft an, hatte Angst, dass die Zeit stehen geblieben war und Marie im nächsten Moment von seiner Kugel nach hinten gerissen würde.

Aber nichts geschah. Sie stand nur da und sah ihn an. Erleichtert senkte er die Waffe. Der Glaube, gerettet worden zu sein, war so überwältigend, dass ihm Tränen in die Augen traten und er sich sehnlichst wünschte, Marie möge ihn in ihre Arme nehmen und trösten. Beinahe hätte er auch die Waffe fallen gelassen, doch da erkannte er aus dem Augenwinkel, dass hinter Marie Ephraim Zamir stand und sie wie einen Schutzschild benutzte.

Der Bildschirm in Zamirs Arbeitszimmer im dritten Stock zeigte fünf Männer, die im Freien vor den verschlossenen Flügeltüren kauerten. Die hochauflösenden Bilder waren von unglaublicher Klarheit. Vier der Männer trugen weiße Tarnanzüge, Kampfhelme und Maschinenpistolen, einer von ihnen einen schwarzen Anzug mit Lackschuhen und ebenfalls einen Spezialhelm. Doch Zamir war nicht im dritten Stock, um die Monitore zu überwachen.

Schritt für Schritt schleppte sich Leon die Treppe hinunter, in der nur eine Notbeleuchtung brannte. Er hatte darauf gehofft, den alten Mann im Alleingang zur Strecke zu bringen, da die Zeit drängte, aber er konnte sich nur mit Mühe auf den Beinen halten. Und so hatte sein Befehl gelautet, die Tore von innen zu öffnen.

Die gewundene Treppe in der Mitte des Turms bot keinerlei Deckung. All seine Hoffnung lag darin, Zamir auf seinem Weg nach unten nicht zu begegnen. Sein linker Arm war nach wie vor zu nichts zu gebrauchen, und so hatte er die Pistole wieder in seine Weste stecken müssen, um sich mit der rechten Hand am Handlauf Stufe für Stufe hinabhangeln zu können. Jeder Schritt war eine Qual, und noch immer hatte er Angst, ohnmächtig zu werden, da sein Blickfeld immer wieder zu verschwimmen begann und der Turm unheimliche Geräusche von sich gab. Es klang wie ein Jammern, ein Stöhnen, das direkt aus den kalten Mauern drang. Er musste versuchen, es zu ignorieren und sich mit seiner verbliebenen Kraft auf die Ausführung seines neuen Befehls zu konzentrieren.

»Rieger, tun Sie das nicht!«, rief Marie verzweifelt, als er die Waffe anhob und damit auf Zamir zielte, der schräg hinter Marie stand.

Ihm war vollkommen entgangen, dass Minuten zuvor das rote Lämpchen der Filmkamera wieder angegangen war und seine Aktion ins Netz übertragen wurde.

Karl Riegers ganze Aufmerksamkeit galt Zamir, sein ganzer Hass, seine ganze Wut richteten sich einzig und allein auf diesen alten Mann, der nun bekommen sollte, was er verdient hatte. Karl Rieger hätte augenblicklich abgedrückt, doch Zamir stand hinter Marie Stresemann und gab kein einfaches Ziel ab – nicht, solange er seine rechte Hand nicht unter Kontrolle bekam. Sein Blick ging zwischen Zamir und Marie hin und her.

Sie sieht schrecklich aus, voller Dreck und Schrammen im Gesicht. Kann ich ihn ausschalten? Der Scheißkerl hat sie gefoltert, hat nicht einmal vor einer jungen Frau haltgemacht! Was, wenn ich ihn verfehle? Steht er hinter ihr, weil er ihr eine Waffe in den Rücken drückt? Was, wenn ich Stresemann treffe?

»Gehen Sie auf die Seite, Stresemann! Los, gehen Sie einfach auf die Seite, und ich mach ihn kalt!«, schrie er sie verzweifelt an.

»Ich kann nicht!«, antwortete sie.

»Was haben Sie ihr angetan?«, brüllte Karl in Zamirs Richtung.

»Was haben *Sie* ihr angetan?«, entgegnete Zamir mit ruhiger Stimme.

»Sie reden nur Scheiße! Sie sind eine Bestie!«

»Wenn man Bestien jagt, wird man selbst zur Bestie«, stimmte Zamir ihm zu.

»Sie sind beide wahnsinnig, hören Sie auf! Hören Sie auf damit!«, fuhr Marie laut dazwischen. »Sie müssen das nicht tun! Karl, sehen Sie mich an!«, flehte sie. »Warum waren Sie am Freitagnachmittag bei mir?«

Karls Blick wechselte wieder zu Marie. Er presste die Lippen aufeinander.

»Sagen Sie es. Warum waren Sie am Freitag bei mir?«

In Gedanken schrie er die Antwort heraus, aber sie wollte ihm nicht über die Lippen kommen.

»Ja, sagen Sie es uns und all Ihren Kameraden, die da draußen sitzen und gerade zusehen«, legte Zamir nach.

Erst dadurch bemerkte Karl das rote Licht an der Kamera und verstand schlagartig, welche Auswirkung eine ehrliche Antwort auf sein Leben haben würde, wenn das alles vorbei war. Und so gab er qualvoll der bitteren Erkenntnis nach und blieb stumm.

Da tat Zamir etwas Unvorhergesehenes. Er trat hinter Marie hervor und bot damit Karl ein leichtes Ziel, doch Karl war von seinem Verhalten so irritiert, dass er zögerte. Er drückte nicht ab, sondern zielte nur weiter mit der Waffe auf Zamirs Gesicht, der noch eineinhalb Meter entfernt war.

»Sie wollten Ihre Kameraden verraten, wollten die ganze Aktion verhindern. War es nicht so?«, drängte Zamir.

Karl schüttelte den Kopf, und noch immer hielt er die Lippen fest zusammengepresst, damit auch nicht ein Wort nach außen drang, obwohl er so viel zu sagen hatte.

Sein linkes Augenlid begann zu zucken. Lange würde er den Arm nicht mehr ausgestreckt halten können. Die Pistole in seiner Hand wurde schwerer und schwerer.

»Ich habe ein düsteres Leben geführt, Herr Rieger, viel düsterer, als Sie es sich vorstellen können«, fuhr Zamir fort. »Aber dann kam Esther. Ein gehörloses, zerbrechliches Geschöpf, das stärker war als jeder von uns. Bis ein kleiner Junge sie erschossen hat. Er hat sie hingerichtet, weil Sie und Ihre Brut ihm eingetrichtert haben, dass das Leben eines Juden nichts wert ist. Macht Sie das nicht zum Mörder?«

»Ich wollte das nicht. Ich wollte es nicht«, antwortete Rieger leise.

»Was wollten Sie nicht?«, bohrte Zamir.

Karls Blick verharrte auf Maries Gesicht. Dann platzten die aufgestauten Worte aus ihm heraus, die er verzweifelt zurückgehalten hatte.

»Ich wollte nicht, dass er mitkommt, ich wollte nicht, dass er die gleichen Fehler macht wie ich ...« Tränen schossen ihm in die Augen, und Speichel floss aus seinem Mund, während seine Stimme anschwoll. »Er sollte kein Nazi sein! Er sollte ein normales Leben führen – nicht so ein Scheißleben wie ich. Immer im Kampf mit Kanaken und Juden, die dieses Land kaputt machen. Er ist doch wie ein Sohn für mich! Ja, ich wollte meine Kameraden verraten, Scheiße, aber nicht Ihretwegen oder wegen Ihrer verdammten Synagoge, ich wollte es wegen Thomas tun ... nur seinetwegen! Ich wollte nicht, dass ihm was passiert ...«

Karls Blick wanderte zu Marie.

»Aber Sie, Sie haben nicht zugehört!«

Seine Stimme wurde leiser, und er ließ die Waffe in seiner Hand sinken. Er blickte zu Boden und begann zu schluchzen.

Maries Mitleid war größer als ihr Zorn auf diesen dummen Mann. Mit Tränen in den Augen versuchte sie sich an Zamir vorbeizudrängen, doch Zamirs kräftiger Arm versperrte ihr den Weg. Er spürte, dass die Zeit gekommen war für seinen letzten Dolchstoß.

»Sie sitzen hier und heulen wie ein kleiner Junge, aber Sie

haben keine Ahnung, wie sich wahrer Schmerz anfühlt, wie es ist, von innen heraus zerfressen zu werden, jede Nacht und jeden Tag, weil einem die liebsten Menschen genommen worden sind. Das ist schlimmer, als würde einem bei lebendigem Leib ein Arm ausgerissen. Aber ich werde das jetzt ändern, Karl Rieger, denn gleich werden Sie zum ersten Mal im Leben diesen Schmerz empfinden, der mich seit meiner Kindheit begleitet und mich in jeder Minute ein bisschen mehr umbringt.«

Karl hob langsam den Kopf an und wischte mit dem Unterarm über sein feuchtes Gesicht.

»Was ... was meinen Sie?«

»Thomas ist nicht wie ein Sohn für Sie – er *war* wie ein Sohn für Sie!«

Zamirs Satz traf ihn mitten ins Herz. Karl stieß einen Schrei aus und richtete die Pistole wieder auf Zamir.

»Nein! Nein! Sie sind ein Scheißlügner. Was ist mit Thomas? Ich blase Ihnen den Kopf weg ... Sie Wichser ...«

»Sie wollen wissen, was mit Thomas ist? Ich sage Ihnen, was Ihrem kleinen Nazifreund passiert ist!«, schrie Zamir zurück. »Er hat es nicht mehr ausgehalten, er hat Ihre ganze Wohnung angezündet, Ihre widerlichen Nazi-Götter verbrannt und sich selbst gleich mit dazu.«

»Das ist gelogen! Das ist gelogen, sagen Sie, dass es gelogen ist! Es ist gelogen!«, wiederholte Karl immerzu, bis ihm bewusst wurde, dass er der Lüge durch einen einzigen Schuss ein Ende bereiten konnte. Da hörte er ein Geräusch – das Klicken von Thomas' Sturmfeuerzeug, das ihm so vertraut war.

Marie hielt Karl das Feuerzeug mit beiden Händen entgegen und ließ es erneut auf- und zuschnappen. Das Geräusch hallte deutlich hörbar im Raum nach. Die Stille der Gewissheit wich dem Lärm der Verleugnung, als Karl das verkohlte Feuerzeug wiedererkannte.

Es war aus. Nichts hatte mehr einen Sinn.

Manchmal entscheidet sich unser Leben innerhalb von Sekunden. Marie wollte mit dem Feuerzeug nur beweisen, dass Thomas am Leben war, doch sie hatte nicht damit gerechnet, wie endgültig und abrupt das Klicken sie alle verstummen lassen würde.

Zwei einfache Worte, die nur laut ausgesprochen werden mussten, wären nötig gewesen, um das drohende Unheil abzuwenden: *Thomas lebt!*

Stattdessen richtete Karl Rieger in einer fließenden Bewegung den Lauf der Waffe an die eigene Schläfe und drückte ab.

KLICK.

Diesmal wurde das Geräusch nicht durch das Feuerzeug ausgelöst, sondern vom Bolzen der Pistole, der auf eine leere Kammer traf.

Zamir senkte den Arm und ließ Marie vorbei. Auch wenn die Waffe nicht geladen war, so konnte sie nicht anders, als Karl die Pistole zu entreißen und fortzuschleudern, bis sie hinter Zamir in der Nähe der Tür scheppernd auf dem Boden liegen blieb. Sie beugte sich vor, nahm Karls geschundenen Kopf in die Arme und sah ihm tief in die Augen.

»Thomas ist verletzt, aber er lebt. Er lebt!«

Karl war unfähig, noch irgendein Wort von sich zu geben, aber er nickte mehrmals, und seine blutunterlaufenen Augen füllten sich mit Tränen.

Zamir hatte den Lärm, der von oben kam, längst gehört, aber es störte ihn nicht. Seine Mission war beendet. Erschöpft drehte er sich um und bückte sich nach der Pistole, dann ging das Licht aus und mit ihm der Computer und die Kamera.

Sie haben das Notstromaggregat abgeschaltet, schlussfolgerte Zamir. Das unterste Stockwerk war nun schwarz wie die Nacht. Gebeugt tastete sich Zamir auf den Gang hinaus.

Koch erreichte als Erster das Ende der Treppe und spähte vorsichtig um die Ecke in einen der beiden steinernen Gänge hinein, die vom Treppenhaus abzweigten.

»Marie, hören Sie mich?«

Ein weiterer Kämpfer folgte ihm und sicherte den zweiten Gang, während ein dritter hinter ihm in Deckung ging.

»Wir sind hier!«, antwortete sie mit zitternder Stimme und wies Koch damit die Richtung. Vorsichtig betrat Koch den Gang, der scheinbar leer war, doch an seinem Ende konnte er ein regloses Objekt am Boden ausmachen, das durchaus die Größe eines menschlichen Körpers hatte. Aber selbst durch das Nachtsichtgerät ließ sich kaum erkennen, was es war.

Behutsam machte er einen Schritt in den Gang. Der Kämpfer hinter ihm tat es ihm gleich, tippte ihm auf die Schulter und zeigte dann auf das Objekt am Boden, das ungefähr fünf Meter vor ihnen lag.

Koch nickte, woraufhin ihm der Mann zu verstehen gab, absolut still zu sein. Sie mochten in der Dunkelheit unsichtbar sein, aber jedes Geräusch wäre für einen verborgenen Schützen ein willkommenes Ziel. Maries Stimme hallte wieder durch den Gang.

»Wo sind Sie? Wir brauchen Hilfe! Bitte, sagen Sie etwas!«

In diesem Augenblick wurden die beiden Männer durch ein Mündungsfeuer geblendet, das direkt von dem Objekt vor ihnen kam. Sofort schossen die beiden zurück, Koch mit seiner Dienstwaffe, der Kämpfer neben ihm mit einer Maschinenpistole. Ein ohrenbetäubender Lärm knallte von den Wänden zurück und wurde durch Maries Schreie noch verstärkt.

Der Schütze vor ihnen war innerhalb weniger Sekunden von Kugeln durchsiebt worden. Irgendwo in der Nähe war Maries Schrei zu einem leisen Wimmern geworden. Koch tastete seinen eigenen Körper ab, sein Puls raste wie verrückt, aber er konnte keine Verletzung feststellen.

»Wir sind ganz nah. Wir sind gleich da!«, rief er Marie entgegen, in der Annahme, den Schützen unschädlich gemacht zu haben. Der Mann neben ihm blieb aber in Deckung und hielt ihn davon ab, weiterzugehen. Den am Boden kauernden Schützen verbarg eine Wand aus Pulverdampf.

Selbst schwer verletzt konnte Zamir immer noch eine große Gefahr darstellen, machte sich Koch bewusst, aber trotzdem musste er jetzt zu Marie und sie von ihren Qualen befreien.

Mit großen Schritten und auf alles gefasst, durchschritt er den Nebel, um endlich Zamir entgegenzutreten.

Doch alles, was er am Ende des Ganges vorfand, war ein mit Wäsche gefüllter Seesack, den die Kugeln zerfetzt hatten. Zu Kochs Füßen lag eine Digitalkamera, die gerade per Selbstauslöser ein weiteres Mal blitzte.

Von Zamir fehlte jede Spur. Inzwischen war auch der Kämpfer neben ihn getreten und erstattete Bericht.

»Blau 1 an Leader, blinder Alarm! Blinder Alarm, es gab kein Feuergefecht mit dem Geiselnehmer.«

Schusters Stimme ertönte. »Blau 1, haben Sie die Geiseln gefunden?«

»Negativ, aber wir nähern uns dem Raum, aus dem die Stimme einer Geisel kam. Ende!«

Koch achtete kaum auf die Unterhaltung, die blechern aus der Ohrmuschel seines Helms drang, sondern folgte Blau 1 in eine Kammer, die direkt hinter dem zerschossenen Seesack abzweigte.

»Blau 1 an Leader. Zwei der Geiseln gesichert. Beide am Leben.«

Koch atmete erleichtert auf, als er Marie Stresemann neben Karl Rieger am Boden kauern sah. Die beiden waren in der absoluten Finsternis orientierungslos. Marie hatte sich ganz dicht an Karl gepresst und hielt seine Hand. In den Nachtsichtgeräten bildeten die aufgerissenen Augen der beiden helle Punkte, die aus ihren verängstigten Gesichtern Furcht einflößende Fratzen machten.

»Sie sind in Sicherheit. Sie müssen keine Angst haben«, wiederholte Blau 1 mehrmals mit lauter, fester Stimme. »Erschrecken Sie nicht, ich berühre jetzt Ihren Arm.«

Langsam fasste der Mann Marie mit seinen dünnen Handschuhen am Arm an. Marie fühlte den Stoff auf ihrer Haut.

Es war vorbei, es war vorbei, doch noch immer konnte sie den Mann in der Schwärze kaum sehen.

»Er ist verletzt. Wir brauchen dringend einen Arzt.«

»Kommen Sie mit mir, ich führe Sie ins ...«

»Lassen Sie mich nicht allein!«, wimmerte Karl Rieger, als er spürte, dass ihm Maries Hand entglitt.

»Ich bleibe, holen Sie einen Arzt«, rief Marie in die Dunkelheit.

»Blau 1 an Leader. Wir brauchen dringend einen Notarzt. Eine der Geiseln ist schwer verletzt.«

Koch trat hinzu, schob den Arm des SEK-Mannes beiseite, kniete sich neben Marie auf den Boden und nahm sanft ihre Hand. »Es ist vorbei. Beruhigen Sie sich, Frau Stresemann. Es ist vorbei.«

»Blau 3 an Leader. Wir haben im zweiten Stock im Waschraum eine weitere Geisel gefunden. Sie ist am Leben, ich wiederhole, sie ist am Leben!«

Fast im selben Augenblick öffnete Blau 2 die Tür zu einem weiteren Verlies im untersten Geschoss. Fast wäre er über Gottfried Wegener gestolpert, der direkt hinter der Tür auf dem Boden lag.

»Blau 2 an Leader. Geisel Nummer 4 soeben gefunden.«

Wegener lag gefesselt zwischen einem umgeworfenen Stuhl und einer Gasmaske mit einem Schlauch.

»Blau 2, bitte um Status, lebt die Geisel noch?«

Blau 2 war sicher, dass der Mann mit dem verbrannten Gesicht tot war, doch dann stöhnte Gottfried Wegener laut auf.

17. Oktober 2010, 6:30 Uhr

Als der Innenminister den Turm erreichte, hatte man Marie und die drei Geiseln bereits mit einem beachtlichen Polizeiaufgebot in die Notaufnahme des nächsten Krankenhauses gebracht.

Der Minister war bester Laune, schließlich hatte er mit mindestens zwei toten Geiseln gerechnet, und auch die dritte hatte er innerlich bereits abgeschrieben. Die Trauerrede, die sein Sekretär für ihn vorbereitet hatte, war nun überflüssig. Nur das spurlose Verschwinden des Geiselnehmers blieb wie ein hässlicher, kleiner Fleck auf einer blütenweißen Weste.

»Und Sie haben wirklich den ganzen Turm abgesucht?«

Koch nickte. Man hatte ihm eine Armeedecke um die Schultern gelegt.

»Ich habe keine Ahnung, wie er das gemacht hat. Er hat sich einfach in ...«

»Kommen Sie mir jetzt bitte nicht mit einer albernen Floskel. Menschen lösen sich nicht in Luft auf!«, unterbrach ihn der Minister. »Und bitte verstehen Sie mich nicht falsch, aber wieso sind die beiden Geiseln noch am Leben, deren Ermordung doch vor laufender Kamera stattgefunden hat?«, wollte er von Schuster wissen.

»Wir haben noch nicht alle Fakten. Wir warten auf die Ergebnisse der Gerichtsmedizin«, antwortete Schuster, aber Koch hatte längst eine eigene Theorie und stillte die Neugier des Ministers.

»Zamir hatte nie vor, die Geiseln zu töten. Hätte er das gewollt, wären sie jetzt nicht mehr am Leben. Sie werden vielleicht das Dossier über Zamir unterwegs gelesen haben. Dieser Mann wusste, wie man tötet, aber er wusste auch, wie man eine Tötung nur vortäuscht. In Gottfried Wegeners Zelle stand ein Wasserkocher. Ich kann es nicht mit Sicherheit sagen, aber ich glaube, das, was wir da gesehen haben, war kein Giftgas, sondern Wasserdampf.«

»Und der andere, dieser ...«

»Udo Rennicke?«

Blum nickte.

»Das Wasser, in dem er lag, war sicher eiskalt, aber auch mit den Eiswürfeln, die wahrscheinlich nur die Oberfläche bedeckt haben, war es niemals so kalt, dass er innerhalb weniger Minuten darin gestorben wäre. Ich denke, Udo Rennicke hat sich nach dem ersten Schock im kalten Wasser seinem Schicksal ergeben«, sagte Koch.

»Wie darf ich das verstehen?«

»Wir dürfen nicht vergessen, dass beide Männer schwer verletzt und stundenlang von Zamir verhört worden waren. Udo Rennicke hat sicher geglaubt, dass das sein Ende wäre. Als Zamir ihm die Augen schloss, war er aber offensichtlich noch am Leben. Danach endete die Übertragung – Zamir holte ihn aus dem Eiswasser, fesselte seine Hände und Arme, wickelte ihn in eine Decke und legte ihn neben die Wanne. So haben ihn die Kollegen dann gefunden.«

Der Minister gab sich für den Augenblick mit den Erklärungen zufrieden, denn am Ende war nur wichtig, dass die drei Geiseln am Leben waren und nun ganz sicher keine Rücktrittsforderungen auf ihn zukommen würden – und Zamir würde sicher nicht weit kommen. Gut gelaunt ging er in der Gaststätte Eichenlaub auf seine gestresste Assistentin zu, die gerade Dutzende von Presseanfragen zu bewältigen versuchte.

»Iris!«

Blum bildete mit zwei Handflächen das Time-out-Zeichen und lächelte.

»Schalt das Ding mal für ein paar Minuten aus, und besorg uns was zum Frühstück!«

Iris Sablotny war verblüfft. Noch nie zuvor hatte der Minister sie geduzt.

RABBI MOSHE

Montag, 18. Oktober 2010, 7:30 Uhr

Rabbi Shlomo Moshe hatte in dieser Nacht kein Auge zugetan. Er besaß weder einen Fernseher, noch hatte er den Mut aufgebracht, im Radio die Nachrichten von den Ereignissen der vergangenen Nacht zu hören.

Bei den ersten Sonnenstrahlen verließ er sein kleines Büro und stapfte durch den Schnee hinaus auf den Platz vor dem Gemeindehaus. Der Sturm war vorbeigezogen. Das wärmende Licht des Morgens glitzerte im Schnee und warf lange Schatten, die schon bald verschwunden sein würden.

Ein schwarzer BMW näherte sich und blieb nur wenige Schritte von ihm entfernt stehen. Ein Mann stieg aus und kam auf ihn zu. Trotz des dicken Wintermantels und des hochgeschlagenen Kragens erkannte er den Mann, der ihn zum Tod von Esther Goldstein vernommen hatte.

Kriminaloberkommissar Markus Erdmann sah müde aus. Er hatte den Rest der Nacht bei Manfred Danner auf der Intensivstation verbracht. Die schusssichere Kevlarweste hatte ihn nur teilweise vor den Splittern geschützt. Die schlimmsten Verletzungen hatte Danner am Kopf erlitten. Seine rechte Gesichtshälfte war regelrecht gehäutet worden. Die Ärzte waren machtlos. Erdmann blieb bei seinem bewusstlosen Partner, bis dieser verstarb.

Während der Fahrt zum Gemeindehaus hatte Erdmann lange überlegt, mit welchen Worten er dem Rabbi den Umschlag überreichen sollte, den er in einer Innentasche des Mantels trug. Er blieb vor dem Rabbi stehen, der ihm aber keine Beachtung schenkte, sondern das Lichtspiel der Sonne beobachtete, die hinter dem nahen Wald aufgegangen war.

»Mit jedem Tag beginnt das Leben von Neuem. Die Geister der Nacht verschwinden, und wir, die das Glück haben, dieses Wunder erleben zu dürfen, bekommen eine neue Chance, das Richtige zu tun.«

Erdmann folgte seinem Blick und verstand, was er mit Wunder meinte. Sein Atem erzeugte kleine Nebelschwaden, die das goldene Licht am Horizont noch weicher erscheinen ließen.

»Was ist das Richtige?«, fragte er und wusste sogleich, dass das eine dumme Frage war.

Der Rabbi sah ihn kurz an: »Das Richtige offenbart sich erst, wenn das Falsche offensichtlich geworden ist.«

Erdmann dachte über diese Worte nach, konnte aber keine Antwort darin erkennen, sondern nur eine weitere Frage. Er war zu erschöpft, um dem Rabbi durch eine neue Frage die Gelegenheit zu einer erneuten Antwort zu geben, die vermutlich nur noch mehr Fragen aufwerfen würde. Und so schwieg er und ließ die friedliche Stimmung des Morgens auf sich wirken, während er die eiskalte Luft in seiner Nase spürte. Je länger er den Waldrand und die Sonne beobachtete, die im diesigen Licht den Horizont hinaufkroch, umso mehr verschwanden die düsteren Erinnerungen der vergangenen Nacht.

»Zamir lebt ... richtig?«, fragte der Rabbi ruhig.

Erdmann nickte verwundert. Er hatte keine Ahnung, woher der Rabbi das wusste.

»Er ist uns entwischt. Wir wissen nicht, wie er aus dem Turm entkommen konnte.«

»Gottes Wege sind unergründlich«, murmelte der Rabbi.

Erdmann griff in seine Innentasche und holte den Umschlag heraus.

»Er hat einen Brief für Sie hinterlassen.«

Langsam wandte sich der Rabbi ihm zu und hielt ihm die geöffnete Handfläche hin.

»Es ist eine Kopie. Das Original ... Sie müssen verstehen, die Spurensuche ... Das Original ist ein Beweismittel und bleibt bei uns.«

Der Rabbi verstand. Das Papier hatte keine Bedeutung für ihn. Ihn interessierte nur der Inhalt. Erdmann drückte ihm den Umschlag in die Hand, der umgehend in der Jackentasche des Rabbis verschwand. Er wollte den Brief nicht im Beisein des Polizisten lesen. Er verdiente seine volle und ungeteilte Aufmerksamkeit.

»Ich danke Ihnen, Herr Kommissar, aber Sie müssen mich nun entschuldigen.«

Erdmann nickte. »Wenn Sie noch Fragen haben ... wenn ich irgendwie helfen kann, rufen Sie mich an.«

Er hielt dem Rabbi eine Visitenkarte hin, doch dieser war wieder dazu übergegangen, den Sonnenaufgang zu betrachten. Unbeholfen steckte Erdmann ihm die Karte in die Jackentasche und zog sich stumm zurück.

Rabbi Moshe blickte Erdmanns Auto nach, als es die Ausfahrt zwischen zwei beschneiten Bäumen erreichte und auf die Hauptstraße abbog. Dann erst nahm er vorsichtig Zamirs Abschiedsbrief aus dem Umschlag.

Zutiefst verehrter Rabbi Shlomo Moshe,
wenn Sie diese Zeilen erhalten und alles nach Plan verlaufen sein sollte, habe ich das Land bereits verlassen. Wenn nicht, bin ich bei der Erfüllung meiner Aufgabe ums Leben gekommen und hoffe auf eine Bestattung neben dem Grab von Esther Goldstein. In den nächsten Tagen werden Sie sicher vieles über mich in der Presse hören – und vieles davon wird Ihnen missfallen.
Durch den Tod meiner Eltern, meiner Geschwister und all meiner Verwandten und Freunde hatte ich mich von Gott abgewandt und ein verzweifeltes Leben in Hass und Bitterkeit geführt. Nach

der herzlichen Aufnahme in Ihrer Gemeinde jedoch und wegen der unermesslichen Güte, die mir durch Esther Goldstein zuteilwurde, begann ich zum ersten Mal, das Leben zu schätzen und als Gottes Geschenk zu verstehen.
Zu dieser Zeit hatte ich geglaubt und inständig gehofft, ich könnte mich mit der Spende für die Synagoge freikaufen von all meinen Sünden und damit die schreckliche Vergangenheit ein für alle Mal hinter mir lassen. Ich weiß heute, dass das falsch war, denn mit keinem Geld der Welt lässt sich Schlechtes in Gutes verwandeln.
Stattdessen stellte mich Gott auf eine schwere Prüfung, eine sehr schwere Prüfung, die ich unter Aufbietung all meiner Kräfte beinahe nicht bestanden hätte. Ich wäre gescheitert, und die Männer wären allesamt von mir gerichtet worden, hätte mich Esther nicht über ihren Tod hinaus vor diesem Racheakt bewahrt.
Und noch ein Gedanke lindert meinen Verlust. Vielleicht hat Esthers Tod auch einen Sinn gehabt. Ich wage zu hoffen, dass die Geiselnahme mit all ihren Begleiterscheinungen den Menschen da draußen die Augen darüber geöffnet hat, wie leicht sie in der Wut manipulierbar sind und wie gefährlich der Weg von Hass und Vergeltung ist.
Habe ich Gottes Prüfungen bestanden? Ich weiß es nicht, denn am Ende bin ich auch nur ein Mensch mit allen Schwächen, die uns ausmachen und denen wir oft erliegen. Und so hoffe ich, dass Gott mir vergeben kann, denn es tröstet mich, mir vorzustellen, dass auch Gott nicht unfehlbar ist.
Ich bin mir sicher, dass die neue Synagoge nun auch ohne meine Hilfe gebaut werden wird – und so möchte ich der Gemeinde in tiefster Demut statt der ursprünglich angedachten Spende mein gesamtes Erbe vermachen. Es ist nicht viel, was ich besitze, aber bitte geben Sie meiner Seele Frieden, indem Sie dieses Geschenk annehmen.

Es kommt von einem geläuterten Mann, der fast am Ende seines Weges mit Gott ins Reine gekommen ist.
Schalom – Friede sei mit dir, Rabbi Moshe.

Der Rabbi stand noch lange auf dem Vorplatz des Gemeindehauses, bis die Kälte trotz der Sonnenstrahlen durch seine dünnen Schuhe gekrochen war. Dann ging er zurück in das Gebäude. Nach und nach kehrten langsam die Wärme und das Leben zurück.

THIELEN III

Montag, 18. Oktober 2010, 7:30 Uhr

Helge Eckl hatte Wilhelm Thielen nach dem Fiasko bei TELE PRO zu Hause abgeliefert. Thielen hatte auf der ganzen Fahrt kein Wort gesprochen und war ohne Verabschiedung aus dem Wagen gestiegen und in seinem Haus verschwunden. Eigentlich hätte er müde sein sollen, doch das desaströse Interview mit Carla von Stein ging ihm nicht aus dem Kopf. Bei einer Flasche Cognac erging er sich in Gewaltfantasien, in denen ihn die Moderatorin um Vergebung anbettelte und er kein Erbarmen zeigte. Nur das nervtötende Läuten seines Telefons riss ihn immer wieder aus seinen Gedanken, bis er es abschaltete. Noch ein oder zwei Gläser Cognac, dann würde er endlich schlafen können. Schließlich musste er fit sein, um in den kommenden Tagen die Kameraden auf ihren gemeinsamen Kampf einzuschwören, der nun noch härter und erbitterter geführt werden musste. Und er wusste auch, wer sein erstes Opfer sein sollte.

Wieder läutete es. Doch diesmal war es die Türklingel, immer und immer wieder.

Eckl, dieser Idiot!

Was konnte denn so wichtig sein, dass es nicht bis morgen Zeit hatte?

Wütend stand er auf und warf dabei die Cognacflasche um, deren Inhalt sich goldgelb auf den weißen Teppich ergoss.

So ein Mist ... Eckl, das wirst du mir büßen!

Wütend stapfte er auf die Haustür zu und warf beiläufig einen Blick auf den Monitor der Sicherheitskamera, die ankommende Besucher anzeigte. Doch die Kamera zeigte nichts an.

Thielen schüttelte den Kopf, war aber noch nicht betrunken genug, um jegliche Sicherheitsvorkehrungen außer Acht zu lassen. Er ging hinüber zu seinem Panoramafenster und sah hinaus auf den Zufahrtsweg zum Haus, der bereits von den ersten Sonnenstrahlen erfasst wurde.

Hab ich es mir doch gedacht – Eckl! Was will der denn noch?

Der gepanzerte Mercedes stand mitten in der Zufahrt.

Wieder läutete es.

Jetzt reicht es aber, wenn der noch einmal klingelt, verpasse ich ihm eine!

Thielen riss die Tür auf, um Eckl den Marsch zu blasen – stattdessen streckte ihn ein Faustschlag nieder. Benommen rieb er sich die Nase, hatte aber erkannt, wer für den Schlag verantwortlich war.

»Wir müssen uns unterhalten«, sagte Zamir mit Furcht einflößender Stimme, kam herein und schlug die Tür hinter sich zu.

EPILOG

MARIE STRESEMANN, ACHIM SCHUSTER und LEON MERIONES wurden im Oktober 2011 zum einjährigen Gedenken an das Geiseldrama von Bundespräsident Christian Wulff mit dem Bundesverdienstorden gewürdigt. Besondere Erwähnung fand MANFRED DANNER, der posthum mit dem Ehrenzeichen für besondere Leistungen ausgezeichnet wurde.

KARL RIEGER sagte sich von der Szene los und wurde in das Zeugenschutzprogramm aufgenommen. Nach zwei Jahren Haft unter neuer Identität machte er eine Lehre und begann ein neues Leben. Thomas Worch hat er nie wiedergesehen.

THOMAS WORCH war zum Zeitpunkt seiner Tat dreizehn Jahre alt. Nach deutschem Strafrecht können Kinder unter vierzehn Jahren nicht für ein Verbrechen, auch nicht für Mord, bestraft werden. Nach dem Krankenhausaufenthalt wurde Thomas Worch in eine psychiatrische Einrichtung gebracht. Nach zwei Jahren galt er als erfolgreich resozialisiert und lebt seither abwechselnd bei seiner Mutter und seinem Vater, die sich das Sorgerecht teilen. Er studiert heute Geschichte.

UDO RENNICKE beging in der Untersuchungshaft Selbstmord. Er strangulierte sich mit einem Gürtel.

GOTTFRIED WEGENER wurde nach drei Jahren Haft auf Bewährung entlassen, schloss sich dem rechten Untergrund an und wird in der Neonazi-Szene als Held verehrt.

MARIE STRESEMANN konnte die Ereignisse der Nacht nur dank intensiver psychologischer Hilfe verarbeiten. Erst sechs Monate später trat sie ihren Dienst wieder an, kündigte aber nach wenigen Monaten und schreibt seither erfolgreich Ratgeber für Menschen mit Selbstzweifeln. Mit Michael Koch verbindet sie bis heute eine enge Freundschaft. Sie lebt gemeinsam mit einem Labrador Retriever in einer kleinen Wohnung am Stadtpark, unweit der neu gebauten Synagoge.

MICHAEL KOCH musste sich nach dem Geiseldrama schweren Vorwürfen stellen, die durch eine Kommission untersucht wurden. Nach Abschluss der Untersuchungen wurde er unehrenhaft aus dem Dienst entlassen, konnte aber einer Gefängnisstrafe entgehen. Er arbeitet heute als Sicherheitsberater für ein ziviles Unternehmen.

MARC KLEINFELD brach in der Nacht des Geiseldramas mit seiner Liveshow alle Quotenrekorde, die bis dahin im deutschen Fernsehen aufgestellt worden waren. Obwohl seine Berichterstattung die deutsche Presselandschaft in zwei Lager spaltete und in eine Krise stürzte, galt er schon bald als der Erfolgsgarant für deutsche Reality-TV-Shows. Er erlitt 2014 einen schweren Gehirnschlag und ist seitdem einseitig gelähmt. Seine Frau hat sich mittlerweile von ihm getrennt und lebt mit den gemeinsamen Kindern an der Côte d'Azur.

STEPHANIE BENEDIKT kündigte bei TELE PRO und schrieb ein Buch über ihre Erlebnisse während der Geiselnacht. Das Buch fand große Aufmerksamkeit und verschaffte ihr Dutzende Einladungen in Talkshows. 2013 erhielt sie bei RT-FIVE ihre eigene Fernsehsendung, die ihren Namen trägt.

WILHELM THIELEN legte aus unbekannten Gründen sein Amt als Parteivorsitzender der NPD einen Tag nach der Geiselnahme nieder. Wegen Verherrlichung des Nationalsozialismus wurden mehrere Strafverfahren gegen ihn geführt. Er wurde schließlich wegen Volksverhetzung verurteilt und lebt heute auf einem kleinen Anwesen am Obersalzberg, unweit von Hitlers ehemaligem Feriendomizil »Berghof«.

Durch das Geiseldrama wurde die Finanzierung des Baus der neuen SYNAGOGE erheblich beschleunigt. Das versprochene Geld, das Ephraim Zamir ursprünglich spenden wollte, war nicht ausfindig zu machen. Auf dem einzigen Bankkonto, das Zamir unter seinem Namen besaß, befanden sich nur einige Tausend Euro. Stattdessen vermachte er der jüdischen Gemeinde das Grundstück mit dem Turm, in dem sich heute ein Kulturzentrum und ein Kindergarten befinden.

Im November 2010 wurde der TURM von einem Spezialteam mehrere Tage lang untersucht. Hinter einer beweglichen Betonwand am Ende des Verbindungsgangs zwischen den Schutzräumen führte ein steiles Loch hinunter zu einem unterirdischen Gang, der in einer zweihundert Meter entfernten Holzbaracke endete. Einem Gutachten zufolge war zwar das Verbindungsloch neueren Datums, der Geheimgang zur Holzbaracke war aber bereits 1942 beim Bau des Bunkers angelegt worden. Das Ungewöhnliche an dieser Entdeckung waren die schmalen Gleise, die in dem Gang verlegt worden waren. Der Architekt Jonas Behrens gab zu Protokoll, von dem Fluchtweg keine Kenntnis gehabt zu haben.

Die Betreiber des Kindergartens versiegelten daraufhin das steile Loch mit Zement, um die Kinder keiner Gefahr auszusetzen.

Von Ephraim Zamir fehlt jede Spur.

NON-FICTION FACTS

2013 beantragten die Bundesländer ohne Unterstützung der Bundesregierung erneut ein Verbotsverfahren gegen die NPD. Im Januar 2017 wies das Bundesverfassungsgericht den Verbotsantrag ab. Zwar sahen es die Richter als erwiesen an, dass die Partei eine verfassungsfeindliche Gesinnung vertrete, sie habe aber nicht das »Potenzial«, die Demokratie in Deutschland zu gefährden. Bei der Bundestagswahl 2017 rutschte die NPD mit 0,4 Prozent in die Bedeutungslosigkeit ab.

2010 wurden durch staatliche Behörden 15 905 rechtsextreme Straftaten registriert. 2016 waren es 22 471. Der Jahresbericht 2014 des Bundesverfassungsschutzes gab die Zahl gewaltbereiter Rechtsextremer, die in illegalen Kameradschaften und Verbänden organisiert sind, mit 21 000 Mitgliedern an.

Die Amadeu Antonio Stiftung ermittelte mindestens 198 Todesopfer rechter Gewalt seit dem Wendejahr 1990.

DANKSAGUNG

Bei der Entwicklung des Romans haben mir zahlreiche Freunde und Bekannte geholfen, ohne die *Turmschatten* wohl nie fertig geworden wäre: allen voran meine treuesten Leser – logisch, meine Familie.

Den zündenden Gedanken für den Stoff habe ich Eva und Lee Curtis zu verdanken, die mich in ihren umgebauten Hochbunker eingeladen haben.

Durch Rainer Zaus und Thomas Heidinger konnte ich tiefe Einblicke in die Arbeit der Polizei und des SEK gewinnen.

Fabian Ewald war mein Berater für politische Fragen, und dank Gady Gronich und Shorena Mikava erhielt ich zahlreiche Kontakte zur jüdischen Gemeinde.

Michael Then brachte mich auf die Idee, den Roman auf *Wattpad* zu veröffentlichen, von dessen Community ich unschätzbar wertvolles Feedback erhielt; hierbei hat mir Polina Jäger mit den ersten Artworks geholfen.

Ich danke Michael Hochholdinger und Renato Novakovich, die mich in dramaturgischen Aspekten unterstützt haben.

Und zu guter Letzt sei unbedingt Matthias Oehme erwähnt, dem ich es zu verdanken habe, dass dieser Roman seinen Weg in den Buchhandel fand.